죄와 벌

장상용

한국외국어대학교 러시아어과를 졸업하고 동대학원에서 러시아 문학 석사 학위를 취득했다.
지은 책으로 『한국 대표 만화가 18명의 감동적인 이야기』, 『서울 도심에서 만나는 휴식, 산책길』,
『사랑이 어떻게 변하니』, 『프로들의 상상력 노트』 등이 있다.

죄와 벌

초판 1쇄 발행 | 2019년 11월 12일
    3쇄 발행 | 2024년 9월 20일

지은이 | 표도르 도스토예프스키
편역자 | 장상용
펴낸이 | 김형호
펴낸곳 | 아름다운날
편집 책임 | 조종순
디자인 | 디자인 표현

출판 등록 | 1999년 11월 22일
주소 | (05220) 서울시 강동구 아리수로 72길 66-19
전화 | 02) 3142-8420
팩스 | 02) 3143-4154
E-메일 | arumbooks@gmail.com

ISBN 979-11-86809-81-5 (03840)

이 도서의 국립중앙도서관 출판예정도서목록(CIP)은 서지정보유통지원시스템 홈페이지(http://seoji.nl.go.kr)와
국가자료공동목록시스템(http://www.nl.go.kr/kolisnet)에서 이용하실 수 있습니다.(CIP제어번호: CIP2019043891)

죄와 벌

표도르 도스토예프스키 지음 | 장상용 편역

아름다운날

차례

|등장인물|

라스콜리니코프(로지온 로마노비치 / 로쟈 또는 로치카) 스물세 살의 전 대학생
풀헤리야 알렉산드로브나 라스콜리니코바 라스콜리니코프의 어머니
두냐 라스콜리니코프의 여동생
라주미힌(드미트리 프로코피치) 대학생. 라스콜리니코프의 친구
조시모프 라주미힌의 친구이자 의사
포르피리 페트로비치 예심판사

마르멜라도프(세묜 자하로비치) 퇴역 관리
카테리나 이바노브나 마르멜라도바 마르멜라도프의 두 번째 아내
소냐(소피야 세묘노브나 마르멜라도바) 마르멜라도프의 전처 딸
폴랴, 콜랴, 리다 카테리나가 데리고 온 자식들
레베쟈트니코프(안드레이 세묘노비치) 세입자, 자유주의자

프라스코비야 파블로브나(파셴카) 집주인
나스타샤 페트로브나 프라스코비야의 하녀
알료나 이바노브나 전당포 여주인
리자베타 이바노브나 알료나의 여동생

니코짐 포미치 경찰서 서장
일리야 페트로비치 육군 중위, 경찰서 부서장
자묘토프(알렉산드르 그리고리예비치) 경찰서 사무관

스비드리가일로프 두냐가 가정교사로 있던 집의 주인
루진 두냐와 약혼했다가 파혼한 사람

니콜라이 제멘치예프(니콜라슈카) 칠장이
드미트리(미트카) 칠장이
코흐, 페스트랴코프 전당포 손님

제 *1*부

1

무더위가 한창 기승을 부리는 7월 초순의 어느 날 저녁, 한 청년이 스톨랴르니 가 뒤편에 있는 건물 세입자에게 다시 세를 든 방에서 거리로 나와 코쿠슈킨 다리로 느릿느릿 걷기 시작했다.

운 좋게 주인아주머니와는 마주치지 않았다. 그의 방은 5층 건물 꼭대기에 있어 다락 같은 느낌을 주었다. 하숙집 아주머니는 항상 계단을 향해 문을 활짝 열어 놓았으므로, 자신의 방으로 가려면 아주머니네 부엌 옆을 지나지 않으면 안 되었다. 청년은 아주머니에게 밀린 돈이 많아 얼굴을 맞대는 것이 두려웠다.

그렇다고 그가 겁쟁이는 아니었다. 그런데 그것이 언제부터인가 우울증과 흡사한, 안절부절못하는 성격으로 고착되고 말았다. 그는 늘 가난에 쪼들리는 바람에 약간의 여유조차 없어져서 반드시 해야할 일조차 하지 않았다. 그는 계단에서 주인 아주머니에게 붙잡혀 따분한 이야기를 듣는다든가, 우는 소리로 밀린 방세를 독촉받을 때마다, 변명과 거짓말을 하기보다는 고양이처럼 살짝 계단을 빠져나가 아무도 모르게 도망을 치는 쪽이 훨씬 낫다고 생각했다. 그러나 거리로 나온 뒤에는 그런 자신이 어처구니가 없다는 생각이 들었다.

그런 큰일을 계획하면서 이런 하찮은 일에 겁을 먹다니!

그는 묘하게 엷은 웃음을 띠며 생각했다.

음……, 인간이 모든 것을 손바닥에 쥐고 있으면서, 다 된 시점에서 놓쳐버리는 것은 겁이 많아서이다. 사람은 무엇을 가장 무서워하는가? 새로운 한 걸음과 말을 겁내고 있는 것이다. 그건 그렇고, 난 좀 말이 많다. 어쩌면 아무것도 하지 않고 있기 때문에 말이 많은지도 모른다. 이런 혼잣말을 하는 버릇이 생긴 것은 요 한 달 사이다. 매일 밤낮으로 방구석에 드러누워…… 꿈같은 것을 생각하고 있는 사이에 이런 버릇이 생긴 거다. 한데 내가 그런 일을 할 수 있을까? 아니다. 이건 단지 망상으로 나 자신을 위로하고 있을 뿐이다.

더위는 지독했다. 숨 막힘과 혼잡스러움, 도처에 널린 석회석, 건물 받침대, 벽돌, 먼지, 게다가 별장을 빌릴 정도의 여유가 없는 페테르부르크의 주민이면 누구나 다 알고 있는 독특한 여름의 악취……. 그 모든 것들이 가만히 있어도 날카로워진 청년의 신경을 더욱 자극했다.

청년은 검고 시원스런 눈에 밤색 머리칼을 가진 보기 드문 미남으로 늘씬하고 균형 잡힌 몸매를 하고 있었다. 그러나 그의 옷차림은 말할 수 없이 초라했다.

여하튼 그가 걷는 이곳은 센나야 광장과 가까웠고, 지저분한 사

창가가 멋대로 들어서 있었다. 게다가 페테르부르크에는 노동자들이 많이 살았기 때문에 웬만큼 이상한 옷차림을 한 사람을 만나도 그다지 놀라운 일은 아니었다. 더욱이 청년은 나름의 결벽증이 있었지만 자기의 누더기 옷을 부끄럽게 여기지는 않았다.

청년이 이렇게 걷고 있을 때, 한 주정뱅이가 몸집이 큰 말이 끄는 대형 짐마차를 타고 큰 소리로 외쳤다. "야, 이 독일 모자 쓴 놈아!"

청년은 잠시 걸음을 멈추고 자기의 모자를 움켜쥐었다. 그러고는 이렇게 생각했다. 이런 하찮은 일이 계획을 망가뜨리는 거야! 그렇다. 이 모자는 너무 눈에 띄기 쉬워. 오히려 이 누더기 옷에는 납작한 빵 모양의 학생모가 더 어울릴 거야. 지금은 되도록 남의 눈에 띄지 않도록 조심해야 해. 언제나 이런 사소한 일이 만사를 망가뜨리고 말거든.

목적지까지는 멀지 않았다. 자신의 아파트 문으로부터 꼭 730걸음이었다. 언젠가 공상을 할 때 세어 본 적이 있었다. 그 무렵의 그는 그 공상의 실현을 믿고 있었다. 단지 그와 같은 추악한, 그러나 매력이 넘치는 대담한 생각으로 스스로를 자극하고 있었을 뿐이다. 그런데 한 달이 지난 지금은 그 '추악한' 공상을 어느새 훌륭한 계획이라고 여기게 되었다. 지금 그는 자기의 계획을 예행 연습하러 가는 길이었다. 따라서 한발 한발 걸음을 옮길 때마다 그의 가슴은 흥분으로 소용돌이쳤으며, 심장이 정지되는 것 같은 전율을 느끼면서 큰 건물로 다가갔다.

그 건물은 전체를 여러 개의 조그만 방으로 나누어서 세를 놓았기 때문에 온갖 종류의 직업에 종사하는 사람들이 살고 있었다. 그래서 아파트에 나 있는 두 개의 문과 두 개의 안마당은 사람의 왕래가 잦았다. 그는 입구에 다다르자 곧장 오른쪽 계단을 살며시 미끄러져 들어갔다. 계단은 건물 뒤쪽에 있어서 어두컴컴했으므로 호기심에 찬 사람들의 위험스런 눈총을 의식하지 않아도 좋았다.

벌써부터 이렇게 겁을 집어먹다가 정작 그 일을 실행할 단계가 되면 어떻게 하지? 4층에 다다르자 그는 문득 이런 생각을 했다. 그곳에서는 한 인부가 물건을 나르느라 길을 막았다. 그는 전부터 가족을 거느린 독일인 관리가 그 방에서 살고 있다는 것을 알고 있었다.

아, 그 독일인이 지금 이사를 가는 중이군. 그렇다면 이 계단 쪽의 4층과 층계참 가까이에는 당분간 그 노파가 살고 있는 방만 남겠군. 그것 참 잘됐어! 만일의 경우에……. 그는 또 생각에 잠겨 노파의 방 초인종을 눌렀다. 초인종은 함석 따위로 만들었는지 겨우 들릴 만큼 약한 소리로 울렸다.

잠시 후에 문이 빠끔히 열리고, 그 틈새로 여주인의 반짝반짝 빛나는 작은 눈이 보였다. 청년은 문지방을 넘어 칸막이로 막은 어두운 현관으로 들어갔다. 노파는 용건을 재촉하듯 그를 바라보았다. 그녀는 날카로운 눈과 작고 뾰족한 코, 그리고 주름살투성이의 작달막한 몸집의 60세쯤 된 노파였다. 희끗희끗한 아맛빛 머리에는 기름을 듬뿍 바르고 있었다. 바싹 여윈 몸집의 노파는 쉴 새 없이 기침을 하면서 목을 그르렁거리고 있었다. 이때 청년의 눈에 뭔가 수상쩍은 빛이라도 스쳤는지 갑자기 경계의 빛이 떠올랐다.

"라스콜리니코프입니다. 약 한 달 전쯤에 찾아온 일이 있지요."

"기억하고 있수."

노파는 경계심을 거두지 않고 또렷한 목소리로 말했다.

"실은 저……."

라스콜리니코프는 노파가 의심쩍어하는 것을 보고 당황해 하면서 말했다.

잠시 후 노파는 옆으로 몸을 비켜서서 손님을 들어오게 했다.

"들어오구려."

청년이 들어간 방은 노란색 벽지를 바른 방으로 창가에는 제라늄 화분이 놓여 있었고, 모슬린으로 된 커튼이 쳐져 있었다. 때마침 석양이 비쳐들어 방 안이 밝았다. 그는 재빨리 방 안에 있는 모든 물건들을 살펴보고 낱낱이 기억해 두려고 애썼다. 그러나 특별히 시선을 끌 만한 것은 없었다. 방 한쪽 구석의 성상에는 촛불이 켜져 있었으며, 가구나 마룻바닥은 윤이 날 정도로 반질반질했다.

리자베타가 날마다 이렇게 닦은 모양이군. 성미가 깐깐하고 심술 사나운 늙은 과붓집은 대개 이처럼 청결하지. 그 방에는 노파의 침대와 서랍장이 놓여 있었지만, 그는 그 안을 한 번도 들여다본 적이 없었다. 노파가 쓰는 방은 이 두 개뿐이었다.

"용건은?"

노파는 상대의 얼굴을 똑바로 쳐다보며 쌀쌀맞게 물었다.

"잡힐 물건이 있습니다!"

청년은 호주머니에서 납작한 은시계를 꺼냈다. 시계의 뒤뚜껑에는 지구의가 새겨져 있었고, 시곗줄은 쇠줄이었다.

"한데 먼젓번 것도 벌써 기한이 다 됐수."

"그럼 한 달치 이자를 드릴 테니, 기다려 주십시오."

"기다리든 지금 당장 내다 팔든 그건 이쪽 마음이라우."

"이런 시계라면 값이 좀 나가겠지요, 알료나 이바노브나?"

"아니, 이런 건 얼마 받지 못해."

"사 루블만 주십시오. 틀림없이 찾아갈 테니까. 이건 아버지의 유물입니다."

"일 루블 반을 주지, 선이자를 먼저 떼도 좋다면."

"일 루블 반이라고요?"

청년은 너무 화가 치밀어 그냥 돌아가려 했지만 그렇다고 달리 갈 곳도 없었으므로 마음을 돌렸다.

"그거라도 주시오!"

그는 무뚝뚝하게 말했다.

노파는 열쇠를 찾는 척하며 가린 방으로 들어갔다. 혼자 남게 된 청년은 호기심에 귀를 기울이며 이런저런 생각을 했다. 노파가 장롱을 여는 소리가 났다.

틀림없이 윗서랍일 것이다. 그러니까 열쇠는 오른쪽 호주머니에 넣고 있구나. 전부 쇠고리에 꿰어 한 꾸러미로 해서……. 그 속에 다른 것의 3배나 되는 톱니 모양의 큰 열쇠가 하나 있겠지. 그건 물론 장롱의 열쇠가 아닐 테고. 그렇다면 따로 궤짝이나 트렁크 같은 게 있을 거야. 이것 참 재미있는데.

노파가 되돌아왔다. "그럼, 일 루블 반의 선이자로 십오 코페이카를 제하겠수. 그리고 전번의 이 루블에 대한 이자까지 계산해서 이십 코페이카가 되니까 지금 그 시계로 당신이 가져갈 수 있는 돈은 일 루블 십오 코페이카가 되는군."

"겨우 일 루블 십오 코페이카라고요?" 청년은 노파를 물끄러미 바라보았는데, 그것은 마치 뭔가 더 이야기하고 싶은 일이 남아 있는 듯했지만, 그것이 도대체 무엇인지는 그 자신도 모르는 것 같았다. "알료나 이바노브나, 어쩌면 이삼 일 후에 다시 올지도 몰라요. 은제 시가 케이스가 하나……."

"그건 그때 가서 얘기하우."

"그럼, 안녕……. 그런데 할머니는 늘 혼자이신가요? 동생은 어디 간 모양이군요?" 그는 현관으로 나가면서 태연하게 물었다.

"그 애에게 볼일 있수?"

"아니요. 그저 물어본 것뿐입니다. 안녕히 계세요." 라스콜리니코프는 뜨끔한 얼굴로 그곳을 나왔다. 가까스로 거리에 나선 그는 소리를 버럭 질렀다. "아아! 얼마나 추악한 일인가! 도대체 난……. 아니, 어떻게 그런 짓을……."

그가 노파의 집을 향해 걷고 있을 무렵부터 그를 괴롭히기 시작하던 혐오감이 이제는 극도에 달해 그 정체를 드러냈다. 그는 마치 술 취한 주정뱅이처럼 사람들과 이리 부딪치고 저리 부딪치면서 인도를 따라 걸어갔다. 한참 후 그는 주위를 둘러보고는 자신이 어느 술집 앞에 서 있다는 것을 깨달았다.

그때 술에 만취한 두 명의 주정꾼이 서로 욕설을 퍼부으며 층계를 올라가고 있었다. 라스콜리니코프는 잠시 망설이다 그리로 갔다. 그는 한번도 술집에 발을 들여놓은 적이 없었지만, 지금은 현기증으로 목이 타들어가는 것 같아서 맥주라도 한잔 마시고 싶었다. 그는 첫잔을 기갈이 난 듯 단숨에 비워 버렸다. 그러자 곧 우울하던 기분이 사라지고 머리가 맑아졌다. 그 모든 것이 어리석은 생각이었어. 단순히 몸이 좀 불편했을 뿐이야! 맥주 한잔과 설탕 한 조각으로 대번에 이렇게 머리가 맑아지고 마음이 차분해졌으니 말이야! 그는 갑자기 무거운 짐이라도 벗어 버린 것처럼 기분이 홀가분해져서 주위 사람들을 다정스런 눈길로 둘러보았다. 그러나 그 순간까지 그는 무엇이든 좋을 대로 생각하려는 이러한 기분도 역시병적이라는 것을 어렴풋하게 의식했다.

술집에는 별로 사람이 많지 않았다. 맥주잔을 앞에 놓고 거나하게 취해 앉아 있는 장사꾼 차림의 사내와, 주름 잡힌 짧은 코트 차림에 잿빛 턱수염을 기른 몸집이 우람한 체격의 일행이 있었다. 이 사내는 몹시 취해 걸상에 앉은 채 꾸벅꾸벅 졸면서, 양팔을 벌려 허우적거리며 상반신을 들썩이고 있었다. 그러고는 돼먹지도 않은 노래를 불러댔다.

꼬박 일 년 내내 아내를 애무하고
꼬오박 일 년 내내 아―내를 애무했네……

나는 거리를 거닐다가

옛 사랑을 찾았지…….

그러나 어느 누구도 그 사내에게 맞장구를 쳐주는 사람이 없었다. 말없이 무뚝뚝하게 앞에 앉아 있는 장사꾼 차림의 일행은 술주정뱅이를 의혹의 눈길로 바라보았다. 그는 술잔을 비우고는 주위를 한번 휘둘러보았다. 그 역시 약간 흥분해 있는 것 같았다.

2

라스콜리니코프는 사람들이 득실거리는 장소에는 잘 가지 않았다. 그런데 갑자기 인간에 대한 그리움이 갈증처럼 엄습해 옴을 느꼈다. 그는 꼬박 한 달 동안을 모진 비애와 침울한 기분에 잠겨 지내느라 녹초가 되어 있었기 때문에 단 1분만이라도 전혀 다른 세계에 있고 싶었다. 그래서 지저분하기 짝이 없는 이 술집에 앉아 있게 된 것이다.

술집 주인은 빨간 가죽 안감을 접고 구두약을 잔뜩 바른 멋진 장화를 신고 홀에 나타났다.

세상에는 전혀 안면이 없는 사이인데도 상대에게 첫눈에 흥미를 느끼는 경우가 있다. 약간 떨어진 곳에 홀로 앉아 있는 퇴직 관리처럼 보이는 손님이 라스콜리니코프에게 그런 인상을 주었다. 청년은 몇 번이고 그 첫인상을 떠올리고는 이것이야말로 운명이라고 생각했다. 물론 저쪽에서도 얘기하고 싶어 하는 기미가 뚜렷이 보였다.

　다소 오만하고 경멸의 눈빛을 가진 관리는 이미 50을 넘긴 사내로 밤낮으로 술에 절어 살아서인지 부석부석한 얼굴은 푸르죽죽한 빛을 띠었다. 그러나 청년을 본 사내의 눈동자에는 환희와 같은 것이 반짝 하고 빛났다. 단 하나밖에 없는 단추를 꼭 끼운 검은색 낡은 연미복 차림의 그에게서는 어딘지 모르게 관리다운 의젓함이 풍겼다. 그러나 어느 순간 그는 안절부절못하며 테이블 위에 구멍이 뚫린 팔꿈치를 세우고 양손으로 머리를 감싸안으며 괴로워했다. 마침내 그는 라스콜리니코프를 똑바로 바라보며 크고 분명한 소리로 말을 걸었다.

　"실례지만 얘기 좀 할 수 없을까요? 나는 한눈에 당신이 차림새는 비록 남루하지만 교양이 있는 분이라는 걸 알 수 있었습니다. 나는 성실과 교양이라는 것을 존중하는 사람으로서 9등관이며, 내 이름은 마르멜라도프입니다. 실례지만 직장에 나가고 있습니까?"

　"아니요. 아직 공부를 하고 있습니다." 상대의 사뭇 과장된 말투와 너무나 당돌하게 말을 걸어오는 태도에 약간 당황한 청년은 얼버무리듯 대답했다.

　"그러니까 학생이란 말이군. 아니면 전에 학생이었던가!" 그는 의기양양해서 이마를 손가락으로 살짝 두드렸다. "그럴 줄 알았어요. 당신은 학생이거나 아니면 뭔가 전문적인 학문을 닦는 사람 같았지. 그럼 실례 좀 하겠소." 그는 몸을 일으키더니 휘청거리며 자기의 술병과 잔을 들고 청년 곁으로 다가와 비스듬히 마주 앉았다.

그는 마치 한 달 동안 아무하고도 얘기를 나눠 보지 못한 사람처럼 끈질기게 라스콜리니코프를 잡고 늘어졌다. "이봐요, 젊은이! 사람들은 가난은 죄가 아니라고 하지만 아주 찢어지게 가난한 것은 끔찍한 죄악이라오. 어느 정도의 가난이라면 태어날 때부터의 고결한 감정을 그대로 유지할 수가 있지만, 찢어지게 가난하면 절대로 불가능하오. 절대빈곤이 되면 인간 사회에서 몽둥이로 두들겨 맞고 쫓겨나는 정도가 아니라 비로 쓸어냄을 당한단 말이오. 사람이 가난의 밑바닥을 헤매게 되면 자기 스스로를 모욕하게 되고, 그래서 결국 술을 마시게 되는 법이오! 이봐요, 젊은이! 한 달쯤 전에 내 여편네까지 레베쟈트니코프란 사내에게 얻어맞았소. 내 여편네는 나 같은 것하고는 비교할 수도 없는 여자인데……. 알겠소? 그리고 또 한 가지, 이건 그저 호기심으로 물어보는 건데, 학생은 네바 강의 건초선에서 밤을 새워본 적이 있소?"

"없습니다. 한데 그게 뭐 어쨌다는 건가요?"

"나는 그곳에서 자고 오는 길이오. 벌써 닷새 밤이나……." 그는 술을 따라 쭉 들이켜고는 이내 생각에 잠겨 버렸다.

그의 이야기는 별로 대단한 것은 아니었지만 술집 안에 있는 사람들의 흥미를 끈 것이 분명했다. 보아하니 마르멜라도프는 이 집의 오랜 단골인 것 같았다. 그리고 과장된 이야기 투가 몸에 밴 것은 술집에서 알지도 못하는 낯선 사람들을 상대로 늘상 지껄여 온 습관 때문인 것 같았다. 이러한 습관은 몇몇 부류의 술꾼에게 있어서는 필수불가결한 요소인 것이다. 특히 가족에게 푸대접을 받고 있는 사람들에게는 더욱 그렇다.

"이봐, 어릿광대! 관리라면서 왜 직장에 출근하지 않는 거지?" 주인이 큰 소리로 말했다.

"어째서 출근하지 않느냐고요? 여러분은 내가 이렇게 빈둥거리면서도 아무런 가책도 느끼지 않는다고 생각합니까? 젊은이, 젊은이는 이런 경험이 없소? 음……, 갚을 가망도 전혀 없는데 돈을 빌리러 간 경험 말이오."

"갚을 가망이 없다는 건 무슨 뜻입니까?"

"예를 들어 한 인간이, 굉장히 사상이 온건하고 매우 반듯한 인간이, 설령 실수로라도 상대가 자기에게는 돈을 빌려 주지 않으리라는 것을 처음부터 잘 알고 있는데 찾아간 거요. 그쪽에선 내가 돌려주지 않을 거라는 걸 알고 있는데 말이오. 한데 신사상을 좇고 있는 레베자트리코프는 바로 요전에도, 오늘날은 학문에서까지 동정을 금하고 있으며, 경제학의 본산지인 영국에서는 이미 그렇게 하고 있다고 설명해 주더군요. 그런 사람이 돈을 빌려 주겠소? 나는 그것을 뻔히 알고도 어슬렁어슬렁 찾아갔다 이겁니다."

"도대체 뭣 때문에 찾아간 겁니까?"

"어디든지 상관없으니 가지 않으면 안 될 경우가 있어요! 내 외동딸이 처음으로 노란 딱지(매음부의 딱지)를 달고 일하러 나갔을 때는, 나도 바깥으로 나갔다오. 내 딸은 노란 딱지를 먹고 살고 있지만……." 그는 불안한 눈초리로 청년을 보면서 주석을 달 듯이 덧붙였다. "뭐, 그저 그렇다는 말이지요! 상관없어요! 이제 모든 것이 공공연한 비밀이 되었으니까요. 나는 이러한 일을 겸허한 기분으로 받아들이고 있어요. 마음대로 하라지! 마음대로! '이 사람을 보라(빌라도가 그리스도의 참을성을 칭찬한 말)' 이거야. 그런데 젊은이, 젊은이는 할 수 있소? 아니, 좀 더 정확하게 말하면 할 수 있다가 아니고, 지금의 나를 보면서 당신은 돼지가 아니라고 단언할 만한 그런 용기가 있소?"

청년은 한마디도 대답하지 않았다.

"그런데 가령 나는 돼지라 할 수 있을지 모르지만 우리 여편네는 귀부인이라오! 내 여편네 카테리나는 교양 있는 여자로서, 말하자면 영관급 군인의 딸이오. 아아, 여편네가 조금만 더 내게 살갑게 해 준다면! 그러나 젊은이, 사람은 누구든 타인으로부터 측은한 마음을 불러일으킬 만한 구석이 있는 것은 괜찮지 않소? 그런데 카테리나…… 난 여편네가 내 머리채를 휘어잡고 끄는 것도 나를 불쌍히 여겨서 하는 짓이라고 알고 있소." 그는 킥킥거리며 웃고는 더욱 위엄을 갖추며 강조했다. "그렇긴 하지만, 아아, 여편네가 단 한 번이라도 좋으니……. 아니! 아니야! 희망이 이루어진 적도 몇 번이나 있었고, 불쌍히 여겨준 적도 벌써 몇 번이나 있었으니까. 그러나…… 이것이 나의 천성이오. 나는 태어날 때부터 야수 같았소!"

"잘 아는군." 주인이 말했다.

마르멜라도프는 결연한 태도를 보이며, 주먹으로 테이블을 탁 내리쳤다. "이것이 나의 천성이오! 나는 여편네의 양말까지 팔아서 마셔버린 놈이란 말이오! 지금 우리는 작은 셋방에서 살고 있는데,

여편네는 이번 겨울에 감기가 걸려 기침을 하기 시작하고, 지금은 피를 토하고 있는 형편이라오. 아이는 어린 것이 셋인데, 카테리나 이바노브나는 닦고 빨고 아이들을 목욕시키느라 아침부터 밤늦게 까지 일을 한다오. 젊은이, 나는 당신의 얼굴에서 뭔지 모를 비애 같은 것을 읽었소. 당신이 섬세한 감정을 가진 교양 있는 인간임을 알 수 있었다오. 사실을 이야기하자면, 내 여편네는 유서 깊은 귀족 여학교에서 교육을 받았고, 졸업할 때는 베일을 쓰고 춤을 추어 메달과 상장까지 받은 여자란 말이오. 마누라는 주인아주머니와는 항상 으르렁대는 사이인데도, 누군가를 상대로 옛날의 행복했던 시절을 뽐내고 싶어 한다오. 마루를 닦고 검은 빵을 먹고 살아가지만, 남이 무례한 짓을 하면 참지 못하는 여자라오. 그렇기 때문에 레베쟈트니코프의 난폭한 짓을 참을 수가 없었다기보다 그런 무례한 행위에 분함을 이기지 못해 자리에 드러누워 버렸다오. 나는 전처와의 사이에 태어난 열네 살 난 딸애가 딸린 홀아비였는데, 아이 셋이 딸린 과부를 받아들였소. 그로부터 꼬박 일 년 동안 나는 열심히 살았고, 이것에는 손도 대지 않았다오(이렇게 말하며 술병을 가리켰다). 그러나 여편네의 마음에는 차지 않았어요. 게다가 나는 직장에서 쫓겨나고 말았다오. 그때부터요, 이것에 손을 댄 것은. 벌써 일 년 반이나 됐을까, 우리 가족이 여기저기 방랑한 끝에 드디어 이 수많은 기념물로 장식된 훌륭한 도시로 흘러 들어온 것은. 여기서 나는 직장을 구했지만…… 구하자마자 또 실직해 버렸다오. 그래서 지금은 리페벡셀이라는 부인 집의 구석방 하나를 얻어 기거하고 있는데, 어떻게 생계를 이어가는지, 무엇으로 방세를 내고 있는지, 전혀 모르고 있다오. 그곳은 소돔이오. 그럭저럭 사는 동안에 전처가 남겨준 딸도 나이가 들었지요. 그 나이가 될 때까지 딸아이는 계모한테 갖은 구박을 다 당했지요. 카테리나는 마음씨가 너그럽고 고운 여자지만, 성미가 급해 자주 발끈하곤 했기 때문에 내 딸 소냐는 교육도 제대로 받지 못했다오. 가난하지만 성실한 아가씨가 정직하게 일을 해서 과연 어느 정도 벌 수 있다고 생각하오? 정직한 것 외에는 특별한 재능이 없는 어린 아가씨로선 종일 일해 봐야 하루에 십오 코페이카도 벌기가 어렵소! 그런데 집에서는 아이들이 배가 고파 울고 있고……. 카테리나의 뺨에는 붉은 반점까지 생겼소. 그 병에 흔히 나타나는 그런 반점 말이오. 그러자 내 딸 소냐가 이렇게 말하는 것이었소. '카테리나, 나 정말 그런 짓을 하러 가지 않으면 안 되나요?' 이렇게 물었다오. 이게 무슨 소린고 하니 때때로 경찰 신세를 지곤 하는 다랴 프란조브나란 돼먹지 못한 여자가 여주인을 통해 벌써 서너 번이나 이쪽의 의사를 물어온 적이 있소. '그것이 뭐 어떻단 말이냐?' 카테리나가 코웃음을 치며 대꾸를 했지요. 그날 여섯 시가 조금 지났을 무렵, 소냐가 일어서서 스카프를 쓰고 집을 나갔다가 아홉 시경에야 돌아왔다오. 그리고 곧바로 카테리나 곁으로 가서 테이블 위에 은화를 삼십 루블 정도 꺼내놨다오. 그러고는 모직으로 짠 녹색의 큰 숄을 집어 들고 머리와 얼굴을 가리더니 침대에 드러누운 채 몸을 떨고 있었다오. 그때 나는 보았다오. 젊은이! 잠시 후에 카테리나가 말 한마디 없이 일어서더니 조용히 소냐의 침대로 다가가서, 밤새도록 그 애의 발치에 무릎을 꿇고, 딸의 발에 입을 맞춘 채 일어서려고도 하지 않았어요. 그리고 둘이 그대로 함께 잠들어버렸다오, 끌어안은 채……." 마르멜라도프는 어느 순간 갑자기 입을 다물었다. "그 이후부터 소냐는 노란 딱지를 갖지 않으면 안 되게 되었고, 우리들과는 함께 살 수 없게 되었다오. 왜냐하면 여주인이 그것을 허락하지 않았고, 거기다가 레베쟈트니코프까지도…… 흠…… 그놈과 카테리나와의 사건도 따지고 보면 소냐의 일 때문에 일어났지요. 처음엔 그놈도 소냐에게 눈독을 들이고 있었건만, 일이 이렇게 되자 거만하게 굴면서 나처럼 점잖은 사람이 어떻게 그런 여자와 한 지붕 밑에서 살 수 있냐고 하는 거요. 그러자 카테리나는 참지 못하고 일을 저질렀지요. 이제는 소냐도 카테리나의 일을 거들기도 하고 힘 닿는 데까지 돈을 보태 주기도 합니다. 그리고 잠자리는 재봉사인 카페르나우모프네 집의 방 한 칸을 얻어 쓰고 있어요. 그는 절름발이에다 말더듬이인데, 식구들이 모두 그렇다오. 온 식구들이 전부 한 방에서 우글우글 살고 있는데, 그래도 소냐만은 칸막이로 별실을 만들어 살고 있지요. 그렇지……, 그날 아침 나는 눈을 뜨자마자 내 누더기 옷을 걸치고, 두 손을 모아 하느님께 기도를 드린 다음, 이반 각하에게 갔다오. 이반 각하를 알고 있소? 허, 그 하느님처럼 어진 분을 모르시다니! 그분은 말하자면 초란 말이오. 주님 앞에 켜놓은 초 말이오. 그분은 자초지종을 들으시더니 눈물을 흘리며, '이보게, 마르멜라도프. 자넨 이미 나의 기대를 저버린 사람이지만…… 형편이 그러니 다시 한 번 써주기로 하지. 아무튼 그렇게 알고 돌아가게!' 그 말을 들은 나는 각하의 발에 묻은 먼지라도 핥아 드리고 싶을 정도였소. 아, 그때 온 집안 식구들의 기뻐하는 모습이란……."

마르멜라도프는 몹시 흥분해 또다시 이야기를 중단했다. 이때 곤드레만드레 취한 술꾼들이 한 패거리 들이닥쳤다. 마르멜라도프는 들어온 패거리에게는 눈도 돌리지 않고 이야기를 계속했다.

"그건 젊은이, 오 주 전의 일이었다오. 그렇지……. 카테리나와 소냐가 그 사실을 안 그 순간부터 난 천국에라도 간 것 같은 기분이었다오. 그때까지 나는 짐승처럼 웅크리고 잠을 자면서 욕을 얻어먹곤 했었는데, 갑자기 두 사람 모두 조용조용 발끝걸음으로 다니며 '아버지가 직장에서 돌아오셔서 지금 쉬고 계시니까 조용히 해요, 쉿!' 하고 아이들에게 말했다오. 출근하기 전에는 커피에 크림을 넣어 끓여주고! 그것도 진짜 크림을 말이오. 게다가 어디서 마련했는지 훌륭한 제복을 맞추기 위해 십일 루블 오십 코페이카를 구해 왔어요. 내가 처음 출근하던 날, 아침나절에 집에 돌아와 보니, 카테리나는 수프와 겨자를 바른 쇠고기 소금구이를 만들어 주었다오. 여편네는 그야말로 벌거숭이나 다름이 없었는데, 그날은 마치 나들이라도 하려는 것처럼 말쑥하게 차려입고 있더군. 하기야 그것이 무슨 대단한 일은 아니지만. 하여튼 여자들은 머리를 빗고 칼라나 소매가 깨끗한 옷을 입고 입으면 그것만으로도 전혀 다른 사람이 되지요. 소냐는 돈을 벌어다 가져다주면서, 자기는 당분간 어두워진 후에 오겠다고 말했소. 알겠소, 젊은이? 점심 식사 후에 한

잠 자러 돌아와 보니, 세상에! 카테리나는 바로 일 주일쯤 전에 주인과 대판 싸움을 벌였으면서도, 자랑을 하고 있었소. 두 사람은 계속 소곤거리고 있었다오. '이번에 주인이 다시 관청에 출근하게 되었어요.' 하고 말하면서 말이오. 육 일 전에 내가 첫 봉급 이십삼 루블 사십 코페이카를 가지고 가자 '사랑스런 사람' 이라고 불렀다오."

마르멜라도프는 잠깐 말을 멈추고 웃으려고 했으나, 갑자기 턱이 떨리기 시작했다. 그래도 그는 그것을 꾹 참고 있었다. 이 숨이 막힐 듯한 술집, 건초선 속에서 지낸 닷새 밤을 지낸 타락한 그의 몰골, 보드카 병, 아내와 자식들에 대한 병적인 애정 등 이런 것들이 듣는 사람으로 하여금 현기증이 일게 했다. 라스콜리니코프는 긴장된 마음으로, 그러나 가슴이 먹먹해져서 조용히 귀를 기울이고 있었지만, 사실은 이곳에 들른 것을 후회하고 있었다.

"이봐요, 젊은이!" 마르멜라도프는 침착성을 되찾으며 외쳤다. "아, 사실 이런 식의 신세타령은 다른 사람에겐 아무런 의미도 없겠지만, 나는 웃어넘길 수 없는 일이오. 내 생애의 천국과도 같았던 그하루…… 그리고 그날 밤. 나는 떠올랐다가는 사라져가는 덧없는 공상에 잠겨 지냈다오. 즉 모든 일을 어떻게 처리할까, 아이들에게 제대로 된 옷을 입히고, 여편네도 좀 편하게 해주자, 그리고 하나밖에 없는 내 딸을 그 수치스런 구렁텅이에서 데려와야 되겠다고 말이오. 젊은이, 그러한 여러 가지 공상에 잠겼던 바로 그다음 날 저녁 무렵(그러니까 바로 닷새 전의 일이지만), 나는 교활한 밤도둑처럼 카테리나의 트렁크 열쇠를 훔쳐가지고, 받아온 봉급의 나머지를 몽땅 빼내버렸다오. 집을 나온 지 오늘로 오 일째인데, 집에서는 나를 찾느라고 한바탕 소동이 벌어졌을 거요. 직장엔 안녕을 고했으며, 제복은 근처 다리 옆의 술집에 잡혀먹고, 그 대신 얻어 입은 게 이 옷이오. 이것으로 모든 게 끝장났소!" 마르멜라도프는 잠시 후 갑자기 교활하고 뻔뻔스런 표정으로 라스콜리니코프를 흘끔 바라보고는 웃으면서 말했다. "오늘 소냐한테 다녀왔지요. 해장술값을 얻으러 말이오! 헤, 헤, 헤!"

"그래, 주던가?" 패거리 중의 누군가가 큰 소리로 물었다.

"그래, 이 보드카 병이 바로 그 애가 준 돈으로 산 거요. 삼십 코페이카를 주더군요. 호주머니 돈을 전부 털어서 말이오. 그것은 이 세상 사람의 행위가 아니었소. 하늘나라 천사의 행위이지. 그 아이는 지금 산뜻하게 단장하는 일에 신경을 쓰지 않으면 안 돼요. 풀을 먹인 스커트, 작은 구두도 필요할 거요. 그런데도 이 아비가 그 삼십 코페이카를 몽땅 술값으로 가로채 왔단 말이오!"

그는 또다시 한잔 따라 마시려고 했으나 술이 없었다. 병은 이미 비워져 있었다.

"도대체 너 같은 인간을 불쌍하게 여길 사람이 어디 있겠어?" 두 사람 곁으로 와 있던 주인이 큰 소리로 외쳤다.

그러자 사람들은 웃음을 터뜨리며 욕을 퍼부었다.

"그래, 나를 불쌍하게 여길 이유 따윈 전혀 없어! 나 같은 건 십자가에 매달려 죽어야 할 인간이야. 이봐요, 주인장! 자네는 이 술이 나의 기분을 풀어주었다고 생각하나? 나는 이 술병의 밑바닥에서 비애를, 비애를 구한 거야. 비애와 눈물을……. 그리고 그걸 찾아서 맛보았어! 백성을 불쌍히 여기시고, 만백성과 만물을 이해해 주시는 하느님만이 우리를 불쌍히 여겨 주신단 말이야. 그분만이 유일한, 그분만이 유일한 심판관이시지. 그분은 마지막 심판의 날에 오셔서 이렇게 물으실 거야. '암상궂은 폐병 환자인 계모와 어린 이복동생들을 위해 자기 몸을 판 딸은 어디에 있느냐? 술주정뱅이에다 망나니인 아버지를 불쌍히 여겨준 딸은 어디에 있느냐?'라고 말이오. 그리고 또 이렇게 말씀하실 거야. '자, 이리 오너라! 나는 전에도 한번 너를 용서해 준 적이 있느니라.' 아까 그 아이에게 갔을 때 나는 분명히 그것을 느꼈단 말이야! 주여, 당신의 왕국이 임하시기를!"

이렇게 외친 그는 깊은 사색에 잠긴 듯 아무에게도 눈길을 주지 않고 털썩 주저앉았다. 그의 말은 사람들에게 나름의 감명을 주었는지 한순간 침묵이 주위를 감돌았다. 그러자 곧 다시 아까와 같은 웃음소리와 욕지거리가 터져 나왔다.

"결론이 정말 멋있군그래!"

"대단한 허풍쟁이야!"

잠시 후 마르멜라도프는 라스콜리니코프 쪽을 보며 말했다. "이제 갑시다, 젊은이. 나를 좀 바래다줘요. 이제 돌아가야겠소. 카테리나한테 말이오."

라스콜리니코프는 이 사내를 집으로 데려다주려고 생각했다. 마르멜라도프는 발이 입보다 훨씬 더 취해 있었기 때문에 청년에게 꼭 매달리다시피 했다.

"내가 지금 무서워하는 것은……." 그는 불안한 듯 중얼거렸다. "내 머리털을 쥐어뜯길 게 무서운 게 아니라 그녀의 눈이오. 볼의 붉은 반점도 무서워. 그리고…… 그녀의 숨소리도 무서워……. 어렵쇼, 벌써 다 왔군. 코첼의 집이오. 열쇠 가게를 경영하는 부유한 독일 사람이지. 자, 어서 앞장을 서시오!"

두 사람은 뒤뜰을 지나 4층으로 올라갔다. 벌써 열한 시가 가까운 시각이었다. 페테르부르크에서는 북극 지방 특유의 백야 때문에 정말로 캄캄한 밤은 없었는데, 층계 꼭대기만은 캄캄했다.

맨 위의 층계 끝에 나 있는 검게 그을린 조그만 문은 열린 채로 있었고, 꺼질 듯 녹아드는 촛불은 초라한 방 안을 비추고 있었다. 입구에서도 훤히 들여다보이는 방 안에는 온갖 것이 너저분하게 흩어져 있었다. 그리고 안쪽 구석에는 구멍투성이의 휘장이 드리워져 있었다. 그러고 보면 마르멜라도프는 남의 방 한쪽 구석이 아니라 독립된 방을 빌려 살고 있는 셈이지만, 그 방은 다른 집의 통로로 이용되고 있었다.

라스콜리니코프는 금세 카테리나를 알아보았다. 호리호리하고 늘씬한 키에 우아한 몸매, 그리고 윤기 흐르는 갈색 머리의 여자였는데, 병으로 생긴 붉은 반점이 두 뺨을 온통 새빨갛게 물들이고 있었다. 그녀는 양손을 가슴에 댄 채 방 안을 왔다 갔다 하면서, 바싹 마른 입술로 가쁘게 숨을 몰아쉬고 있었다. 30세 정도의 그녀는 확실히 마르멜라도프에게는 과분한 것 같았다. 층계 쪽에서는 고약한 냄새가 풍겨왔는데도, 층계로 통하는 문은 닫혀 있지 않았다. 여섯 살쯤 되어 보이는 막내딸은 묘한 자세로 마룻바닥에 앉아서 잠을 자고 있었다. 그 아이보다 한 살 위인 사내아이는 매를 맞는지 구석 쪽에서 오들오들 떨면서 울고 있었다. 아홉 살 정도로 보이는, 성냥개비같이 마르고 키가 큰 딸은 여기저기 찢어져 너덜거리는 셔츠 한 장에, 낡아빠진 모직 망토를 어깨에 걸치고 성냥개비처럼 여윈 팔로 동생의 목을 끌어안고 있었다. 그녀는 동생의 귀에 대고 뭔가를 속삭였다. 그리고 그가 다시 울음보를 터뜨리는 것을 막아 보려고 애를 쓰면서 어머니의 거동을 흘금흘금 훔쳐보았다. 마르멜라도프는 방에 들어가지 않고 문턱에 무릎을 꿇고 라스콜리니코프를 앞으로 떠밀었다. 여인은 낯선 사람을 보는 순간 제정신이 들었는지 한동안 방심한 채로 발길을 멈추고 서서, 어째서 이 사람이 들어왔을까 하고 생각하는 것 같았다. 그러나 다음 순간 문지방 위에 무릎을 꿇고 있는 남편의 모습을 발견하고는 갑자기 소리쳤다.

"아아! 돌아왔군. 이 감옥에 처넣어야 할 인간 같으니라고! 돈은 어디에 뒀지요? 호주머니 속에 무엇이 들어 있는지 꺼내 봐요! 옷까지 다른 걸 입었군요. 그래, 돈은 어디에 뒀는지 말해 보라니까요!" 그러고는 그의 몸을 뒤지기 시작했다. "돈은 도대체 어디다 뒀어요?" 그녀는 거의 울부짖다시피 했다. "아! 정말 모두 마셔 버린 모양이네! 트렁크 속에 십이 루블이나 남아 있었는데……." 그러고는 미친 사람처럼 남편의 머리채를 움켜잡더니 방 안으로 끌어들였다.

"이것이 나의 즐거움이오, 즐거움……." 그는 머리채를 휘어 잡혀 한 차례 마룻바닥에 이마를 부딪치면서 소리치고 있었다.

"마셔 버렸군! 한 푼도 남기지 않고 마셔 버렸어!" 여자는 절망한 모습으로 외쳤다. "거기에다 옷까지 바꿔 입고! 모두 굶주리고 있는데." 그리고 이번엔 느닷없이 라스콜리니코프에게 덤벼들었다. "당신도 같이 마셨지요? 썩 나가 버려요!"

청년은 한마디도 하지 않고 나가려고 했다. 더구나 안쪽 문이 활짝 열려서 몇몇 구경꾼이 모여들었기 때문이다. 궐련을 입에 문 사람, 파이프를 문 사람, 더러는 터키모자를 쓰기도 한 사람들이 킬킬거리며 들여다보고 있었던 것이다. 그들은 마르멜라도프가 머리채를 붙들린 채 끌려 다니면서 '이것이 나에게는 즐거움'이라고 외쳐댔을 때는 큰 소리로 웃음을 터뜨렸다. 마침내 그들은 방 안에까지 들어왔다. 바로 그때 기분 나쁜 여주인의 금속성 목소리가 들려왔다. 그녀는 내일이라도 당장 방을 비워 달라고 험담 섞인 명령을 함으로써 불쌍한 여인을 위협하려고 사람들을 헤치고 앞으로 나온 것이다. 라스콜리니코프는 돌아가는 길에 호주머니에 손을 넣어, 술집에서 1루블을 내고 거슬러 받은 동전을 잡히는 대로 꺼내어 아무도 모르게 작은 창 위에 놓고 나왔다. 그러나 계단에 다다랐을 때 생각을 바꾸어 되돌아가려고 했다.

어째서 난 바보 같은 짓을 했을까? 그 집에는 돈을 버는 소녀가 있는데. 그러나 새삼스럽게 그것을 되찾으러 갈 수도 없다는 생각이 들어 단념하고 하숙집을 향해 걷기 시작했다.

소녀에게도 머릿기름이 필요할 것이다. 그는 거리를 걸으면서 이

31

런 생각을 하고는 히죽 웃었다. 내 돈이 없으면 그 집안은 내일이라도 당장 밥을 못 먹을는지 모른다. 장하다, 소냐! 그건 그렇지만 어쨌든 그 집은 큰 우물을 하나 판 셈이다. 그러나 그들은 그 우물을 얄밉게도 이용하고 있다. 이제 습관이 돼 버렸어. 인간이란 참으로 비열하게도 어떤 일에든지 쉽게 습관이 붙어 버린단 말이야. 그런데 만일 내 생각에 잘못이 있다면!

그는 자기도 모르는 사이에 외치고 말았다.

"만일 인류가 '비열'하지 않다면 남는 것은 선입견뿐이다. 가상의 공포뿐이며, 전혀 장애 같은 것은 없을 것이다."

3

밤새 뒤척거린 라스콜리니코프는 다음 날 늦게야 눈을 떴다. 그는 짜증과 초조, 분노에 사로잡혀 눈을 뜨자마자 자신의 조그만 방 안을 둘러보았다. 안쪽까지 여섯 걸음 정도 되는 작은 방으로, 벽에는 여기저기 찢어져 누렇게 바랜 먼지투성이의 벽지가 붙어 있었다. 그리고 꼴사납게 큰 소파가 있었는데, 그것은 한쪽 벽 전부와 방의 절반을 차지하고 있었다. 이것은 원래 모슬린으로 씌운 것이었으나, 지금은 너덜너덜해진 그대로 그가 침대로 쓰고 있었다.

그는 거북 껍데기 속에 몸을 감추듯이 철저하게 사람들을 멀리하고 살고 있었기 때문에, 시중을 들기 위해 가끔 그의 방을 기웃거리는 하녀의 얼굴을 보며 신경질적인 발작을 일으키곤 했다. 이러한 것은 어떤 일에 열중하고 있는 편집광에게 흔히 있는 일이었다. 하숙집 안주인이 그에게 2주일째 식사를 주지 않았지만 그는 그것을 따지러 들려고도 하지 않았다. 안주인의 유일한 하녀이며 요리를 맡고 있는 나스타샤는 주인의 이 같은 기분을 눈치 채고 그의 방청소도 해주지 않았다. 다만 일주일에 한 번 정도 생각난 듯이 빗자루를 들고 올 뿐이었다. 방금 그를 깨운 것도 그녀였다.

"일어나세요. 벌써 아홉 시가 넘었어요. 차를 끓여 왔어요. 차, 좋아하죠?"

하숙생은 몸을 부르르 떨고는 나스타샤를 보았다. "그건 주인아주머니가 보낸 건가?" 병적인 표정을 지으며 그는 천천히 소파 위에서 몸을 일으켰다.

"아주머니가 줄 리 있겠어요?" 그녀는 재탕한 차가 든, 금이 간 사기주전자를 그의 앞에 놓고 누런 설탕 덩어리 두 개를 놓았다.

"나스타샤, 미안하지만 이걸 가지고 가서 흰 빵을 사다 줘. 그리고 가게에 가서 소시지도 조금. 되도록 싼 것으로." 그는 호주머니 속을 뒤져 동전을 한 움큼 꺼내고는 말했다.

"흰 빵이라면 지금 당장이라도 갖다드리죠. 소시지 대신에 양배추즙은 어때요? 아주 맛있는 양배추즙이에요. 어제 만들어 놓고 기다렸어요."

그녀는 양배추즙을 가져왔다. 그가 그것을 마시기 시작하자, 나스타샤는 곁에 있는 소파에 앉아서 수다를 떨기 시작했다. "주인아주머니가 학생을 경찰에 고발하려는 것 같아요."

"경찰에? 무슨 일로?"

"방세도 내지 않고, 이사도 가지 않으니까요."

"젠장, 마음대로 하라지."

"전에는 가정교사를 한다고 하더니, 요즈음은 어째서 아무것도 하지 않아요?"

"하고 있어⋯⋯." 라스콜리니코프는 거친 말투로 어물어물 말했다.

"무얼 하세요?"

"생각하는 일." 그는 얼마 동안 잠자코 있다가 정색을 하고 그렇게 대답했다.

나스타샤는 갑자기 배를 움켜쥐고 웃어대기 시작했다. "돈을 잔뜩 버는 일이라도 생각해냈어요?"

"구두가 없으니 가정 교사질을 할 수가 있어야지. 한데 그따위 일은 이제 질색이야!"

"하지만 자기가 마시는 우물에 침을 뱉어서는 안 되지요."

"가정교사를 해봤자 푼돈밖에 못 벌어. 그런 푼돈을 가지고 뭘 하겠어?"

"그럼 벼락부자가 되려고요?"

그는 묘한 얼굴로 상대를 바라보았다. "그래, 벼락부자가 되고 싶어."

"천천히 벌어요. 그런데 흰 빵은 사올까요, 그만둘까요?"

"마음대로!"

"아, 깜박 잊었군요! 어제 외출하신 뒤에 편지가 왔어요."

"누구에게서?"

"누군지는 모르겠어요. 우편집배원 아저씨에게 삼 코페이카를 대신 주었어요. 갚아 주시겠지요?"

"어서 가지고 와. 부탁이야."

편지는 랴잔 현에 있는 어머니한테서 온 것이었다.

"나스타샤, 이젠 가봐. 자, 이건 네게 갚는 삼 코페이카야. 부탁인데, 빨리 가줘."

편지를 쥔 라스콜리니코프의 손이 떨리고 있었다. 나스타샤가 나가자 그는 얼른 그것을 입술에 가져다 대고 입을 맞추었다. 그리고 옛날 자기에게 읽기와 쓰기를 가르쳐준 어머니의 필체를 한참 동안 바라보았다. 이윽고 봉투를 뜯었다. 편지의 내용은 이러했다.

나의 귀여운 로쟈(라스콜리니코프의 이름인 로지온의 애칭)야, 벌써 두 달 이상이나 너와 편지 왕래를 못했구나. 내가 너를 얼마나 사랑하는지 너도 알고 있겠지. 네가 쪼들려서 벌써 몇 달 전부터 대학엘 가지 못하고, 또 가정교사도 그만두었다는 소식을 들었을 때 내 심정은 뭐라고 말할 수가 없었다. 1년에 120루블밖에 안 되는 연금으로 내가 어떻게 너를 도울 수 있겠니? 얼마 전 너에게 보낸 15루블은 연금을 저당 잡혀 이곳 상인에게 빌린 돈이란다. 그러나 이제는 송금할 수 있을 것 같다. 이제는 우리에게 행운이 찾아올 서광이 보여 그 사실을 알려 주려고 편지를 쓴다. 첫째는 너의 누이동생이 벌써 반 년 동안이나 나와 함께 살고 있다. 그동안 일어났던 일들을 순서대로 이야기하겠다. 2개월 전에 네가 나에게 편지로, 두냐가 스비드리가일로프의 집에서 홀대받고 난처한 입장에 있다는 이야기를 누구에게서 듣고, 나에게 정확한 사정을 알려 달라고 했지만, 만일 내가 있는 그대로를 전부 썼다면, 너는 모든 것을 집어치우고 집으로 달려왔을 것이다. 그러나 작년에 두냐가 그 집에 가정교사로 들어갔을 때에, 매달 받을 급료에서 제한다는 조건으로 100루블을 미리 얻어 썼기 때문에, 그 빚을 다 갚기 전에는 그곳을 그만둘 수가 없었다. 돈을 빌린 것은 네게 줄 60루블을 마련하기 위해서였다. 너에게는 두냐가 저금했던 돈이라고 거짓말을 했었지. 이제야 사실대로 이야기하는 거다. 지금은 하느님의 은혜로 모든 일이 호전되었다. 스비드리가일로프 씨는 처음에는 그 아이에게 몹시 못마땅하게 대했다는구나. 그러나 지금은 모든 것이 원만하게 해결되었다. 간단하게 말하면 두냐는 스비드리가일로프 씨의 부인인 마르파와 그 집안 식구들로부터 깍듯한 대접을 받고 있었지만 아주 힘든 나날을 보냈던 모양이다. 특히 스비드리가일로프 씨가 바쿠스의 영향을 받고 있을 때 그랬던 모양이다. 어떻게 보면 그 사람은 상당히 나이를 먹었고, 한 집안의 가장이었으므로 경솔한 야심을 부끄럽게 여겨 두냐에게 마구 역정을 냈는지도 모르겠다. 그런데 마침내 참을 수가 없었던지 두냐에게 노골적으로 구애를 해오더란다. 그랬으니 그 아이의 괴로움이 어느 정도였을지 상상할 수 있겠지? 그러나 빚을 지고 있었기 때문에 그만둘 수가 없었던 거지. 그 일로 두냐는 6주간이나 그 집에서 힘든 나날을 견뎌내야 했던 거란다. 그 아이는 나를 걱정시키지 않으려고 나에게 자주 편지를 보내고, 또 답장을 쓰게 하면서도 전혀 그 사실을 알려 주지 않았다. 두냐는 웬만한 것은 참는 아이다. 그러던 중에 생각지도 못한 일이 생겼다. 마르파가 자기 남편이 정원에서 두냐에게 치근덕거리는 것을 우연히 들었다는구나. 그 일로 모든 것이 그 아이 탓이라며 뒤집어씌운 거야. 마르파는 아무 설명도 들으려 하지도 않고, 두냐에게 손찌검까지 하면서 꼬박 한 시간이나 마구 소리를 질러 대며 난동을 부리고는 억수같이 비가 퍼붓는 중에 두냐를 더러운 짐마차에 태워서 내보내 버렸다. 그 모든 것은 내가 너무 힘들어서 너에게 알리지 못했던 거란다. 그런데 꼬박 한 달 동안이나 이 사건에 대한 소문이 나도는 바람에 두냐와 함께 교회조차도 다닐 수 없었다. 이것은 모두 마르파 페트로브나의 탓이었다. 그 여자는 이웃집을 돌아다니면서 두냐의 험담을 했단다. 그러나 하느님의 은총으로 우리들의 괴로움도 오래지 않아 끝이 났다. 스비드리가일로프 씨가 생각을 고쳐먹어 자기 잘못을 뉘우치고, 마르파에게 두냐의 결백을 밝힐 완벽한 증거를 제시했단다. 그것은 마르파가 두 사람이 정원에 있는 것을 발견하기 이전에, 두냐가 그 사람과의 밀회를 거절하기 위해 건네준 편지란다. 사실을 안 그녀는 곧바로 교회로 마차를 몰고 가서 성모 마리아상 앞에 무릎을 꿇고, 힘을 주십사고 눈물을 흘리며 기도를 드렸단다. 그리고 우리들에게로 와서는, 두냐를 끌어안고 자기를 용서해 달라고 애원했어. 그리고 그날 아침 곧바로 시내의 모든 집을 돌아다니며 두냐의 고귀한 마음씨와 행실을 찬양하고 다녔단다. 그

뿐만이 아니라 두냐가 스비드리가일로프 씨에게 보낸 편지를 여러 사람에게 보이기도 하고 읽어 주기도 하며, 그 사본까지 만들어가지고 다녔다. 그 후 두냐는 몇몇 집에서 가정교사로 와 달라는 요청을 받았지만 모두 거절해 버렸단다. 그 아이는 갑자기 사람들에게서 특별한 존경을 받게 된 거야. 다행히 그 일로 우리의 운명이 돌변하려는 상황에 있다. 실은 말이다, 나의 로쟈! 두냐에게 정식으로 청혼을 해온 사람이 있어서, 그 아이도 이미 그 사람에게 승낙을 했기에 급히 너에게 알리는 거란다. 너는 그다지 불만은 없으리라고 생각한다. 그 사람은 7등관인 표트르 페트로비치 루진이라는 사람으로, 이 혼담에 적극 애를 써준 마르파의 먼 친척이란다. 그 사람이 마르파를 통해 우리와 가까워지고 싶다고 해서 교제가 시작되었다. 그 사람은 매우 바쁜 사람이어서 급히 페테르부르크로 떠나야 했으므로 일각이 아쉽다고 했다. 말할 것도 없이, 너무나 갑작스럽게 진행된 일이어서 우리들은 깜짝 놀랐단다. 그 사람은 전도유망한 데다 이미 상당한 재산도 가지고 있다고 들었다. 나이는 45세이지만 상당히 호감이 가는 용모란다. 그러나 다소 무뚝뚝하고 거만해 보이는 면도 있더구나. 로쟈야, 페테르부르크에서 그 사람을 만나게 되거든 혹 마음에 들지 않는 데가 있더라도 너무 성급하게 판단하지 말아다오. 루진 씨는 여러 가지 훌륭한 점이 있는 사람이다. 처음에 우리 집을 방문했을 때, '우리나라의 진보 세력 세대의 신념' 에 공명하는 바가 있는 듯했다. 그 사람은 사람들에게 말하는 것을 아주 좋아하는 모양이야. 그러나 이런 것을 그의 결점이라고까지는 할 수 없을 것 같구나.

두냐의 말을 빌리자면 그 사람은 교양을 갖춘 사람은 아니지만 현명하고 친절한 사람이다. 로쟈, 두냐는 현명한 처녀이기도 하려니와 천사와 같이 고귀하고 아름다운 마음씨를 가졌기 때문에, 남편을 행복하게 하는 일이 자기의 의무라고 믿고, 또 그렇게 할 것이다. 그렇게 되면 남편 될 사람도 그 아이의 행복을 위해 마음을 쓰게 되겠지. 혼담이 너무 빨리 이루어지기는 했지만, 그 아이의 행복에 대해서는 의심할 이유가 없을 것 같다. 그 사람은 다소 무뚝뚝하게 보였지만, 그것도 그 사람이 고지식한 데서 오는 것인지도 모르는 일 아니겠니? 사실 두 번째로 찾아왔을 때, 자기는 두냐를 알기 훨씬 이전부터 지참금 따위는 없더라도 성실한 여자를, 그리고 힘든 역경을 겪은 아가씨를 아내로 맞기로 마음먹고 있었단다. 그 사람의 설명에 따르면, 남편이라는 사람은 절대로 아내에게 기대서는 안 된다고 했다. 더 이야기해 두겠지만, 그 사람은 내가 지금 쓴 것보다도 훨씬 친절한 말을 했단다. 그 사람이 그렇게 말한 것도 무언가를 의식해서 한 것이 아니라 이야기를 하는 도중에 무심코 튀어나온 것이란다. 그때 두냐가 화가 난 듯이 나에게 '말 같은 것은 문제가 아니에요.' 하고 말했다. 그리고 그날 두냐는 밤새도록 잠을 이루지 못하고 방 안을 왔다 갔다 했단다. 그러고는 그다음 날 아침 결심이 섰다고 말했다.

　루진 씨는 지금 페테르부르크로 떠날 채비를 서두르고 있다. 그 사람은 그쪽에 공공 변호사 사무실을 열고 싶은 모양이다. 그 사람은 벌써 전부터 여러 가지 소송 사건을 취급하고 있고, 얼마 전에도 큰 소송에서 이긴 모양이더구나. 페테르부르크에 꼭 가지 않으면 안 되는 것도 대법원에 무슨 중대한 용무가 있기 때문이란다. 그 사람은 너에게도 도움이 될 사람이다. 그 일에 대해 두세 마디 루진 씨에게 이야기해 보았다. 그랬더니 그 사람은 조심스런 말투였지만 적당한 사람이라면 당연히 급료를 다른 사람에게 지불하는 것보다는 친척에게 주는 것이 좋다고 했다. 덧붙여서 대학 공부를 하면서 일을 하면 좋을 것 같다고 배려를 해주었다. 두냐는 요즈음 며칠째 마음이 들떠 장차 네가 루진 씨의 협력자가 될 계획까지 세워놓았다. 너는 법학부에 다니고 있기 때문에 더욱 안성맞춤이지. 두냐의 희망은 충분히 실현성이 있다. 한데 루진 씨는 이에 관한 이야기는 가급적 피하려는 눈치지만 두냐는 앞날의 자기 남편을 잘만 감화시키면 모든 것이 희망적이라고 믿고 있다. 그 사람은 실제적인 사람이므로 그 문제를 냉정하게 처리할지도 모르니까 말이다. 그러나 나와 두냐는 네가 대학에 다니고 있는 동안, 그 사람으로부터 학비의 원조를 받았으면 하는 것에 대해서는 아직 그 사람과 한마디도 이야기한 적이 없단다. 그런 이야기를 하지 않은 것은, 언젠가 자연스럽게 일이 이루어질 것이고, 쓸데없는 소리를 하지 않아도 그쪽에서 먼저 그렇게 할 것이 틀림없고(두냐의 이 정도의 부탁을 거절하지는 않겠지), 더욱이 네가 그 사람의 한쪽 팔이 된다면 네가 일한 급료를 받는 셈이 될 것이기 때문이다. 그런데 로쟈, 가까운 시일 안에 우리 셋이 만나 부둥켜안게 되는지도 모르겠구나! 나와 두냐가 페테르부르크로 간다는 사실은 '분명히' 정해진 일이지만, 그때가 언제가 될지는 알 수가 없다. 모든 것은 루진 씨의 지시에 달려 있어서, 그 사람이 페테르부르크에 자리가 잡히는 대로 이쪽으로 알려주기로 했다. 두냐는 너를 만날 기쁨에 들떠서 한번은 농담으로, 그저 이 일만을 위해서라도 루진 씨에게 시집을 가야겠다고 했단다. 그건 그렇고, 우리는 사정에 따라 가까운 시일 안에 얼굴을 마주할 수 있겠지만, 따로 돈을 넉넉히 보내주겠다. 두냐가 루진 씨에게 시집을 가게 된 사실이 알려진 요즈음은 내 신용도 높아졌다. 그래서 바흐루신 씨도 연금을 저당 잡고 75루블 정도는 융통해 줄 것 같으니까 너에게 25루블이나 30루블은 송금할 수 있으리라 생각한다. 좀 더 많이 보내고 싶지만 두 사람의 여비도 생각하지 않을 수 없구나. 루진 씨가 페테르부르크에 가는 비용 일부와 우리 짐과 트렁크를 자비로 부쳐 주기로 했다. 그럼 로쟈, 가까운 시일 안에 만날 날을 고대하며, 이별의 포옹으로 너에게 축복을 빈다. 로쟈, 너는 우리들의 전 재산이다. 너의 행복이 곧 우리들의 행복이다. 로쟈, 너는 요즈음 유행하는 무신론에 물들지나 않았는지 걱정된다. 만일 그렇다면 나는 너를 위해 기도 드리겠다. 그럼 잘 있거라. 너를 힘껏 껴안고 수없이 키스를 보낸다.

언제까지 너를 사랑하는 어미 ─ 폴헤리야 라스콜리니코바

편지를 읽는 동안 라스콜리니코프의 얼굴은 눈물로 젖어 있었다. 심장은 미친 듯 고동치고, 머릿속은 말할 수 없이 복잡했다. 마침내 그는 곳간이나 다름없는 누런 빛깔의 자기 방이 답답해지며 숨이 막힐 것만 같았다. 눈도 머리도 훤히 트인 바깥을 찾고 있었다. 그는 모자를 집어 들고 바깥으로 뛰쳐나왔는데, 이때는 계단에서 그

누구와 만나는 것도 무섭지가 않았다. 그리고 늘 하던 대로 중얼거리기도 하고, 소리를 내어 자문자답을 하면서 걷고 있었다. 이를 본 행인들은 그를 주정뱅이라고 생각하는 사람도 많았다.

4

그는 어머니의 편지를 읽고 괴로웠다. 그러나 중요한 문제에 대해서는 한참 편지를 읽는 동안에도 전혀 흔들림이 없었다. 문제의 가장 본질적인 핵심은 머릿속에서 이미 결정을 보았던 것이다. 아니, 완전히 결정해 버린 것이다. "내 눈에 흙이 들어가기 전에는 이런 결혼은 절대로 시킬 수 없다. 루진 같은 녀석은 뒈져버려! 하지만 그렇게 될 게 뻔해." 그는 심술궂은 승리감이 깃든 웃음을 띠면서 이렇게 속으로 중얼거렸다. '안 돼요, 어머니, 안 돼. 두냐, 내가 속아 넘어갈 것 같아? 더구나 내 의견도 묻지 않은 채 결정해 버리고는 그것을 이제 사과하다니!'

어머니는 무엇 때문에 '우리나라의 진보 세력 세대의 신념'이라고 쓰셨을까? 단지 성격 묘사일까? 그렇지 않으면 마음에 든 루진 씨를 나에게 잘 보이게 하려는 목적이었을까? 참으로 약삭빠르군. 그리고 또 한 가지 사실도 규명된다면 재미있겠는걸. 그것은 어머니와 두냐가 그 후로 어느 정도까지 서로 속마음을 털어놓고 이야기했나 하는 것이다.

루진의 속셈은 뻔해. 중요한 것은 '실무에 능한 사람으로서 친절한 사람인 듯하다'는 것이다. 정말 큰일이다. 짐과 큰 트렁크는 자기 돈으로 부쳐 준다고! 아주 친절한 사내군그래! 어머니가 자기의 연금을 저당 잡혀 여비를 빌린 사실을 그자가 모를 리가 없잖은가? 그런데 실무에 능한 양반, 당신은 두 사람을 속이고 있는 게 아니오? 짐의 운임은 두 사람 분의 여비보다 싸게 먹히고, 어쩌면 무료인지도 모르지. 어째서 두 사람은 그걸 모르는 것일까? 하여간 아직은 꽃 핀 상태이지만 진짜 열매가 맺는 것은 지금부터야. 생각만 해도 소름이 끼친다! 여기서 중요한 것은 그자가 인색한이라는 것이 아니라 만사가 이런 식인 것이다. 페테르부르크에 나오는 데 얼마를 가지고 온다는 것일까, 루블 은화 세 닢인가, 지폐, 그…… 전당포 할머니 말투는 아니지만, 지폐를 두 장 가지고 온다는 말인가. 흠! 어머니는 페테르부르크에서 이제 무엇으로 생계를 꾸려 나가려고 하는 것일까? 도대체 누구를 의지하려는 것일까? 연금을 믿고 있는 것일까? 그것도 바흐루신 씨에게 진 빚을 갚고 나머지 돈 백이십 루블밖에 안 되는 것을 가지고 말이야. 지금도 어머니는 시골에서 겨울철에는 목도리를 짜고, 소매 끝에 수를 놓기도 하여 노안을 망가뜨리고 있어. 그렇다면 역시 루진의 고결한 마음씨를 믿고 있는 셈이군. '저쪽에서 먼저 제발 하고 부탁해 올 거다.'라고 말이다. 조심하자, 조심을! 그것은 실러와 같이 아름다운 마음씨를 가진 사람에게서나 볼 수 있는 일이지. 최후의 순간까지 공작의 깃털로 장식하듯 최후의 순간까지 선행을 기대하고 나쁜 짓을 하리라고는 생각하지 않는다. 그리고 가령 겉으로 보기와는 조금 다른 점이 있음을 알고 있어도, 절대로 미리 진실이라고 믿지는 말아야지. 그런 것을 생각하면 몸서리쳐진다. 자신을 치장해 준 놈에게 비웃음을 당하게 되기까지는 진상을 알아차리지 못한다. 그건 그렇다 치고 루진은 훈장을 가지고 있는 것일까? 내기를 해도 좋다. 청부업자나 장사꾼들의 연회에 갈 때에도 단춧구멍에 안나 십자훈장을 달고 있을 것이다. 아마 자신의 결혼식에도 달고 나오겠지. 그러나 그런 녀석, 어떻게 하든 상관없다!

오, 그건 그렇다 치자! 어머니는 그 편지에 '두냐는 웬만한 것은 참는 아이다.'라고 쓰고 있다. 그런 것은 나도 알고 있다. 그리고 이년 반 동안 그것을 생각하고 있었다. 정말 그것만을, 즉 '두냐는 웬만한 것은 참는 아이다.'라는 것만을 생각해 왔다. 그래서 이번에 그 아이는 어머니와 함께, 루진 씨도 참을 수 있을 것이라고 생각했다. 가령 그 남자는 분별이 있는 사람인데 '실언을 했다.'고 해도 좋다. 그러나 그렇다 치더라도 두냐는 어떻게 된 것일까? 남자의 정체를 알고도 그 남자와 함께 살겠단 말인가? 두냐는 검은 빵을 씹고 맹물을 마시고 지내더라도 자기의 정신을 팔 아이는 아니다. 틀림없이 자신을 위해서라면 도덕적 자유를 팔지 않겠지만, 남을 위해서는 팔아 버릴 것이다! 여기에 모든 문제가 있다. 오빠나 어머니를 위해서라면 도덕적 자유를 팔아 버린다! 우리는 경우에 따라서는 자기의 도덕적 자유까지 눌러 버리고, 자유도, 안락함도, 양심까지도 고물 시장에 가지고 갈 것이다. 자기의 일생 따위는 어떻게 돼 버리든 상관없다. 단지 자기가 사랑하는 사람이 행복하게만 되면 그만이다. 인간은 이런 것이다. 이러한 상황에서, 다른 사람이 아닌 이 로지온 로마노비치 라스콜리니코프가 주역이 되어 무대 앞에 나타난 게 틀림없다. 그것까지는 좋다 치자! 오빠의 행복도 만들어주고, 대학을 계속 다닐 수 있게 하여 사무실의 공동 경영자로 만들어 주는 것도 좋다. 이는 오빠 운명을 확립해 주는 것이기도 하니까. 어쩌면 명예와 존경을 한몸에 받는 부호가 될 수도 있고, 따라서는 그 위에 명사로서 생애를 마칠 수도 있으니까 말이다. 그렇다면 어머니는 어떤가? 여기서 중요한 것은 바로 나, 로쟈의 일이다. 귀중한 아들을 위해서라면 아무리 훌륭한 딸이라도 희생된들 어떠냐는 것이다! 아, 얼마나 갸륵한 마음씨인가! 이러다가는 소냐의 운명까지도 긍정해 버리는 것이 될 것이다! 소냐, 소냐 마르멜라도바! 이 세상이 계속되는 한 영원히 남을 소냐! 당신들 두 사람은 희생이란 것을, 희생이라는 것의 크기를 충분히 재어본 적이 있는가? 두냐, 너는 알고 있느냐, 소냐는 네가 루진과 결혼을 하려는 것과 비교해서 절대로 더럽지 않다는 것을. 두냐, 너는 사치의 즐거움을 기대하는 면도 있지만, 소냐에게는 그야말로 아사하느냐 아사하지 않느냐가 문제이다. 두냐, 나는 네 희생 같은 것은 바라지 않는다. 어머니, 제가 눈이 시퍼렇게 살아 있는 동안은 그런 일을 시키지 않을 거예요.

그는 문득 제정신이 들어 발을 멈추었다.

그런 일을 시킬 수 없다고? 그렇다면 너는 도대체 어떻게 할 셈인가? 말린다고? 그럴 권리를 가지기 위해서 너는 그 두 사람에게 무엇을 약속할 수 있는가? 대학을 나와 취직하면, 그 두 사람에게

네 운명과 장래를 전부 바치겠다는 말인가? 그보다도 지금 당장 어떻게 할 것인가가 문제다. 그런데도 너는 지금 무엇을 하고 있는가? 그 두 사람으로부터 돈을 뜯어내려고만 하지 않는가.

그는 이렇게 자문하고 스스로를 학대하기도 하면서 일종의 쾌감마저 느끼고 있었다. 이러한 질문은 모두 새로운 질문이 아니고, 지금 갑자기 나온 것도 아니다. 벌써 오래전부터 있어온 병적이고 낡은 상처 같은 질문이었다. 오래전부터 이러한 질문에 번민했고, 지금은 그 기분마저 갈기갈기 찢겨 있었다. 지금의 이 괴로운 질문이 그의 마음에 싹트기 시작한 것은 벌써 오래전의 일이었다.

"자네는 알겠는가, 젊은이! 이제는 더 나아갈 곳이 없다는 게 무슨 뜻인지."라고 말한 마르멜라도프의 물음이 떠올랐다.

인간은 누구나 어딘가 갈 곳이 있어야 한다는 거지?

그는 갑자기 몸을 부르르 떨었다. 이것 또한 어제의 상념이 다시 그의 머리를 스친 것이다. 그는 그 상념이 반드시 '스칠' 것임을 예감하고 있었다. 그래서 그것을 기다리고 있었다. 더구나 그 상념은 어제의 것과 똑같다고 할 수는 없었다. 다른 점은 한 달 전, 아니 바로 어제만 해도 그것은 공상에 지나지 않았지만, 지금은 공상이 아니고, 새롭고 무서운, 전혀 미지의 형태로 불쑥 나타난 것이다. 그 자신도 갑자기 그것을 의식했다. 그는 머리를 세게 한 대 얻어맞은 것 같아 눈앞이 갑자기 캄캄해졌다.

그는 좀 걸터앉고 싶어서 벤치를 찾았다. 그가 걷고 있던 곳은 가로수가 늘어선 코노크파르데이스키로였다. 벤치가 백 발짝가량 떨어진 앞쪽에 있는 것을 보고 그는 되도록 빠른 걸음으로 걷기 시작했다. 그러나 도중에 예기치 않은 사건이 생겨 잠시 동안 그것에 주의가 쏠리고 말았다.

벤치를 찾으려고 할 즈음 스무 발짝 앞에 한 여인이 걸어가고 있는 것을 보았다. 그녀는 한눈에 확 띄는 외모였다. 그래서 조금씩 그 여인에게 주의가 쏠리게 된 것이다. 그녀는 아직 젊은 아가씨처럼 보였는데, 장갑도 끼지 않은 채 팔을 크게 흔들면서 걸어가고 있었다. 입고 있는 옷이라고는 가벼운 명주천으로 만든 아주 얇은 옷이었는데 차림새가 어딘가 이상하고, 단추도 낀 듯 만 듯 아무렇게나 채우고 있었고, 스커트 뒤쪽은 위쪽으로 찢어져 있어서 천조각이 너덜거리고 있었다. 라스콜리니코프는 그 여자의 얼굴을 들여다보고 취해 있음을 알았다. 그녀는 아주 나이가 어린, 열여섯 살 정도의 온통 타는 듯이 붉으면서 부어오른 것 같은 작은 얼굴이었다.

라스콜리니코프는 망설이면서 처녀 앞에서 서성였다. 가로수가 늘어선 도로는 한적했지만 한 시가 지난 시각의 이런 더위에는 거의 누구 하나 찾아볼 수가 없었다. 그런데 옆으로 열댓 발짝가량 떨어진 길 저쪽에 한 신사가 멈춰 서서 처녀 곁으로 오고 싶어 하는 눈치였다. 그 사내 역시 멀리서 처녀를 보고 쫓아온 모양이었는데, 라스콜리니코프 때문에 방해를 받은 것 같았다. 그 사내는 그에게 밉살스런 눈초리를 던지고 있었지만, 이쪽에서 그것을 눈치 채이지 않으려고 애쓰고 있었다. 그는 누더기 옷을 입은 훼방꾼이어서 사라지기를 초조하게 기다리고 있었다. 사정은 뻔했다. 그 신사는 혈색이 좋은 기름진 얼굴로 굉장히 사치스런 차림을 하고 있었다. 라스콜리니코프는 몹시 화가 났다. 갑자기 이 기름진 멋쟁이를 모욕하고 싶어 견딜 수가 없었다.

"스비드리가일로프! 당신, 여기서 무슨 볼일이 있소?" 그는 두 주먹을 불끈 쥐고 버럭 소리를 질렀다.

"뭐가 어쩌고 어째?" 신사는 어처구니없다는 듯 거만스럽게 되물었다.

"얼른 꺼지란 말이오!"

"건방진 소리 하지 마, 이 불량배야!" 이렇게 말하며 그는 지팡이를 치켜 올렸다.

라스콜리니코프는 힘깨나 쓸 것 같은 상대를 향해 주먹을 불끈 쥐고 덤벼들었다. 그러자 바로 그때 누군가가 뒤에서 꼭 껴안았다. 경관이 싸움을 말리려고 끼어든 것이다.

"그만두시오, 당신들!" 그는 라스콜리니코프의 누더기 행색을 보자 격한 목소리로 말했다. "당신은 무얼 하려는 거요? 당신은 대체 누구요?"

라스콜리니코프는 경관을 자세히 쳐다보았다. 하얀 수염과 구레나룻을 기른 이 경관은 군인 스타일의 건장한 사내였다.

"마침 잘 왔습니다." 그는 말하며 경관의 팔을 잡았다 "난 라스콜리니코프라는 대학생입니다. 이런 건 당신도 아시겠습니다만, 어쨌든 같이 갑시다. 보여 드릴 것이 있소." 그는 경관을 바라보며 덧붙였다.

그러고는 경관을 벤치 쪽으로 끌고 갔다.

"보시오, 저 여자 몹시 취해 있지요? 조금 전에 이 길을 걷고 있었지요. 뭘 하는 여자인지는 모르지만 술집 여자는 아닌 것 같아요. 그런데 누군가에게 속고 어디선가 술을 억지로 마신 게 틀림없어요. 아시겠지요? 그리고 옷 입은 꼴을 보십시오. 이것은 틀림없이 남자가 입힌 겁니다. 그건 확실합니다. 이번에는 저쪽을 보십시오. 내가 아까 싸우려고 했던 한심한 이자는 내가 처음 보는 사내지만, 이 사내는 정신없이 취해 있는 이 여자에게 눈독을 들이고…… 이 처녀가 이런 상태라는 걸 알고…… 어딘가로 데리고 가려 하는 겁니다. 틀림없습니다. 이 눈으로 똑똑히 보았어요. 어떻게 이 처녀를 집으로 돌려보낼 수는 없을까요? 다시 한 번 생각해 주십시오!"

경관은 모든 사정을 알아차리고, 여러 가지로 생각하는 것 같았다. 이내 그의 얼굴에 동정의 빛이 떠올랐다.

"오, 어쩌면 가엾게도!" 그는 고개를 흔들면서 말했다. "아직 어린애인데. 여보세요, 아가씨!" 그는 여자에게 말을 걸었다. "집은 어디지?" 처녀는 지친 듯한 눈으로 멍하니 쳐다보고는 쫓아버리려는 듯이 손을 내저었다.

"이봐요. 자, 이걸로 마차를 태워 집에까지 보내 주십시오. 주소만이라도 알았으면 좋겠는데!" 라스콜리니코프가 말했다.

"아가씨, 이봐, 아가씨!" 경관은 돈을 받고 나서 다시 말을 걸었다. "지금 마차를 잡아서 집에까지 보내줄 테니 어디로 마차를 몰면 되겠소?"

"저리 비켜요. 귀찮아요." 처녀는 중얼거리면서 손을 내저었다.

"아, 정말 보기가 딱하군요. 창피하지도 않은가!" 경관은 다시 고개를 내저었다. 경관은 다시 한번 라스콜리니코프를 머리끝에서 발끝까지 훑어보았다. 이 사내도 수상쩍다고 생각한 모양이었다. 이런 누더기를 걸치고 있으면서 돈을 선뜻 내주었으므로.

"당신은 멀리서부터 두 사람을 보았단 말이오?"

"그렇다니까요. 아까부터 말했잖아요. 이 처녀는 내 앞에서 비틀거리며 걷고 있었어요."

"허어, 요즈음은 별 꼴사나운 일이 다 유행하는 모양이야! 이렇게 나이 어린 처녀가 술에 만취해 가지고!" 그러고는 또다시 처녀에게로 몸을 굽혔다.

어쩌면 그에게도 이런 딸이 있을는지도 모른다. 상류층 사람들의 흉내를 내고, 유행이라면 무엇이든 하려는 '양갓집의 아가씨처럼 보이고 싶은' 딸이…….

"중요한 건 어떻게 해서든지 저 악당의 손에서 이 처녀를 구해야 합니다!"

라스콜리니코프가 그 사내를 가리키며 큰 소리로 말하자 사내는 다시 화가 나는지 몸을 흠칫하다가, 생각을 고쳤음인지 경멸하는 듯한 눈초리를 보냈다. 그리고 나서 천천히 열 발짝 정도 물러서더니 다시 멈추어 섰다.

하사관 같은 경관이 곰곰이 생각한 끝에 대답했다. "저 사람 손에 넘기지는 않겠지만…… 어디로 보내야 좋을지, 이 아가씨가 말을 해주었으면 좋겠는데. 그러지 않으면…… 아가씨, 이봐요, 아가씨!" 그는 다시 처녀를 내려다보았다.

처녀는 갑자기 눈을 또렷하게 뜨고 경관을 자세히 쳐다보다가 벤치에서 일어서더니 아까 왔던 쪽으로 되돌아서서 걷기 시작했다. "흥, 파렴치한 놈들! 귀찮게 쫓아다니지 좀 마!" 그녀는 그들을 쫓아버리려는 듯 손을 내젓고는 말했다.

"걱정하지 마시오!" 수염을 기른 경관은 단호하게 말하고 두 사람의 뒤를 따라가기 시작했다. "허어, 거 참! 정말 말세야!"

그 순간 라스콜리니코프는 뭔가에 따끔하게 찔린 것 같은 기분이 들었다. "이봐요, 잠깐!" 그는 수염을 기른 경관을 향해 소리를 질렀다. "그냥 내버려 두시오! 그놈이 마음대로 재미를 보도록 놔두시오." 그는 사치스런 몸치장을 한 사내를 가리켰다. "당신과 아무 상관도 없잖소?"

경관은 무슨 영문인지 몰라서 눈을 부라리고 이쪽을 보았다. 라스콜리니코프는 웃음을 터뜨렸다.

"쳇!" 경관은 한 손을 저으며 코웃음을 치고는 라스콜리니코프를 형편없는 인간이라고 생각했는지 느끼한 신사와 처녀의 뒤를 따라 걷기 시작했다.

'내 이십 코페이카만 가져가 버렸군.' 혼자 남게 된 라스콜리니코프는 증오 섞인 말투로 중얼거렸다.

그는 휑하니 비어 있는 벤치에 걸터앉았다. 생각이 정리가 되지 않았다. 할 수만 있다면 완전히 무의식 상태가 되어 모든 걸 잊고 싶었다. 그리고 눈을 고쳐 뜨고, 전혀 새로운 생각으로 출발하고 싶었다.

"불쌍한 처녀야!" 그는 텅 빈 벤치의 구석을 바라보며 이렇게 말했다. "제정신이 들어 잠시 울고 나서 마침내 어머니에게 들통이 나겠지. 어머니는 처음에는 손으로 때리다가, 나중에는 회초리로 때린 후 아마 쫓아내버릴 것이다. 성실한 어머니 밑에서 살면서 어머니의 눈을 속이고 나쁜 짓을 하는 처녀들이 걸어가는 정해진 길이다. 그러고 나서 병원에서……. 그리고 다시 병원으로……. 그러면서 이삼 년이 지나면 몸이 망가져, 겨우 열다섯이나 열여덟 살로 생을 마감할 것이다. 그런 사람들을 몇 사람이나 보아왔던가! 다른 사람의 순결을 지키는 데 방해가 되지 않기 위해서지. 퍼센티지! 정말 그자들은 그럴듯한 말을 하는구나. 이것은 굉장히 속편한 말이고 과학적인 말이다. 퍼센티지라고 말하면 마음을 괴롭게 할 문제는 아무것도 없을 테니까."

그런데 나는 어디로 가는 거지? 그렇다. 바실리예프스키 섬의 라주미힌의 집에 가려고 나왔지. 이제야 겨우 생각이 떠올랐군. 무슨 일로? 그런데 왜 나는 라주미힌한테 가려는 생각을 했을까?

라주미힌은 대학에 다닐 때의 동기생이다. 사실 라스콜리니코프는 대학 때의 친구가 거의 없다. 아무도 그를 좋아하지 않았기 때문이다. 그는 몹시 가난했지만 비상한 두뇌를 가진 존재로, 스스로 다른 사람보다 월등한 존재라고 생각하는 것처럼 보였다.

그러나 라주미힌과는 마음을 터놓고 흉허물없이 지내고 있었다.

하긴 라주미힌과 그나마 그렇게 지낼 수 있었던 것은 그가 지나칠 정도로 쾌활하며 붙임성이 좋은 청년이었기 때문이다. 그는 건장한 경관을 한주먹에 때려눕힌 적이 있었는가 하면, 엄청나게 술을 마시기도 했고, 어떤 때는 지나칠 정도로 장난을 치기도 했다. 또한 그는 실패를 해도 절대로 당황하지 않았으며, 어떠한 역경 앞에서도 좌절하지 않았다. 그리고 지붕 위에서도 살 수 있었고, 굶주림이나 혹한도 참아낼 수가 있었다. 게다가 가난해서 이것저것 닥치는 대로 일을 했다. 지금은 어쩔 수 없이 대학을 쉬고 있지만, 그것도 오래 끌지 않고 사태를 개선해 학업을 계속할 수 있도록 서두르고 있는 중이었다. 라스콜리니코프는 벌써 4개월째 그에게 가지 않았고, 라주미힌도 그의 하숙집을 모르고 있었다.

5

라스콜리니코프는 자신이 왜 라주미힌에게 가려고 했을까 생각하자 굉장한 불안감에 휩싸였다.

이게 뭐란 말인가. 정말 나는 라주미힌에게 의지해 만사를 해결하려고 했던가. 그는 스스로에게 자문했다.

그때 그의 머릿속에서 기괴한 생각이 떠올랐다.

음, 라주미힌에게 가야지. 하지만 지금은 아니야. 그 친구에게는…… '그것'을 해치운 다음날 가자. 이미 '그것'이 끝나고, 모든 것을 새로 시작할 때에…….

그리고 갑자기 그는 제정신이 들었다.

"'그것'을 해치우고 나서!" 그는 벤치에서 벌떡 일어나면서 외쳤다. "정말 나는 '그것'을 해치우려는 걸까?"

그는 벤치를 떠나 거의 뛰다시피 걸었다. 하지만 집 쪽으로는 가기가 싫었다. 그 방에서, 그 소름이 끼치는 다락 같은 방에서 한 달이상이나 걸려 '그 생각'이 숙성해 왔다고 생각했기 때문이다. 그래서 그는 발길이 닿는 대로 걷기 시작했다.

그의 몸을 휩싸는 짜증스런 전율은 일종의 열병 같은 것으로 변했다. 그리고 몸을 떨면서 다시 머리를 들고 빙 둘러보았을 때는 자신이 무엇을 생각하고, 어디를 어떻게 걸어왔는지조차 생각해낼 수가 없었다. 그렇게 바실리예프스키 섬을 구석구석까지 걸어다니다가 네바 강으로 나와 다리를 건너 군도 쪽으로 발길을 돌렸다. 도회지의 짓누르는 듯한 건물만 보다가 푸른 잎을 보고 상쾌한 바람을 쐬니 처음에는 기분이 좋았다. 그러나 얼마 지나지 않아, 또다시 병적이고 초조한 기분에 시달렸다. 특히 그의 마음을 사로잡는 것은 꽃이었다.

얼마 후 그는 걸음을 멈추고, 가지고 있던 돈을 세어보았다. 돈은 30코페이카가량 되었다. 경관에게 20코페이카를 주고, 나스타샤에게 우편 요금으로 3코페이카를 지불했으니…… 그렇다면 마르멜라도프의 집에는 어제 47코페이카나 50코페이카를 놓고 온 셈이다. 순간 그는 왜 호주머니에서 돈을 꺼냈는지 잊어버리고 말았다. 그리고 술집 같아 보이는 한 식당 곁을 지날 때 강렬한 식욕을 느끼고 술집으로 들어가서 보드카를 한잔 마시고 안주를 시켜 먹었다. 오랫동안 보드카를 마시지 않았기 때문에 단 한잔밖에 마시지 않았지만 금방 취기가 올랐다. 발걸음이 갑자기 무거워지고 졸음이 왔다. 페트로프스키 섬까지 왔을 때 그는 몹시 지쳐서 잠시 걸음을 멈추었다가, 길에서 벗어나 숲 속으로 들어가 풀숲에 쓰러져 누웠다. 그리고 곧 잠이 들어버렸다.

라스콜리니코프는 기괴한 꿈을 꾸었다. 그것은 어린 시절, 시골에서 살았을 때의 꿈이었다. 축제날 저녁이었는데, 일곱 살가량의 그는 아버지와 함께 동구밖을 거닐고 있었다. 몹시 무더웠던 그날, 그의 기억에 남아 있는 것은 지금 꿈에 나타난 장소보다 훨씬 희미했다. 주위에는 한 그루의 버드나무조차 없었다. 하늘이 끝나는 듯한 아득히 먼 곳에 숲이 거무스름하게 보였다.

마을에서 조금 가면 채소밭이 있었고, 거기에서 조금 더 가면 큰 술집이 있었다. 아버지와 함께 그곳에 올 때마다 늘 공포를 느꼈다. 그곳에는 많은 사람들이 떠들어대며 미친 듯 웃기도 하고, 쉰 목소리로 저속한 노래를 부르기도 하다가 싸움질을 하곤 했다. 주정꾼을 만나면 그는 아버지에게 찰싹 달라붙어 온몸을 덜덜 떨었다. 술집 옆의 시골길에서는 늘 시커먼 먼지가 풀풀 날렸다. 꼬불꼬불 뻗어 있는 그 길은 삼백 발짝가량 떨어진 곳에서 마을의 묘지를 따라 오른쪽으로 꺾여 있었다. 오래전에 세상을 떠나 전혀 얼굴을 본 일이 없는 할머니를 위한 의식이 있을 때마다 그는 부모님을 따라 기도 드리러 갔다. 그때 부모님은 늘 흰 접시에 담은 제병을 냅킨에 싸가지고 갔는데, 제병은 설탕을 넣은 쌀가루로 만들었고 건포도가 십자형으로 박혀 있었다. 평평한 묘석이 있는 할머니의 묘 곁에는 생후 6개월 만에 죽은 그의 동생의 묘도 있었다. 그는 성묘하러 갈 때마다 그 작은 묘에 경건한 마음으로 성호를 긋고 키스도 했다. 그가 꾼 꿈은 이런 꿈이었다.

그는 아버지를 따라 묘지로 가는 길에 술집을 보았다. 그곳에는 무슨 잔치가 벌어졌는지 수많은 사람들이 모여 있었고, 모두가 취해서 노래를 불러댔다.

이번에는 술집의 앞 계단 근처에 좀 색다른 짐마차가 보였다. 큰 말이 끄는, 짐이나 술통을 운반하는 대형 짐마차였다. 그는 갈기가 길고 몸집이 큰 말이 산더미 같은 짐을 싣고 규칙적인 발걸음으로 걷는 것이 보기 좋았다. 그런데 지금은 이상하게도 그런 대형 짐마차에 작고 여윈 얼룩말이 매여 있었다. 잠시라도 허둥거릴라치면 사정없이 내리치는 마부의 채찍에, 때로는 콧등과 눈까지 얻어맞는 말을 보고 있노라니 그는 불쌍한 마음이 들어 견딜 수가 없었다. 그때 갑자기 주위가 시끄러워졌다. 술집에서 빨강과 파랑으로 된 루바슈카 위에 코트를 입은 큰 몸집의 농부들이 곤드레만드레 취해 노래와 더불어 발랄라이카를 치면서 바깥으로 몰려나왔다.

"자, 타라! 모두, 타라!" 그들 중 한 사내가 소리쳤다. 목이 굵고, 홍당무같이 붉은 얼굴의 젊은 사내였다. "모두 집까지 데려다 주겠다! 타라!" 웃음소리와 야유가 터져나왔다.

"저런 형편없는 말이 설마 집까지 데려다 줄 수 있을까?"

"미콜카, 이렇게 말라빠진 말에게 큰 짐마차를 끌게 하다니!"

"내 생각에 얼룩말은 스무 살쯤은 되었을 것 같은데, 그렇지?"

"타라. 모두 집까지 데려다 줄 테니까!" 미콜카는 다시 한 번 소리를 지르면서 맨 먼저 짐마차에 뛰어오르더니 고삐를 잡고 마부 자리에 우뚝 섰다. "이 암말은 애만 먹인단 말이야. 때려죽이고 싶어. 처먹기나 하고 말이야! 자! 타라, 달려 볼 테니까!"

군중 속에서 웃음소리가 일어났다.

"어서 타라고! 왜 안 타지?"

"이 말은 뛰어 본 게 십 년은 됐을걸."

"무슨 소릴! 지금부터 달릴 테니까, 두고 보라고."

"불쌍하게 생각할 건 없어. 모두 채찍을 준비하는 게 좋겠는걸. 어때?"

"그건 그래! 채찍으로 갈겨보자고!"

모두들 킬킬거리며 미콜카의 짐마차에 올라탔다. 여섯 명가량이 탔는데, 아직 더 태울 자리는 있었다. 뚱뚱하고 볼이 빨간 여자를 한 사람 더 태우기로 했다. 그 여자는 빨간 옥양목 옷차림에 목이 긴 구두를 신었는데, 호두를 깨면서 가끔 킬킬거리고 웃었다. 짐마차 위의 젊은이 두 사람이 채찍 하나씩을 들고 미콜카를 돕기로 했다. "이럇!" 하고 소리를 지르자, 말은 있는 힘을 다해 끌었지만, 단 한 발짝도 나아가지 못했다. 비 오듯이 내리치는 세 개의 채찍에 낑낑거리며 주저앉을 형편이었다. 마차에 탄 사람의 웃음소리는 한층 커졌고, 그럴수록 미콜카는 더욱 미친 듯 채찍을 내리쳤다.

"여러분! 나도 태워줘요." 한 청년이 소리쳤다.

"타라, 모두 타라!" 미콜카가 소리쳤다.

"아빠, 아빠! 저 사람들이 무슨 짓을 하는 거예요?" 그가 외쳤다.

"취했어. 바보 같은 놈들이 끔찍한 짓을 하고 있는 거다." 그러고는 그를 데리고 가려 했다. 하지만 그는 아버지의 손에서 빠져나가 정신없이 말 쪽으로 달려갔고, 이미 불쌍한 말은 지칠 대로 지쳐 나동그라지기 직전이었다.

"뻗을 때까지 때려!" 미콜카가 소리쳤다. "이렇게 된 마당에 상관할 것 없어! 때려죽여!"

"너는 십자가도 없니? 이 악당 놈아!" 군중 속에서 한 노인이 소리쳤다.

"그러다가 죽이겠다." 세 번째 사내가 고함을 쳤다.

"참견하지 마, 내 말이니까! 내가 하고 싶은 대로 하는 거야."

갑자기 모든 것이 그 웃음소리에 덮여 버렸다. 말은 점점 심해져 가는 채찍에 견디다 못해 힘없이 뒷발로 차기 시작했다. 그 노인까지도 참을 수가 없게 되어 빙그레 웃었다. 그도 그럴 것이 이런 쓸모없는 말이 뒷발질을 하려 들다니 말이다.

군중 속의 두 젊은이가 채찍을 각각 하나씩 들고 말을 때리려고 양옆으로 달려왔다.

"콧등을, 눈깔을 때려. 눈깔을!" 미콜카가 고함을 쳤다.

"모두 노래를 부르자고!" 짐마차 속에서 누군가가 외치자, 마차에 타고 있던 사람들이 일제히 노래를 부르기 시작했다.

그가 앞쪽으로 달려가 보니, 말은 정말 눈을 얻어맞고 있었다. 그는 울기 시작했다. 때리고 있는 사내의 채찍이 그의 얼굴을 스쳐도 그는 느끼지 못했다. 그는 손을 비비고 울면서, 이들을 꾸짖듯 머리를 흔들고 있던 흰 수염의 노인에게 매달렸다. 농사꾼 여자가 그의 손을 잡고 데리고 가려 했지만, 그는 그 손을 뿌리치고 다시 말이 있는 쪽으로 쫓아갔다. 말은 이제 최후의 발버둥을 치며 다시 한 번 뒷발로 차기 시작했다.

"뻗어 버려라, 이놈아!" 미콜카는 흥분해 날뛰며 고함을 질렀다.

"뻗어 버려라!" 사람들이 소리를 쳤다.

"죽는단 말이야!"

"내 거야!" 미콜카가 소리치며 나무를 크게 휘둘러 내리치자, 퍽 하는 소리가 무겁게 들렸다.

"뭘 하고 서 있는 거야?" 군중 속의 누군가가 이렇게 말했다.

미콜카가 다시 한 번 몽둥이를 쳐들어 말의 등에 두 번째 타격을 가하자, 말은 엉덩방아를 찧고 말았다. 그러나 다시 일어나서 마지막 힘을 다해 마차를 끌고 가려고 했다. 사방에서 여섯 개의 채찍이 날아오고, 몽둥이가 힘껏 세 번, 네 번 규칙적으로 내리쳤다. 미콜카는 말을 단번에 죽이지 못했기 때문에 반미치광이가 되어 있었다.

"아직 살아 있군!" 주위에서 고함치는 소리가 들렸다.

"도끼로 해치우는 게 어때? 단번에 해치워." 누군가가 소리를 질렀다.

"시끄러! 비켜!" 미콜카는 광포하게 소리를 지르며 몽둥이를 내던지고는 짐마차 속으로 허리를 굽히더니, 이번에는 쇠막대기를 꺼내 들었다. "모두 조심해!"

미콜카는 쇠막대기로 말의 등을 마구 치기 시작했다. 여윈 말은 콧등을 쭉 내밀고 괴로운 듯 숨을 한 번 크게 몰아쉬고는 마침내 숨이 끊어진 듯 나동그라졌다.

"드디어 해치웠군!" 군중 속에서 누군가가 소리쳤다.

"아니, 십자가도 지니지 않고 다니는 모양이로구나!" 군중 속에서 이렇게 외치는 자의 숫자가 많아졌다.

애처롭게 이를 보고 있던 그는 이제 완전히 정신을 잃어갔다. 그는 울음보를 터뜨리면서, 군중 속을 뚫고 사체가 된 얼룩말 곁으로 달려가서 피투성이가 된 콧등을 어루만지며 콧등과 눈과 입에 키스를 했다. 그러고 나서 벌떡 일어서서 조그만 주먹을 불끈 쥐고 미콜카에게 덤벼들었다. 아까부터 뒤를 쫓고 있던 아버지가 그를 끌어당겨 군중 틈에서 데리고 나와 버렸다.

"가자! 가!" 아버지가 말했다.

"아버지, 어째서 저 사람들은 저 말을…… 죽였어요?" 그는 흐느꼈다. 억눌린 슬픔 때문에 말은 외침이 되어 띄엄띄엄 나왔다.

"술 취한 주정뱅이들이니까 그러는 거야." 아버지가 말했다.

그가 양손으로 아버지를 붙잡으려 할 때 가슴이 마구 짓눌리는 느낌이 들었다. 숨을 몰아쉬고 소리를 치려고 하다가 잠에서 깨어났다.

"다행히 꿈이었구나!" 나무 그늘에 앉자 그는 깊은 숨을 들이쉬고 그렇게 말했다. "도대체 무슨 영문이지? 열병에라도 걸린 걸까? 이렇게 무서운 꿈을 꾸다니!"

그는 무릎에 팔꿈치를 세우고 양손으로 턱을 괴었다.

"아아!" 그는 신음했다. "정말로 나는 도끼를 쥐고, 그녀의 머리를 내리쳐서 두개골을 가루로 만들 작정인가?"

이런 말을 하면서 그는 벌벌 떨었다.

그는 일어서서 어째서 이런 곳에 와 있는지 이상하다는 듯 주위를 둘러보고는 투치코프 다리 쪽으로 걷기 시작했다. 안색은 창백했는데 눈빛만은 이글거렸다. 순간, 갑자기 호흡이 편해졌다.

"오, 하느님! 저에게 길을 가르쳐 주소서. 저는 그 저주스러운 공상을 버리겠나이다."

다리를 건너며 그는 붉은 태양이 가라앉아 반짝반짝 빛나는 네바 강을 바라보았다. 그는 몸이 몹시 쇠약했지만 마치 꼬박 한 달이나 곪았던 마음의 종기가 터진 것 같은 기분이었다. 자유, 자유! 그는 이제 그 마법과 환상과 유혹에서 해방된 것이다!

그가 광장에 다다른 건 아홉 시경이었다. 테이블이며 판자를 펼쳐놓은 구멍가게에서 장사를 하고 있던 상인들은 모두 집으로 돌아가려 했다. 센나야 광장의 건물 지하실, 즉 더럽고 냄새나는 시장의 싸구려 음식점 주위와 술집 근처에는 여러 업종에 종사하는 사람들이 모여 있었다. 라스콜리니코프는 별다른 목적도 없이 골목을 거니는 것이 좋았다. 이 주위에서는 그의 누더기 차림을 깔보듯이 쳐다보는 사람은 없었다. 코니 골목 끝 모퉁이에는 장사꾼 부부가 목판 두 개를 놓고, 실이며 끈이며 옥양목 손수건 등을 펼쳐놓고 팔고 있었다.

부부는 돌아갈 채비를 하다가 이전부터 알고 지내던 여자가 찾아오자 이야기를 나누었다. 여자는 리자베타 이바노브나인데 사람들은 그냥 리자베타라고 불렀다. 어제 라스콜리니코프가 시계를 전당포에 맡기며 예비 조사를 하러 갔던, 그 14등관 미망인으로 돈놀이를 하는 노파 알료나 이바노브나의 동생이었다. 그는 훨씬 이전부터 리자베타를 잘 알고 있었고, 그쪽도 그에 관해 조금 알고 있었다. 큰 키의 못생긴 얼굴에 온순하며 바보스러운 30세의 노처녀인데, 언니의 완전한 노예가 되어 밤낮없이 언니를 위해 일했다.

"리자베타, 당신이 확실하게 결정하세요." 장사꾼은 큰 소리로 말했다. "내일 일곱 시경에 오세요. 그 사람도 올 테니까."

"내일요오?" 리자베타는 생각에 잠긴 채 말꼬리를 길게 끌었다.

"당신은 언니를 너무 무서워하고 있어!" 장사꾼의 마누라가 수다를 떨기 시작했다. "당신은 보니까 마치 작은 어린애 같아. 그 사람은 이복언니인데도 당신을 자기 마음대로 부리고 있잖아요."

"언니에겐 아무 말도 하지 말아요. 내가 충고하겠는데 정말 수지맞는 일이니까. 나중에 언니도 이해해 줄 거예요." 남편이 말했다.

"그럼 가기로 할까요?"

"일곱 시예요, 내일. 그쪽도 오기로 했으니까 알아서 결정하세요."

"사모바르도 준비할게요." 장사꾼의 마누라가 덧붙였다.

"네, 올게요." 리자베타는 여전히 어찌할 바를 모르는 얼굴로 천천히 그 자리를 떠났다.

라스콜리니코프는 벌써 그곳을 지나쳐 버렸기 때문에 더 이상은 들을 수가 없었다. 그러나 그는 전혀 뜻하지 않게 중요한 사실을 알게 된 것이다. 내일 밤 일곱 시 정각에 노파의 유일한 동거인인 동생 리자베타가 집에 없으리라는 것을.

하숙집까지는 이제 몇 발짝밖에 남지 않았다. 그는 사형선고라도 받은 듯한 기분으로 방으로 들어갔다. 그는 아무것도 생각하지 않았고, 생각할 수도 없었다. 그러나 자신에게는 이미 생각할 자유도 의지력도 없고, 모든 것이 더 이상 움직일 수 없도록 결정되어 버린 것을 직감했다.

물론 몇 년이나 계속 기회가 오기를 기다렸다 해도 지금보다 명료하고 확실한 기회는 절대로 기대하기 어려웠다. 어쨌든 내일 그 시각에 죽이려고 생각한 노파가 혼자서 집에 있다는 것을, 그 전날 밤에 확실하게 모험이나 위험한 탐색 같은 것을 일절 하지 않고 알아낸다는 것은 그리 쉬운 일이 아니었다.

6

그 후 라스콜리니코프는 장사꾼 부부가 리자베타를 자기 집으로 부른 이유를 우연히 알았다. 다른 고장에서 건너와 돈이 궁색해진 어느 집안에서 부인들이 쓰는 용품들을 내다 팔 적당한 상인을 찾

고 있었다. 마침 리자베타가 그런 장사를 하고 있었던 것이다. 그녀
는 주문을 받고 물건을 소개해 주거나 심부름을 해주었는데, 아주
정직하고 늘 값을 높게 매겼기 때문에 단골이 많았다.

라스콜리니코프는 한동안 가정교사 노릇을 하고 있어서 그럭저
럭 지냈으므로 오랫동안 노파를 찾아가지 않았다. 그랬는데 약 달포
전에 언뜻 그 주소를 생각해낸 것이다. 그에게는 전당 잡힐 만한 물
건이 두 개 있었다. 아버지가 물려준 헌 시계와 누이동생이 헤어질
때 기념으로 준 정체 모를 빨간 보석이 세 개 박힌 작은 금반지였다.

그는 반지를 가지고 노파의 주소를 찾았을 때, 그녀에게서 억누
를 수 없는 혐오감을 느꼈다. 그리고 '지폐' 두 장을 받아 가지고 돌
아오는 길에 어느 싸구려 간이식당에 들러 차를 주문했다. 그때 달
걀 속의 병아리가 껍질을 콕콕 쪼듯이 기괴한 생각이 머릿속을 찌
르는 듯해, 그는 그만 그 생각에 사로잡히고 말았다.

그의 다음 테이블에는 낯모르는 한 학생과 젊은 장교 한 사람이
앉아 있었다. 라스콜리니코프는 학생이 돈놀이를 하는 14등관의
미망인인 알료나에 관한 이야기를 하면서, 그 노파의 주소를 장교에
게 가르쳐주는 소리를 들었다. 이것만으로도 라스콜리니코프는 기
분이 묘해졌다. 마치 그들 중 누군가가 그가 사로잡힌 생각을 재촉
이라도 하듯 갑자기 알료나에 관한 이야기를 하기 시작한 것이다.

"대단한 노파라네. 그 노파에게 가면 언제라도 돈을 꿀 수가 있
지. 유대인도 무색할 정도로 부자야."

그리고 학생은 그녀가 얼마나 지독한 여자인지, 단 하루라도 기

한을 어기면 물건을 처분해 버린다는 것과 실제 물건 값어치의 4분의 1밖에 빌려주지 않고, 이자는 한 달에 5부에서 7부까지도 받는다는 것 등을 이야기했다.

"참으로 보기 드문 현상이지!" 학생은 큰 소리로 웃어댔다.

잠시 후 두 사람은 리자베타 이야기를 하기 시작했다. 리자베타는 언니를 위해 요리와 빨래를 도맡았고, 삯바느질에다 심지어는 남의 집 마루를 닦는 일까지 했다. 이렇게 해서 번 돈은 죄다 언니가 낚아챈다는 것이었다. 더구나 언니의 허가 없이는 어떤 일도 할 생각을 못한다는 것이었다. 노파는 이미 유언장을 준비해 놓고 있었는데, 그 내용은 리자베타에게는 시시한 가재도구 외에는 단 한 푼도 주지 않는 것으로 되어 있었다. 돈은 모두 노브고로트 현에 있는 수도원에 기부하면서 영원히 자기를 추도하도록 했다. 생각에 빠져 있던 학생이 웃은 것은 리자베타가 늘 임신 중이어서 배가 불룩하다는 이야기를 들었기 때문이다.

"한데 자네 말로는 그 여자는 추녀라면서?" 장교가 말했다.

"얼굴이 검어 위장 군인 같이 보이지만 추녀라고 할 정도는 아니야. 웃는 얼굴은 제법 귀엽기도 하지."

"그러면 자넨 그녀를 좋아하는 모양이지?" 그러고는 장교가 웃기 시작했다.

"자네에게 이런 말을 하고 싶군. 만약 그 고약한 노파를 죽이고 물건을 빼앗았다고 해도 자네에게 단언하지만, 전혀 양심의 가책을 느끼지 않을 거야." 학생이 열띤 어조로 지껄였다.

장교는 또 웃었는데, 순간 라스콜리니코프는 몸을 부르르 떨었다. 얼마나 기괴한 일인가!

"그런데 말이야. 다른 한쪽에는 도움을 받지 못해 좌절한 젊은이가 있지." 학생은 열을 올렸다. "물론 지금 말한 것은 농담이지만, 다른 쪽에는 바보 같고 무가치한 존재로, 내일이라도 당장 죽을 것 같은 병든 노파가 있어. 그녀는 심술 사납고, 누구에게도 도움이 안되고, 자기 자신이 무엇 때문에 살고 있는지조차도 모르고 있지. 알겠나? 알겠냐고!"

"그래, 알아!" 장교는 열을 올리며 말하는 친구를 뚫어지게 바라보면서 대답했다.

"그럼, 내 말을 들어보게. 저쪽에는 구원의 손길이 뻗치지 않아서 허무하게 사라져가는 젊고 신선한 힘이 있어. 그것도 도처에 수없이 있어! 이들은 수도원에 기부하기로 되어 있는 노파의 돈으로 수백 수천의 훌륭한 사업 계획을 세우거나 영락한 생활을 개선시킬 수가 있어. 어쩌면 수많은 사람들의 생활이 정도를 찾게 될지도 몰라. 또 수십 가구가 빈곤과 부패와 죽음과 타락과 성병에서 구제를 받을 수도 있단 말이야. 그 노파를 죽이고 그 돈을 빼앗자는 거야. 즉 그 돈을 이용해 전 인류를 위해 사용하자는 거지. 자네는 어떻게 생각하나? 작은 범죄자가 몇 천 가지 훌륭한 사업을 했어도 그 죄를 용서받을 수 없을까? 어리석고 심술궂은 노파의 목숨이 어느 정도의 의미가 있을까? 요전에도 그 노파는 화가 나서 리자베타의 손가락을 물어뜯어 손가락이 잘릴 뻔했어!"

"물론 그 노파는 살 가치가 없지. 그러나 그것이 자연의 법칙 아닌가?" 장교가 대꾸했다.

"오, 여보게! 자연을 변화시키는 게 인간이야. 지금은 그 방향이 바뀌고 있잖은가? 그렇지 않다면 인간은 계속 잘못된 생각 속에 틀어박혀 있었을 것이고, 단 한 사람의 위인도 나오지 않았을 거야. '의무다, 양심이다.' 하고 사람들은 말하지만 그 의무라든가 양심이 도대체 어떻게 이해되고 있다고 생각하나? 가만있자, 여기서 자네에게 한 가지 질문을 하겠어. 들어 둬!"

"아니! 자네, 가만! 내가 자네에게 질문을 하겠어."

"그래?"

"자네는 지금 한바탕 열변을 토했는데, 그럼 이건 어때? 자넨 '자네의 손으로' 노파를 죽일 수 있겠나?"

"절대 못 하지! 나는 다만 정의를 위해서 말하고 있을 뿐이야."

"자네가 결심하지 못한다면 정의가 어떻다는 등 말할 자격도 없어. 당구나 치러 가세."

라스콜리니코프는 미묘한 흥분에 휩싸여 있었다. 물론 이들이 나누는 대화는 형식이나 주제는 다르지만, 아주 흔하게 들어왔던 젊은이다운 이야기이며 사고였다. 그에게는 이 우연의 일치가 기이하게 여겨졌다.

센나야 광장에서 돌아온 그는 소파에 몸을 던지고 꼬박 한 시간이나 꼼짝 않고 앉아 있었다. 이윽고 그는 아까처럼 열병과 같은 오한을 느꼈지만, 이번에는 소파에 드러누울 수 있다고 생각하니 기뻤다. 곧 납덩이 같은 무거운 졸음이 덮쳐 오는가 싶더니 깊은 잠에 빠져 버렸다. 그는 여느 때와는 달리 오랜 시간을 꿈도 꾸지 않고 잤다.

다음 날 아침 열 시에 그의 방으로 들어온 나스타샤가 그를 흔들어 깨웠다. 차와 빵을 가져온 것이다. "어머나, 계속 잠을 자는군요!"

라스콜리니코프는 겨우 몸을 일으켰다. 머리가 아팠다. 그는 일어서서 방 안을 한 바퀴 빙 돌고는 또다시 소파 위에 쓰러지고 말았다.

"또 주무시려고요? 어디, 탈이 난 거 아니에요?"

그는 아무 대답도 하지 않았다.

"차 드시겠어요?"

"나중에." 그는 겨우 이렇게 말한 다음 또다시 눈을 감고 벽 쪽으로 돌아누웠다.

"정말 병이 났는지 모르겠군." 이렇게 말하며 그녀는 밖으로 나갔다.

두 시에 그녀는 수프를 가지고 다시 왔으나, 그는 여전히 드러누운 채였다. 차는 손도 대지 않았다. 나스타샤는 화가 난 듯 심술궂게 그를 마구 흔들어대기 시작했다.

"어째서 잠만 자고 있는 거예요? 바깥에라도 나가보면 좋을 텐데. 뭘 좀 드시겠어요?"

"나중에. 나가 줘!" 그는 돌아누우며 말했다.

그러나 그녀는 여전히 불쌍하다는 듯이 그를 바라보다가 나가 버렸다.

그녀가 나가자 그는 차와 수프를 물끄러미 바라보다가 서너 숟가락을 기계적으로 떠먹었다. 식사를 끝낸 그는 다시 소파에 드러누웠다. 그러고는 계속 환영을 보았다. 가장 빈번하게 본 것은 자신이 아프리카며 이집트의 어느 오아시스에 있는 것이었다. 대상이 쉬고 있고 낙타가 조용히 엎드려 있었다.

문득 그는 시계 소리를 들었다. 얼마 후 정신을 차린 그는 창밖을 내다보고 시간을 재어본 다음에야 벌떡 일어났다. 그리고 계단 밑의 동정을 살폈다. 심장이 몹시 고동쳤다. 계단은 조용했다. 그러는 사이에 여섯 시를 친 것 같았다. 그러자 이번에는 열병 같은 초조감이 엄습해 왔다. 준비라고 할 만한 것은 없었다. 그는 전력을 다해 생각하고, 그 어떤 것도 놓치지 않기 위해 주의를 기울였다. 심장은 여전히 두근거려서 숨조차 쉬는 것이 괴로울 정도였다. 우선 고리를 만들어 코트에 꿰매어 달아야 했다. 이것은 1분 정도면 되었다. 그는 베개 밑에 손을 넣어 그 속에 쑤셔넣어 두었던 옷들 중 너덜너덜한 루바슈카를 꺼냈다. 거기에서 폭 4센티미터 반, 길이 35센티미터가량을 끈 모양으로 찢어냈다. 그는 그 끈을 두 겹으로 접어서, 헐겁고 질긴 여름 겉옷(그의 단벌옷이었다)을 벗어, 왼쪽 겨드랑이 밑 안쪽에다 꿰매기 시작했다. 꿰매는 동안 그의 손은 떨렸으나 대충 끝내고 다시 코트를 입었을 때는 안정을 되찾았다. 바늘과 실은 벌써 오래전에 종이에 싸서 작은 책상 속에 넣어둔 상태였다. 고리는 그의 재치 있는 고안물로, 도끼를 매달기 위한 것이었다. 도끼를 손에 들고 거리를 걸어갈 수는 없었기 때문이다. 이렇게 고리를 만들어 거기에 도끼를 끼우면 도끼는 계속 옆구리 안쪽에 안전하게 매달려 있을 것이다. 물론 그러지 않도록 할 수도 있었다. 또 코트가 흡사 자루처럼 보일 만큼 헐렁했기 때문에 한 손을 호주머니 속에 넣고 무엇을 누르고 있어도 바깥에서는 눈에 띌 리가 없었다. 이고리도 벌써 2주일 전에 고안해 낸 것이었다.

이 일을 끝내자, 그는 감추어두었던 '전당품'을 꺼냈다. 그것은 크기나 두께가 은제 담배 케이스보다 약간 작은, 매끄럽게 깎은 단순한 나무판에 지나지 않았다. 그는 그 나무판에 매끄럽고 아주 얇은 철판을 붙였다. 철판은 나무판보다 작았지만, 그는 나무판과 철판을 겹쳐서 붙이고 함께 실로 열십자로 단단히 묶었다. 그리고 그것을 깨끗한 흰 종이로 예쁘게, 또한 되도록 풀기 어렵게 포장했다. 그것은 노파의 주의를 포장물을 푸는 것으로 돌려 기회를 엿보기 위한 것이다. 또 철판을 붙인 것은, 무게가 나가도록 해서 노파로 하여금 처음부터 '물건'이 나무라는 것을 눈치 채지 못하게 하기 위해서였다. 그가 전당품을 꺼낸 순간 뒤뜰 근처에서 누군가가 외치는 소리가 들렸다.

"일곱 시가 지난 게 언젠데!"

'벌써 그렇게 되다니, 큰일났군!'

그는 문 앞으로 뛰어가서 모자를 움켜쥐고 경계를 늦추지 않으면서 고양이처럼 살금살금 계단을 내려가기 시작했다. 맨 먼저 하지 않으면 안 될 것은 부엌에서 도끼를 훔치는 일이었다.

도끼를 구하는 사소한 일 따위는 그에게 조금도 문제가 되지 않았다. 왜냐하면 그토록 쉬운 일은 없었기 때문이다. 나스타샤는 저녁때면 늘 집을 비웠던 것이다.

그가 생각하는 것은 정말 중요한 것들이고, 자질구레한 점들은 자신의 확신이 설 때까지 미루고 있었다.

그러나 도덕적 문제 차원에서는 벌써 분석을 모두 끝냈다. 그의 판단은 면도날처럼 예리해서, 자기 내부의 의식적인 반박 같은 것은 찾아볼 수가 없었다. 마치 누군가의 손에 끌려 그쪽으로 가고 있는 듯했다. 그렇게 뜻하지 않게 결정의 계기가 찾아와 모든 것을 한꺼번에 해결해 버린 그 마지막 날이 그에게 작용한 것은 거의 초자연적인 현상이라고 해도 좋았다.

처음에는 어째서 범죄라는 것은 거의 모두 그렇게 쉽게 탐지되고, 탄로 나고, 범인의 발자취가 그렇게 확실히 노출되는 것일까 의문스러웠다. 그는 차츰 갖가지 흥미로운 결론에 도달했다.

그의 결론은 범죄를 숨기려는 물리적인 불가능성보다는 범인 자신이 문제였다. 즉 신중함과 이성이 가장 필요한 순간에 거의 예외 없이 모든 범인이 의지력과 이성을 상실해 어린애같이 경솔해지는 것이다. 이 이성적 혼미 상태와 의지력 감퇴는 병처럼 인간을 엄습하고 차차 커져서, 범행 직전에는 극한에 달한다고 그는 확신했다. 그리고 그런 상태는 범행 이후에도 한동안 계속된다. 그 후의 경과는 모든 병의 경과와 같다. 그러나 병이 범죄를 낳는 것인지, 아니면 범죄 자체가 병과 흡사한 상태를 수반하는 것인지는 아직 알아낼 수 없었다.

이 같은 결론에 도달하자, 그는 다음과 같이 단정했다. 그 자신만은 그러한 병적인 변화를 겪지 않을 것이라고. 계획을 수행하고 있는 동안 이성과 의지는 자기로부터 떨어져 나가지 않을 것이라고. 그 이유는 단 하나, 자신의 계획은 '범죄가 아니다.'라는 것뿐이었다. 그가 이 최후의 결론에 도달하기까지의 경과에 대해서는 생략하기로 하자. 그러나 일은 조금도 진전되지 못했다. 그리고 여전히 자신의 최후 결론을 믿지 못하고 있을 때 시계가 울렸으며, 바로 그 순간 모든 것은 생각지도 못했던 방향으로 치닫고 말았다.

아직 계단을 내려가기도 전에 그는 사소한 문제로 갑자기 당황하고 말았다. 보통 때와 같이 문이 열려 있는 주인집의 부엌에 이르렀을 때, 그는 조심스레 곁눈질로 안을 들여다보았다. 그런데 그때 나스타샤가 부엌에서 일을 하고 있는 것을 보고는 크게 놀라지 않을 수 없었다. 그녀는 세탁물을 광주리에서 꺼내어 줄에 걸고 있다가 그가 지나갈 때까지 계속 지켜보았다. 그는 눈을 돌려 모르는 척 지나쳤다. 그러나 만사는 끝장이었다. 도끼가 없었다. 그는 한 대 얻어맞는 것 같았다.

그는 내려와서 문을 지나며 생각했다. '무슨 근거로 그녀가 이 시간에 집에 없을 거라고 생각했을까?' 그는 자신이 정말이지 못마땅했다. 그리고 야수와 같은 증오심이 가슴 속에서 솟구쳐 올랐다.

그는 어찌할 바를 몰라 문간에 멈춰 섰다. 그대로 바깥에 나가 산책하기도 싫었지만, 방으로 되돌아가는 것은 더욱 싫었다. 순간적으로 그는 몸을 흠칫 떨었다. 거기서 몇 발짝 안 되는 문지기 방의 벤치 밑 오른쪽에, 눈이 부시도록 반짝이는 게 있었기 때문이다. 그는 살금살금 문지기 방으로 다가가 두 계단가량 내려선 다음 작은 소리로 문지기를 불러보았다. 대답이 없었다. 곧장 도끼가 있는 곳으로 달려간 그는 벤치 밑의 두 개의 장작개비 사이에서 그걸 꺼냈다(그것은 도끼였다). 그리고 그 자리에서 그것을 겉옷에 붙인 고리에 건 다음, 양손을 호주머니에 쑤셔 넣고 문지기 방을 나왔다. 아무에게도 들키지 않았다.

그는 침착하게 발걸음을 옮겨 걸었다. 지나가는 사람들에게는 신경을 쓰지 않으려고 사람들의 얼굴조차 보려고 하지 않았다. 그때 언뜻 자기의 모자가 생각났다. 아! 그저께는 돈이 있었는데, 학생모를 산다는 것을 깜박 잊고 있었군. 그는 땀을 흘리며 생각에 빠져들었다.

문득 한 가게를 곁눈질해 보았다. 그곳의 벽시계는 일곱 시 십 분을 지나고 있었다. 서둘러야 했다.

이전에 이런 것을 상상했을 때는 꽤 공포스러울 것이라고 여겼다. 그러나 지금은 그다지 무섭지 않았다. 그는 유수포프 공원 옆을 지날 때, 모든 광장마다 높이 솟아오르는 분수를 만들면 얼마나 공기가 시원해질까 따위의 생각을 했다. 그렇게 분수 설치에 관한 생각에 열중하다가, 문득 사람들은 왜 공원도 없고 불결함과 악취가 가득 찬 구역에서 사는 것일까 궁금해졌다. 그러자 자기 자신도 센나야 광장을 거닐던 것을 기억해내고는 순간적으로 정신이 번쩍 들었다.

틀림없이 형장으로 끌려가는 사람도 이렇게 여러 가지 생각을 할 거야. 이런 생각이 머릿속에 번뜩였다. 그런데 벌써 목적하던 곳에다 와 있었다. 저곳이다. 갑자기 어디선가 시계 소리가 울렸다. '벌써 일곱 시 반일까? 그럴 리가 없어. 시간이 맞지 않는 시계일 거야!'

다행히 문을 무사히 통과했다. 때마침 커다란 건초 마차가 문 앞을 지나갔기 때문에 그는 몸을 감출 수가 있었다. 네모진 안뜰에 면한 많은 창들이 열려 있었지만, 그는 얼굴을 들지 않았다. 사실 그럴 기운도 없었다. 노파의 방으로 가는 계단은 문의 오른쪽에 있었다.

그는 숨을 깊이 들이쉬고, 한 손으로 두근거리는 심장을 누르며 동시에 도끼를 만져 다시 한 번 위치를 고쳤다. 그런 다음 조심스레 계단을 오르기 시작했다. 계단에는 사람이 없었다. 3층 방 중 하나가 열려 있었는데, 그 안에서 페인트공이 일을 하고 있었다. 그러나 페인트공은 계단 쪽으로는 돌아보지도 않았다. 덕분에 3층을 안전하게 통과할 수 있었다.

그리고 벌써 4층이었다. 문이 있는 곳의 반대쪽도 방이었지만, 그곳은 비어 있었다. 노파의 방 바로 밑의 3층 방도 여러 가지 낌새로 봐서 역시 빈방인 듯했다. 문에 못으로 박은 문패가 뜯겨져 있는 것으로 보아……. 그는 숨이 막혀 왔다. 순간 돌아가는 것이 좋겠다는 생각이 머리를 스쳤다. 하지만 그는 마음을 다잡고 노파 방의 인기척을 살피기 시작했다. 죽음과 같은 정적이 감돌았다. 그는 주변을 살핀 후 가만히 다가가서 옷을 여민 다음, 다시 한 번 겉옷 속의 고리에 걸려 있는 도끼를 만져보았다. 언뜻 창백한 얼굴을 하고 있지나 않을까 하는 생각이 떠올랐다. 내가 특별히 흥분하는 건 아닐까? 그 노파는 의심이 많으니까 좀 더 기다려야 하지 않을까? 두근거리는 심장이 가라앉을 때까지 말이야.

그는 더 참지 못하고 천천히 손을 뻗쳐 초인종을 눌렀다. 그리고 30초 정도 지나자 이번에는 조금 세게 눌렀다.

대답이 없었다. 노파는 의심이 많은 데다 혼자 있어 부쩍 조심스럽게 행동할 것이었다. 그래서 다시 한 번 문에 귀를 기울여 보았다. 누군가가 자물쇠 가까이에 서서, 그가 바깥에서 하고 있는 것처럼 문에 귀를 바싹 대고 소리를 엿듣고 있는 것 같았다.

그는 일부러 몸을 움직이기도 하고, 큰 소리로 중얼거려 몸을 숨기고 있지 않다는 것을 나타내려고 했다. 그리고 세 번째로 초인종을 울렸다. 이 일은 그의 기억에 또렷하고도 확실하게, 영원히 아로새겨져 있었다. 그는 어디서 그런 나쁜 꾀를 생각해 냈는지 전혀 알 수가 없었다. 더욱이 그때는 머리가 멍해져서, 자기의 몸까지도 거의 느낄 수 없을 지경이었다. 곧 이어 빗장을 여는 소리가 들렸다.

7

문이 전처럼 빠끔히 열리고, 어둠 속에서 두 개의 날카롭고 의심에 찬 눈동자가 그를 바라보았다. 노파는 그를 보고 문을 다시 닫으려고 하지는 않았지만 손잡이를 놓지 않았기 때문에 그는 문과 함께 노파를 계단 쪽으로 끌어낼 뻔했다. 그는 노파가 문을 가로막고 서서 그를 안으로 들여보내지 않으려는 걸 알고 뚜벅뚜벅 앞으로 다가갔다. 노파는 깜짝 놀라 물러서서 뭔가 말하려 했다. 하지만 소리가 나오지 않는 듯 눈을 휘둥그렇게 뜨고 그를 바라보았다.

"안녕하세요, 알료나 이바노브나!" 그는 되도록 상냥하게 말을 꺼냈지만 생각처럼 되지 않고 목소리가 갈라지면서 떨리기까지 했다.

"저, 전당 잡힐 물건을 가져왔습니다. 이쪽으로 가시지요. 밝은 데로……." 그는 노파가 안내하기도 전에 뚜벅뚜벅 안으로 들어가 버렸다. 노파가 뒤쫓아왔다.

"이런! 무슨 일이우? 무슨 볼일이지?"

"죄송합니다. 알료나 이바노브나……. 저를 알고 계실 텐데요. 여기 있어요. 요전에 약속한 전당품을 가지고 왔어요." 그는 노파에게 전당품을 내밀었다.

노파는 전당품에 힐끔 눈을 돌리는 듯했으나, 곧 얄밉도록 의심스러운 눈초리로 바라보았다. 1분가량이 지났다. 그는 노파의 눈이 조소를 띠는 것 같아 모든 것이 탄로 난 듯한 기분이 들기도 했다. 무서운 나머지 노파가 30초만 더 그렇게 쳐다보았어도 그는 달아나 버렸을 것이다.

"왜 그렇게 처음 보는 사람처럼 바라보십니까?" 그는 증오에 차서 내뱉었다. "괜찮으시다면 맡아 놓으세요. 싫다면 다른 데로 가겠습니다. 바빠서요."

노파는 그제야 안심한 것 같았다. 손님의 분명한 태도에 마음의 평정을 찾은 모양이었다.

"이렇게 갑자스럽게…… 물건은 뭐유?" 노파는 전당품에 눈을 돌리며 물었다.

"은제 담뱃갑입니다. 요전에 말했잖아요."

그녀는 손을 내밀었다. "무슨 일인지 모르지만, 당신 안색이 아주 나쁘군. 이것 봐, 손까지 떨잖아. 병이라도 났수?"

"열이 있습니다." 그는 무뚝뚝하게 대답했다. "그러니 안색이 나쁠 수밖에요. 먹은 것이 없으니." 그는 간신히 그렇게 말했다. 또다시 기력을 잃을 것 같았다. 노파는 전당품을 집어 들었다.

"이건 뭐유?" 그녀는 다시 한번 라스콜리니코프를 훑어보고, 전당품의 무게를 재보면서 물었다.

"담뱃갑입니다. 은으로 만들어진 것이지요. 보세요."

"은이 아닌 것 같은데…… 왜 이렇게 꼭꼭 비끄러맨 거지?"

노파는 끈을 풀려고 애를 쓰며 빛이 드는 창 쪽을 향해 등을 돌리고 서 있었다. 청년은 코트 단추를 풀고, 도끼를 겨드랑이에서 꺼내려다가 동작을 멈춘 채 오른손으로 그것을 누르고 있었다. 순간, 손에서 힘이 빠지며 점점 굳어지는 것을 느꼈다. 그는 도끼를 떨어뜨리지나 않을까 걱정했다. 그러자 갑자기 현기증이 일었다.

"왜 이렇게 꼭꼭 비끄러맸지?"

이제 한순간의 여유도 없었다. 그는 거의 의식이 몽롱해져서 도끼를 빼내자마자 들어올렸다. 그리고 거의 기계적으로 도끼의 등으로 노파의 정수리를 내리쳤다. 처음에는 그것이 몹시 힘들었다. 그러나 일단 한 번 내리치고 나자 힘이 마구 솟구쳤다.

노파는 여느 때처럼 머리에 기름을 번지르르하게 바르고 있었다. 흰머리가 섞인 옅은 갈색의 머리카락을 쥐꼬리처럼 땋고, 그것을 동여매어 고정시킨 한 개의 빗이 뒤로 튀어나와 있었다. 얻어맞은 곳은 정수리 한복판이었다. 노파는 키가 작았기 때문이다. 노파는 비명을 질렀지만 그 소리는 아주 작았으며, 몸은 힘없이 푹 고꾸라졌다. 그런데도 한쪽 손에는 '전당품'을 꼭 쥐고 있었다. 그때 청년은 온 힘을 다해 또다시 도끼 등으로 머리를 한 번, 두 번 내리쳤다. 컵을 엎은 것처럼 피가 흘러나왔고, 그녀는 벌렁 뒤로 나자빠졌다. 노파는 눈알이 당장 튀어나올 듯 떠진 채로 숨이 끊어졌다.

그는 시체 곁에 도끼를 놓고, 흐르는 피가 묻지 않도록 조심하면서, 노파가 열쇠를 꺼낸 오른쪽 호주머니에 손을 집어넣었다. 의식이 혼탁하거나 어지럽지는 않았지만 손은 여전히 떨리고 있었다. 열쇠를 곧 꺼냈다. 전부 하나로 묶여 한 개의 강철 고리에 매달려 있었다. 그는 그것을 가지고 침실로 뛰어갔다. 그곳에는 성상이 안치된 큰 단이 자리하고, 한쪽 벽 앞에는 커다랗고 깨끗한 침대가 놓여 있었다. 그 위에는 명주 천조각을 이어 만든 솜이불이 있었다. 그리고 다른 벽에는 서랍장이 보였다. 서랍장에 열쇠를 꽂을 때 철그렁거리는 소리를 듣는 순간, 온몸에 경련이 일었다. 그는 모든 것을 내버려둔 채 그대로 도망을 치고 싶었다. 하지만 그러기에는 이미 늦었다. 이번에는 다른 불안한 생각이 그의 머리를 스쳤다. 혹시 노파가 아직 살아서 숨을 쉴지도 모른다는 생각이 든 것이다. 그는 열쇠 다발과 서랍장을 그대로 놔두고 시체 쪽으로 뛰어갔다. 도끼를 집어 들고 다시 한 번 노파를 향해 들어 올렸으나 내리치지는 않았다. 의심할 것도 없이 노파는 죽어 있었기 때문이다. 피는 물이 괸 것처럼 웅덩이를 이루었다. 그는 노파의 목에 걸려 있는 끈을 잡아당겼다. 그러나 피로 끈적끈적해진 끈은 끊어지지 않았다. 그는 2분가량 만지작거린 후에 손을 피투성이로 만들고야 겨우 그것을 끌러낼 수 있었다. 그것은 지갑이었다. 끈에는 나무와 구리로 만든 십자가 두 개와 에나멜을 입힌 작은 성상과, 쇠로 된 테와 고리가 달린 손때 묻은 양피 지갑이 달려 있었다. 지갑은 불룩했다. 라스콜리니코프는 그것을 호주머니에 쑤셔 넣고, 십자가를 노파의 가슴 위에 던져 버리고는 도끼를 쥐고 침실로 뛰어갔다.

그는 열쇠 다발을 쥐자마자 또다시 비틀거리기 시작했다. 게다가 열쇠도 자물쇠에 잘 맞지 않았다. 손이 그다지 떨리는 것도 아닌데, 그는 계속 실수를 했다. 그리고 보니 다른 작은 열쇠들과 함께 끼어 있는 톱니처럼 비죽비죽한 큰 열쇠는 서랍장 열쇠가 아니라 트렁크 열쇠가 틀림없으며, 그 트렁크에 어쩌면 모든 것이 들어 있을 것 같았다. 그는 대개 트렁크는 침대 밑에 넣어둔다는 것을 알고 있었기 때문에 곧 침대 밑으로 기어 들어갔다. 과연 생각했던 대로 빨간 양피 가죽을 덮고 강철못을 잔뜩 박은 근사한 트렁크가 놓여 있었다. 톱니 같은 열쇠는 거기에 꼭 들어맞아 금세 열렸다. 맨 위에는 붉은 안감을 댄 토끼 가죽 코트가 있었다. 그 밑에는 비단옷과 숄이 들어 있었다. 우선 그는 붉은 옷감에 피투성이의 손을 문질러 닦아내려고 했다. '붉은 것이군. 붉은 것이면 피를 묻혀도 알 수 없겠지.'

천조각에 손을 대는 순간, 모피 코트 밑에서 금시계가 굴러 떨어졌다. 그리고 기한이 지난 전당품이거나 기한이 지나지 않은 물건임에 분명한 금붙이가 가득 들어 있었다. 케이스에 들어 있는 것도 있고, 신문지에 똘똘 싸서 가는 실로 동여맨 것도 있었다. 그는 포장과 케이스를 열어 살필 겨를도 없이 바지와 겉옷 호주머니에 쑤셔 넣기 시작했다.

그때 노파가 쓰러져 있는 방에서 사람의 발소리가 들려왔다. 그는 손길을 멈추고 숨을 죽였다. 이번에는 희미하지만 또렷하게 외치는 음성을 들었다. 누군가가 작은 소리로 신음소리를 내다가 그친 것 같았다. 그 후 죽음과 같은 정적이 1, 2분쯤 계속되었다. 그는 트렁크 곁에 숨을 죽이고 서 있다가 갑자기 우뚝 일어서더니 도끼를 집어 들고 침실에서 뛰쳐나갔다.

방 한가운데 서 있는 사람은 큰 보따리를 든 리자베타였다. 그녀는 죽어 있는 언니를 새파랗게 질린 얼굴로 바라보고 있었다. 그러다가 갑작스럽게 뛰어나온 사내의 모습을 보자 얼굴에 경련을 일으켰다. 그리고 똑바로 상대를 응시하면서 소리도 지르지 못한 채 천천히 뒷걸음질치기 시작했다.

그가 도끼를 들고 덤벼들자 리자베타의 입술이 일그러졌다. 그녀는 평소 학대와 위협을 당하고 살아왔기 때문인지 손을 들고 자기의 얼굴을 감싸려고도 하지 않았다. 그저 자기의 왼손을 얼굴에는 닿지 않을 정도로 올려, 상대를 밀어버리려는 듯이 천천히 내밀었을 뿐이다. 이때 그가 도끼날로 두개골을 정통으로 내리쳤기 때문에 단번에 이마 위쪽을 거의 정수리까지 깼다. 그녀는 그 자리에서 꼬꾸라져 버렸다.

라스콜리니코프는 완전히 정신을 잃고 그녀의 보따리를 집어 들었다가 곧바로 내동댕이치고는 현관으로 뛰어갔다. 그는 예기치 않았던 두 번째 살인을 저지른 다음에는 심한 공포감에 빠져들었다. 그는 한시라도 빨리 그곳에서 도망치고 싶었다. 이 순간에 좀 더 정확히 사물을 본다든지 판단할 수 있었다면, 자신이 처한 곤경과 절망적인 상태, 자신의 추악하고 어리석은 짓 등을 생각하는 동시에, 이곳에서 탈출해 집에 도착하는 동안 얼마나 많은 위기를 극복해야 하고, 상황에 따라 얼마나 많은 범죄를 저지르지 않으면 안 되는지 깨달았다면, 그는 모든 것을 집어던지고 곧바로 자수했을지도 모른다. 더욱이 시간이 갈수록 자신에 대한 혐오감이 심해졌다. 이제는 트렁크는커녕 방으로 들어가고 싶은 생각조차 없어졌다.

이제 그는 일종의 방심 상태, 아니 거의 명상 상태로 빠져들기 시작했다. 또한 정말 중요한 문제는 젖혀둔 채 사소한 것에 신경을 곤두세우는 상태가 되었다. 그는 부엌을 들여다보고, 반 정도 물이 찬 물통을 발견하자, 손과 도끼를 씻어야겠다는 생각이 들었다. 그래서 비누조각을 쥐고는 손을 씻기 시작했다. 손을 다 씻고 나자, 이번에는 도끼를 들어올려 깨끗이 씻었다. 그리고 부엌의 빨랫줄에 널려 있던 수건으로 깨끗이 닦고, 창가에서 꼼꼼히 살펴보았다. 그러고는 조심스레 도끼를 겉옷 속의 고리에 건 다음, 겉옷과 바지와 구두 등을 점검했다. 언뜻 보기에는 아무것도 묻어 있지 않은 것 같았지만 다른 사람의 눈에는 잘 띌 수 있을지 모른다는 생각이 들었기 때문이다.

그러자 가슴속에서 괴롭고 어두운 생각이 머리를 쳐들기 시작했다. 내가 미쳐버리는 것이 아닌가, 어쩌면 이 순간의 자신에게는 판단력도, 자신을 지킬 만한 힘도 없는 것이 아닌가 하는 생각이 들었다. "큰일이다! 도망치지 않으면 안 된다. 도망치지 않으면!" 그는 혼자 중얼거리면서 현관으로 뛰어갔다. 그러나 그곳에는 아직 한 번도 겪은 적이 없는 공포가 기다리고 있었다.

그는 자신의 눈을 믿을 수가 없었다. 조금 전 초인종을 울리고 들어왔던 문이 열려 있었다. 더구나 자물쇠도 빗장도 걸려 있지 않다. 노파가 만일을 위해 그가 들어온 다음 문을 열어두었는지도 모른다. 그러나 어찌 된 일인가? 그 후에 리자베타를 보지 않았는가!

그는 문으로 달려가서 빗장을 걸었다.

'아니, 이게 아니야, 도망쳐야지, 도망을 쳐야지……'

그는 빗장을 빼고 문을 열고는 계단의 동정을 살피기 시작했다. 그러고는 한참 동안 귀를 기울였다. 아마 아래쪽 문 근처인지, 어딘가 먼 곳에서 두 사람이 욕지거리를 내지르며 싸우고 있었다. 그리고 갑자기 한 층 아래에서 계단으로 나오는 문이 열리고, 누군가가 노래를 부르며 내려가는 것이었다. 도대체 무엇 때문에 이렇게 계속 떠들고 있는 것일까? 그는 손을 뒤로 돌려 문을 닫고 가만히 기다렸다. 마침내 주위가 조용해졌다. 그래서 그가 계단을 한 걸음 내디디려는 순간, 또다시 누군가의 발소리가 들려왔다.

그 발소리는 꽤 먼 곳인 계단의 입구에서 들린 것이지만, 그 소리를 처음 들었을 때부터 그것이 4층의 노파에게로 오는 것이 아닐까 하는 생각이 들었다. 그것은 규칙적이고 느릿느릿했다. 사내의 고통에 찬 숨소리가 들려오기 시작했다. 라스콜리니코프는 갑자기 화석이 된 것처럼 꼼짝도 할 수 없었다. 꿈을 꾸고 있는 듯한 기분, 꿈속에서 누군가에게 쫓겨 죽임을 당하게 될 것 같은 상황에서 그 자리에 뿌리가 박힌 것처럼 손가락 하나 까딱할 수 없게 된 그런 기분이었다.

드디어 손님이 4층으로 올라오기 시작했을 때, 그는 부르르 몸을 떨고는 재빠르게 현관에서 방 안으로 미끄러져 들어가 손으로 문을 잠갔다. 불청객은 이미 문까지 와 있었다. 두 사람은 마치 아까 그 노파와 그가 문을 사이에 두고 그랬던 것처럼 서로 마주 보고 서 있었다.

손님은 괴로운 듯 가쁜 숨을 쉬었다. '뚱뚱하고 덩치가 큰 사내일 거야. 틀림없어.' 그는 그렇게 생각하며 도끼 자루를 꽉 쥐었다. 모든 것이 꿈을 꾸고 있는 것 같았다. 손님은 초인종을 계속 눌렀다.

초인종의 양철 소리가 찌르릉 하고 울렸을 때, 그는 갑자기 방 안에 누군가가 움직인 것 같은 기분이 들었다. 미지의 사내는 다시 한 번 초인종을 울린 후 잠시 기다렸다가 더 참을 수 없다는 듯 힘껏 문의 손잡이를 잡아당기기 시작했다. 라스콜리니코프는 빗장이 움직이는 걸 보면서 끔찍한 공포감에 휩싸였다.

"빌어먹을! 안에 있는 것들은 자는 거야, 죽은 거야? 이봐, 귀신 아줌마 알료나 이바노브나! 절세 미인 리자베타! 문 좀 열어줘! 젠장, 잠들었나?"

사내는 화를 내며 또다시 초인종의 줄을 잡아당겼다. 물론 이 사내는 이 집과 허물없는 사이임에 틀림없었다.

그때 갑자기 떠들썩한 발소리가 계단에서 그리 멀지 않은 곳에서 들려왔다. 누군가 또 한 사람이 오는 것이 틀림없었다. 라스콜리니코프의 귀엔 그 소리가 들리지 않았다.

"아무도 없습니까?" 그 사내는 명랑한 소리로 물었다. "안녕하시오, 코흐 씨!"

틀림없이 아직 젊은 사내의 목소리였다.

"어찌 된 일인지, 자물쇠가 부서져라 흔들어도 아무 반응이 없으니. 그런데 당신은 어떻게 나를 알고 계시오?" 코흐가 말했다.

"아니, 엊그저께 감브리누스에서 당신에게 세 번 내리 당구를 이기지 않았습니까?"

"오호……."

"그런데 집이 비어 있습니까? 이상한데요. 그 할머니가 갈 곳이 어디 있습니까? 볼일이 좀 있는데."

"나도 그렇소."

"어떻게 하지? 돈을 좀 빌리려고 왔는데?" 젊은 사내가 떠들어댔다.

"어째서 시간 같은 걸 정했담? 마귀할멈 같으니라고! 자기가 먼저 시간을 정해놓고는 이러다니……. 알 수가 없군. 그 할머니가 갈 만한 곳이 없을 텐데. 일 년 내내 집에 파묻혀 발이 아프다고 하더니, 하필 이런 때 나가다니!"

"관리인에게라도 물어볼까요?"

"무얼요?"

"어디로 나갔는지, 그리고 언제 돌아오는지 말이오."

"제기랄! 그럼 가서 물어볼까? 어디 가지는 않았을 텐데." 그러고는 다시 한 번 문의 손잡이를 잡아당겼다.

"제기랄! 할 수 없군, 돌아가야지!"

"기다려 주십시오!" 갑자기 젊은 사내가 소리쳤다. "이것 보세요. 잡아당기면 문이 안쪽으로 들어가지 않습니까?"

"그래서?"

"그러니까 자물쇠가 걸려 있는 것이 아니라, 빗장이 걸려 있는 것입니다."

"그래서?"

"아직도 모르시겠습니까? 그 두 사람 중 한 사람이 집에 있단 말입니다. 안에서 빗장을 걸려면 집 안에 사람이 있지 않으면 안 되지요. 알겠습니까? 결국은 집에 있는데도 문을 열어주지 않는다는 말씀입니다."

"그렇군! 정말 그렇군!" 코흐가 놀라서 말했다. "그렇다면 안에서 무얼 하는 걸까?" 그러고는 갑자기 일어서서 문을 잡아당기기 시작했다.

"기다려주십시오!" 젊은 사내가 소리쳤다. "잡아당기면 안 됩니다. 이건 뭔가 이상한 일이 생긴 겁니다! 초인종을 울리고 잡아당겨도 열리지 않는다? 그렇다면 둘 다 기절을 했거나 그렇지 않으면……."

"뭐라고?"

"이렇게 합시다. 관리인을 불러옵시다. 그리고 관리인더러 깨우라고 합시다."

"그렇게 하는 게 좋겠군!" 두 사람은 내려가기 시작했다.

"기다리세요! 당신은 여기 남아 계세요. 제가 관리인을 부르러 내려갔다 오겠습니다."

"왜 남으란 말이오?"

"혹시 무슨 일이 일어날지도 모르니까요."

"하긴 그렇군."

"저는 예심판사가 되려고 공부하는 중입니다. 이건 뭔가 이상합니다." 젊은 사내가 외치면서 계단을 뛰어 내려갔다.

코흐는 혼자 남게 되자 다시 한 번 초인종의 끈을 움직여보았다. 문의 손잡이를 움직이기도 하고 또 그것을 당기기도 하면서 빗장이 걸렸는지의 여부를 확인하기 시작했다. 그리고 숨을 헐떡이며 몸을 굽혀 열쇠 구멍을 들여다보았으나, 안쪽에 열쇠가 꽂혀 있었기 때문에 아무것도 보이지 않았다.

라스콜리니코프는 도끼를 단단히 쥐고 서 있었다. 마치 악몽이라도 꾸고 있는 듯한 기분이었다. 그는 두 사람이 들어오면 격투도 사양하지 않을 각오였다.

"그런데 이 사람이 대체……."

시간이 1분, 2분 계속 지나갔지만 누구 하나 찾아오는 사람이 없었다. 코흐는 초조해지기 시작했다.

"제기랄!" 그는 갑자기 소리를 지르고는, 참을 수 없다는 듯 구두 소리를 내면서 계단을 황급히 내려갔다. 이윽고 발소리가 사라져 버렸다.

"아아, 살았다! 이제 어떻게 하면 좋을까?"

라스콜리니코프는 빗장을 빼고 문을 열어보았지만 아무 소리도 들리지 않았다. 아무 생각도 없이 훌쩍 방을 나온 그는 손을 뒤로 돌려 문을 꼭 닫고는 계단을 내려가기 시작했다.

바로 그때 갑자기 떠들썩한 소리가 들려왔다. 그러나 그는 아무 데도 숨을 곳이 없었으므로 다시 방으로 되돌아갈까 생각했다.

"야, 이 죽일 놈아! 기다려!"

그런 소리와 함께 누군가가 한 방에서 뛰어나왔다.

"미트카, 미트카, 이 죽일 놈아!"

누군가가 큰 소리를 지르며 거의 구르다시피 하며 계단을 내려가고 있었다. 신음소리는 짜개지는 듯한 소리가 되더니 결국은 들리지 않았다. 마지막 소리는 뒤뜰 근처에서 났다. 그리고 사방이 고요해졌다. '그 패거리다!'

그는 완전히 자포자기의 심정이 되어 그 패거리들 쪽으로 갔다. 될 대로 되라지! 불러 세우면 끝장이다. 그냥 지나쳐도 끝이다. 얼굴을 기억할 테니까 말이다. 그들은 너무나 빨리 가까워져서 겨우 한 층 간격만 남겨놓고 있었다. 그때 갑자기 구원의 길이 나타났다! 두세 계단 아래의 오른쪽에, 문이 열려 있는 방이 있었다. 그곳은 칠장이들이 칠을 하고 있던 방이었다. 지금은 다행히 그들은 돌아가고 없었다. 조금 전에 소리를 지르며 뛰어 내려간 것은 틀림없이 그들이었다. 바닥은 막 칠을 한 상태였고, 방 한가운데에 작은 통과 솔이 담긴 깨진 접시가 놓여 있었다. 순간적으로 그는 열려 있는 문 안으로 미끄러져 들어가서 벽 뒤에 숨었다. 위기일발! 그들은 벌써 마루에 올라왔다. 그리고 발을 성큼성큼 내디뎌 4층을 향해 올라가 버렸다. 그는 그들이 지나가자 계단을 뛰어 내려갔다.

계단에는 아무도 없었다. 대문 아래도 마찬가지였다. 그는 문을 재빨리 나와서 거리를 왼쪽으로 꺾어 돌았다.

모든 사정을 너무나도 잘 알 수 있었다. 그 패들이 지금쯤은 그 노파의 방에 있으리라는 것과 어느새 문이 열려 있는 것을 보고 크게 놀라리라는 것, 그리고 이미 시체를 바라보고 있으리라는 것이었다. 게다가 살인자가 어디론가 모습을 감추어 도망쳤다는 것을 추정하는 데 1분도 걸리지 않을 것이었다.

아무 집이나 문 안으로 들어가 계단에서 시간을 보내면 어떨까? 아, 아니야. 도끼를 어딘가 버리는 것이 좋지 않을까? 마차라도 잡을까? 아, 큰일났다!

그는 큰길로 접어들었다. 이제 큰 위험은 모면했다. 그곳은 사람의 왕래가 빈번했기 때문에 의심받을 일이 없었다. 하지만 여러 가지 난관을 거쳐 오느라 힘이 빠졌기 때문에 그는 간신히 발을 옮기며 걸어갔다.

"허어! 이 사람 취했군." 그가 수로에 왔을 때, 누군가가 소리를 쳤다.

어쨌든 그는 먼 길을 돌아 아주 다른 길을 따라 집으로 돌아왔다. 자기 집의 문을 지날 때도 의식이 희미했다. 도끼가 생각난 것은 이미 계단에 이르렀을 때였다. 도끼를 되도록 사람들 눈에 띄지 않게 본래의 자리에 갖다놓아야 했다.

모든 건 무사히 끝났다. 문지기 방의 자물쇠가 걸려 있지 않았으므로 문지기는 방에 있을 가능성이 높았다. 그런데도 그는 사고력을 완전히 잃고 있었기 때문에 곧장 문지기 방으로 가서 문을 열어버렸다. 문지기가 무슨 일이냐고 묻기라도 했다면, 그는 어쩌면 도끼를 건네주었을지도 모른다.

다행히 문지기는 방에 없었기 때문에 그는 벤치 밑의 아까 그 장소에 도끼를 가져다놓고, 원래대로 장작개비로 덮어 놓았다. 머릿속에는 온갖 생각의 편린들이 소용돌이치고 있었다. 아무리 애를 써봐도 그중 한 조각도 잡을 수가 없었다.

제 2부

1

라스콜리니코프는 꽤 오랫동안 드러누워 있었다. 밤이 지나고 한낮이 될 때까지 그렇게 누워 있었다. 길에서 절망적인 외침 소리가 들려왔지만, 그것은 매일 밤 두 시가 지나면 흔히 들리는 소리였다. 그는 눈을 떴다. 술주정꾼들이 술집에서 나오며 떠드는 소리가 들리는 걸 보면 두 시가 지난 모양이었다. 그는 소파에서 벌떡 일어났다. 벌써 두 시가 지났다니! 그는 소파에 앉은 바로 그 순간 모든 것이 생생하게 기억났다.

처음에 그는 머리가 잘못된 게 아닌가 하는 생각이 들었다. 끔찍한 오한이 온몸을 덮쳐 왔던 것이다. 그는 문을 열고 귀를 기울였다. 집 안은 모두 잠들었는지 고요했다. 그는 두리번거리며 방 안을 샅샅이 살펴보았다. 도대체 어째서 문을 잠그지도, 옷을 갈아입지도 않은 데다 모자까지 쓴 채로 소파의 잠자리에 들었는지 도무지 알 수 없었다. 그는 창가로 달려갔다. 햇빛 아래서 몸에 핏자국이 없나 하고 살피기 시작했다.

하지만 옷을 입은 채로는 제대로 보기가 어려웠으므로, 오한에 떨면서도 옷을 죄다 벗어서 살펴보았다. 너덜너덜해진 바짓자락에 짙은 갈색으로 변한 응혈 흔적이 남아 있었다. 그는 칼로 바짓자락을 잘라냈다. 그러고는 노파의 트렁크 속에서 가지고 나온 지갑과 물건들이 호주머니에 넣어져 있는 것을 생각해 내고 화들짝 놀랐다. 지금까지 그것들을 꺼내어 감출 생각을 하지 못했던 것이다.

그는 즉시 그것들을 꺼내어 책상 위에 내던지기 시작했다. 그러고는 수북한 물건들을 남김없이 한쪽 구석으로 날랐다. 구석진 쪽 아래에 벽지가 찢어져 떨어져 나간 곳이 있었다. 그는 곧 벽지 밑의 구멍에 모든 것을 남김없이 쑤셔 넣었다.

'이제 그 누구도 찾아낼 수 없을 거야! 지갑도 물론!'

그는 일어서서 불룩하게 튀어나온 구석의 구멍을 멍하니 바라보면서 만족스럽게 생각했다. 그러자 갑자기 공포가 엄습했다.

"앗!"

그는 절망적으로 외쳤다. 어떻게 된 걸까? 이것도 감추었다고 할 수 있을까? 이렇게 허술하게 숨기고도 숨겼다고 생각하다니…….

확실히 그는 물건은 생각해내지 못했다. 숨길 것은 돈뿐이라고 생각하고, 미리 숨길 장소를 마련해 두지 않았던 것이다. 그런데 지금 난 무얼 기뻐하고 있지? 이렇게 숨기는 사람이 어디 있담? 정말 나는 이성을 잃어버린 것일까? 그는 의자 위에 얹어 놓았던 코트를 끌어당겼다. 따뜻하기는 하지만 거의 누더기가 된 학생 시절에 입었던 겨울 코트였는데, 그것을 기계적으로 끌어당겨 뒤집어썼다. 그러자 또다시 비몽사몽간에 혼돈에 빠지고 말았다.

5분쯤 지났을까? 그는 또다시 벌떡 일어나 옷이 있는 곳으로 달려갔다. '잘도 자고 있었군그래. 아직 아무것도 하지 않았는데!' 예측한 대로였다. '외투의 겨드랑이 밑의 고리를 아직 떼지 않았잖은 가! 이런 중요한 것을 잊고 있다니!' 그는 고리를 떼어가지고 재빨리 잘게 찢은 다음, 베개 밑의 빨랫감 속에 쑤셔 넣기 시작했다. '찢어진 넝마라면 혐의를 받을 리는 없겠지.' 그는 방 한가운데에 우뚝 서서 같은 말을 되풀이하고 있었다. 그리고 극도로 긴장된 상태에서 무언가 잊어버리지나 않았나 하고 다시 한 번 사방을 둘러보았다. 기억력에다 일반적인 판단력까지 상실한 게 틀림없다는 생각이 들자, 그는 견딜 수 없이 괴로웠다. 어찌 된 일인가? 벌써 벌을 받기 시작한 건가? 바지에서 잘라낸 조각이 아무렇게나 방바닥 한가운데 버려져 있었다.

"난 정말 어떻게 된 것이 분명해!" 그는 또다시 어찌할 바를 몰라 소리를 질렀다.

문득 그는 지갑에 피가 묻었던 것을 생각해냈다. 그렇다면 호주머니 속에도 피가 묻어 있을 터였다. 피가 끈적끈적한 지갑을 호주머니에 넣었던 것이다! 그는 곧 호주머니를 뒤집어 보았다. 역시 호주머니 속에도 핏자국이 남아 있었다. '그렇다면 이성을 완전히 잃은 것은 아니로군.' 순간 그는 승리한 것 같은 기분이 들었다. '단순히 열이 좀 오른 것에 지나지 않아.' 그러고는 바지의 왼쪽 호주머니 안감을 완전히 찢어버렸다. 마침 그때 그의 왼쪽 구두에 햇빛이 비쳤다. 그러자 구두 속에서 비어져 나온 양말에 핏자국 같은 것이 보이는 것 같아 구두를 벗었다. 역시 핏자국이었다! 유혈이 낭자한 바닥에 조심성 없이 발을 디뎠음에 틀림없었다.

'그렇다면 이걸 어떻게 처치한담? 이 양말, 천조각이며 뜯어낸 호주머니를 어디에 감추면 좋을까?'

그는 그것을 전부 한꺼번에 모아서 한 손에 쥔 채 방 한가운데에 서 있었다.

난로 속에 버릴까? 그러나 난로는 제일 먼저 뒤질 게 틀림없었다. 태워 버릴까? 무엇으로? 성냥도 없는데. 그렇다! 버리고 오자! 그는 다시 소파에 앉으면서 생각했다. 바로 지금, 어물거리지 말고. 하지만 그는 생각을 행동으로 옮기는 대신 또다시 머리를 베개에 대고 누워 버렸다. 그리고 참을 수 없는 오한으로 덜덜 떨며 코트를 뒤집어썼다. 이후 그는 몇 번이나 잠자리에서 일어서려고 했으나 마음대로 되지 않았다. 그러다가 문을 심하게 두드리는 소리에 눈을 떴다.

"문 열어 보세요. 죽었어요? 계속 잠만 자게!" 나스타샤가 주먹으로 문을 두드리며 소리쳤다. "벌써 열 시가 지났어요."

"없는지도 모르겠군." 사내의 음성이 들렸다.

'저건 문지기 목소린데 무슨 일까?' 라스콜리니코프는 벌떡 일어나서 소파에 앉았다.

"그럼 누가 이 빗장을 걸었겠어요?" 나스타샤가 말했다.

"이제 문까지 잠그다니! 자기 몸까지 훔쳐갈 거라고 생각하는 모양이야. 문 열어요!"

무슨 일일까? 모든 게 탄로 난 걸까? 모르겠다, 될 대로 되라지. 그는 몸을 일으키고는 엉거주춤 구부려 빗장을 벗겼다.

예상대로 거기에는 문지기와 나스타샤가 서 있었다.

나스타샤는 묘한 눈초리로 라스콜리니코프를 힐끔힐끔 흘겨보았다. 그는 시비를 거는 듯한 얼굴로 문지기를 바라보았다. 문지기는 두 겹으로 접고 값싼 납으로 봉인한 회색 종잇조각을 내밀었다.

"호출장입니다. 관청에서요." 그는 종잇조각을 건네면서 말했다.

"어느 관청에서?"

"뻔하잖아요, 경찰서죠."

"경찰서라니? 무슨 일로?"

"그런 걸 우리가 어떻게 알겠어요? 오라고 하니까 가보시오."

"정말 병이 난 것 같아요." 나스타샤는 상대방에게서 눈을 떼지 않은 채 말했다. 문지기도 돌아보았다.

라스콜리니코프는 대답도 하지 않고, 봉해진 종잇조각을 뜯어 볼 생각도 하지 못한 채 쥐고 있었다.

"일어나지 않는 게 좋겠어요." 나스타샤는 상대가 소파에서 발을 내리려고 하는 것을 보고, 측은하다는 생각이 든 모양이었다. "몸이 아프면 가지 않아도 돼요. 그런데 손에 쥐고 있는 건 뭐예요?"

그는 반사적으로 손을 보았다. 오른손에는 아까 잘라낸 바짓자락과 양말, 뜯어낸 호주머니의 천조각이 쥐어져 있었다.

"어머, 그런 넝마를 보물처럼 끌어안고 잠을 자다니!"

라스콜리니코프는 그것을 재빨리 코트 밑에 쑤셔 넣고 나스타샤의 얼굴을 뚫어지게 바라보았다. 그는 이성적인 생각을 할 수는 없었지만, 사람을 체포하러 온다면 이런 식으로는 하지 않을 것이라는 것을 직감적으로 알 수 있었다.

"차라도 드시겠어요?"

"아니, 가보겠어. 지금 곧 가겠어." 그는 자리에서 일어서면서 중얼거렸다.

"그럼 좋을 대로 하세요."

그녀는 문지기를 따라 가버렸다. 라스콜리니코프는 재빨리 밝은 곳으로 가서 양말과 바짓자락을 살펴보았다. 그러고는 떨면서 호출장의 겉봉을 뜯어 읽기 시작했다. 아홉 시 반에 경찰서로 오라는 호출장이었다.

지금까지 이런 일이 없었는데, 더구나 오늘 같은 날 무슨 일일까? 그는 괴로운 듯 생각에 잠겼다. '하느님! 이번 일은 되도록 빨리 끝나게 해주소서!' 그는 무릎을 꿇고 기도를 올렸지만, 스스로 생각해도 우스워 피식 웃고 말았다. 기도를 하는 것이 우스워서가 아니라 자신의 행동이 우스웠던 것이다. 그는 서둘러 옷을 갈아입기 시작했다. 끝장이 오려면 오라지! 어차피 마찬가지야! 차라리 이 양말을 신고 가자! 언뜻 이런 생각이 떠올랐다. 먼지 속에 비벼대면 핏자국도 없어질 테지. 그것을 신는 순간 혐오감과 공포감에 휩싸여서 벗어 버리고 말았다. 불행히도 달리 신을 양말이 없었다. 그 사실을 알고 다시 그것을 신고는 웃었다. 아, 그러나 그의 웃음은 곧 절망으로 바뀌고 말았다.

'이건 술책이다. 술책으로 나를 불러, 허를 찔러 실토하게 하려는 거야.' 그는 계단으로 나오면서 계속 혼잣말을 하고 있었다.

그는 계단에서 멈춰 선 채 물건을 전부 떨어진 벽지의 구멍 속에 넣은 것을 생각해냈다. 그러자 자포자기의 기분과 극도의 파멸감에서 오는 자괴감에 빠져들었다.

아무래도 좋다. 한시바삐 끝장을 내고 싶다!

'어제'의 그 거리로 꺾여 들어가는 모퉁이까지 왔을 때, 고통스런 불안을 느끼면서 그는 아파트를 힐끔 보았다. 그러고는 눈을 딴 곳으로 돌리고 말았다. 만일 심문을 당하면 나는 입을 열지도 모른다. 그는 경찰서에 이르렀을 때 그렇게 생각했다.

경찰서는 그의 하숙집에서 200미터가량 떨어진 곳에 있었다. 문을 통과하자 오른쪽에 계단이 보였고, 장부를 가진 사내가 그 계단을 내려오는 중이었다.

들어가면 무릎을 꿇고 모조리 털어놔 버리자……. 그는 4층으로 올라가면서 생각했다.

가파르고 좁은 계단은 더러운 구정물투성이였다. 옆구리에 장부를 낀 사환과 경찰관을 비롯해 많은 사람들이 오르내리고 있었다. 라스콜리니코프는 경찰서로 들어서자, 대기실에서 발을 멈추었다. 그곳에는 농사꾼 같은 사내 몇 명이 서서 자기 차례가 오기를 기다리고 있었다. 바니시칠을 한 그 방은 채 마르지 않은 냄새가 코를 찔러 메슥메슥했다. 그는 잠시 기다렸다가 안쪽으로 가서 다음 방으로 들어가기로 했다. 모두 천장이 낮은 작은 방뿐이었다. 무서운 초조감이 그를 안으로 끌어들였다. 다음 방에는 그보다는 좀 나은 차림을 한, 서기 같아 보이는 남자들이 앉아서 열심히 무언가를 쓰고 있었다. 얼른 보아 모두가 이상한 사람들뿐이었다. 라스콜리니코프는 그중 한 사람에게 말을 걸었다.

"무슨 용무요?"

그는 경찰의 소환장을 내보였다.

"대학생이오?" 상대는 소환장을 힐끔 보면서 그렇게 물었다.

"네, 전에 대학생이었습니다."

서기는 그를 훑어보았지만 그다지 관심이 없다는 눈치였다.

'이 사람한테서는 아무것도 들을 수 없을 것 같군. 아무래도 좋다는 얼굴을 하고 있어.' 라스콜리니코프는 생각했다.

"저쪽 사무관에게 가보시오." 서기는 그렇게 말하며 손가락을 내밀어 구석진 방을 가리켰다.

라스콜리니코프는 그 방으로 들어갔다. 그곳에 있는 사람들은 다른 방의 사람들보다는 다소 차림이 나은 사람들이었다. 그들 중에는 부인이 두 사람 있었다. 초라한 상복을 입은 한 사람은 책상 앞에 사무관과 마주 보고 앉아서 뭔가 사무관이 말하는 내용을 받아쓰고 있었다. 또 한 사람은 꽤 뚱뚱한 부인이었는데, 자줏빛이 감도는 붉은 얼굴에 기미가 끼었으나 아주 화려한 차림을 하고 있었다.

라스콜리니코프는 사무관에게 소환장을 내밀었다. 그는 그것을 힐끔 보고, "잠깐 기다려주시오." 하고는 계속 상복을 입은 여자를 상대할 뿐이었다.

라스콜리니코프는 마음이 조금 진정되었다. 틀림없이 그 일은 아니야! 그는 조금씩 기운이 났다. 그래서 정신을 차리려고 노력했다.

그러나 그는 무서운 혼란에 빠져 버렸다. 자기 스스로를 제어할 수 없는 것이 아닌가 걱정되었다. 그는 사무관의 얼굴에서 뭔가 냄새를 맡으려 했다. 사무관은 스물두세 살 정도로 보였으나 거무스름한 피부색 때문에 조금 더 나이가 들어 보였다.

유행하는 옷을 입고 머리엔 포마드를 듬뿍 발랐는데, 빗질한 자국이 뒤통수까지 가르고 있었다.

"고맙습니다." 여자가 비단옷 스치는 소리를 내면서 의자에 앉자, 흰 레이스가 달린 엷은 하늘색 옷이 마치 기구처럼 의자 주위에 펼쳐져, 방의 거의 절반을 점령해 버렸다. 동시에 향수 냄새가 진동했다.

부인은 뭔가 겁을 먹고 있으면서도 어딘가 뻔뻔스럽고 침착하지 못한 미소를 띠고 있었다.

상복을 입은 부인이 일을 마치고 일어서려 할 때, 갑자기 요란한 소리를 내며 장교가 들어왔다. 화려한 옷차림을 한 부인은 그 모습을 보자, 갑자기 자리에서 일어나 반갑다는 듯 허리를 구부렸다. 그러나 장교는 그녀에게 조금도 관심을 보이지 않았다. 그 사내는 육군 중위로 경찰서 부서장이었다. 얼굴 생김은 좀 뻔뻔스러운 데가 있었다. 그 사내는 화가 난 듯이 힐끗 라스콜리니코프를 쳐다보았다. 차림새에 비해 지나치게 거만한 태도를 지니고 있었기 때문이다.

"무슨 일이지?" 부서장은 그런 누더기 옷을 입고 있는 주제에 자기의 번갯불 같은 시선을 받고도 움츠리는 기색 하나 보이지 않는 태도에 분개한 듯이 소리쳤다.

"출두하라고 해서 왔습니다." 라스콜리니코프는 우물거리며 대답했다.

"아, 빚상환에 관한 건입니다." 사무관이 서류에서 눈을 떼며 당황한 듯이 말했다. "이것입니다. 읽어 보십시오."

빚? 무슨 빚이지? 라스콜리니코프는 생각했다. 그렇다면 틀림없이 그 일은 아니구나. 그는 기쁜 나머지 몸이 마구 떨리고, 마음도 말할 수 없이 가벼워졌다.

"몇 시에 출두하라고 쓰여 있어, 응?" 중위는 소리를 질러댔다. "아홉 시라고 되어 있는데, 벌써 열한 시가 지났잖아!"

"제가 이걸 받은 것은 십오 분 전입니다." 라스콜리니코프는 어깨 너머로 큰 소리로 대답했다. 그는 몹시 화가 났지만 기쁘기도 했다.

"소리를 지르지 마시오!"

"소리를 지르는 쪽은 당신이 아닙니까? 저는 대학생으로 무시당하는 건 참지 못하는 성격입니다."

중위는 벌떡 자리에서 일어섰다. "다, 다, 닥쳐! 자넨 지금 경찰서에 와 있는 거야."

"당신도 경찰서에 있습니다. 한데 당신은 담배를 꼬나물고 우리를 왜 무시합니까?" 라스콜리니코프가 말했다.

사무관은 옥신각신하는 두 사람을 가만히 바라보고 있었다. 성미가 급한 중위는 말문이 막히자 쩔쩔맸다.

"그건 자네가 알 바 아니야." 드디어 중위는 부자연스러울 정도로 큰 소리로 외쳤다. "그보다도 써내라고 한 답변서를 제출하게, 알렉산드르군! 남의 돈을 떼먹다니, 우러러볼 만한 청년인걸!"

라스콜리니코프는 서류를 집어 들고, 한시라도 빨리 수수께끼를 풀고 싶었다. 읽고 또 읽었으나 전혀 그 뜻을 알 수가 없었다.

"이건 뭡니까?" 라스콜리니코프는 사무관에게 물어보았다.

"그건 차용증서에 대해 당신이 진 빚을 지불하라는 청구서요. 말하자면 지불 독촉장이지. 빚을 갚든지 그러잖으면 언제 갚겠다는 것을 서면으로 회답하라는 문서 말이오."

"하지만 저는 누구에게도 빚을 진 일이 없습니다."

"그건 우리가 알 바가 아니오. 여기 이렇게, 이미 기한이 지난 백오십 루블의 차용증서에 대한 원금과 이자를 지불하라는 고소가 들어와 있소. 이것은 당신이 구 개월 전에 팔등관 미망인인 자르니차나에게 써주고, 그 자르니차나가 칠등관인 체바로프에게 넘겨준 거요."

"그렇다면 하숙집 아주머니가 아닙니까?"

"하숙집 아주머니면 뭐 어떻단 말이오?"

사무관은 승리감을 머금은 미소를 띠며 상대방을 보았다. 그것은 마치 고참병이 처음으로 집중포화를 받은 신병에게 '그래, 기분이 어떤가?' 하고 돌아볼 때와 같은 태도였다. 그러나 지금의 그에게 차용증서나 지불 명령 따위는 문제가 되지 않았다. 그런 것쯤은 불안감을 준다든지, 주의를 해야 할 값어치가 없었다. 그런데 마침 그때, 사무실 안에서 번쩍 하는 번개와 함께 벼락이 떨어진 것처럼 떠들썩한 소리가 들렸다. 조금 전 청년의 무례한 태도에 아주 기분이 언짢아서 화가 단단히 나 있던 중위가 상처 입은 자존심을 회복이라도 하려는 생각이었는지, 처음 라스콜리니코프가 들어왔을 때부터 얼빠진 듯 미소를 머금고 그를 바라보고 있던 '사치스러운 몸차림의 부인'에게 벼락이 치듯 무서운 태도로 덤벼든 것이다.

"야, 이 한심한 여자야!" 그는 소리를 질렀다. "엊저녁의 추태와 난동은 뭐야? 구류 처분을 받아야 정신 차리겠어? 이미 말해 두지 않았나! 열 번이나 경고하지 않았냐 말이야! 열한 번째는 절대로 용서하지 않겠다고!"

라스콜리니코프는 자기도 모르게 서류를 떨어뜨릴 뻔했다. 그는 그렇게 당하고 있는 사치스러운 차림의 부인을 이상하다는 듯 바라보았다. 그러나 이윽고 사정을 알게 되자, 곧 그 사건 전부에 흥미를 느꼈다. 그는 갑자기 실컷 웃어주고 싶었다.

"중위님!" 사무관이 염려스러운 듯 말을 꺼냈다가 그만두었다. 화가 머리끝까지 오른 중위를 진정시키려면 완력 이외에는 다른 방법이 없었기 때문이다.

사치스러운 차림의 부인은 처음에는 고함소리에 떨었지만, 욕지거리가 점점 심해지자 애교를 담은 미소가 매력을 더해 갔다.

"저희 집에선 추태와 난동을 부리지 않았습니다, 부서장님." 그녀는 괄괄한 러시아어와 강한 독일어 사투리를 섞어 콩이라도 뿌리듯 갑자기 수다를 떨기 시작했다. "슈칸달(스캔들)도 전연 없었어요. 그 전말을 이야기하겠어요. 전 나쁜 여자가 아니에요. 전 슈칸달은 싫어해요. 그런데 그 사람들이 몹시 취해가지고 와서는 술 세 병을 주문했어요. 그러고는 한 사람이 발로 피아노를 치더니 완전히 부숴 버린 뒤, 병을 가지고 사람들을 등 뒤에서 때리기 시작했어요. 그때 문지기인 카를이 왔어요. 그러자 그 사람은 카를을 마구 때렸어요. 제 뺨도 다섯 차례나 때렸고요. 그래서 저는 큰 소리를 쳤어요. 그러자 그 사람은 창문을 열고 마치 돼지새끼같이 악을 썼어요. 그래서 제가 그 사람의 연미복을 잡고 창에서 끌어내리는 바람에 옷소매가 뜯어졌죠. 그러자 그 사람은 자기에게 벌금을 지불하라고 야단이었어요. 그래서 할 수 없이 오 루블을 물었어요. 그러자 그 사람이 이렇게 말했어요. '너희들 이야기를 풍자소설로 쓰겠다.'고."

"그자가 작가였단 말인가?"

"그렇습니다. 그 사람은 아주 야비한 손님이에요. 점잖은 가게에와서……."

"알았어, 그만 해!"

"부서장님!" 사무관이 다시 말을 걸었다. 중위가 힐끔 그에게로 시선을 돌리자 사무관은 가볍게 끄덕여 보였다.

"……이게 당신에게 들려주는 마지막 선고야. 만약 앞으로 당신의 '점잖은 가게'에서 또다시 소란을 일으키면, 심한 제재를 가할 거야. 알겠어? 한데 작가란 놈들이 어째 그 모양이야!" 이렇게 말하고 그는 라스콜리니코프에게 경멸의 시선을 던졌다. "그저께도 간이식당에서 똑같은 일이 벌어졌어. 식사를 하고 돈을 내지 않았단 말이야. 그리고 '너희들 얘기를 풍자 소설로 쓸 거야.'라고 했거든. 천지에 작가입네, 신문사 기자입네 하는 놈들뿐이야. 젠장! 됐어. 당신, 이제 돌아가도 좋아! 앞으로 조심해. 알았어?"

루이자는 수선스럽게 애교를 떨면서 뒷걸음질쳐서 문까지 물러 갔다가 누리끼리한 구레나룻을 기른 당당한 풍채의 한 장교와 엉덩 이를 맞부딪치고 말았다. 그는 경찰서장인 니코짐 포미치였다.

"또다시 폭풍이 불었군!" 니코짐 포미치는 상냥한 말투로 부서 장에게 말을 걸었다. "또 화를 냈는가? 계단까지 들렸어."

"아니오, 별로." 중위는 아무 일도 없었다는 듯이 말하고는 서류 를 가지고 다른 책상으로 옮겨 갔다. 그는 한 걸음 내디딜 때마다 같은 쪽의 어깨를 흔들어대면서 보란 듯이 걸었다. "이 사람입니 다. 보십시오. 작가 나리, 아니, 대학생이었지. 원래는 대학생인데 요, 돈도 지불하지 않고, 어음을 발행하고는 방을 비워 주려고도 하 지 않습니다. 이 사람 일로 계속 고소가 들어오고 있습니다. 그런 주제에 내가 자기 앞에서 담배를 피웠다고 분개했단 말입니다. 보 십시오, 이 선생님의 근사한 몰골을!"

"가난은 죄가 아니라네. 자네도 어쩔 수 없구먼! 자네도 틀림없 이 이 사람에게 화낼 일을 했기에 이 사람도 참을 수 없었겠지." 이 렇게 말한 니코짐 포미치 서장은 라스콜리니코프를 보며 상냥하게 이야기를 계속했다. "내가 당신에게 알려 주고 싶은 것이 있는데, 이 사람이야말로 정말 마음이 깨끗한 사람이라오. 다만 화가 나면 부글부글 끓어오르는 성질이 있어 탈이지요. 군대에서도 '천둥 중 위'로 통하고 있으니까."

"아니, 또 그 구, 구, 군대 이야기십니까!" 부서장은 서장이 이렇게 유쾌하게 추켜세우자 기분이 좋아서 갑자기 소리쳤지만 얼굴은 다시 부루퉁해졌다.

라스콜리니코프는 갑자기 사람들에게 뭔가 유쾌한 짓이라도 해 주고 싶었다.

"천만의 말씀입니다, 서장님." 그는 갑자기 경찰서장을 향해 친밀하게 이야기를 꺼내기 시작했다. "만일 제가 정말 실례를 했다면 여러분에게 사과할 용의가 있습니다. 그러나 저는 가난하고 병이 든 데다가 먹고살 수도 없는 형편이어서 학교를 다니지 못하고 있습니다. 하숙집 여주인은 좋은 사람인데, 제가 가정교사 자리를 잃고 삼 개월이나 하숙비를 내지 못하니까 화가 나서 끼니도 넣어주지 않는 형편입니다. 그리고 어음이 어쩌고 하지만, 그것은 저도 모르는 일입니다. 지금 그 사람은 차용증서에 따라 저에게 돈을 지불하라고 하지만, 제 형편에 어떻게 지불하겠습니까? 한번 생각해 보십시오."

"그러나 그런 것은 우리가 알 바가 아니오." 사무관이 주의를 주었다.

"하지만 저에게도 변명할 기회를 주십시오." 라스콜리니코프는 다시 이야기를 받아, 사무관이 아니라 서장인 니코짐 포미치에게 이야기했지만, 사실은 부서장인 일리야 페트로비치의 귀에도 들어가라고 애를 써서 말했다 그런데 상대는 딱딱하게 서류를 뒤지며 그를 무시하고 있었다. "저는 삼 년이나 그 하숙집에서 살고 있지만, 그전에…… 저, 모두 고백해도 괜찮겠지요? 당초 저는 여주인의 딸과 결혼하기로 약속을 했죠. 구두약속이긴 하지만요. 그러나 그 여자에게 반했다고 할 수는 없었어요. 그저 젊은 기분에서 저지른 일이었지요. 다시 말씀드리면 이런 것입니다. 그 무렵은 여주인이 제게 신용 대부를 해주었기 때문에 저도 다소 넉넉한 생활을 할 수 있었습니다. 그때 저는 상당히 경솔한 행동을 한 셈입니다."

"그런 사생활 이야기를 하라고는 하지 않았소. 그리고 우린 그런 걸 들을 시간도 없고." 부서장이 이야기를 중단시키려 했다.

하지만 라스콜리니코프는 기를 쓰고 말을 계속했다. "예컨대 이런 이야기를 하는 것은 쓸데없는 일이긴 하지만…… 그건 당신 말이 맞아요. 그런데 문제는 그 딸이 일 년 전에 장티푸스로 죽어 버렸습니다. 그런데도 저는 계속 그곳에 하숙하고 있었지요. 제가 지금의 방으로 옮겼을 때 여주인이 말했습니다. 자기는 학생을 신용하지만…… 학생에게 빌려준 돈의 총액 백오십 루블에 대한 차용증서를 한 장 써주지 않겠느냐고 말입니다. 그리고 그 증서를 써주기만 한다면, 앞으로도 얼마든지 방을 빌려 주겠다고. 그런데 제가 가정교사 자리를 잃고 알거지가 된 지금에 와서 고소를 하니, 제가 무얼 어떻게 하겠습니까?"

"그런 감상적이고 자질구레한 이야기들은 관심 없소." 부서장이 거만하게 말을 제지시켰다. "당신이 하지 않으면 안 될 일은 답변서를 써내는 일이오."

"아니, 그건 좀 심한 것 같군." 니코짐 포미치는 책상에서 결재를 하면서 중얼거렸다. 그는 어쩐지 기분이 언짢았던 모양이다.

"자, 써주시오." 사무관이 라스콜리니코프에게 말했다.

"어떻게 써야 합니까?" 라스콜리니코프는 매우 퉁명스럽게 물었다.

"내가 말하는 걸 받아 쓰시오."

사무관의 말에 라스콜리니코프는 갑자기 자기가 비루하게 느껴졌다. 그러나 그에게 자신의 비루함, 이곳 사람들의 자만심, 부서장, 독일인 여자, 빚에 대한 고소, 경찰서와 같은 것들이 다 무슨 소용이란 말인가! 그는 갑자기 그 누구와도, 그 어떤 이야기도 할 필요가 없다는 것을 온 전신을 통해 확실히 체득했다. 더욱이 그 이전까지는 이런 야릇하고 무서운 느낌을 받은 일이 한 번도 없었다. 그리고 무엇보다 쓰라렸던 것은 그것이 의식이라든가, 관념이라기보다는 오히려 감촉에 가까웠다는 사실이다. 바로 피부에 느낀 감촉, 지금까지의 생애에서 자기가 맛본 모든 감촉 중에서 가장 괴로운 감촉이었다.

사무관은 이러한 경우 보통 사용되는 답변서의 서식을 부르기 시작했다. 그러고는 종이를 받아들자, 이제는 다른 사람에 대한 사무를 보기 시작했다.

라스콜리니코프는 펜을 돌려주었으나 돌아갈 생각도 하지 않고, 책상에 양 팔꿈치를 세우고는 양손으로 머리를 꽉 감싸쥐었다. 정수리에 못이라도 박힌 것 같은 느낌이 들었다.

그는 당장 일어나 서장에게로 가서 어제의 일을 고백하고 싶어졌다. 크든 작든 간에 모든 것을 몽땅 털어놓고 하숙집으로 데리고 가서, 방구석의 벽지 구멍 속에 감추어놓은 물건을 보여줘 버릴까 하는 생각에 사로잡혔다. 그 충동은 당장 실행에 옮기고 싶을 만큼 실로 강렬했다. 잠깐이라도 신중하게 생각하는 것이 좋지 않을까 하는 생각이 머릿속에 번뜩였다. 아니, 생각 따위는 내동댕이치고, 당장 어깨의 짐을 벗어 버리는 것이 좋지! 그러나 그는 못 박힌 듯이 우뚝 서버리고 말았다. 누군가가 니코짐 포미치를 상대로 열띤 목소리로 이야기를 하고 있었기 때문이다.

"그럴 리가 있는가, 둘 다 석방해야지. 그 두 사람의 짓이라면, 무엇 때문에 관리인을 부른단 말이오? 그것이 속임수일 수가 있다고! 그러나 이건 믿을 수 없을 만큼 계획적인 일이오! 그리고 또 한 가지는 학생인 페스트랴코프가 문에서 관리인 두 사람과 일꾼의 아내가 들어가려는 것을 보았다고 하거든. 그 학생은 친구 셋과 함께 와서 바로 문 앞에서 헤어졌는데, 친구가 있는 데서 관리인에게 집을 물었다고 한단 말이야. 살의를 품고 온 사람이 집 주소를 묻는다는 게 어디 있을 법이나 한 말이오? 그리고 코흐에 관해서인데, 이 사람은 노파에게 오기 전에, 밑에 있는 은세공집에 삼십 분이나 있다가, 정확히 여덟 시 십오 분 전에 그곳에서 노파의 집에 올라갔단 말이야. 자, 잘 생각해 보게."

"그렇다면 어째서 그런 모순이 생겼습니까? 그들 스스로가 단언하기로는 노크를 했을 때는 문이 닫혀 있었는데, 삼 분가량 지나서 관리인과 함께 가보니까 문이 열려 있었다고 하지 않습니까?"

"거기에 문제가 있는 거요. 범인은 틀림없이 안에서 빗장을 걸고 있었어. 범인은 바로 그 사이에 교묘하게 계단을 내려와서 솜씨 좋게 여러 사람들 곁을 빠져나가 버린 거야. 코흐는 양손으로 성호를 그으며 '만일 내가 그곳에 남아 있었다면, 틀림없이 범인이 튀어나와 나도 도끼에 맞아 죽었을 것입니다.'라고 말했어."

"범인을 본 사람이 아무도 없지 않습니까?"

"본 사람이 있을 리가 있습니까? 그 집은 노아의 방주 같던데." 자기 자리에서 엿듣고 있던 사무관이 입을 열었다.

"문제는 확실해. 확실하단 말이오." 니코짐 포미치는 힘을 주어 되풀이했다.

라스콜리니코프는 모자를 가지고 문 쪽으로 걷기 시작했지만, 문까지 갈 수가 없었다. 그가 정신이 들어 주위를 둘러보니 누군가에게 부축을 받아 의자에 앉아 있었다. 니코짐 포미치가 그의 앞에 우뚝 선 채 뚫어지게 내려다보고 있었다. 라스콜리니코프는 의자에서 일어났다.

"몸이 불편합니까?" 니코짐 포미치가 날카롭게 물었다.

"이 사람은 서명을 할 때도 겨우 펜을 움직일 정도였습니다." 사무관이 자기 자리로 가서 앉으며 말했다.

"이전부터 아팠나?" 중위인 부서장이 서류를 뒤지면서 자기 자리에서 말을 걸었다.

"어제부터입니다." 라스콜리니코프는 중얼거리듯 대답했다.

"어제는 외출했습니까?"

"했습니다."

"몇 시경에?"

"밤 여덟 시 지나서입니다."

"실례지만 어디에?"

"거리를 쏘다녔습니다."

"간단명료하군."

라스콜리니코프는 백지장처럼 핏기 없는 얼굴로 대답했다.

"이런 사람을 보고 당신은……." 니코짐 포미치가 말했다.

"그럼 좋소!" 부서장이 말했다.

니코짐 포미치는 뭔가 더 이야기하려다가, 사무관도 라스콜리니코프를 뚫어지게 바라보고 있는 것을 보고 입을 다물어 버렸다.

"이제 됐소." 부서장이 말을 끝냈다. "더는 붙잡지 않겠소."

라스콜리니코프는 바깥으로 나왔다. 그가 나온 순간 이야기 소리는 고조되었다.

'수색이다, 수색이다. 곧 가택 수색이 시작된다.' 그는 서둘러 돌아가면서 되풀이했다. '도둑놈들! 나에게 혐의를 두고 있군!' 그는 머리끝에서 발끝까지 또다시 아까와 같은 공포에 사로잡히고 말았다.

2

라스콜리니코프는 자기 방에 들어가 보았지만 염려와 달리 아무 일도 없었다. 방구석으로 달려간 그는 벽지 밑으로 손을 집어넣어 물건을 꺼내 호주머니에 쑤셔 넣기 시작했다. 전부 여덟 점이었다. 상자 두 개가 있었는데, 그 안에는 귀고리인지 뭔지가 들어 있는 것 같았지만 자세히 보지는 않았다. 그리고 그리 크지 않은 양피 주머니가 네 개 있었다. 신문지에 둘둘 싼 시곗줄이 하나 있고, 역시 신문지로 싼 훈장 같은 것도 있었다.

그는 그것을 전부 코트와 바지의 호주머니에 쑤셔 넣었다. 지갑도 물건과 함께 들고 방을 나왔다. 이번에는 방문을 모두 열어 놓은 채 나왔다.

그는 빠른 걸음으로 걸어갔다. 어쩌면 30분이나 15분 후에는 미행 명령이 내려질지 모른다고 걱정을 했다. 그렇다면 어떻든 간에 그 이전에 증거를 인멸하지 않으면 안 되었다.

그것은 이미 정해져 있었다. 모든 걸 개천에 던져 버리자. 그러면 안전하게 끝나는 것이다. 어제 밤중에 열이 올라 시달리고 있는 동안에도 그가 몇 번인가 일어나 나가려고 몸부림치면서, '되도록 빨리 죄다 버려야지.' 하고 생각한 그 순간, 이미 모든 것은 결정이 난 상태였다. 그러나 버리는 것도 그리 간단한 일은 아니었다.

그는 예카테린스키 운하의 기슭을 그럭저럭 30분인가 거닐다가 물가로 내려가는 곳까지 와서는 몇 번인가 사방을 둘러보았다. 하지만 계획을 실행하는 것은 여간 어려운 게 아니었다. 물가로 통하는 곳에 빨랫대가 설치되어 있어, 그 위에서 아낙네가 속옷을 빨고 있었고, 그 옆에는 보트가 매어져 있었다. 그가 물가로 내려가서 뭔가를 던지기라도 하면 의심받을 것이 틀림없었다. 그리고 주머니가 가라앉지 않고 흘러가면 어떻게 한단 말인가!

마침내 그는 네바 강 쪽으로 가보는 것이 좋을 것 같다는 생각이 떠올랐다. 그쪽이라면 사람의 왕래가 드물기 때문에 안심해도 되었다.

그는 네바 강을 향해 보즈네센스키 거리를 걷기 시작했다. 그러자 불현듯, '왜 네바 강으로 가려는 거지? 왜 물 속에 던져 버리려는 거지? 차라리 먼 군도 같은 곳에라도 가서 관목 밑에 그것을 파묻고 나무로 표시를 해두면 어떨까?' 하는 생각이 떠올랐다. 그는 그 순간 자기의 판단이 하나부터 열까지 명쾌하고 건전한 상태는 아닌 것 같았으나, 그 생각만은 잘못된 것이 아닌 것 같았다.

그러나 그는 결국 군도에 갈 운명은 아닌 것 같았다. 그가 보즈네센스키 거리에서 광장으로 나오려고 했을 때, 벽으로 둘러싸인 안뜰로 통하는 출입구를 하나 발견했다.

그곳은 마차 공장이나 철공소 따위로 쓰였던 건물인 듯했다. 그 주위 일대는 석탄 가루를 뒤집어쓰고 우중충하게 변해 있었다. 내버리고 가기에는 그곳이 안성맞춤이라는 생각이 떠올랐다. 뜰에 사람의 그림자가 없는 것을 보고 문 안으로 들어간 순간, 문 바로 곁에 있는 담장에 하수관이 있는 것이 눈에 들어왔다. 그 통 위의 담벼락에는 백묵으로 이런 장소에서 흔히 볼 수 있는 '소변 금지'라는 낙서가 쓰여 있었다. 여기 어디쯤에 몽땅 버리고 도망쳐 버리자!

그는 다시 한 번 주위를 둘러보고 나서 한 손을 호주머니에 집어넣었다. 그 순간, 바깥 쪽 벽 바로 곁의, 문과 하수관 사이에서 돌 하나를 발견했다. 그 벽 너머의 길은 보도여서 사람들의 발소리가 빈번하게 들렸다. 그러나 누군가가 길거리에서 들어오지 않는 이상 눈에 띌 염려는 없었다. 그렇지만 들어오지 않는다고 장담할 수도 없었기 때문에 재빨리 해치우지 않으면 안 되었다.

그는 있는 힘을 다해 돌을 뒤집었다. 그 자리에는 움푹 팬 조그마한 구덩이가 생겼다. 그는 재빨리 호주머니 속의 물건을 죄다 그곳에 집어넣었다. 지갑을 제일 위에 놓았는데, 팬 구덩이에는 아직 여유가 있었다. 그가 돌을 잡고, 한번 돌려 예전대로 뒤집자 돌은 제자리에 놓였다. 그가 구석구석을 밟아 다지자 감쪽같아졌다.

그는 한길로 나와 광장을 향해 걷기 시작했다. 이때 또다시 경찰서에서 경험한 것과 같은 강렬하고도 누를 길 없는 기쁨이 온몸을 감싸고 돌았다. 그는 방심한 듯하면서도 심술궂은 눈초리로 주위를 둘러보면서 걸어갔다. 그의 모든 생각은 지금 한 점을 중심으로 빙빙 맴돌고 있었다.

'될 대로 되어 버려라!' 갑자기 그는 분노에 사로잡혀 이렇게 생각했다. '어차피 시작된 일이니 어쩔 수 없어. 그 노파도, 새로운 생활도 악마에게나 잡혀가라고 해! 그 경찰서 녀석들에게 내가 눈치를 엿보며 비위를 맞추려 한 사실에도 침을 뱉어 버리면 그만이다. 중요한 것은 그런 게 아니다.'

그는 갑자기 발을 멈추었다. 전혀 생각지도 않았던 사소한 문제 때문에 그는 경악을 금치 못했다.

정말로 그 모든 것을 의식을 가지고 했다면, 어째서 지금까지 지갑 속을 들여다보지도 않았고, 무엇이 손에 들어왔는지조차 모르고 있는가? 무엇 때문에 이런 괴로움을 한 몸에 짊어지고, 그런 추악하고 비열한 짓을 하러 갔단 말인가? 지금 그 지갑을, 아직 살펴보지도 않은 물건과 함께 물속에 던져 버리려고 하지 않았는가! 그건 도대체 어찌 된 일인가?

그렇다! 어젯밤 물속에 모든 걸 던져 버리려고 결심했을 때, 이미 그 이외에는 별 방법이 없다고 결심했던 것이다. 이것은 이미 어제 트렁크 앞에 쭈그리고 앉아 그 안에서 조그만 상자 따위를 꺼내고 있던 그 순간에 그렇게 하기로 정해 버렸던 것이다.

'이건 내가 지독한 병을 앓고 있었던 탓이다.' 그는 마침내 단정을 내렸다. '난 나 스스로를 모질게 책망하면서, 무엇을 하고 있는지 모르고 있는 거야. 아, 이런 일은 정말 진절머리가 난다!'

그는 계속 걸었다. 마주치는 모든 사람이 역겨웠다. 누군가가 말이라도 걸어오면, 그는 마구 침을 뱉고 물어뜯었을지도 모른다.

바실리예프스키 섬에 있는 작은 네바 강 기슭의 다릿목까지 왔을 때, 라스콜리니코프는 문득 발을 멈췄다. '저 집에 라주미힌이 살고 있어.' 그는 생각했다. '그거 재미있겠는걸. 내가 의식하고 여기까지 찾아온 것일까? 뭐 상관할 것 없어.' 그는 5층에 있는 라주미힌의 방으로 올라갔다.

라주미힌은 무언가 글을 쓰다가 문을 열어 주었다. 라주미힌은 닳고 닳아서 누더기가 다 된 옷을 걸치고 있었다.

"자네가 웬일이야?" 라주미힌은 친구를 머리끝부터 발끝까지 훑어보면서 소리쳤다. "한데 자네는 나보다 더한가 보군 그래." 그는 라스콜리니코프의 누더기 옷을 보면서 말을 이었다. 그리고 라스콜리니코프가 자기 집 것보다 더 낡은 모조 가죽으로 만들어진 터키 식 소파에 풀썩 주저앉는 것을 보고 언뜻 친구가 병에 걸려 있음을 알았다. "자네, 중병을 앓고 있는 거 아냐?"

라주미힌이 자기의 맥을 짚어보려 하자, 라스콜리니코프는 손을 뿌리쳤다.

"그만두게." 라스콜리니코프가 말했다. "내가 여기에 온 것은 가정교사 자리 하나 어떻게 안 될까 하고 왔어. 하긴 사실 가정교사 따위를 할 생각은 없지만……."

"뭘 하겠다고? 자네 헛소리를 하고 있군!" 상대를 뚫어지게 관찰하던 라주미힌이 말했다.

"아냐, 난 헛소리를 하는 게 아냐." 라스콜리니코프는 소파에서 일어섰다. 그는 라주미힌의 방을 찾아올 때, 친구와 얼굴을 마주 대해야 한다는 것을 생각지도 못했다. 그러다가 자신이 세상의 누구와도 얼굴을 마주 대할 기분이 아니라는 사실을 깨달았다. 사실 친구의 방 문지방을 넘는 순간에 그는 벌써 자기 자신에 대한 분노로 숨이 콱콱 막힐 것 같았다. "잘 있게!" 그는 불쑥 한마디를 내뱉고는 방을 나서려 했다.

"어딜 가는 거야, 이 별종 친구야?"

"그만두게!" 그는 손을 뿌리치며 같은 말을 했다.

"그럼 왜 왔나? 머리가 돌기라도 했나?"

"그럼 내 말을 들어주게. 내가 온 것은, 자네 말고는 내가 새로 출발하는 데 도움을 줄 사람이 없기 때문이야. 나를 그냥 놔두게!"

"잠깐 기다려. 이 굴뚝 청소부 같은 친구야! 자넨 마치 미치광이 같군그래! 자네가 어떻게 하든 나는 상관하지 않겠어. 그렇지만 이 얘기만은 듣게. 고물시장에 책방이 있는데 말이지, 일종의 가정교사 같은 역할을 한다네. 이 책방 사내는 규모는 작지만 기발한 출판사를 차려서 자연과학 분야의 책을 멋지게 출간하고 있는데, 그게 꽤 팔리거든! 이봐, 여기에 두 페이지 남짓한 독일어 원문이 있어. 『여자도 인간인가』에 대해 고찰한 거야. 그래서 내가 번역하고, 두 장 반의 길이를 여섯 장으로 늘린 다음 반 페이지나 되는 아주 화려한 제목을 붙여서, 오십 코페이카에 팔 작정이야. 이건 팔릴 거야! 나에게는 번역료로 육 루블, 즉 전부 해서 십오 루블이 들어올 건데, 벌써 육 루블은 가불했어. 이것을 끝내면 고래에 관한 번역에 착수할 것이고, 또 『고백론』의 이 장에서 더할 나위 없이 시시한 이야기를 몇 군데 표시해 두었는데, 이것도 번역할 참이야. 어때, 『여자도 인간인가』의 후반부를 번역할 생각은 없나? 마음이 있으면 텍스트랑 펜이랑 종이를 가지고 가게. 그리고 삼 루블의 돈도 가져가게. 나는 번역료 전부를 이미 받았으니까 이 삼 루블은 자네의 몫이라고 할 수 있네. 그리고 또 한 장을 끝내면 당연히 삼 루블은 더 받을 수 있어."

라스콜리니코프는 아무 말 없이 독일어 논문을 집어 들고 3루블의 돈을 받고는 한마디 말도 없이 그곳을 나왔다. 그 후 길목까지

갔다가 갑자기 돌아와서는 독일어 원문과 삼 루블을 책상 위에 다시 놓고 나가려고 했다.

"자네 뇌에 이상이라도 생긴 거 아냐?" 라주미힌이 소리를 질렀다. "왜 이런 희극을 하는 거야? 나까지도 머리가 이상해지려고 해."

"필요 없어, 번역 따위는."

"그럼 도대체 뭐가 필요하단 말인가? 이봐! 지금 어디에 살고 있나?"

대답이 없었다.

"제기랄, 그렇다면 마음대로 해!"

이미 라스콜리니코프는 거리로 나와 있었다. 그는 니콜라예프스키 다리 위에서 아주 불쾌한 사건을 목격하고 다시 한 번 완전히 제정신으로 돌아왔다. 어떤 포장마차의 마부가 채찍으로 그의 등을 찰싹 때렸기 때문이다. 마부는 그가 말 밑에 깔릴 것 같아 서너 번 소리를 쳤는데도 통하지 않자 결국은 채찍을 휘두른 것이었다. 불시에 습격을 받은 그는 몹시 놀라 난간 쪽으로 비켜서는 증오감에 떨면서 이를 부드득 갈았다.

순간 주위에서 왁자한 웃음소리가 일어났다.

"저런 놈은 그게 직업이라니까. 배상금을 타려는 거지."

라스콜리니코프는 난간 쪽에 서서 등을 문지르며, 멀어져 가는 포장마차를 밉살스러운 눈으로 바라보고 있었다. 그때 언뜻 누군가가 돈을 쥐어주는 것이었다. "받아둬요." 그가 그걸 받아쥐자, 두 모녀는 지나가 버렸다. 돈은 20코페이카 은화였다. 그는 거지꼴을 하고 있었던 것이다.

그는 20코페이카의 은화를 쥐고, 열 걸음 정도 걷다가 궁전이 보이는 네바 강 쪽으로 얼굴을 돌렸다. 하늘에는 한 점의 구름도 없고 물은 담청색에 가까웠는데, 이런 풍경은 네바 강변에서는 좀처럼 보기 드문 일이었다. 궁전의 둥근 지붕은 눈부실 만큼 빛나는 맑은 대기 위에 그 섬세한 장식을 뚜렷이 드러내고 있었다. 채찍으로 얻어맞은 통증이 가라앉자, 그는 얻어맞은 걸 씻은 듯이 잊었다.

라스콜리니코프는 그곳에 선 채 멀리 보이는 경치를 오랫동안 바라보았다. 이 부근은 그에게 특별히 정든 장소였다. 대학에 다닐 무렵 발을 멈추고 이 유려하고 웅장한 파노라마를 바라보노라면, 거의 언제나 전신을 흔드는 깊은 감동을 받았던 것이다. 그는 자신이 이전과 마찬가지로 바로 이 장소에 서 있다는 그 한 가지 사실만으로도 너무나 기이하고 불가사의한 기분이 들었다. 그런 중에 무의식적으로 손을 움직이다가 언뜻 주먹 속에 20코페이카의 은화를 쥐고 있다는 것을 깨달았다. 그는 주먹을 펴고 은화를 찬찬히 들여다보았다. 그러고는 갑자기 손을 번쩍 들어 물속으로 그것을 집어 던졌다. 그런 다음 방향을 바꾸어 집으로 돌아가기 시작했다. 그 순간, 그는 자신이 모든 인간은 물론 사물로부터 가위로 싹둑 잘려나간 것 같은 느낌이 들었다.

하숙집으로 되돌아왔을 때는 벌써 저녁때가 가까웠다. 옷을 벗고는 지친 말처럼 온몸을 후들후들 떨면서 소파에 드러누워 코트를 뒤집어썼다. 그리고 모든 것을 잊고 금세 잠들어 버렸다.

사방이 황혼에 잠길 무렵, 라스콜리니코프는 무섭게 절규하는 소리에 눈을 떴다. 아, 무슨 고함소리일까? 그런 끔찍한 울부짖음이나 이를 가는 소리, 그리고 눈물과 구타, 욕지거리를 그는 아직까지한 번도 들은 적이 없을뿐더러 본 적도 없었다. 뒤늦게 그 소리 중하나가 하숙집 여주인의 것이라는 사실을 알았을 때였다. 그녀는신음을 하기도 하고 큰 소리로 울기도 했다. 계단 위에서 사정없이두들겨 맞으면서 제발 때리지는 말아 달라고 빌고 있는 듯했다. 때리고 있는 사내의 목소리는 증오와 분노에 차서 듣기만 해도 소름이 끼쳤다.

갑자기 라스콜리니코프는 부들부들 떨기 시작했다. 소름 끼치는소리의 정체 때문이었다. 그것은 부서장 일리야 페트로비치의 목소리였다. 그가 이곳에 와서 하숙집 여주인을 때리고 있는 것이다!이게 어찌된 일일까? 세상이 뒤집히기라도 했단 말인가? 층계의계단마다 사람들의 고함소리가 들렸다. 사람이 올라오기도 하고,노크를 하고 문을 쾅쾅 차기도 했다.

도대체 왜 때리는 걸까? 그는 자기가 완전히 미치광이가 되어 버린 것이 아닌가 생각하면서 혼잣말을 되풀이했다. 이윽고 마침내10분 동안 계속된 소동이 차차 가라앉았다. 하숙집 여주인은 때로신음 소리를 내기도 하고 때로는 탄성을 지르기도 했다. 일리야 페트로비치 역시 겁을 주기도 하고 욕설을 하기도 했다. 그러나 마침내 아무 소리도 들리지 않았다. 한데 어째서 부서장이 이곳에 왔을까?

라스콜리니코프는 그 후 30분 동안이나 공포감에 휩싸인 채 드러누워 있었다. 그러자 갑자기 눈이 부실 만큼 밝은 빛이 그의 방을 밝혔다. 나스타샤가 양초와 수프 접시를 가지고 들어온 것이다. 그녀는 그가 자지 않고 있음을 알고는 테이블에 양초를 세우고, 빵과 소금, 접시, 스푼 등 가지고 온 것들을 늘어놓았다.

"어제부터 아무것도 먹지 않았지요? 열병에 걸렸는데도 조심하지 않고 돌아다니기나 하고 말이에요."

"나스타샤, 주인아주머니는 왜 얻어맞았지?"

"아주머니가 누구한테 얻어맞았단 말이에요?"

"삼십 분 전, 계단 위에서 일리야 페트로비치한테······. 어째서 그녀석은 그렇게 때린 거지? 그리고······ 왜 왔지?"

나스타샤가 눈살을 찌푸리고는 라스콜리니코프를 말똥말똥 바라보았다. 그는 나스타샤가 그렇게 빤히 바라보는 것이 불쾌했다. 게다가 무서워지기까지 했다.

"나스타샤, 왜 그래?"

"그건 피 때문이에요." 그녀는 마침내 작은 소리로 혼잣말처럼 대답했다.

"피? 무슨 피?" 그는 새파랗게 질려 벽 쪽으로 물러나면서 중얼거렸다.

나스타샤는 여전히 아무 말 없이 그를 바라보았다. "주인아주머니는 아무에게도 맞지 않았어요." 그녀는 또다시 엄숙하고 분명한 어조로 말했다.

라스콜리니코프는 겨우 숨을 쉬며 나스타샤를 바라보았다. "이 귀로 들었어……. 난 앉아 있었단 말이야." 그는 점점 공포에 휩싸여 말했다. "부서장이 왔었어. 모두들 계단으로 모여들었어."

"아무도 오지 않았어요. 그건 당신의 몸 안에서 피가 소동을 벌이고 있어서예요. 피가 나갈 곳이 없어서 애간장을 태우니까 엉뚱한 것이 보이기도 하고 들리기도 한 거예요. 식사를 할래요?"

그는 대답할 수가 없었다. 나스타샤는 그를 뚫어지게 내려다보고 있었다. 그녀는 나가려고도 하지 않았다.

"물 좀 줘요, 나스타샤."

그녀는 밑으로 내려갔다가 몇 분 후에 흰 사기그릇에 물을 떠가지고 돌아왔다. 그러나 그는 벌써 그 다음은 어떻게 됐는지 기억이 없었다. 그러고는 까무러쳐 버렸던 것이다.

3

라스콜리니코프가 앓고 있는 동안 계속 혼수 상태였던 것은 아니다. 반쯤 깨어 있으면서 악몽에 시달리는 열병 상태에 있었다.

나스타샤가 내내 자기 곁에 있었던 것도 기억할 수 있었다. 또 한 사람 잘 아는 친구도 있었는데, 그가 과연 누구인지만은 잊어버리고 있었다. 그 대신 무언가 잊어서는 안 될 것을 잊어버리고 있다는 생각에 견딜 수 없는 공포에 사로잡히고는 했다. 그럴 때는 그곳에서 당장 뛰쳐나가고 싶었지만, 그때마다 누군가 힘껏 잡아끌고 와 억눌러버려서, 허탈감과 함께 인사불성에 빠지고 말았다. 그러다가 마침내 그는 완전히 제정신을 되찾았다.

그것은 오전 열 시경의 일이었다. 그 시간쯤의 맑은 아침이면 늘 햇볕이 긴 줄무늬를 이루면서 오른쪽 벽을 스쳐 문 한쪽 구석을 비췄다. 침대 곁에는 나스타샤와 한 낯선 사람이 몹시 흥미로운 얼굴로 그를 바라보고 서 있었다. 배달원 같아 보이는 사내는 소매가 긴 코트를 입고 턱수염을 조금 기르고 있었다. 반쯤 열린 문으로는 여주인이 들여다보고 있었다. 라스콜리니코프는 몸을 일으켰다.

"이 사람은 누구요, 나스타샤?" 그는 젊은이를 가리키며 물었다.

"어머, 정신이 들었군요!" 그녀가 말했다.

"정신이 들었군요." 조합원이 똑같이 되뇌었다. 문에서 들여다보고 있던 하숙집 여주인은 그가 의식을 되찾았다는 것을 알고는 문을 닫고 사라졌다. 그녀는 평소 수줍음을 많이 타서 잡담을 잘 하지 않는 여자였다. 마흔 살 전후인 그녀는 뚱뚱하고 동작이 느릿느릿했다.

"당신은, 당신은…… 누구십니까?" 그는 그 조합원에게 물었다. 그런데 이때 문이 활짝 열리며 키가 큰 라주미힌이 몸을 구부리며 들어왔다.

"꼭 선실 같군." 그는 들어오면서 소리쳤다. "항상 이마를 부딪친단 말이야. 이것도 방이라고! 이것 봐, 정신이 들었냐고? 지금 집주인한테서 듣고 왔어."

"지금 정신이 들었습니다." 조합원이 또 싱글싱글 웃으며 끼어들려고 했다.

"그런데 당신은 누구십니까?" 라주미힌은 그 사내 쪽을 보며 물었다.

"저는 협동 조합원 사무실에서 일하는데, 장사하는 셀로파예프의 심부름으로 왔습니다."

"자, 의자에 앉으시오." 라주미힌은 작은 책상 저쪽에 있는 다른 의자에 앉으며 말했다. "자네, 정신이 들어 다행이군." 그는 라스콜리니코프 쪽을 향해 지껄이기 시작했다. "자네는 오늘까지 나흘 동안이나 아무것도 입에 대지 않았어. 겨우 차 몇 잔밖에 마시지 않고 말이야. 나는 여기에 조시모프를 두 번이나 데리고 왔어. 조시모프를 기억하고 있나? 그는 자네를 정성껏 진찰하고, 대단치 않다고 말했어. 단지 뇌에 장애가 생긴 모양이라고 하더군. 아주 하찮은 신경성 질환이라는 거야. 영양 상태가 나쁜 데다, 맥주와 고추냉이의 섭취가 모자라서 발병한 모양이야." 그러고는 다시 조합원에게 말을 걸었다. "로쟈, 이 사람이 영업소에서 심부름을 온 것은 이것으로 두 번째야. 요전에는 다른 사람이 왔어. 나는 그 사람하고 여러 가지 이야기를 했지. 전에 여기에 온 사람은 누굽니까?"

"오, 그건 그저께라고 생각되는데, 확실히 그렇습니다. 그건 알렉세이 세묘노비치였습니다. 역시 우리 조합원입니다."

"그 사람은 당신보다 이해심이 더 깊은 것 같았는데, 그렇지 않습니까?"

"그렇습니다. 그 사람은 확실히 저보다는 견실한 편입니다."

"몹시 기특한데요. 자, 용건을 이야기하시지요."

"실은, 선생님 어머님으로부터 우리 사무실을 통해 송금이 왔습니다. 선생님의 의식이 돌아오면 삼십오 루블을 선생님에게 건네 드리라고 했습니다. 즉 저희들은 세묜 세묘노비치로부터 선생님의 어머님 부탁으로, 종전대로의 방법으로 송금했다는 통지를 받았습니다. 알고 계시죠?" 조합원이 라스콜리니코프에게 말했다.

"네, 기억하고 있습니다. 바흐루신……." 라스콜리니코프는 생각을 더듬는 듯한 표정을 지으며 말했다.

"저 소리 들었어? 장사꾼인 바흐루신을 알고 있다고!" 라주미힌이 탄성을 올렸다. "어째서 의식이 확실하지 않다고 하는 건가? 더구나 지금에야 생각났지만, 당신도 이해력이 있는 사람이군요. 그렇고 말고요! 머리가 좋은 사람의 이야기란 들어도 들어도 기분이 좋은 것이니까요."

"다름 아닌 바로 그분입니다. 그분이 선생님의 어머님 부탁으로 전에도 같은 방법으로 송금하신 모양인데, 이번에도 이삼 일 전에 선생님에게 삼십오 루블을 전해 드리며, '모든 일이 잘 되기를!' 이라고 적은 편지를 보냈습니다."

"'모든 일이 잘 되기를!' 이라니, 이거 걸작인데. 그리고 '선생님의 어머님'도 나쁘지 않아. 그건 그렇고, 당신 생각으론 어떻습니까? 이 친구의 의식은 완전한 것 같습니까? 그렇지 않으면 완전치 못한 것 같습니까?"

"저야 서명만 받으면 됩니다."

"그거야 할 수 있을 거요. 당신이 가지고 온 것은 뭡니까? 장부입니까?"

"네, 장부입니다. 이거요."

"이리 주십시오. 자, 로쟈, 일어나게. 이 사람에게 라스콜리니코프라고 써주게. 자, 펜을 쥐게. 뭐니 뭐니 해도 자네, 돈은 지금의 우리에게 꿀보다 더 단 것일세."

"필요 없어." 라스콜리니코프는 펜을 밀어내면서 말했다. "서명 따윈 안 해."

"제기랄! 서명을 하지 않으면 어떻게 해!"

"필요 없단 말이야, 돈 따윈."

"돈 따윈 필요 없다고? 이봐, 그런 쓸데없는 소린 하지 마. 내가 증인이야!"

"뭐, 제가 다시 한 번 오지요."

"아니, 뭐 하러 두 번 걸음을 하세요. 당신은 이해심이 있는 사람이니까. 자, 로쟈! 이봐, 이렇게 기다리고 있잖아."

"재촉하지 마, 할 테니까." 라스콜리니코프는 펜을 잡고 수령부에 서명을 했다. 조합원은 돈을 놓고 일어서서 나갔다.

"됐어. 그런데 자네, 뭐든 좀 먹고 싶지 않나?"

"먹고 싶어. 수프를 갖다 줘. 그리고 차도."

"가져오겠어요."

2, 3분이 지났을 무렵 나스타샤는 수프를 가지고 와서 차도 금방

가져오겠다고 말했다. 수프에는 두 개씩의 스푼과 접시, 그리고 소금 단지, 후춧가루 병, 쇠고기용 겨자 그릇 등이 있었는데, 이렇게 제대로 갖추어진 것은 정말 오랜만인 것 같았다. 테이블보도 새로 세탁한 것이었다.

"나스타샤, 맥주 작은 걸로 두 개만 주어도 나쁘진 않겠는데, 둘이서 한잔하고 싶어서."

"어머, 이 사람! 정말 넉살 좋은 사람이군요!" 이렇게 말하고 나스타샤가 방에서 나갔다.

라스콜리니코프는 깜짝 놀란 듯 긴장한 눈초리로 친구를 바라보았다. 그동안 라주미힌은 혀를 데지 않도록 미리 몇 번이나 후후 하고 불어서 상대의 입에 수프를 떠먹여 주었다.

나스타샤가 맥주를 두 병 가지고 들어왔다.

"차는 안 마실 건가?"

"마시고 싶어."

"나스타샤, 차도 부탁해. 차라면 의사 선생과 상의하지 않아도 좋을 테니까. 그런데 맥주가 왔군!" 라주미힌은 의자로 옮겨 앉아 수프와 쇠고기를 끌어당겨 왕성한 식욕을 보이며 먹기 시작했다.

"로쟈, 나는 요즈음 날마다 여기서 이렇게 식사를 하고 있다네." 그는 쇠고기를 입 안에 하나 가득 넣었기 때문에 간신히 말했다. "이건 다 자네 주인아줌마 덕분일세. 나를 마음으로부터 환대해 주고 있는 걸세. 아, 나스타샤가 차를 가져왔군. 나스타샤, 맥주 한잔하겠어?"

"어머, 농담은 작작하세요!"

"그럼 차는?"

"차라면 괜찮아요."

"따라 마셔. 아니, 잠깐! 내가 따라주지. 자리에 앉아."

라주미힌은 나스타샤에게 차를 따라준 다음 라스콜리니코프에게는 스푼으로 차를 떠먹여 주었다. 다른 사람의 도움 같은 건 일체 받지 않아도 되는데도 라스콜리니코프는 친구가 하는 대로 몸을 내맡겼다. 그런 상태에서 주변 상황이 어떻게 돌아가는지를 알아내려는 속셈이 있었기 때문이다.

"주인아주머니한테 오늘은 딸기잼을 좀 얻어야겠군. 이 친구에게 먹을 걸 만들어 줘야 하니까." 라주미힌은 다시 자기 자리로 돌아가서 수프와 맥주를 마시며 말했다.

"한데 주인아주머니가 당신 같은 사람한테 딸기잼을 가져다줄 것 같아요?" 나스타샤가 물었다.

"딸기는 가게에 가서 사오면 돼. 실은 말이야, 로쟈! 자네가 알지 못하는 사이에 한바탕 소동이 벌어졌어. 자네 주소를 찾지 못해서 말이야. 할 수 없이 경찰의 시민 주소 안내센터를 찾아갔지. 그랬더니 이삼 분 안에 주소를 찾아 주질 않겠어! 자네 신상이 그곳에 기록되어 있더군."

"거기 기록되어 있다고?"

"물론이지. 그런데 코벨리프라던가 하는 장군이 찾는 주소는 끝내 찾아내지 못했어. 이야기를 하자면 끝이 없어. 나는 여기에 오자마자 곧 자네 사정을 모두 알게 되었어. 그러니까 자네와 관련된 모든 것을 들었네. 이 아가씨가 증인이야. 니코짐 포미치와도 알게 되었고, 일리야 페트로비치도 소개받았고, 그리고 문지기와 자묘토프 씨, 경찰의 사무관이며 파센카와도 알게 되었지."

"주인아주머니에게 잔뜩 사탕발림을 해놓았어요." 나스타샤는 간사하게 생글거리며 중얼거렸다.

"그럼 아가씨에게도 사탕발림을 할 걸 그랬나?"

"어머, 허튼수작 말아요!" 나스타샤는 별안간 소리치고는 킬킬거리며 웃었다.

"그런데 파센카와 얘길 나눠 보고 나서야 그녀가 정말 매력적인 여자라는 사실을 알았다네."

라스콜리니코프는 잠시도 친구에게서 불안한 시선을 떼지 않고 있었다.

"정말로 나무랄 데가 없어, 모든 점에서."

"어머, 어쩌면 사람이 저럴까!" 나스타샤가 또다시 큰 소리를 냈는데, 어쩐지 이런 이야기에 큰 즐거움을 맛보고 있는 것 같았다.

"한데 어째서 자네는 그녀가 식사도 들여놓아 주지 않는 지경에까지 일을 몰고 왔나? 그리고 차용증서는 또 뭔가? 도대체 자네, 정신이 돈 것 아냐? 차용증서에 서명을 하다니! 그리고 딸 나탈리아 예고로브나가 살아 있을 때에 한 약혼 같은 것도 그래. 그녀는 언뜻 봐서는 바보 같지 않아? 안 그런가?"

"응." 라스콜리니코프는 딴전을 피우면서 이야기를 계속 시키는 것이 유리하다고 생각하고 건성으로 대답했다.

"그렇지?" 라주미힌은 친구의 대답을 들은 게 기쁘다는 듯이 소리를 높여 말했다. "그런데 그녀는 자네가 이제 대학생이 아닌 데다가 가정교사 자리와 변변한 옷가지 하나 없고, 게다가 딸이 죽어 버린 지금 자네를 집안사람 취급할 필요가 없다는 것을 깨닫고는 현실을 직시한 거야. 단지, 그때 실무에 능한 칠등관 체바로프 씨가 불쑥 나타나면서 문제가 생긴 거고. 그는 그녀에게서 사정을 들어본 후 그녀가 받은 차용증서를 자네가 결제할 수 있을 것인지에 대한 가능성 문제를 제기한 거라네. 그러자 결제할 수 있다는 결론이 나왔지. 그 이유는 여차여차한 어머니가 있다는 걸 알았기 때문이라네. 이래서 그녀는 돈을 받고 넘겨주는 형식으로 그 차용증서를 체바로프에게 주고, 이 사내는 주저하지 않고 형식대로 청구를 한 거야. 그런데 그 무렵 나와 파셴카 사이에 마음이 서로 통했기 때문에, 난 자네가 돈을 갚을 것이라고 보증했고, 사건 전체가 더 크게 확대되기 전에 중지시킨 셈이지. 내가 자네를 위해서 보증해 준 걸세. 알겠나? 그리고 체바로프를 불러 그놈의 볼때기에다 십 루블을 던져 주고, 차용증서를 되찾아온 거야. 자, 이걸 자네에게 바치네. 받아 주게."

라주미힌은 책상 위에 차용증서를 놓았다. 라스콜리니코프는 한마디도 하지 않고, 벽 쪽으로 돌아누워 버렸다.

그러자 라주미힌이 발끈했다. "알았네. 내가 공연히 자네의 화만 돋운 모양이군."

"신열 때문에 누구인지 몰랐네. 한데 자네였군그래." 라스콜리니코프가 말했다.

"자네는 혼수 상태였어. 특히 내가 자묘토프를 데리고 왔을 때는 말이야."

"자묘토프를? 경찰의 사무관 말인가? 왜 데리고 왔었나?" 라스콜리니코프는 홱 돌아누워 라주미힌을 노려봤다.

"자네는 어째서 그렇게 안절부절못하나? 자네와 가까워지고 싶다고 했네. 그 친구가 아니라면 도대체 내가 누구에게서 자네 이야기를 들을 수 있었겠나? 그는 훌륭한 친구야."

"내가 무슨 헛소리를 하던가?"

"물론 했지. 자네는 제정신이 아니었으니까."

"어떤 헛소릴 하고 있었나?"

"뭔가 비밀이라도 있어서 그것이 걱정되는 것 같더군그래. 염려 말게나. 그냥 누구네 도그가 어떻다느니, 귀고리가 어떻다느니, 쇠사슬이 어떻다느니, 그리고 크레스토프스키 섬이며 어느 건물의 관리인, 니코짐 포미치와 부서장 페트로비치 등 여러 가지를 지껄이고 있었어. 그리고 양말에 대해서 몹시 걱정을 하더군. 애원하듯 양말을 달라고 했어. 그래서 자묘토프가 손수 방 구석구석을 뒤져 찾아내 가지고 향수를 바른 다음, 반지를 몇 개씩이나 낀 손으로 자네에게 그 양말을 주었지. 자넨 그제야 안심하고, 그것을 손에 꼭 쥐고 있었어. 아마 틀림없이, 지금도 자네의 담요 밑 어딘가에 그것이 뒹굴고 있을 거야. 그리고 또 잘라낸 바짓자락 같은 것을 달라고 했어. 그것도 눈물을 흘리다시피 하면서 말이야. 우리는 어떤 조각 말이냐고 꼬치꼬치 물어봤지만 전혀 알 수가 없었어. 자, 그럼 볼일을 시작하게! 여기 삼십오 루블이 있는데, 이 속에서 십 루블을 가져가네. 그리고 두 시간 후에 계산서를 자네에게 주겠네. 그동안 조시모프에게도 알리겠네. 그리고 나스타샤, 내가 없는 동안에도 웬만하면 계속 돌보아 줘. 자, 그럼 파셴카에게도 부탁해 놓을게."

"주인아주머니를 파셴카라고 부르다니!" 나스타샤가 그의 뒤에서 이렇게 말한 다음 밑으로 뛰어 내려갔다. 그녀는 그가 여주인과 무슨 이야기를 했는지, 궁금증이 나서 견딜 수가 없었던 것이다. 아무래도 주인아주머니는 라주미힌에게 홀딱 반해 있는 것 같았다.

라주미힌과 그녀가 문을 닫고 나가자, 환자는 곧 담요를 걷어차고는 미친 사람처럼 침대에서 벌떡 일어났다. 그는 경련과도 같은 초조감에 쫓기면서, 그들이 빨리 나가줬으면 좋겠다고 생각했다. 그들이 나가버리면 곧 일에 착수할 생각이었다. 도대체 무엇을 하려는 것일까?

'하느님, 한 가지만 가르쳐 주소서. 그들은 모든 것을 다 알고 있는지, 모르고 있는지를! 아, 대체 이제부터 뭘 어떻게 해야 할까?'

그는 의혹에 사로잡혀 방 한가운데 서서 주위를 둘러보았다. 그러고는 갑자기 생각난 듯 벽지에 구멍이 뚫려 있는 방구석으로 뛰어가서 열심히 살펴보기도 하고, 구멍에 손을 쑤셔 넣고 더듬어 보기도 했다.

'아, 그렇다! 자묘토프! 한데 무슨 일로 내가 경찰에 불려갔었지? 소환장은 어디에 있지? 어럽쇼! 나는 지금 혼동하고 있는 게 아냐. 출두하라고 한 것은 그때였어! 나는 그때도 양말을 조사해 보았지. 그건 그렇다 치고, 뭣 때문에 자묘토프가 왔단 말인가? 그리고 꿈을 꾸는 상태는 왜 아직도 계속되고 있는 것일까. 그렇지 않으면 현실일까? 도망치자! 빨리 도망치지 않으면 안 된다. 돈을 가지고 나가서 다른 하숙집을 얻자. 그러면 누구도 날 찾지 못할 거야. 그러나 경찰에 시민 주소 안내소가 있으니까 끝내 찾아내겠지. 라주미힌에게 들킬 것이다. 아예 그 녀석들을 떠나…… 멀리 미국에라도 망명해 버릴까? 차용증서도 가져가는 것이 좋겠군. 그곳에 가서는 소용이 있을 것이다. 그리고 그 외에 무엇을 가지고 가면 좋을까? 녀석들은 나를 환자라고 생각하고 있어! 녀석들은 내가 걸을 수 있는 것을 알지 못해. 하, 하, 하! 그러나 계단에 감시하는 사람이 서 있으면? 도대체 이건 뭐야? 차야? 아, 맥주가 남아 있군. 차가운 것이!'

그는 맥주병을 쥐자마자 가슴속의 타는 불을 끄려는 듯 단숨에 들이켰다. 그러나 1분도 지나지 않아서 적당히 가벼운 오한 같은 것이 짜르르 등골을 스쳤다. 이윽고 기분 좋은 상쾌한 잠에 빠져들었다.

얼마 후 누군가가 방으로 들어오는 기척을 느낀 순간, 그는 잠에서 깼다. 눈을 떠보니 라주미힌이 문지방 위에 서 있었다.

"아, 깨어 있었군. 나야, 나! 나스타샤, 그 보따리를 이리 가져와!" 라주미힌이 아래층을 향해 소리쳤다. "내가 계산서를 줄 테니까

......."

"지금 몇 시지?" 라스콜리니코프는 불안하다는 듯이 주위를 둘러보면서 물었다.

"푹 잤어, 자네. 벌써 여섯 시쯤 되었을 거야."

"큰일 났군! 도대체 어쩌자고 이러지?"

"그것이 어떻다는 건가? 충분히 자는 게 좋아. 어디 급히 가볼 데라도 있나? 데이트라도 하려는 건가? 벌써 세 시간째 자네를 기다리고 있었어. 두어 번 와봤지만 자네는 자고 있었어. 조시모프에게도 두 번이나 가봤지만 두 번 다 없었고! 사실은 말이야, 나 오늘 이사를 왔어. 아주 이사를 해버렸지, 숙부와 함께. 지금 우리 집에는 숙부가 있어. 그런 거야 아무래도 좋아. 그럼 볼일을 보세. 몸은 좀 어떤가?"

"병은 아니야. 라주미힌, 자네는 언제부터 여기에 드나들었나?"

"난 이미 자네에게 전부 이야기하지 않았나? 그럼 내 말을 듣고 있지 않았다는 건가?"

라스콜리니코프는 생각에 잠겼다. 아까의 일이 꿈이라도 꾸고 있는 것처럼 선하게 떠올랐다.

"흠! 그랬군. 아무래도 자네가 아직 제정신이 든 것 같지는 않았어. 그러나 지금은 잠을 자서 좋아진 것 같군. 됐다, 됐어! 자, 그럼 볼일을 보라고! 금방 생각이 날 거야. 이쪽을 보라고, 여보게." 라주미힌이 말했다.

그는 몹시 마음을 쓰고 있던 보따리를 풀려고 했다.

"요것은 말이야, 자네 알겠나? 사실은 내가 꽤나 신경을 쓴 거야. 자네를 인간으로 만들지 않으면 안 되니까 그랬지. 자, 시작하세. 위에서부터! 이 모자는 어떤가?" 그는 보따리 속에서 아주 깨끗한, 그러나 아주 흔해빠진 싸구려 학모를 꺼내면서 지껄이기 시작했다. "맞는지 써보지 않겠어?"

"나중에 쓰지, 이 다음에." 라스콜리니코프는 기분이 언짢은 듯 그것을 뿌리쳤다.

"이봐, 로쟈! 그러지 말게. 나중에는 늦어. 꼭 맞는군! 치수가 꼭 맞지 않은가! 머리 모양은 아주 중요한 거라네. 일종의 초대장 같은 것이니까 말이야. 그런데 나스타샤! 여기에 모자가 두 개 있는데 어느 쪽이 좋은 것 같나? 이쪽의 팔머스턴(영국의 정치가)이야, 아니면 이쪽의 보석 같은 물건이야? 값을 맞춰 봐, 로쟈. 얼마쯤 줬을 것 같아?"

그는 라스콜리니코프가 가만히 있는 것을 보고, 나스타샤 쪽을 돌아다보았다.

"이십 코페이카 정도겠지요." 나스타샤가 대답했다.

"이십 코페이카로는 너 같은 것도 살 수 없어. 팔십 코페이카야! 그것도 조금 사용한 것이니까 그래. 자, 이번에는 미국으로 이야기를 옮겨보세. 미리 말해 두지만, 이 바지는 내가 자랑하는 물건이야!" 그는 이렇게 말하며 라스콜리니코프 앞에 가벼운 여름용 회색 모직 바지를 펼쳐보였다. "로쟈, 자네 짐작으로는 얼마나 될 것 같은가? 이 루블 이십오 코페이카야! 그러니 잘 기억해 두게. 이것 역시 아까와 같은 조건으로 산 거라네. 찢어진다든지 입어서 다 해지면 내년엔 다른 것을 하나 거저 준다고 했어. 페쟈예프의 가게에선 그런 판매 방법을 쓴단 말이야. 이번에는 구두 차례야. 이건 어떤가? 지난주에 영국 대사관의 비서관이 고물시장에 내놓은 거야. 겨우 육 일밖에 신지 않은 건데, 값은 일 루블 오십 코페이카야. 때마침 잘 입수했지?"

"하지만 발에 맞지 않을지도 몰라요." 나스타샤가 트집을 잡았다.

"발에 맞지 않을 거라고? 자, 그럼 이건 어때?" 그는 호주머니에서 라스콜리니코프의 구두를 한 짝 꺼냈다. 낡은 데다 진흙이 잔뜩 말라붙은 너덜너덜한 구두였다. "나는 이 도깨비 같은 것으로 치수를 재달라고 했지. 정말 모든 걸 성심껏 했단 말이야. 속옷에 대해선 여주인과 의논했어. 그리고 이 세 벌의 루바슈카는, 천은 거친 마직이지만, 때가 타지 않게 가슴에 장식이 있어. 자, 로쟈, 이제 자넨 전신을 새 옷으로 갈아입게 됐어. 그러나 자네의 코트는 그런대로 쓸 만한 데다가 독특한 멋까지 있더군. 샤르메르 가게에서 맞춰 입을 필요는 없을 것 같더군. 양말이며 그 밖의 것은 자네가 구입하게. 돈은 아직 이십오 루블 남아 있네. 그리고 파센카와 하숙비 따위는 걱정할 것 없네. 아까 말을 잘해 두었어. 신용이 절대적이니까. 그럼 자네, 속옷을 갈아입도록 하게. 병이 아직 루바슈카 속에 숨어 있을지도 모르니까."

"그냥 놔둬. 싫어!" 라주미힌의 옷가지 구입에 관한 보고를 혐오스런 표정으로 듣고 있던 라스콜리니코프는 이렇게 딱 잘라 거절했다.

"그러면 안 돼, 자네. 자네가 그러면 구두가 닳도록 돌아다닌 보람이 없지 않나?" 라주미힌이 버텼다. "나스타샤, 부끄러워 말고 좀 도와줘. 손을 좀 빌려 줘. 그렇지, 그렇지!" 그는 라스콜리니코프의 속옷을 갈아입혔다. 라스콜리니코프는 넘어져 머리를 베개에 댄 채 몇 분 동안 한마디도 하지 않았다.

'이 녀석 한동안 힘들겠군.' 그는 이렇게 생각하다가 입을 열었다. "무슨 돈으로 이런 물건들을 사 왔나?"

"이건 정말 기막힐 노릇이군! 자네 돈으로 샀어. 아까 바흐루신이 돈을 보낸 사무실에서 사람이 왔었잖아. 어머니가 송금해 준 거야. 그것까지도 잊어버렸나?"

"이제 겨우 생각났어." 라스콜리니코프는 오랫동안 어두운 얼굴을 하고 생각한 끝에 말했다.

그때 문이 열리며 큰 키에 육중한 체격의 사내가 들어왔다. 보아하니 라스콜리니코프에게도 다소 안면이 있는 얼굴이었다.

"조시모프, 이제야 오는군." 라주미힌이 환성을 질렀다.

4

조시모프는 키가 크고 기름기가 번지르르하게 도는 사내였다. 약간 부은 듯한 얼굴은 혈색이 좋지 않았으나 면도를 깨끗이 하고 있었다. 나이는 스물일고여덟 살 정도 되어 보였으며, 품이 넉넉한 짧은 윗도리와 밝은 색의 여름 바지 차림이었다.

"난 두 번이나 자네 집에 갔었네. 자, 보게! 이 친구가 이젠 의식이 회복되었어." 라주미힌이 큰 소리로 외쳤다.

"알아, 알고 있어. 지금 기분은 어떻습니까?" 조시모프는 라스콜리니코프의 얼굴을 들여다보며 묻고는 그의 발 근처에 앉았다.

"여전히 우울해하고 있어." 라주미힌이 말했다. "지금 속옷을 갈아입혔는데, 거의 울다시피 했다네."

"본인이 싫다고 하면 속옷 같은 건 나중에 갈아입혀도 좋았는데. 맥박은 아주 좋아. 머리는 여전히 아픕니까?"

"전 건강해요." 라스콜리니코프는 갑자기 소파 위에서 몸을 일으키고는, 눈을 반짝이며 짜증 섞인 투로 말했다.

"대단히 좋군. 아주 좋아지고 있어. 무얼 좀 드셨습니까?"

그 물음에 라주미힌이 대답을 하고는 무엇을 먹였으면 좋겠느냐고 질문했다.

"아, 아무거나 먹여도 좋아. 수프나 차 정도는 말이야. 버섯이나 오이, 쇠고기 같은 것은 먹여서는 안 되지." 그는 라주미힌에게 눈짓을 했다. "물약도 필요 없어. 내일 또 보러 올 테니까."

"내일 저녁에 이 친구를 데리고 산책을 할 작정이야." 라주미힌은 그렇게 자기 마음대로 결정해 버렸다. "유수포프 공원으로. 그리고 수정궁에도 가볼 작정이지."

"내일은 이 사람을 움직이지 않게 하는 것이 좋을 텐데. 그러나 상태를 봐야 알겠네."

"참, 이거 유감인데. 오늘은 집들이를 할 생각이었어. 이곳에서 지척이니까, 이 친구도 와주었으면 했어. 하다못해 소파에라도 잠시 드러누워 있으면 좋을 텐데……." 라주미힌은 조시모프를 돌아다보며 물었다. "자네는 올 수 있겠지?"

"좋아, 좀 늦겠지만. 뭘 준비했나?"

"뭐, 별로 한 건 없어. 차와 보드카에, 청어 정도야. 그리고 소를 채운 빵도 나오지. 가까운 사람들끼리 모일 거야."

"도대체 누구누구 오나?"

"아, 모두 이웃에 사는 친구들로, 거의 전부 초면들이야. 나이 잡수신 숙부는 예외지만 말이야. 하기야 그 숙부도 다른 사람들에게 초면이지. 어제 페테르부르크에 오셨어. 뭔가 볼일이 좀 있어서. 오년에 한 번 정도밖에 만나지 못하지."

"직업이 뭔데?"

"평생을 지방의 우체국장으로 평범하게 살아오신 분이야. 연금을 조금 받고 있지. 포르피리 페트로비치도 올 거야. 이곳 예심판사로 법률가야."

"그 친구도 자네의 친척인가?"

"아주 먼 친척이야. 자네는 어째서 그런 일그러진 얼굴을 하나? 그 사람과 싸웠는가? 그래서 오지 않겠다고?"

"그런 녀석, 누가 겁낼 줄 알고……."

"그럼 다행이군. 그건 그렇고, 올 사람은 학생들과 선생이 한 사람, 그리고 장교와 음악가와 경찰 사무관인 자묘토프……."

"잠깐 묻겠네. 자네나 이 사람이나……." 이렇게 말하며 조시모프는 라스콜리니코프를 턱으로 가리켰다. "그 자묘토프란 사내와 어떤 관계인가?"

"아니, 이 사람 아주 까다롭군! 자묘토프는 정말 괜찮은 친구라네."

"사리사욕도 적당히 채우면서 말이지?"

"무슨 소릴 하는 거야? 사리사욕을 채우든 말든 상관할 것 없잖아. 그런다고 해서 그게 어떻다는 건가?" 라주미힌이 화가 나서 소리를 질렀다. "모든 점에서 훌륭한 사람이란 그렇게 흔하지 않아. 나는 확신하고 있네. 나 같은 건 오장육부까지 통째로 내놔도 불에 구운 파 하나만큼도 값어치가 없다는걸. 더욱이 자네까지 덤으로 붙인다 해도!"

"그건 너무 헐값이군그래. 나 같으면 자네를 구운 파를 두 개로 쳐줄 텐데."

"난 자네 같은 건 구운 파 한 개 정도로밖에 쳐 줄 수가 없네! 좀 더 장난을 쳐볼까? 자묘토프는 아직 어린애야. 그런 사람은 윽박지르기보다 달래야 하지. 하지만 자네들같이 진보적 멍텅구리로서는 아무것도 할 수 없을 거야! 자네들은 남을 존중하지도 않고, 더구나 자기 자신조차 모욕하고 있어. 자네가 듣고 싶다면 말하겠는데, 우리들 둘 사이에 공동의 관심사가 생겼어."

"그것이 뭔지 듣고 싶은걸."

"칠장이에 관한 일인데, 우리는 그 사내를 구해내려고 하네! 사건은 이제 명백해졌어. 우리가 조금만 밀어 주면 되니까."

"대관절 그 칠장이가 누군가?"

"관리의 미망인으로 전당포를 경영하던 할머니가 피살된 사건이 일어났어. 그 사건에 칠장이가 걸려들었단 말이야."

"그 사건이라면 자네보다 내가 먼저 들었어."

"리자베타까지 피살되었어요!" 나스타샤가 라스콜리니코프를 바라보며 입을 열었다.

"리자베타?" 라스콜리니코프가 들릴 듯 말 듯한 목소리로 말했다.

"헌옷 장사를 하는 그 리자베타 말예요. 당신 몰라요? 아래층에 자주 왔잖아요. 그리고 당신의 루바슈카도 고쳐 주었고요."

라스콜리니코프는 벽을 향해 돌아누워 버렸다. 그리고 더러워진 노란 벽지에 그려진 흰 꽃무늬 속에서 뭔가 다갈색의 선으로 장식한 어울리지 않는 흰 꽃을 하나 골라서, 그 꽃에 잎이 몇 장 달려 있는지, 잎에 톱니 모양이 몇 개 있는지, 선이 몇 개 있는지 자세히 살펴보기 시작했다.

"그래서 그 칠장이가 어떻게 됐다는 건가?" 조시모프가 매우 언짢다는 듯이 나스타샤의 수다를 막아 버리자, 그녀는 한숨을 쉬며 입을 다물었다.

"그 사내가 혐의를 받고 있지." 라주미힌은 열띤 말투로 이야기를 계속했다.

"무슨 증거라도 있는가?"

"오, 확실히 증거가 있기는 하지. 한데 그 증거라는 것이 믿을 수가 없어. 증명을 필요로 하는 사안이지. 처음에 그 친구들 둘을, 아니, 뭐라고 하더라? 그렇지! 코흐와 페스트랴코프 두 사람을 구속하고 혐의를 품었던 것과 전혀 다를 바가 없지. 제기랄! 그렇게 어리석게 일을 처리하다니! 남의 일이지만 메스꺼울 정도야. 페스트랴코프는 어쩌면 오늘 저녁 잠깐 집에 들를지 몰라. 그런데 로쟈, 자네도 이 사건을 알고 있겠지? 아직 병을 앓기 전에 일어난 사건이니까."

조시모프는 호기심이 가득 찬 눈으로 라스콜리니코프를 보았지만, 라스콜리니코프는 꼼짝도 하지 않았다.

"이봐, 라주미힌! 그러고 보니 자네도 남의 일에 참견하길 좋아하는군그래?" 조시모프가 한마디 했다.

"아무튼 좋아. 여하튼 구해낼 테야!" 라주미힌은 소리치고는 주먹으로 책상을 쾅 하고 쳤다. "이런 경우에 가장 화가 나는 것은 뭐라고 생각하나? 그 녀석들이 엉터리라는 것이 아니야. 엉터리라는 것은 용서해 줄 수도 있어. 엉터리라는 것은 조금 사랑스럽기까지 하지. 진실로 통하는 길이니까 말이야. 문제는 그런 것이 아니고, 자기들의 그 엉터리 주장을 그럴 듯하게 포장해서 관철하려고 하는 점이야. 전에는 문이 닫혀 있었는데, 관리인을 데리고 왔을 때에는 열려 있었기 때문에 코흐와 페스트랴코프가 죽였음이 틀림없다고 생각한 거야. 이것이 그 녀석들의 논리야."

"제발 그만 해둬! 그 두 사람은 단지 구류형을 받았을 뿐이야. 그런데 난 코흐를 만났어. 그 녀석은 노파한테서 기한이 지난 전당품을 사들이고 있었다고 하지 않았나?"

"그렇지. 사기꾼이야! 그 녀석은 어음도 사들이고 있어. 그런 놈은 아무래도 좋아! 도대체 내가 무엇 때문에 화를 내고 있는지 자네는 알겠나? 그 경찰 녀석들의 낡고, 저속하고, 시대에 뒤떨어진 구태의연한 수사 방식에 화를 내고 있는 거야."

"그러면 자네는 이 사건을 어떻게 처리해야 할지 알고 있다는 건가?"

"그래. 그럼 사건의 경위를 들어보게. 살인이 있었던 날부터 꼭 3일째가 되던 날 아침, 코흐와 페스트랴코프가 자기들의 행동을 하나하나 증명하고 있던 중에 갑자기 뜻하지 않았던 새로운 사실을 알게 됐네. 두쉬킨이라고 하는 사내가 경찰에 출두한 거야. 그는 그 아파트 건너편에서 술집을 경영하는 사내인데, 금귀고리가 든 보석 상자를 경찰서에 가지고 와서, 한 편의 소설 같은 이야기를 늘어놓은 거야. '제 가게에 그저께 저녁 여덟 시가 좀 지났을 무렵, 그전에도 낮에 저의 가게에 들렀던 니콜라이라고 하는 칠장이 친구가 이 금귀고리와 보석이 든 상자를 들고 와서 저당 잡히고 2루블을 달라는 것이었죠. 그래서 제가 어디서 났느냐고 물으니까, 길에서 주웠다고 합니다. 저도 더 이상은 자세히 듣지 않고 그 친구에게 지폐 한 장을 주었지요. 만약 그때 제가 빌려 주지 않았으면 다른 가게로 가서 저당 잡혀 모두 마셨을 테니까요. 잘 간수해 두었다가 뭔가 문제라도 생기면 신고하려고 생각했죠.' 하지만 이는 모두 거짓말이고, 나오는 대로 지껄이고 있었던 게 분명해. 왜냐하면 나는 그 두쉬킨이라는 녀석을 알고 있거든. 그 녀석은 돈놀이를 하고 있는데, 삼십 루블짜리 물건을 니콜라이에게서 일 루블로 빼앗은 거지. 절대로 '신고할' 생각으로 한 짓이 아냐. 두쉬킨 녀석은 계속해서 말했지." 그러고는 두쉬킨의 말을 들려주었다.

"사실 저는 그 니콜라이 지멘치예프를 어릴 때부터 알고 있었습죠. 그 녀석과 저는 같은 현 사람이지요. 니콜라이는 술꾼이라고 할 정도는 아니지만, 조금 술을 하는 축이었죠. 그 녀석이 그 아파트에서 드미트리와 함께 칠을 하고 있다는 것은 저도 알고 있었습니다. 드미트리와 니콜라이는 같은 고향입죠, 네. 한데 니콜라이는 돈을 받아 쥐자마자 곧 그것을 헐어서 한꺼번에 두 잔 정도 연거푸 술을 마시더니 거스름돈을 받아 가지고 나갔습니다. 드미트리는 그날 같이 오지 않았습니다. 그런데 그다음 날 저는 알료나 이바노브나와 그 여동생인 리자베타 이바노브나가 도끼에 맞아 죽임을 당했다는 이야기를 들었습죠. 저는 그들 자매를 알고 있었기 때문에 그 귀고리를 수상쩍게 여겼습니다. 그래서 저는 이 사실을 확인하려고 그 녀석들이 일을 하고 있던 집으로 갔습니다. 몰래 조심스럽게 발소리를 죽이고 다가가서 느닷없이 니콜라이가 어딨냐고 물었습니다. 드미트리의 이야기로는, 니콜라이는 놀러 나갔다가 새벽이 되어서야 취해서 집에 돌아왔으나, 겨우 십 분쯤 집에 머물다가 다시 나갔다고 했어요. 그 뒤엔 나타나지를 않아서, 드미트리는 혼자서 일을 해나가고 있다고 하더군요. 둘이 일하는 곳은 살인이 있었던 방과 같은 건물의 삼 층입니다. 저는 그 이야기를 들었지만, 그때는 누구에게도 한마디 하지 않았습니다. 그리고 살인 사건에 대해서는 알아볼 만큼 알아본 결과, 역시 수상하다고 생각하며 집에 돌아왔습죠. 그런데 오늘 아침 여덟 시였습니다. 니콜라이 녀석이 저희 가게에 들어오지 않겠습니까? 그래서 제가 드미트리를 만났냐고 물으니까, 만나지 않았다고 하더군요. 또다시 제가 이 근처에 보이지 않았지 않냐고 물으니까, 그저께부터 돌아오지 않았다고 대답하더군요. 또 저는 최근엔 어디서 잤냐고 물었고, 그는 부랑자들이랑 잤다고 대답했어요. 그래서 그 귀고리는 어디서 났냐고 묻자 길에서 주웠다고 하더군요. 그러면서 아무래도 마음이 켕기는지 제 얼굴은 보려고도 하지 않더군요. '그날, 같은 시간에 그 계단 위에서 이러이러한 일이 일어났다는 것을 들었나?' 하고 물으니까, '아니, 듣지 못했어요.'라고 말하면서, 얼굴빛이 새파랗게 변하지 않겠습니까? 더구나 제가 이야기하고 있는 동안에 보니까, 그 녀석이 모자를 쥐고 엉덩이를 들지 않겠어요. 그래서 저는 그 녀석을 붙잡아야겠다는 생각에, '기다리게, 니콜라이! 한잔 하지 않겠나?'라고 말하고, 심부름꾼에게 눈짓으로 문을 닫으라고 일러 놓고 카운터에서 막 나오려는데 녀석은 한달음에 골목을 빠져나가 버렸습죠. 그래서 저는 그 뒷모습만 보았을 뿐이죠. 이렇게 되고 보니 저의 생각에 확신을 갖게 되었죠. 그 녀석 짓이 틀림없는 것 같아요."

라주미힌이 두쉬킨의 말을 전하자 조시모프가 고개를 끄덕이며 동의했다. "물론 그럴 테지!"

"잠깐 기다려. 끝까지 듣게나! 그래서 전력을 다해 니콜라이의

146

수색에 나섰어. 두쉬킨은 구류를 당하고 가택 수색을 당했어. 드미트리도 마찬가지야. 부랑자들도 철저히 조사를 받고. 그리고 겨우 그저께야 문제의 니콜라이가 붙들려 왔단 말이야. 녀석이 여관으로 찾아와서 목에 달고 있던 은십자가를 끌러 주며 술을 한 병 달라고 해서 술을 주었다는 거야. 그런데 잠시 후에 그 집 여편네가 외양간에 가서 언뜻 틈으로 들여다보니까, 그 녀석이 헛간 안에서 자기 목에 올가미를 걸려고 했다는 거야. 여편네가 있는 힘을 다해 소리를 지르자 모두 그곳으로 달려가서 '네놈은 누구냐?'라고 묻자 자기를 경찰서에 데려다 달라고 하더래. 모든 것을 자백하겠다고 하면서 말이야. 그래서 그가 이 구역 경찰서로 오게 된 거야. 그리고는 형식에 따라 이런저런 신상을 적던 중에 스물두 살이라는 걸 알았지. 그리고 '드미트리와 일을 하고 있었을 때, 이러저러한 시간에 계단에서 누구를 보지 못했느냐?' 하고 심문을 받자 보지 못했다고 대답했다는 거야. 이어 그날 이러저러한 시간에 이러저러한 미망인이 이동생과 함께 살해되고 물건을 도둑맞은 것을 몰랐냐고 묻자 전혀 몰랐다고 대답했대. '통 몰랐습니요. 삼 일째 되던 날, 술집에서 아파나시로부터 처음 들었는걸요.' 그럼 귀고리는 어디서 났냐고 물었더니 길에서 주웠다고 대답하더라는 거야. '그럼 어째서 이튿날 드미트리와 함께 일하러 나오지 않았나?' '놀고 있어서요.' '어째서 두쉬킨네 집에서 도망쳤지?' '그때는 뭣 때문인지 그저 무서워졌기 때문이에요.' '무서워졌다고? 뭐가?' '재판을 받게 되는 것이요.' '만일 스스로 아무 죄도 없다고 생각하고 있었다면, 그런 것을 무서워할 리가 없지 않은가?' …… 조시모프, 자네가 믿든 믿지 않든 그건 자네 마음대로지만, 그런 심문이 있었다네."

"그렇군. 그러나 증거물이 확실하잖아."

"내가 지금 말하는 것은 증거가 아니라 심문이야. 그러나 어떻든 좋아. 문제는 그들이 그 사내를 족쳐 대는 바람에 마침내 자백하고 말았어. '사실은 길에서 주운 것이 아니고, 드미트리와 둘이서 칠을 하고 있던 그 건물에서 발견한 것입니다.'라고 말이야. '어떻게 해서?' '그 경위는 이러합니다. 드미트리와 둘이서 종일 칠을 하고 돌아가려는데 드미트리 녀석이 솔을 가지고 제 얼굴에 칠을 해버리고는 도망친 거예요. 그래서 저는 그 뒤를 쫓아갔습니다. 그런데 계단에서 문으로 나온 순간, 저는 쿵 하고 관리인과 여러 신사분들하고 부딪쳤습니다. 그 관리인과 신사분들이 누구였는지 기억이 나지 않지만, 관리인이 호통을 쳤습니다. 관리인의 여편네도 저희들에게 악담을 퍼부었습니다. 그때 마나님을 데리고 들어오던 신사한 분 역시 우리들에게 호통을 쳤습니다. 저와 드미트리가 길바닥에 나뒹굴고 있었으니까요. 그러는 사이에 드미트리 녀석이 길가로 도망쳤습니다. 저는 그 뒤를 쫓아갔지만, 따라잡지 못하고 혼자서 건물로 돌아왔습니다. 그때 방문 뒤 한쪽 구석에서 작은 상자가 하나 발에 밟혔지요. 뭔가를 종이에 싼 것이었습니다. 종이를 풀어 보니까 이런 조그마한 열쇠가 달려 있는 게 아니겠어요. 그래서 그 열쇠로 상자를 열어보니까 작은 상자 속에 귀고리가 들어 있었습니다.' 하고 말이야."

"문 뒤에?" 라스콜리니코프가 깜짝 놀란 듯 라주미힌을 바라보며 소리를 지르고는 침대 위에서 천천히 일어나 앉았다.

"그래, 그런데 그것이 어떻다는 거지?" 라주미힌도 자기 자리에서 일어났다.

"아무것도 아니야!" 라스콜리니코프는 들릴락 말락한 소리로 대답하며, 또다시 베개에 머리를 대고 벽 쪽으로 돌아누웠다. 잠시 아무 말이 없었다.

"틀림없이 잠꼬대를 한 거야." 라주미힌이 조시모프를 보면서 말했다. 그러나 상대는 의문이 가득 담긴 얼굴로 가볍게 고개를 가로저었다.

"이야기를 계속하게. 그 다음엔 어떻게 되었는가?" 조시모프가 말했다.

"그 다음은 어떻게 되었느냐고? 녀석은 귀고리를 보자마자 모든 걸 다 잊어버리고 두쉬킨의 가게로 달려가서, 아까 들은 것처럼 길에서 주웠다고 거짓말을 하고, 두쉬킨에게서 일 루블을 받아 쥐고는 그 길로 놀러가 버린 거야. 그런데 살인 사건에 대해서는 전혀 몰랐다고 했대. 그럼 어째서 목을 매려고 했냐고 물으니까 무서워서 그랬다는 거야. 뭐가 무서워서 그랬냐고 하니까 재판을 받는 것이 무서웠다는 거야. 이것이 사건의 자초지종이야."

"어쨌든 증거가 있으니 자네가 아무리 떠들어 봤자 그 칠장이를 무죄 석방할 수는 없지 않아?"

"녀석들은 지금 그 사내를 진범으로 단정하고 있어! 녀석들은 범

149

인에 대해 더 이상 의심도 하지 않고 있다고."

"자네 말은 엉터리야. 논리에 맞지 않아. 그럼 귀고리는 어떻게 설명할 건가? 노파의 트렁크 속에 있었던 귀고리가 니콜라이의 손에 있었잖은가. 그것이 이 사건의 심리에 매우 중요하게 작용을 하지."

"어떤 방법으로 그의 손에 들어왔느냐고? 어떤 방법으로 손에 넣었느냔 말이지?" 라주미힌이 소리쳤다. "이봐, 닥터! 자네는 무엇보다도 인간을 연구할 의무를 지고 있는 사람이 아닌가? 그런 자네가 이만한 자료를 가지고서도 니콜라이가 어떤 성격의 인간인지 알 수 없다는 건가?"

"그러나 그 자신도 처음 한 말은 거짓말이라고 자백하고 있지 않았는가?"

"자, 내 말을 들어보게. 코흐 등 여덟 명 내지 열 명의 증인이 입을 모아 증언하는 바에 따르면, 니콜라이와 드미트리 두 사람이 땅바닥에 뒹굴어 통행에 방해가 되어서 사람들이 그들을 나무라고 있었네. 두 사람은 '작은 아귀같이' 엎치락뒤치락하고, 꽥꽥 소리를 지르고 격투하기도 하고 큰 소리로 낄낄거리기도 했어. 자, 여기에 주목해 주게. 그 무렵 사 층에는 아직 온기가 있는 시체가 뒹굴고 있었단 말이야. 만일 그 두 사람이, 혹은 니콜라이가 단독으로 살인을 범하고, 트렁크를 부수고 물건을 훔쳤다든가 했다면, 그의 그런 행동과 도끼, 피, 간악한 지혜, 세심한 주의, 강도 따위와 일치한다고 볼 수 있는가? 그것도 불과 오 분이나 십 분쯤 전에 사람을 죽인 사람이 말이야. 그리고 그 점에 대해서는 입을 모아 증언하는 사람이

명이나 된단 말이야."

"물론 이상해."

"그가 범인이라면 그날 그 시각에 니콜라이의 손에 들어온 귀고리가 말할 수 없이 불리한 증거물이 되지. 자네는 어떻게 생각하나? '자기가 잘못을 저지르지 않았다면 그런 일을 할 리가 있는가!' 이것이야말로 결정적인 증거지. 이런 일 때문에 내가 화를 내는 거야."

"그야 나도 자네가 흥분하는 이유는 알지. 그러나 잠깐, 실은 미처 못 물어봤는데, 그 귀고리가 들어 있던 작은 상자가 틀림없이 노파의 트렁크 속에 있었다는 사실은 무엇으로 증명됐는가?"

"그건 말이야." 라주미힌은 얼굴을 찡그리며 대답했다. "코흐가 그 물건을 본 기억이 있어서, 전당을 잡힌 사람을 가르쳐주었고, 그 전당품 주인이 틀림없이 자기 것이라고 명백하게 증언을 했기 때문이지."

"일이 불리하게 되었군. 그럼 또 한 가지 묻겠네. 코흐와 페스트랴코프가 위층으로 올라갔을 때, 누가 니콜라이를 본 사람이 없었나? 그것을 증명할 방법은 없나?"

"바로 그게 문제라네. 아무도 본 사람이 없단 말일세." 라주미힌은 화가 나는 듯이 말했다.

"흠! 그러고 보니, 무죄의 증명이 될 만한 것은 소리 높여 서로 때리고, 킬킬거리며 웃었다는 것밖에 없군. 그럼 자네는 이 사건을 어떻게 생각하나? 만일 진술대로 그 귀고리를 주운 것이라면, 그것을 발견한 것을 어떻게 설명하겠나?"

"아니, 무슨 설명이 필요한가? 적어도 문제를 해결할 방법이 명백하고, 또 입증되었는데 말일세. 그 작은 상자가 모든 걸 증명하고 있지 않은가. 코흐와 페스트랴코프가 노크했을 때, 범인은 그 방에 있었지. 그리고 코흐가 바보짓을 하여 밑으로 내려간 틈에, 범인은 뛰어나와 쏜살같이 내려간 것일세. 그리고 드미트리와 니콜라이가 그 방에서 뛰어나온 순간, 범인은 계단에서 코흐와 페스트랴코프, 그리고 관리인과 패거리들이 지나가기를 문 뒤쪽에 숨어 기다렸던 거야. 발소리가 사라지자, 가만히 밑으로 빠져 내려갔지. 그때가 마침 드미트리와 니콜라이가 거리로 뛰쳐나간 직후이고, 모두들 가버린 뒤여서 문간에는 아무도 없었단 말이야. 작은 상자는 문 뒤에 숨었을 때 떨어뜨린 것인데, 범인은 그것이 떨어진 줄 몰랐지. 이것이 그 사건의 전말이야."

"정말 너무나도 교묘하단 말이야!"

"나 참!" 라주미힌이 소리친 바로 그 순간에 문이 열리고, 그 자리에 있는 사람들과는 전혀 안면이 없는 낯선 인물이 한 사람 들어왔다.

5

그 사람은 그다지 젊지는 않았는데, 지나치게 격식을 차리고 위엄을 부리는 신사였다. 그는 들어오자마자 문 앞에서 발을 멈추더니 상대의 기분을 언짢게 할 만큼 놀라는 표정을 짓고는 마치 전혀 엉뚱한 곳에 들어왔다는 듯한 눈초리로 주위를 둘러보았다. 그러고는 옷도 제대로 입지 않고 소파에 드러누워 자기를 뚫어지게 바라보고 있는 라스콜리니코프에게 시선을 돌렸다. 그리고 두세 가지의 확실한 징후로 보아 '선실'과 같은 이곳에서 거드름을 피워 봤자 아무 소용도 없겠다고 생각했는지 조시모프에게 한마디 한마디 또박또박 물었다.

"대학생, 아니 이전에 대학생이었던 로지온 로마노비치 라스콜리니코프이십니까?"

그러자 당사자도 아닌 라주미힌이 벌떡 일어서며 대답했다. "저 소파에 누워 있는 사람이 그 사람입니다. 무슨 일입니까?"

그는 라주미힌 쪽을 돌아보려 하다가 그만두고 조시모프 쪽으로 몸을 돌렸다.

"저 사람이 라스콜리니코프입니다." 조시모프는 환자 쪽을 턱으로 가리키며 어물어물 말했다.

순간, 라스콜리니코프는 마치 용수철마냥 벌떡 몸을 일으켜 침대 위에 앉았다. 그러고는 거의 도전적인 얼굴로 띄엄띄엄 말을 했다. "내가 라스콜리니코프입니다! 무슨 일입니까?"

손님은 주의 깊게 상대를 보고는 거드름을 피우듯 이렇게 말했다. "표트르 페트로비치 루진입니다. 내 이름은 이미 들었으리라 생각합니다만……."

그러나 라스콜리니코프는 뭔가 전혀 다른 것을 기대하고 있었던지 생각에 잠긴 듯 멍한 눈초리로 상대를 쳐다보았다. 마치 루진이라는 이름을 생전 처음 들은 것 같은 얼굴이었다.

"그럼 당신은 아직 아무런 소식도 듣지 못했습니까?" 루진이 약간 불쾌한 투로 물었다.

머리를 천천히 베개에 떨어뜨린 라스콜리니코프는 양손을 머리 뒤로 깍지를 끼고 천장을 바라보았다. 루진의 얼굴에는 실망한 빛이 떠올랐다.

"나는 알고 계시리라 생각했는데……." 루진이 어물어물 말했다. "벌써 2주일 전에 편지를 보냈는데……."

"여보세요, 그렇게 문을 가로막고 서 있을 건 없잖아요." 라주미힌이 말을 가로막았다. "할 이야기가 있으면 앉으시오. 나스타샤, 옆으로 비켜줘요! 이쪽으로 오시지요."

라주미힌이 아주 좋은 타이밍에 말했기 때문에, 손님은 도저히 거절할 수가 없었다.

라주미힌은 주저하지 않고 말했다. "로쟈는 벌써 오 일 동안 병으로 드러누워 있는 중이며, 삼 일이나 헛소리를 했습니다. 그러나 지금은 의식이 회복되었습니다. 여기에 있는 이 사람은 이 친구의 주치의인데, 금방 진찰을 끝냈습니다. 그리고 나는 로쟈의 친구이니, 우리에게는 상관하지 말고 용건을 말씀하세요."

"고맙습니다. 한데 내가 여기서 이야기를 하면 환자에게 지장이 없을는지요?"

"아, 아니……." 조시모프는 웅얼거리듯이 말했다. "오히려 기분 전환이 될 것입니다." 그러고는 다시 하품을 했다.

"아, 이 친구는 조금 전부터 정신이 들었어요. 오늘 아침부터 말입니다." 라주미힌이 계속 말했다. 그의 꾸밈없는 말 속에는 자연스럽고 선한 인간의 순박함이 깃들어 있어서 루진은 차차 기운을 되찾았다. 어쩌면 그것은 누더기 옷을 걸치고 있는 이 넉살 좋은 사내가 자기가 대학생이라고 신분을 밝혔기 때문인지도 모른다.

"당신 어머님께서……." 루진이 이야기를 꺼냈다.

그때 "흠!" 하고 라주미힌이 큰 소리를 냈기 때문에 루진은 무슨 말을 들으려는 듯이 그를 바라보았다.

"아니, 아무것도 아닙니다. 이야기를 계속하십시오."

"당신의 어머님께서는 내가 그곳에 있을 때, 당신에게 편지를 쓰고 계셨습니다. 그래서 나는 페테르부르크에 도착한 후 일부러 사오 일 동안 방문을 늦추었던 것입니다. 왜냐하면 당신이 모든 것을 안 다음에 만나는 것이 좋을 것 같았기 때문입니다."

"알고 있습니다." 갑자기 라스콜리니코프는 치밀어오르는 화를 참을 수 없다는 듯이 상대의 말을 가로막았다. "그럼 당신이 약혼자입니까?"

루진은 몹시 기분이 상했지만 꾹 참고 가만히 있었다.

그때 라스콜리니코프는 일부러 베개에서 머리를 들었다. 루진의 풍채는 '약혼자'라는 말과 어울리는 뭔가가 있었다. 첫째, 그는 페테르부르크로 온 후 여러 가지로 외모에 신경을 쓴 것 같았다. 그가 몸에 걸치고 있는 것은 모두가 금방 양복점에서 가지고 온 것처럼 깨끗하고 하나같이 훌륭했으나, 너무 새것들이어서 그 속셈이 뻔히 드러나는 게 흠이었다. 짙은 빛깔의 구레나룻이 두 개의 커틀릿처럼 얼굴의 양옆을 감싸고 있었는데, 깨끗이 면도를 한 번쩍번쩍 빛나는 턱 언저리에는 털이 보기 좋게 밀생하고 있었다. 라스콜리니코프는 루진의 얼굴을 구멍이 뚫어질 정도로 쏘아본 다음 독살스럽게 히죽 웃고, 다시 베개에 머리를 떨어뜨리고는 아까와 같이 천장을 바라보기 시작했다.

그러나 루진은 시기가 오기까지는 그러한 이상한 태도에 신경을 쓰지 않으려고 결심을 한 것 같았다.

"당신이 이런 상태라니, 정말 유감스럽게 생각합니다." 그는 애써 침묵을 깨려고 다시 이야기를 꺼냈다. "앓고 있는 줄 알았다면 좀 더 빨리 찾아올 걸 그랬습니다."

라스콜리니코프는 몸을 움직여 뭔가 이야기하려고 했다. 그러나 특별히 말을 하지는 않았으므로 루진은 이야기를 계속했다.

"그래서 우선 두 분을 위해 숙소를 잡아놓았습니다."

"어디에?" 라스콜리니코프가 가냘픈 목소리로 말했다.

"여기서 아주 가까운 데입니다. 바칼레예프의 건물입니다."

"그건 보즈네센스키 거리에 있어." 라주미힌이 입을 열었다. "그곳에는 세를 놓는 이 층 건물이 많아. 장사꾼 유쉰이 경영하고 있지. 정말 지독한 곳이야. 더럽고 구린내가 나고, 게다가 수상쩍은 데가 있는 곳이지."

"하지만 제가 세를 얻은 방은 상당히 깨끗합니다. 그저 잠깐 있을 곳인데요, 뭘. 그리고 진짜 살 집, 다시 말하면 우리 두 사람이 살 집은 찾아냈습니다." 그는 라스콜리니코프에게 말했다. "지금 수리중입니다. 저는 여기서 바로 지척인 리페벡셀 부인의 집에 사는 레베쟈트니코프와 같이 있습니다."

"레베쟈트니코프?" 라스콜리니코프는 무슨 생각이 떠오르기라도 한 듯 천천히 말했다.

"그렇습니다."

"아, 네⋯⋯." 라스콜리니코프가 대답했다.

"미안합니다. 되물으시기에 아는 줄 알았지요. 그는 정말 사랑스런 청년입니다. 신사상을 추종하는 사람이지요. 저는 청년을 좋아합니다. 젊은 사람들로부터는 새로운 지식을 얻을 수 있으니까요."

"그건 무슨 의미입니까?" 라주미힌이 물었다.

"아주 진실한 의미, 말하자면 문제의 본질이라고 할 수 있는 그런 게 아닐까요." 루진은 질문을 받은 것이 기뻐서 어쩔 줄 몰라 하며 곧바로 대답했다. "사실 전 지난 십 년 동안 페테르부르크에 나오지 않았습니다. 그런데 여러 가지 새로운 뉴스, 개혁, 신사상, 뭐 그런 것들을 직접 몸으로 체감하기 위해서는 페테르부르크에 살아야 한다고 생각했습니다."

"정확한 이유가 무엇입니까?"

"질문이 너무 광범위한 것 같습니다. 아무래도 저는 젊은 사람들 쪽이 훨씬 더 명쾌하다고 생각합니다. 다시 말하면 비판 정신과 현실을 직시하는 능력이 훨씬 뛰어나다고 생각합니다."

"그건 그렇습니다." 조시모프가 들릴락 말락하게 말했다.

"그건 틀린 말이야. 실제적 능력은 없어." 라주미힌이 끼어들었다. "실제적 능력이란 그렇게 쉽게 얻어지는 것이 아니야. 우리는 거의 모든 분야에서 거의 이백 년이나 뒤떨어져 있어. 하기야 사상은 현재 발효하고 있는 중인지도 모르지만." 그는 이번에는 루진에게 말을 걸었다. "요즘 사람들은 착하긴 해요. 하지만 사기꾼도 상당히 늘어난 건 사실입니다."

"저는 찬성할 수가 없군요." 루진은 자못 즐거운 듯이 반박했다. "물론 지나친 열정은 문제가 된다고 생각합니다. 그러나 관대하게 봐줄 필요가 있는 겁니다. 열중한다는 것은 사업에 대한 열의의 정도를 증명한다고 볼 수 있으니까요. 게다가 이전의 공상적이고 낭만적인 저서 대신에 유익한 신사상도 보급하고 있고, 새로운 저서도 널리 보급되었습니다. 또 문학에 있어서도 전보다 성숙한 느낌을 주고 있습니다. 반면에, 갖가지 해로운 편견들이 조소를 받고 근절되어 버렸습니다. 요컨대 우리 국민은 과거에서 벗어나 있으며, 이것은 제 견해로는 좋은 징조라고 생각합니다."

"줄줄 외워 대고 있군그래!" 갑자기 라스콜리니코프가 말했다.

"뭐라고요?" 루진이 되물었다.

"말씀하시는 것은 하나하나 지당합니다." 조시모프가 서둘러 말참견을 했다.

"그렇지요?" 표트르 페트로비치 루진은 기쁜 듯이 조시모프를 돌아보면서 말한 다음, 이번에는 라주미힌을 향해 이야기를 이어

나갔다. "당신도 찬성해 주실 거라 생각합니다만……." 그는 다소 승리감과 우월감을 띠면서 지금이라도 당장 '여보게, 친구'라고 할 것처럼 보였다. "오늘날의 괄목할 만한 번영, 즉 요즘 유행하는 말로 하자면 '진보'가 뚜렷이 보입니다."

"진부한 이야기지요!"

"어째서 진부하단 말입니까?" 루진은 덤비듯이 말했다. "내가 코트를 둘로 찢어서 이웃과 나누어 가졌다고 하면, 우리 둘은 다 반쪽밖에 가질 수 없게 되겠지요. 그런데 과학계에서는 이렇게 말하고 있습니다. 우선 누구보다도 먼저 자기 자신을 사랑하라. 왜냐하면 이 세상의 모든 것은 개인적 이익에 기초를 두고 있기 때문이라고 말입니다."

"실례지만 나도 감식안이 별로 없는 편이니까 그런 이야기는 그만둡시다. 나는 단지 지금 당신이 어떤 사람인가를 알고 싶을 뿐입니다." 라주미힌이 퉁명스럽게 말했다.

"여보시오." 루진은 대단한 위엄을 보이며 말했다. "당신이 그렇게 무례하게 말씀하신다면 나도 가만히 있질 않겠소."

"천만에, 제가 어떻게 감히……." 라주미힌은 그 이야기는 그만하고, 아까 하던 이야기를 계속하기 위해 조시모프 쪽으로 몸을 홱 돌러버렸다.

루진은 즉석에서 이런 상황을 받아들일 만한 최소한의 총명함이 있었다. "오늘 처음 뵙기는 했지만, 우리가 이제 남도 아니고 하니, 잘 지내봅시다." 그는 라스콜리니코프에게 말했다.

라스콜리니코프는 고개를 돌리지도 않았다. 루진은 의자에서 몸을 일으켰다.

"그건 아무래도 전당포를 드나드는 손님 짓일 거야!" 조시모프가 라주미힌의 의견에 동조하듯 말했다.

"손님 짓이 분명해!" 라주미힌이 맞장구를 쳤다. "포르피리 역시 전당 잡힌 사람을 의심하고 있어."

"전당 잡힌 손님을?" 라스콜리니코프가 말했다.

"어떻게 수사를 하고 있지?" 조시모프가 물었다.

"코흐가 이름을 댄 것도 있고, 전당품의 포장지에 이름이 적혀 있기도 했지. 그중에는 소문을 듣고 스스로 출두한 자도 있는 것 같았어."

"여하튼 노련한 악당임에 틀림없네!"

"아니야. 그런 게 아니야! 바로 그 점이 여러 사람의 판단력을 흐리게 하는 거야. 그놈은 겨우 십 루블이나 이십 루블 정도의 물건을 훔쳐 호주머니에 쑤셔 넣었지만 천오백 루블이나 되는 현금은 손도 대지 않았다네."

"아, 관리 미망인 살해 사건의 이야기로군요." 이때 루진이 조시모프에게 말을 걸었다.

"네, 당신도 들었습니까?"

"저도 그 사건에 대해 몹시 흥미를 느끼고 있습니다. 최근 오 년가까이 하층 계급의 범죄가 점점 증가하고 있는데, 상류 계급의 범죄도 마찬가지로 증가하고 있다는 것입니다."

"현재는 경제적 변동이 심하니까요." 조시모프가 응수했다.

"이걸 어떻게 해석해야 될까?" 라주미힌이 시비조로 말을 했다. "그것이야말로 너무나 깊이 뿌리를 내린 실천력의 결핍 때문이라고 설명할 수 있지요."

"무슨 말씀이시지요?"

"사람들은 누구나 힘들이지 않고 부자가 되고 싶어 합니다. 힘들이지 않고 모든 걸 얻으려 하고 있지요. 위대한 시대가 정체를 드러냈습니다."

"그러나 윤리관이라는 것이 있지 않습니까? 말하자면 사람이 걸어야 할 정도랄까."

"도대체 뭣이 걱정이란 말입니까?" 갑자기 라스콜리니코프가 말을 꺼냈다. "당신 이론대로 되었는데!"

"어째서 내 이론대로입니까?"

"당신의 이론대로라면 사람을 찔러 죽여도 좋다는 것이 되지 않습니까?"

"당치도 않습니다!" 루진은 거만한 투로 말을 이었다. "경제적 이념이 살인으로까지 발전할 수는 없습니다."

"그게 정말입니까?" 갑자기 라스콜리니코프가 증오에 떨리는 목소리로 상대를 가로막았는데, 그 소리에는 사람을 모욕하는 기쁨과 같은 것이 내비쳤다. "당신이 약혼한 아가씨로부터 결혼의 승낙을 얻었을 당시, 무엇보다 기쁜 것은 아가씨가 가난한 사람이라는 것이었습니다."

"여보시오!" 루진이 흥분했다. "당신은 왜곡을 해도 지나치게 하는군요! 한데 당신이 들은, 아니, 들었다기보다 오히려 당신에게 전해진 그 소문은 확실한 증거가 없습니다. 당신 어머님께선 다소 감상적인 경향이 보였습니다. 그분이 이 문제를 그런 식으로 왜곡해서 해석하리라고는 정말 생각도 못했소."

"이봐요, 어머니에 대해…… 그런 소리를 하면 당신을 계단 밑으로 내동댕이쳐 버릴 거요!"

"이봐, 왜 그래?" 라주미힌이 소리쳤다.

"오, 그랬었군!" 루진은 얼굴이 새파래져서 입술을 깨물었다. "나는 아까 이곳에 한 발짝 들여놓았을 때부터 당신이 내게 적의를 품고 있구나 하고 눈치를 챘지만 모른 척했소. 환자이기도 하고 집안이 될 사람이기도 하여 웬만한 일은 참으려고 생각하고 있었지만 이젠 절대로……."

"당장 나가시오!"

이미 루진은 테이블과 의자 사이를 지나 방을 나가고 있었다.

"그런 짓을 해도 괜찮은가?" 당황한 라주미힌이 고개를 흔들며 말했다.

"제발 나를 건드리지 마!" 라스콜리니코프는 미친 사람처럼 소리를 질렀다. "난 혼자 있고 싶단 말이야!"

"나가세!" 조시모프가 말했다. "뭔가 좋은 자극이라도 주면 좋을 텐데 말이야! 아까는 조금 정신이 들었는데. 이 친구 뭔가 머리에 걸리는 것이 있는 모양이야! 뭔가 괴로운 고정 관념이랄까!"

"아, 그렇군. 어쩌면 아까 그 신사 때문일지도 몰라. 표트르 페트로비치 루진 말이야! 이야기를 들어보니, 그 친구는 이 녀석의 누이동생과 결혼하는 모양이고, 그리고 로쟈는 병이 나기 바로 직전에 그 소식이 담긴 편지를 받았던 모양이니까."

"음, 그자는 왜 하필 이런 때에 왔는지 모르겠군. 한데 라스콜리니코프는 다른 것엔 전혀 무관심하게 입을 다물고 있다가도 한 가지 이야기만 들으면 달라져. 그 살인 사건 말이야."

"맞아, 그래!" 라주미힌이 맞장구를 쳤다.

"오늘 밤 좀 자세히 그 이야기를 해주지 않겠나? 자네에게 뭔가 이야기할 것이 있네. 나는 그 친구에게 몹시 흥미를 느끼고 있거든."

"고맙네! 나는 그동안 파셴카 집에 대기하며, 나스타샤를 시켜서 감시하고 있을 테니까⋯⋯."

둘이 나가고 이윽고 라스콜리니코프가 혼자 있게 되자, 괴로움이 담긴 눈을 나스타샤에게 돌렸다.

"지금 차 들겠어요?" 나스타샤가 물었다.

"나중에 마시지! 나 좀 그냥 내버려 둬."

그는 벽 쪽으로 휙 돌아누워 버렸고, 나스타샤는 방을 나갔다.

6

나스타샤가 나가자마자 라스콜리니코프는 일어나서 문을 잠그고, 라주미힌이 가지고 왔던 보따리를 풀어서 옷을 갈아입기 시작했다. 그에게는 확고한 의지가 보였다.

"오늘이다, 오늘이야!" 그는 중얼거렸다. 그는 몸이 쇠약했지만 강렬한 정신의 긴장된 힘이 자신감을 주고 있었다.

그는 테이블 위에 있던 돈을 호주머니에 쑤셔 넣었다. 돈은 25루블이었다. 그리고 가만히 문을 열고 방 밖으로 나와 계단 아래쪽으로 내려왔다.

시각은 여덟 시경으로 해가 저물었으며, 무더위는 여전히 기승을 부렸다. 그래도 그는 고약한 냄새가 나는 도회지의 공기에 굶주렸던 사람처럼 먼지투성이의 탁한 공기를 탐욕스럽게 들이마셨다. 그러자 그의 타는 듯한 눈과 누렇게 뜬 얼굴에 뭔가 야성적인 정력이 빛나기 시작했다.

그는 오랜 습관에 따라 산책을 할 때면 늘 가는 길인 센나야로 향했다. 센나야 광장에 조금 못 미쳐 있는 작은 상점 앞 보도에서 젊은이가 손풍금을 감상적인 가락으로 울리고 있었다.

"당신은 유랑 가수의 노래를 좋아하십니까?" 라스콜리니코프는 자기와 나란히 구경하고 서 있던 부랑자에게 불쑥 말을 걸었다. 그 사내는 의아한 듯한 얼굴로 그를 쳐다보았다. "저는 좋아합니다." 라스콜리니코프가 또다시 말했으나, 그 얼굴은 전혀 유랑 가수의 노래를 이야기하고 있는 것 같지 않았다. "난 말이오, 어둡고 을씨년스런 가을밤에 손풍금 반주에 맞추어 부르는 노래를 듣는 것이 좋소."

"나는 잘 모르겠는데……. 이만 실례합니다." 사내는 라스콜리니코프의 이상한 모습에 놀란 듯 그렇게 중얼거리고는 거리 저쪽으로 건너가 버렸다.

라스콜리니코프는 곧바로 걸어서, 전에 리자베타와 이야기를 나눴던 그 장사꾼 부부의 가게가 있는 광장의 모퉁이로 나왔다. 그러나 부부의 모습은 보이지 않았다. 그는 주위를 한번 둘러보고는, 밀가루 가게 입구에서 하품을 하고 있는 빨간 셔츠를 걸친 젊은이에게 말을 걸었다.

"이 모퉁이에서 함께 장사를 하고 있는 상인 부부를 혹시 보지 못했소?"

"장사하는 사람이 하도 많으니까요." 젊은이가 대답했다.

"한데 저건 술집인가? 저 이층집 말이오."

"저건 레스토랑입니다. 당구장도 있고, 색시도 있습죠. 아주 흥청거리지요!"

광장을 가로질러 건너가 보니, 한쪽 구석에 사람이 굉장히 많이 모여 있었다. 그는 어쩐지 여러 사람 앞에서 마구 지껄이고 싶어 견딜 수가 없었다.

그는 전에도 광장에서 사도바야 거리로 나가는 구부러진 이 짧은 골목을 자주 지나다녔다. 그곳은 술집과 음식점으로 가득 차 있었다. 골목의 한 유흥장으로부터 왁자지껄한 소음이 통로로 마구 흘러나왔는데, 기타 소리와 노랫가락이 합쳐져 굉장히 즐거워 보였다. 여자들은 목쉰 소리로 이야기하고 있었다. 모두들 옥양목으로 지은 옷에 양피 구두를 신었는데 머리에는 아무것도 쓰지 않고 있었다. 그중에는 40세가 넘어 보이는 사람도 있었지만 대개는 17세 가량이었으며, 거의 모두 눈언저리에 멍이 들어 있었다.

라스콜리니코프는 어둡고 수심에 잠긴 얼굴로 건물 입구에 쭈그리고 앉아 인도에서 현관을 들여다보며 가만히 귀를 기울였다.

> 오, 멋지고 소중한 나의 임이시여,
> 부질없이 저를 때리지 마세요!

이런 가냘픈 노랫소리가 흘러나왔다. 라스콜리니코프는 그 노래를 더 듣고 싶어 견딜 수가 없었다. 마치 그것을 알기만 하면 모든 것이 결판이라도 날 것 같은 기분이었다.

들어가 볼까? 웃고들 있구나! 잔뜩 취했어. 나도 한번 곤드레가 될 때까지 마셔 보면 어떨까?

"들어와 놀다 가지 않겠어요, 아저씨?" 한 여자가 아주 낭랑한 목소리로 말했다.

"꽤 이쁜데!" 라스콜리니코프는 그 여자에게 눈길을 주면서 말했다.

그녀는 방긋 웃으며 말했다. "당신도 굉장히 미남인데요!"

"어머나, 지독하게 야위셨어!" 또 한 여자가 끼어들며 말했다.

"모두 장군 나리의 따님들 같은데, 들창코들이야!" 이때 두꺼운 코트를 입고 얼굴에는 능글맞은 웃음을 띤 한 농부가 거나하게 취해가지고 곁으로 와서 말참견을 했다. "야아, 이거 재미있어 보이는

데?"

"왔으면 들어와요."

"들어가고 말고. 즐겁게 놀자고!" 이렇게 말하고 그 농부는 구르 듯이 아래로 내려갔다.

라스콜리니코프는 지껄이는 여자의 얼굴을 흥미롭다는 듯이 바라보았다. 30세 전후로 보이는 그녀는 얼굴이 온통 푸른 멍투성이 였고, 윗입술도 약간 부어 있는 곰보였다.

그걸 어디서 읽었더라? 라스콜리니코프는 앞으로 걸어가면서 생각했다. 사형을 선고받은 어떤 사내가 처형되기 한 시간 전에 이런 말을 했다던가, 생각했다던가 하는 이야기였는데……. 그가 말하기를 '어딘가 높은 절벽 위에, 그것도 겨우 두 발로 서 있을 수밖에 없는 그런 좁은 장소에 서서, 그대로 일평생, 천 년이고 만 년이고 머물러 있지 않으면 안 된다 하더라도 죽는 것보다는 살아 있는 것이 낫다. 살아남을 수만 있다면!' 이라고 했다지 않은가. 이건 진실이다. 아, 이거야말로 진실 그 자체다! 인간이란 비열하니까!

그는 다음 거리로 나왔다. 와! 수정궁이로군. 아까 라주미힌이 수정궁 이야기를 했지. 그런데 내가 뭘 하려고 했었나? 응, 그렇지! 신문을 읽으려고 생각했지. 조시모프가 신문에서 읽었다고 했었지.

"신문 있습니까?" 그는 꽤 넓고 깨끗한 식당으로 들어가면서 물었다. 라스콜리니코프는 손님 중에 자묘토프가 끼어 있는 것 같은 느낌이 들었지만 멀어서 자세히는 알아볼 수 없었다. 그는 상관할 것 없다고 생각했다.

"보드카를 가져다 드릴까요?" 웨이터가 물었다.

"차를 줘요. 그리고 신문 좀 가져다주고. 지난 오 일간의 신문을 말이오. 팁을 줄게요."

지난 신문과 차가 나왔다. 라스콜리니코프는 편하게 자리를 고쳐 앉아서 뒤지기 시작했다.

그는 마침내 알고 싶은 곳을 찾아내어 읽기 시작했다. 그의 눈에는 활자가 춤을 추는 듯 아물거렸지만, 기사를 전부 읽자 다음 호에 실린 최근의 속보까지 초조하게 읽기 시작했다. 페이지를 넘기는 그의 손이 떨렸다. 갑자기 누군가가 그의 테이블에 와서 곁에 앉았다. 언뜻 보니 자묘토프였다. 그는 유쾌한 듯이 보였다. 그 가무잡잡한 얼굴은 샴페인을 마셨기 때문인지 조금 붉어져 있었다.

"어떻게 오셨습니까?" 자묘토프는 마치 오래전의 지기라도 만난 것 같은 표정으로 말했다. "어제 라주미힌한테 들으니까, 당신은 아직도 계속 의식불명이라고 하던데요."

라스콜리니코프는 신문을 옆으로 밀어놓고 자묘토프 쪽으로 돌아앉았다. 입술에는 냉소가 감돌았다. "당신이 온 건 알고 있습니다. 저에게 양말을 찾아주셨다고요. 그런데 라주미힌 녀석은 당신에게 반했더군요. 한데 그 눈치 없는 친구도 잘 있나요?"

"그는 난폭한 사람이에요."

"화약 중위 말입니까?"

"아니요. 당신 친구 라주미힌 말이오."

"당신은 팔자도 좋군요. 이런 곳에서 대접을 받을 수도 있고!"

"대접이라니요? 우리끼리 그냥 마시는 겁니다."

라스콜리니코프는 웃기 시작했다. 그는 자묘토프의 어깨를 툭 치고 덧붙였다. "나는 그저 나오는 대로 한 말이지 의도적으로 꼬집어서 한 말은 아닙니다. 이건 그 칠장이가 드미트리를 때렸을 때 한 말입니다. 그 노파 살인 사건 말입니다."

"당신은 아무래도 좀 이상하군요. 외출은 좋지 않을 텐데요."

"다정한 친구여! 당신은 제가 무엇을 읽고 있었는지, 그것이 몹시 알고 싶어 못 견딜 것입니다."

"전혀 그렇지 않습니다. 물어서 안 될 것은 없지요? 어째서 당신은 자꾸……."

"당신은 교양 있고 문학적인 인간이오. 그렇지요?"

"저는 중등학교 육 학년을 다녔습니다." 자묘토프가 대답했다.

"육 학년이나! 아, 내 사랑스런 참새여! 가리마를 말끔히 갈라붙인 정말 귀여운 부자로군."

"쳇, 정말 별난 사람 다 보겠군!" 자묘토프는 정색을 하고 말했다. "아무래도 당신은 아직 열병이 낫지 않은 것 같군요."

"내가 열병에 걸려 있다고요? 당신은 내게 신경을 곤두세우고 있지요?"

"신경을 곤두세우다니, 그건 또 뭡니까?"

"그것이 뭐라는 것은 나중에 가르쳐주기로 하고, 지금은 당신에게 '진술할 테니 받아 써주시오.' 내가 읽고 있던 건……." 라스콜리니코프는 여기서 눈을 가늘게 뜨고서 잠깐 동안 가만히 있었다.

"찾고 있던 것은…… 관리의 늙은 미망인의 살인 사건이오." 그는 얼굴을 자묘토프에게 바짝 가까이 대고, 거의 속삭이는 듯한 소리로 말했다.

"그것이 어쨌다는 겁니까?" 자묘토프는 의혹과 초조감에 사로잡혀 소리를 질렀다.

"노파 말이오." 라스콜리니코프는 말을 계속했다. "기억하고 있겠지요? 경찰에서 그 이야기가 나왔을 때, 내가 정신을 잃고 졸도했다는 것 말입니다."

"무슨 소리를 하는 거요?"

라스콜리니코프는 신경질적이고 비웃는 투의 너털웃음을 터뜨렸다. 그 순간 그에게는, 자기가 문 뒤에 숨어 도끼를 들고 섰을 때 빗장이 흔들리며, 두 사람이 문 밖에서 욕지거리를 퍼부으면서 밀고 들어오려고 하던 때의 야릇했던 기분이 되살아나는 것 같았다.

"당신 미친 것 같소. 그렇잖으면……." 자묘토프는 이렇게 말하고 입을 다물었는데, 그 모습은 문득 어떤 생각이 머릿속에 번뜩여 충격을 받은 사람 같았다.

"그렇잖으면? 뭐가 그렇잖으면?"

"아무것도 아니오!" 자묘토프는 성을 내며 대답했다.

두 사람 다 입을 다물고 말았다. 라스콜리니코프는 갑자기 생각에 잠기며 우울한 얼굴이 돼버렸다.

"요즈음은 그런 흉악한 사건이 상당히 늘어났지요." 자묘토프가 말했다. "최근 《모스크바 소식》에서 읽은 것인데, 모스크바에서 지폐 위조단 일당이 일망타진되었어요."

"아, 그것은 꽤 오래전의 이야기지요! 내가 읽은 것은 벌써 한 달 전인걸요. 당신은 그런 자를 악당이라고 하오?"

"물론이죠. 아닙니까?"

"풋내기들이에요. 악당이 다 뭡니까! 그만한 일에 오십 명이나 되는 사람이 달라붙어야 하다니! 그런 큰일을 계획하면서 어쩌다 알게 된 사람에게 맡겨서야 되겠습니까? 그러나 가령 풋내기라도 잘 해치웠다고 합시다. 그리고 각자가 백만 루블씩 현찰로 바꿔 가 졌다고 합시다. 그러나 그 다음에는 어떻게 될 것이라고 생각하시 오? 일생 동안 어떻게 된다고 생각합니까? 일평생 각자의 운명은 서로 얽매이게 되겠지요. 그럴 바에는 차라리 목이라도 매는 것이 낫지요. 그런데 그 패들은 돈을 바꿀 줄도 몰랐어요. 은행에서 돈을 바꿔서, 오천 루블을 받아 쥐자 손이 떨리기 시작했지요. 사천 루블 까지는 세었지만 오천 루블째는 세지도 않고 그냥 받아서 호주머니 에 쑤셔 넣자마자 허둥지둥 도망쳐 버렸지요. 그래서 그것 때문에 혐의를 받게 되었지요. 단 한 사람의 바보짓 때문에 모든 일이 허사 가 되고 만 거예요. 이런 일이 있을 수 있습니까?"

"손이 떨린 게 뭐 어떻다는 겁니까?" 자묘토프가 받아서 말했다. "아니, 그건 있을 수 있는 일입니다."

"그 정도의 일로?"

"당신 같으면 견딜 수 있겠습니까? 아니, 저 같으면 견딜 수 없을 것입니다."

라스콜리니코프는 오한이 가끔 오싹오싹 등줄기를 스쳐 지나갔다. "나 같으면 그런 짓은 하지 않아요." 그는 시치미를 떼고 넌지시 말했다. "나 같으면 이런 식으로 하겠어요. 우선 처음의 천 루블을 한 장 한 장 조사하면서, 이쪽과 저쪽을 네 번 정도 세고 나서야 다음의 천 루블에 손을 대지요. 그것을 반 정도까지 센 다음에 아무것이나 오십 루블짜리를 한 장 뽑아 들고 위조 지폐가 아닌가 불빛에다 비춰보고는 뒤집어서 다시 비춰 보지요. 그리고 전부 세었을 때, 마지막 다발과 둘째 다발에서 한 장씩 빼내어 다시 불빛에 비추어 보기도 하면서, 의심이 나는 듯이 '미안하지만 이것을 바꿔 주십시오.' 하고 은행원이 진땀을 빼게 하지요. 그리하여 드디어 일이 끝나갈 단계가 되어 문을 열었을 때 '아니, 이것 실례합니다.' 어쩌고 하면서 다시 돌아와 뭔가를 물어보고, 설명을 요구하는 겁니다."

"당신은 무서운 말을 하는군요!" 자묘토프는 웃으면서 말했다. "그렇지만 막상 실행하려 들면 틀림없이 실패할 겁니다. 당신에게 분명히 말하지만, 나나 당신뿐만 아니라 산전수전 다 겪어 천둥벌거숭이라 할지라도 보증할 수가 없는 것입니다. 대낮에 모험을 하고는 그야말로 기적적으로 도망치기는 했지만 역시 손이 떨린 증거가 있어요. 훔친 물건을 가져가지도 못했습니다. 즉 견딜 수가 없었던 것이지요. 이걸 보더라도 알 수 있지 않습니까?"

라스콜리니코프는 공격적으로 말했다. "알 수 있다고요? 그럼 가서 붙잡아 오시지, 지금 당장!" 그는 자묘토프를 부추기듯이 소리를 질렀다.

"좋지요. 곧 붙잡을 겁니다."

"당신이 붙잡는다고요? 고작 그런 식이라면 어린애라도 하려고 만 마음먹으면 당신들을 속일 수 있어요."

"그런데 그 녀석들은 늘 그런 일을 한단 말입니다." 자묘토프가 대답했다. "빈틈없는 솜씨로 사람을 죽이고, 목숨을 걸고 일을 했으면서도 결국 술집에 들어가서 붙잡히고 맙니다."

라스콜리니코프는 양미간을 찌푸리며 자묘토프를 바라보았다.

"당신은 나 같으면 그런 경우 어떻게 행동을 취할까 알고 싶은 거지요? 나 같으면 이렇게 할 겁니다. 우선 금품을 가지고 현장에서 빠져나오면, 그 길로 곧장 어딘가 으슥한 곳, 즉 야채밭 같은 장소로 갑니다. 그리고는 그곳의 뒤뜰 곁에 집이 세워졌을 무렵부터 담장 구석에 뒹굴고 있었을지도 모르는 돌 같은 것을 미리 봐두는 겁니다. 그 돌을 들추고 팬 곳에 물건과 돈을 전부 넣어둡니다. 그곳에 넣고는 돌을 전과 같이 덮고, 발로 밟아 놓고 나서 그곳을 떠납니다. 그리고 일 년이나 이 년, 또는 삼 년이 되어도 찾으러 가지 않습니다. 자, 그럼 찾아보시지요! 범인은 흔적도 찾을 수 없을걸요."

"당신은 머리가 돌았군요." 자묘토프는 왠지 속삭이듯 낮은 목소리로 말을 하고, 갑자기 몸을 뒤로 뺐다.

라스콜리니코프는 눈이 유난히 번쩍였고, 안색도 무서울 만큼 창백해졌다. "어떻습니까, 만일 그 노파와 리자베타를 죽인 자가 나라고 한다면?" 그는 갑자기 이렇게 입을 놀려 버리고는 깜짝 놀라 제정신이 들었다.

자묘토프는 흠칫하며 상대를 보고는 얼굴이 금세 새파래졌다. "그런 일이 있을 수 있습니까?" 그는 겨우 들을 수 있을 정도의 소리로 말했다.

라스콜리니코프는 험악한 눈초리로 힐끗 상대를 흘겨보았다. "사실 당신은 그렇게 믿고 있었지요?"

"전혀 그렇지 않습니다! 지금이야말로 전보다 더 믿지 않습니다!" 자묘토프는 당황해서 소리쳤다.

"드디어 덫에 걸렸군! 작은 새를 잡았어. 전에는 그렇게 믿고 있었다는 게 아닙니까?"

"천만에, 절대로 그렇지 않습니다." 자묘토프는 분명히 낭패한 듯이 소리쳤다. "그럼 당신이 그런 말로 나를 몰아댄 것은 여기까지 나를 유도하기 위해서였군요?"

"그럼 내 말을 믿지 않는단 말이오? 그렇다면 그때 내가 경찰서를 나온 뒤에 당신들은 무슨 이야기를 했습니까? 이봐, 웨이터!" 그는 종업원을 부르면서 모자를 집어들었다. "여기 얼마요?"

"전부 삼십 코페이카입니다."

"자, 이 이십 코페이카는 팁이오. 돈을 많이 가지고 있지요!" 그는 이렇게 말한 다음 돈을 쥔 채 떨리는 손을 자묘토프 쪽으로 불쑥 내밀었다. "붉은 지폐, 푸른 지폐, 이십오 루블이오. 어디서 생겼다고 생각합니까? 그리고 이 새 옷은 어디서 생겼을까요? 아시다시피 한 푼도 없었던 내가 말입니다. 그럼 또 봅시다."

그곳을 벗어날 때 그는 일종의 쾌감이 섞인 기괴하고도 오싹오싹

한 기분에 사로잡혔다.

자묘토프는 혼자 남게 된 다음에도 오랫동안 같은 자리에 앉은 채 생각에 잠겨 있었다.

"부서장은 바보야!" 이렇게 그는 최종적인 단정을 내렸다.

라스콜리니코프는 바깥으로 나가려고 문을 열다가 바깥 계단에서 들어오는 라주미힌과 마주쳤다. 잠시 동안 두 사람은 상대의 기분을 알아채려고 노려보았다.

"이 친구, 이런 곳에 와 있었군. 도대체 어떻게 된 일이야?"

"자네들이 귀찮게 해서 그랬던 거야." 라스콜리니코프는 침착하게 대꾸했다.

"아직 제대로 걷지도 못하고 몸도 가누지 못하는 주제에, 바보 같으니라고! 자네는 '수정궁' 같은 데서 무얼 하고 있었나? 지금 당장 솔직히 말하게."

"가게 내버려 둬." 라스콜리니코프는 이렇게 소리치고 곁을 빠져 나가려 했다.

하지만 라주미힌은 라스콜리니코프의 어깨를 움켜잡았다. "가게 놔두라고? 내가 지금 자네를 어떻게 할 작정인지 알기나 해? 두 팔을 뒤로 꽁꽁 묶어 가지고 겨드랑이에 끼고 방에 가둔 뒤에 자물쇠로 문을 잠가 버리려고 했단 말이야!"

"이봐, 라주미힌! 내가 자네의 친절을 오히려 귀찮게 생각하고 있다는 걸 자네는 모르나? 나는 자네를…… 지긋지긋하다고 생각하고 있는데도 왜 모르는가? 자네는 정말 나를 그렇게도 이해하지 못하겠는가? 나는 비열한 놈이야! 제발 부탁이니, 날 그냥 내버려 두게."

이 말을 시작했을 때 라스콜리니코프는 침착한 어조로, 치밀어오르는 화를 조금은 즐기고 있는 듯했다. 하지만 말이 끝났을 때는 아까 루진을 상대했을 때와 같이 광란 상태가 되어 숨을 헐떡이고 있었다.

라주미힌은 우뚝 선 채 잠시 고민하다가 마침내 친구의 어깨를 놓아주었다. "좋아, 어디든지 마음대로 가버리게!" 그러고는 조용히 거의 생각에 잠긴 어조로 말했다. "잠깐, 내 이야기를 듣게. 자네 같은 인간들은 조그마한 고민이라도 생기면 그것을 닭이 알을 품듯 애지중지 품고 다니더군. 더구나 그럴 때도 다른 사람의 작품을 도용한단 말이야. 자네에게는 자주적인 생활 같은 것은 조금도 찾아볼 수가 없어. 마치 고래 기름으로 만든 인간 같아. 이제 나는 자네 같은 부류는 그 누구도 믿지 않아. 자네가 먼저 해야 할 일은 어떻게 해야 인간답지 않게 보이는가 하는 것뿐이야. 이봐, 잠깐 기다리라니까!" 라주미힌은 라스콜리니코프가 다시 자리를 떠나려는 것을 눈치 채고 광포하게 절규했다. "로쟈, 솔직히 말하네만 자네는 사람들에게 사랑받는 현명한 사내인데도 바보라고! 오늘은 우리 집에 가서 앉아 쉬는 편이 좋지 않을까? 멋지고 푹신푹신한 안락의자를 가져다 놓겠네. 조시모프도 올 걸세. 자네 올 거지?"

"싫어."

"거, 거, 거짓말 마! 자네는 자기가 하는 행동에 책임을 지지 못하는 상태야. 나도 수없이 이런 식으로 사람들과 싸우고 헤어졌다가 다시 화해를 했네. 그럼 꼭 기억해두게. 포친코프의 집 삼 층이야."

"그렇다면 라주미힌, 당신은 친절을 베푸는 즐거움을 위해서라면 누군가에게 얻어 터져도 참겠구먼."

"누구? 나 말인가? 그런 것을 공상만 해도 콧대를 비틀어 놓고 말겠어! 포친코프의 집 사십칠 호야."

"나는 가지 않아, 라주미힌!" 라스콜리니코프는 몸을 돌려 앞으로 걷기 시작했다.

"내기를 해도 좋아. 자네는 올 거야." 라주미힌은 등 뒤에서 소리쳤다. "자묘토프는 저기에 있나?"

"응, 있어!"

"그와 이야기를 했나? 아니, 말하지 않아도 좋네. 포친코프일세. 사십칠 호, 기억해 둬!"

라스콜리니코프는 사도바야 가까이 가서 모퉁이를 돌았다.

라주미힌은 생각에 잠겨 그의 뒷모습을 지켜보았다. 그러나 마침내 단념하고 건물 안으로 들어가다가 계단 중간에서 우뚝 서버리고 말았다.

제기랄! 말만은 제법 조리가 있군그래. 조시모프가 걱정하고 있던 것은 틀림없이 이것이었어! 그는 손가락으로 이마를 두드렸다. 어떻게 할까, 저 녀석을…… 자칫하면 투신자살이라도 할지 모른다. 야, 정말 큰일났군! 안 되겠는걸. 이런 생각으로 그는 몸을 돌려 라스콜리니코프의 뒤를 쫓았지만 벌써 그림자도 보이지 않았다.

라스콜리니코프는 곧장 다리 위를 걷다가 다리 중간쯤에서 난간 곁에 섰다. 그리고 난간에 두 팔꿈치를 괴고 먼 곳을 바라보았다. 장밋빛을 띤 석양과 점차 짙어져오는 어둠 속에서 그는 거뭇하게 보이는 줄지은 집들과 검게 변한 운하의 물을 멍하니 바라보았다.

이때 어떤 기괴하고 무서운 광경이 그를 정신마비 상태에서 깨어나게 했다. 그는 누군가가 자신의 오른쪽에 서 있는 기분을 느껴 언뜻 눈을 돌렸다. 얼굴은 기름한데 누런빛으로 여위었고, 움푹 팬 두 눈은 빨갛게 충혈되어 있었다. 여자는 그를 진지하게 보고 있는 것 같았지만, 분명히 아무것도 보지 않았고 누구인지도 모르는 것 같았다. 어느 순간 그녀는 손을 난간에 대고 오른발을 들어 난간 바깥쪽으로 내리고는, 왼쪽 다리마저 내미는가 싶더니 운하에 몸을 던졌다. 더러운 물이 갈라지면서 희생자를 순식간에 삼켜 버렸다.

"자살이다!" 수십 명의 사람들이 달려와서 강변길은 구경꾼으로 가득 메워졌다.

"오, 저건 우리 이웃의 아프로시냐 같은데?" 멀지 않은 곳에서 여자의 목멘 소리가 들렸다. "오, 살려 주세요! 저 여자를 건져 줄 사람 없어요?"

"보트를 띄워라, 보트를!" 군중 속에서 소리가 들렸다.

그러나 보트는 필요 없었다. 한 경관이 운하로 내려가는 계단을 뛰어 내려가서는 코트와 구두를 벗고, 물속으로 첨벙 뛰어든 것이다. 그는 오른손으로 여자 옷을 붙잡고 왼손으로는 동료가 내민 장대를 재빨리 붙잡았다. 끌어올린 여자를 운하로 내려가는 입구의 포석 위에 뉘었다. 여자는 곧 의식을 되찾아 몸을 일으켜 앉더니, 양손으로 젖은 옷을 만지면서 재채기를 하기도 하고 코를 킁킁거리기도 했다. 그러나 그녀는 아무 말도 하려고 하지 않았다.

"저 여자가 요전에는 목을 매달려고 하는 것을 밧줄에서 끌어내렸어요. 지금 막 저는 가게에 물건을 사러 가면서, 계집아이에게 망을 보게 했는데 이런 짓을 저질렀군요."

라스콜리니코프는 처음부터 끝까지 냉담한 무관심 속에 이 광경을 지켜보고 있었다. "아니, 저건 싫어. 물은 안 돼." 그는 중얼거렸다. 그리고 "더러워!" 하고 덧붙였다. "그런데 자묘토프는 어째서 경찰서에 가 있지 않았을까? 경찰서는 아홉 시가 넘으면 문을 열어 놓는 법인데……." 그는 난간 쪽으로 등을 돌리고 주위를 둘러보았다.

라스콜리니코프는 다리에서 발을 옮겨 경찰서 쪽으로 걷기 시작했다. 그는 아무것도 생각하고 싶지 않았다. 아까 모든 것을 해치워 버리자고 생각하고 집을 나왔을 때의 용기는 흔적도 없이 사라지고 말았다. 완전한 무력감이 그것을 대신하고 있었다.

"그래, 그게 탈출구다!" 그는 낮게 중얼거리면서 천천히 강변도로를 걸었다. 하여튼 끝장을 내버리자. 그렇게 하고 싶다. 녀석들에게 자백해 버릴까? 제기랄! 한시라도 빨리 어딘가에 눕든지 않고 싶다.

경찰서로 가자면 곧장 똑바로 가서 두 번째 모퉁이에서 길을 왼쪽으로 꺾지 않으면 안 되었다. 경찰서는 거기서 몇 발짝 되지 않았다. 언뜻 그는 누군가가 귓가에 속삭이는 듯한 느낌이 들었다. 고개를 쳐들어 보니, 그 집의 바로 입구 곁에 서 있었다. '그날' 밤 이후로 그는 이곳에 온 일도 없을뿐더러, 그 곁을 지나간 일도 없었던 것이다.

그는 뭐라고 설명할 수도 없는 욕망에 마구 끌려갔다. 그는 건물 안으로 들어갔다. 현관을 지난 다음 오른쪽의 첫째 입구로 들어가서 4층을 향해 낯익은 계단을 올라가기 시작했다. 그는 층계참마다 멈춰 서서, 호기심에 찬 눈을 빛내며 둘러보았다. 1층의 층계참에 있는 창은 완전히 떨어져 있었다. '그때는 이렇지 않았어.' 그는 생각했다. 그러자 곧 니콜라이와 드미트리가 일을 하고 있던 곳에 다다랐다. '잠겨 있군. 문도 새로 칠해놓고. 칠을 새로 했다는 것은 세놓을 방이 있다는 거지. 여기다!' 그는 갑자기 망설여졌다. 그 방문은 열려진 채였고, 그곳에서는 사람 소리가 들렸다. 전혀 예기치 못했던 일이었다. 한참 동안 머뭇거리다가 그는 마지막 몇 계단을 올라가 방으로 들어갔다.

그곳은 새로 수리를 하고 있는 중이어서 일꾼들이 있었는데, 그들을 보고 그는 몹시 놀랐다. 그는 왠지 자기가 떠나 버린 때와 똑같은 상태의 방에, 어쩌면 마루 위의 바로 그 장소에 뒹굴고 있을 시체와 맞닥뜨릴 것 같은 생각이 들었다. 그러나 지금은 텅 빈 벽면에 가구 하나 없는 것이 아무래도 이상한 느낌이 들었다. 그는 방을 가로질러 창가로 가서 창틀에 앉았다.

일꾼은 둘이었다. 그들은 전의 누렇던, 낡고 오래되어 찢어진 벽지 대신 연보랏빛 꽃무늬가 있는 하얀 새 벽지를 바르고 있는 중이었다.

일꾼들은 늑장을 부리다가 급히 서두르며 종이를 둘둘 말아 가지고 돌아갈 채비를 했다. 그들은 라스콜리니코프가 들어왔는데도 개의치 않고 열심히 이야기를 하고 있었다.

두 사람의 이야기를 무심히 듣고 있던 라스콜리니코프는 일어서서 전에 트렁크와 침대, 서랍장이 놓여 있던 다음 방으로 들어가 보았다. 그 방은 가구가 없어진 탓인지 굉장히 작아 보였다. 나이 든 쪽의 일꾼이 그를 옆눈으로 가만히 쳐다보았다.

"무슨 볼일이라도?" 그는 라스콜리니코프에게 물었다.

라스콜리니코프는 대답도 하지 않고 일어서서, 현관으로 나가 초인종 끈을 쥐고 힘껏 잡아당겨 보았다. 그때와 똑같은 초인종에 그때와 똑같은 양철 흔드는 소리가 났다. 그러자 고통스러울 정도로 무섭고 추악한 그때의 느낌이 생생히 되살아났다.

"무슨 볼일이 있습니까?" 일꾼이 다시 다그쳤다.

"방을 빌리려고 둘러보고 있는 중이오." 그는 말했다.

"방을 빌리러 밤에 오는 사람이 어디 있습니까? 그리고 관리인의 안내를 받아야만 됩니다."

"마루는 닦아 놨습니까?" 라스콜리니코프가 딴전을 피우며 말했다. "피는 이제 없지요?"

"피라뇨? 무슨 피를 말합니까?"

"여기서 노파가 여동생과 함께 죽었잖소. 이 주위는 전부 피바다였거든."

"도대체 당신은 누굽니까?" 일꾼이 불안한 듯 소리쳤다.

"알고 싶습니까? 경찰서로 가지. 경찰서에서 가르쳐 줄 테니까."

일꾼은 수상하다는 듯이 그를 바라보았다.

"자, 이제 그만 돌아가야지. 가세, 알료쉬카! 문단속을 해야지." 나이 든 일꾼이 말했다.

"그럼 갑시다!" 라스콜리니코프는 이렇게 말한 뒤 천천히 계단을 내려가 바깥으로 나오는 문가에 다다랐다. "이봐요, 관리인!"

몇 사람이 아파트의 입구 바로 곁에 서서, 지나가는 사람을 바라보고 있었다. 라스콜리니코프는 그들 쪽으로 다가갔다.

"무슨 볼일이 있습니까?" 관리인 하나가 물었다.

"경찰이 왔다 갔습니까?"

"지금 막 다녀갔습니다. 무슨 일이지요?"

"몇 명 되었소?"

"그래요."

"부서장도 있었소?"

"네, 있었어요. 그런데 왜 그러시죠?"

라스콜리니코프는 대답을 하지 않고, 생각에 잠겨 그들 옆에 나란히 서 있었다.

"방을 보러 온 것 같아요." 나이 든 일꾼이 곁에 와서 말했다.

"어느 방을?"

"우리가 일하고 있던 방이오."

"당신은 도대체 누구요?" 관리인은 언성을 높여 소리쳤다.

"나는 로지온 로마노비치 라스콜리니코프입니다. 전에 대학생이었죠. 요 앞 골목에 있는 집의 십사 호에 살고 있습니다." 라스콜리니코프는 어두워진 거리를 응시하면서 말했다.

"일단 붙잡아서 경찰에 넘겨 버릴까요?" 직공이 끼어들었다가 갑자기 입을 다물어 버렸다.

라스콜리니코프는 그 사내를 어깨 너머로 슬쩍 노려보고 귀찮다는 듯 낮은 음성으로 이렇게 말했다. "갑시다!"

"넘겨 버려요!" 직공은 갑자기 힘이 나는 듯 가로막으면서 말했다. "어째서 이 친구가 '그 일'을 끄집어냈느냔 말이야. 이 친구는 뭔가 속에 감추고 있는 게 아닐까?"

"경찰에 가자니까 겁이 나시오?" 라스콜리니코프는 비웃듯이 말했다.

"겁날 게 뭐가 있어?"

"사기꾼 같으니라고!" 여자가 소리쳤다.

"이런 놈과 이러니저러니 말을 섞을 건 없어." 또 한 사람의 관리인이 소리쳤다. 코트 앞자락을 풀어헤치고, 허리띠에 열쇠 꾸러미를 잔뜩 찬 몸집이 큰 사내였다. "어서 꺼져버려!" 이렇게 말하고는 라스콜리니코프의 어깨를 붙잡고 길가로 몰아냈다.

"정말 이상한 녀석이군." 일꾼이 말했다.

"요즈음 이상한 녀석들이 부쩍 늘었어요." 여자가 말했다.

"경찰에 넘겨버렸어야 했어." 직공이 말했다.

"공연히 일 만들 건 없어." 몸집이 큰 관리인이 단정적으로 말했다. "자기가 먼저 경찰서에 같이 가자는 걸 보면 보통 놈이 아니야!"

이대로 가야 하나, 어떻게 할까? 라스콜리니코프는 이렇게 생각하며 네거리 차도 한복판에 서서 누군가가 최종적으로 한마디 해주기 바라는 듯한 모습으로 주위를 둘러보았다. 그러나 어디서도 응답이 없었다. 그에게는 모든 것이 지금 그가 밟고 있는 돌처럼 싸늘하게 죽은 것 같았다.

언뜻 자기가 서 있는 곳에서부터 이백 발짝쯤 떨어진, 어둠이 짙게 깔려오는 거리 저쪽 끝에서 한 무리의 군중의 웅성거림과 함께 고함소리가 들려오는 것 같았다. 사람들 속에는 마차 같아 보이는 것이 서 있었다. 그리고 거리 중간쯤에는 불빛이 반짝반짝 빛나고 있었다. 무슨 일일까? 그는 마치 자신이 세상일에 닥치는 대로 관여하려고 하는 것같이 생각되어 쓸쓸한 웃음을 지었다. 그는 결국 경찰에 자수하기로 마음먹었다. 만사가 곧 끝장이 나버릴 것이라고 생각했기 때문이다.

7

한길 한가운데에 두 마리의 미끈한 회색 말이 끄는 사치스런 사륜마차가 멈춰 서 있었다. 타고 있는 사람은 없었다. 마부는 자리에서 내려와 섰고, 말들은 재갈이 물려져 있었다. 주위에는 사람들이 많이 모여 있었는데, 맨 앞에는 경찰관 몇 명이 서 있었다. 그 가운데 한 사람은 불이 켜진 등불을 손에 들고, 허리를 구부려 차도의 마차 바퀴 바로 곁에 있는 뭔가를 비추고 있었다. 모두들 떠들썩한 가운데 누군가가 소리를 지르기도 하고 탄식을 하기도 했다. 마부는 어떻게 해야 좋을지 모르는 것 같았다. 그는 이렇게 되풀이할 뿐이었다.

"오, 세상에 이런 변도 있나!"

라스콜리니코프는 힘껏 사람들을 비집고 앞으로 나가 가까스로 소란을 피우는 이유를 알아냈다. 땅바닥에, 지금 막 말에 밟힌 사내가 정신을 잃고 쓰러져 있었는데, 온몸이 피투성이가 되어 있었다.

"여러분!" 마부가 볼멘소리로 말했다. "저는 말을 급히 몰지도 않았고, 이 사람에게 주의까지 주었습니다. 그런데 이 사람은 일부러 그랬는지, 아니면 정말 녹초가 되도록 취해 있었는지 어쨌든 바퀴 밑으로 들어왔어요. 말이 아직 어려서 겁이 많기 때문에 이런 큰 변이 일어난 것 같습니다."

"맞아, 사실대로야!" 누군가 목격자의 소리가 군중 틈에서 들렸다.

"소리를 질렀어. 세 번이나 소리를 질렀어." 또 한 사람이 끼어들었다.

마부는 그다지 풀이 죽지도 않았고, 겁에 질려 있지도 않았다. 보아하니, 마차는 유명한 부자의 소유 같았고, 그 소유주는 어디선가 그 마차가 도착하기를 기다리고 있는지도 몰랐다. 경관들이 이 일을 어떻게 처리해야 할지 심각하게 고민하고 있는 것은 말할 나위도 없었다.

그러는 중에 라스콜리니코프가 사람들을 헤치고 들어가 좀 더 가까운 곳에서 허리를 구부렸다. 그때 등불의 불빛에 불행한 사내의 모습이 선명하게 비쳤기 때문에 그는 얼굴을 알아볼 수가 있었다.

"제가 이 사람을 알고 있습니다. 알고 있어요!" 그는 사람들을 헤치고 앞으로 나가면서 소리쳤다. "이 사람은 퇴역 관리로, 9등 무관인 마르멜라도프입니다. 빨리 의사를 불러주세요. 돈은 제가 내겠습니다." 라스콜리니코프는 이상하리만큼 흥분하고 있었다.

라스콜리니코프는 자기 이름과 주소를 가르쳐 주었다. 마치 친아버지의 일이나 되는 것처럼 한시라도 빨리 인사불성이 된 사내를 집으로 데려다 달라고 사람들을 설득하고 있었다.

"저기, 세 번째 집입니다." 라스콜리니코프는 안절부절못했다. "이 사람은 틀림없이 취해서 집으로 돌아가던 길이었을 겁니다. 나는 이 사람을 알고 있습니다. 술꾼이지요. 집에는 아내와 아이들이 있습니다. 저 건물에는 틀림없이 의사가 있을 겁니다! 돈은 제가 지불하겠습니다. 가족이 간호를 하지 않으면 병원에 도착하기 전에 죽습니다."

그리고 나서 라스콜리니코프는 재치 있게 경찰관의 손에 슬쩍 돈을 쥐어 주었다. 부상자는 둘러메어져서 운반되었다. 신중하게 부상자의 머리를 받쳐 든 라스콜리니코프는 길을 안내하며 뒤를 따라갔다.

"이쪽, 이쪽이오! 계단을 오르려면 머리를 위로 해서 운반해야 합니다." 그는 이렇게 중얼거렸다.

카테리나는 늘 하던 버릇대로, 잠시라도 틈만 나면 혼잣말을 중얼거리다가 쿨룩쿨룩 기침을 하면서 작은 방 안을 왔다 갔다 하고 있었다. 요즈음에 와서는 열 살짜리 딸 폴렌카를 상대로 이야기하는 횟수나 시간이 더욱 많아졌다. 계단으로 나 있는 문을 열어 놓은 것은 구석방으로부터 새어 들어와서 불쌍한 폐병 환자인 여자를 괴롭히는 담배 연기를 조금이라도 쫓아 보려고 했기 때문이다. 카테리나는 요 일주일 사이에 한층 더 야위어 보였으며, 볼의 붉은색도 전보다 한층 선명하게 보였다.

"너는 믿지 않겠지만, 너희들 외할아버지 집에서는 정말 즐겁기 이를 데 없는 생활을 했지. 그런데 저 주정뱅이가 나를 망쳐놓았을 뿐만 아니라, 너희들까지 망쳐버리려 하고 있다. 네 외할아버지는 오등관이었으니까 군인 같으면 대령이고, 일반적으로 현지사쯤 된단다." 카테리나는 콜록 기침을 했다. "내가 말이야. 아, 정말 살기가 지겨워졌어!" 그녀는 가래를 뱉고는 가슴을 손으로 누르며 소리쳤다. "내가…… 아, 귀족 단장님 댁에서 개최된…… 마지막 무도회 때에 베제멜니 공작부인이……, 그분은 그 후 내가 너희 아버지에게로 시집올 때에 축복해 준 분이란다. 폴렌카, 그분은 나를 보면 '저 아가씨는 졸업식 때 숄을 들고 멋지게 춤을 춘 귀여운 아가씨가 아니니?' 하고 물으셨단다. 해진 곳을 꿰매둬야지. 자, 바늘을 가져오너라." 그녀는 다시 한 번 기침을 했다. "그때는 페테르부르크에서 온 지 얼마 안 되는 시종무관 쉬체골스코이 공작이 나와 마주르카를 추었지. 그리고 그다음 날 내게 청혼해 왔단다. 그렇지만 나는

187

정중한 말로 감사의 뜻을 표시하고, 벌써 오래전부터 마음을 둔 사람이 있어서 받아들일 수 없다고 거절했단다, 폴렌카. 다른 사람이란 너희 아버지였지. 폴렌카! 외할아버지는 대단히 화가 나셨단다. 어째서 이 모주꾼은 돌아오지 않지? 이 술고래가?" 그녀는 문간의 군중과 그 군중 속을 헤치고 방 안으로 뭔가 짐을 짊어지고 들어온 사내들을 보자마자 소리쳤다. "이건 뭐예요?"

"어디에 내려놓을까요?" 경관이 두리번거리며 물었을 때는 이미 피투성이가 되어 정신을 잃고 있는 마르멜라도프가 방 안으로 운반된 후였다.

"소파에! 그대로 소파 위에 뉘어 주세요. 머리를 이쪽으로." 라스콜리니코프가 지시를 했다.

"마차에 치었습니다." 누군가가 문간에서 소리쳤다.

카테리나는 새파랗게 질려 우뚝 선 채 괴로운 듯이 숨을 헐떡였다. 아이들은 무서워 어쩔 줄을 몰라 했다.

라스콜리니코프는 마르멜라도프를 누인 다음 카테리나 곁으로 달려갔다. "제발 진정해 주십시오. 주인은 길을 건너려다가 마차에 치었지만 걱정할 것은 없습니다. 저를 기억하고 계시겠지요? 지금 곧 정신이 들 겁니다. 돈은 제가 지불하겠어요."

"결국 이렇게 되고 말았군요." 카테리나는 절망적인 소리를 지르며 남편 곁으로 달려갔다.

라스콜리니코프는 카테리나가 졸도할 타입의 여자가 아니라는 것을 알아챘다. 카테리나는 남편이 입고 있던 옷을 벗기고 상처를 확인했다.

라스콜리니코프는 그 사이에 의사를 부르러 사람을 보냈다. "안심하십시오. 치료비는 제가 지불하겠습니다. 물이 없습니까? 그리고 냅킨이든 수건이든 뭐든지 좀 주십시오. 상처가 어느 정도인지는 아직 모르지만 숨진 것은 아니니까요."

카테리나는 창가로 뛰어갔다. 그녀는 적어도 1주일에 두 번 이상 자기 손으로 밤중에 빨래를 했다. 갈아입을 속옷 등은 이제 거의 없어져서, 집안사람 한 사람당 한 벌씩밖에 없었다. 더러운 것을 참지 못하는 성격인 그녀는 괴롭더라도 밤중에 빨래를 했다. 그녀는 라스콜리니코프의 요구를 받아들여 대야를 가져가려고 손으로 잡다가 그만 쓰러질 뻔했다. 그러나 라스콜리니코프는 그 사이에 수건을 찾아 물에 적셔 마르멜라도프의 피투성이가 된 얼굴을 닦아 주었다. 그녀는 괴로운 듯이 숨을 헐떡이면서, 가슴을 양손으로 누른 채 그 자리에 서 있었다. 사실 그녀 자신도 간호를 받아야 할 처지였다.

"폴렌카!" 카테리나가 소리쳤다. "소냐에게 얼른 갔다 오너라. 혹시 소냐가 집에 없으면 전해 달라고 해라. 아빠가 마차에 치이셨으니, 돌아오면…… 바로 와 달라고 말이야."

그럭저럭하는 사이에 방은 입추의 여지가 없을 만큼 사람들로 가득 차게 되었다. 경관은 계단에서 밀어닥치는 사람들을 계단 아래로 다시 내보내려고 애쓰고 있었다. 처음에는 문께에 몰려 있던 사람들이 차차 방 안까지 밀려 들어왔다. 카테리나는 화가 났다.

"제발, 죽을 때만이라도 조용히 있게 해주세요!" 카테리나가 사람들을 향해 소리쳤다. "무슨 구경거리가 났다고들 이러세요? 담배까지 물고서! 나가요. 죽어 가는 사람에게 최소한의 예의는 차려야 될 게 아니에요!"

그녀는 기침 때문에 숨이 막히는 모양이었다. 그들은 아무리 친한 사이일지라도 불의의 재난을 만난 이웃을 보았을 때 느끼는 이 상야릇한 만족감을 느끼면서 물러가는 것이었다.

그래도 문지방에서는 병원에 입원시켜야 하느니, 여기서 떠들어 보았자 별 뾰족한 수가 없다느니 하는 소리가 들려왔다.

"아니, 여기서 죽으면 안 되란 법이 있어요?" 카테리나는 소리치고는 문께로 뛰어가서 여러 사람의 머리에 벼락을 떨어뜨리듯 호통을 치려 했지만, 때마침 문에서 리페벡셀 부인과 딱 마주쳤다. 부인은 지금 막 이 불행한 소식을 듣고 도와주기 위해 달려온 것이다. 이 부인은 굉장히 입심이 센 난폭한 독일 여자였다.

"이걸 어쩌나! 당신 남편이 취중에 말에 밟혔다지요? 어서 병원에 입원시켜요."

"아말리아 류드비고브나! 제발 신중히 생각해서 얘기요." 카테리나가 고자세로 말했다.

"당신에게 전에도 한번 말했었잖아요? 절대로 나를 아말리아 류드비고브나라고 부르지 말라고. 난 아말 이바노브나예요."

"당신은 아말 이바노브나가 아니고, 아말리아 류드비고브나예요. 난 지금 문 밖에서 웃고 있는 레베쟈트니코프 씨처럼 당신에게 비열한 아첨이나 하는 패거리가 아니니까. 저의 남편이 어떻게 되었는지, 당신도 알고 있지요? 그 사람은 지금 죽어가고 있어요. 부탁이니, 지금 그 문을 닫고 아무도 들어오지 못하도록 해주세요.”

마침내 빈사 상태인 남편이 의식을 되찾고 신음 소리를 냈기 때문에 그녀는 그쪽으로 달려갔다. 환자는 눈을 떴지만, 아직 자기가 어떤 처지에 놓인지도 모르고 있었다. 슬프면서도 엄한 눈초리로 그를 바라보는 카테리나의 눈에서는 눈물이 흘러내렸다.

“가슴이 온통 짓눌려 버렸으니! 이 피 좀 봐!” 그녀는 절망에 빠져 외쳤다. “이분 윗도리를 아주 벗겨야겠어요. 할 수 있다면 당신 조금 모로 누워보세요.” 그녀는 남편에게 큰소리로 말했다.

마르멜라도프는 아내의 얼굴을 알아보고 쉰 목소리로 말했다. “신부님을…….”

카테리나는 창 쪽으로 물러나서 이마를 창틀에 기댄 채 절망적으로 부르짖었다. “저주스런 인생!”

“신부님을!” 빈사 상태인 남편이 또다시 말했다.

“모시러 갔어요!” 카테리나가 남편에게 버럭 소리를 질렀다.

그는 두렵고 슬픈 눈초리로 아내를 찾고 있었다. 곧이어 그의 눈길은 어린애다운 놀란 눈으로 아빠를 바라보고 있던 어린 리다(그가 가장 귀여워하는 딸) 위에서 멈췄다. 아이는 발작이라도 일으킨 것처럼 방구석에서 부들부들 떨고 있었다.

“아아…….” 그는 애가 탄다는 듯 아내를 바라보았다.

“또 뭐예요!” 카테리나가 소리를 질렀다.

"맨발, 맨발……." 그는 중얼거리듯 말하고, 정신이 나간 사람 같은 눈으로 딸이 맨발이라는 것을 가르쳐 주었다.

"잠자코 있어요!" 카테리나는 화가 나서 소리를 질렀다.

"의사가 왔어요!" 라스콜리니코프가 기쁜 듯이 소리쳤다.

꼼꼼해 보이는 늙은 독일인 의사가 수상쩍다는 듯이 주위를 둘러보면서 들어왔다. 그리고 신중하게 머리를 만져보고는 카테리나의 손을 빌려 피에 젖은 셔츠의 단추를 모두 벗기고, 상처 입은 가슴을 열어 젖혔다. 가슴은 엉망으로 짓이겨져 있었다. 오른쪽 갈비뼈가 몇 대나 부러져 있었다. 왼쪽에는 바로 심장 위에 말발굽으로 무참히도 챈 흔적이 불길하게 검누런 빛깔의 멍으로 나타나 있었다.

"다시 의식을 되찾은 게 이상할 정도군요. 힘들 것 같군요."

"전혀 가망이 없습니까?"

"네, 곧 임종입니다. 흠, 피를 뽑아볼 수도 있지만…… 그것도 헛일입니다. 오 분이나 십 분쯤 뒤엔 숨을 거둘 테니까요."

"그렇다면 한번 뽑아 보기나 합시다."

"좋습니다. 그러나 그래 봤자 아무 소용이 없습니다."

이때 또 발소리가 났다. 현관 앞의 사람들이 좌우로 비켜서자, 준비해 온 성찬을 받쳐 든 신부가 문지방을 넘어 안으로 들어왔다. 의사는 곧 신부에게 자리를 내주고 신부와 의미 있는 눈짓을 교환했다.

모두 뒤로 물러섰다. 참회식은 얼마 걸리지 않았다. 임종을 맞은 사내는 거의 아무것도 알지 못했다.

마침 그때 언니를 데리러 갔던 폴렌카가 사람들을 비집고 안으로 들어왔다. 그녀는 뛰어왔기 때문에 숨을 헐떡이며 들어오자마자 숄을 쥐고는 어머니 곁으로 와서 말했다. "지금 와요! 거리에서 만났어요!"

잠시 후 겁에 질린 한 처녀가 소리도 없이 나타났다. 그녀의 출현은 빈곤과 누더기와 죽음과 절망에 찬 이런 방 안에 기묘한 분위기를 만들어냈다. 그녀 역시 누더기 같은 값싼 차림이었지만, 그녀가 처한 특수한 세계에서 그럴 수밖에 없는 취미와 관습대로 유난히 야한 장식을 하고 있었다. 소녀는 입구의 문지방 곁에 멈춰 선 채 어쩔 줄을 몰라 당황한 모습으로 방 안을 둘러보고 서 있었다. 그녀는 얼마나 정신이 없었던지, 이런 곳에서는 어울리지 않는 몇 사람의 손을 거쳐 구입한 매우 길고 우스꽝스런 꼬리가 달린, 울긋불긋한 비단옷을 입었다는 것도 모르고 있는 것 같았다. 사내아이처럼 옆으로 돌려 쓴 모자 밑에서, 공포에 질린 나머지 입을 딱 벌린 채 깜짝 놀란 눈으로 한 군데만 바라보고 있었다. 열여덟 살 정도의 그녀는 키가 작은 편이었으나 푸른 눈이 매우 아름다웠다.

고해성사와 영성체가 끝났다. 카테리나는 또다시 남편 침대로 걸어갔다. 신부가 뒤로 물러서고, 돌아가는 길에 두어 마디 위로의 말을 카테리나에게 했다.

"이 아이들을 어떻게 하면 좋을까요?" 어린아이들을 가리키면서 날카롭고 초조한 투로 카테리나가 말했다.

"하느님은 자비로우십니다. 전능하신 그분께 의지하십시오." 신부가 말했다.

"흥! 자비로우시다고요? 하지만 우리 같은 것에게는 미치지 않습니다."

"그런 죄스러운 말은 하는 게 아닙니다, 부인."

"그럼, 이런 일은 해도 죄가 안 되나요?" 카테리나는 임종의 남편을 가리키며 소리쳤다.

"이런 뜻하지 않은 불행의 원인을 제공한 사람들이 반드시 보상금을 지불할 것입니다. 적어도 수입은……."

"당신은 제 말귀를 못 알아들으시는군요!" 카테리나는 손을 흔들며 신경질적으로 소리쳤다. "보상받을 이유 같은 건 없어요! 저 사람이 말 밑으로 들어간 거라고요. 그리고 수입은? 이 사람은 수입은커녕 고생만 시키고 있었을 뿐이에요. 이 술주정뱅이는 닥치는 대로 마셔 버렸으니까요. 죽어 주어서 오히려 고마울 지경이에요!"

"임종 때는 용서해 주지 않으면 안 됩니다."

카테리나는 환자 곁에서 부지런히 시중을 들고, 물을 먹여 주고, 머리의 땀과 피를 닦아 주기도 하고, 베개를 매만져 주기도 하면서 가끔 신부 쪽을 돌아보며 이야기를 했다. 그런 그녀가 갑자기 미친 사람같이 되어 신부에게 대들었다.

"아니, 신부님! 그런 것은 단지 입에 발린 말일 뿐이에요! 용서해야 하다니! 오늘도 만일 마차에 치이지 않았으면 이 사람은 곤드레가 되어 돌아와서, 낡아빠진 단벌 셔츠 위에 누더기를 덮고 그대로 쓰러져 잤을 거예요."

그때 격렬한 기침으로 그녀의 말이 뚝 끊어졌다. 그녀는 손수건에 가래를 뱉고 한 손으로 가슴을 누르면서, 그 손수건을 신부 쪽으로 내밀어 보였다. 손수건은 피투성이였다.

신부는 고개를 숙인 채 아무 말도 하지 않았다.

마르멜라도프는 임종이 임박해 있었다. 그는 어렵사리 혀를 움직여서 웅얼거리는 말을 했는데, 카테리나는 남편이 자기에게 용서를 구하고 있다는 것을 알고 즉시 명령조로 그에게 소리쳤다.

"가만히 있어요! 무엇을 말하려고 하는지 정도는 다 알고 있다고요!" 그렇게 말하자 환자는 입을 다물어버렸다.

그런 후 그의 시선은 문 근처에서 언뜻 소녀를 발견했다. 그때까지 그는 소녀를 보지 못했던 것이다. 그녀가 방구석의 어두운 곳에서 있었기 때문이다.

"저게 누구지?" 마르멜라도프는 얼굴 가득 불안한 빛을 띤 채로 딸이 서 있는 문을 두려움에 찬 눈으로 가리키면서, 갑자기 쉰 목소리로 말을 하며 몸을 일으키려고 애를 썼다.

"누워 있어요! 누워 있으라니까요!" 카테리나는 소리를 질렀다.

그러나 그는 초자연적인 힘을 발휘해 한쪽 팔꿈치를 세우고는, 딸인지 확인하려는 듯 잠시 이상한 눈으로 바라보았다. 그때까지 그는 한 번도 딸이 그런 차림을 하고 있는 것을 본 적이 없었다. 하지만 이제는 모욕을 받고 짓밟힌 딸, 별스럽게 차려 입은 것을 부끄러워하면서 임종의 아버지에게 이별을 고할 차례가 돌아오기를 경건하게 기다리고 있는 딸을 알아본 것이다. 아버지의 얼굴에는 형

언키 어려운 고뇌의 빛이 떠올랐다.

"내 딸 소냐, 용서해 다오!" 절규하며 그는 딸에게 손을 뻗치려 하다가 그만 중심을 잃고 침대에서 굴러 떨어졌다. 모두들 쫓아가 그를 일으켜 다시 침대에 뉘었으나, 그때는 이미 숨이 끊어져 있었다.

이때 소냐가 "앗" 하고 소리치며 달려가 아버지를 끌어안는 순간 그대로 기절하고 말았다. 그는 딸의 팔에 안겨 숨을 거둔 것이다.

"소원을 이룬 셈이야!" 카테리나는 남편의 시신을 보고 소리쳤다. "아, 앞으로 어떻게 하면 좋지? 이 사람의 장례를 어떻게 치른다지? 그리고 내일부터 이 아이들에게는 무얼 먹이지?"

라스콜리니코프가 카테리나 곁으로 걸어가 입을 열었다. "카테리나 이바노브나! 지난주에 저는 돌아가신 주인으로부터 집안 사정을 모두 들었습니다. 믿어 주세요. 주인은 감격에 찬 존경심으로 당신 이야기를 하셨습니다. 그날 밤부터 우리는 서로 친구가 되었습니다. 그러니 저에게 돌아가신 분을 위해 친구로서의 의무를 다하게 해주세요. 여기…… 이십오 루블이 있습니다. 다시 들르겠습니다. 어쩌면 내일 뵙게 될지도 모르겠습니다. 그럼 안녕히 계십시오!"

그러고는 사람들을 비집고 재빨리 방에서 나왔다. 이때 그는 사람들 틈에서 경찰서장과 딱 마주쳤다. 그는 이 불행한 사건을 듣자, 자기 손으로 처리를 하려고 찾아온 것이다.

서장은 금방 그를 알아보았다. "오, 당신이군요?"

"죽었습니다. 의사도 왔었고, 신부도 와서 만사가 잘 진행되었습니다." 그는 서장의 눈을 똑바로 보면서, 엷은 미소를 띤 채 이렇게 덧붙였다.

"그건 그렇고, 당신 옷은 피투성이가 되었군요." 서장은 라스콜리니코프의 조끼에 묻은 몇 군데의 핏자국을 발견하고 일러주었다.

"네, 피가 많이 묻었네요." 라스콜리니코프는 뭔가 의미 있는 듯한 표정을 지으며 이렇게 말하고, 한번 히죽 웃은 다음 머리를 끄덕이고 그대로 계단을 내려갔다.

그는 열에 들떠 있었지만 그것도 의식하지 못한 채 조용한 걸음걸이로 계단을 내려가고 있었다. 불현듯 강렬한 생명감과 한없이 뭉클한 감각이 온몸에 차서 넘쳤다. 이 감정은 사형 언도를 받았다가 뜻밖의 사면을 받은 사람이 느낀 감정과 비슷했다. 그때 뒤쪽에서 빠른 발소리가 들렸다. 누군가가 그를 뒤쫓아온 것이다. 폴렌카였다.

폴렌카가 그를 쫓아 뛰어 내려오면서 그를 부르고 있었다. "잠깐만요! 잠깐만요!"

라스콜리니코프는 야위기는 했지만 귀엽게 생긴 소녀의 얼굴을 찬찬히 바라보았다.

"잠깐만요, 아저씨 이름이 뭐예요? 그리고 어디에 살고 계세요?"

그는 그녀의 양 어깨에 손을 얹고, 미묘한 행복감을 느끼면서 바라보았다. 그녀를 바라보는 것이 견딜 수 없이 기뻤던 것이다. 그러나 왜 그런지는 자신도 잘 알지 못했다.

"누가 널 보냈니?"

"소냐 언니가요. 엄마도 말씀했어요. '얼른 갔다 오너라, 폴렌카!' 하고요."

"너는 소냐 언니를 사랑하니?"

"누구보다도 정말 사랑해요!" 폴렌카는 특별히 힘주어 말하고는 한층 더 진지하게 미소를 지었다.

"나도 사랑해 주겠니?"

대답은 듣지 못했지만 그 대신 소녀의 작은 얼굴이 자기에게 다가와서, 부드럽고 도톰한 작은 입술이 쏙 내밀어지며 키스하려는 것을 보았다. 그리고 소녀는 성냥개비같이 가는 팔로 그를 꽉 끌어안고, 머리를 그의 어깨에 파묻은 다음 훌쩍훌쩍 울기 시작하더니 얼굴을 점점 세게 그의 몸에 비벼댔다.

"아빠가 불쌍해요!" 소녀는 1분가량 지난 다음 눈물에 젖은 조그만 얼굴을 들어 양손으로 눈물을 닦으며 말했다.

"아빠는 너희들을 사랑해 주셨니?"

"아빠는 우리들 중에 리다를 제일 사랑하셨어요."

"넌 기도 드리는 법을 알고 있니?"

"물론 알고 있죠. 저는 이렇게 컸으니까 혼자서 입 속으로 기도를 드리고 있지만, 콜랴와 리다는 엄마와 함께 소리를 내어 기도를 드려요."

"폴렌카, 내 이름은 로지온이라고 한단다. 언젠가 나를 위해서도 기도를 해줘. '주의 종 로지온'이라고."

"앞으로 일생 동안 아저씨를 위해 기도 드릴게요." 소녀는 힘주어 말한 다음, 갑자기 웃으며 그에게 달려들어 그를 꽉 껴안았다.

라스콜리니코프는 그녀에게 자기 이름과 주소를 가르쳐주고, 내일 꼭 들르겠다고 약속했다.

거리로 나왔을 때는 10시가 지나 있었다. 5분 후에 그는 다리 위에 서 있었다. 아까 여자가 투신한 바로 그 장소였다.

"이제 됐어!" 그는 승리감에 찬 목소리로 말했다. "신기루 같은 건 사라져라. 근거도 없는 공포도 없어져라. 환영 같은 건 사라져버려라! 나는 지금 살아 있지 않은가! 또 난 그 노파와 함께 죽은 것도 아니잖은가! 노파여, 편안히 잠들어도 좋은 시간이오! 이제부터는 이성과 광명의 왕국이 왔다. 의지와 힘을 견주어보자고!" 그는 마치 무언가 눈에 보이지 않는 힘을 향해 도전하듯 오만하게 덧붙였다. "포친코프의 집은 여기서 겨우 몇 발짝이다. 그 녀석을 기쁘게 해주는 게 좋을 것 같아."

그러고는 다리 위를 걷기 시작했다. 시간이 흐를수록 그에게는 긍지와 자신감이 생겼다. 그리고 다음 순간 이제 전과는 전혀 다른 사람으로 변해 있었다. 도대체 무엇이 그를 이토록 달라지게 한 것일까? 그것은 본인도 알지 못했다. 지푸라기에라도 매달리려고 했던 그가 갑자기 '살아갈 수 있다. 아직 생명은 있다. 나는 그 늙어빠진 노파와 함께 죽은 것이 아니다.'라는 강렬한 느낌이 든 것이다.

라주미힌의 집은 어렵지 않게 찾았다. 라주미힌의 방에 모인 사람은 15명가량 됐다. 라스콜리니코프가 라주미힌을 찾자, 그는 반색을 하며 나왔다. 라주미힌이 여느 때와는 달리 술을 많이 마셨다는 것을 한눈에 알 수 있었다. 절대로라고 할 수 있을 만큼 심하게 취하는 법이 없는 사내였지만, 이때만은 무슨 까닭인지 꽤 많이 마신 모양이었다.

"이봐, 난 이 말을 하러 온 걸세. 즉 자네가 내기에 이겼다는 것과 어느 누구도 자기가 앞으로 무슨 일을 할지 모른다는 것을 말이야. 안으로 들어갈 수는 없어. 그러니까 오늘은 그만 돌아가겠네!"

"무슨 소리야? 그럼, 내가 집까지 데려다주지."

"손님은? 저 곱슬머리 친구는 누군가? 방금 이쪽을 바라본 친구 말이야!"

"저 친구 말인가? 저런 녀석, 알 게 뭐야! 숙부가 아는 사람이겠지. 저 녀석들은 지금 나 같은 건 안중에도 없으니까. 그리고 나도 바깥바람을 쐬고 기분 전환을 해야지. 잠깐만 그곳에 앉아 있게. 조시모프를 데리고 올 테니까."

조시모프는 라스콜리니코프를 보자 얼굴에 특별한 호기심이 생생하게 드러났지만, 즉시 밝은 얼굴이 되었다.

"자야 합니다." 조시모프는 자신의 환자를 되도록 정성껏 살펴보고 나서 이렇게 진단을 내렸다. "그리고 잠들기 전에 약을 한 봉지 먹으면 좋은데, 지금 먹겠습니까?"

"두 봉지라도 먹겠습니다." 라스콜리니코프가 대답했다.

그는 약을 얼른 받았다.

"다행이군. 자네가 이 사람을 바래다준다니." 조시모프가 라주미힌에게 말했다.

"우리가 나오려고 할 때, 조시모프가 나에게 무슨 말을 했는지 알아?" 라주미힌은 거리로 나오자 곧 비밀을 누설하고 말았다. "자네와 서로 이야기한 것을 나중에 자기에게 들려 달라고 했다네. 그 까닭은 자네가 미쳤거나 그렇지 않으면 그것에 가까운 상태라고 생각했기 때문이야."

"한데 자묘토프가 자네에게 모든 것을 이야기했나?"

"응, 모두! 그러나 이야기해 줘서 정말 잘됐어. 나는 이번에야말로 모든 것을 알았어. 문제는 그 녀석들이 아무도 그 생각을 입 밖에 내지는 못했다는 거야. 너무 바보 같은 생각이었지. 특히 그 칠장이가 붙잡힌 뒤로는 그러한 망상이 모두 무너져 영원히 사라져버린 거야. 그렇지만 그 녀석들은 어째서 그렇게 둔할까? 문제는 일리야 페트로비치 녀석이야! 그 녀석은 자네가 경찰서에서 졸도한 것을 결부시켰어. 나중에는 자신을 부끄러워했지만 말이야. 나는 환히 알고 있어."

라스콜리니코프는 정신을 집중해서 귀를 기울였다. 라주미힌은 취한 김에 쓸데없는 것까지 지껄였다.

"내가 그때 졸도한 것은 냄새 때문이야." 라스콜리니코프가 말했다.

"또 변명을 하고 있군. 냄새뿐만 아니야. 열병이 꼬박 한 달이나 잠복하고 있었기 때문이야. 조시모프가 증인이야. 그러니 그 풋내기가 지금 얼마나 풀이 죽어 있는지, 자네로선 상상할 수 없겠지. 정말이지 교훈이었어. 오늘 '수정궁'에서 있었던 것은 교훈이었어. 그건 완벽의 극치였어! 자네는 처음에 그 녀석의 간담을 서늘하게 했어. 그리고 또 아무런 형태도 없고 의미도 없는 상상을 거의 믿게 하고서, 갑자기 '흥, 너 맛 좀 봐라.' 하는 식으로 혀를 날름 내밀어 보였지."

"한데 어째서 나를 미친 사람 취급했지?"

"사실 미치광이로 취급하고 있는 것은 아냐. 아무래도 내가 너무 지껄여댄 것 같군. 그 녀석은 자네가 한 가지 문제에만 너무 흥미를 나타낸다는 것에 이상한 느낌을 가졌단 말이야. 그러나 지금은 왜 흥미를 나타내는지를 확실히 알게 되었어. 사정을 완전히 알았다네. 그리고 그것이 병과 합쳐져서 얼마나 자네의 신경을 자극하고 있었는지를 알았다네."

30초가량 두 사람은 아무 말도 하지 않았다.

"이봐, 라주미힌!" 라스콜리니코프가 말했다. "난 자네에게 있는 그대로 말해 버리고 싶어. 난 지금 임종을 지켜보고 왔어. 어떤 관리가 죽었어. 난 거기서 돈을 몽땅 털어서 주고 왔어. 그뿐만 아니라 나는 지금 어떤 인간에게 키스를 받고 왔어. 가령 내가 누구를 죽였다 하더라도, 역시……. 요는, 내가 그곳에서 또 한 사람의 인간을 만났다는 거야. 불꽃 같은 색의 깃털로 장식한……. 한데 내가 허풍을 떤 것 같군. 굉장히 몸이 좋지 않아. 나를 부축해 주겠나? 곧 계단이야."

"이봐, 왜 그러나?" 라주미힌이 당황해서 물었다.

"현기증이 나서 그래."

여주인의 방 곁에 있는 맨 첫 번째 계단 앞까지 가자 라스콜리니코프의 작은 방에 불이 켜져 있는 것이 보였다.

"이상한데? 나스타샤일까?" 라주미힌이 말했다.

"그녀는 벌써 자고 있을 거야. 그럼 잘 자게!"

"무슨 소릴 하나, 일부러 바래다주러 왔는데?"

"하지만 난 자네와 악수를 하고 헤어지고 싶어. 자, 손을 내밀게. 안녕!"

"왜 이래, 로쟈?"

"아무것도 아냐. 그럼 가세. 자네가 증인이 되겠지."

두 사람은 계단을 올라가기 시작했다. 라주미힌의 머릿속에는 조시모프의 말이 맞는지도 모른다는 생각이 번뜩였다. 문에 다가서려고 했을 때, 그들은 언뜻 방 안에서 사람 소리가 나는 것을 들었다.

"이건 도대체 어찌 된 일이지?" 라주미힌이 소리쳤다.

라스콜리니코프가 문에 손을 대고 홱 열어젖혔다.

어머니와 누이동생이 소파에 앉아 있었다. 어째서 그는 두 사람의 일을 전혀 생각지도 않았을까? 그리고 나스타샤는 지금 두 사람 앞에서, 모든 이야기를 해버린 참이었다. 두 사람은 그가 병을 앓고 있는데도 오늘 집에서 빠져나갔다는 이야기를 듣고 너무나 놀란 나머지 정신을 잃을 지경이었다.

두 사람이 다가오자, 라스콜리니코프는 죽은 사람처럼 우뚝 선 채 꼼짝도 하지 않았다. 그는 벼락에라도 맞은 것처럼 갑자기 엄습한 불안증을 견딜 수가 없었다. 어머니와 누이동생은 그를 꼭 껴안고 키스를 하면서 웃기도 하고 울기도 했다.

경악, 공포의 부르짖음, 신음소리……. 문지방에 서 있던 라주미힌이 방으로 뛰어 들어와 힘센 팔로 환자를 끌어안아 즉시 소파 위에 뉘었다.

"괜찮습니다, 괜찮아요!" 라주미힌은 어머니와 누이동생에게 소리쳤다. "기절한 것뿐입니다. 방금 의사가 완전히 건강을 되찾았다고 말했습니다."

이렇게 말하고 그는 두냐의 손을 관절이 빠져나갈 정도로 꽉 잡고, 그녀에게 오빠가 '정신이 든' 것을 보여 주려고 했다. 어머니도 누이동생도, 하느님을 우러러보듯 감사의 마음이 가득 담긴 눈으로 라주미힌을 지켜보고 있었다. 두 사람은 이미 나스타샤로부터 이 '싹싹한 젊은이'가, 로쟈가 아픈 동안 어떻게 간호해 주었는지 자세히 듣고 있었던 것이다.

제 **3** 부

1

라스콜리니코프는 어머니와 누이동생의 손을 잡고 2분가량 아무 말 없이 가만히 있었다. 어머니는 아들의 눈을 보고 깜짝 놀랐다. 그 눈에는 괴로울 정도로 뜨거운 애정이 역력히 보였지만, 그와 동시에 미친 사람에게서나 보이는 광기 같은 것이 담겨 있었다.

"이제 돌아가 주세요, 이 친구와 함께." 라스콜리니코프는 라주미힌을 가리키며 띄엄띄엄 말했다. "내일까지, 내일이면 모든 걸⋯⋯." 그는 초조하게 손을 내저으며 말했다.

그러자 어머니는 절대 떠나지 않겠다고 말했다.

"제가 남아서 곁에 붙어 있겠습니다. 일 분이라도 혼자 두지는 않겠습니다." 라주미힌이 소리쳤다.

"정말 어떻게 감사해야 할까요?" 라스콜리니코바 부인이 라주미힌의 손을 잡고 말하자, 라스콜리니코프가 또 그것을 가로 막았다.

"이제 더 참을 수가 없어요. 제발 돌아가 주세요."

"가요, 어머니! 우리가 오빠를 괴롭히고 있나 봐요." 여동생 두냐가 겁에 질려 속삭였다.

"얼굴을 볼 수도 없단 말이냐? 삼 년 만에 만났는데?" 라스콜리니코바 부인은 흐느끼기 시작했다.

"잠깐 기다려 주세요!" 라스콜리니코프는 두 사람을 불러 세웠다. "내가 지금 머리가 혼란해서 그럽니다. 루진을 만났습니까?"

"아니, 아직 안 만났어. 우리도 들었는데 로쟈, 루진 씨가 친절하게도 오늘 너를 방문해 주었다면서?"

"네, 친절하게도 말입니다. 한데 두냐, 내가 아까 루진에게 계단에서 밀쳐 버리겠다고 말하고 그를 쫓아버렸다."

"로쟈, 설마 네가 그런 말을 했던 건 아니겠지?" 부인은 깜짝 놀라서 말했지만, 두냐를 보고는 입을 다물고 말았다.

두냐는 오빠의 얼굴을 뚫어지게 바라보면서 다음 말을 기다렸다. 두 사람은 나스타샤로부터 싸움의 경위를 이미 들었기 때문에 몹시 괴로워하고 있었다.

"두냐, 난 이 결혼을 반대한다. 그러니 너는 이 혼사를 없었던 걸로 해라."

"세상에, 이런 일이!" 부인이 소리를 질렀다.

"오빠 지금 무슨 말을 하는 거예요?"

"너는 나 때문에 루진에게 시집가려고 하잖아. 나는 그런 희생은 원치 않아. 그러니까 내일까지 거절한다는 내용의 글을 써라."

"열에 시달리고 있습니다!" 취해 있는 라주미힌이 말했다. "그렇지 않고서야 어떻게 이런 말을 할 수 있겠습니까? 내일이면 이런 바보 같은 짓은 더 이상 하지 않을 겁니다. 그건 그렇고, 오늘 이 친구가 그 사람을 쫓아버렸다는 것은 사실입니다."

"그럼 그게 정말이었군요?" 부인이 소리쳤다.

"그럼 내일 또 뵐게요, 오빠." 두냐는 동정이 섞인 말을 했다. "가세요, 어머니!"

"이 결혼에는 비열한 수작이 숨어 있어. 난 비열한 인간이라도 상관없지만, 너는 그래서는 안 된다. 루진을 선택하든지 나를 선택하든지 둘 중에 하나를 선택해라!"

"이 폭군 같으니!" 라주미힌이 소리를 쳤다.

하지만 라스콜리니코프는 대답하지 않은 채 소파에 드러눕자마자 피곤에 지친 얼굴을 벽 쪽으로 돌리고 말았다.

라스콜리니코바 부인은 충격으로 멍하게 서 있었다. "난 아무래도 갈 수가 없군요." 그녀는 거의 절망에 빠져 라주미힌에게 속삭였다. "나는 여기 남아 있을 테니까 두냐를 바래다주세요."

그러자 라주미힌이 말했다. "계단까지라도 좋으니 나가시지요." 그런 다음 계단에 나와서 거의 속삭이는 듯한 소리로 이야기를 계속했다. "아까도 우리들, 즉 저와 의사가 얻어맞을 뻔했습니다! 아시겠습니까? 의사까지도 말입니다. 저 친구에게 자극을 주면 밤중에라도 빠져나가 무슨 일을 저지를지 모릅니다."

"어머, 그게 무슨 말씀이세요?"

"그리고 두냐 양은 아파트에 혼자서는 있을 수 없지 않습니까! 생각해 보세요? 그 숙소가 어떤 곳인지! 그 비열한 루진 녀석, 좀더 좋은 숙소를 찾을 수도 있었을 텐데."

라스콜리니코바 부인이 다시 고집을 부렸다. "부탁해 보겠어요. 저와 두냐를 오늘 밤 방 한쪽 구석에라도 있게 해달라고요. 나는 이 아이를 이대로 두고 갈 수는 없어요."

라주미힌은 굉장히 흥분해 있었다. 그래서 그런지 그는 아무 거리낌 없이 두냐의 얼굴을 살피듯이 유심히 보았다. 그러자 두냐는 오빠 친구의 불꽃처럼 반짝반짝 빛나는 시선을 놀라움과 무서움에 가까운 기분으로 받아들였다.

"당장 떠나셔야 합니다. 이곳에 남아 있게 되면 저 친구를 미치게 만들 겁니다. 나스타샤에게 그를 돌보게 하고, 제가 두 분을 여관으로 안내하지요."

"가시지요, 어머니." 두냐가 말했다. "이분은 꼭 약속대로 해주실 거예요."

"아, 당신은…… 당신은 이해해 주는군요. 그건 당신이 천사 같은 분이기 때문이겠죠." 라주미힌은 기뻐서 소리쳤다. "갑시다! 나스타샤, 위로 올라가서 환자 곁에 붙어 있어 줘. 등불을 가지고 가서 말이야. 난 십오 분쯤 후면 돌아올 테니까."

라스콜리니코바 부인은 모든 상황을 완전히 납득하진 않은 것 같았지만 더는 반대하지 않았다. 라주미힌은 두 사람을 안내해 계단을 내려갔다.

그러나 라스콜리니코바 부인은 마음이 놓이지 않았다. "싹싹하고 좋은 사람인 것 같기는 한데, 약속한 것을 실행할 수 있을까?"

"아아, 알았습니다. 어머니께서는 제가 너무 취했다는 것을 염려

하고 계신 거지요?" 라주미힌은 그녀의 생각을 눈치 채고, 염려를 덜어주려고 이렇게 말했다. "그건 그렇고, 저는 오늘 밤 밤새도록 자지 않을 겁니다. 조시모프는 아까 로쟈가 미치지나 않을까 걱정하고 있었습니다. 그러니 그를 흥분시키는 것은 절대 금물입니다."

"어머나, 뭐라고요?" 어머니가 소리쳤다.

"정말 의사가 그런 말씀을 하셨어요?" 두냐도 깜짝 놀라 물어보았다.

"그랬습니다. 하지만 신경 쓰실 건 없습니다. 그리고 의사가 약을 먹였습니다. 가루약요. 저는 그것을 똑똑히 보았습니다. 바로 그때 두 분이 도착한 것입니다. 아, 두 분은 내일쯤 도착했으면 좋았을 텐데! 한 시간쯤 지나면 조시모프가 두 분에게 로쟈에 대한 상황을 보고해 드릴 겁니다. 아, 나는 어째서 이렇게 취해 버렸을까? 제기랄! 논쟁은 하지 않겠다고 맹세하고는……. 저희 집 모임에서 자칫했으면 격투까지 벌어질 뻔했어요."

"잠깐!" 부인이 조심스럽게 그의 말을 막으려 했으나 그것은 오히려 불에다 기름을 붓는 것과 같은 결과를 초래하고 말았다.

"아, 지금 무엇을 생각하고 계신가요?" 라주미힌은 한층 더 소리를 높여 말했다. "제가 화를 내고 있는 것은, 아까 그 패거리들이 거짓말을 했기 때문이라고 생각하고 계시죠? 아닙니다. 저는 사람들이 거짓말을 하는 것을 좋아합니다! 거짓말을 하는 것은 다른 유기체가 지니지 못한, 인간만의 유일한 특권이니까요." 그는 두 여인의 손을 흔들기도 하고 꼭 쥐기도 하면서 소리쳤다.

"오, 난 모르겠는데!" 부인은 가엾게도 그렇게 말할 뿐이었다.

이때 두냐가 갑자기 "앗!" 하고 소리를 질렀다. 라주미힌이 손을 너무나 아프게 쥐었기 때문이다.

라주미힌은 환희에 차서 말했다. "당신은 선과 순수, 이성과 완벽의 샘물입니다! 손을 이리 주십시오. 어머니도 손을 주십시오. 저는 여기서 두 분의 손에 키스를 하고 싶습니다. 지금 곧 무릎을 꿇고!"

이렇게 말하면서 그는 인도 한가운데에 무릎을 꿇었는데, 다행히 주위에 보는 사람이 없었다.

"이게 무슨 짓이에요?" 난처해진 부인이 소리쳤다.

"일어나세요!" 두냐도 웃기는 했지만 몹시 난처한 것 같았다.

"절대로 일어나지 않겠습니다, 손을 주실 때까지는! 이제 됐습니다. 저는 불쌍한 바보입니다. 여기가 두 분의 방입니다. 로지온은 아까 그 루진 씨를 쫓아냈지만, 그것은 당연한 처사였습니다. 루진이란 친구는 두 분을 어떻게 그런 방에 묵게 할 생각이었을까요? 그건 수치스런 일입니다. 이곳에 어떤 사람들이 출입하고 있는지 알고 계십니까? 더욱이 당신은 신부가 아닙니까?"

"저, 잠깐, 라주미힌 씨! 당신은 제정신이 아닌 것……." 라스콜리니코바 부인이 말했다.

"네, 네, 말씀하신 대로입니다. 저는 제정신이 아닙니다. 면목이 없습니다." 라주미힌은 곧 말을 이었다. "진심으로 말씀드리는데 그는 바보입니다, 아가씨." 그는 건물 계단을 올라가기 시작하다가 갑자기 멈춰 섰다. "저희 집에 와 있는 패거리들은 모두 취해 있지만, 성실한 사람들입니다. 그런데 루진 씨는…… 아닙니다. 저는 방금 집에 있는 사람들을 마구 욕했지만, 그들 모두를 하나같이 존경하고 있습니다. 그런데 두 분의 방은 어딥니까? 몇 호입니까? 팔호입니까? 십오 분 후에 조시모프를 데리고 오겠습니다."

"두냐, 도대체 어떻게 되는 건지 모르겠구나." 부인은 겁에 질린 얼굴로 딸에게 말을 걸었다.

"안심하세요, 어머니." 두냐는 모자와 케이프를 벗으면서 대답했다. "그분은 모임 도중에 갑자기 나온 모양이지만, 하느님이 보내주신 분 같아요. 그분은 믿을 수 있는 분이에요."

"오, 두냐! 정말, 정말 그 아이가 그 꼴이 되어 있으리라고는 생각지도 못했어! 그 아이의 험상궂은 얼굴로 봐서는 우리가 온 것이 조금도 기쁘지 않은 것 같더라." 어머니의 눈에 눈물이 괴었다.

"아니에요. 오빠는 큰 병을 앓아서 그럴 뿐이에요."

"아, 그 병! 뭐가 뭔지 모르겠구나. 그리고 너에게 그런 소리를 하다니, 두냐!" 어머니는 딸의 생각을 정확히 읽으려고 그녀의 눈을 뚫어져라 들여다보면서 말했다. "내일은 조금 나아지겠지만 말이다."

"그런데 제 생각엔 오빠는 내일도 역시 같은 말을 할 것 같아요." 두냐가 어머니에게 키스를 하자, 어머니는 아무 말 없이 딸을 힘껏 끌어안았다.

라주미힌이 취한 상황에서 갑자기 두냐에게 뜨거운 정열을 불태

우기 시작한 것은 우스꽝스럽기 그지없는 일이었다. 그러나 그가 팔짱을 끼고 침착하게 생각에 잠겨 방 안을 돌아다니고 있는 두냐의 모습을 보았다면, 그가 정열을 태우는 것도 무리가 아니라고 생각했을 것이다. 두냐는 뛰어나게 아름다운 여자로, 우아함을 잠시도 잃지 않고 있었다. 얼굴은 오빠를 닮았지만, 확실히 미인이라고 해도 손색이 없었다. 머리는 검은 빛이 감도는 갈색으로, 오빠의 머리칼보다 약간 밝은 빛이었다. 거의 검은색에 가까운 반짝반짝 빛나는 눈동자는 긍지에 가득 차 있으면서도 매우 선량하게 보였다. 라주미힌이 그녀에게 한눈에 반해 버린 것도 무리는 아니었다.

아까 계단에서 그가 라스콜리니코프의 하숙집 여주인이 두냐와 그녀의 어머니에게 질투를 낼지 모른다고 한 것은 정말이었다. 라스콜리니코바 부인은 43세였지만 그 얼굴은 아직 젊은 날의 미모를 그대로 간직하고 있었고, 나이보다도 훨씬 젊어 보였다.

라주미힌이 떠난 지 꼭 20분 만에, 급하게 문을 두 번 노크하는 소리가 들렸다. 그가 돌아온 것이다.

"시간이 없어서 들어가지는 못할 것 같습니다. 정신없이 자고 있는 로쟈를 나스타샤가 옆에서 지켜보고 있습니다. 제가 갈 때까지 나가지 말라고 일러놓았습니다. 지금 당장 가서 조시모프를 데리고 올 테니까 잠시만 기다리십시오."

이렇게 말하고는 두 사람을 그곳에 남겨두고 복도로 달려가 버렸다.

"정말 재빠르군. 성실한 젊은이야!" 라스콜리니코바 부인이 기뻐서 소리쳤다.

"아주 좋은 사람 같아요!" 두냐는 약간 흥분한 상태로 대답한 뒤 또다시 방 안을 왔다 갔다 하기 시작했다.

그럭저럭 한 시간이 지났을 무렵, 복도에 발소리가 울리고 노크 소리가 들렸다. 과연 라주미힌은 조시모프를 데리고 왔다. 조시모프는 꼬박 10분 동안 그곳에 앉아 라스콜리니코바 부인을 완전히 안심시키는 데 성공했다. 그는 진심으로 동정을 하면서 이야기를 했다. 중대한 상담을 맡은 27세의 의사답게 단 한마디도 본론에서 벗어나는 일 없이 진지하게 응했다. 그가 진찰한 바에 따르면, 환자는 요 몇 달 동안 계속된 여러 가지 악조건 외에도 몇 가지 정신적인 원인, 말하자면 수없이 복잡한 정신적·물질적 영향 아래 놓여 있다는 것이었다.

라스콜리니코바 부인이 불안한 목소리로 "발광할 우려가 있다는 말을 들었습니다만……."이라고 말했을 때도 그는 침착하고 꾸밈없는 미소를 지어 보였다.

그러면서 자기 말은 좀 과장되어 있다, 물론 환자에게는 일종의 고정관념 같은 것, 뭔가 편집광적 징조를 나타내는 것이 인정된다, 그러나 라스콜리니코프의 경우에는 가족이 페테르부르크로 상경한 것이 힘을 주고 좋은 영향을 줄 것이라고 대답하고는 덧붙여 말했다. "다만 특별한 정신적 충격을 새로이 주는 일이 없을 경우의 이야기입니다만."

"자, 나머지 이야기는 내일 합시다. 오늘 밤은 편히 주무십시오!

내일 되도록 빨리 보고를 하러 오겠습니다." 라주미힌이 말했다.

"그런데 라스콜리니코바 양은 아주 매력적인 여자던데!" 두 사람이 거리로 나왔을 때, 조시모프가 입맛을 다시며 말했다.

"뭐, 매력적이라고? 자네 지금 매력적이라고 했나?" 라주미힌이 소리치며 느닷없이 조시모프의 멱살을 잡았다. "만일 자네가 그녀에게 흑심을 품는 날엔…… 가만 놔두지 않을 거야."

"이것 놔, 이 주정뱅이야!" 조시모프는 라주미힌을 밀어내려고 버둥거렸다.

라주미힌이 잡았던 멱살을 놓자, 그는 상대의 얼굴을 뚫어지게 노려보고 있다가, 갑자기 배를 움켜잡고 웃기 시작했다.

"말할 것도 없이 나는 바보야." 라주미힌은 잔뜩 흐린 하늘처럼 침울한 얼굴로 말했다. "그러나…… 자네도 마찬가지야."

"아니, 달라. 나는 절대로 그렇지 않아. 나는 바보 같은 망상 따위는 하지 않으니까."

그들은 묵묵히 걸었다. 그리고 라스콜리니코프의 하숙집 근처까지 왔을 때 라주미힌이 몹시 걱정이 되는 듯 침묵을 깼다.

"이봐!" 라주미힌이 조시모프에게 말했다. "자네는 좋은 친구이지만 바람둥이야. 나는 그걸 알고 있어. 게다가 신경질적이고 의지가 나약하지. 그 부분에 대해 내가 불결하다고 하는 거야. 이렇게 제멋대로 구는 자네가 어찌 훌륭하고 헌신적인 의사가 되겠는가. 이런 상태로 삼 년이 지나면 자네는 환자를 위해서 침대에서 일어나지도 않을 걸세. 자네는 오늘 밤 로쟈의 여주인 집에 묵어줘. 나는 부엌에 묵지. 이건 자네들 두 사람이 친해질 수 있는 좋은 기회야. 그녀는 자네가 생각하고 있는 그런 여자가 아닐세."

"난 그런 것은 조금도 생각하지 않아."

"그녀는 부끄럼을 잘 타고 말이 없는 데다 굉장히 깨끗하네. 그런 그녀가 한숨을 쉬면 나는 양초같이 녹아버린다네. 제발 부탁이니 나를 그녀로부터 구해 주게. 정말 매력이 넘쳐흐르는 여자일세. 은혜는 꼭 갚겠네."

조시모프는 한층 더 큰 소리로 웃어대기 시작했다. "자네, 완전히 취했군그래! 왜 이래? 자네 그녀와 결혼 약속이라도 했나?"

"천만에! 그런 일은 절대로 없어. 그리고 그녀는 그런 여자가 아냐. 그녀에겐 체바로프가 있어."

"그럼 그대로 내버려 두면 되잖아?"

"그게 그렇게 쉽사리 버려 둘 수 없게 돼 있단 말이야!"

"도대체 왜 그렇게 할 수 없나?"

"오, 그건 왠지 나도 모르겠네. 그렇게는 할 수가 없어. 거기엔 뭔가 끌어당기는 힘 같은 게 있어."

"그럼, 왜 자네는 그녀를 유혹했나?"

"난 유혹하지 않았어. 오히려 내가 유혹을 당했는지도 몰라. 난 원래 바보니까 말이야. 자네가 그녀에게 적분을 가르쳐 주게. 진지하게 말하고 있다네. 그녀는 그러는 중에 자네를 보고 한숨을 쉴 거네. 난 그녀에게서 꼬박 이틀이나 프러시아 상원 이야기를 한 적이 있는데, 그녀는 한숨을 쉬면서 땀을 흘리고만 있었네! 사랑 이야기를 꺼내서도 안 되네. 부르르 떨 정도로 수줍음을 타니까. 단 그녀 곁을 떠나지 않는다는 표정을 짓고 있어야 하며, 키스 정도는 해도 괜찮아. 조심성 있게 하면 말이야."

"무엇 때문에 그녀를 나에게 맡기려고 하나?"

"제기랄! 자네들 두 사람은 서로 잘 맞을 거야. 난 전에도 자네에 대해 생각한 적이 있지만, 자넨 결국 그렇게 될 걸세! 거기에는 사람을 유인하는 그 무엇이 있어. 그곳은 세계의 끝이야. 닻을 내리는 곳, 한적한 피난처, 지구의 중심, 지구를 받치고 있다는 가장 순수한 형체의 팬케이크이자 고래야. 아, 너무 쓸데없는 말을 많이 지껄인 것 같군. 나는 자다가 가끔 일어나서 환자를 보러 가겠네."

2

라주미힌은 이튿날 아침 여덟 시가 지나자 눈을 떴다. 예상치 않았던 여러 가지 새로운 의혹이 불쑥 그의 머리에 떠올랐다. 그는 지난밤의 일을 자세하게 기억하고 있었기 때문에, 자기에게 무언가 심상치 않은 일이 생긴 것을 깨달았다.

가장 무서운 기억은 자신이 어제 얼마나 '천박하고 지저분한' 인간이었나 하는 것이었다. 그리고 친구 여동생의 현재 처지를 이용해, 약혼자 사이의 관계나 의무뿐만 아니라 그들의 사람됨까지도 정확하게 모르면서 어리석은 질투심으로 약혼자를 욕한 잘못을 저질렀다. 분명 그 사내에게도 장점이 있을 것이었다. 게다가 그는 정식으로 살 집을 마련하는 중이라고 하지 않았던가. 라주미힌은 불이 날 정도로 얼굴이 붉게 달아올랐다. 그는 주먹을 쳐들어 부엌에 있는 페치카를 내리쳤다.

"물론 이제 후회해도 소용이 없다. 그렇다면 용서를 빌 것도 없고, 아무 말도 하지 않는 거야. 그리고…… 이것으로 물론 만사는 끝장이 나버린 셈이다." 그는 일종의 비굴함을 느끼면서 입 속으로 중얼거렸다.

그러면서도 옷을 입을 때는 유달리 신경을 썼다. 갈아입을 옷은 없었지만, 있었다 해도 아마 그 옷을 입지는 않았을 것이다. 이렇게 된 바에야 고집으로라도 새 옷을 갈아입을 수 없다고 생각했다. 그렇다고 일부러 수치도 모르는 양 더럽고 단정치 못한 꼴을 보일 수는 없었다. 그에게는 타인의 감정을 상하게 할 권리가 없었으며, 하물며 타인이 그를 필요로 해서 부르고 있는 처지라면 더더욱 그랬다.

그날 아침 라주미힌은 세수를 정성껏 했다. 머리와 목, 특히 손을 깨끗이 씻었다. 덥수룩한 수염을 깎을 것인지 말 것인지 고민하다가 그대로 두었다. 내버려 두자. 무슨 일이 있어도 절대로 깎지 말아야지! 그리고…… 중요한 것은 내가 예절을 모르는 더러운 사내이자 술주정꾼이란 점이다. 그러나 가령 자기 스스로가 인간다운 인간이라고 생각한다손치더라도 그런 인간다운 인간이란 것이 무슨 자랑이 되겠는가? 인간이라면 누구나 인간다움을 갖춰야 하지 않는가? 좀 더 깨끗해야 한다. 그리고…… 뭐니 뭐니 해도 그녀에겐 특별한 감정이 있다.

이렇게 혼자 생각을 하고 있던 중에, 여주인 집의 큰방에 묵었던 조시모프가 들어왔다. 그는 집으로 돌아갈 참에 잠시 환자를 잠시 들여다보러 온 것이었다. 환자가 푹 자고 있다는 라주미힌의 말에 조시모프는 깰 때까지 그대로 두라고 주의를 주었다.

"이대로 집에 있어 주면 좋을 텐데. 제기랄! 내 환자인데도 마음대로 할 수 없으니 치료고 뭐고 제대로 되지도 않는군."

"가족이 올 거야." 질문하는 뜻을 알아챈 라주미힌이 대답했다. "물론 집안 문제에 대한 이야기가 나오겠지."

"내가 참회의 청문을 하는 것도 아니고, 그분들이 오면 나도 바로 갈 거야. 볼일이 많으니까."

"한 가지 걱정되는 일이 있어." 라주미힌이 양미간을 찌푸리며 조시모프의 말을 가로막았다. "어제 취해서 쓸데없는 소릴 지껄여 댔어. 저 녀석이…… 발광하지나 않을까?"

"자네는 그 친구의 어머니와 여동생에게도 그런 말을 한 거야?"

"나도 내가 바보짓을 했다는 걸 알고 있어. 맞아도 할 말이 없지! 그런데 정말 자네는 무슨 확고한 생각이라도 있었나?"

"바보 같은 소리라고 하지 않았나? 확고한 생각이니 뭐니 할 게 있나? 그 친구를 편집광 취급한 것도 자네가 아닌가. 그런데 우리는 어제 병을 악화시켰어. 자네가 칠장이 따위의 이야기를 해서 말이야. 흠…… 어제 그런 이야기를 시키지 않았어야 했는데. 그런 편집광이란 물 한 방울을 큰 바다로 생각하기도 하고, 존재하지도 않는 것이 현실적으로 보이기도 하는 것이니까. 나는 어제 자묘토프

이야기에서 문제의 절반을 알았네. 이런 것은 아무것도 아니야! 어느 사십 세의 우울증 환자가 매일 식사 때마다 여덟 살 된 사내아이가 조롱하는 것을 참지 못하고 그 아이를 죽여 버렸어. 그런데 이쪽경우는, 누더기 옷을 걸치고, 병에 걸렸을 때, 거만한 경찰관 녀석이혐의를 건 거야! 더구나 이쪽은 광란 상태의 우울증 환자로, 지독하게 자존심이 강한 사람이야. 어쩌면 그 병의 출발점은 여기에 있었는지도 몰라!"

"도대체 누구에게 또 이야기했나? 나 이외에?"

"포르피리에게도……."

"포르피리에게?"

"그런데 자네는 두 모녀에게 얼마간 신뢰를 얻고 있겠지? 그를신중히 다루어 달라고 말해 주게나."

"그들은 잘 해낼 거야!" 라주미힌은 썩 내키지 않는다는 투로 대답했다.

"한데 어째서 그는 루진에게 그렇게 대들었을까? 부자인 듯했고, 누이동생도 그 친구를 싫어하는 것 같지 않았는데……."

"어째서 자네는 그 일에 그렇게 관심이 많은가?" 라주미힌은 화가 나는 듯 외쳤다. "어떻게 알아, 빈털터리인지 아닌지?"

"흥! 자네는 가끔 바보 같은 소릴 한단 말이야. 취기가 아직 덜 깬것 아닌가? 그럼, 안녕! 자네의 프라스코뱌 파블로브나한테 묵게해주어 고맙다고 전해 주게."

정각 아홉 시에 라주미힌은 바칼레예프의 셋방에 모습을 나타냈다. 두 여인은 벌써 오래전부터 초조하게 그를 기다리고 있었다. 그가 안으로 들어가서는 무뚝뚝한 인사를 하자 라스콜리니코바 부인은 갑자기 다가가서 그의 손에다 키스를 할 정도였다. 두냐 역시 깊은 감사와 우정, 그리고 존경의 마음을 나타내 주었다. 그는 그들의 환대를 불편해하며 서둘러 이야기를 꺼냈다.

"환자는 아직 자고 있고, 모든 게 잘 되어가고 있습니다."

그러자 부인이 말했다. "아직 잠이 깨지 않아서 다행이에요. 꼭 상의할 일이 있으니까요."

그러고는 함께 차를 마시자고 권했다. 차를 주문하자 부랑자 같아 보이는 사내가 차 도구를 가져왔는데, 두 여인의 얼굴이 붉어질 만큼 불결하고 형편없는 것이었다. 그는 부인에게 라스콜리니코프에 관한 모든 사실을 남김없이 전해 주고, 지금 앓고 있는 병에 대해서도 상세하게 설명해 주었다.

"들려주세요, 당신의 생각을. 오! 미안해요. 아직 성함도 물어보지 못했어요." 부인이 몹시 서두르며 말했다.

"드미트리 프로코피치 라주미힌입니다."

"아, 그 아이는 지금 누군가를 사랑하고 있나요? 지금 그 아이가 특별히 영향을 받고 있는 것은 무엇일까요?"

"그렇게 갑자기 한꺼번에 질문하시면 대답을 할 수 없잖아요!" 두냐가 일깨워 주었다.

"아, 가엾게도! 우리 애가 그런 형편에 처해 있을 줄은 미처 생각지도 못했어요."

"그 말씀도 무리가 아닙니다." 라주미힌이 대답했다. "저에게는 어머니가 안 계시기 때문에 숙부가 저를 만나려고 매년 상경하시지요. 그때마다 저를 잘 못 알아보십니다. 저는 일 년 반가량 로쟈와 만나왔는데 그는 까다롭고, 침울하고, 교만하고, 자존심이 강한 친구입니다. 요즈음 우울증에 걸려 있어요. 대범하고 사람이 좋은 면도 있는 반면에 자기 기분을 절대로 말로 표현하지 않습니다. 그런가 하면 때로는 우울증이 싹 가셔서 차갑고 인간미를 못 느낄 정도로 냉혹한 사내로 변할 때도 있습니다. 그야말로 그 친구의 내부에는 정반대 되는 두 개의 성격이 공존하고 있는 느낌입니다. 제 생각에는 두 분이 오신 것이 그에게 좋은 영향을 줄 것 같습니다."

"오, 그렇다면야 오죽 좋겠어요!" 자식인 로쟈에 대한 라주미힌의 비판을 가슴 아프게 받아들이고 있던 부인이 소리쳤다.

라주미힌은 마침내 큰마음 먹고 다소 대담한 시선을 두냐에게 던졌다. 두냐는 테이블을 향해 정신을 집중시키고 이야기에 귀를 기울이고 있다가, 다시 팔짱을 끼고 입술을 꽉 다문 채 생각에 잠겨 있곤 했다.

"당신은 오빠의 성격에 대해서 흥미로운 이야기를 많이 해주셨어요. 객관적인 이야기를요. 좋았어요. 당신은 오빠를 좋아하고 있다고 저는 생각해요." 두냐는 미소를 지으며 말했다. "그런데 오빠에게 여자가 있다고 느껴져요." 그녀는 생각에 잠긴 채 덧붙였다.

"저는 그 점에 관해서는 잘 모릅니다. 하지만……."

"무슨 말씀이세요?"

"그 친구는 아무도 사랑하고 있지 않을 겁니다. 앞으로도 절대 연애 따위는 하지 않을 겁니다." 라주미힌이 단호하게 말했다.

"그건 연애할 능력이 없다는 말씀인가요?"

"아닙니다. 당신은 오빠를 꼭 닮았군요, 모든 점이!" 그는 갑자기 자신도 모르게 그렇게 말해 버리고 말았다.

그러나 곧 그녀에게 늘어놓은 오빠에 대한 비난을 생각하고는 얼굴이 새우처럼 빨개지며 당황했다. 두냐는 그러한 그를 보고 웃지 않을 수 없었다.

"로쟈에 대해서는 둘 다 잘못 생각하고 있는지 몰라요." 화가 난 부인이 입을 열었다. "난 지금 얘기를 듣고 말하는 게 아니란다, 두냐. 루진 씨가 편지에 쓴 그 얘기나…… 내가 너와 함께 추측한 것은 잘못된 것인지도 몰라. 그러나 드미트리 프로코피치, 당신은 상상할 수 없을 거예요. 그 아이가 얼마나 몽상가인지! 그 아이의 성미는 열다섯 살이었을 때도 불안하기 짝이 없었어요. 그 아이는 지금도 갑자기 뭔가를, 다른 사람 같으면 절대로 해보려고도 하지 않는 짓을 할지도 모른다고 생각해요. 옛날이야기를 꺼낼 것도 없이, 당신은 알지 모르지만, 일 년 반쯤 전에도 그 아이가 그 하숙집 여주인의 딸과 결혼하겠다고 했을 때 정말이지 괴로웠어요."

"당신은 그 일을 아시나요?" 두냐가 물었다.

"어떤 장애물도 태연히 뛰어넘을 아이예요. 한데 그 아이는 우리에게 정말 애정이 없는 걸까요?" 어머니는 열을 내면서 계속 물었다.

"그 친구는 한 번도 그 일에 대해서는 저와 이야기한 적이 없습니다." 라주미힌은 조심스럽게 대답했다. "전 하숙집 아주머니한테서 가끔 듣고 있었습니다. 그 사람도 이야기를 좋아하는 편은 아닙니다만, 제가 들은 이야기는 좀 이상한 것이었어요."

"무슨 이야기를, 무슨 이야기를 들었는데요?" 두 여인이 똑같이 물었다.

"오! 별로 이상한 것은 아닙니다. 제가 알고 있기로는 그 혼담은 완전히 결정되었는데, 약혼녀가 죽는 바람에 이루어지지 않았지요. 그 약혼녀는 박색인 데다가 몸도 약하고 좀 이상한 여자였던 모양입니다. 지참금도 전혀 없었고 말이죠. 하긴 그 친구는 지참금 같은 것은 생각도 하지 않는 사내니까요. 대개 이런 것은 간단히 판단되는 게 아니잖습니까?"

"그 여자는 훌륭한 여자였다고 생각되는데요." 두냐가 의견을 말했다.

"이런 말을 해선 안 될지 모르지만, 난 그때 아가씨가 죽은 것을 기뻐했어요. 약혼 이야기가 있었을 때, 우리 아이가 그 아가씨의 인생을 망치는 건지, 아가씨가 우리 아이의 인생을 망치는 건지 알 수는 없었지만." 라스콜리니코바 부인이 속내를 털어놓았다.

"그건 아직 병을 앓기 전에 결정한 것이니까요." 라주미힌이 말했다.

"나도 그렇게 생각해요." 부인은 낙담하여 말했다. 그러나 라주미힌이 이번에는 루진에 대해 굉장히 신중하고 경의까지 표하며 말을 하자 놀라지 않을 수 없었다. "루진 씨에 대한 당신의 생각이 그렇다고요?" 부인은 그 점에 관해 되묻지 않을 수 없었다.

"따님 미래의 남편에 대해 제가 더 이상 뭐라고 말하겠습니까!" 라주미힌은 열띤 목소리로 단호하게 대답했다. "저, 두냐 양이 자유 의사로 그분을 선택한 것을 존중해 주어야겠지요. 만약 그분을 나쁘게 얘기했다면, 그건 제가 취한 데다가 제정신이 아니었기 때문입니다."

이때 부인이 걱정이 되는 일이 있다고 띄엄띄엄 말했다. "이봐요, 드미트리 프로코피치! 두냐? 드미트리 프로코피치에게 얘기를 털어놓겠다. 그래도 되겠지?"

"좋아요, 어머니!" 두냐가 격려하듯 말했다.

"사실 오늘 아침 일찍 루진 씨로부터 편지가 왔어요. 어제 우리가 도착했다는 편지에 대한 회답이지요. 원래는 어제 그 사람이 역까지 마중 나오기로 약속되어 있었는데, 자기가 오지 않고 한 남자를 보내 우리를 안내하고, 내일 아침 일찍 오겠다고 하더군요. 그런데 오늘 이런 편지가 왔어요. 직접 읽어 보는 게 좋을 것 같아요. 여기에 아주 걱정스러운 게 있어요. 무슨 일인가는 곧 알게 되겠지만……. 제게 솔직한 의견을 주세요."

라주미힌은 어제 날짜의 편지를 펴서 읽었다.

존경하는 라스콜리니코바 부인!

어제는 갑자기 일이 생겨 마중을 나가지 못하고 지리를 잘 아는 사람을 보냈습니다. 게다가 도저히 미룰 수 없는 대심원의 일도 있고, 당신 가족이 오랜만에 오붓한 상봉을 하는 데 방해하지 않으려고 내일 아침의 방문도 사양하기로 하겠습니다. 내일 오후 정각 여덟 시에 찾아뵙고 인사를 드리려고 하는데, 그 전에 한 가지 미리 양해를 드리고 싶습니다. 내일 만나 뵐 때 아드님과는 동석을 피했으면 합니다. 어제 병문안을 갔을 때, 말할 수 없는 모욕을 당했기 때문입니다. 그것은 두 분께 책임이 있습니다. 만약 아드님과 만나게 된다면 모든 것을 취소하고 싶습니다. 문제는 제가 문안했을 때는 환자처럼 보이던 아드님이 두 시간 후에는 갑자기 완쾌된 점으로 보아, 집을 나서서 묵고 계시는 숙소로 올 수도 있다고 예상되기 때문입니다. 또 한 가지 이해할 수 없는 것은 말에 밟혀서 죽은 어느 술꾼의 집에서, 떳떳하지 못한 생업에 종사하고 있는 딸에게, 아드님은 어제 장례비를 구실 삼아 25루블이나 주었습니다. 끝으로 라스콜리니코바 양에게는 저의 각별한 경의를 전해 주시고, 당신에게 드리는 겸허한 마음을 받아 주시기 바랍니다.

당신을 존경하는 P. 루진 올림

"도대체 어째서 로쟈를 오지 못하게 하라는 거예요? 어떻게 해야 할까요?"

"두냐 양의 의견대로 하시죠." 라주미힌이 대답했다.

"오, 그건 안 돼요! 두냐는 오늘 밤 여덟 시에 로쟈도 와서 두 사람이 동석하게 한다는군요. 무슨 좋은 수가 없을까요? 당신이 중재

227

역할을 잘해서 그 아이가 이곳으로 오지 않도록 해주었으면 해요."

"게다가 그 돈은 몹시 고생해서 구한 것인데." 두냐가 덧붙였다.

"그 친구는 어제 제정신이 아니었습니다." 라주미힌이 생각에 잠겨 말했다.

"어머니, 우리가 오빠한테 가는 게 좋겠어요. 그쪽에 가면 무슨 수가 떠오를 거예요. 어머, 벌써 열 시가 지났어요!" 그녀는 목에 걸고 있던 시계를 보고 소리쳤다. 그건 가느다란 베네치아제의 사슬이 달린 매우 값진 금시계였는데, 입은 옷과는 너무나 어울리지 않았다.

'약혼자의 선물이구나.' 라주미힌이 생각했다.

"두냐, 벌써 시간이 됐어!" 부인이 부산하게 말했다. "이렇게 가지 않으면 우리들이 어제부터 화를 내고 있다고 생각할 거야. 이걸 어떡하지? 큰일이구나!"

이렇게 말하면서 그녀는 황급히 케이프를 걸치고 모자를 썼다. 두냐도 준비를 했다. 초라한 복장에는 가난이 생생하게 드러나 있었는데, 그것이 도리어 두 여인에게 특별한 위엄을 주고 있었다. 라주미힌은 그런 두 사람을 안내하는 것이 자랑스럽게 여겨졌다.

"아아! 내 사랑스런 아들을 만나는 것을 이렇게 두려워하다니……." 그녀는 불안하게 그를 보며 덧붙였다.

"무서워할 것 없어요, 어머니." 두냐는 어머니에게 키스를 하면서 말했다.

"하지만 밤을 꼬박 새웠다!"

그들은 거리로 나왔다.

"그런데 그 아이는 어쩌면 그런 형편없는 방에서 살고 있지요? 그건 그렇고…… 그 아이는 잠을 깼을까요?" 어머니가 물었다.

"만일 그 친구가 찌푸린 얼굴을 하면 이것저것 묻지 말아 주세요. 특히 건강에 대해서는 너무 묻지 마십시오. 싫어하니까요."

"아, 어미 노릇을 하기가 무척 괴롭군요! 벌써 계단까지 왔군. 계단이 정말 끔찍하다."

"오빠는 어머니를 만나는 게 틀림없이 행복할 텐데, 괜한 걱정을 하시는 거예요."

"잠깐 기다리세요. 잠이 깼는지 어떤지 제가 먼저 보고 오겠습니다."

두 여인은 먼저 계단을 올라간 라주미힌의 뒤를 조용하게 따라 올라갔다. 4층의 여주인 방문 앞에 다다랐을 때, 두 여인은 조금 열린 문틈 너머 어둠 속에서 두 개의 검은 눈동자가 자기들을 응시하고 있는 것을 알아챘다. 그리고 눈과 눈이 마주치자마자, 라스콜리니코바 부인은 깜짝 놀라 소리를 지를 뻔했다.

3

"건강합니다. 건강해요!" 조시모프가 밝은 소리로 말했다.

라스콜리니코프는 몸차림을 단정히 하고 맞은쪽 구석에 앉아 있었는데, 이런 모습은 근래에 보기 드문 일이었다. 라스콜리니코프는 어제와 비교하면 많이 좋아 보였지만 여전히 안색이 좋지 않고 우울한 듯했다.

그 우울한 얼굴도 어머니와 누이동생이 들어왔을 때는 순간적으로 빛을 반사하듯 반짝였다. 하지만 그것도 아까까지의 방심 상태와 같은 슬픈 표정 대신에 좀 더 응결된 고민의 그늘을 더해준 데 지나지 않았다. 빛은 곧 사라지고 고민만 남은 것이다. 한편 열정을 기울여 환자를 진찰하고 연구하던 조시모프는 라스콜리니코프가 가족이 온 것을 좋아하기는커녕 말할 수 없이 괴로운 고문을 견디는 것 같은 표정을 짓는 것을 보고 놀랐다. 그는 계속되는 대화 한 마디 한마디가 환자의 아픈 상처를 건드리고 자극한다는 것을 느꼈다. 그와 동시에 어제는 사소한 말에도 광란 상태에 빠졌던 편집광적 증상을 오늘은 잘 참고 감정을 숨기고 있는 것에 놀라지 않을 수 없었다.

"아, 난 이제 건강해진 것 같아요." 라스콜리니코프는 이렇게 말하며 어머니와 누이동생에게 키스했다. 덕분에 라스콜리니코바 부인의 얼굴이 활짝 펴졌다. "난 '어제와 같은 기분'으로 말하고 있는 게 아니네." 이번에는 라주미힌에게 말하며 반갑게 그의 손을 잡았다.

"저도 오늘 이 사람을 보고 놀랐습니다." 조시모프도 세 사람이 온 것을 기뻐하며 말했다. 그는 벌써 십 분 동안이나 환자와 대화의 실마리를 찾지 못해 난처해 하고 있었던 것이다. "이 정도면 삼사일 안에 완전히 예전과 같이 완쾌될 것입니다. 이 병은 벌써 오래전부터 탈이 나서 잠복하고 있었으니까요. 그렇죠? 이젠 원인이 자신에게 있다고 사실대로 말할 수 있겠지요?" 그는 혹시 환자를 자극할까봐 조심하면서 덧붙였다.

"다분히 그럴지도 모르죠." 라스콜리니코프는 차갑게 대답했다.

"당신이 완쾌되느냐 마느냐는 당신 자신에게 달려 있습니다. 당신은 발병할 때 작용했던 최초의, 다시 말하면 근본적 원인을 제거하는 것이 절대적으로 필요합니다. 그리고 이대로 놓고 있는 것은 좋지 않습니다. 앞날을 위해 확고한 목표를 세운 후 일을 한다면 스스로를 구할 수 있을 것입니다."

"네, 네, 나도 되도록 빨리 대학에 돌아갈 작정입니다. 그러면 모두 잘 될 테니까요."

조시모프가 이런 충고를 시작한 것은 부인들의 반응에 대한 효과를 노린 것이었지만, 그가 이야기를 끝냈을 때 듣는 사람들의 얼굴에 냉소가 떠오르는 것을 보자 몹시 당혹스러웠다. 그러나 그것도 잠시뿐이었다. 라스콜리니코바 부인이 곧 조시모프에게 인사를 하고 특히 어젯밤 숙소로 찾아와준 것에 대해 고마움을 표시했기 때문이다.

"이 사람이 밤에도 찾아왔습니까?" 라스콜리니코프는 놀란 얼굴로 물었다. "그럼 여행으로 피곤하셨을 텐데 주무시지도 못하셨겠군요."

"오, 로쟈! 그래 봤자 두 시까지였어. 여태까지 나나 두냐는 두 시전에 잔 일이 없단다."

"저도 이 사람에게 뭐라 감사해야 할지 모르겠습니다." 라스콜리니코프는 눈을 감으며 조시모프에게 말했다. "제가 어떻게 해서 당신의 특별한 배려를 받게 됐는지 모르겠습니다만, 전혀 이해할 수 없습니다. 그리고 전 그것이 괴롭습니다. 당신이 왜 그런 배려를 하는지 모르기 때문입니다, 솔직히 말하면."

"그렇게 염려할 건 없습니다." 조시모프는 억지로 웃음을 지어 보였다. "당신이 제 최초의 환자라고 생각해 주십시오. 처음 개업한 의사들은 최초의 환자를 자기 자식처럼 귀하게 여기는 법입니다."

라스콜리니코프는 라주미힌을 가리키며 말했다. "게다가 이 친구는 나한테 심한 모욕을 받으면서까지 신경을 써주었습니다."

"오늘은 꽤 감상적이로군, 자네!" 라주미힌이 외쳤다.

사실 그에게 좀 더 사람을 날카롭게 꿰뚫어보는 눈이 있었다면, 라스콜리니코프가 전혀 감상적이 아니라는 사실을 깨달았을 것이다. 그러나 두냐는 그것을 깨달았기 때문에 불안하게 오빠의 거동을 지켜보고 있었다.

"어머니께는 감히 말씀드릴 용기도 없습니다." 라스콜리니코프는 마치 아침부터 암기해 둔 숙제라도 외는 듯한 모습으로 말을 계속했다. "전 오늘에야 겨우 어머니가 어제 여기서 초조하게 저를 기다리고 계셨다는 사실을 생각해낼 수 있었습니다." 이렇게 말하고 나서 그는 미소를 띠며 누이동생에게 손을 내밀었다. 남매의 무언의 화해를 본 순간, 어머니의 얼굴은 환희와 행복감으로 밝아졌다.

"이래서 난 이 친구가 좋거든!" 무슨 일이나 과장하는 버릇이 있는 라주미힌은 기력도 좋게 의자째 돌아앉으며 중얼거렸다. "이 친구는 때때로 이렇게 마음을 싹 바꿀 때가 있어."

그러자 라스콜리니코바 부인은 생각했다. '정말 놀랄 정도로 충동적인 행동을 보여주네! 두냐와 어제의 오해를 이렇게 간단하게 풀어 버리다니…… 저 아이의 얼굴은 참 아름다워! 그러나 두려워, 두려워…… 나는 저 아이가 왜 이렇게 두려울까?'

"아, 로쟈!" 라스콜리니코바 부인이 말했다. "넌 곧이듣지 않겠지만 나와 두냐는 어제 아주 비참한 기분이었단다. 모든 것이 잘 마무리되었으니까 이젠 이야기할 수 있단다. 빨리 너를 끌어안고 싶은 생각으로 달려왔는데 나스타샤가 말했어. 네가 열병으로 들떠서 조금 전에 바깥으로 뛰쳐나갔다고 말이야. 그때 우리 기분이 어땠는지 너는 모를 거다. 우리는 불길한 쪽으로만 너무 상상력을 비약시켰어. 뛰어가서 루진 씨를 찾을까도 생각했지." 그녀는 애원조로 말하고는 말꼬리를 끌다가 이야기를 멈추었다.

"네, 네…… 그건 물론 유감스런 일이에요. 오! 어머니, 그리고 두냐! 오늘 내가 그쪽으로 가기가 싫어서 가지 않았다는 생각은 말아줘."

"무슨 소릴 하는 거냐, 로쟈?" 라스콜리니코바 부인은 놀라서 외쳤다.

'오빠는 화해를 하는 것도, 용서를 비는 것도 어째서 저렇게 경을 외거나 숙제물을 암송하는 것 같을까?' 두냐는 생각했다.

"난 잠이 깨자마자 바로 가려고 했는데, 옷 때문에 늦어졌습니다.

어제 나스타샤에게…… 옷에 묻은 피를 빨아달라고 한다는 것을 잊어버렸어요. 지금 막 옷을 갈아입었습니다."

"피? 무슨 피냐?" 부인은 걱정스런 얼굴로 말했다.

"어제 열 때문에 힘들어서 걷고 있을 때, 마차에 치인 사람에게 부딪쳐서 묻은 핍니다."

"열이 났다고? 자네는 모든 걸 기억하고 있나?" 갑자기 라주미힌이 말을 가로막았다.

"그래!" 라스콜리니코프는 왠지 신경을 쓰면서 대답했다. "아주 자세한 것까지 모두 기억하지. 그런데 어째서 그런 곳에 갔는지, 어째서 그런 말을 했는지는 잘 설명할 수가 없어."

"이것은 아주 흔히 일어날 수 있는 증상입니다." 조시모프가 끼어들었다. "행위 자체는 어찌 보면 아주 교묘하지요. 행동의 시작이나 경과는 혼란스럽고, 여러 가지 병적인 인상에 의해 좌우됩니다. 꿈 같은 것이죠."

'이 친구는 날 미친 사람으로 보는 모양인데, 오히려 다행인지 모른다.' 라스콜리니코프는 생각했다.

"하지만 그런 건 건강한 사람에게도 있지 않나요?" 두냐가 걱정스러운 듯 조시모프의 얼굴을 보면서 말했다.

"꽤 과녁을 잘 맞힌 의견입니다." 조시모프가 대답했다. "그런 의미에서 우리는 모두가 미쳤다고 할 수 있으며, '환자'로 정의 내려진 사람들은 우리보다 좀 더 많이 미쳐 있는 상태라고 할 수 있지요. 완벽하게 조화를 이룬 사람이란 거의 없습니다."

자신 있는 화제를 놓고 지껄이던 조시모프의 입에서 '미친 사람'이란 말이 무의식중에 튀어나왔을 때, 모두들 그만 이맛살을 찌푸렸다.

"여보게, 그래서 그 마차에 치인 사내는 어떻게 됐나? 이거 자네 이야기를 가로챘지만 말이야!" 라주미힌이 당황해서 소리쳤다.

라스콜리니코프는 막 잠에서 깬 듯한 얼굴로 말했다. "아, 그 일 말인가. 그래서 그 사람을 집까지 데려갔는데 피투성이었어. 그런데 어머니, 저 어제 한 가지 죄송한 짓을 했습니다. 어머니가 보내주신 돈을…… 어제 그 사내의 아내에게 장례비용으로 쓰라고 몽땅 주어버렸습니다."

"로쟈, 네가 한 일이라면 모두 틀림없겠지!" 어머니는 기쁜 듯이 말했다.

"믿지 않는 것이 좋습니다." 라스콜리니코프는 입을 일그러뜨리고 웃으며 말했다. '모두가 나를 무서워하는군.' 라스콜리니코프는 어머니와 누이동생을 보며 생각했다.

"로쟈, 스비드리가일로프의 부인인 마르파 페트로브나가 세상을 떠났단다." 라스콜리니코바 부인이 불쑥 말을 꺼냈다.

"오, 그게 정말입니까?" 그는 마치 잠에서 깨어난 듯 정신이 들어 부르르 몸을 떨었다.

"갑자기 죽었단다!" 라스콜리니코바 부인은 아들이 호기심을 가지는 걸 보고 기운을 냈다. "그게 바로, 편지를 보낸 그날이었어! 그래, 그 무서운 사내가 그녀의 죽음의 원인이 되었던 모양이야. 이야기를 들어보니까, 그 사람이 아내를 굉장히 때렸다고 하더구나."

"그 부부는 전부터 그랬었니?" 라스콜리니코프는 누이동생을 바라보며 물었다.

"아니, 오히려 그 반대였어요. 그 사람은 부인에게 늘 관대하고 상냥했어요. 칠 년 동안이나. 그런데 무슨 까닭인지 갑자기 변화가 일어난 거예요."

"그럼 칠 년 동안이나 참고 있었다면 그 사람은 그렇게 무서운 사람도 아니군."

"아니에요. 그 사람은 정말 무서운 사람이에요!"

"그건 아침나절에 일어난 일이다." 라스콜리니코바 부인은 서둘러 이야기했다. "그런 승강이를 벌인 다음에 부인은 점심을 먹고 시내로 나가기 위해 마차를 준비시켰단다. 그런 때는 늘 시내로 나가곤 했었지. 점심을 꽤 많이 먹었다고 하더구나."

"맞았는데도요?"

"그 부인은 식사가 끝나자 목욕을 하러 갔다는구나. 그곳엔 샘물이 있었는데, 매일 쉬지 않고 했던 모양이야. 그런데 물속에 들어간 순간, 뇌졸중이 일어난 모양이더라!"

"그건 당연하죠!" 조시모프가 말했다.

"그럼 아주 많이 때린 모양이군?"

"그런 거야 어떻든 상관없지 않아요?" 두냐가 대답했다.

"흠! 하지만 어머니도 호기심이 많군요. 왜 그런 쓸데없는 소릴 꺼내세요?" 라스콜리니코프가 갑자기 화를 내면서 내뱉었다.

"아니, 애야! 나는 무슨 이야기를 해야 할지 몰라서 그랬어." 부인이 소리쳤다.

"도대체 왜 저를 무서워하십니까?" 그는 일그러진 미소를 띠며 말했다.

"우린 오빠가 두려워요." 두냐는 정면으로 오빠를 노려보면서 말했다. "어머니는 계단을 올라오실 때, 너무 무서워 성호까지 그었어요."

라스콜리니코프가 경련을 일으키며 얼굴을 일그러뜨렸다.

"오, 두냐! 너 지금 무슨 소릴 하는 거냐? 난 지금 행복한데……." 라스콜리니코바 부인은 난처해 하며 말했다.

"이제 그만 하세요, 어머니!" 라스콜리니코프는 어머니를 외면한 채 손을 꼭 쥐면서 중얼거렸다. 그러고는 갑자기 안절부절못하며 얼굴빛이 새파래졌다. 또다시 최근의 그 무서운 감각이 죽음과 같이 그의 마음속을 스쳤다.

"자네 어째서 그렇게 우울한 얼굴을 하고 있지?" 라주미힌이 그의 팔을 붙잡고 소리쳤다.

"다행이야! 난 또 어제 같은 일이 일어난 줄 알고." 라스콜리니코바 부인이 성호를 그었다.

조시모프는 소파에서 일어서며 중얼거렸다. "저는 돌아가야겠습니다. 또 들를지 모르겠습니다. 집에 계시면……." 그는 인사를 하고 나가버렸다.

라스콜리니코프는 갑자기 빠른 어조로 활기를 보이며 말했다.

237

"병을 앓기 전엔 어디서 만났는지 전혀 기억이 없지만…… 어디서 만난 것 같기는 한데…… 조시모프는 하여튼 좋은 사람입니다." 그는 라주미힌을 턱으로 가리켰다. "두냐, 이 친구가 마음에 드니?" 그는 누이동생에게 묻고는 무슨 까닭에서인지 큰 소리로 웃었다.

"네, 무척!" 두냐가 대답했다.

"자네는 정말…… 어이없을 때가 있다니까!" 당황해서 얼굴이 새빨개진 라주미힌이 의자에서 일어섰다.

"지금 몇 시지? 열두 신가? 두냐, 좋은 시계를 가졌구나! 왜들 아무 말을 하지 않는 거야?"

"이건 마르파 페트로브나가 준 거예요." 잠시 후 두냐가 대답했다.

"그렇군! 참, 어머니! 제가 연애를 해서 결혼하려고 계획한 적이 있었지요." 어머니는 아들이 뜻하지 않게 화제를 바꾸자 놀란 것 같았다.

"오! 그래, 그런 일이 있었지!"

"흠! 그런데 무엇부터 이야기를 꺼낼까? 그녀는 대단히 몸이 약한 여자였지요." 그는 눈을 감고 생각에 잠기며 이야기를 계속했다. "정말 몸이 좋지 않았지요. 그녀는 거지에게 적선하기를 좋아하고, 계속 수도원에 들어갈 생각만 하고 있었어요. 아주 못생긴 여자였습니다. 그때 그녀의 어디가 좋아서 마음이 끌렸는지 정말 모르겠군요. 늘 병을 앓고 있었기 때문인지도 몰라요." 그는 생각에 잠긴 채 웃음을 지었다. "음…… 춘몽 같다고나 할까." 그러고는 깊은 사색에 잠긴 표정으로 일어서더니 어머니에게로 다가가서 키스를 하고 다시 제자리로 돌아와 앉았다.

"넌 지금도 그녀를 좋아하니?" 감동한 부인이 물었다.

"아닙니다. 지금은 저세상 일 같습니다. 그런데 어째서 우린 이런 이야기를 하고 있을까요? 꼬치꼬치 캐물어 뭣에 쓰지요?" 그는 언짢은 듯 말하고 손톱을 깨물며 다시 생각에 잠겼다.

"로쟈, 네 방은 마치 관 속 같구나." 갑자기 부인이 무거운 침묵을 깼다. "난 네가 우울증에 걸린 게 이 방 탓인 것 같구나."

"방이요?" 그는 멍하게 대답했다. "네, 방도 많이 작용했을 겁니다." 그는 이상한 엷은 웃음을 띠며 말했다.

이런 상태가 조금만 더 오래 계속되었다면, 3년 만에 한자리에 모인 가족과 진심으로 나누는 대화를 더는 견뎌내지 못했을지도 모른다.

"그런데 두냐!" 그는 진지하고 냉정하게 말을 꺼냈다. "난 물론 어제의 일은 사과하지만 기본적인 선은 양보할 수 없다. 나를 택하든지 루진을 택하든지 해라. 난 비열한 인간이지만 너까지 그래서는 안 돼."

부인은 울먹이며 말했다. "왜 넌 계속 자기를 비열한 인간이라고 하니?"

"오빠, 오빠는 오해하고 있어요. 제가 누군가를 위해 희생하고 있다고 생각하는군요. 전 저 자신을 위해 시집을 가는 거예요."

'자존심이 강한 애야! 남에게 베풀려고 하면서 본심을 드러내려 하지 않아.' 라스콜리니코프는 생각했다.

두냐는 계속 말했다. "전 루진 씨한테로 시집갈 거예요. 전 두 개의 불행 중 작은 쪽을 선택할 거예요. ……한데 오빠는 왜 그런 이상한 웃음을 지어요?" 그녀의 눈이 분노로 번뜩였다.

"작은 쪽을 선택한다고?" 그는 이제 독기 어린 웃음을 띠면서 되물었다.

"어느 한계까지는 말이에요. 물론 그 사람은 자기 스스로를 너무 과대평가하는 경향이 있어요. 왜 그렇게 웃지요?"

"그런 너는 어째서 얼굴을 붉히지? 거짓말을 하고 있어. 너는 루진 따위는 존경할 수 없어. 너는 돈 때문에 자신을 팔려고 하는 거야."

"아니에요! 그 사람이 제 가치를 인정하고, 또 저를 아껴 준다는 확신이 없었으면 그 사람과 결혼할 생각을 하지 않았을 거예요. 어째서 오빠는 그렇게 빤히 저를 쳐다보고 있지요? 그리고 어째서 오빠는 새파랗게 질려 있어요?"

"큰일났구나! 기절하려는 모양이야!" 부인이 비명을 질렀다.

"아니, 괜찮아요. 아무것도 아닙니다. 현기증이 좀 났을 뿐입니다. 그렇지……, 뭘 생각했지? 아, 그렇지. 넌 오늘 그 친구를 존경할 수 있고, 그 친구도…… 네 가치를 인정해 준다는 확신을 얻었다고 했지?"

"어머니, 오빠에게 루진 씨에게서 온 편지를 보여 드리세요."

부인은 손을 부들부들 떨며 편지를 건네주었다. 아들은 호기심을 가지고 그것을 받았으나, 편지를 펴기 전에 놀란 얼굴로 두냐를 바라보았다.

"이상한데? 왜 이렇게 흥분하고 있지? 원하는 녀석에게 시집을 보내면 될 게 아닌가!" 그는 갑자기 놀라기라도 한 것처럼 천천히 말했다. "이 친구는 변호사라서 그런지 글도 짤막하군. 화려한 수식어를 썼지만 정말 엉망이야."

"그런 사람들이야 모두가 그런 식으로 쓰지 않나?" 라주미힌이 말했다.

"그럼 자네도 읽었나?"

"보여줬다, 로쟈……." 부인이 난처해서 말했다.

"법무원 투야. 응, 확실히 법무원 투더군. 사무적인 투……."

"루진 씨는 고학을 감추기는커녕 자신의 힘으로 지금의 지위를 얻은 것을 자랑으로 여겨요." 두냐는 오빠의 새삼스런 말투를 언짢아하며 말했다.

"너는 내가 이 편지에 대해서 경박한 비평을 했다고 화를 내고 있는 것 같구나. 편지 속에 '두 분께 책임이 있다'라는, 굉장히 깊고 명백한 뜻을 가진 표현이 있고, 그 외에 내가 가면 즉시 돌아가겠다는 위협적인 문구도 있지 않냐? 지금이라도 버리겠다는 협박을 하는 거잖아. 그런데 너는 어떻게 생각하니? 라주미힌이나 조시모프가 루진 같은 상황에 처해도 똑같이 두둔할 수 있겠니?"

"그, 그건 달라요." 두냐는 힘주어 대답했다. "그 편지는 너무나 소박한 표현으로, 사실 문장력은 없어요. 그리고 보니 오빠는 의외로 안목이 높군요."

"문제는 그 편지에 또 한 가지 묘한 표현이 있어. 나에 대한 아주 비열한 비방이 들어 있다. 게다가 이 친구는 꽤 영리한 구석이 있어. 영리하게 행동하려면 꾀만 가지고는 안 돼. 내가 이러는 것은 너의 행복을 진심으로 바라기 때문이란다."

두냐는 대답을 하지 못했다. 결심은 이미 서 있었고, 밤이 되기를 기다릴 뿐이었다.

"너는 어떻게 할 작정이냐, 로쟈?" 부인이 물었다.

"그건 제가 결정할 게 아니라, 어머니가 정해야죠. 만일 루진 씨의 그런 요구에 화가 나지 않는다면 말입니다. 그리고 그 다음으로는 두냐가 결정해야지요." 그는 퉁명스럽게 말했다.

"두냐는 이미 결심이 서 있고, 나는 두냐의 의견에 찬성이다."

"저는요, 오빠가 동석하는 것으로 결정했어요."

"가지."

"오늘 밤 여덟 시에 와주세요. 어머니, 저는 이분도 초대하고 싶어요." 그녀가 라주미힌에게 말했다.

"좋고 말고, 두냐!" 부인이 말했다.

4

그때 문이 열리고, 방 안으로 한 처녀가 수줍게 주위를 살피면서 들어왔다. 모두 놀라움과 호기심이 어린 얼굴로 처녀 쪽을 돌아보았다. 라스콜리니코프는 처음엔 누군지 몰랐다. 그녀는 소냐 세묘노브나 마르멜라도바였다. 그녀를 만난 것은 어제였지만, 특별한 상황과 유별난 옷차림 때문에 지금과는 전혀 다른 얼굴이었다. 그녀는 아주 낡은 옷가지를 걸치고, 어제와 마찬가지로 양산을 들고 있었다. 방 안에 뜻하지 않게 사람이 가득 차 있는 것을 본 그녀는 어리둥절해 하며 어린애같이 겁에 질려 돌아가려고 했다.

"오, 당신이군요!" 라스콜리니코프는 굉장히 놀란 얼굴로 말했다.

그때 어머니와 누이동생은 루진의 편지를 통해서 이 '떳떳치 못한 생업에 종사하고 있는' 처녀를 이미 조금은 알고 있는 것 같았다.

"앉으세요. 카테리나 이바노브나의 심부름을 왔겠지요?"

소냐가 들어왔을 때 문 곁에 앉아 있던 라주미힌이 일어서서 그녀를 지나가게 했다.

소냐는 두려운 듯이 두 여인을 바라보았다. "방해가 된 것 같아서 죄송합니다. 카테리나 이바노브나가 내일 장례식에 참석해 주십사 부탁 말씀을 드리라고 해서……. 저희 집에서…… 어머니와 함께…… 식사라도 해주시면…… 영광이라고……." 소냐는 더듬더듬 말하더니 입을 다물고 말았다.

"꼭…… 가겠습니다." 라스콜리니코프도 일어서서 대답했지만, 역시 더듬거렸다. "앉으세요……. 잠깐 아가씨와 얘기할 게 있는데…… 바쁘시겠지만 부탁입니다." 그의 창백한 얼굴이 빨갛게 달아올랐다. "어머니! 이 아가씨가 어제 제 눈앞에서 말에 치여 죽은 그 불행한 마르멜라도프 씨의 딸입니다." 그는 단호하고 강압적인 투로 말했다.

부인은 소냐를 힐끔 보고는 눈을 가늘게 떴고, 두냐는 처녀의 얼굴을 뚫어지게 바라보았다. 소냐는 이런 소개말을 듣고 다시 고개를 들려 했지만, 전보다도 한층 어리둥절해지고 말았다.

　"아가씨에게 물어보려 한 것은……." 라스콜리니코프는 말을 이었다. "어제 댁에서는 일이 잘 끝났나요?"

　"무사히 끝났어요. 어머니는 당신이 내일 성당의 장례식에 나오시고, 그리고 저희 집에서 여는 추도식에도 참석해 주셨으면 하세요."

　"추도식도 거행합니까?"

　"네, 그저 흉내를 낼 정도예요." 그녀의 입술과 턱이 떨렸다.

　이야기를 하는 동안 라스콜리니코프는 그녀를 자세하게 관찰하고 있었다. 몹시 여윈 얼굴은 아름다운 편은 아니었으나 하늘색의 눈은 맑았다. 그 눈이 생기를 띨 때는 선량하고 순박해 보였기 때문에 자신도 모르게 끌려들었다.

　"그런데 카테리나 이바노브나는 그 정도의 돈으로 장례식도 치르고 추도식도 치른다는 겁니까?"

　"관은 싼 것으로 하고…… 모두 간단히 끝내기로 해서 많은 비용이 들지는 않아요. 그리고 어머니가 꼭 그렇게 해야겠다고 말씀하시니까 할 수 없어요. 어머니는 아시다시피 그런 사람이에요."

　"압니다, 물론! 압니다. 그런데 왜 아가씨는 제 방을 둘러보죠? 저희 어머니가 관 속 같다고 했는데."

　"어제 우리에게 돈을 전부 주셨군요!" 소냐는 빠른 말로 속삭이듯 말하고는 이내 고개를 툭 떨어뜨렸다. 그녀의 입술과 턱이 또다시 떨리기 시작했다.

"로쟈!" 라스콜리니코바 부인이 일어서면서 말했다. "우린 저녁에 식사를 같이 하기로 했다. 두냐, 돌아가자. 로쟈, 잠시 산책이라도 한 뒤에 좀 쉬고 잠을 자도록 하는 게 좋겠다. 그리고 되도록 빨리 오너라."

"네, 가고 말고요." 그는 일어서서 황급히 대답했다.

"그럼 자네는 식사를 따로 할 셈인가?" 라주미힌이 어이없다는 듯이 라스콜리니코프를 바라보며 말했다.

"꼭 갈게요, 어머니. 한데 자네는 좀 남아 있게. 어머니, 이 친구도 데리고 가겠습니까?"

"그래, 괜찮다! 그럼 드미트리 프로코피치, 식사하러 와요. 괜찮겠지요?"

라주미힌도 얼굴이 환해져서 인사를 했다.

"그럼. 로쟈, 안녕. 아니, 이따 만나자. 난 '안녕'이라는 것이 싫단다. 안녕, 나스타샤! 오, 또 '안녕'이라고 했네!"

라스콜리니코바 부인은 소냐에게도 인사를 하려고 했지만, 왠지 망설여져 얼른 방을 나오고 말았다.

그러나 두냐는 마치 차례를 기다린 듯 어머니의 뒤를 따라 소냐 곁을 지날 때, 그녀에게 진심을 담아 정중한 인사를 했다.

"두냐, 손을 다오!" 라스콜리니코프는 누이동생의 손가락을 꼭 쥐었다.

두냐는 오빠에게 미소를 띠며 얼굴을 붉히고는 갑자기 손을 뺐다. 그리고 왠지 행복감에 가슴이 뿌듯해져서 어머니를 뒤따라 쫓아나갔다.

"자, 이제 됐어!" 그는 제정신이 들어 소냐의 얼굴을 밝은 표정으로 바라보면서 말했다. "주여, 죽은 자에게는 평안함을 주옵시고, 산 자에게는 더욱 값진 삶을 주옵소서!"

"두냐, 방을 나온 것이 기쁘구나. 어제 기차를 타고 있을 때는 이런 일까지도 기쁘리라고는 생각지 못했는데!" 밖으로 나오면서 부인이 말했다.

"어머니, 오빠는 아직 몸이 많이 좋지 않아요. 그러니 좀 더 너그럽게 봐줘야 해요."

"두냐, 난 너희 둘을 계속 보고 있었는데, 둘이 꼭 닮았구나. 성미가 말이다. 너희는 모두 음울하고 까다롭고 급하면서 자존심이 강하지. 그러면서도 마음은 너그럽고……. 그런데 오늘 밤 있을지도 모를 일을 생각하니 심장이 죄어드는 것 같구나!"

"걱정할 것 없어요. 잘 되겠죠."

"두냐, 만약 루진 씨가 거절이라도 한다면 어떡하지?"

"그 사람은 잃어버려도 하나도 아까울 게 없는 사람이에요!"

"두냐, 그 아이는 볼일이 있다고 서두르고 있었지만, 산책을 해서 바깥 공기라도 좀 쐬고 들어와야 할 텐데……. 그 방은 숨이 막힐 것 같더구나. 그런데 그 처녀가 왠지 마음에 걸린다."

"어째서요?"

"그 처녀가 들어왔을 때 무슨 일이 있다는 생각이 들었단다."

"아무 일도 없어요!" 두냐는 못마땅해서 소리를 질렀다. "예감, 예감하시니 이상해요, 어머니! 오빠는 겨우 어제부터 그 처녀를 알기 시작한걸요."

"난 그 처녀가 불안하다. 나를 쳐다보는 그 눈초리 때문에 앉아 있기도 어려웠다. 루진 씨가 그 처녀에 대해서 편지에 썼는데도, 로쟈는 우리에게, 너에게까지 소개하다니!"

"그 사람은 무슨 말이라도 쓸 사람이에요. 우리에 대해서도 세상 사람들이 얼마나 많은 말을 했어요. 저는 그 처녀가 틀림없이 훌륭한 사람이고, 떠도는 소문은 모두 엉터리라고 생각해요."

"그렇다면 좋지만……."

"루진 씨는 남의 소문에 관심이 많은 거짓말쟁이예요."

"내가 너에게 있으라고 한 건 이런 거야……." 라스콜리니코프는 라주미힌을 창 쪽으로 데리고 가며 말했다.

"그럼 어머니에게 오신다고 전하겠어요." 소냐는 서둘러 인사를 하고 돌아가려고 했다.

"곧 끝납니다. 마르멜라도바 양, 비밀 이야기가 아니니까 있어도 상관없습니다." 라스콜리니코프는 소냐에게 말한 다음 곧바로 라주미힌에게로 말머리를 돌렸다. "자네는 그 친구를 알고 있지? 예심판사 포르피리 말일세."

"물론 알고 있지!" 라주미힌은 호기심이 부쩍부쩍 솟아오르는 것을 느끼면서 대답했다.

"그 사내는 지금 그 사건…… 그 살인 사건을…… 어제 자네들이 이야기한…… 그것을 취급하고 있겠지?"

"응! 그래서?" 라주미힌은 갑자기 눈을 크게 떴다.

"그 친구가 전당 잡힌 사람을 조사하고 있는 모양인데, 그곳에는 내 것도 있어. 내가 페테르부르크로 올 때 누이동생이 기념으로 준 반지와 아버지의 은시계야. 전부 오 루블이나 육 루블밖에 안 되는 것이지만, 나에겐 아주 소중한 거야. 경찰에 신고하는 것보다 직접 포르피리에게 얘기하는 것이 좋지 않을까?"

"경찰에는 절대로 얘기해선 안 돼. 포르피리에게 해!" 라주미힌이 이상할 정도로 흥분하며 외쳤다. "오, 재미있군! 어려울 거 하나도 없어. 지금 바로 가자고. 바로 저기니까, 집에 있을 거야!"

"좋아. 가자고!"

"그 친구는 자네와 알게 되는 걸 기뻐할 거야. 아주, 아주, 아주 말이야! 난 자네 이야길 많이 했지, 만날 때마다. 가세!"

"마르멜라도바 양, 이쪽은 내 친구 라주미힌인데 아주 좋은 사람입니다." 라스콜리니코프는 소녀에게 라주미힌을 소개했다.

"지금 가야 하신다면……." 소녀는 라주미힌의 눈길을 피한 채 멋쩍어하며 말했다.

"그럼 마르멜라도바 양, 주소 좀 가르쳐주시겠습니까?" 라스콜리니코프는 조심스럽게 말했다.

"자물쇠는 걸지 않나?" 라주미힌이 두 사람 뒤에서 계단을 내려오며 물었다.

"안 걸어. 하지만 이 년 전부터 자물쇠를 사고 싶었지." 라스콜리니코프는 무심하게 대꾸했다. "자물쇠도 없이 사는 사람은 행복한 사람이지요?" 그렇게 묻고는 웃었다.

밖으로 나오자 그들은 문 앞에 우뚝 섰다.

"오른쪽으로 가야지요, 마르멜라도바 양? 그런데 어떻게 제 집을 찾으셨습니까?"

"어제 폴렌카에게 가르쳐 주시지 않았나요?"

"폴렌카? 아, 그렇지. 폴렌카! 제가 그 아이에게 주소를 가르쳐 줬습니까?"

"잊으셨나요? 댁 이야기는 돌아가신 아버지로부터 듣고 있었어요. 그때는 성함을 잘 몰랐지만."

소냐는 두 사람과 인사를 나누고 헤어졌다. 그러고는 길바닥만 내려다보며 걷기 시작했다. 막연하고 혼미한 세계가 살며시 그녀의 영혼 속으로 스며들었다. 그녀는 지금까지 한 번도 그러한 감정을 맛본 적이 없었다. 그녀는 언뜻 라스콜리니코프가 오늘 집으로 올지도 모른다고 생각했다.

"하지만 오늘 밤은 오시지 말았으면 좋겠어!" 그녀는 겁에 질린 어린이처럼 애원하듯, 심장이 죄어드는 기분으로 중얼거렸다. "어떻게 하지? 내 방을…… 아, 어떡하지?"

그녀는 자기 바로 뒤에 한 낯선 신사가 끈질기게 쫓아오는 것을 알지 못했다. 그 사내는 그녀가 문을 나왔을 때부터 쫓아왔다. 라주미힌과 라스콜리니코프, 그리고 그녀 셋이 나란히 인도에 서서 이 야기하고 있던 바로 그때, 이 통행인은 지나가다가 소냐가 "라스콜 리니코프 씨 댁이 어디냐고 물었어요."라고 한 말을 들은 순간, 부 르르 몸을 떨었다.

그 사내는 조심스럽게 세 사람을, 특히 소냐와 이야기하던 라스 콜리니코프를 살핀 후, 이어 건물을 올려다보고 기억 속에 담아 두 었다. 이런 일들은 순식간에, 그것도 계속 걸어가는 중에 일어난 것 이다. 그리고 그 사내는 시치미를 떼고 앞으로 가서 누군가를 기다 리는 시늉을 하고는 걸음을 늦추었다. 사내는 소냐를 기다린 것이 다. 그는 세 사람이 작별의 인사를 하고 그녀가 이쪽으로 오는 것을 보았다.

어디로 가는 걸까? 저 얼굴은 어디서 본 것 같은데……. 그는 소 냐의 얼굴을 기억해내려고 했다.

50세 전후로 보이는 그는 중키보다 약간 큰 키에 넓은 어깨가 좀 굽어서 고양이 등같이 보이는 사내였다. 멋진 지팡이를 들었는데, 한 걸음 내디딜 때마다 지팡이로 보도를 탁탁 울렸다.

소냐가 운하에 이르렀을 때, 인도에는 그들 둘밖에 없었다. 그는 그녀를 관찰하다가 그녀가 사색에 잠겨서 멍하니 서 있는 것을 보 았다. 소냐가 자신의 아파트까지 와서 문 안으로 들어가자, 사내도 조금 놀란 듯한 모습으로 곧 뒤따라 들어갔다. 안뜰로 들어가자, 그 녀는 자기 방으로 올라가는 계단이 있는 오른쪽으로 걸어갔다.

"어럽쇼!" 낯선 신사는 중얼거리고는 그녀를 따라 계단을 올라가기 시작했다.

거기까지 왔을 때, 소냐는 비로소 자기 뒤를 따르는 사내의 존재를 알아차렸다. 그녀는 3층으로 올라가서 복도를 돌아, 문에 백묵으로 '재봉사 카페르나우모프'라고 씌어 있는 9호실의 초인종을 눌렀다.

"이런, 이런!" 하고 낯선 사내는 묘한 우연의 일치에 놀란 듯 다시 한 번 중얼거리고 이웃 8호실의 초인종을 울렸다. 두 문의 거리는 여섯 발짝밖에 되지 않았다.

"아가씨 카페르나우모프의 집에 살고 있군요." 그는 소냐를 보고 웃으면서 말했다. "난 어제 그 사람한테 조끼를 고쳐 달라고 했지요. 난 아가씨와 이웃인 레슬리흐 부인, 게르트루드 카를로브나의 집에 거주하지요. 정말이지 인연이군요."

소냐는 상대를 유심히 바라보았다.

"이웃간이군요. 난 페테르부르크에 온 지 이제 삼 일째입니다. 그럼 또 뵙지요!" 그는 유쾌하게 말했다.

소냐는 대답하지 않았다. 그리고 문이 열리자 자기 방으로 들어갔다. 어쩐지 멋쩍었고 한편으로는 두려운 마음이 들었다.

라주미힌은 포르피리한테로 가는 도중에 전에 없이 흥분해 있었다. "이것 재미있는데. 정말 기뻐! 그런데…… 오래 됐나? 자네가 노파에게 간 게?"

"노파가 죽기 삼 일쯤 전이야. 그러나 지금은 그 물건을 찾으러 가는 게 아닐세." 라스콜리니코프는 당황해서 특별히 물건을 걱정하고 있는 얼굴로 말했다. "난 은화 일 루블밖에 가지고 있지 않으니까……. 어제의 몽유병 덕분에!" 이 몽유병이라는 말을 그는 특별한 인상을 주려는 듯 발음했다.

"그래서 자네가 쇼크를 받았군. 실은 말이야, 자네는 열에 시달리고 있을 때도 계속 반지니 사슬이니 하고 중얼거렸어!"

"그런데 지금 그를 만날 수 있을까?" 그가 물었다.

"있고 말고." 라주미힌은 황급히 말했다. "훌륭한 친구야. 좀 굼뜨긴 하지만. 내가 굼뜨다고 하는 것은 다른 의미야. 머리가 좋긴 한데 사상이 좀 독특해. 회의적이고 빈정대길 좋아하고……. 놀려주길, 아니 우롱하기를 좋아해. 물증에 근거한 낡은 수사 방식을 좋아하고…… 그러나 솜씨는 대단해. 작년에 있었던 사건 중 거의 손쓸 수 없는 살인 사건을 해결했으니까 말이야. 자네하고 굉장히 가까워지고 싶어 하네."

"무슨 이유로?"

"특별한 이유는 없지만…… 요즈음 자네가 앓고 있어서 가끔 자네 이야기를 했지. 자네가 법학 공부를 하고 있었는데, 사정이 있어서 졸업을 못하고 있다는 이야기를 들려주었을 때, '정말 안됐군!' 하더군. 그래서 내 결론은…… 이런 모든 것이 복합적으로 작용하고 있다는 걸세. 어제는 자묘토프 녀석…… 로쟈, 어제 저녁 자네를 데려다주러 갔을 때, 내가 취한 김에 지껄여댔지 뭔가. 그래서 난 말이야, 자네가 심각하게 생각하고 있지 않나 하고 걱정하고 있네."

"모두가 나를 미치광이라고 생각하고 있다는 말인가?"

"응, 응…… 내가 지껄인 것은 모두! 그때 한 다른 말도 그렇지만…… 모두 엉터리야. 취해서 지껄인 것에 지나지 않아."

"뭘 그렇게 변명하고 있나? 그런 건 이젠 싫증이 났어!" 라스콜리니코프는 초조한 투로 외쳤다. 하긴 반은 연극이기도 했다.

"알았네. 정말이야. 입에 담기도 창피하네."

"창피하면 말하지 말게!"

두 사람은 그대로 침묵에 잠겼다. 라주미힌은 기뻐서 어쩔 줄을 몰랐다. 라스콜리니코프는 그것을 알아채자 언짢아졌다.

그 판사에게도 우는 소릴 해야겠는데. 그는 두근거리는 가슴을 진정시키며 생각했다. 그것도 되도록 자연스럽게 말이야. 하지만 가장 자연스런 건 우는 소릴 하지 않는 것인지도 모른다.

"이 회색 집이야." 라주미힌이 말했다.

"어제 그 노파 집에서 피에 대해 물은 걸 포르피리가 알고 있나? 그 녀석의 안색을 보면 알 수 있겠지?"

"알아."

"뭘 알아?" 라스콜리니코프는 갑자기 교활하게 엷은 웃음을 지으면서 되물었다. "넌 아침부터 좀 흥분해 있었던 게 틀림없지?"

"별로 흥분하지 않았어." 라주미힌이 얼굴을 일그러뜨렸다.

"아니, 아까 의자에 앉아 있는 것도 다른 때와 달랐어. 경련이라도 일으킨 것 같더군. 특히 식사 초대를 받았을 때는 무섭게 얼굴이 빨개졌지. 저 봐! 또 붉어지는군."

"자넨 돼지 같은 친구야. 제기랄, 돼지 같으니라고!"

"왜 그렇게 당황하는 건데? 로미오! 오늘 누군가에게 얘기해 줘야겠는걸. 백팔십이 센티미터 키의 로미오다!"

"이 돼지 같은 놈!"

라스콜리니코프는 참을 수 없다는 듯 큰 소리로 웃어젖히며 포르피리의 방으로 들어갔다. 그에겐 그럴 필요가 있었던 것이다.

"여기선 한마디도 지껄여선 안 돼. 그렇잖으면, 자네를…… 때려눕힐 거야!" 라주미힌은 친구의 어깨를 잡고 광포하게 속삭였다.

5

라스콜리니코프는 벌써 방 안으로 들어서고 있었다. 그 뒤를 불안하고 창피해서 얼굴이 벌겋게 달아오른 라주미힌이 어슬렁어슬렁 뒤따라 들어왔다. 라스콜리니코프는 방 한가운데 서서 의아한 표정을 짓고 있는 이 방 주인에게 머리를 숙이고는 손을 내밀어 악수를 청했다. 그는 들뜬 기분을 누르고 두어 마디라도 자기소개를 하려고 애쓰고 있었다. 그런데 겨우 진지한 표정과 기분을 회복했다 싶을 때, 라주미힌을 보자 도저히 웃음을 참을 수가 없었다.

"이 못된 녀석!" 그가 손을 흔들며 외치는 순간, 의자를 건드려 넘어뜨리고 그 서슬에 빈 찻잔이 튀어나가 쨍그랑 하는 요란한 소리를 냈다.

"왜 의자를 부수는 거야? 여러분, 이건 국고 손실이잖습니까!"

(고골리의 『검찰관』 중의 대사) 포르피리가 유쾌한 소리로 외쳤다.

라스콜리니코프는 자기 손이 주인 손에 쥐어져 있는 것도 잊은 채 마음껏 웃어젖혔다. 또한 포르피리도 웃고 있었다. 라주미힌은 의자가 넘어지고 컵이 깨지기도 해서 당황한 나머지 기가 죽었다. 그는 두 사람이 왜 웃고 있는지 궁금했다. 한쪽 구석의 의자에는 사무관인 자묘토프가 앉아 있었는데, 손님이 들어오자 일어서서 미소를 띤 채 환영의 뜻을 표했다. 한데 라스콜리니코프를 보는 그의 눈에는 당황하는 빛이 역력했다. 자묘토프가 뜻하지 않게 그곳에 함께 있는 것을 알게 된 라스콜리니코프는 충격을 받았다.

'이 녀석도 계산에 넣어 두어야겠군!' 그는 생각했다. "실례했습니다, 라스콜리니코프입니다." 그는 억지로 멋쩍은 시늉을 하며 말했다.

"정말 유쾌하게 들어오시더군요. 무슨 일입니까? 저 친구는 인사도 하고 싶지 않은 모양이군요!" 포르피리는 라주미힌을 턱으로 가리켰다.

"난 그저, 그에게 로미오를 닮았다고……. 그리고 그 증거를 댄 것뿐인데……."

"돼지 같으니!" 라주미힌은 뒤돌아보지도 않고 응수했다.

"단 한마디에 그렇게 화를 낼 때는 참으로 심각한 원인이 있겠군요." 포르피리는 이렇게 말하고 크게 웃었다.

"야, 이 예심판사! 너희들 모두 마음대로 해라!" 라주미힌은 거칠게 말했지만, 갑자기 웃음을 띠고는 포르피리 곁으로 다가갔다. "이제 그만두자고! 아, 이 친구는 로지온 라스콜리니코프야! 여기 온 첫째 이유는 여러 가지로 형 이야기를 듣더니 서로 사귀고 싶다고 해서고, 둘째로는 개인적인 볼일이 있어서야. 그건 그렇고, 자묘토프, 무슨 일로 이런 곳에 왔나?"

"우리는 어제 당신 집에서 알았소." 자묘토프는 다정한 투로 말했다.

"오, 그럼 소개비용을 번 셈이군. 포르피리, 지난주 난 이 사람이 형을 소개해 달라고 귀찮게 말했는데 나 없이도 둘이 알아서 이미 친해졌네. 담배는 어디 있어?"

포르피리는 깨끗한 셔츠 위에 가운을 입고, 낡은 슬리퍼를 신고 있었다. 나이는 서른대여섯, 키는 중키보다 약간 작았으며 어딘가 여성적인 분위기를 풍기는 얼굴로, 처음 봤을 때의 인상보다도 훨씬 진지한 느낌을 주었다.

포르피리는 라스콜리니코프가 자기에게 '볼일'이 있다는 말을 듣자마자 곧 그를 소파에 앉히고, 자기도 한쪽에 앉았다.

"당신은 경찰에 신고하지 않으면 안 됩니다." 포르피리는 매우 사무적으로 말했다. "이러이러한 사건, 즉 그 살인 사건을 알았는데, 사건 담당의 예심판사에게 이러이러한 물건은 내 소유니까 내 줬으면 한다든지 적당하게 신고하는 겁니다."

"그게 문제입니다. 전 지금 별로 가진 돈이 없어서 그런데요, 그 물건은 제 것이지만, 돈이 있을 때…… 찾고 싶습니다."

이때 포르피리는 뭔가 깔보듯 눈을 가늘게 뜨고 상대를 보았다.

그것은 아주 짧은 순간의 일이었지만 라스콜리니코프는 그것을 느낄 수 있었다. 그리고 '알고 있구나!' 하는 생각이 그의 머리에 번개처럼 스쳐 지나갔다.

"죄송합니다. 이런 하찮은 일로 폐를 끼쳐서." 라스콜리니코프는 갈피를 잡지 못했다. "제 물건은 전부 합쳐서 오 루블 정도지만, 저에게는 아주 소중한 겁니다. 그래서 솔직히 그 사건을 알았을 때 많이 놀랐습니다."

"포르피리가 전당 잡힌 사람들을 조사하고 있다고 말했을 때 자네가 그렇게 급히 일어서서 가려고 했던 건 그 때문이군." 라주미힌이 말했다.

그 말을 듣는 순간, 라스콜리니코프는 증오와 분노에 불타는 검은 눈을 번뜩이며 라주미힌을 노려보았다. 그러나 곧 침착성을 되찾았다. "하지만 은시계는 아버지가 돌아가신 다음에 남긴 유일한 물건이야. 이번에 어머니가 오셔서 그 시계가 없어진 것을 알면 틀림없이 실망하실 거야!"

"난 그런 뜻으로 한 말이 아니었어." 라주미힌은 울상이 되어 말했다.

"어머님께서 올라오셨나요?" 포르피리는 무슨 이유인지 그걸 물었다.

"네, 어제 저녁에요."

"당신 물건은 절대 없어질 염려가 없습니다." 그는 쌀쌀맞게 말했다.

그러고는 아무 일도 없었다는 듯이, 양탄자 위에 담뱃재를 떨어뜨리고 있는 라주미힌에게 재떨이를 내밀었다. 라스콜리니코프는 가슴이 철렁 내려앉았다. 그러나 포르피리는 이쪽은 보지도 않고 계속 라주미힌의 담배만 걱정하고 있는 것 같았다.

"형은 이 친구가 '그곳에' 전당 잡힌 사실을 알고 있었어?" 라주미힌이 물었다.

"반지와 시계 등 당신 물건은 모두 한 장의 종이에 싸여서 '노파'의 집에 있었습니다. 그리고 그 종이엔 당신의 이름과 물건 받은 날짜가 연필로 분명히 적혀 있었습니다."

"당신은 정말 기억력이 좋군요." 라스콜리니코프는 상대방을 똑바로 보려고 애쓰며 이렇게 덧붙여 말했다. "전당포에는 손님들이 많을 텐데 말입니다."

"전당포 손님은 거의 전부 알고 있죠. 한데 오시지 않았던 분은 당신 혼자뿐입니다." 포르피리는 거의 알아챌 수 없을 정도의 조소를 머금고 대답했다.

"몸이 좀 좋지 않아서……."

"그것도 들었습니다. 지금도 안색이 좋지 않군요."

"아닙니다. 아주 건강해요!"

그러자 라주미힌이 말꼬리를 잡고 말했다. "무슨 소릴 하는 거야! 어제까지만 해도 헛소릴 했으면서? 어제만 해도 밤중까지 어딘가로 돌아다녔단 말이야. 그것도 제정신이 아닌 상태에서."

"정말 '제정신이 아닌 상태'였다고? 놀랐는데!" 포르피리는 이상한 몸짓을 하며 고개를 흔들었다.

"참으로 싱거운 소릴 하는군. 곧이듣지 마세요!" 너무 증오스러운 나머지 라스콜리니코프의 입에서 이런 말이 튀어나왔다.

"제정신이었다면, 어떻게 나갔겠나?" 라주미힌은 어조를 높였다.

"어제는 사람들이 싫어졌지요. 그래서 그 누구도 찾지 못하는 곳에 방을 얻으려고 돈을 가지고 나간 겁니다. 그 돈은 여기 있는 자묘토프 씨도 보았을 겁니다. 어때요, 자묘토프 씨, 내가 어제 제정신이었는지 아니었는지 확인해 주지 않겠습니까?" 라스콜리니코프는 이때 눌러 죽이고 싶도록 자묘토프가 미웠다.

"굳이 내가 말을 한다면 당신의 이야기는 너무나 이론이 정연해 오히려 교활할 정도였습니다. 몹시 흥분해 있긴 했지만." 자묘토프가 무뚝뚝하게 말했다.

"오늘 니코짐 포미치의 말에 따르면, 어제 꽤 늦게 말에 밟혀 죽은 전 관리의 집에서 당신을 만난 모양이더군요." 포르피리가 입을 열었다.

"자, 그 관리 얘기를 해보게나!" 라주미힌이 말을 받았다.

"자네는 그 미망인에게 이십오 루블을 몽땅 줘버리지 않았나?"

라주미힌의 말을 들은 라스콜리니코프의 머릿속에선 여러 가지 복잡한 생각이 회오리바람같이 소용돌이치고 있었다. 그는 몹시 초조해졌다. "난 말일세, 어제 자네 집에서의 연회 이후에 몸의 나사가 느슨하게 풀어진 것 같아." 그는 웃으면서 얘기를 꺼냈다.

"그래, 어땠어요? 재미있었나요? 난 어제 한창 재미있는 이야기를 하고 있을 때 빠졌으니까! 그래, 누가 이겼나요?"

"물론 아무도 이기지 못했지. 영원의 문제로 옮겨져서 천공을 날아다녔을 뿐이지."

"로쟈, 어제 우리가 어떤 얘길 했는지 아나? 범죄란 게 성립될 수 있으나 없느냐에 대한 것이었어. 결국 엉터리 결론으로 끝나버렸지만!"

"뭐 별 대단한 게 아니군. 단지 평범한 사회 문제 아닌가?" 라스콜리니코프는 건성으로 대답했다.

"문제는 그런 것이 아니었습니다." 포르피리가 말했다.

"로지온, 자네 의견도 듣고 싶네. 이런 걸세, 범죄는 비정상적인 사회 질서에 대한 항거라는 거지."

"또 엉터리 얘길 시작하는군!" 포르피리가 외쳤다. 그는 눈에 띌 만큼 활기차게 라주미힌을 보고 웃었다. 그런데 그것이 라주미힌을 흥분하게 만들었다.

"그 친구들의 설에 따르면, 모든 건 '환경이 만든 산물'일 뿐 그 이상도 이하도 아니야. 상투적인 얘기지. 따라서 사회를 정상적으로 개조하면 범죄는 한꺼번에 없어진다는 거야. 인류는 어느 시기가 되면 저절로 정상적인 질서를 찾게 되는 것이 아니라, 어느 수학적인 머리에서 짜낸 사회 제도가 즉시 전 인류를 개조해, 단번에 인류를 범죄가 없는 사회로 만든다 이거지! 그런데 약간 썩은 고기 냄새가 나지만, 인간을 고무로 만들 수도 있대. 그 결과는 모든 것을 공동숙사(프랑스의 푸리에가 구상한 사회주의 공동체)의 벽돌 쌓기와 복도나 방의 배치에 동원되어 버리는 거지. 공동숙사는 완성되었지만, 그 때문에 인간의 본성을 잃고 말아."

"오오, 감정이 드디어 봇물 터지듯 했군그래! 굉장한데! 막 쏟아져 흘러내리는군. 손으로라도 막지 않으면 안 되겠는걸." 포르피리는 웃으며 이렇게 말하며 라스콜리니코프에게 말을 걸었다. "상상해 봐요. 그는 엊저녁에도 이랬습니다. 한 방에서 여섯 명의 사내가 일제히 핏대를 올렸어요. 더구나 그 전에 펀치를 마셨으니까요. 상상할 수 있겠죠?"

"그것이 중요한 의미를 가지고 있다는 것쯤은 나도 알고 있어. 그럼 이건 어때? 사십대의 사내가 열 살 먹은 소녀를 범했다면, 이것도 환경이 그런 생각을 일으킨 것일까?" 라주미힌이 열에 들뜬 표정으로 진지하게 물었다.

"그것도 엄밀한 의미로는 환경 탓인지도 모르지." 포르피리는 놀랄 만큼 위엄을 가장하며 대꾸했다.

라주미힌은 말할 수 없이 흥분한 상태였다. "오, 좋아. 원한다면 지금 당장이라도 형 속눈썹이 흰 까닭은 이반 대제 성당의 높이가 칠십오 미터이기 때문이라는 '결론을 내어' 보여 주지? 자, 시작해 봐!" 그는 큰 소리로 떠들어댔다.

"좋아!"

"오! 언제나 이렇게 엉뚱한 짓을 잘한단 말이야." 라주미힌이 소리치며 벌떡 일어서서 손을 내저었다. "로지온, 자네는 모를 거야. 형은 그런 식의 주제를 가지고 이 주일이나 버틸 수 있으니까. 작년에는 수도사가 되겠다고 두 달이나 난리를 쳤지 뭔가. 그리고 최근에는 결혼을 한다, 결혼식 준비가 완전히 끝났다고 믿게 하고, 새로 옷까지 맞췄단 말이야. 그래서 우리 모두 축하를 했는데, 알고 보니 신부고 뭐고 아무것도 없는 거야. 모두가 신기루였다고!"

"옷은 그전에 장만했던 거야. 그리고 옷을 장만했기 때문에 한번 곯려주려 한 거지."

"정말 당신은 능청의 달인입니까?" 라스콜리니코프가 넌지시 물었다.

"기다려주세요, 당신도 한번 속일 테니까. 허, 허, 허! 당신의 그 논문 말입니다. 〈범죄론〉이었던가…… 그게 뭐더라. 그 제목을 잊어버렸지만 말입니다. 당신 논문이 《정기 논단》에 실렸습니다. 모르셨나요?"

라스콜리니코프는 포르피리의 말에 멍한 표정을 지었다. 실제로 아무것도 몰랐기 때문이다.

"당신은 원고료를 청구할 수 있습니다. 너무 고립된 생활을 해온 탓에 자신과 직접 관계가 있는 것까지 모르고 계셨군요."

"브라보! 나도 몰랐어!" 라주미힌이 소리쳤다.

"한데 어떻게 제 논문이라는 것을 알았습니까?"

"수일 전에 우연히 알았죠. 편집장을 통해 알았습니다. 아는 사람이어서……. 정말 흥미로웠습니다."

"범죄 수행 중 범인의 심리 상태를 고찰한 것으로 기억하고 있습니다만……."

"그렇습니다. 당신은 범죄 행위에는 항상 병이 따른다고 주장하고 있더군요. 정말 독창적이었어요. 그런데 제가 특히 흥미를 느낀 것은 논문의 끝에 있는, 아쉽지만 대충 암시만으로 그쳤기 때문에 별로 명료하지 않은 사고입니다. 요는 기억하고 있는지 모르겠습니다만, 세상에는 어떤 범죄도 마음대로 저지를 수 있는…… 아니, 저지를 수 있다기보다 저지를 절대적인 권리를 가진 어떤 종류의 인간이 있는데, 그런 사람에게는 법률이란 게 적용되지 않는다고 암시하고 있더군요."

라스콜리니코프는 상대가 자신의 견해를 곡해하고 있어서 흐뭇한 미소를 지었다.

"뭐라고? 그게 무슨 소리야? 범죄를 저지를 권리라니? 그렇다면 '환경론'과는 다르다는 거야?" 라주미힌이 놀란 얼굴로 물었다.

"아니, 전혀 그렇지 않다는 것은 아냐." 포르피리가 대답했다. "이 사람의 논문에는 인간을 전부 통틀어 '평범한 사람'과 '비범한 사람'으로 나눌 수 있다고 했어. 평범한 사람은 누군가에게 복종해야 하고, 법률을 어길 권리가 없다는 거야. 그들은 평범한 사람이기 때문이지. 그런데 비범한 사람은 범죄를 저지를 권리를 가진다 이거지. 그 이유는 그들이 비범한 사람이기 때문이라는 거야."

"도대체 어째서 그런가? 그럴 수가 없지 않은가!" 라주미힌이 이해할 수 없다는 듯 중얼거렸다.

라스콜리니코프는 다시 빙긋 웃었다. 그는 무엇이 문제인지, 상대방이 자기를 어디로 유도하려는지 즉시 간파한 것이다.

"당신은 내용을 거의 정확하게 말하셨습니다. 단지 한 가지 틀린 점이라고 하면, 비범한 사람은 무슨 짓이나 저지를 수 있다고 주장하지는 않았습니다. 저는 그런 논문은 인쇄해서는 안 된다고 생각합니다. 저는 단지 암시만 한 것에 지나지 않습니다. '비범한 사람'은…… 어떤 종류의 장해를 뛰어넘을 권리를 가집니다. 물론 그건 공적인 권리가 아닙니다. 제 생각으론 만일 케플러나 뉴턴의 발견이 어떤 사정 때문에 그들을 방해하는 사람들을 희생하지 않고는 세상 사람들에게 인정받을 수 없다고 해서 뉴턴이 닥치는 대로 사람을 죽이고, 매일 시장에서 도둑질을 할 권리가 있다고 결론을 내리면 곤란합니다. 제 논문은 이런 논지를 전개하고 있을 겁니다. 가령 리쿠르고스, 솔로몬, 마호메트, 나폴레옹 등 인류의 입법자들과 제정자들은 모두 새 법률을 공포했습니다. 그렇게 함으로써 조상 대대로 이어져 내려온 낡은 법률을 없앤 것이지요. 그 과정에서 유혈이 필요하다면, 피를 흘리는 것을 개의치 않았다는 것만으로도 이미 범죄자였던 것입니다. 이들 전 인류적 입법자나 제정자의 대부분이 무서운 유혈자였다는 것은 주목할 만한 일이지요. 그런데 보통 사람과 비범한 사람의 분류는 다소 독단적이라고 저도 생각하고 있습니다. 그러나 저는 정확한 수치를 근거로 주장하고 있는 건 아닙니다. 인간은 자연의 법칙에 따라 대체로 두 개의 부류로 나뉩니다. '뭐 그렇고 그런 인간'과 친구들 속에서 '새로운 말'을 하는 천부적인 재능을 가진 인간입니다. 첫째 부류는 태어날 때부터 보수적이고 예절바른 인간들인데 복종을 하고 또 복종을 좋아합니다. 둘째 부류에 속하는 자는 대부분 법률 파괴자이고, 그런 경향을 가진 자들뿐입니다. 그렇지만 두 번째 부류에 대해 크게 걱정할 건 없습니다. 대중은 거의 어떤 경우에라도, 그들에게 그런 권리가 있다고 인정하지 않습니다. 첫째 부류는 항상 현재의 주인이고, 둘째 부류는 미래의 주인입니다. 첫째 부류의 사람들은 세계를 유지하고 그것을 수량적으로 증대시키고, 둘째 부류의 사람들은 세계를 움직이고, 자신들의 목표를 향해 이끌어 갑니다. 그리고 둘 다 동등한 생존권을 가지고 있습니다."

"그럼 당신은 새 예루살렘을 믿고 있나요?"

"믿고 말고요." 라스콜리니코프는 단호하게 말했다.

"그리고…… 하느님도 믿습니까? 캐물어서 미안합니다만 나사로의 부활도 믿습니까?"

"믿습니다."

"한 가지 더 물어보겠는데…… 아까 문제로 돌아가서…… 그들은 항상 처형되는 건 아니죠. 개중에는 반대로……."

"살아 있는 동안에 승리를 거두는 사람도 있다는 겁니까? 그래요, 살아 있는 동안에 목적을 달성하는 사람도 있습니다. 그리고 그때는……."

"이번엔 그들이 남을 벌하기 시작하나요?"

"대부분이 그럴 겁니다. 당신의 지적은 매우 날카롭군요."

"감사합니다. 그런데 그 평범한 사람과 비범한 사람을 도대체 무엇으로 구분합니까? 왜 그러냐 하면, 만일 혼란이 생겨 한쪽 부류가 자기는 어느 한쪽에 속한다고 생각하고, 당신의 재미있는 표현을 빌리면 '모든 장해를 제거하기' 시작하면, 그야말로⋯⋯."

"오, 그런 일은 매우 빈번하게 생깁니다. 이 의견은 아까보다 더욱 기지에 찬 말이군요."

"고맙습니다."

"천만에! 그러나 그런 잘못은 첫째 부류, 즉 그 '평범한' 사람들 쪽에만 일어날 수 있다는 것을 고려해 주십시오. 원래 복종하도록 태어났음에도 불구하고, 자연의 장난으로 말미암아 그러한 사람들의 대부분이 자기를 선각자나 '파괴자'라고 즐겨 생각해서 '새로운 말'을 하려고 한다는 생각이 듭니다. 그와 동시에 그러한 사람들은 실제로는 새로운 사람을 인정하지 않고, 오히려 그들을 시대에 뒤떨어진, 비굴하게 사물을 생각하는 인간이라고 경멸합니다."

"또 한 가지 질문이 있습니다. 타인을 죽일 권리를 가지는 사람들, 즉 그런 '비범한 사람'은 많습니까?"

"신사상의 소유자는, 대체로 매우 소수밖에 태어나질 않습니다. 보다 폭넓고 자주성을 가진 인간은 아마 만 명에 한 명 정도밖에 태어나지 않을 겁니다."

"둘이서 농담하는 거야?" 마침내 라주미힌이 소리쳤다. "당신들은 속여먹기 시합이라도 하고 있는 거야? 두 사람이 앉아서 서로 놀리고 있지 않은가. 자네 진담인가, 로쟈?"

라스콜리니코프는 창백하고 거의 슬픈 얼굴로 친구를 봤을 뿐 말은 하지 않았다. 라주미힌은 그 조용하고 슬픈 얼굴과 함께 포르피리의 노골적이고 집요하고 흥분된, 그리고 무례하고 독살스러운 표정을 보고 이상한 생각이 들었다.

"이봐, 자네 말은 전혀 새로운 것이 아니야. 우리가 천 번이나 읽고 들은 거야. 그런데 양심에 비추어 유혈을 허용한다는 것은……합법적인 허가라기보다도 더 무서운 것이라고 생각되네."

"맞는 말이야. 그게 더 무섭지." 포르피리가 맞장구를 쳤다.

"아니, 너는 어쩌다가 미혹에 빠진 걸 거야. 거기에 잘못이 있는 거야. 나도 읽어봐야겠군."

"논문에는 전혀 그런 것이 씌어 있지 않아. 그 속에는 단지 암시가 있을 뿐이야." 라스콜리니코프가 말했다.

"그래요." 포르피리는 침착하게 앉아 있을 수가 없었다. "그런데 캐물어서 죄송하지만, 가령 어떤 한 사내가 자기는 '리쿠르고스나 마호메트이다'라고 생각하고, 자신의 목적을 위해 장해를 제거하려고 한다면요. 이제 미래를 향한 진군이 필요한데, 진군을 하려면 돈이 있어야 한다, 그래서 그것을 위해 자금을 얻으려 한다면요? 네, 알겠지요?"

자묘토프가 갑자기 웃기 시작했다.

라스콜리니코프는 그쪽으로는 눈도 돌리지 않고 침착하게 대답했다. "저도 동의합니다. 그런 경우도 있을 수 있습니다. 머리가 모자라는 사람이나 허영심이 많은 사람은 특히 그런 유혹에 쉽게 걸리지요."

"거 보십시오. 그때는 어떻게 해야 합니까?"

"뻔한 일 아닙니까?" 라스콜리니코프는 빙그레 웃었다. "그런 건 제 탓이 아닙니다. 현재에도 그렇고, 미래에도 항상 그럴 겁니다. 이 친구는 지금 제가 유혈을 허용하고 있다고 말했지만, 그게 어떻다는 겁니까? 걱정 말고 도둑이나 찾으십시오."

"그래서 찾아내면?"

"당연히 벌을 받아야죠."

"당신 생각은 아주 논리적이군요. 그건 그렇다 치고…… 그 사람의 양심은 어떻게 됩니까?"

"양심을 가진 사람은 잘못을 깨달았을 때 괴로워하면 되죠. 그것이 그 사람에게 대한 징벌이지요. 징역 이외의!"

"그렇다면 정말 천재적인 사람은, 그러니까 사람을 죽일 권리가 주어진 비범한 사람들은 자기가 흘린 피에 대해 전혀 괴로워할 필요가 없나?" 라주미힌이 얼굴을 찌푸리며 물었다.

"어째서 '필요가 없나'고 묻는 거지? 진정한 위인은 이 세상에서 커다란 비애를 느끼지 않으면 안 된다고 생각하네."

라스콜리니코프는 눈을 치뜨고 생각에 잠긴 듯한 눈초리로 일동을 둘러보았다. 그리고 미소를 지어보이고 모자를 집어 들었다. 그는 아까 들어왔을 때에 비해 지나치리만큼 침착해 있었다.

"꾸짖으실지 모르지만 참을 수가 없군요. 한 가지만 더 질문을 하도록 해주십시오. 사소한 생각이라도 놓치지 않으려고요."

"좋아요! 말씀하십시오."

"저…… 이런 얘깁니다. 당신이 논문을 쓰고 있을 무렵…… 당신

스스로를 '비범한' 인간, 즉 '새로운 말'을 하는 인간이라고 혹 생각하지 않았느냐는 것입니다."

"그랬을지도 모르죠." 라스콜리니코프는 경멸하는 투로 말했다. 라주미힌이 움찔했다.

"그렇다면 실제로 당신이 전 인류에 공헌을 하기 위해 장해를 넘어서려고…… 말하자면 강도 살인을 한다든지……." 이렇게 말하고 나서 포르피리는 다시 왼쪽 눈을 끔벅이고 아까처럼 소리 없이 웃었다.

"내가 장해를 제거하려고 진짜 그런 짓을 했다면 당신에게 이런 얘기는 하지 않았을 것입니다." 라스콜리니코프는 도전적이고, 거만한 모멸의 빛을 띠고 말했다.

"오, 아닙니다! 저는 그저 그런 것에 흥미를 느꼈을 뿐입니다. 당신의 논문을 완벽하게 이해하기 위해서, 단순히 문학적인 의미로 말입니다."

"한 말씀드리지만, 전 자신을 마호메트나 나폴레옹이라고 생각하지 않습니다."

"오, 그런 말씀은 그만두십시오. 지금 우리 러시아에 자기를 나폴레옹이라고 생각하지 않는 사람이 있습니까?" 포르피리는 갑자기 친근한 투로 말했다.

"지난주 알료나 이바노브나를 도끼로 죽인 친구도 미래의 나폴레옹이 아닙니까?" 불쑥 자묘토프가 말했다.

라스콜리니코프는 포르피리를 뚫어지게 바라보았다. 그는 방에서 나가려는 기색을 보였다.

"벌써 가시렵니까? 알게 되어 대단히 기쁩니다. 부탁한 일은 해결해 드리겠습니다." 포르피리는 친절하게 덧붙였다.

"정식으로 심문하시려는 거죠? 모든 준비를 갖추고?" 라스콜리니코프는 격렬한 말투로 물었다.

"아, 오해입니다. 전 찬스를 놓치는 일은 하지 않습니다. 때문에 전당 잡힌 사람은 하나도 빠짐없이 얘기를 했고……, 어떤 사람으로부터는 진술서를 받았습니다. 당신은 마지막 한 분이니까." 그는 갑자기 기쁜 듯 소리쳤다. "생각이 났군." 그는 이번에는 라주미힌 쪽을 보았다. "자네는 그 무렵 니콜라이 이야기를 싫증이 날 정도로 했지. 나도 알고 있어." 그러고는 다시 라스콜리니코프 쪽으로 돌아섰다. "그 젊은이가 무죄라는 것은 나도 알고 있습니다. 실례지만, 당신이 가셨던 시각은 일곱 시가 지나서였지요?"

"그렇습니다." 라스콜리니코프는 대답했지만, 그 순간 이런 말은 하지 않아도 좋았다는 생각에 기분이 나빠졌다.

"혹시 계단을 올라가는 도중에 삼 층의 열려 있는 셋방을 보시지 못했소? 일꾼이 둘 있었던 것을?"

"칠을 하고 있던 일꾼? 아니, 보지 못했습니다. 아, 참, 그렇지! 삼 층에서 잘 기억하고 있지만, 어떤 관리가…… 알료나 이바노브나의 맞은편 방에서 이사를 하고 있었습니다. 군인 스타일의 인부가 뭔가 소파 같은 것을 운반하고 있었고, 저는 벽에 붙어 서 있었지요. 그러나 칠장이는 없었습니다. 칠장이를 본 기억은 없습니다."

"아니, 무슨 소릴 하는 거야?" 라주미힌이 소리쳤다. "칠장이가 칠을 하고 있었던 것은 살인이 있었던 그날이고, 이 친구가 그곳에 간 것은 삼 일 전의 일이 아닌가! 뭘 듣고 있는 거야?"

"아, 완전히 돌았군!" 포르피리는 자기 이마를 쳤다. "제기랄, 이 사건을 맡고선 머리가 돌겠어. 완전히 혼동을 했습니다."

"정신 좀 차려." 라주미힌이 주의를 주었다.

이 마지막 말이 오고 간 것은 이미 대기실을 나온 후였다.

6

"난 믿을 수가 없어!" 난처한 얼굴을 한 라주미힌이 열심히 라스 콜리니코프의 추론을 반박하려 했다.

"믿지 않는 게 좋아." 라스콜리니코프는 쌀쌀맞고 거리낌 없는 웃음을 띠며 대답했다. "자네는 아무것도 모르지만 난 한마디 한마디 저울질을 했어."

"자네는 의심이 많은 친구니까 저울질했겠지만…… 한데 포르피리의 말투가 좀 이상했어. 천박한 자묘토프도!"

"어젯밤에 생각이 달라진 거야."

"가령 그 친구들이 그런 엉뚱한 생각을 품고 있다면, 감추려고 애쓴 나머지 자기의 카드를 엎어 두려고 했을 거야. 나중에 붙잡으려고 말이야. 그런데 아까의 태도는 너무나 뻔뻔스럽고 조심성이 없었어."

"그 친구들은 뻔뻔스런 수작을 걸어서 이쪽을 어리둥절하게 만들려는 속셈이야. 이런 것을 일일이 설명하는 것도 이제 싫증 나."

"아, 이건 정말 모욕이다, 모욕이야! 이제 고백하지만, 난 꽤 오래전부터 그 친구들이 그런 생각을 가지고 있다는 걸 느끼고 있었어. 그놈들의 낯짝에 침을 뱉어 줄 거야. 그것도 걸쭉한 침을! 그리고 따귀를 몇 십 대 갈겨 줘야지. 무시해 버려!"

"무시해 버리라고? 그러나 내일 심문을 받을 게 아닌가! 그 친구들을 상대로 변명을 해야 하나?"

"제기랄! 내가 포르피리를 찾아가겠어. '친척 입장'에서 모든 것을 털어놓게 하겠어. 그리고 자묘토프 따위는 벌써 이전에……."

'눈치를 챘군.' 라스콜리니코프는 생각했다.

"잠깐!" 라주미힌은 친구의 어깨를 잡고 소리쳤다. "자네는 칠장이 이야기를 묻는 것이 계략이라고 하지만 '그것'이 자네의 짓이라면 칠장이 모습을 보았다고 자네가 말할 리가 없지 않은가!"

"만일 그게 내 짓이라면 나는 틀림없이 칠장이와 그들이 일했던 방을 보았다고 했을걸." 라스콜리니코프는 눈에 띌 만큼 혐오스런 얼굴로 말했다. "시골뜨기나 경험이 없는 초범이 아닌 바에야 누가 신문에 난 것을 모른다, 아니다라고 잡아떼겠나. 노련한 사람이라면 어쩔 수 없는 사실은 인정하고, 사실과 거리가 먼 의미를 준 다음, 전혀 다른 것으로 꾸며서 생각지도 않은 특징을 붙이는 것이지."

"하찮은 일로 뒤집어쓸 뻔했군!"

"교활한 인간은 가장 하찮은 것에 걸리는 거야. 포르피리는 자네가 생각하는 정도로 바보가 아닐세."

"그렇다면 비겁한 녀석이야!"

라스콜리니코프는 웃지 않을 수 없었다. 하지만 그 순간 그는 마지막 설명을 할 때 힘이 솟고 흥이 나는 것이 이상했다. 두 사람은 이미 바칼레예프의 하숙집 입구까지 와 있었다.

"혼자서 가게. 나도 곧 돌아올 테니까." 갑자기 라스콜리니코프가 말했다.

"마음대로 하게. 나도 곧 갈 테니까!"

"아니, 자네마저 나를 괴롭히려는가!" 라스콜리니코프가 소리쳤다.

친구의 눈에서 초조감과 절망의 빛을 본 라주미힌은 단념했다. 그는 포르피리를 만난다면 레몬처럼 쥐어짜 버리고 싶었다.

라스콜리니코프는 생각에 잠긴 채 대문 앞으로 갔다. 그러다가 "저기, 저 사람입니다!" 하는 큰 소리가 들려서 그는 얼른 고개를 들었다.

관리인이 자기 방 문간에 서서 몸집이 작은 누군가에게 그를 지적해 주고 있었다.

"무슨 일이오?" 라스콜리니코프가 소리쳤다.

"지금 저 사람이 댁의 이름을 대면서 여기에 이런 대학생이 살고 있느냐고 묻고 있을 때 댁이 내려왔습니다. 그랬더니 그냥 가버렸소."

라스콜리니코프가 뒤를 쫓아가 보니 바로 거리 저쪽으로, 고개를 푹 숙이고 천천히 발을 옮겨놓는 사내가 보였다. 직공 같은 모습이었다.

"당신이죠? 관리인에게 나에 관해 물은 사람이? 일부러 찾아왔으면서…… 그렇게 아무 말도 하지 않는 것은…….." 라스콜리니코프의 목소리는 또렷한 발음이 되어 나오지 않았다.

사내는 눈을 들어 음침하게 기분 나쁜 눈초리로 라스콜리니코프를 뚫어지게 바라보았다.

"살인자!" 그는 낮으면서도 분명한 소리로 말했다.

라스콜리니코프는 갑자기 발에 힘이 빠지며 등골이 오싹해졌다. 그런 채로 두 사람은 나란히 아무 말 없이 100걸음가량 걸어갔다.

"지금 무슨 소릴 하는 거요? 누가 살인자란 말입니까?"

"누구긴, 네가 살인자지!" 사내는 증오스러운 미소를 보이며 말했다.

라스콜리니코프는 무거운 발걸음으로 무릎을 덜덜 떨면서 자기 방으로 올라갔다.

잠시 후 라주미힌의 말소리가 들렸기 때문에 그는 눈을 감고 자는 척했다.

"방해가 안 되도록 해요. 푹 자게 두세요." 나스타샤가 속삭였다.

"그것도 좋겠군." 라주미힌이 말했다.

두 사람은 조심스럽게 바깥으로 나가 문을 닫았다. 그리고 30분가량 지났을 무렵 라스콜리니코프는 눈을 뜨고, 다시 반듯하게 누워 양팔을 뒷머리에 괴었다.

그 땅 밑에서 솟은 것 같은 사내는 누굴까? 왜 그 녀석은 이제야 나타났을까? 그리고 어쩌다 그 녀석한테 들켰을까?

그는 노파 따윈 아무것도 아니라고 생각했다. '노파는 질병에 불과해. 나는 어서 뛰어넘고 싶다. 나는 사람을 죽인 게 아니라 원칙을 죽였다. 나는 그걸 뛰어넘지는 못하고 제자리에 머물러 있다. 할수 있었던 것은 살인뿐이다! 난 다만 푼돈을 호주머니에 넣어가지고 배를 곯고 있는 어머니를 못 본 체하고 살아가기가 싫은 것뿐이다. 에이, 빌어먹을! 나는 미학적인 이(蝨)다.' 갑자기 그는 미친 사람처럼 웃었다.

'그렇다! 나는 정말 이다!' 그는 삭막한 기쁨을 맛보며, 자신이 이라는 생각에 매달려 그것을 파헤치기도 하고 노리개로 삼기도 하고, 그렇게 함으로써 스스로를 위안했다. 이런저런 이유로 나는 이가 분명하다! 그건 첫째로 내가 이라는 것을 지금 이렇게 논하고 있기 때문이며, 둘째로 꼬박 한 달 동안 하느님을 증인으로 불러내어, 내 이 사업이 절대로 육욕과 색욕 때문이 아니라 훌륭하고 흐뭇한 목적을 위해서라고 신을 증인으로 괴롭혔다는 점이다. 셋째로 실행함에 있어서 가능한 한 정의를 지키기 위해 무게와 척도를 재고, 숫자를 사용해 모든 이 가운데서 제일 무익한 놈을 골라내어 그것을 죽여서 내 장래에 필요한 만큼만 알맞게 취하려 했다. 그러니까 나는 결국 이다. 그는 이를 악물며 생각을 확장시켰다. 어쩌면 나 자신이 살해된 이보다 더 추악하고 구역질나는 존재인지도 모른다. 그리고 죽인 다음에 틀림없이 이렇게 푸념하리라고 예감을 했다. 사실 이렇게 무서운 게 또 있을까? 전에는 어머니와 누이동생을 정말 사랑하고 있었다. 그런데 지금은 이렇게 미워하고 있으니, 어찌 된 영문일까? 그러나 리자베타가 가엾다. 왜 그녀는 그곳에 왔을까? 리자베타! 소녀! 그 두 사람은 순수한 눈을 가진 가엾고 온순한 여자들이다.

라스콜리니코프는 수심으로 가득 싸여 걷고 있었다. 그가 걸음을 멈추고 보니, 거리의 반대쪽의 인도에 누군가가 서서 그를 손짓해 부르고 있었다. 그래서 거리를 건너 그 사람에게 가려고 하자, 그 사람은 방향을 바꾸어 걷다가 아무 일도 없다는 듯이 고개를 숙이고 뒤돌아보지도 않고, 언제 그를 불렀냐는 듯한 태도를 취했다. 라스콜리니코프는 열 걸음도 가지 않았는데, 언뜻 보니 아까의 그 직공으로, 똑같은 실내복 차림에 등이 둥글게 굽은 모습을 하고 돌아볼 생각을 하지 않았다. 그는 어떤 건물의 문으로 들어갔다. 라스콜리니코프는 그 뒤를 쫓아갔다. 아니나 다를까, 두 계단쯤 올라갔을 때 누군가의 천천히 걷는 규칙적인 발소리가 들려왔다.

이제 3층이다. 어럽쇼! 이건 그 직공이 페인트칠을 하던 방이다. 현관은 캄캄하고 텅 비어 있는 데다 뭔가를 실어 나른 뒤 같았다. 그는 가만히 발뒤꿈치를 들고 객실로 들어갔다. 방 안은 모든 것이 그대로였다. 마침 그때, 방구석의 작은 선반과 창 사이의 벽에 걸려 있는 부인용 코트 같은 것이 눈에 띄었다. 라스콜리니코프가 조심스레 그 코트를 젖혀보니 그곳에 의자가 있고, 그 구석 의자에 몸집이 작은 노파가 혼자 앉아 있었다. 그는 잠시 그녀를 내려다보며 서 있었다. '무서워하고 있구나!'라고 그는 생각하고 가만히 도끼를 고리에서 빼내어 노파의 관자놀이를 향해 한 번, 두 번 내리쳤다. 그리고 밑에서 얼굴을 들여다보았다. 그 순간 그는 새파랗게 질렸다. 노파는 앉은 채로 웃고 있었던 것이다. 노파는 온몸을 흔들며 웃는 것이었다.

라스콜리니코프는 갑자기 뛰려고 했으나 현관이 사람으로 가득 차 있었다. 그의 심장은 오므라들고 발은 땅에 박힌 것처럼 움직이지 않았다. 그는 힘겹게 숨을 몰아쉬었다.

문지방 위에는 낯선 사내가 가만히 바라보고 서 있었다. 라스콜리니코프는 눈을 다시 감고 말았다. 이건 그 꿈의 연속일까, 아닐까? 낯선 사내는 그 자리에 선 채 계속 그를 보고 있었다.

라스콜리니코프는 갑자기 벌떡 소파에서 일어나 앉았다.

"자, 말해 보세요? 뭐가 필요합니까?"

"아, 저는 당신이 자고 있는 것이 아니라 자는 체하고 있는 것을 알고 있지요." 낯선 사내는 부드럽게 웃으면서 묘한 대답을 했다. "제 소개를 하겠습니다. 저는 아르카지 이바노비치 스비드리가일로프입니다."

제 **4** 부

1

"스비드리가일로프 씨? 그럴 리가!" 라스콜리니코프는 마침 내 여우에 홀린 기분으로 소리를 내어 말했다.

손님은 전혀 놀라는 기색이 없었다.

"나는 두 가지 이유가 있어서 여기에 찾아온 겁니다. 첫 번째는 당신을 가까이 하고 싶었기 때문입니다. 오래전부터 아주 흥미 있 는 소문을 많이 듣고 있었기 때문이죠. 또 하나는, 누이동생이신 로 마노브나와 직접 관계가 있는 문제로 당신의 도움을 받고 싶었기 때문입니다."

"그건 잘못 생각한 겁니다."

"그분들은 어제 페테르부르크로 상경하셨지요?"

라스콜리니코프는 대답하지 않았다.

"저도 어제 상경했습니다. 그 일에 대해 한 가지 말하고 싶습니 다. 변명은 필요 없다고 생각하지만, 저도 이 정도의 말은 해야겠습 니다. 그 문제에 대해 편견 없이 판단해 볼 때 제가 왜 범죄자입니 까?"

라스콜리니코프는 아무 말 없이 상대를 관찰하고 있었다.

"자기 집에 데리고 있는 처녀에게 '추잡하게 구애를 해서 처녀를 모욕했다.'고 생각하시죠? 그렇죠? 나도 인간이니 사랑에 빠질 수도 있습니다. 문제는 내가 악당인지 희생자인지 하는 점에 있습니다. 내가 어째서 희생자냐 하면, 상대에게 함께 미국이나 스위스로 도망치자고 했을 때, 그때 그녀를 존경하는 마음을 가졌고, 그보다도 서로의 행복을 이루려고 한 것인지도 모르지 않습니까? 이성이란 정열의 노예니까요. 그 일로 나는 나 자신을 망쳤단 말이오."

"아니, 그런 건 문제가 아닙니다." 라스콜리니코프는 혐오스런 투로 말을 가로막았다. "당신이 옳건 그르건 간에 저는 당신이 싫습니다."

스비드리가일로프는 갑자기 큰 소리로 웃어댔다. "역시 말려들지 않는군요. 난 속여 보려고 했는데, 당신은 의젓하게 문제의 핵심에 들어와 있군요."

"그렇게 말하면서도 당신은 역시 속이려고 합니다."

"그럼 어때요?" 스비드리가일로프는 웃어대면서 되풀이했다. "이건 소위 정정당당한 싸움이라는 것으로, 얼마든지 통할 수 있는 수단입니다. 그 정원에서의 일만 없었다면 아무런 일도 일어나지 않았을 것입니다. 마르파 페트로브나는……."

"그 마르파 페트로브나는 당신이 몹시 괴롭히다 때려 죽였다고들 하던데요?" 라스콜리니코프는 거친 말투로 상대의 말을 가로막았다.

"오, 당신도 그 이야기를 들으셨습니까? 그 질문에 대해선 뭐라 답변하면 좋을지 모르겠군요. 검시 결과, 음식을 잔뜩 먹고 포도주를 한 병이나 마신 직후에 목욕을 했기 때문에 생긴 뇌졸중이라고 했어요. 나는 그…… 재앙을 발생시킨 어떤 행위도 저지르지 않았습니다."

라스콜리니코프는 웃었다.

"도대체 뭐가 우습습니까? 생각해 보세요. 내가 채찍으로 때린 것은 단 두 번뿐이며, 상처 하나 나지 않았어요. 제발 나를 수치도 모르는 인간으로 생각지 마십시오. 당신의 누이동생에 대한 이야기도 소진될 대로 소진되어서 아내도 삼 일 동안이나 집에 틀어박혀 있었습니다. 거리에 가지고 나갈 이야기가 없어지고, 편지를 가지고 돌아다니는 것도 싫증이 난 거지요. 그러던 참에 하늘에서 떨어진 것같이 그 두 번의 채찍질 사건이 일어난 거죠. 당신은 아십니까? 인간은 모욕당하는 것을 좋아한다는 사실을?"

라스콜리니코프는 잠시 일어나서 방을 나감으로써 이 면담을 끝내려고 생각했지만, 약간의 흥미와 타산적이라고 할 수 있는 생각이 함께 솟아나서 그를 잠시 멈춰 세웠다.

"당신은 싸움을 좋아하십니까?" 라스콜리니코프는 넌지시 물었다.

"아니, 별로요. 아내하고도 싸움은 별로 한 적이 없습니다. 채찍을 사용한 것도 부부 생활 칠 년을 통해 단 두 번뿐이었습니다." 스비드리가일로프는 침착하게 대답했다.

라스콜리니코프가 볼 때 이 사내는 뭔가 교활한 속셈이 있는 것이 틀림없었다. "당신은 요 며칠 동안 누구와도 말을 하지 않은 모양이군요?"

"그런 셈이지요."

"난 당신이 너무나 호인인 데 놀랐습니다."

"그건 당신의 거친 질문에도 화를 내지 않았기 때문인가요? 그렇지요? 내가 보기에 당신도 어쩐지 이상한 사람 같군요. 당신의 눈에는 내가 곰처럼 보일지 모르지만 전 그렇게 미련한 사내가 아닙니다."

"당신은 전혀 곰 같은 사내가 아닌지도 모릅니다." 라스콜리니코프가 말했다. "당신은 상류 사회 인사이거나 기회가 오면 뛰어난 일을 할 사람처럼 보입니다."

"그런데 나는 사람들의 의견에는 관심이 없는 사람입니다." 스비드리가일로프는 교만을 떨며 대답했다. "저는 사람들이 속물이어도 좋다고 생각합니다. 이 속물이라는 옷은 우리나라 기후에서 아주 편하지요." 그러고는 웃어댔다.

"제가 듣기로 당신은 이곳에 많은 친구가 있다고 하던데요. 당신은 소위 '연줄이 많은' 사람이 아닙니까?"

"당신이 말하는 대로 친구는 있습니다. 우리는 농노 해방에 아무 피해도 입지 않았습니다. 숲과 초원에 수량이 넉넉해서 실수입은 감소되지 않았어요. 그런데 어째서 이런 도시가 우리나라에 생겼을까요? 여긴 관리와 여러 종류의 신학생을 위한 도시입니다. 하긴 팔 년 전에 이 도시에서 살고 있었을 때는 여러 가지 느끼지 못했던 것도 있었지만……. 지금 제가 희망을 가지고 있는 것은 해부학 정도입니다. 정말 그렇습니다."

"해부학이라니요?"

"그 각종 클럽이라든지, 뒤소의 레스토랑이라든지, 당신들이 좋아하는 산책로라든지, 그리고 또 한 가지 진보적인 것을 넣으면, 그것이 바로 해부학이지요. 그러나 우리는 이런 것과 관계가 없으니 그대로 두어도 무방하지만요." 그는 질문을 무시하고 얘기를 계속했다. "그리고 사기 도박꾼이 되는 것도 어떨까 생각합니다만."

"사기 도박꾼 노릇을 한 적이 있습니까?"

"왜 없었겠습니까? 팔 년쯤 전에 깍듯한 예의를 알고 있는 좋은 친구를 사귀어 즐겁게 놀았지요. 하지만 얼마 못 가 빚 때문에 감옥에 들어갈 뻔했어요. 상대는 네쥔에 있는 그리스 사람이었지요. 그때 마침 마르파가 나타나서 제 몸값으로 은화 삼만 루블을 빌려준 것입니다. 그래서 저는 그녀와 정식으로 결혼했지요. 그런데 그녀는 차용증서, 즉 삼만 루블의 증서를 다른 사람 명의로 보관하고 있었어요. 그래서 내가 조금이라도 배반하는 기미를 보이면 곧 그 일을 들추어냈지요. 그런 일 정도는 서슴지 않고 하는 여자였지요."

"그럼 그 증서만 없었다면 당신은 도망쳤겠군요?"

"아니, 나는 차용증서 따위에 속박당하지 않았습니다." 스비드리가일로프는 생각에 잠긴 음성으로 말을 이었다. "마르파는 내 영명일 축일에 그것을 돌려주었지요. 그럭저럭 일 년이 되는데, 아내가 나에게 그 차용증서를 돌려주고 거기에다 막대한 돈을 붙여주었어요. 그 여자는 상당한 자산가였으니까요. 그러고는 '이제 제가 당신을 얼마나 사랑하고 있는지 알겠지요?'라고 말했어요. 그러나 당신은 이 사실을 믿을 수 없겠지요? 나는 지금 시골에서 지주가 되었습니다."

"당신은 아내를 그리워하고 있군요."

"내가? 그럴는지도 모르지요. 한데 당신은 유령을 믿습니까?"

"믿지 않는다고 할 수 있겠지요. 정확하게 믿지 않는다는 말과는 좀 다르지만……." 라스콜리니코프는 잠시 말을 끊었다가 다시 이었다. "그럼 당신은 유령의 존재를 믿는다는 말입니까? 나타나기라도 했습니까?"

스비드리가일로프는 묘한 눈초리로 상대를 보았다. "아내가 찾아오지요. 왔다가는 잠시 떠들고 문으로 해서 돌아갑니다."

"어쩐지 나는 당신에게 그런 일이 꼭 일어날 것 같다고 생각했습니다." 라스콜리니코프는 문득 이런 말을 했는데, 몹시 흥분해 있었다.

"정말 그랬습니까? 혹시 내가 말한 것 아닙니까?" 스비드리가일로프는 이상한 듯 물었다.

"당신은 그런 말을 한 번도 하지 않았어요!" 라스콜리니코프는 펄쩍 뛰면서 단호히 말했다.

"말한 것 같은데요. 아까 이 안으로 들어서 당신이 눈을 감고 누운 채 잠자고 있는 시늉을 하고 있는 것을 보았을 때, 나는 '이 사람이 그 사내로구나.'라고 혼잣말을 했지요."

"그 '그 사내'라는 것은 뭘 뜻하는 겁니까?" 라스콜리니코프가 큰 소리로 물었다.

"나도 무슨 말인지 모르겠습니다."

"엉터리 같은 소릴 다 하는군요!" 라스콜리니코프는 화가 나는 듯 소리쳤다. "그래서 부인이 나타나 당신에게 무슨 말을 했나요?"

"아내 말입니까? 아주 쓸데없는 소리만 합니다. '당신은 오늘 바빠서 식당의 시계에 밥을 주는 일을 잊으셨군요.' 하고 말하더군요. 그 시계는 칠 년 동안 계속, 매주 내 손으로 태엽을 감아왔고 내가 잊어버리면 반드시 아내가 주의를 주었던 것입니다. 그다음 날 나는 이곳으로 떠나온 겁니다. 그러고는 새벽녘에 정거장 식당으로 가서 커피를 들고 언뜻 보자 아내가 어느새 한 벌의 트럼프를 들고 내 곁에 앉아서, '당신에게 여행점을 쳐드릴까요?' 하지 않겠어요? 놀라서 도망을 쳤는데, 그때 마침 발차벨이 울렸지요. 그리고 오늘은 식사 후 무거운 배를 움켜쥐고 앉아서 담배를 피우고 있는데 갑자기 아내가 아주 멋을 내며 들어왔어요. '안녕하세요! 이 옷을 당신이 좋아하실지 모르겠어요. 아니시카가 지은 거예요.' 하는 겁니다. 아니시카란 농노 출신의 재봉사로서 모스크바에서 공부하고 돌아온 귀여운 처녀입니다. 나는 가만히 상대의 얼굴을 보고, '당신 그런 일로 내 앞에 나타나다니, 심심한 모양이군.' 하고 말하자, '어머, 당신 약간 방해를 해도 좋지 않아요?' 하더군요. 그래서 나는 골려주고 싶은 생각이 들어, '마르파, 나는 결혼하려고 하는데.'라고 말하자, '그건 당신 마음대로지만, 죽은 아내의 장례식을 치르기가 바쁘게 다시 결혼하다니요.' 그러고는 나가버렸어요. 정말 어처구니가 없는 일 아닙니까, 네?"

"한데 당신 얘기는 믿을 수 있는 얘긴가요?"

"나는 빈말은 하지 않아요."

"그런 일이 있기 전에는 한 번도 유령을 본 적이 없었습니까?"

"본 일이 있습니다. 6년 전에 딱 한 번! 우리 집에 필카라는 하인이 임종해 장사 지낸 직후에, 깜빡 잊고 '필카, 파이프를 주게!' 하고 소리치자 그 친구가 들어와서 내 파이프가 놓여 있는 선반 쪽으로 가려고 했지요. 나는 앉은 채로, '이 녀석이 나에게 복수하러 온 거로구나.' 하고 생각했지요. 죽기 전에 둘이서 지독히 싸웠거든요. 그래서 내가 '너는 누더기를 입고 잘도 왔구나! 나가, 이 건달 같은 놈!' 하고 말하자, 돌아서서 나가버린 뒤로는 두 번 다시 나타나지 않았어요."

"의사에게 가보는 게 좋겠군요."

"그건 말하지 않아도 알고 있습니다."

"나는 유령의 존재를 믿지 않습니다." 라스콜리니코프가 말했다.

"사람들은 이렇게 말하겠지요. '너는 환자다. 너의 눈에 비치는 것은 실재하지 않는 환상에 지나지 않는다.'라고 말입니다. 그러나 그것에 대한 엄밀한 논리 같은 것은 없습니다. 유령이 환자에게만 나타난다는 것에는 나도 동의합니다. 그러나 유령이 환자에게만 나타난다는 데 증명은 되어도, 유령 같은 것이 존재하지 않는다는 증명은 할 수 없지요."

"물론 존재하지 않습니다!" 라스콜리니코프는 화가 나는 듯 강력히 자기의 주장을 되풀이했다.

"존재하지 않는다고요? 그럼 이렇게 생각해 보면 어떨까요? '유령이란 것은 내세의 작은 파편이다. 따라서 건강한 인간에겐 그런 것이 보일 리가 없다. 그러나 병에 걸려서 질서가 깨지면, 즉시 별세계가 보일 가능성이 나타나서, 병적으로 되면 될수록 별세계와의 접촉도 많아진다. 이리하여 인간이 완전히 죽었을 때는 그대로 별세계로 옮겨가는 것이다.'라고 나는 예전부터 생각하고 있습니다."

"저는 내세 같은 건 믿지 않습니다." 라스콜리니코프는 말했다.

라스콜리니코프의 말에 스비드리가일로프는 잠시 침묵했다가 다시 입을 열었다. "그렇지만 만일 그곳에 거미나 그런 것밖에 없다면 전 영원이라는 것은 한낱 이해할 수 없는 사상, 뭔가 어이없이 거창한 것이라고 상상을 하고 있었어요. 그런데 그것이 반드시 거대해야만 합니까? 차라리 시골 목욕탕 같은 조그만 방만 있고, 그 구석에는 거미가 가득하다, 이것이 영원이라는 거다, 이렇게 상상해 보십시오. 나는 가끔 그런 것이 눈앞에 떠오를 때가 있습니다."

"당신은 좀 더 정상적인 상상은 전혀 떠오르지 않습니까?" 라스콜리니코프는 고통스러운 기분이 되어 소리쳤다.

"정상적이라고요?" 스비드리가일로프는 모호한 미소를 지으면서 대답했다.

그의 대답을 듣는 순간, 라스콜리니코프는 소름이 끼쳤다. 스비드리가일로프는 머리를 들고 가만히 상대를 보고 있다가 갑자기 큰 소리로 웃어댔다.

"아니, 이것 참 묘하군! 약 30분 전만 해도 우리는 서로 얼굴을 본 일도 없었는데, 지금은 적대시하는 사이로 변하다니! 아직 우리 사이에는 해결되지 않은 문제가 남아 있습니다. 그런데 그 문제를 제쳐놓고 이런 문학 논쟁을 하고 있다니요!"

"제발 부탁이니, 왜 이곳에 왔는지 말씀하십시오. 나는 급한 볼일이 있어서 집을 나가야 합니다." 라스콜리니코프는 초조하게 말했다.

"당신 누이동생이 루진 씨와 결혼하려고 마음먹고 있지요? 당신은 루진 씨에 대해 이미 어떤 결론을 내렸을 줄로 압니다. 그 사내는 라스콜리니코바 양과는 어울리지 않습니다. 그래서 여러 가지로 알아보고 결론을 내린 결과, 만일 이 결혼이 아무런 손해 없이 파혼될 수 있다면, 당신도 매우 만족할 것이라고 판단했습니다."

"그것은 뻔뻔스런 생각입니다. 아니, 실례가 되더라도 할 말은 해야겠습니다." 라스콜리니코프는 말했다.

"자신의 이익만을 챙기려 한다고 생각하시는군요. 나도 근본적으로 바보가 아니오. 이 일과 관련되어 있는 복잡한 심리적 현상을 당신에게 털어놓을까요? 아까 당신 누이동생에 대한 내 감정을 변명할 때, 나는 내가 희생자라고 했어요. 하지만 한 가지 알아주셨으면 하는데, 지금은 당신 누이동생에게 애정 따위를 전혀 느끼지 않습니다."

"그건 당신이 게으르고 타락했기 때문입니다." 라스콜리니코프는 그의 말을 가로막았다.

"확실히 나는 게으르고 타락한 인간입니다. 그러나 당신의 누이동생은 많은 장점을 가지고 있기 때문에 감명을 받았던 것입니다. 그러나 그런 것은 모두 헛된 일이라는 것을 지금은 나도 똑똑히 알고 있습니다. 결정적으로 확신한 것은 그저께 페테르부르크에 도착한 순간이었습니다. 그런데 모스크바에 있었을 때만 해도 당신 누이동생에게 결혼을 신청해, 루진 씨와 경쟁하려고 했었죠."

"제발 나를 찾아온 목적을 말해 줄 수 없겠습니까?"

"그럼, 그렇게 하지요. 전 페테르부르크로 와서…… 여행을 떠나려고 생각했기 때문에 필요한 조처를 해버리고 싶었던 것입니다. 아이에겐 모두 제각기 재산을 분배했으니까, 제가 별 필요가 없습니다. 나 같은 것은 아비가 될 자격도 없으니까요! 내가 지금 바라는 것은 당신의 중재로 라스콜리니코바 양을 만나고 싶습니다. 그래서 그녀에게 루진 씨와 결혼하면 이득이 있기는커녕 반드시 손해를 볼 거라는 것을 설명하고 싶습니다. 그리고 전에 여러 가지로 폐를 끼친 것에 대해 사과하고 누이동생에게 1만 루블을 드리겠습니다. 그것은 루진 씨와 파혼하면서 입는 손해를 메워주려는 나의 성의입니다."

"정말 당신이야말로 미치광이로군!" 라스콜리니코프는 어이가 없다는 듯 소리쳤다.

"당신이 화를 낼 줄 미리 알고 있었습니다. 그러나 저는 큰 부자는 아니지만, 1만 루블 정도야 부담 없는 돈입니다. 라스콜리니코바 양이 받지 않는다면 나는 정말 엉뚱한 곳에 쓸 겁니다. 나에게는 꿍꿍이속이 전혀 없습니다. 오직 당신의 누이동생에게 좋은 일을 해드리고 싶다는 생각뿐입니다. 나의 제안 가운데 털끝만큼이라도 타산적인 것이 있다면 1만 루블 정도를 들고 오지는 않았을 것입니다." 스비드리가일로프는 아주 냉정하게 말했다.

"부탁이지만 그만둡시다." 라스콜리니코프가 말했다. "하여튼 용서할 수 없는 뻔뻔스런 부탁입니다."

"당신 주장대로라면 이 세상에서 인간에 대해 할 수 있는 것은 악행뿐이고, 반대로 형식주의 때문에 약간의 선행도 할 수 없다는 말이 됩니다. 그건 정말이지 어처구니없는 일이에요. 가령 내가 죽게 되어 유언으로 이 돈을 누이동생에게 증여한다 해도, 누이동생은 받기를 거절할까요? 하여튼 지금 내가 말한 것을 누이동생에게 전해 주십시오."

"전하지 않겠어요."

"당신은 끝내 나를 이해하지 못하는군요."

"당신은 이 일로 우리 둘 사이가 좀 더 친밀해질 거라고 생각하고 있습니까?"

"어째서 그럴 수가 없다고 단언합니까? 나도 실은 당신의 도움을 받을 생각은 없었습니다. 한데 아침엔 당신을 보고 놀랐습니다."

"아침에 어디서 날 보았다는 겁니까?" 라스콜리니코프는 불안감을 느끼며 물었다.

"우연히 보았습니다. 한데 당신은 어딘가 나와 비슷한 데가 있다는 기분이 들었습니다. 옛날 센나야의 바젬스키(부랑자의 휴식처)에서 묵은 일도 있으며, 어쩌면 베르그와 함께 기구를 탈지도 모르는 일입니다."

"그야 좋습니다. 당신은 여행이라도 떠납니까?"

"여행! 당신이 진정한 여행의 뜻을 아시는지……. 나는 어쩌면 여행을 떠나는 대신 결혼할지도 모릅니다. 혼담이 오가는 사람이 있으니까요."

"언제 그렇게 되었습니까?"

"그야 그렇고, 라스콜리니코바 양을 꼭 한번 만나보고 싶습니다. 누이동생에게 이렇게 전해 주십시오. 아내의 유언장 속에 삼천 루블의 수취인으로 당신의 누이동생 이름이 적혀 있다고요. 이건 틀림없는 이야깁니다. 아내는 죽기 일주일 전에 그런 조치를 취했지요. 이삼 주 있으면 당신 누이에게 그 돈이 도착할 겁니다."

"그게 정말이오?"

"참말입니다. 그렇게 전해 주십시오. 그럼 이만 실례합니다. 저는 바로 저기에 묵고 있습니다."

그 순간 스비드리가일로프는 문에서 라주미힌과 마주쳤다.

2

시간은 벌써 여덟 시가 가까웠다. 두 사람은 바칼레예프의 하숙집으로 급히 달려갔다. 루진보다 먼저 닿으려는 것이었다.

"여보게, 도대체 저자는 누군가?" 라주미힌이 거리로 나왔을 때

물었다.

"스비드리가일로프야. 내 누이동생이 그 집의 가정교사로 있을 때 몹시 못되게 굴던 그 지주라고. 정말 이상한 사내야. 자네는 그자의 얼굴을 보았나?" 라스콜리니코프는 잠시 잠자코 있다가 물었다.

"보고 말고! 똑똑히 기억해 두었네."

다시 그들은 침묵 속에 빠졌다.

"흠…… 그렇군. 한데 여보게, 나는 언뜻 그런 느낌이 들었어. 아무래도 이 모든 게 환상일 수 있다고!"

"무슨 소릴 하고 있는 건가? 나는 자네의 말을 전혀 알아들을 수 없군."

"자네들은 늘 말하지 않았는가, 나를 미치광이라고. 그래서 나도 그런 기분이 든 거야."

"아, 로쟈! 또 머리가 이상해졌군. 그자와 도대체 무슨 얘기를 하고 있었나? 무슨 일로 왔어?"

라스콜리니코프는 대답을 하지 않았다.

"아까 자네에게 왔더니 자고 있더군. 그래서 식사를 마치고 포르피리를 찾아갔지. 자묘토프 녀석, 역시 포르피리한테 있더군. 나는 포르피리를 창가로 끌고 가서 얘기했지만 왜 그런지 말문이 막히는 거야. 나도 그쪽도 딴전을 피우는 것 같았어. 마침내 그 녀석의 코끝에 주먹을 들이대고, 친척의 한 사람으로서 때려주겠다고 했지. 그런데 그 녀석은 나를 힐끔 바라볼 뿐이었어. 그냥 침을 탁 뱉어주고 와버렸지. 내가 자네라면 그 녀석들을 혼내주겠어."

"그건 그래." 라스콜리니코프가 대답했다.

복도에서 그들은 루진과 마주쳤다. 루진은 정각 여덟 시에 도착해 방을 찾고 있었다. 라스콜리니코바 부인은 곧 문지방까지 와서 그를 맞았고, 두냐는 오빠와 인사를 나누었다.

루진은 안으로 들어서면서 전보다 더 점잔을 빼며 여인들에게 인사를 했다. 라스콜리니코바 부인도 어쩔 줄 몰라 하며, 사람들을 사모바르가 끓고 있는 둥근 테이블을 둘러싸고 앉게 했다.

루진은 향수 냄새가 풍기는, 대마로 만든 손수건을 꺼내 코를 풀었다. 그 모습은 덕망이 있는 사나이다운 데도 있었지만 손상된 자기 위엄에 대한 해명을 들으려고 굳게 마음먹은 태도도 역력히 드러났다.

"도중에 불편하신 점은 없으셨는지요?" 그는 라스콜리니코바 부인에게 점잖은 투로 물었다.

"덕분에요, 루진 씨!"

"다행입니다. 두냐 양은 피로하지 않습니까?"

"저야 괜찮지만 어머니는 몹시 고생하셨어요." 두냐가 대답했다.

"할 수 없지 않습니까? '조국 러시아'는 너무나 광대무변하니까요. 어제는 도저히 시간을 낼 수가 없었습니다."

"루진 씨, 우리는 아주 힘들었습니다." 부인은 이상한 억양으로 급히 말했다. "만일 어제 하느님 덕분으로 이분을 만나지 않았으면 정말 큰일 날 뻔했습니다. 이분이 바로 라주미힌 씨예요." 그러고는 루진에게 소개했다.

"아니, 어제 이미 만났습니다." 루진은 라주미힌에게 적의를 보이며 얼굴을 찡그렸다.

"마르파 페트로브나가 세상을 떠났어요. 들었나요?" 부인이 화제를 바꾸었다.

"물론 듣고 말고요. 스비드리가일로프가 아내의 장례식이 끝나자마자 급히 페테르부르크를 향해 떠났다는 걸 알고 있습니다. 적어도 제가 얻은 가장 정확한 정보는 그렇습니다."

"페테르부르크에?" 두냐가 불안한 듯이 묻고는 어머니와 얼굴을 마주 보았다.

"그렇습니다. 여러 사정으로 미루어볼 때 뭔가 꿍꿍이속이 있었다는 것은 말할 것도 없습니다."

"어머! 그 사람이 여기까지 와서 두냐를 괴롭히면 어쩌지?" 라스콜리니코바 부인이 외쳤다.

"당신이나 라스콜리니코바 양이나 별로 걱정할 것이 없다고 생각합니다. 저는 지금 그 사람의 행방을 찾고 있는 중입니다."

"오, 루진 씨! 잘 모르시겠지만 당신의 그 말에 저는 깜짝 놀랐어요!" 라스콜리니코바 부인이 말했다. "제가 그 사람을 만난 건 두 번뿐이지만, 아주 무서운 사람이라는 걸 알고 있어요. 전 마르파 페트로브나가 세상을 떠난 것도 그 사람이 원인이었다고 확신해요."

"그 점에 관해서는 그렇게 단정적인 결론을 내릴 수는 없지요. 저는 정확한 정보를 가지고 있지만요. 팔 년 전에 그 사람에게 빠져서 빚을 갚아 준 적이 있는 마르파가 가엾게도 또 다른 문제도 해결해 준 것 같습니다. 시베리아로 유형을 가야 될 잔인하고 기괴하기 짝이 없는 살인 사건에 개입된 범죄자가 부인의 노력과 희생으로, 사건 초기에 용의자 선상에서 벗어난 것입니다. 그 사람의 정체는 이렇습니다.

"어머나, 끔찍해!" 라스콜리니코바 부인이 소리쳤다.

"확실한 정보를 가지고 있다고 말씀하셨는데, 정말인가요?" 두냐가 상대의 가슴에 울릴 만큼 엄격한 어조로 물었다.

"전 이 귀로, 세상을 떠난 마르파로부터 은밀히 들은 것만을 이야기하고 있습니다. 한마디 말씀드리자면, 법률가적인 견지에서 볼 때 이 사건은 상당히 모호합니다. 이 페테르부르크에 레슬리흐라고 하는 외국인이 살고 있었지요. 고리 대금업을 하기도 하고 다른 장사도 하는 여자였습니다. 지금도 살고 있는 모양입니다. 스비드리가일로프는 이 레슬리흐와 꽤 오래전부터 아주 친밀하게 지내 왔습니다. 그런데 이 여자 집에는 먼 친척 되는 처녀가 살고 있었는데, 아마 조카뻘이 되는 모양이었어요. 열다섯 살도 안 되어 보이는 그 처녀는 벙어리에다 귀머거리였지요. 이 처녀를 그 레슬리흐는 굉장히 미워해서 밥 먹는 것조차도 잔소리를 할 뿐만 아니라 잔인하다 할 만큼 때렸지요. 그러던 어느 날, 그 처녀는 방에서 목을 맨 모습으로 발견된 것입니다. 검시 결과, 자살이라고 밝혀졌지만 그 뒤에 그 처녀가 스비드리가일로프에게 갖은 능욕을 당했다고 밀고한 사람이 나타났습니다. 밀고자는 독일 여자로 신용이 없었어요. 그래서 그녀의 말은 결국 전부 거짓말이 되어버렸지요. 그러나 그 소문은 굉장히 의미심장한 것이었습니다. 물론 당신이나 두냐 양이 그 집에 계셨을 때, 육 년 전의 농노제 시절에 필카라는 하인이 고문을 당한 끝에 죽은 이야기를 들으셨을 겁니다."

"제가 들은 것은 그 정반대예요. 그 필카가 스스로 목을 맸다고 들었어요."

"그건 그래요. 그러나 스비드리가일로프 씨의 끊임없는 학대와 징벌이 그 사내를 무리하게 죽였다기보다 죽도록 만든 것이라고 할 수 있지요."

"전 그런 건 몰라요." 두냐가 퉁명스럽게 말했다. "제가 듣기로는 필카가 목을 맨 것은 스비드리가일로프 씨에게 조롱을 받은 것 때문이었지, 때려서 그런 것은 아니라는 거예요."

"당신은 그 사람의 역성을 드는군요." 루진은 엷은 웃음을 지으면서 말했다. "그 사람은 교활하고 여자를 호리는 데는 능숙한 사내죠. 그 슬픈 실례가 바로 그렇게 세상을 떠난 부인입니다. 제 생각으로는 그 사람은 또다시 채무자 감옥에 갇힐 것 같습니다. 마르파는 아이들을 생각해 그 사람에게 재산 소유권을 확보시켜주고 싶은 생각은 전혀 없었을 겁니다."

"루진 씨, 부탁입니다." 두냐가 말했다. "스비드리가일로프 씨 이야기는 이젠 그만두세요."

"그 사람은 지금 막 저한테 다녀갔습니다." 라스콜리니코프가 처음으로 침묵을 깼다.

놀라 외치는 소리가 나며 모두들 그를 바라보았다. 루진까지도 흥분한 듯했다.

"한 시간 반쯤 전에 잠들어 있는 나를 깨우고 자기소개를 했어요. 게다가 두냐, 너도 만나고 싶어 하더라. 마르파가 죽기 일주일쯤 전에 너에게 유산으로 삼천 루블을 남겨두었기 때문에 그 돈이 머지않아 너에게 전해질 거라더군."

"어머나, 고마운 일이야!" 라스콜리니코바 부인이 외치며 성호를 그었다.

"그런데 다른 이야기는 없었어요?" 두냐가 다그치듯 물었다.

"그 사람이 말하기를, 자기는 그렇게 유복하지 않고, 재산은 전부 고모에게 가 있는 아이들 것이 되어 있다더라."

"그런데 도대체 두냐를 왜 만나려 하지?" 라스콜리니코바 부인이 겁먹은 소리로 말했다.

"나중에 말하죠." 라스콜리니코프는 입을 다물고 자기 찻잔 쪽으로 주의를 돌렸다.

루진은 시계를 꺼내보았다. "볼일이 있어서 가야겠습니다." 그러고는 자리에서 일어났다.

"조금만 기다려주세요. 루진 씨, 당신은 하룻밤 묵을 생각이었잖아요. 그리고 편지에도 뭔가 어머니와 이야기할 게 있다고 했어요."

"그렇습니다, 라스콜리니코바 양." 루진은 다시 의자에 앉았으나 모자는 그대로 쥔 채 딱딱하게 말했다. "전 당신이랑 당신 어머님과 중요한 이야기를 하고 싶었어요. 그러나 당신 오빠가 제 앞에서 스비드리가일로프 씨의 얘기를 털어놓지 않은 것처럼, 저도…… 제

입장에 대해 설명하고 싶지 않습니다. 더군다나 제 부탁도 이루어지지 않았으니까요." 루진은 씁쓸한 표정을 지으며 점잖게 입을 다물었다.

"우리가 만날 때 오빠를 동석시키지 말아 달라는 부탁을 어긴 건 제가 고집을 부렸기 때문이에요. 당신이 오빠에게 모욕을 당했다고 하는데, 그렇다면 두 분이 얘기를 나누고 화해해야 옳다고 생각했기 때문입니다."

루진은 이 말을 듣자 거드름을 피우기 시작했다. "세상엔 아무리 선의를 가진 것이라 해도 잊어버릴 수 없는 모욕이란 게 있습니다. 무슨 일에든 한계를 넘어서면 돌이킬 수 없게 되고 마는 법입니다."

"제가 말한 것은 그런 뜻이 아니에요, 루진 씨! 되풀이해서 말씀드리지만, 만일 오빠에게 잘못이 있다면 오빠는 사과할 거예요."

"저는 당신을 소중히 생각하고 존중하기도 하지만, 당신 가족 중 한 사람은 절대 좋아할 수가 없군요."

"제발 진정하세요. 저는 당신에게 중대한 약속을 한 몸이에요. 한데 두 사람이 화해하지 않는다면 저는 당신이나 오빠 중 어느 한쪽을 택하지 않으면 안 됩니다. 그리고 저는 선택을 잘못하고 싶지도 않고 잘못해서도 안 됩니다."

"당신 말은 의미심장합니다. 저와 이 오만한 청년을 동등하게 생각하는 것이 얼마나 모욕적인지 생각하기도 싫습니다. 더구나 당신은 아까 저와의 약속을 깰 수도 있다고 자인했습니다. 저도 우리들 두 사람 사이의 관계와…… 의무가 존재하는 이상 한 발짝도 양보할 수가 없습니다."

"뭐라고요?" 두냐는 발끈해서 외쳤다. "당신과의 결혼을 지금까지 내 생애의 기반이 된 가족만큼이나 중요하게 생각하고 있는데, 당신은 화를 내시는 거예요?"

라스콜리니코프는 아무 말 없이 독살스레 미소를 띠었고, 라주미힌은 혐오감으로 떨고 있었다.

그러나 루진은 오히려 신명이 난 듯했다. "당신은 이제부터 남편에 대한 애정이 형제에 대한 애정을 능가해야 합니다." 그는 경구를 읽듯이 말했다. "여하간 저는 당신 오빠와 같은 선상에 놓이는 것이 싫습니다. 즉 고생을 해본 가난한 집의 처녀를 아내로 삼는다는 것이 도덕적으로도 부부간에 있어서도 옳다고 생각했기에 그렇게 말한 적이 있습니다. 한데 부인, 당신 아드님은 말의 의미를 일부러 과장해서 저에게 흥계가 있는 양 비난했는데, 제 생각으로는 부인의 편지에 그 원인이 있었던 것 같습니다. 그러니 부인께서 저를 납득시켜 주신다면 저의 오해도 풀리겠습니다. 도대체 아드님에게 보낸 편지에 어떤 내용이 있었는지 들려주셨으면 합니다."

"난 기억하고 있지 않지만……." 부인은 어물어물 대답했다. "나는 내가 이해한 대로 전했을 뿐입니다. 로쟈가 당신에게 어떻게 전했는지는 몰라도……. 이 아이가 과장해서 생각했는지도 모르지요."

"당신이 암시를 하지 않았다면 아드님께서 과장할 리가 없지 않습니까?"

"루진 씨!" 부인이 엄숙하게 말했다. "나와 두냐가 당신을 결코 나쁘게 말하지 않았다는 증거로 우리가 '여기'까지 와 있는 거예요."

"그러면 지금은 제가 나쁘다는 뜻이군요!" 루진은 화가 불끈 나서 말했다.

"여보세요, 루진 씨! 당신은 로지온을 몰아세우고 있지만, 당신도 요 앞서 보낸 편지에서 이 아이에게 없는 사실을 있었던 것처럼 쓰고 있었습니다." 부인은 기운을 내어 말했다.

"저는 그런 거짓말을 쓴 적이 없습니다."

"당신은 이렇게 썼습니다." 라스콜리니코프가 루진 쪽은 보지 않은 채 날선 목소리로 말했다. "내가 말에 밟혀 죽은 사내의 미망인에게 돈을 줬는데, 당신은 미망인이 아니라 딸에게 줬다고 썼소. 당신이 그렇게 거짓말로 쓴 것은 나와 가족 사이를 이간질시키려고 한 짓이오."

"실례지만 당신, 그 편지 속에서 당신의 성질이나 행동을 언급한 것은 당신 누이동생과 어머니의 부탁을 받았기 때문이오. 내가 당신을 방문했을 때 어떠했는지, 내가 어떤 인상을 받았는지를 알려 달라는 것이었습니다. 잘못된 부분이 있으면 말해 보시오." 루진은 분노에 몸을 떨면서 대답했다.

"내 생각으로 당신은 자신의 장점을 총동원한다 해도, 당신이 지금 돌을 던지고 있는 그 불행한 처녀의 새끼손가락만큼도 값어치가 없어요."

"그러면 당신은 그 여자를 당신의 어머니랑 누이동생과 자리를 같이 하게 할 각오로군요?"

"알고 싶다면 말하지요. 그런 일은 벌써 했습니다. 나는 어제 그 처녀를 어머니와 누이동생과 한자리에 앉혔습니다."

두냐는 얼굴을 붉히고 라주미힌은 얼굴을 찌푸렸다. 루진은 독살스럽고 오만한 미소를 띠었다.

"두냐 양, 이러니 화해가 될 리 있습니까? 이것으로 이 문제는 영원히 끝났고, 확실히 해명되었다고 생각합니다. 그럼 저는 육친들의 즐거운 대면과 비밀 얘기에 방해가 되지 않도록 이만 실례하겠습니다. 한데 부인, 당신에게 특별히 부탁하고 싶은 것이 있습니다. 저의 편지는 다른 사람이 아닌 당신에게 보낸 것이었어요."

부인은 다소 화가 난 것 같았다. "아니, 당신은 우리를 완전히 마음대로 좌지우지하려는 것 같군요, 루진 씨. 이런 말을 하면 당신은 화가 나겠지만, 지금의 당신은 우리에게 특별히 친절하고 관대하게 대해야 할 입장이라고 생각하는데요?"

"아니, 정말 부당합니다. 때맞춰 들어온 스비드리가일로프 부인의 삼천 루블 얘기가 나온 지금, 저에 대한 말투가 변한 것을 보면 말입니다."

"그리고 보니 당신은 우리의 의지할 곳 없는 처지를 맘껏 이용하려 했던 것 같군요." 두냐가 화가 난 듯이 말했다.

"적어도 지금은 그럴 생각이 전혀 없어요. 더욱이 스비드리가일로프가 당신 오빠에게 전권을 위임한 비밀 제안의 전달에 방해가 되고 싶지 않으니까요. 제가 보기에 그 제안은 당신에게 중요한 의미를 가지고 있는 것 같군요."

"오, 이럴 수가!" 부인이 외쳤다.

라주미힌은 그대로 의자에 앉아만 있을 수가 없을 것 같았다.

"두냐야, 너는 이래도 부끄럽지가 않니?" 라스콜리니코프가 물었다.

"창피해요, 루진 씨, 나가주세요!" 그녀는 분노에 겨운 목소리로 외쳤다.

정략결혼의 희생물이 될 두 여인의 의지할 곳 없는 처지를 맘껏 이용하려 했던 루진은 일이 생각대로 되지 않자 새파랗게 질린 채로 바들바들 떨고 있었다. 그는 두냐에게 경고했다. "두냐 양, 지금 이런 창피한 인사말을 듣고 문을 나가면 마지막입니다. 각오해 주십시오. 저는 두 번 다시 돌아오지 않을 테니까요."

"이 뻔뻔스러운 말투 좀 봐!" 두냐는 자리를 박차고 일어서면서 외쳤다.

"두냐 양, 그렇다면 나는 항의하겠어요."

"뭘 가지고 항의하겠단 거예요?" 부인이 따지고 들었다.

"부인, 당신은 그런 약속으로 나를 묶어놓고는 이제 와서 그것을 깨고…… 저는 당신들 때문에 너무나 많은 비용을 들인 걸 아시지 않습니까?" 루진은 미친 듯 흥분해 소리쳤다.

이 마지막 하소연이 루진의 성격과 너무나 잘 들어맞았기 때문에 라스콜리니코프는 더 이상 참지 못하고 큰 소리로 웃어버리고 말았다.

"비용이라니? 설마 우리들의 트렁크 운반비를 말하는 건 아니죠? 루진 씨, 이건 말예요. 당신이 우리의 손발을 묶은 거지 우리가 당신을 묶은 건 아니에요!"

"이제 그만하세요. 어머니, 제발 그만해 주세요!" 두냐는 열을 내며 부탁했다. "루진 씨, 부탁이니 돌아가 주세요!"

"마지막으로 한마디만 하겠습니다." 루진은 자제력을 잃고 벌벌 떨면서 말했다. "당신 어머니는 완전히 잊어버린 모양인데, 나는 당신이 주위에서 소문이 아주 좋지 않았을 때 당신과 결혼하려고 했습니다."

"오! 이 녀석, 목숨이 두 개인 줄 알고 있나 봐!" 라주미힌이 의자에서 벌떡 일어서더니 당장 때릴 시늉을 하며 호통을 쳤다.

"당신은 비열하고 악한 사람이군요!" 두냐가 말했다.

"아무 말 마! 그냥 내버려둬!" 라스콜리니코프는 라주미힌을 말리며 외쳤다. 그리고 몸을 루진에게 돌려 말했다. "썩 나가시오. 더 이상 아무 소리도 말고, 그렇지 않으면……."

루진은 몇 초 동안 분노에 찬 얼굴로 가만히 그를 노려보고 있다가 마침내 등을 돌려 나가버렸다.

3

루진은 마지막 순간까지 이런 파국이 오리라고는 꿈에도 생각지 못했다. 허영심과 자만심으로 포장된 자신감 때문에 그리 된 것이었다. 사실상 그가 이 세상에서 진정 사랑하고 소중히 여긴 것은 그 무엇도 아닌 돈이었다.

"제가 나빴어요." 두냐는 어머니를 끌어안고 키스를 하면서 이렇게 말했다. "제가 그 사람의 돈에 눈이 멀었었어요. 오빠, 저를 너무 책망하지 말아주세요!"

"하느님이 구해 주셨다, 하느님이!" 부인은 그리 중얼거렸지만, 건성으로 말하는 것 같았다. 사실 그녀는 지금 일어나고 있는 일을 아직 완전히 이해하지 못하는 것 같았다.

그렇게 된 것을 모두 기뻐했고, 5분이 지났을 무렵에는 크게 웃기까지 했다. 두냐만은 아까의 일이 생각나는 듯, 얼굴이 새파래지기도 하고 양미간을 찌푸리기도 했다. 그리고 어머니는 오늘 아침까지만 해도 루진과의 결별이 무서운 불행을 안겨줄 것으로 생각했지만 상황이 달라져 의아해했다. 라주미힌은 기분이 아주 좋았다. 이런 결과에 대해 오직 라스콜리니코프만 아무 반응을 보이지 않았다.

"스비드리가일로프는 오빠에게 뭐라고 했어요?" 두냐가 그의 곁으로 와서 물었다.

"그 사람은 너에게 만 루블을 증여하겠다고 하더라. 그리고 내가 입회한 가운데 너를 한 번 만나고 싶다고도 했다."

"절대로 안 돼!" 부인이 외쳤다.

이어서 라스콜리니코프는 스비드리가일로프와의 얘기를 전했다. 그러나 마르파의 유령 이야기는 하지 않았다.

"그래서 오빠는 그 사람에게 뭐라고 대답하셨어요?" 두냐가 물었다.

"처음에 나는 너에게 아무것도 전하지 않겠다고 했다. 그랬더니 그 사내는 모든 수단을 강구해 만날 기회를 만든다는 거야. 그리고 자기가 너에게 열을 올린 것은 일시적인 잘못이고, 지금은 아무런 감정이 없다고 단언했다."

"오빠에겐 그 사람이 어떻게 보였어요?"

"솔직히 말해 잘 모르겠어. 만 루블을 준다고 하고는, 자기도 부자가 아니라는 거야. 어디로 여행을 떠나고 싶다고 했는데, 십 분이 지나니까 그렇게 말한 것을 잊어버리고 갑자기 자기는 결혼을 생각하고 있다는 둥 자기에게 중매를 서려고 하는 사람이 있다는 둥 했어. 그건 단순한 사기인지도 몰라. 그러나 아내가 죽은 것은 큰 충격이었던 모양이야."

"하느님, 죽은 부인의 영혼이 평안하길 빕니다!" 부인이 외쳤다. "두냐, 그 삼천 루블이 들어오지 않았으면 지금 우리는 어떻게 되었겠니? 하늘에서 복이 떨어진 것 같구나! 그런데 로쟈, 오늘 아침에 우리 손에는 삼 루블밖에 없었단다."

두냐는 스비드리가일로프의 제안에 충격을 받았는지 얼어붙은 듯이 가만히 서 있었다. 그러다가 부르르 몸을 떨며 중얼거렸다. "그 사람은 뭔가 무서운 것을 생각해낸 거예요!"

"나는 그 사내와 몇 번 만날 것 같다." 라스콜리니코프는 두냐를 안심시키려고 말했다.

"모두 주의합시다. 제가 그 녀석의 거처를 알아놓겠습니다." 라

주미힌이 정력적으로 떠들어댔다. "한눈을 팔지 말아야지! 로쟈가
'누이동생을 지켜 달라.'고 아까 저에게 말했습니다. 당신도 허락
해 주시겠습니까, 두냐 양?"

두냐는 미소를 머금고 그에게 손을 내밀었지만, 표정은 여전히
어두웠다.

15분쯤 지난 후, 그들의 이야기는 활기를 띠었다. 라스콜리니코
프는 주의 깊게 이야기를 들었다.

라주미힌이 환희에 들뜬 목소리로 열변을 토했다. "두 분은 왜 돌
아가려 합니까? 시골에 가서서 무엇을 하려는 겁니까? 정말 중요
한 것은 여기서 모두 함께 살며 서로 돕고 지내는 것입니다. 그리고
저를 친구로 여겨주십시오. 그렇게 지내면서 훌륭한 사업을 추진
해 봅시다. 지금 설명드리겠습니다, 사업 계획을 전부! 저희 숙부는
천 루블의 돈을 가지고 있는데, 본인은 연금으로 살고 있기 때문에
돈이 필요없습니다. 벌써 이 년 전에, 숙부께서 천 루블을 빌려 가라
고 하시면서 이자는 육 부만 달라고 했어요. 저는 그 마음을 알고
있어요. 숙부는 그저 저를 돕고 싶은 것뿐이에요. 작년에는 돈이 별
로 필요하지 않았지만, 금년에는 페테르부르크로 올라오시기를 기
다려 그 돈을 빌리기로 했습니다. 그리고 두 분이 삼천 루블 중에서
천 루블을 빌려주면 사업의 밑천이 될 겁니다. 그래서 우리는 협동
하는 겁니다."

여기서 라주미힌은 자기 계획을 설명하기 시작했다. 이 나라의 출
판업자 대부분은 자기 상품을 제대로 파악하지 못하기 때문에 손해

를 보고 있다고 했다. 이미 2년이나 출판사를 위해 일해 왔고, 3개 국어에 능통한 라주미힌이 그것의 성공을 꿈꾸고 있었던 것이다.

"왜 우리가 이 기회를 놓쳐야 합니까? 필요한 자금이 우리 손에 들어오게 되었는데요. 물론 많은 노력이 필요해요. 모두 함께 노력합시다. 지금 출판을 해서 많은 이윤을 올리고 있는 사람도 있으니까요. 왜 떡을 앞에 놓고 젓가락을 대지 않습니까? 저도 나갈 만한 책을 몇 가지 생각하고 있어요. 번역해서 낸다는 아이디어만으로도 한 권에 백 루블을 받을 수 있습니다. 판매 같은 것은 저에게 맡겨주십시오. 그런 것은 속속들이 알고 있으니까요!"

"당신의 말씀이 마음이 들어요, 드미트리 프로코피치." 두냐가 눈을 반짝반짝 빛내며 말했다.

"난 잘은 모르지만, 꽤 좋은 의견인 것 같아요." 부인도 덩달아 고개를 끄덕였다.

"오빠는 어떻게 생각하세요?" 두냐가 라스콜리니코프에게 물었다.

"회사를 차린다는 걸 생각해 본 일은 없지만, 성공할 거라고 믿어."

"만세!" 라주미힌이 환성을 올렸다. "잠깐, 이 건물에 주인이 같은 빈방이 하나 있어요. 이건 독립된 외딴방인데, 이쪽 방과는 막혀 있어요. 가구가 딸려 있고 값도 싼 데다 방은 작지만 공간이 세 칸이나 되죠. 우선 그걸 얻읍시다. 그러면 모든 게 잘될 겁니다. 중요한 것은 당신들 셋이 같이 산다는 것입니다. 로쟈도 함께……. 이봐, 자네 어디 가나, 로쟈?"

"어머, 로쟈? 벌써 돌아가는 거니?" 어머니가 깜짝 놀란 표정으로 물었다.

"모두들 내가 죽기라도 하는 듯한 얼굴을 하고 있군." 라스콜리니코프가 느닷없이 모두를 돌아보며 말했다.

그는 미소를 지었지만, 그것은 몹시 쓸쓸해 보였다.

"하지만 이것이 마지막이 될지도 모른다는 것은 아무도 모를 거야." 그는 무심코 내뱉었다.

"무슨 일이냐, 로쟈?" 어머니가 외쳤다.

"어디에 가시는 거예요, 오빠?" 두냐가 불안해하는 표정으로 물었다.

"어머니, 두냐야! 우리는 잠시 헤어져 있는 것이 좋겠다. 전 어머니를 사랑하고 있습니다. 저를 혼자 있게 해주세요! 가령 저에게 무슨 일이 일어나도, 제가 죽든 살든 혼자 있고 싶습니다. 저를 잊어주십시오. 안녕히!"

"세상에!" 부인이 외쳤다.

어머니도 딸도 깜짝 놀랐다. 물론 라주미힌도 마찬가지였다.

"로쟈, 로쟈! 잘 지내자, 옛날처럼!" 가련한 어머니가 외쳤다.

"오빠! 어머니를 어떻게 할 작정이세요?" 두냐가 원망에 찬 눈길을 보내며 말했다.

라스콜리니코프는 괴로운 듯 누이동생을 바라보았다. "아무것도 아냐. 걱정 마, 자주 올 거야!" 그렇게 중얼거리고는 홱 방을 나가버렸다.

"냉혹하고 무정한 이기주의자!" 두냐가 외쳤다.

"저 친구는 미치광이입니다. 당신은 그걸 모르시겠습니까?" 라주미힌이 그녀의 손을 꼭 잡으며 속삭였다. "곧 돌아오겠습니다!" 그렇게 외치고는 방을 뛰쳐나갔다.

라스콜리니코프는 복도 끝에서 그가 오기를 기다렸다. "난 자네가 쫓아 나올 줄 알고 있었어. 두 사람이랑 같이 있어주게. 그럼 잘 있게!"

이렇게 말하고 그는 손을 내밀지도 않고 자리를 떠났다.

"도대체 자넨 어디로 가나? 자네 신상에 무슨 일이 생겼나?" 라주미힌은 어이가 없다는 듯이 중얼거렸다.

라스콜리니코프는 다시 멈춰 섰다.

"이게 마지막이야. 더는 아무것도 묻지 말게. 나를 그냥 내버려 둬. 그러나 두 사람은…… 버리지 말아주게. 내 말을 알아듣겠나?"

복도는 어두웠다. 두 사람은 전등 곁에 서 있었다. 1분가량 아무 말 없이 서로 눈을 응시했는데, 라주미힌은 일평생 이 순간을 잊을 수가 없었다. 라스콜리니코프의 타는 듯한, 움직이지 않는 시선이 점점 더 강하게 다가와서, 그의 마음과 의식을 꿰뚫는 느낌이었다. 어떤 상념이 암시처럼 언뜻 지나갔다. 소름이 끼치고, 추악한 그 무엇을 두 사람 다 함께 느꼈다. 라주미힌은 죽은 사람처럼 창백해졌다.

"이제 알겠지?" 갑자기 라스콜리니코프가 병적으로 얼굴을 일그러뜨렸다. "두 사람에게 돌아가 주게."

라주미힌은 힘없이 뒤돌아섰다. 그리고 그날 밤부터 그는 두 여인들에게 아들처럼, 또 오빠처럼 행동했다.

4

라스콜리니코프는 곧바로 소냐가 사는 운하 근처의 방을 향해 걸었다. 방은 3층으로 녹색의 낡은 건물이었다. 그는 관리인을 찾아서, 재봉사인 카페르나우모프가 살고 있는 위치를 대충 알아두었다. 그리고 뒤뜰의 구석에 있는 좁고 어두운 계단을 찾아 3층으로 올라가서 복도로 나왔다. 카페르나우모프의 방이 어디쯤일까 생각하면서 어둠 속을 걷고 있는데, 갑자기 세 걸음가량 떨어진 데서 문이 열렸다. 그는 기계적으로 그 문에 손을 댔다.

"누구세요?" 여자의 불안한 목소리가 들렸다.

"접니다. 당신을 찾아왔소." 라스콜리니코프는 그렇게 대답하고, 좁은 현관 안으로 들어갔다. 그곳의 찌부러진 의자 위에 놓인 동으로 만든 일그러진 촛대에 촛불이 켜져 있었다.

"어머나, 당신이었군요!" 소냐가 작게 소리를 지르고는 발이 땅에 박히기라도 한 듯 우뚝 섰다.

"당신 방은 어딥니까? 이쪽입니까?"

소냐는 뜻밖의 방문에 놀란 듯 아무 말도 하지 못하고 우뚝 서 있었다.

소냐의 방은 창고 같은 일그러진 네모꼴이었는데, 왠지 기형적인 느낌을 주었다. 침대가 있는 벽을 따라 이웃 방으로 통하는 문 곁에는 푸른빛의 보를 씌운 조잡한 나무 테이블이 있고, 반대쪽 벽의 구석에는 서랍장이 덩그러니 놓여 있었다.

소냐는 자기 방 안을 주의 깊게 찬찬히 둘러보고 있는 손님을 아무 말 없이 바라보다가 갑자기 겁에 질려 온몸을 부들부들 떨기 시작했다.

"너무 늦었지요? 열한 시죠?" 라스콜리니코프는 여전히 눈을 돌리려고도 하지 않고 물었다.

"네. 정말 그렇군요!" 소냐가 중얼거렸다.

"전 오늘이 마지막이라고 생각하고 당신에게 왔습니다." 라스콜리니코프는 침울한 얼굴로 말했다.

"어디…… 가시나요?"

"모르겠습니다. 모든 것이 내일 아침에 결정납니다."

"그럼 내일 제 어머니에게는 가시지 않을 건가요?"

"모르겠습니다. 모든 것은 내일 아침이 되면 알게 됩니다." 순간, 그는 아직도 그녀가 선 채로 있는 것을 깨달았다.

"왜 그렇게 서 있습니까? 앉으세요." 그는 부드럽고 상냥한 목소리로 말했다.

그제야 소냐는 자리에 앉았다. 그는 제법 상냥하게, 거의 동정에 가까운 눈빛으로 1분가량 그녀를 바라보았다.

"당신의 이 핏기 없는 손가락은 마치 죽은 사람 것 같아요." 그는 그녀의 손을 잡으며 말했다.

소냐는 미소를 띠었다.

"나는 이런 방에는 무서워서 못 있을 것 같습니다." 그는 쓸쓸한 얼굴을 하며 말했다.

"집주인이 아주 착한 사람이에요. 가구에서부터 모두…… 주인 집 거예요. 그 부부는 아주 좋은 사람들이고, 아이들도 늘 우리 집에 놀러 와요."

"말더듬이 부부지요?"

"네. 주인은 말더듬이에다 절름발이예요. 주인은 원래 지주네 하인이었다고 해요. 아이는 일곱 명이나 되고…… 제일 위의 아이는 더듬지만, 다른 아이들은 더듬지 않아요. 어디서 그 사람들 얘기를 들으셨어요?" 그녀는 조금 놀란 투로 물었다.

"모두 당신 아버지가 들려줬어요. 당신 얘기도 전부 해줬어요. 당신이 여섯 시에 밖에 나가서 여덟 시가 지나서야 돌아온다는 것 도."

소냐는 당황한 표정을 지었다.

"저, 오늘 그분을 뵌 것만 같아요." 그녀는 큰마음 먹고 작은 소리 로 말했다.

"누구를요?"

"아버지를요. 거리를 걷고 있었어요. 바로 그 모퉁이를! 아홉 시 가 좀 지나서였어요. 그런데 아버지가 앞을 걸어가지 않겠어요? 정 말 저의 아버지와 똑같았어요. 어찌나 닮았던지!"

"당신은 카테리나에게 매를 맞을 뻔한 일이 있었죠. 집에 있을 무럽에?"

"오, 천만에요. 무슨 말씀을 하시는 거예요?" 소냐는 깜짝 놀란 얼굴로 그를 보았다.

"그럼 당신은 그 사람을 사랑합니까?"

"어머니를요? 네, 그건 오래전부터예요!" 소냐는 슬픈 듯이 말을 맺지 못하고 두 손을 합장했다. "아아! 그분은 어린애 같은 사람이에요. 그분은 너무 큰 불행을 겪어서 머리가 이상해진 것 같아요. 아주 영리한 사람이었는데……."

소냐는 절망에 빠진 사람처럼 탄식했다. 그녀의 창백한 뺨은 붉게 타오르고, 눈에는 고통의 빛이 어렸다. 그녀는 어머니에 대해 변호하고 싶어 견딜 수 없어 했다.

"그분이 나를 때려요? 도대체 무슨 말씀을 하시는 거예요? 아, 나를 때렸다니! 당신은 아무것도, 아무것도 몰라요. 그분은 세상이 정의로 가득찰 수 없다는 것을 알고 안타까워하고 있어요." 소냐는 그를 이상하게 바라보았다.

"당신은 앞으로 어떻게 할 겁니까? 그 사람들은 당신에게만 의지하고 있어요."

"모르겠어요." 소냐는 슬픈 목소리로 말했다.

"그분들과 계속 있을 작정인가요?"

"모르겠어요. 오늘도 주인아주머니가 나가달라고 했고, 어머니도 빨리 나가고 싶다고 했대요."

"도대체 어째서 그녀는 그렇게 으스대고 있죠? 당신을 믿고 그러는 거지요?"

"그분은 머리가 이상해졌어요, 내일은 모든 걸 격식에 맞게 해야 하고, 오르되브르도 준비하지 않으면 안 되지, 하며 어린애같이 조바심을 태우는가 하면…… 피를 토하기도 하고, 울기도 하고, 갑자기 절망에 빠져 벽에 머리를 부딪치기도 해요. 정말 애처로워 볼 수가 없어요."

"이제 알겠습니다, 어째서 당신이…… 이런 생활을 하고 있는가를." 라스콜리니코프는 비통한 웃음을 지으며 말했다.

"당신은 어머니가 가엾다고 생각지 않으세요?" 소냐는 이렇게 외치고는 의자에서 벌떡 일어났다. "그리고 전 알고 있어요. 당신 자신은 아무것도 돌보지 않고 돈을 주셨지요. 오, 하느님! 저는 몇 번이나 어머니를 울렸는지 몰라요. 지난주에도 그랬어요. 아, 저는! 아버지가 돌아가시기 일주일 전에도 그랬어요. 저는 잔인한 짓을 했어요. 몇 번이나 그런 짓을 했는지 몰라요. 아, 오늘은 하루 종일 그것을 생각하고는…… 얼마나 괴로워했는지 몰라요."

이렇게 말하면서 소냐는 괴로워서 손을 마구 비비고 있었다.

"당신이 잔인한 사람이라고요?"

"네, 그래요!" 그녀는 울면서 말했다. "돌아가신 아버지가 말씀하시더군요. '책 좀 읽어주지 않겠니, 소냐! 왠지 두통이 나는구나. 읽어다오. 여기 책이 있으니까.' 그런데 저는 '가봐야 해요.'라고 말하고 읽어드리지 않았어요. 제가 집에 들른 목적은 카테리나에게 옷을 보여드리기 위해서였으니까요. 헌옷을 파는 리자베타가 저에게 싼값으로 구해 준 것인데, 그것은 새것인데다가 장식까지 달려 있었어요. 그런데 그것이 카테리나의 마음에 들었어요. 그래서 '내게 주지 않겠니? 부탁이다.' 하지 않았어요? 부탁이라고 한 것을 보면 아주 탐이 났던 모양이에요. 하지만 그분은 그저 옛날 행복했던 시절이 생각났던 것이죠."

"당신은 헌옷 장수인 리자베타를 알고 있소?"

"네, 당신도 알고 계셨어요?" 소냐는 약간 놀란 듯 되물었다.

"카테리나는 폐병입니다. 그것도 악성이지요. 곧 돌아가실 겁니다." 라스콜리니코프는 잠시 잠자코 있다가 엉뚱한 말을 했다.

"오, 아니에요!" 소냐는 무의식적으로 상대의 손을 잡았는데, 그건 마치 어떤 불행한 일이 일어나지 않도록 애원하는 것 같았다.

"그건 그렇다 치고, 만일 카테리나가 살아 있는 동안에 병이 나서 입원이라도 하면 당신은 어떻게 하겠습니까?"

"어머, 무슨 말씀을 그렇게 하세요? 그런 일은 절대로 없을 거예요!"

"무얼 근거로 말입니까?"

"그런 일은 하느님이 허락하지 않을 거예요!" 소냐가 겁에 질린 얼굴로 말했다.

라스콜리니코프는 일어서서 방 안을 걷기 시작했다. 1분가량이 지났다. 소냐는 비탄에 빠진 채 양손과 머리를 축 늘어뜨리고 있었다.

"저금을 할 수는 없나요? 재난이라도 당할 때를 대비해서 말입니다." 그는 그녀 앞에 우뚝 서서 물었다.

"할 수 없어요." 소냐는 속삭이듯 말했다.

"물론 할 수 없겠지요. 그러나 해본 적은 있습니까?" 그는 거의 조소에 가까운 웃음을 머금고 덧붙였다. "벌이가 매일 있는 것은 아니죠?"

소냐는 아까보다도 더욱 당황한 듯 얼굴이 빨개졌다.

"네!" 그녀는 나직하게 말했다.

"폴렌카도 틀림없이 같은 길을 걸을 겁니다." 그는 느닷없이 그렇게 말했다.

"아니에요, 아니에요! 그럴 리가 없어요." 소냐는 마치 칼에 찔리기라도 한 것처럼 몹시 괴로운 표정을 하고 큰 소리로 외쳤다. "하느님은, 하느님은 그런 무서운 것을 허용하지 않을 거예요."

"그러나 다른 사람에겐 허용하고 있는걸요."

"하느님이 그 아이를 지켜주실 거예요!"

"어쩌면 하느님 같은 것은 없을지도 몰라요." 라스콜리니코프는 심술궂은 기쁨까지 느끼며 말했다.

소냐의 얼굴에 심한 변화와 함께 경련이 일었다. 그녀는 비난하는 눈초리로 상대를 힐끔 보고는, 뭔가 말하려고 하다가 입을 다물었다.

"당신은 카테리나의 머리가 혼란해졌다고 했지만, 당신의 머리가 혼란해져 있지 않습니까?" 그는 잠시 침묵을 지키다가 그렇게 말했다. "당신 마음도 역시 흔들리기 시작한 거요."

5분쯤 지났다. 그는 그녀에게는 눈도 돌리지 않고 왔다 갔다 했다. 그러다 마침내 그녀 곁으로 다가갔다. 그의 눈은 반짝반짝 빛나고 있었다. 그는 재빨리 몸을 웅크려 그녀의 발에 키스했다. 소냐는 섬뜩한 기분에 떨어지려는 듯 몸을 뗐다.

"이 무슨…… 도대체 무슨 짓을 하시는 거예요? 저 같은 사람에게!" 그녀는 파랗게 질려서 중얼거렸다.

"난 지금 당신한테 무릎을 꿇은 게 아니오. 전 인류의 고통에 무릎을 꿇은 거지." 그는 거칠게 말하고 창가로 걸어갔다. "사실은 말이오." 그는 1분가량 지난 다음에 그녀 쪽으로 돌아와서 말했다. "한 버릇없는 놈에게 이렇게 말했소. 너 같은 건 당신의 새끼손가락만큼의 값어치도 없다고. 그리고 난 오늘 명예롭게도 내 누이동생과 당신을 동석시켰다고 말해 주었소."

"어머나, 무슨 말씀을 하신 거예요? 누이동생이 있는 데에서요?" 소냐는 깜짝 놀라 외쳤다. "저와 동석시켰다고 하시다니! 그것이 영광이라니……. 이렇게 저는…… 더러운 여잔데…… 당신은 무슨 말씀을 하시는 건가요?"

"내가 당신 얘기를 한 것은 죄가 아니오. 당신의 위대한 고통일 뿐이오. 당신은 큰 죄인이라고 하는데, 그건 그래요. 당신이 죄인인 이유는, 무엇보다 당신이 '아무 이익도 없이' 자기를 죽이고, 자기를 희생해버렸기 때문이오. 이건 무서운 것이 아니고 뭣이겠소! 어째서 이런 치욕스런 것과 천한 것이, 이것과는 정반대인 신성한 감정을 가진 당신 속에 공존하고 있는 거요? 아예 물속으로 뛰어들어 한꺼번에 결정을 내버리는 게 옳을 것 같소. 그게 천 배나 옳고 현명할 거요!"

"그럼 그 사람들은 어떻게 해요?"

라스콜리니코프는 소녀의 눈빛 하나로 모든 것을 읽을 수 있었다. 그제야 비로소 그 가엾은 고아들과 폐병을 앓으며 머리를 벽에다 들이받는 불쌍한 반미치광이인 카테리나가 그녀에게 어떤 의미를 가지는지를 분명히 알았다.

이 여자에겐 세 갈래의 길이 있다. 운하에 투신하든지, 정신병원에 들어가든지, 그렇잖으면…… 제3의 길인데, 지능을 흐리고, 마음을 마비시키는 음탕함 속으로 뛰어드는 일이다.

마지막 길은 그가 가장 싫어하는 것이었다. 그러나 그는 회의파인데다 젊고 사고방식이 추상적이고 잔인했기 때문에 마지막 해결의 길, 즉 음탕함의 길이 가장 그럴듯하다고 믿지 않을 수 없었다.

'그러나 과연 그럴까?' 그는 마음속으로 외쳤다. '아직 정신이 깨끗한 이 여자도, 그 더럽고 악취로 가득 찬 구렁텅이 속으로 끌려들어갈까? 이미 끌려 들어가고 있는 건 아닐까? 아니다. 그럴 리가 없다!'

그는 집요하게 이 생각에 골몰했다. 그러고는 가만히 그녀를 쏘아보았다. "그럼 당신은 하느님께 진심으로 기도를 드리고 있소, 소냐?"

"하느님을 믿지 않고 어떻게 살아요?"

'역시 그랬었군!' 그는 생각했다. 그는 다시 캐어물었다. "하지만 그 대가로 하느님은 당신에게 무엇을 해주었소?"

"그만두세요. 묻지 마세요. 당신에겐 그럴 자격이 없어요!"

'그랬었구나! 역시 그랬어!' 그는 속으로 되풀이했다.

"하느님은 무엇이든 해주세요." 그녀는 또다시 눈을 감고 속삭이듯 말했다.

이것이 해결의 열쇠다. 이것만이 해결의 열쇠이다. 그는 탐욕스런 호기심이 어린 눈초리로 그녀를 찬찬히 바라보며 마음속으로 결론지었다.

그는 새롭고도 이상한, 거의 병적이라 할 만한 감정을 느끼면서 분노와 흥분에 떨고 있는 작은 몸을 똑바로 지켜보고 있었다. 그러자 이 모든 것이 점점 더 불가사의한, 거의 있을 수 없는 일처럼 생각되었다. '하느님에게 미쳤어! 하느님에게 미친 여자야!' 그는 속으로 되풀이했다.

서랍장 위에 책이 한 권 놓여 있었다. 그는 그 책을 들여다보았다. 그것은 러시아어로 번역된 『신약성서』였다. 어찌나 읽었는지 거의 낡은 가죽이 너덜너덜해진 책이었다.

"이건 어디서 났소?"

"갖다줬어요. 리자베타가 갖다줬어요."

'나사로 얘기는 어디에 있소?"

소냐는 바닥을 바라보며 대답을 하지 않았다. 그녀는 테이블을 향해 옆으로 서 있었다.

"거기가 아니에요. 「요한복음」서예요." 그녀는 그에게서 거리를 둔 채로 거칠게 말했다.

"찾아서 읽어 주었으면 좋겠군." 이렇게 말한 다음 그는 테이블에 앉아서 두 팔을 괸 채 한 곳에 시선을 고정시켰다. '이 여자도 삼 주일 후면 정신병동에 가 있겠지.' 그는 혼잣말로 중얼거렸다.

소냐는 라스콜리니코프의 이상한 부탁을 듣고 의아한 얼굴을 했다. 그리고는 주저하며 테이블 쪽으로 다가가서 책을 들었다.

"당신은 이걸 한 번도 읽은 적이 없나요?" 그녀는 테이블 너머로 그를 힐끔 보며 물었다. 그녀의 목소리는 점점 엄숙해져 갔다.

"아주 먼 옛날…… 학교 다닐 때 읽은 적이 있소. 자, 읽어줘요!"

"교회에서 들은 적도 없나요?"

"난…… 교회에 간 적이 없어요. 당신은 가끔 갑니까?"

"아니에요." 소냐는 낮은 목소리로 말했다.

라스콜리니코프는 싱긋 웃었다.

"알겠소. 그럼 내일 아버지 장례식에도 안 갈 거요?"

"갈 거예요. 저는 지난주에도 가서…… 기도를 드리고 왔어요."

"누구를 위해?"

"리자베타를 위해서요. 그녀는 도끼로 죽임을 당했어요."

"당신은 리자베타와 가까운 사이였소?"

'네! 그녀는 참 착한 사람이었어요. 그녀는 이따금 여기 왔었어요. 자주 올 수는 없었지요. 저는 그녀와 성경을 함께 읽기도 하고…… 이야기도 나누었어요. 그녀는 하느님을 만났을 거예요."

책에서나 읽을 수 있는 그녀의 말들이 그의 귀에 이상하게 울렸다. 리자베타와의 일종의 신비스런 교제도, 두 사람이 모두 하느님에게 미쳤다는 것도 새롭고 기묘한 사실이었다.

여기에 있다간 나도 하느님에게 미쳐버리겠는걸! 전염될 염려가 있으니까! 이러한 생각을 하며 그가 초조하게 외쳤다. "읽어줘요!"

"뭣 때문에 읽어드려요? 당신은 신앙을 가지고 있지도 않은데?"

"왠지 듣고 싶어. 리자베타에게도 읽어주지 않았소?"

소냐는 책을 펼쳐 그곳을 찾았다. 손이 떨리고, 소리는 나오지 않았다. 두 번이나 읽으려고 했으나 역시 처음 구절이 잘 발음되지 않았다.

"어떤 병자가 있으니 이는 마리아와 그 자매 마르다의 마을 베다니에 사는 나사로라……." 그녀는 이윽고 읽기 시작했지만, 간신히 여기까지 읽은 후에 갑자기 목소리가 들떠, 셋째 구절에서는 팽팽하게 죈 현악기의 줄처럼 뚝 끊어져 버렸다.

소냐가 왜 읽는 걸 주저하는지 라스콜리니코프는 그 이유를 얼마쯤 알 수 있었다. 지금 '자기의 것'을 털어놓는 것이 그녀에게는 얼마나 괴로운 노릇인가도 그는 잘 알고 있었다. 때문에 그녀의 감격에 찬 흥분을 이해했다. 그녀는 안간힘을 다해 떨리는 목소리를 진정시켜 「요한복음」 11장을 낭독하고, 19절까지 읽었다.

"많은 유대인이 마르다와 마리아에게 그 오라비의 일로 위문하러 왔더니 마르다는 예수께서 오신다는 말을 듣고 곧 나가 맞이하되 마리아는 집에 앉았더라. 마르다가 예수께 여짜오되 주께서 여기 계셨더라면 내 오라버니가 죽지 아니하였겠나이다. 그러나 나는 이제라도 주께서 무엇이든지 하나님께 구하시는 것을 하나님이 주실 줄을 아나이다."

여기서 그녀는 낭독을 그쳤다. 또다시 소리가 떨려 끊어질 것 같아 부끄러워진 것이다.

"예수께서 이르시되 네 오라비가 다시 살아나리라. 마르다가 이르되 마지막 날 부활 때에는 다시 살아날 줄을 내가 아나이다. 예수께서 이르시되 나는 부활이요 생명이니 나를 믿는 자는 죽어도 살겠고 무릇 살아서 나를 믿는 자는 영원히 죽지 아니하리니 이것을 네가 믿느냐. 이르되 주여 그러하외다."(소냐는 여기는 괴로운 듯 숨을 쉬고 나서, 한마디 한마디 다시금 힘을 들여 읽었다.)

"주는 그리스도시요 세상에 오시는 하나님의 아들이신 줄 내가 믿나이다."

라스콜리니코프는 꼼짝도 않고 딴 곳을 향한 채 귀를 기울이고 있었다. 이런 상태에서 소냐는 계속 읽어 내려갔다.

"마리아가 예수 계신 곳에 가서 뵈옵고 그 발 앞에 엎드리어 이르되 주께서 여기 계셨더라면 내 오라버니가 죽지 아니하였겠나이다 하더라. 예수께서 그가 우는 것과 또 함께 온 유대인들이 우는 것을 보시고 심령에 비통히 여기시고 불쌍히 여기사 이르시되 그를 어디 두었느냐. 이르되 주여 와서 보옵소서 하니 예수께서 눈물을 흘리시더라. 이에 유대인들이 말하되 보라 그를 얼마나 사랑하셨는가 하며 그중 어떤 이는 말하되 맹인의 눈을 뜨게 한 이 사람이 그 사람은 죽지 않게 할 수 없었더냐 하더라."

소냐는 열병으로 온몸을 부들부들 떨고 있었다. 그가 기대하고 있었던 것은 바로 이것이었다.

"이에 예수께서 다시 속으로 비통히 여기시며 무덤에 가시니 무덤이 굴이라 돌로 막았거늘 예수께서 이르시되 돌을 옮겨 놓으라 하시니, 그 죽은 자의 누이 마르다가 이르되 주여 죽은 지가 나흘이 되었으매 벌써 냄새가 나나이다."

소냐는 이 '나흘'이라는 단어에 힘을 주어 낭독했다.

"예수께서 이르시되 내 말이 네가 믿으면 하나님의 영광을 보리라 하지 아니하였느냐 하시니, 돌을 옮겨 놓으니 예수께서 눈을 들어 우러러 보시고 이르시되 아버지여 내 말을 들으신 것을 감사하나이다. 항상 내 말을 들으시는 줄을 내가 알았나이다. 그러나 이 말씀하옵는 것은 둘러선 무리를 위함이니, 곧 아버지께서 나를 보내신 것을 그들로 믿게 하려 함이니이다. 이 말씀을 하시고 큰 소리로 나사로야 나오라 부르시니 죽은 자가 수족을 베로 동인 채로 나오는데⋯⋯."

그녀는 마치 자기도 구경을 하고 있는 것처럼 떨며, 감격해 목소리를 돋우었다.

"그 얼굴은 수건에 싸였더라. 예수께서 이르시되 풀어 놓아 다니게 하라 하시니라. 마리아에게 와서 예수께서 하신 일을 본 많은 유대인이 그를 믿었으나 그중에 어떤 자는 바리새인들에게 가서 예수께서 하신 일을 알리니라."

소냐는 더 이상 읽지 않았다. 읽을 수가 없었던 것이다. 그리고 책을 덮고 의자에서 일어섰다.

"나사로의 부활 얘기는 이것뿐이에요." 이처럼 냉정하게 말하고 옆을 보고 가만히 서 있는 그녀는 마치 부끄럼을 타는 듯 보였다. 찌그러진 촛대에 꽂혀 있던 촛불은 벌써 오래전부터 가물가물 꺼져가고 있었다. 그런데 그 촛불이 기묘하게도 이 가난한 방에서 만나 영원의 책을 함께 읽어 가까워진 살인범과 매춘부를 희미하게 비추고 있었다.

"난 할 말이 있어서 왔소." 라스콜리니코프는 얼굴을 찡그리고는 갑자기 큰 소리로 말하며 일어서서 소냐 곁으로 다가왔다. 그의 눈에는 뭔가 난폭한 결의 같은 것이 나타나 있었다.

"나는 오늘 육친을 버리고 왔소. 나는 어머니와 누이동생과의 모든 인연을 끊고 왔소."

"왜요?"

"지금의 나에겐 당신밖에 없소. 우리 같이 갑시다. 그래서 난 당신한테 온 거요. 우리는 둘 다 저주받은 인간이오."

라스콜리니코프의 눈이 반짝반짝 빛났다. 소냐는 그가 꼭 미치광이 같다고 생각했다.

"어디로 가는데요?" 그녀는 겁이 나서 떨리는 목소리로 묻고는 자신도 모르게 한 걸음 뒤로 물러났다.

"내가 어떻게 알겠소? 단지 알고 있는 것은 같은 길을 가야 한다는 것뿐이오."

그녀는 가만히 그를 바라보고 있었지만 아무것도 알 수 없었다. 느낌으로 알 수 있는 것은 그가 한없이 불행한 사내라는 것뿐이었다.

"당신이 그 사람들한테 얘기해 봤자, 그들은 누구 하나 알아주지 않아요. 하지만 나는 이해할 수가 있어. 나에겐 당신이 필요해요."

"모르겠어요." 소냐가 고개를 저으며 말했다.

"알게 될 거요. 당신도 같은 일을 하지 않았소? 당신도 역시 넘어섰던 거요. 당신은 생명을 죽게 했소. 당신은 정신과 이성으로 살아갈 수 있는 인간인지 모르지만, 결국은 센나야 광장에서 생애를 마칠 운명이오. 당신은 지금 미친 것 같소. 그렇다는 것은 우리가 같은 길을 가야 한다는 거요. 갑시다!"

"왜? 왜 당신은 그런 소리를 하는 거죠?" 소냐는 격렬한 흥분을 느끼며 말했다.

"왜냐고? 이대로 있을 수는 없지 않소. 이것이 이유요! 진지하게 판단하지 않으면 안 돼. 어린애같이 울거나 하느님이 용서하지 않는다고 소리칠 때가 아니오. 만일 내일이라도 정말 병원에 실려 간다면 어떻게 할 거요? 그 사람은 머리가 이상하고 폐병을 앓고 있으니까 곧 죽겠지만, 그렇게 되면 아이들은 어떻게 되지요? 폴렌카가 몸을 망치지 않을까? 당신은 거리에서, 어머니들이 내보내 구걸을 시키고 있는 아이들을 본 일이 없소? 나는 그 어머니들이 어디에서 어떤 상황으로 살고 있는지 조사해서 알고 있어요. 거기서는 아이들도 아이들이 아니오. 거기선 일곱 살의 아이도 타락해서 도둑이 되기도 해요. 그런데 아이란 지상의 그리스도가 아닌가. '천국은 그들의 것'이라고 하지 않소. 그리스도는 아이들을 존중해 주라고 했어요. 그들은 미래의 인류요."

"그럼 어떻게 하면 좋아요? 어떻게 하면?" 소냐는 신경질적으로 손을 비비면서 울었다.

"어떻게 하면 좋으냐고? 파괴할 것을 한꺼번에 파괴해버리는 거요. 그것뿐이오. 그리고 고통을 한 몸에 짊어지는 거요. 어때요? 모르겠소? 알게 될 거요. 자유와 권력이오. 그중에서도 중요한 것은 권력이오! 무서워 떠는 버러지 같은 사람들에 대해, 또 개미떼 같은 군중에 대해 권력을 쥐는 일이오. 이것이 목적이오! 이것을 기억해 둬요! 이것이 당신에게 주는 마지막 말이오! 어쩌면 둘이서 얘기하는 것도 이것이 마지막일는지 모르오. 내가 내일 오지 않으면, 모든 이야기를 듣게 될 거요. 혹시 내일 오면 누가 리자베타를 죽였는지 당신에게 가르쳐주겠소. 그럼 안녕!"

소냐는 깜짝 놀라 몸을 떨었다.

"정말 당신은 누가 죽였는지 알고 있어요?"

"알고 있어. 당신에게만 얘기해 주지! 난 당신을 택했소. 그러나 용서를 빌러 오는 것이 아니오. 안녕. 그럼 또 내일!"

라스콜리니코프가 나갔다. 소냐는 미치광이라도 배웅하듯 그를 보냈다. 그녀는 어지러웠다. '아! 어떻게 저 사람은 리자베타를 죽인 사람을 알고 있을까?'

소냐는 그날 밤 내내 열과 악몽 속에 시달렸다.

오른쪽 문의 저쪽, 소냐의 방과 게르트루드 카를로브나 레슬리흐의 방과 면한 곳에 방이 하나 있었는데, 이것은 레슬리흐 부인 집의 일부로 벌써 오래전부터 비어 있어서 세를 놓을 예정이었다. 운하에 면한 유리창에는 광고지가 붙여져 있었다. 그 방에는 사람이 살고 있지 않다고 소냐는 벌써 전부터 생각해 왔다. 그런데 이런 일이 일어나고 있는 동안 그 비어 있는 방문 곁에 스비드리가일로프가 몸을 숨긴 채 엿듣고 있었다. 라스콜리니코프가 나가버리자, 그도 그대로 선 채 한참 동안 생각한 다음 비어 있는 방 이웃의 자기 방으로 살며시 돌아갔다. 그러고는 의자를 하나 꺼내 소리 나지 않게 조심하면서 소냐의 방으로 통하는 문 바로 곁으로 날랐다. 두 사람의 이야기는 그에게 매우 흥미롭고, 의미심장했으며, 구미가 당겼다. 그랬기 때문에 의자에 느긋하게 앉아 모든 점에서 완전한 만족을 얻고 싶었다.

5

그다음 날 아침 열한 시 정각에 라스콜리니코프는 경찰서 예심과로 들어가서 포르피리를 만나게 해달라고 부탁했다. 그리고 상대가 자신을 너무 오랫동안 기다리게 해서 이상한 기분이 들었다.

면회를 신청한 뒤 적어도 10분 정도 지났을 무렵에야 포르피리가 그를 불렀다. 몇 명의 서기들 중에 라스콜리니코프 누구인지를 아는 사람은 하나도 없었다. 그는 들뜬 마음으로 주위를 둘러보면서 자기를 아무 데도 도망치지 못하게 감시를 하는 비밀스런 눈이 빛나고 있지나 않을까 살폈다. 그러나 어디에도 그와 같은 것은 없었다.

포르피리는 서재에 혼자 있었다. 서재는 정면 칸막이의 구석에 닫힌 문이 있는 크지도 작지도 않은 방이었다. 칸막이 저쪽에도 방이 몇 개나 줄지어 있을 게 틀림없지 싶었다. 라스콜리니코프가 안으로 들어가자마자 포르피리가 곧 그 문을 닫아버렸기 때문에 방에는 두 사람만 있게 되었다. 그는 굉장히 명랑하고 상냥하게 손님을 맞았다. 하지만 몇 분 지나자 두세 가지 징후로 보아 뭔가 당황하고 있는 것 같았고, 혼자서 비밀스런 짓이라도 하다가 현장을 들킨 것 같이 어색해 보였다.

"아, 웬일이십니까? 여기까지…… 와주시다니! 자, 앉으십시오, 형씨! 너무 친하게 군다고 생각하지 마십시오. 자, 이쪽 소파로 오십시오."

라스콜리니코프는 그에게서 눈을 떼지 않고 앉으며 말했다. "저는 신청서를 가지고 왔습니다. 시계에 관한 것입니다. 이렇게 써도 좋겠습니까, 아니면 다시 써야겠는지요?"

"뭐라고요? 서류? 좋습니다, 좋아요. 안심하세요. 이것으로 족합니다." 포르피리는 뭔가 급한 일이 있는 것처럼 말하고는 서류를 받아 얼른 보았다. "네, 이대로 좋습니다. 더 이상 아무것도 필요치 않습니다." 그는 빠른 말로 되풀이한 다음 그 서류를 책상 위에 놓았다. 그리고 약 1분 후, 다른 얘기를 하면서 또 그것을 탁자에서 들어올려 자기 책상 위로 옮겨놓았다.

"당신은 어제 확실히 말씀하셨지요. 저와 그…… 죽은 노파와의 관계를 듣고 싶다고?" 라스콜리니코프가 다시 물었다. 이때 그는

신경이 곤두서고 흥분이 고조되는 것을 느꼈다. '큰일인데, 이래서는 곤란해……'

"네, 네, 네!" 포르피리는 책상 곁을 왔다 갔다 하면서 대답했다.

그러나 무슨 목적이 있는 것은 아닌 것 같았다. 그저 창 쪽으로 뛰어가기도 하고, 사무용 책상 쪽으로 오기도 하고, 또 탁자 쪽으로 돌아오기도 하면서 라스콜리니코프의 의심스런 눈을 피하는 듯했다. 그러다가 그 자리에 우뚝 발을 멈추고는 상대방을 정면으로 지켜보기도 했다.

"담배는 피우시나요?" 포르피리는 손님에게 담배를 내밀면서 말했다. "당신을 이곳으로 들어오게 했지만, 제 방은 칸막이 저쪽입니다. 관사란 참 좋은 곳이죠."

"네, 상당히 좋습니다." 라스콜리니코프는 거의 조소에 가까운 눈초리로 그를 보면서 대답했다.

"멋지지요!" 그는 외치듯 말하고, 두 걸음가량 떨어진 곳에서 갑자기 라스콜리니코프 쪽으로 시선을 던졌다. '관사는 참으로 좋은 곳'이라는 말은 속악하다는 점에서, 그가 지금 손님에게 쏟은 진지하고 수수께끼 같은 시선과는 너무나도 모순되었다.

그러나 그것이 라스콜리니코프의 증오심을 불러일으켰다. 그는 그 조소를 띤 고의적인 도전이 참을 수가 없었다.

"뭘 알고 계십니까?" 라스콜리니코프는 상대를 무시하는 눈초리로 바라보며 물었다. "어느 예심판사라도 쓰고 있는 법률상의 정석이, 법률적 방법 같은 것이 있는 모양이죠? 처음에는 돌려서 아주 사소한 것부터, 그렇지 않으면 진지한 것이지만, 전혀 관계가 없는 것부터 꺼내서, 피심문자를 들뜨게 하고, 주의를 엉뚱한 곳으로 쏠리게 하여 방심하게 만들고, 그러고는 갑자기 상대의 급소에다 한 인간의 운명을 좌우할 만한 위험하기 짝이 없는 질문을 퍼붓는다는 식의 방법 말입니다."

"제가 관사 얘기를 꺼내는 것도 그…… 뭐다 이겁니까, 네?" 포르피리가 눈을 가늘게 뜨고 눈짓을 했는데, 유쾌하면서도 간사한 표정이 일순 그의 얼굴을 스치고 지나갔다. 그러고는 갑자기 신경질적인 웃음을 터뜨렸다. 그는 라스콜리니코프가 억지로 따라 웃는 것을 보고 거의 얼굴이 새빨갛게 달아오를 만큼 더욱 웃어젖혔다. 그러자 라스콜리니코프의 혐오감은 단번에 경계심을 넘어버렸다.

"포르피리 페트로비치!" 라스콜리니코프는 다소 격분해서 말을 꺼냈다. "당신은 뭔가 심문할 것이 있으니 와주었으면 좋겠다고 말씀하셨지요. 자, 이제 질문이 있으면 하시오. 당신도…… 알고 계시는, 그 말에 밟혀 죽은 관리의 장례식에 가야 해서 시간이 없습니다." 그러나 이내 그런 말을 한 것이 부아가 나서 초조하게 말했다. "저는 이런 일이 아주 싫습니다. 그리고 벌써 전부터…… 부분적으로는 이것이 원인이 되어 병을 앓고 있으니까요. 그러니 심문하든지, 아니면 돌려 보내주든지 해주십시오. 그러면 오늘은 이걸로 실례하겠습니다."

"천만의 말씀을! 무얼 당신에게 심문할 게 있겠습니까?" 포르피리는 갑자기 웃음을 딱 멈추고, 암탉이 우는 듯한 소리로 말했다.

"제발 안심하십시오. 저는 신경이 과민한 사람이어서 당신의 말씀에 크게 웃었을 뿐입니다. 그뿐입니다. 자, 앉으십시오."

라스콜리니코프는 얼굴을 찌푸린 채 아무 말도 하지 않고 상대의 이야기를 들으면서 관찰하고 있었다.

"로지온 로마노비치, 당신에게 한 가지, 소위 성격에 대한 이야기를 하지요. 저는 말입니다, 독신이고 사교계도 모르는 보잘것없는 인간입니다. 거기에다 이미 다 된 인간, 아주 굳어버려 씨가 된 인간입니다. 그래서 페테르부르크라는 사회에선, 서로 깊이 사귄 사이는 아니지만 서로 존경하고 있는 것 같은, 말하자면 지금의 저와 당신 같은 두 사람의 현명한 인간이 함께 만났다고 하면, 삼십 분가량은 아무래도 화제를 발견할 수가 없습니다. 예를 들면, 부인네들이라든가 상류층의 사교계 사람들이라면 누구라도 화제를 가지고 있습니다. 그런데 우리 같은 중류층 인간은 사색적이죠. 왜 이런 일이 생긴 것일까요? 사회적 관심이 없는 탓인지, 아니면 우리가 너무 성실해서 서로 속이는 일은 하고 싶지 않으니까 그런지 나도 잘 모르지만 말입니다. 모자를 놓으시죠. 보기에도 좋지 않습니다. 저는 기뻐서 죽을 지경인데……."

라스콜리니코프는 모자를 놓고, 찌푸린 얼굴로 포르피리의 공허하게 지껄이는 말을 듣고 있었다.

"커피는 드릴 수가 없습니다. 장소가 장소이니까요." 포르피리는 쉬지 않고 말을 계속했다. "이런 직업이란……. 제가 이렇게 계속 왔다 갔다 한다고 화내지 마십시오. 저에겐 운동이 필요합니다. 소문에 의하면 오등관이나 사등관, 아니 삼등관 관리까지도 줄넘기를 한다고 합니다. 로지온 로마노비치, 이 심문이란 게 알고 보면 피심문자보다도 심문자가 당황하는 일이 더 많지요. 이 점에 대해선 당신이 정확히 지적을 하신 그대로입니다. 어떤 피고라도, 농사짓는 피고라도 처음에는 관계없는 질문을 퍼붓고, 그리고 갑자기 정수리를 때린다는 것 정도는 모르는 자가 없을 것입니다. 그런데 심문의 형식 말입니다. 그 형식이란 것은 대개의 경우 아무것도 아닙니다. 때로는 단지 사이좋게 얘기를 했을 뿐인데, 그것이 오히려 유익할 때가 있어요. 예심판사의 일이란 일종의 자유 예술이니까요!"

포르피리는 여기서 잠깐 쉬었다. 그러고는 지치지도 않는지 끊임없이 지껄여대고, 무의미하고 공허한 말을 하다가 갑자기 수수께끼 같은 말을 꺼내는가 싶더니 곧 다시 무의미한 말로 탈선하고는 했다. 게다가 그는 방 안을 뛰어다니다가, 두 번이나 문 곁에 서서 뭔가 귀를 기울이는 시늉을 하는 것이었다. '이 녀석 뭔가 기다리고 있구나!' 하고 라스콜리니코프는 생각했다.

"정말 당신 말씀대로입니다." 포르피리는 순진한 눈초리로 라스콜리니코프를 보며 말을 계속했다. "그대롭니다. 기지에 차서 법률적인 형식을 비웃었지만, 허, 허! 확실히 우리가 사용하는 의미심장한 심리적 방법이란 것은 지극히 우스꽝스럽고 형식에 매여 있다고 하면 백해무익할 것입니다. 그렇습니다. 또 형식 얘기가 됐군요. 가령 제가 맡은 어느 사건으로, A나 B나 C를 범인으로 인정한다기보다 혐의를 둔다고 합시다. 그런데 당신은 법률가 지망생으로 공부하던 중이었지요, 로지온 로마노비치?"

"네, 그랬습니다."

"그렇다면 지금 당신께 한 가지, 장래의 참고로……. 아, 그러나 제가 건방지게 당신에게 강의를 한다고는 생각지 마세요. 당신은 범죄에 관한 훌륭한 논문을 발표하신 분이니까요. 전 그저 하나의 사실로서 예를 드는 것뿐입니다. 그래서 그런데 한 가지 예를 들어 봅시다. 제가 A나 B나 C를 범인이라고 생각했다고 합시다. 여기서 또 한 가지 물어보겠습니다. 제가 그 범인에 대해 증거를 가지고 있다고 해도, 때가 되기도 전에 본인을 힘들게 할 이유가 어디 있습니까? 에, 좀 더 알기 쉽게 말하지요. 제가 가령 범인을 너무 빨리 미결로 집어넣는다고 하면, 저는 그에게 자칫하면 정신적인 의지를 주게 되는지도 모르죠. 허, 허! 인간은 천차만별이지만, 그 만인에 적용하는 실제적 방법은 하나밖에 없습니다. 당신은 지금 증거라고 하셨지요. 증거는 확실히 중요하지만, 그건 선생, 대부분 아무 데시나 얻을 수 있는 것입니다. 저는 심리 결과를, 수학적 명확성으로 나타내고 싶어요. 둘 곱하기 둘은 넷과 같은 증거를 잡고 싶어요. 가령 제가 지금 어떤 사람을 완전히 혼자 있게 놔둔다고 칩시다. 그리고 붙들지도 않고 불안스럽게도 하지 않지만, 그 대신 이쪽은 모든 것을 다 알고 있고, 밤낮 그 사내를 뒤따르게 하고, 밤잠도 자지 않고 감시하고 있다는 것을 매시 매분마다 알리든지, 적어도 그런 의혹을 가지게 합니다. 그렇게 되면 그 사내는 반드시 지쳐서 진짜로 자수해 올 것입니다. 이때 그 인간이 어떤 방면에 발달한 인간인가를 알아내는 것이 극히 중요합니다. 신경입니다. 신경, 이것을 당신은 잊고 있습니다. 요즈음 인간은 모두 병적이고, 신경이 날카로워 초조해지기 쉽습니다. 제 생각에 그것은 일종의 광맥 같은 것입니다. 그래서 그 사내가 포박을 당하지 않고 돌아다닌다 해도 걱정할 게 없습니다. 마음대로 걸어다니게 하는 것이 좋지요. 그놈은 제 목표물이고, 저로부터 아무 데로도 도망칠 수가 없다는 것을 알고 있으니까요. 그와 같이 놈은 촛불 둘레를 도는 벌레처럼 제 주위를 계속 빙빙 돕니다. 몸이 자유스런 것도 기쁘지 않고 사고력이 혼탁해져, 그물에 걸린 것처럼 발버둥치다가 점점 얽혀들고, 자신을 죽도록 괴롭히는 것입니다. 그뿐만 아니라 스스로 저에게 이 곱하기 이는 사가 된다는 수학적인 증거까지 만들어줍니다. 그리고 계속제 둘레에서 원을 그리면서 점점 직경이 좁아졌다가 마침내 잡히고마는 것입니다. 곧바로 제 입 속으로 뛰어드는 놈을 저는 먹어버립니다. 이건 정말 유쾌한 일이지요. 허, 허, 허! 정말 그럴 듯하지 않습니까?”

라스콜리니코프는 대답하지 않고 창백한 얼굴로 가만히 앉아 있었다. 그런 채로 포르피리의 얼굴을 뚫어지게 바라보았다.

‘훌륭한 강의로군!’ 그는 오한을 느끼면서 생각했다.

‘이렇게 되면 고양이가 쥐를 놀리는 것과는 다른걸. 이 녀석, 이유도 없이 나에게 자기 힘을 과시하고…… 암시를 하려는 것은 아닐 것이다. 제기랄! 너는 죽을 만큼 나를 초조하게 만든 후 나를 잡으려고 하는 거야. 안 된다. 이 녀석, 네가 함정을 파놓아도 엉뚱한

짓을 하는 통에, 네가 네 함정에 빠져버릴 거야. 자, 한번 네가 어떤 함정을 파놓았는지 보여다오.'

그래서 그는 예측할 수 없는 무서운 재앙에 대비해 있는 용기를 다 짜냈다. 그때 그는 당장이라도 포르피리에게 덤벼들어 목을 졸라 죽어버리고 싶었다.

"아니, 당신은 제가 허물없는 농담을 하고 있다고 생각하시는 것 같군요." 포르피리는 더 쾌활해져서 방 안을 빙빙 돌기 시작했다. "그건 당연합니다. 저는 모습부터가 남에게 우스꽝스런 생각을 일으키도록 하느님이 만들었으니까, 광대지요. 당신은 다른 청년들과 마찬가지로 인간의 지성을 무엇보다도 높이 사고 계십니다. 당신은 유희적인 지혜의 번뜩임이나 추상적인 결론에 매혹당합니다. 허, 허, 허! 현실은 본질이란 것입니다. 그것은 어떤 주도 면밀한 계획도 꼼짝 못하게 만들지요. 진지하게 말하고 있으니, 이 노인의 이야기를 들어보십시오."

이렇게 말하는 순간, 35세가 될까 말까 한 포르피리 페트로비치가 실제로 갑자기 늙어 보였다. 목소리까지도 변하고 허리까지 구부러진 것처럼 보였다.

"게다가 저는 솔직한 사람입니다. 그렇지 않습니까? 어때요, 당신 생각으로는? 나는 틀림없이 그럴 거라고 생각되는데요. 이런 것을 모두 가르쳐주고 보수도 요구하지 않아요. 오! 계속하지요. 재치라는 것은 훌륭한 것이오. 이건 말하자면, 자연의 미이고 인생의 위안이어서, 이것만 있으면 어떤 요술이라도 부릴 수 있습니다. 그런데 곤란한 것은 기지에 정신이 팔려 '모든 장애를 넘어서려고 하는' 그러한 청년은 이런 점을 생각하려고도 하지 않습니다. 가령 그가 거짓말을 한다고 칩시다. 즉 '개별적인' 케이스인 인간이, 정말 교묘한 거짓말을 한다고 합시다. '이것으로 대성공이다. 이제는 나의 기지의 성과를 즐기자.'라고 생각하고 있다면, 그 사내는 당장 당하는 겁니다. 그는 거짓말은 멋지게 했지만 결국 쾅당 하고 맙니다. 자연은 거울입니다. 자연의 거울은 깨끗합니다. 자기를 비춰보는 겁니다. 그런 겁니다. 왜 그러십니까? 그렇게 창백한 얼굴을 하다니, 로지온 로마노비치, 숨이 가쁘십니까? 창을 열까요?"

"아니, 걱정 마십시오!" 라스콜리니코프는 손을 저은 다음 갑자기 큰 소리로 웃었다.

포르피리는 그를 마주 보고 서서 잠시 기다렸다가 갑자기 상대를 따라 웃었다. 라스콜리니코프는 완전히 발작적인 웃음을 딱 그치고 나서 소파에서 일어섰다.

"포르피리 페트로비치!" 그는 큰 소리로 확실하게 말했지만, 사실은 후들거리는 다리를 겨우 지탱하고 있었다. "나도 마침내 확실히 알았습니다. 당신이 나에게 그 노파와 여동생 리자베타를 죽인 혐의를 두고 있다는 것을. 그래서 당신에게 분명히 말해 두지만, 전이런 것엔 이젠 넌더리가 났습니다. 만일 당신이 법률적으로 추궁할 권리가 있다면 추궁해 주십시오. 체포하겠으면 체포해 주십시오. 그러나 나를 정면에서 비웃거나 괴롭히는 일만은 절대 용서할수 없어요."

그는 별안간 미친 사람같이 분노에 휩싸여, 그때까지 참고 있던 목소리가 쩌렁쩌렁 울렸다.

"알았지요, 포르피리? 더 이상 용납할 수 없습니다!"

"이봐요! 로지온 로마노비치! 왜 이러세요?"

"용서할 수 없어요!" 라스콜리니코프는 다시 한 번 외쳤다.

"제발, 좀 조용히 해주시오! 그리고 바람을 쏘이고 물을 마시십시오. 친구여, 틀림없이 이건 발작입니다! 자, 마시세요." 그는 라스콜리니코프 쪽으로 주전자를 가지고 와서 속삭이는 소리로 말했다. "효과가 있을지도 모르니까……." 포르피리의 놀라움과 동정이 너무 자연스러워, 라스콜리니코프는 입을 다물고 호기심에 차서 상대를 유심히 바라보았다. 그러나 물이 담긴 컵을 받지는 않았다.

"당신, 그렇게 하면 그야말로 당신 스스로 머리를 이상하게 만들 뿐이오. 오! 마셔요. 조금이라도 좋으니 마셔봐요."

그는 억지로 라스콜리니코프에게 컵을 들려주었다. 그러나 라스콜리니코프는 기계적으로 입가로 가져갔다가 정신이 번쩍 들어 싫다는 듯이 컵을 테이블 위에 놓았다.

"그래요, 조금 발작이 일어났어요. 이런 식으로 하면 또 요전과 같은 병에 걸리고 맙니다." 포르피리는 육친처럼 동정심을 나타내 보였다. "어제 라주미힌이 와서 그 말을 계속 지껄이는 데는 그만 양손을 번쩍 쳐들고 아연실색했지요. 그 친구는 당신이 보냈습니까?"

"그가 댁으로 찾아간 이유야 알고 있었습니다만." 라스콜리니코프는 단호하게 말했다.

"오, 저는 모두 알고 있습니다! 당신이, 날이 저물어 밤이 되려는 시간에, 셋방을 얻으러 나가서, 초인종을 울리고, 피 이야기를 묻고, 직공이나 관리인을 어리둥절하게 한 것도요. 그러나 그런 짓을 하면 머리를 돌게 하기 쉽습니다. 정말로! 당신의 가슴에 분노가 타오르고 있어요. 숭고한 분노가 말입니다. 처음에는 운명한테 학대를 받고, 다음에는 경찰관들에게서 모욕을 당한 분노지요. 그래서 당신은 여기저기 뛰어다녀서 되도록 빨리 모두에게 말하고, 전부 한꺼번에 해결하려고 하고 있어요. 한데 문제는, 당신이 이런 짓을 하면 라주미힌까지 미치게 될 겁니다. 알고 계시겠지만, 당신은 병을 가지고 있고, 그 친구는 이런 일을 참기에는 '너무나 좋은 인간'이니까요. 부탁입니다. 좀 쉬시지요. 안색이 말이 아닙니다. 좀 앉으십시오."

라스콜리니코프는 앉았다. 이제 떨리진 않았지만 그 대신 온몸에 열이 났다. 충격을 받은 상황에서 그는 친절하게 자기를 돌봐주는 포르피리의 이야기를 긴장해서 듣고 있었다. 그는 셋방을 얻으러 나갔다는 말에 큰 쇼크를 받았다.

"그래요. 우리가 취급한 실제 재판 사건에도 거의 똑같은 심리적인 사건이 있었지요." 포르피리는 빠른 말투로 얘기했다. "엉뚱한 자가 살인죄를 뒤집어쓴 사건인데, 그 방법이 지독했어요. 있지도 않은 엉뚱한 이야기를 만들어내 사실을 자백하겠다, 그때의 상황을 말해 주겠다고 여러 사람을 어리둥절하게 만들고 연막을 폈지만, 본인은 지극히 우연히 살인의 원인을 제공했을 뿐이었지요. 그것도 문제가 되지 않는 정도인데도, 그 녀석은 자기가 살인자에게 동기를 부여해준 것을 알자, 갑자기 끙끙 앓으며 의식이 이상해지고, 여러 가지 환각 증상에 시달린 끝에 아주 미치광이가 되어 끝내는 자기가 살인범이라고 결론지어버린 겁니다. 그러나 마침내 최고 재판소가 사건을 조사한 결과 불쌍한 사내의 무죄가 증명된 후, 감시를 받으며 석방되었지요. 최고 재판소에 감사해야 할 일이지요. 정말 놀랐습니다! 그러니까 그런 일을 하다간 어떻게 되는지 알겠습니까? 당신, 밤마다 초인종을 누르러 간다든지, 피 이야기를 묻는다든지 하여 신경을 예민하게 하는 경향이 나타나면, 틀림없이 뇌에 염증이 생긴 겁니다. 난 그런 심리를 실제로 연구해 두었으니까요. 그런 상황에서 창문이나 종루에서 뛰어내리고 싶어집니다. 그런 충동은 상당히 유혹적이니까요."

순간 라스콜리니코프는 주위가 빙빙 도는 것같이 느껴졌다.

이 녀석은 지금 거짓말을 하고 있는 게 아닐까? 이런 생각이 그의 머리를 스쳤다. 그럴 리가 없지. 그럴 리가 없어! 그는 곧 생각을 떨쳐 버렸다. 그렇게 생각하면 자기가 이 분노에 어디까지 휘말려들지 알 수 없다는 예감도 들었고, 또 광포한 나머지 진짜로 발광할는지도 모른다고 생각했기 때문이다.

"그건 열에 들떠 한 짓이 아닙니다. 맑은 정신으로 한 짓입니다. 제정신이었어요. 알았습니까?"

"네, 알고 있습니다. 알고 있어요. 당신은 어제도 열이 없다고 하셨지요. 당신은 그걸 강조했어요. 당신이 말하고 싶은 걸 저는 잘 알고 있습니다. 오, 이런……. 들어보세요, 로지온 로마노비치, 이 것만이라도. 만일 당신이 실제로 범죄를 저질렀거나 어떤 형태로 든 좋지 않은 사건에 관련되어 있다면 그건 열에 들떠 한 짓이 아니 라 제정신으로 한 짓이라고 주장할 수 있겠습니까? 그것도 그토록 강경하게 주장하다니, 그럴 필요가 있습니까? 농담 마십시오. 제 생각으론 전혀 그 반대입니다."

라스콜리니코프는 소파 등받이에 기대고 앉아 아무 대꾸도 없이 가만히 앞만 바라보고 있었다.

"그리고 라주미힌은 틀림없이 그 자신의 의지로 왔다, 즉 당신이 충동해서 온 것은 결코 아니라고 말했어야 되는 겁니다! 그런데 당 신은 감추려고도 하지 않았습니다. 뿐만 아니라 당신이 시켜서 왔 다고 주장하고 있습니다."

라스콜리니코프는 결코 그렇게 주장한 기억이 없었다. 등골이 오 싹해졌다.

"당신은 거짓말만 하고 있군요." 그는 외쳤다. "범인의 가장 좋은 도피 방법은 감추지 않아도 될 것은 되도록 감추지 않는 일이란 것 을 잘 알고 있지 않습니까? 나는 당신이 말하는 것을 믿을 수가 없 어요."

"당신은 비꼬기를 잘하는 사람이군요!" 포르피리는 큰 소리로 웃었다. "당신은 다루기가 어려운 사람입니다. 당신에게는 편집광 이 붙어 있어요. 결국 당신은 제가 말하는 것은 모두 믿지 않는다는 거죠? 그런데 문제는 벌써 당신은 믿고 있다는 것입니다. 벌써 1피트 정도는 믿고 있어요. 1야드 전부를 믿게 해줄 겁니다. 왜냐하면 저는 당신을 좋아하고, 마음으로부터 당신이 잘되기를 바라고 있으니까요."

라스콜리니코프의 입술이 떨리기 시작했다.

"그래요. 전 그래요. 그러니까 더 이상 말씀드리지 않겠지만……." 그는 다정하게 라스콜리니코프의 팔꿈치 조금 위를 가볍게 쥐며 지껄였다. "더 말씀드리지 않겠지만, 건강을 조심하십시오. 더구나 지금 가족이 와 계시잖습니까! 그분들 생각도 좀 해드려야지요."

"어떻게 당신은 그런 것까지 알고 계십니까?"

"그건 모두 당신에게서 들은 것이지요! 당신은 흥분 상태에서 모든 걸 저나 다른 사람들에게 말하고선 그걸 기억하지 못하시는군요. 혹시 제가 조금이라도 당신에게 혐의를 두고 있다면 어떻게 이런 행동을 할 수 있겠습니까? 저는 처음에는 당신의 의심을 잠재우고, 범죄 사실에 대해 아는 체도 하지 않고, 당신의 주의를 다른 곳으로 옮기게 한 다음에, 갑자기 정수리를 때리고는 상대를 어이없게 만들 것입니다. 즉 '당신은 도대체 밤 열 시나 열한 시경에 살인이 일어난 그 집에서 뭘 하고 있었습니까? 왜 초인종을 눌렀습니까? 그리고 왜 피 얘기를 물었습니까? 왜 수위들을 당황하게 만들고, 경찰서장에게 가자고 했습니까?' 하고 물었을 겁니다. 만일 제가 조금이라도 당신에게 혐의를 가지고 있다면 우선 이런 식의 질문을 할 것입니다. 그리고 형식대로 당신에게서 진술을 받고, 가택 수색을 하고, 나중에는 체포할지도 모릅니다. 당신은 제가 그런 행동을 취하지 않는 이상, 당신에게 혐의를 두고 있지 않다는 걸 알아두십시오. 그런데 당신은 건전한 사고를 할 수 없기 때문에 되풀이해서 말하지만, 아무것도 보이지 않는 것입니다."

라스콜리니코프는 온몸이 부르르 떨렸다. 포르피리는 그것을 단 한순간도 놓치지 않은 채 보았다.

"당신이 노리는 것이 무엇인지 잘 모르지만, 당신은 거짓말을 하고 있지요?"

"제가 거짓말을 한다고요?" 포르피리는 상대의 말을 가로챘는데, 화가 난 듯하면서도 기분 좋아 보이는 조소의 표정을 흐트러뜨리지 않았다. "자, 저는 당신에게 어떻게 행동을 했습니까? 예심판사인 제가 이쪽에서 당신에게 모든 변호법을 가르쳐주고 누설한 것은 물론, 열병의 발작, 지독한 모욕, 우울증, 경찰관들 등등…… 심리적 상태를 모두 설명해 드리지 않았습니까?"

라스콜리니코프는 교만한 얼굴로 상대를 보았다.

"내가 알고 싶은 것은 당신이 나를 완전히 혐의에서 벗어난 자로 인정하는가 아닌가 하는 것입니다. 그걸 말해 주십시오, 포르피리 페트로비치!"

"당신은 정말 곤란한 사람이군요." 포르피리는 유쾌함과 교활함이 섞인 얼굴로 느긋하게 외쳤다. "도대체 왜 당신은 그렇게 신경을 쓰고 있습니까? 왜 스스로 그렇게 닦달을 하는 겁니까, 무슨 까닭으로?"

"다시 한 번 말하지만, 난 더 이상 참을 수 없습니다." 라스콜리니 코프는 분노로 떨면서 외쳤다.

"뭘 말입니까?" 포르피리가 물었다.

"독설을 퍼붓는 일은 그만두시오! 난 그런 게 싫어요. 싫다고 하지 않습니까!"

"조용히! 정식으로 주의하지만 좀 자중해 주세요. 농담이 아닙니다!" 포르피리는 낮은 목소리로 말했지만, 이번에는 마치 비밀이나 애매한 태도를 한꺼번에 던져버린 표정으로 명령을 내렸다. 그러나 그것도 잠시였다. 당황한 라스콜리니코프는 진짜 심한 분노가 치밀었지만, 그런 기분이 절정에 달해 있었음에도, 좀 조용히 이야기하라는 명령에 또다시 복종한 것이다.

"더 이상 괴롭히지 마시오. 나를 체포해도 좋고, 가택 수색을 해도 좋지만, 정식으로 하십시오."

"오, 형식은 걱정할 것 없습니다. 전 오늘 당신을 진정한 친구로서 초대했으니까요!"

"난 당신의 우정에 침을 뱉습니다. 이제 갈 겁니다. 체포하실 작정이라면 이제 뭐라고 할 겁니까?"

라스콜리니코프는 모자를 쥐고, 문을 향해 걸어갔다.

"깜짝 놀랄 만한 것을 보여드릴까요?" 포르피리가 문가에서 또 팔꿈치보다 약간 위쪽을 잡고 말리면서, 허허허 하고 웃었다. 그는 분명히 점점 유쾌해져 장난이라도 치는 듯한 표정이었기 때문에 그 것이 또다시 라스콜리니코프로 하여금 이성을 잃을 정도로 화를 치밀게 했다.

"깜짝 놀랄 만한 것이라니, 뭡니까?" 그는 발걸음을 딱 멈추고 포르피리를 보면서 물었다.

"깜짝 놀랄 만한 건 문 저쪽에 있어요, 허, 허, 허!" 그는 자기 관사로 가게 되어 있는 칸막이가 닫힌 문을 가리켰다. "당신이 도망가지 못하도록 자물쇠를 걸어놓았습니다."

"그게 무슨 말입니까? 어디에? 무엇을요?" 라스콜리니코프는 문 곁에 서서 열려고 했지만 문에는 자물쇠가 걸려 있었다.

"자물쇠가 걸려 있어요. 이게 열쇠입니다!"

포르피리는 주머니에서 열쇠를 꺼내 보였다.

"당신은 정말 엉터리 수작만 하고 있어!" 라스콜리니코프는 참을 수 없어서 외쳤다. "엉터리 수작만 하는 이 요술쟁이 같은 자식!" 그러고는 문 쪽으로 뒷걸음질치면서도 위축되는 기색을 조금도 보이지 않는 포르피리를 향해 덤벼들었다. "나는 모두 알고 있어!" 그는 상대 곁으로 다가가면서 외쳤다. "너는 엉터리 수작을 부려서 꼬리를 잡으려고 하는 거야."

"하지만 이 이상 꼬리를 내밀 게 없을 텐데요, 로지온 로마노비치. 당신은 반광란 상태입니다. 그렇게 외치면 안 됩니다. 사람을 부르겠습니다."

"거짓말 마! 당신이 뭘 한단 말이야? 사람을 부르려면 불러! 너는 내가 병에 걸렸다는 걸 알고는 비웃고, 반미치광이로 만들어 꼬리를 내밀게 하려는 거지? 네가 노리는 것은 그거야! 그렇지 않으면 증거를 보여. 넌 내 성격을 잘 알아서, 나를 반광란 상태로 몰고 간 뒤 갑자기 성직자나 배심원을 데려와서 간을 빼놓으려는 거야. 너는 그 녀석들을 기다리고 있는 거지? 그렇지?"

"이런 곳에 배심원 같은 것이 있을 리가 없지 않소? 사람의 상상력이란 대단하군요. 그런 식이면 정식으로 할 수가 없어요. 당신은 아무것도 몰라요. 당신…… 정식으로 할 경우, 그렇게 당황해서 서두르지 않아도 도망치지 않아요. 곧 직접 볼 것입니다." 포르피리는 그렇게 중얼거리면서 문 쪽으로 귀를 기울였다.

그때 옆방 문에서 무슨 소리가 들렸다.

"아, 왔군!" 라스콜리니코프가 외쳤다. "네가 그 녀석들을 불렀어! 네가 기다린 것은 그 녀석들이지! 넌 미리 계획했던 거야. 자, 그 녀석들을 모두 여기에 나오도록 해."

바로 그때 기묘한 일이 벌어졌다. 물론 라스콜리니코프도 포르피리 페트로비치도 예기치 못했던 뜻밖의 일이었다.

6

나중에 라스콜리니코프가 그 순간을 회상했을 때 떠오른 것은 다음과 같은 것이었다. 문 뒤에서 들려온 소리가 갑자기 커지면서 문이 약간 열렸다.

"뭘 하고 있어?" 포르피리가 화가 나서 외쳤다. "사전에 주의를 줬잖아."

순간 아무 대답도 없었으나 문 저쪽에서는 몇 사람인가가 한 사람을 밀어내려는 모습이 언뜻 보였다.

"거기서 뭘 하는 거야?" 포르피리가 안절부절못하며 물었다.

"미결수인 니콜라이를 데리고 왔습니다." 누군가가 말했다.

"아직은 그럴 필요 없어! 저쪽으로 데리고 가! 아, 잠깐만 기다려! 무엇 때문에 이런 곳에 데리고 왔나? 뒤죽박죽이 되잖아!" 포르피리는 문 쪽으로 달려가며 소리쳤다.

"하지만 이 녀석이⋯⋯." 아까와 같은 목소리가 들리다가 갑자기 끊어져버렸다.

그리고 2초도 채 못 되어 본격적인 격투가 시작되었다. 한 사람이 바닥에 팽개쳐지는 것 같더니, 곧 이어 얼굴이 몹시 창백한 한 사내가 뚜벅뚜벅 사무실로 들어왔다.

그 사내의 거동은 보기에도 이상했다. 똑바로 앞만 보는 그에게는 아무도 보이지 않는 것 같았다. 그의 얼굴은 결의의 빛을 띠는 동시에 죽은 사람처럼 창백했다. 그는 마치 형장에라도 끌려가는 사람 같았다.

이때 갑자기 떠밀려 들어온 다른 한 사내가 방 안으로 뛰어들어와 니콜라이의 어깨를 잡으려고 했다. 그는 간수였다. 그러나 니콜라이는 팔을 빼면서 뿌리쳤다.

"저쪽으로 데리고 가. 아직 일러. 부를 때까지 기다려. 왜 이렇게 빨리 데리고 왔나?" 포르피리는 어이가 없는지 화가 나서 중얼거렸다.

그러자 니콜라이가 무릎을 꿇고 앉았다.

"뭐 하는 거야, 너?" 포르피리가 놀라 외쳤다.

"제가 나빴어요! 제 짓이에요! 제가 사람을 죽였습니다!" 니콜라이는 숨을 헐떡이며 말했다.

10초 정도 침묵이 계속되었다. 모두 어안이 벙벙했다.

"뭐라고?"

"전…… 살인자입니다……." 니콜라이는 잠깐 입을 다물고 있다가 말했다.

"어째서? 누굴 죽였다는 건가?"

포르피리는 분명히 당황하고 있었다.

니콜라이는 잠시 뜸을 들였다.

"알료나 이바노브나와 그 동생 리자베타를 제가 죽였습니다. 도끼로…… 제정신이 아니었습니다." 그러고는 더 이상 아무 말도 하지 않았다.

포르피리는 잠시 생각하는 듯 서 있다가 몰려든 구경꾼들을 손을 내저어 쫓아버렸다. 그러고는 방구석에 우뚝 서 있는 라스콜리니코프와 무릎을 꿇은 니콜라이를 몇 번인가 번갈아 보다 참을 수 없다는 듯이 니콜라이를 향해 달려갔다.

"어째서 너는 귀신에 홀렸느니 어쩌느니 하면서 나서는 거야?" 그는 증오스런 얼굴로 다그쳤다. "귀신에 홀렸는지 어쨌는지는 아직 묻지 않았잖아. 자, 솔직히 말해. 네가 죽였어?"

"접니다. 지금부터 말씀을 드리겠습니다." 니콜라이가 말했다.

"그래, 뭘로 죽였지?"

"도끼로요. 전부터 준비해 뒀습니다."

"제기랄, 미리 대답해 버리는군! 혼자서 했나?"

"네. 미트카는 전혀 관계가 없습니다."

"미트카 얘기 같은 건 미리 하지 않아도 되잖아? 젠장…… 그럼 넌 왜 그때 계단을 뛰어 내려왔어? 관리인들이 너희들 둘을 만났다고 하잖아?"

"그건 속이기 위해서……." 니콜라이는 당황하면서, 미리 준비한 듯한 대답을 했다.

"흥, 역시 그랬으리라고 생각했어! 다른 사람이 가르쳐준 말을 그대로 외고 있군그래!"

그는 니콜라이에게 정신을 빼앗겨서 한동안 라스콜리니코프의 존재를 잊어버리고 있었다. 그러나 제정신이 들자 당황한 것 같았다.

"로지온 로마노비치, 실례했습니다!" 그는 라스콜리니코프에게 달려가 말했다. "상황이 이러니 어떻게 할 수가 없군요. 돌아가 주십시오. 보시는 바와 같이 너무 엉뚱해서, 손을 쓸 수가 없다니까요. 돌아가 주십시오." 이렇게 말하고는 상대의 손을 잡고 문 쪽을 가리켰다.

"정말 뜻밖이었던 모양이군요?" 어느덧 기운을 되찾은 라스콜리니코프가 말했다.

"당신도 놀랐지요? 손이 떨리는 것을 보니, 허, 허!"

"당신도 떨고 있지 않소, 포르피리?"

"그래요. 나도 떨립니다. 뜻밖이니까요!"

그들은 입구에 서 있었다. 포르피리는 라스콜리니코프가 빨리 나가줬으면 하고 조바심을 치며 기다리고 있었다.

"그럼, 그 깜짝 놀랄 만한 것은 보여주지 않는 겁니까?" 갑자기 라스콜리니코프가 말했다.

"아직 턱이 떨려서 이가 부딪치는 모양이군요. 말하시는 걸 들으니, 허, 허! 당신도 아주 익살스러운 데가 있군요. 자, 그럼 안녕히 가세요."

"내 생각으론 이것으로 안녕입니다."

"그건 하느님의 뜻일 겁니다. 하느님의 뜻!" 포르피리는 묘하게 일그러진 미소를 띠고 중얼거렸다.

사무실에서 나오면서 라스콜리니코프는 사람들이 모두 자기를 보고 있는 것을 알았다. 대기실의 사람들 틈에서, 그날 밤 늦게 자신이 경찰서에 가자고 한 예의 건물 관리인이 둘 다 와 있는 것을 보았다.

"진짜 한마디만, 로지온 로마노비치! 그런 것은 모두 하느님의 뜻이지만, 역시 한 가지 묻지 않을 수 없습니다. 저 다시 한 번 뵙게 될 것입니다!"

"아까 일은 포르피리, 용서하십시오. 흥분을 참지 못하고……." 완전히 기운을 되찾아 약간 점잔을 빼고 싶은 욕망을 누르지 못하고 있던 라스콜리니코프가 말했다.

"천만의 말씀을!" 포르피리가 기쁜 듯이 바로 받아서 말했다.

"저도 그렇습니다. 신랄한 인간이 돼놔서. 이거 부끄럽습니다. 부끄러움을 금할 수 없습니다."

"서로에 대해 좀 알게 됐지요."

"이제 우린 서로에 대해 완전히 알게 되었습니다." 포르피리는 맞장구를 쳤다. 그리고 눈을 가늘게 뜨고는 진지한 얼굴로 상대를 바라보았다. "이제부터 영명일 잔치에 가십니까?"

"장례식에 갑니다."

"아, 참, 장례식이었지! 건강 조심하십시오. 건강을……."

"나는 어떻게 인사를 하면 좋을지 모르겠군요." 이미 계단을 내려오고 있던 라스콜리니코프는 이렇게 말한 다음 포르피리를 돌아보고 덧붙였다. "더욱 성공하기를 빈다고 할까요. 그러나 당신의 직업도 정말 희극적인 것 같군요."

"뭐가 희극적입니까?" 포르피리는 귀가 솔깃해서 돌아섰다.

"그렇지 않습니까? 그 불쌍한 니콜라이를 당신들은 당신들 방식대로 심리적으로 몰아세운 결과 자백시켰잖습니까! 낮이나 밤이나 증거를 내세워 '너는 살인자다, 너는 살인자다…….' 하고 말입니다. 그런데 막상 자백을 하니까, 이번에는 '엉뚱한 소리를 하지 말아라. 살인자는 네가 아니다! 너 같은 것은 살인을 할 수 없다! 남이 가르쳐준 말을 그대로 외고 있는 거야!' 하며 그 사내를 쥐어짜듯 못살게 굽니다. 자, 이래도 희극적인 직업이 아니라고 할 수 있나요?"

"허, 허! 예민하시군요. 예민해요. 모든 걸 알고 있으니! 진짜로 유머를 이해하는 두뇌이시군요. 정확히 희극적인 요점을 파악하고 계십니다. 허, 허. 작가 중에는 고골리가 이러한 특징이 최고도로 발달해 있는 게 아닐까요?"

"그렇지요. 고골리가 그렇지요."

"네, 고골리가. 그럼 또."

"그럼 또……."

라스콜리니코프는 곧장 집으로 돌아갔다. 그는 굉장히 머리가 혼란스러운 상태였기 때문에 집에 돌아가 소파에 몸을 던지고서도 15분가량 멍한 상태에서 조금이라도 생각을 정리하려고 애를 썼다. 그는 심한 충격을 받았다. 니콜라이의 자백은 지금의 그에게는 아무래도 이해가 되지 않고 설명할 수도 없는, 놀라운 무엇이 내포되어 있는 것 같았다. 그러나 니콜라이의 자백은 엄격한 사실이었다. 그는 이 사실의 결과도 곧 명백히 내다볼 수 있었다. 거짓말은 탄로나게 마련이며, 그렇게 되면 그에 대한 취조가 곧 다시 시작될 것이다. 그러나 적어도 그때까지 그는 자유의 몸이므로, 그 사이에 안전을 도모하기 위해 손을 쓰지 않으면 안 된다. 아무래도 위험을 피할 수 없기 때문이다.

그러나 그 위험은 어느 정도일까? 조금 전에 포르피리와 있었던 일들을 대충 상기해 보았을 때, 그는 다시 한 번 무섭게 떨지 않을 수 없었다. 물론 그는 포르피리가 목적하고 있는 바를 정확히 알지 못했고, 또 그의 대략적인 계획도 간파해낼 수 없었다.

라스콜리니코프는 정말 자기 자신에게 치명상을 가했지만 '증거'로까지는 가지 않았고, 아직은 모든 것이 상대적인 것에 지나지 않았다. 하지만 그는 과연 이런 것을 모두 정확히 이해하고 있는 것일까? 잘못 판단하고 있지나 않은 걸까? 포르피리가 노린 것은 과연 무엇일까? 만일 니콜라이 덕택에 일이 그렇게 끝나지 않았더라면, 오늘 두 사람은 도대체 어떤 식으로 헤어졌을까?

포르피리는 속셈을 거의 보여주었다. 만일 포르피리가 뭔가 더 가지고 있었다면 그것까지도 보여주었을는지 모른다. 라스콜리니코프는 그런 기분이 들었다. 그 '깜짝 놀랄 만한 것'은 무엇이었을까? 거기에는 무슨 의미가 있었을까? 그 말 뒤에는 뭔가 증거라든가 유력한 기소 이유 같은 것을 감추고 있지 않았을까? 아니면 어제의 그 사내일까? 그 사내는 어디로 사라져버렸을까? 그 사내는 오늘 어디에 있을까?

라스콜리니코프는 고개를 숙이고, 무릎 위에다 팔을 괴고는 양손으로 얼굴을 감싼 채 소파에 앉아 있었다. 신경과민에서 오는 오한이 아직 남아 있었다. 마침내 그는 일어서서 모자를 쥐고 잠시 망설이다가 문 쪽으로 발걸음을 옮겼다.

웬일인지 오늘 하루는 거의 확실히 자신의 몸이 안전하다는 생각이 들었다. 그러자 갑자기 가슴 깊은 곳에서 기쁨에 가까운 감정이 솟아올랐다. 그는 한시바삐 카테리나의 집으로 가고 싶었다. 장례식은 시간이 맞지 않겠지만 추도식에는 닿을 수 있을 것이다.

특유의 병적인 미소가 라스콜리니코프의 입술에 떠올랐다.

"오늘이다! 오늘!" 그는 되풀이해서 혼잣말을 했다. "그렇다! 오늘 중으로…… 아무래도 그렇게 해야 한다."

밖으로 나가려고 문을 열려는 순간 별안간 문이 저절로 열리는 바람에 놀라서 뒤로 물러섰다. 문 앞에 누군가가 서 있었다. 땅에서 솟아난 듯한, 어제의 그 직공이었다.

문지방에 잠깐 멈춰 서서 라스콜리니코프를 유심히 바라보던 사내는 방 안으로 한 걸음 발을 들여놓았다. 그는 어제와 똑같은 차림을 하고 있었지만, 눈빛에는 심한 변화가 일어나 있었다. 오늘은 왠지 풀이 죽어 보였다. 그는 잠시 서 있더니 깊은 한숨을 내쉬었다. 만약 한 손을 볼에 대고 고개를 갸웃했다면 영락없이 시골 아낙처럼 보였을 것이다.

"무슨 일인가요?" 라스콜리니코프가 맥이 빠진 소리로 물었다.

사내는 가만히 있다가 별안간 그를 향해 바닥에 머리가 닿을 만큼 절을 했다.

"무슨 일이세요?" 라스콜리니코프가 물었다.

"제가 잘못했습니다." 사내가 작은 소리로 말했다. "화가 치밀었습니다. 당신이 그때 오셔서 관리인들에게 경찰한테 가자고 말하기도 하고, 피 이야기를 물었을 때 당신이 술에 취했다고 생각해서 그대로 내버려둔 것이 저는 분했습니다. 너무나 화가 나서 잠을 이룰 수 없었어여. 그래서 어제 여기에 살피러 왔던 것이지요. 당신의 집 번지수를 알아두었거든요."

"누가 왔었다고?" 상대의 말을 가로막는 순간, 라스콜리니코프는 기억이 되살아났다.

"제가요. 당신에게 무례한 짓을 했습니다."

"그럼 당신은 저 집에 살고 있습니까?"

"네. 저는 그곳에 살고 있습니다. 그때는 함께 문에 서 있었는데 잊어버렸나요? 저희들은 벌써 오래전부터 그곳에서 일을 하고 있습니다. 저희는 모피상인데, 집에서 주문을 받아 일하고 있죠. 제가 가장 화가 났던 것은……."

라스콜리니코프는 언뜻 그저께 문 곁에서의 정경이 뚜렷하게 떠올랐다. 그때 그곳에는 관리인들 이외에 몇 사람이 더 서 있었다. 여자들도 있었다. 그는 어떤 사람이, 이런 녀석은 경찰한테 넘기라고 말했던 소리도 생각났다. 누가 그런 말을 했는지는 기억나지 않지만, 자기가 그쪽을 향해 뭔가 대답까지 했던 건 기억할 수 있었다.

이것으로 어제의 그 공포도 완전히 사라져버린 셈이다. 결국 이처럼 '아무것도 아닌' 일로 파멸을 자초할 뻔한 것이다. 아무것도 아닌 일로 자신을 망쳐버리려 했다고 생각하니 끔찍했다. 이 사내는 셋방 얻는 일과 피에 관한 문답 이외에는 아무것도 다른 사람에게 얘기할 것이 없었다. 그렇다면 포르피리도 마찬가지로, 그 '열에 들떠' 한 말들 이외에는 아무것도 확실한 증거 같은 걸 쥐고 있지 않은 것이다. 그리고 보면 포르피리는 고작 셋방에 관한 일을 알았던 것뿐이며, 그것도 이제야 알게 된 것이다.

"오늘 포르피리에게…… 그곳에 간 이야기를 한 게 당신이었소?" 라스콜리니코프는 뜻밖의 생각에 정신이 번쩍 들어 외쳤다.

"포르피리라니요?"

"예심판사 말이오."

"네. 관리인들이 그때 가지 않아서 제가 간 것입니다."

"오늘요?"

"당신이 오시기 조금 전이었습니다. 저는 당신이 하는 말씀을 모두 들었습니다. 그 사람이 당신을 몰아세우는 것을 빠짐없이……"

"어디서? 무엇을? 언제?"

"그곳의 칸막이 그늘에서입니다. 그곳에 있었습니다."

"뭐라고요? 그럼 깜짝 놀랄 만한 것이라는 게 결국 당신이었군! 어떻게 그런 일을 할 수 있소? 정말 놀랐는걸!"

"사실은 이렇지요." 직공이 말했다. "관리인들은 제가 아무리 말해도 벌써 시간이 늦었다, 이 시간에 뭣 때문에 왔느냐고 혼낼 거라면서 가지 않는다고 하기에 저는 화가 나서 잠을 이룰 수 없었어요. 그래서 혼자서라도 경찰을 만나러 갔지요. 처음 갔을 때는 그분이 안 계셔서 한 시간 뒤에 다시 갔지만 만나주지 않았습니다. 세 번째 갔을 때야 겨우 안내하더군요. 제가 모든 사실을 말하자, 그 사람은 방 안을 뛰어다니듯 걸으면서 주먹으로 자기 가슴을 때린 뒤, '너희들은 왜 나를 괴롭히느냐, 이 악당들아! 그런 줄 알았으면 그 녀석을 경찰에 소환하는 건데!' 하더군요. 그리고 뛰어가서 누군가를 불러가지고 함께 구석에서 무슨 얘긴가를 나누더니, 저에게로 다시 와서 뭔가를 이것저것 묻기도 하고, 때로는 호통을 치기도 했습니다. 저는 모든 걸 사실대로 말했지요. 제가 어제 당신에게 말을 걸었더니 대답을 하지 않았고, 또 제가 누구인지도 모르는 것 같더라고 했습니다. 그러자 그분은 또 방 안을 뛰어다니며 계속 자기 가슴을 치기도 하고, 화를 내기도 하던 차에 당신이 오셨다는 전갈을 받은 것입니다. 그러자 그 사람은 저더러 칸막이 저쪽에 숨어서 잠시 가만히 있으라고 하더군요. 무슨 소리가 들려도 움직여서는 안 된다고 하고는 그곳에 의자를 가지고 와서 저를 가둬버렸지요. 어쩌면 나를 심문할지도 모른다고 하면서 말입니다. 그리고 니콜라이가 붙들려 오고, 당신이 돌아간 뒤에야 그 사람은 저를 놓아준 겁니다. 나에게는 다시 한 번, 좀 더 자세히 여러 가지 물을 것이 있다고 하면서……."

"그래서 니콜라이는 당신 앞에서 심문을 받았소?"

"그 사람은 당신을 보낸 후, 곧 저를 불러 심문을 시작했습니다." 그는 여기서 말을 끊더니 손가락이 마루에 닿을 정도로 정중히 절을 했다. "고자질을 하고 나쁜 사람이라고 여긴 건 정말 죄송합니다."

"하느님이 용서해 주실 테지." 라스콜리니코프가 이렇게 말하자 직공은 그에게 또 절을 했다. 그런데 이번에는 마루에 닿을 정도가 아니고, 허리까지 구부리는 절이었다. 그리고 천천히 돌아서서 방을 나갔다.

"이것으로 모든 게 다시 애매해졌어. 모든 것이 모호해진 거야." 라스콜리니코프는 중얼거리면서, 어느 때와 달리 힘차게 방을 나갔다. "이제부터 싸움을 하는 거야." 그는 계단을 내려오면서 증오에 찬 미소를 띠고 중얼거렸다. 그 증오는 자기 자신에 대한 증오였다. 그는 경멸과 수치심을 의식하면서 자신이 너무나 '겁쟁이'였다는 사실을 곱씹기 시작했다.

제 5 부

1

루진의 운명을 좌우하는, 두냐와 라스콜리니코바 부인을 상대로 담판이 있었던 다음날 아침, 루진은 순식간에 취기가 깼다. 무엇보다 불쾌했던 것은 벌써 지나간 일이긴 하지만 어제까지만 해도 도저히 있을 수 없는 꿈같은 일로만 생각했던 것을 이제는 돌이킬 수 없는 기정사실로 인정하지 않을 수 없게 된 현실이었다.

루진은 '상처받은 자존심'이라는 독사에게 밤새도록 파먹혔다. 잠자리에서 일어나자마자 그는 거울을 보았다. 울분 때문에 하룻밤 사이에 황달이 걸리지나 않았는지 걱정되었다. 다행히 아직은 무사했다. 이 정도면 다른 데서 좀 더 아름다운 신붓감을 찾아낼 수 있을 것이라는 자신감이 들어 조금 위안이 되었다. 그러나 곧 제정신이 들자 침을 뱉지 않을 수 없었다. 그리고 한 방에 지내고 있는 친구인 젊은 레베쟈트니코프의 말없는 비웃음을 받았다. 루진은 그것을 눈치채고 마음속으로 이 젊은 친구가 진 빚에 가산했다. 그는 요즈음 이 친구에게 꽤 많은 돈을 빌려주고 있었던 것이다. 어제의 면담 결과를 레베쟈트니코프에게 알린 것이 잘못이었다는 생각이 들자, 증오심은 더욱 커졌다.

게다가 최고 재판소 쪽의 일도 실패로 돌아가게 될 것 같았다. 특히 루진의 기분을 초조하게 만든 장본인은, 가까워진 결혼식을 위해 셋집을 얻어 자기 돈으로 개조까지 한 집의 주인이었다. 이 집 주인은 벼락부자가 된 독일인 직공이었다. 그는 루진이 거의 새로 꾸미다시피 한 집을 그대로 반환하겠다고 해도 계약서에 적어 넣은 위약금 전액을 지불하라고 요구했다. 가구점 주인 역시 예약만 하고 아직 가구를 가져다놓지도 않았는데, 가구의 선금을 1루블도 반환하지 않겠다는 것이었다. '가구 때문에 일부러 결혼할 순 없잖아!' 하고 루진이 투덜거렸다. 이때 다시 한 번 실현될 리도 없는 희망이 그의 머리에 번뜩였다. '정말로 혼담은 이젠 돌이킬 수 없는 걸까?' 두냐를 생각하자 그의 가슴은 또다시 유혹에 끌리는 것이었다.

실수는 그것뿐이 아니다. 그 두 사람에게 돈을 한 푼도 주지 않았던 것도 실수다. 그는 우울하게 레베쟈트니코프의 방으로 돌아오던 중에 이런 생각들을 했다. '제기랄! 그 두 사람을 좀 더 학대해서 나를 하느님같이 섬기게 하려고 했는데, 일이 이렇게 되고 말았으니! 크노프 상점이나 영국 상점에서 팔고 있는 잡동사니 대금으로 1,500루블 정도만 줬더라면 모든 것이 잘 풀렸을 텐데! 그러면 그쪽도 그리 쉽게 거절하지는 않았을 텐데.' 그는 다시 한 번 이를 악물며 자신이 바보였음을 인정했다. 물론 마음속에서였지만!

루진은 카테리나의 방에서 진행되고 있는 추도식 준비에 호기심

362

이 생겼다. 이 장례식에 대해서는 어제부터 들었을 뿐 아니라 자기도 초대받은 기억이 있었지만, 다른 일 때문에 뛰어다니느라고 신경을 쓰지 못하고 있었다. 카테리나가 묘지에 간 사이, 식사 준비가 되어 있는 테이블 주위에서 분주히 일하고 있던 리페벡셀 부인에게 들은 바로는, 추도식은 성대히 치르기로 되어 있었다. 또 레베쟈트니코프는 카테리나와 싸움을 한 사람이면서도 초대를 받았으며, 루진 자신도 세든 사람 가운데 가장 귀한 손님 중 한 사람으로 초대받은 터였다.

리페벡셀 부인은 기분이 좋아서 자기 일처럼 부지런히 일하고 있었다. 그녀는 상복이기는 하지만 새 비단옷을 차려 입고 의기양양한 상태였다. 하지만 루진은 자기 방, 즉 레베쟈트니코프의 방으로 다시 돌아왔다. 초대된 사람 중에 라스콜리니코프도 끼여 있었기 때문이다.

레베쟈트니코프는 어찌 된 까닭인지 오전 내내 집에 틀어박혀 지냈다. 이 사내와 루진 사이에는 일종의 기묘한 관계가 이루어져 있었다. 루진은 그의 방에서 함께 기거하게 된 그날부터 도가 지나칠 정도로 그를 경멸과 두려움의 시선으로 바라보았다. 페테르부르크에 도착한 후 루진이 이 사내의 방에 묵고 있는 것은 노랑이 같은 단순한 경제관념 때문만이 아니라 다른 원인도 작용하고 있었다. 루진이 지방에 있을 때, 레베쟈트니코프가 가장 급진적인 진보파의 한 사람으로 흥미롭고 전설적인 서클에서 중요한 역할을 하고 있다는 소문을 들었던 것이다. 이렇게 강력한, 모든 일을 알고 있고, 모든 인간을 경멸하고, 모든 인간의 비행을 폭로하는 서클에 그는 오래전부터 막연한 공포를 느끼고 있었다. 또한 요 몇 해 동안 정말 무서워하고 있었던 것은 '폭로'였다. 이것은 특히 자신의 활약 무대를 페테르부르크로 옮기기로 결정한 이후, 그를 덮치곤 했던 과장된 불안의 최대 원인이었다. 몇 해 전에 지방에 있으면서 출세의 길을 뚫으려고 했을 때, 그때까지 그가 필사적으로 매달리고, 그를 보호해 준 한 유력한 인사가 무참하게 비행을 폭로당한 사건이 두 번이나 있었다. 한 사건은 매우 성가신 파탄으로 결말이 날 뻔했다. 이러한 일이 있었기 때문에 그는 페테르부르크에 나오자마자 모든 진상을 파악하고, 혹 필요하다면 만일의 경우에 대비해 먼저 손을 써서 '우리의 젊은 세대'의 비위를 맞추려 했던 것이다. 이때 그가 의지하고 있었던 사람이 레베쟈트니코프였고, 그 덕분에 라스콜리니코프를 방문했을 때도, 이미 다른 사람의 유명한 문구를 빌려서 무어라고 지껄여댈 수가 있었던 것이다.

물론 루진은 레베쟈트니코프가 아주 속물적인 인간이라는 것을 알아차리고 있었다. 하지만 이것이 명확하게 그가 품은 의문을 풀어주지 못했고, 조금도 힘이 되지 못했다. 가령 진보주의자는 모두 바보들이라고 확신하게 되었다 하더라도 그의 불안은 가시지 않았을 것이다. 원래 그러한 학설이나 사상, 체계 따위는 그다지 관심이 가지 않았다. 그에게 필요한 것은 한시바삐 다음과 같은 것을 알아내는 것뿐이었다. 즉 '여기서' 무엇이 어떻게 일어나고 있는지, 그들에겐 세력이 있는지 없는지, 자신이 무서워할 것이 있는지 없는

지, 자신이 무엇을 꾸민다고 하면 그들은 자기를 폭로할 것인지 하는 것들이었다.

레베쟈트니코프는 관청에 근무하는 사내로, 임파선을 앓고 있었으며, 금발인데도 이상하게 바래 보이는 머리를 하고 있었다. 그러나 하숙집에서는 훌륭한 하숙인 중 한 사람으로 꼽혔다. 술도 마시지 않았고 방세도 꼬박꼬박 잘 내고 있었기 때문이다. 이런 장점을 갖추고 있었음에도 레베쟈트니코프는 확실히 어딘가 얼이 빠진 데가 있었다. 또 그는 나약한 조산아요, 무엇 하나 제대로 배운 게 없는 고집쟁이 중 하나였다.

레베쟈트니코프는 루진이 다소 눈에 거슬렸다. 이것은 쌍방이 어쭙잖은 일로 오해를 하는 바람에 그렇게 되어버린 것이다. 그러나 레베쟈트니코프는 순박하긴 했지만 루진이 자신을 속이고 있고, 은근히 경멸할뿐더러 겉보기와는 다르다는 것을 깨달았다. 그는 루진에게 푸리에의 체계와 다윈의 이론을 설명해 주려고 했다. 하지만 루진은 이 무렵 지나치게 냉소적인 태도로 말을 들었으며, 심지어는 욕설까지 퍼부었다.

그날 아침나절, 무슨 이유에선지 5부 이자가 붙은 채권을 몇 장 바꿔온 루진은 테이블 앞에 앉아 지폐와 채권 뭉치를 계산하고 있었다. 그는 레베쟈트니코프가 이 정도의 큰돈을 절대로 예사로 바라보진 않으리라고 믿었으며, 레베쟈트니코프 역시 상대가 그런 식으로 자기를 생각할지도 모른다고 여겼다. 그뿐 아니라 루진이 눈앞에 돈뭉치를 펼쳐놓아서 자신의 마음을 자극하고 초조하게 만들어, 두 사람 사이에 가로 놓인 현격한 차이를 뼈저리게 느끼게 하려 할지도 모른다는 생각이 들었다.

레베쟈트니코프는 루진을 앞에 놓고 새롭고 특별한 '공산주의 공동체'의 설립에 대해 얘기를 시작했지만, 어느 때와 달리 루진이 신경을 쓰지 않으려고 하는 것을 알았다. 주판알을 놓는 사이사이에 루진이 내뱉는 짧은 반박이나 지적은 지극히 노골적이고 조소에 차 있었다.

"도대체 저쪽에선 어떻게 추도식을 치를 작정일까? 그 미망인 말이야?" 루진이 이렇게 물었다.

"정말 모르시는 것 같군요. 어제 둘이서 그 이야기를 하지 않았습니까? 그리고 그 추도식에 대한 저의 생각을 말하지 않았습니까? 게다가 당신도 그 미망인으로부터 초대받았고요. 당신이 직접 그 여자와 어제 이야기를 나눴지요."

"그 한 푼 없는 바보 같은 여자가 역시나 바보 같은 라스콜리니코프에게서 받은 돈을 전부 쓰리라고는 생각지도 못했어." 루진은 상대방의 속을 떠보며 이야기를 계속했다. "그리고 나도 초대받았다고 했지? 도대체 언제 그랬나? 기억이 없는데? 나는 가지 않을 거네. 어제는 그저 지나는 길에 그 여자 이야길 나눴지. 관리의 미망인으로서 일시금의 형식으로 1년분의 급료를 받을 수 있을지도 모른다고 말이야. 그렇다면 그 답례로 나를 초대했다는 것이로군. 하하하!"

"나도 별로 가고 싶은 생각은 없어요." 레베쟈트니코프가 말했다.

"그럴 테지. 그 손으로 때렸으니까! 마음이 내키지 않는 건 알겠네."

"누가 누구를 때렸다는 겁니까?" 레베쟈트니코프는 갑자기 당황해서 얼굴까지 붉혔다.

"자네가 카테리나를 말일세! 나는 어제 분명히 이 귀로 들었네. 자네들의 신념은 그런 것 아닌가? 그 여자 문제는 아무래도 실패작이 아니었나?" 이렇게 말한 루진은 기분이 후련한지, 또 주판을 놓기 시작했다.

"그런 것은 모두 중상모략입니다!" 누군가가 이 일을 끄집어내지나 않을까 늘 겁을 먹고 있던 레베쟈트니코프는 화가 났다. "사실과 전혀 다릅니다. 그런 게 아니었어요. 당신이 잘못 들었어요. 그쪽에서 먼저 덤벼들어 할퀴려고 했기 때문에 방어했을 뿐이에요. 제 수염을 잡아 뜯는 바람에 그 여자를 떠민 것뿐입니다."

"하, 하, 하!" 루진은 여전히 심술궂게 웃었다.

"제기랄. 당신을 상대하고 있으니 머리가 이상해지는군요! 제가 추도식에 가지 않으려는 것은 그런 일이 있어서가 아닙니다. 전 그저 주의 때문에 가지 않는 것입니다. 추도식이라는 낡고 잘못된 편견에 끼어들기가 싫기 때문이죠. 그런데 애석하게도 신부조차 오지 않는다더군요. 그렇지 않으면 반드시 갈 텐데……."

"그건 음식을 준비해 놓고 초대를 한 사람에게 침을 뱉는 말이군."

"침을 뱉는다는 의미가 아니고, 저항을 하려는 거죠. 전 유익한 목적을 위해 가지 않는 겁니다. 간접적으로 계몽과 선전이 되기 때문입니다. 우리 동지 가운데 체례비예바가 사람들의 비난을 받을 뻔한 적이 있습니다. 그녀가 집을 뛰쳐나와…… 어떤 남자에게 몸을 맡긴 상황에서, 부모에게 편지를 썼지요. 자유로운 결혼을 하겠다고 했지요. 그러자 동료들은 상대가 부모인 만큼 그건 너무 잔인하다, 좀 더 침착하고 부드럽게 써야 한다고 했습니다."

"체례비예바는 언젠가 자네가 세 번이나 결혼을 했다고 말한 여자가 아닌가?"

"실은 두 번입니다. 하지만 네 번이건 열다섯 번이건 그런 건 문제가 아닙니다. 만일 제가 아버지와 어머니가 돌아가신 것을 애석하게 생각하고 있다면, 그건 바로 지금입니다. 만일 부모가 살아 계신다면 제가 얼마나 속을 썩여드렸을까요? 일부러라도 그렇게 했을 겁니다. 그런데 저는 완전히 '외톨이'입니다."

"그보다도 물어볼 게 있는데……, 자네는 그 죽은 관리의 딸을 알고 있다고 했지? 그 말라빠진 처녀 말이야. 그 처녀에 대해서 좋지 않은 소문이 나 있던데, 그게 사실인가?"

"그게 어떻다는 겁니까? 제 생각으론 신념에 의한 행동은 문제가 되지 않습니다. 왜 그것이 나쁩니까? 모든 것은 잘 구별해야 합니다. 그녀에게는 자신이 하는 모든 행동에 대한 당연한 권리가 있습니다. 소냐 마르멜라도바 개인에 대한 제 생각을 사회 제도에 대한 정력적인, 인격화된 저항으로 보고, 그녀를 존경하고 있습니다. 그녀를 보고 있으면 기쁨이 솟구칠 정도입니다!"

"그러나 듣자 하니 그녀를 이 아파트에서 쫓아낸 것은 자네라고 하던데……."

레베쟈트니코프는 화가 치밀어 소리쳤다. "그것은 중상입니다! 사실은 전혀 달라요! 잘못 본 거예요! 그건 모두 카테리나가 그 무렵 아무것도 모르고 떠들어댔기 때문입니다! 전 그저 그녀를 계몽해서 저항 정신을 불어 넣으려고 했던 것뿐입니다."

"공산주의 공동체에 들라고 권했나?"

"당신은 계속 빈정대기만 하는군요. 그것도 서투른 방법으로! 주의해 두지만 당신은 아무것도 몰라요. 우리는 그런 일은 하지 않습니다. 모든 것은 인간이 어떤 상황과 환경에 놓여 있느냐에 의해 정해지는 겁니다. 소냐 마르멜라도바와 저는 지금도 서로 잘 지내고 있습니다. 그것만 봐도 그녀가 절대로 저를 적이라든가, 자기를 모욕한 인간이라고 생각한 일이 없다는 훌륭한 증거가 되지 않습니까? 그리고 우리는 독자적인 공산주의 공동체를 만들려고 하고 있습니다. 이것은 지금까지의 것보다 훨씬 넓은 기반 위에 서 있는 겁니다. 우리는 사상에서 한 발 전진했습니다. 우리는 더 많은 것을 부정하고 있습니다! 도브롤류보프(러시아의 계몽적 철학자, 1836~1861)가 관 속에서 일어나서 나온다면 저는 그를 상대로 논쟁을 한번 할 겁니다. 벨린스키(러시아의 유명한 문예 평론가, 1801~1848) 같은 건 짓밟아버리겠습니다. 그러나 지금은 우선 소냐에게 계몽을 계속할 작정입니다. 그녀는 영혼이 아름다운 여성이니까 말입니다!"

"오, 그럴듯하군!"

"정말입니다! 당신은 계몽이란 말을 조잡하고 천하게 해석하고 있군요. 우리는 여성이 자유를 얻는 것을 추구하고 있는데, 당신은 한 가지 생각밖에 없어요. 전 순결이라든가 여자의 수치심이라는 문제는 그 자체가 무익하고 편견에 찬 것이라고 생각해요. 왜냐하면 그 속에 여성들의 모든 의지와 권리가 들어 있으니까요. 물론 소냐가 저에게 '당신과 같이 살고 싶어요.'라고 한다면, 저는 저 자신을 행운아라고 생각할 것입니다. 그녀가 좋으니까요. 지금까지 저만큼 예의바르고 깍듯하게 그녀를 대한 사람은 없을 겁니다."

"그보다도 그녀에게 뭔가 선물이라도 하는 것이 좋지 않을까? 자네는 그런 것을 생각해 본 적도 없겠지만."

"아까도 말했지만, 당신은 그녀를 경멸하고 있습니다. 당신은 밖으로 드러난 어떤 사실을 경멸할 만한 것이라고 오해하고, 이미 그녀를 인도적으로 보기를 거부하고 있습니다."

"그건 또 무슨 뜻인가?"

"최근 우리 단원들은 남자 방이건 여자 방이건, 다른 단원의 방에 수시로 들어갈 권리가 있느냐 없느냐에 대해 토론을 했지요. 그리고 그럴 수 있다고 결정했습니다."

"그럼 그 남자나 여자가 마침 생리적 욕구를 만족시키고 있는 중일 때는 어떻게 하지?"

레베쟈트니코프는 마침내 벌컥 화를 냈다. "계속해서 그런 더러운 '생리적 욕구' 얘기만 할 작정입니까?" 그는 증오스럽게 외쳤다. "제기랄! 내가 그 시스템의 설명을 하고 있는 중에 이런 더러운 생리적 욕구 이야기를 꺼내다니, 나 참! 우리의 사상은 당신 같은 사람에겐 발끝에 걸리는 돌부리예요. 그리고 좀 물어보겠는데, 뭐 시궁창이라고 수치스럽거나, 경멸할 건 없지 않습니까? 저는 그 시궁창이라도 솔선해서 깨끗이 청소할 각오가 되어 있어요! 그건 절대로 자기희생 같은 것이 아닙니다! 다른 어떤 활동보다 가치가 있는 것으로 라파엘로나 푸슈킨이 한 활동보다 훨씬 고급스런 활동입니다. 그것이 고급이라는 것은 우리에게 유익하기 때문입니다."

"보다 고결하니까? 하, 하, 하!"

"보다 고결하다는 것이 뭡니까? 인간 활동을 정의하는 말로서 그런 표현은 정말 어울리지 않아요. '보다 고결한'이라든가 '보다 관대한'이라는 것은 무의미하고 어리석은 헛소리입니다. 인류에게 '유익'한 것은 모두 고상합니다."

루진은 크게 웃었다. 그는 계산을 끝내고 돈도 치웠지만, 그 일부만은 무엇 때문인지 테이블에 아직 놓아두었다. '시궁창에 대한 문제'는 별것이 아닌데도 벌써 몇 번이나 루진과 젊은 친구 사이에 불화와 반목의 원인이 되었다. 그러나 참으로 어처구니없는 일은 레베쟈트니코프가 정말 화를 내고 있다는 사실이었다. 루진은 그것을 기분 전환용으로 삼고 있었지만, 지금은 레베쟈트니코프를 골려주고 싶었다.

"당신은 어제 일 때문에 괜히 화가 나서 그러는 거죠?" 레베쟈트니코프는 마침내 그런 말까지 했다. 하지만 입으로는 시종 '자주 독립'이라든가 '저항'이라고 하면서도 어쩐지 루진에게 공손한 태도를 보였다.

"그보다는 잠깐 물어볼 게 있는데……." 루진이 경멸하는 투로 상대방의 말을 가로막았다. "자네는 할 수 있겠나? 아니, 그보다는 이렇게 말하는 게 좋겠군. 정말 자네는 지금 말한 젊은 처녀와 친한가? 그렇다면 지금 잠시 이곳으로, 이 방으로 그녀를 데리고 올 수 있는가?"

"무엇 때문이죠?"

"그저 그럴 일이 있네. 오늘이나 내일 나는 여기를 떠나니까, 그녀에게 뭔가 얘기를 해주고 싶어서……."

"바로 불러오지요."

5분쯤 뒤에 레베쟈트니코프는 소녀를 데리고 왔다. 그녀는 겁에 질려 떨면서 들어왔다. 루진은 그녀를 '상냥하고 정중하게' 맞이했는데, 그 태도는 약간 들뜬 것 같았다. 루진이 밝힌 바에 따르면, 자기와 같이 명예롭고 무게 있는 인간이 젊고, 어떤 의미에서 '흥미 있는' 여성과 접할 때에 알맞은 태도였다. 소냐는 잠시 주위를 둘러본 후 못이라도 박힌 것처럼 그에게서 눈을 떼지 않았다. 레베쟈트니코프가 입구 쪽으로 가자, 루진은 일어나며 손으로 소냐를 그대로 앉아 있으라고 한 다음, 레베쟈트니코프를 입구에서 불러 세웠다.

"라스콜리니코프도 거기 있었나?" 루진은 레베쟈트니코프에게 속삭이듯 물었다.

"라스콜리니코프 말입니까? 봤습니다만, 왜 그러십니까?"

372

"그럼 특별히 부탁하네만 여기 있어주게. 그리고 나와 저…… 처녀가 단둘이 있지 않게 해주게. 하찮은 일이지만 무슨 소문이라도 날지 모르니까."

"좋아요. 여기 있지요."

루진은 소파로 돌아가 소냐와 마주 앉아서 주의 깊게 그녀를 바라보았다. 그러고는 갑자기 딱딱하고 위엄 있는 얼굴을 했다. '아가씨도 이상하게 생각하지 말아요.' 하는 듯한 얼굴이었다.

"우선 마르멜라도바 양, 당신 어머니께 사과의 말을 전해 주시오. 카테리나가 당신 어머니 맞지요?" 루진이 점잖고 상냥한 어조로 입을 열었다.

"네, 그렇습니다." 소냐는 겁에 질려 빠르게 대답했다.

"어머니께서 친절하게도 초대를 해주셨는데, 추도식에 갈 수 없다고 전해 주십시오. 마르멜라도바 양, 만일 내가 하잘것없는 일로 당신을 불렀다고 생각하면, 그것은 정말 큰 오산입니다. 내 목적은 다른 데에 있어요."

소냐는 당황해서 자리를 고쳐 앉았다. 테이블에는 미처 치우지 않은 회색과 붉은색 지폐가 보였지만, 그녀는 재빨리 시선을 거두어 루진 쪽으로 얼굴을 돌렸다. 순간적으로, '자기'와 같은 신분의 여자가 다른 사람의 돈을 보는 것이 실례라고 느꼈던 것이다.

"어제 나는 카테리나와 몇 마디 말을 나눴는데, 그분이 자연스럽지 못한 정신 상태에 있다는 것을 알았어요."

"그래요, 부자연스럽지요."

"보아하니 모든 가족이 당신 한 사람의 어깨에 매달려 있는 것 같더군요."

"잠깐 물어보겠는데요. 어제, 어머니에게 뭔가 연금이 나오도록 힘써 주겠다고 말씀하셨지요? 그게 정말인가요?"

"전혀 가망성이 없어요. 나는 그저 재직 중에 사망한 관리의 미망인에게는 일시적인 보조금이 나올 가능성이 있다고 이야기를 했을 뿐인데…… 하, 하, 하! 굉장히 눈치가 빠른 부인이시군요."

"그래요. 연금 같은 걸……. 실례했어요." 소냐는 그렇게 말하고 일어서서 나가려고 했다.

"죄송하지만 아직 이야기가 끝나지 않았어요. 그러니까 자, 앉으세요."

소냐는 당황해서 다시 앉았다.

"불행을 당한 분이 어린애를 데리고 있는 처지를 보고, 나는 내 힘이 닿는 데까지 도우려고 합니다."

"당신에게 하느님의……." 소냐는 유심히 상대의 얼굴을 바라보면서 간신히 말했다.

"그러나 그것은 나중에…… 또 만나서 상의를 하고, 기본적인 내용들을 결정하기로 합시다. 일곱 시경에 이 방으로 와주십시오. 마르멜라도바 양, 돈을 카테리나에게 주면 위험하다는 겁니다. 그 증거는 오늘의 그 추도식입니다. 내일 먹을 빵 한 조각도 없고…… 신발조차도 없으면서, 오늘은 자메이카 산의 럼주다, 마데이라 산의 포도주다, 거기에 커피까지 사들이지 않습니까. 그래서 내 생각으로는 그 불행한 미망인에게는 모금에 관한 일이나 돈 이야기는 일체 알리지 말아야 한다는 겁니다."

"그러나 어머니가 그런 일을 한 것은 오늘뿐이에요. 어머니는 그저 추도식을 하고 싶었고, 아버지의 추억을 되새기고 싶었던 거예요." 소냐는 끝까지 말을 맺지 못하고 울음을 터뜨렸다.

"어쨌든 어머니를 위해 제가 드리는 돈을 받아주십시오. 제 이름은 말하지 마십시오. 자, 이것을……." 이렇게 말하고 루진은 10루블을 잘 펴서 내밀었다. 그것을 받은 소냐는 얼굴을 붉히며 재빨리 일어서서 무어라고 중얼거리며 인사를 했다.

그동안 레베쟈트니코프는 그들의 이야기를 중단시키지 않으려고 신경을 쓰면서, 창가에 서 있기도 하고 방 안을 왔다 갔다 하기도 하다가 소냐가 나가자 별안간 루진에게로 와서 진지한 얼굴로 손을 내밀었다.

"나는 모든 것을 이 귀로 듣고 눈으로 보았습니다." 그는 마지막 말에 특별히 힘을 주었다. "그건 고결한 행동입니다. 당신은 감사하다는 말을 듣는 것을 피하려고 했어요. 나는 이 눈으로 직접 보았습니다! 정말 마음에 들었습니다."

"뭘, 아무것도 아닌 일을 가지고!" 루진은 약간 흥분해서 레베쟈트니코프의 얼굴을 바라보며 중얼거렸다.

"아니, 쓸데없는 일이 아닙니다. 당신같이 굴욕을 겪고 억울한 일로 눈물을 삼키고 있는 상황에서 다른 사람의 불행을 생각할 수 있는 사람은…… 가령 그 행위가 사회적으로 잘못을 저지른 것이라

하더라도…… 존경할 만합니다. 당신은 인류가 아직 완전히 타락하지 않았다는 것을 보여주었어요. 기쁩니다."

"그것은 자네들이 부르짖는 자유 결혼 따위를 해서 아내에게 부정을 하게 하거나, 다른 사람의 자식을 기르는 따위의 짓을 하고 싶지 않기 때문이야. 그래서 나는 법률적인 결혼이 필요한 거야." 루진은 뭔가 마음에 걸리는 것이 있는지 생각에 잠겨 있었다.

"자식이라고요?" 레베쟈트니코프는 전투 나팔 소리를 들은 군마와 같이 몸을 부르르 떨었다. "자식이라는 것은 사회 문제입니다. 그러나 자식 문제는 다른 해결 방법이 있습니다. 가정을 갖기를 싫어하는 사람이 무엇이나 부정하는 것처럼 자식을 갖는 것을 부정하는 사람도 있습니다. 그리고 부정이란 도대체 뭡니까? 이거야말로 어처구니없는 착오입니다! 정말 시시합니다! 자유 결혼에는 부정 같은 것이 있을 수 없습니다! 부정이란 것은 여러 가지 법률적 결혼의 자연적인 산물에 지나지 않습니다. 때문에 그런 의미에서 부정은 조금도 수치스런 것이 아닙니다. 만일 제가 법률적인 결혼을 했다면, 오히려 당신들이 저주하는 부정을 기뻐했을 것입니다. 제기랄! 전 가끔 이런 것을 공상할 때가 있습니다. 만일 결혼 후 아내가 연인을 만들지 않으면, 저 스스로 아내에게 연인을 만들어주어야 하지 않을까 생각합니다. 그리고 아내에게 이런 말을 할지도 모릅니다. '난 당신을 사랑하고 있지만 실은 존경받고 싶어. 그래서 이런 짓을 하는 거야!'라는 말을요. 제 말이 틀렸습니까?"

루진은 이야기를 들으며 껄껄 웃었는데, 특별히 신경을 써서 들고 있는 것 같지 않았다.

2

무엇 때문에 카테리나는 이토록 혼란한 상황에서 이런 무의미한 추도식을 하려고 했는지 그것을 정확히 기술하기는 어렵다. 추도식에 든 비용은 라스콜리니코프로부터 받은 20루블 남짓한 돈 중에서 10루블쯤 되는 돈이었다. 어쩌면 카테리나는 고인의 추도식을 '떳떳하게 정식으로' 함으로써 아파트의 주민 전부, 특히 집주인인 리페벡셀 부인 등에게 남편은 '그들에게 결코 뒤지지 않은 인간일뿐더러, 어쩌면 훨씬 훌륭했는지도 모른다. 그들 중 누구도 그에 대해 으스댈 권리 같은 것은 없다.'는 것을 알려주는 것이 죽은 남편에 대한 자기의 의무라고 생각한 것 같았다. 실제로 최근 1년 동안 그녀의 머리는 너무 큰 괴로움에 시달렸기 때문에 일시적이나마 비정상적인 상태가 되지 않을 수 없었다. 의사의 말에 따르면, 폐병 악화로 두뇌에 혼란이 왔다는 것이다.

모든 종류의 술이 다 준비되어 있었던 것은 아니어서 마데이라의 포도주'도 없었다. 보드카, 럼주, 리스본 포도주 등이 있었는데, 모두 최하급품들이었지만 양은 충분했다. 음식으로는 꿀죽 외에도 서너 가지가 더 있었다. 그러나 모두 리페벡셀 부인 집의 부엌에서 날아온 것이었다. 그리고 식후에 예정되어 있던 차와 펀치를 준비하기 위해 사모바르 두 개도 즉시 갖추어져 있었다. 장보기는 리페벡셀 부인 집에 붙어사는, 몰골이 초라한 폴란드 인을 데리고 카테리나 자신이 직접 했다.

카테리나의 성격에는 이런 특성이 있었다. 처음 만난 사람은 누구에게나 성급하게 아름다운 빛깔로 채색하고, 사람에 따라서는 민망할 정도로 칭찬을 했다. 그러다가 갑자기 환멸을 느끼고, 몇 시간 전까지도 칭찬하고 있던 사람에게 심한 욕설을 퍼붓고 침을 뱉으며 쫓아버리는 것이었다. 그녀는 천성적으로 잘 울고 명랑하고 온화한 성격이었으나, 끊임없는 비운으로 극히 사소한 부조화나 실패조차도 그녀로 하여금 즉시 광란에 가까운 상태에 빠지게 했다. 리페벡셀 부인도 그 시기에는 어쩐 일인지 카테리나에게서 더없이 중요시되고 존경을 받았다. 그것은 이 추도식을 계획했을 때, 리페벡셀 부인이 진심으로 뒷바라지를 해주려고 마음먹어서였는지도 모른다.

리페벡셀 부인은 식사 준비부터 테이블보와 식기를 마련하는 일은 물론, 자기 부엌에서 조리하도록 배려해 주었다. 그래서 카테리나도 모든 일을 그녀에게 맡겨 좋을 대로 하게 하고, 자기는 묘지로 떠났던 것이다. 확실히 모든 준비는 훌륭히 갖추어졌다. 그리고 리페벡셀 부인이 완벽하게 할 일을 다했다고 느끼면서 여봐란 듯이 검은색 리본을 단 실내모에 검은 상복을 입고 아주 멋을 부리면서, 사람들을 맞이한 것이다.

리페벡셀 부인이 자랑스런 기분을 느낀 것은 당연한 일이었으나 왠지 카테리나의 마음을 불편하게 했다. 마치 자기가 없었으면 식사 준비도 할 수 없었을 것이라는 듯한 얼굴을 하고 있잖아! 이 바보 같은 독일 여자는 가난한 셋방살이를 하는 사람을 돕는 것을 자랑스럽게 생각하는 것 같군.' 카테리나는 마음속으로 오늘은 꼭 리페벡셀 부인을 골탕 먹여서 신분을 알려야겠다, 그러지 않으면 언제까지 거드름을 피울지 모른다고 생각했다. 게다가 카테리나의 기분을 초조하게 만든 불쾌한 일이 있었다. 그것은 장례식 때, 초대한 동네 주민들은 거의 아무도 얼굴을 내밀지 않더니 추도식에는 찢어지게 가난한 사람들이 초라한 몰골로 나타난 것이다. 더구나 주민 중 다소 나이가 들고 지위가 있는 사람들은 약속이나 한 듯이 한 사람도 참석하지 않았다. 이런 요소가 한데 어우러져 카테리나를 불쾌하게 만든 것이다. '이렇게 되면 누구 때문에 이렇게 요리를 만들었는지 모르겠군?' 조금이라도 자리를 넓히기 위해 방 안을 가득 채우고 있는 테이블의 의자에는 아이들을 앉히지 않았다. 아이들을 위해선 따로 구석 궤짝 위에 테이블을 만들어, 두 명의 작은 아이는 벤치에 앉게 했다. 그리고 폴렌카는 제법 컸다고 시중을 들어주고, 음식을 먹여주고, '훌륭한 가문의 아이처럼' 코를 푸는 것을 돕게 했다. 그런 상황에서 일이 이렇게 되자 좋은 결말이 나올 리가 없었다. 드디어 일동이 자리에 앉았다.

라스콜리니코프가 방에 들어온 것은 가족이 묘지에서 돌아온 것과 거의 동시였다. 카테리나는 그가 온 것이 뛸 듯이 기뻤다. 그 이유는, 첫째 그가 손님 가운데 유일하게 '교양 있는 손님'으로 '다른 사람들도 알고 있듯이 2년 후엔 이 지방의 대학에서 교수직에 앉을 사람'이었고, 둘째는 그가 장례식에도 참석하고 싶었지만 일 때문

379

에 참석하지 못한다고 정중하게 사과했기 때문이다. 그녀는 갑자기 그에게로 뛰어가서, 그를 자기의 왼쪽 자리에 앉힌 후 속삭이는 듯한 소리로 가슴에 맺힌 한과 실패로 돌아간 장례식에 대한 불만을 모두 털어놓으려고 했다.

"모두 저 뻐꾹새 탓이랍니다. 누구 얘기를 하고 있는지 아시겠지요? 저 사람이에요!" 카테리나는 여주인 쪽을 턱으로 가리켰다. "보세요. 우리가 자기 얘기를 하고 있는 것을 알고 있어요. 저 여자는 여러 사람에게 자기가 나를 돌보고 있다고 자부하면서 이렇게 참석하고 있는 것도 나를 특별히 생각한 때문이란 것을 모두에게 알리려 하고 있어요. 난 저 여자가 훌륭한 사람이라고 생각해서 저 여자의 친지들도 초대해 달라고 부탁했는데……. 보세요, 데리고 온 사람들을. 모두 어중이떠중이들뿐이잖아요!" 그녀는 갑자기 그 중 한 사람에게 말을 걸었다. "당신, 팬케이크 드셨어요? 좀 더 드세요! 맥주도 드시고요! 보드카는 어떠세요?" 그렇게 말하고는 다시 라스콜리니코프에게 말했다. "저것 보세요. 벌떡 일어나서 굽실굽실 절을 하고 있잖아요. 보세요, 배가 고픈 모양이에요. 실컷 먹으라고 내버려둬요. 설마 떠들지는 않을 테니까. 단지…… 주인아주머니의 은수저가 걱정이 돼요. 아말리아 이바노브나!" 이번에는 갑자기 여러 사람에게 들릴 정도로 큰 소리로 얘기했다. "어쩌다 당신 수저를 잃어버려도 저는 책임을 지지 않겠어요." 그리고는 라스콜리니코프 쪽을 향해 다시 주인아주머니를 턱으로 가리키고는 자신의 기발한 말에 기쁨을 느끼면서 웃었다. "입을 멍청히 벌린 채 앉아 있네요. 보세요, 부엉이예요. 진짜 부엉이예요."

그녀의 갑작스런 웃음은 또다시 참을 수 없는 기침으로 변하고, 그것이 5분가량 계속되었다. 손수건에는 피가 묻었고, 이마에는 구슬땀이 배었다.

"사실은 말이죠, 저 주인아주머니에게 아주 미묘한 일을 부탁했어요. 이럴 때는 아주 세심하게 이야기해야 하는데, 저 사람은 바보 같은 짓을 했어요. 외지에서 온 오만하기 짝이 없는 년을 마땅히 와야 할 곳에 참석시키지 못한 거예요. 바보 같은 여자, 그 거만하고 하찮은 시골뜨기! 그 여자는 어느 시골의 소령 미망인인데, 연금을 받으려고 이곳저곳 관청을 들락거리고 있대요. 게다가 쉰다섯이나 먹어가지고 머리를 물들이고 분을 바른 데다 루즈까지 칠하고, 그런 주제에 초대를 받고도 참석하지 못한다는 말을 전하러 오지도 않아요. 그건 그렇고, 소냐는 어디에 있담? 아, 오는군! 무슨 일이냐, 소냐? 어디 갔다 오니?"

소냐는 여러 사람에게 들리도록 소리를 내어 어머니에게 루진의 사과 말을 전했다. 그것은 루진을 대신해서 일부러 자기가 지어낸 정중한 말이었다.

소냐는 그런 말을 하면 카테리나의 기분이 부드러워지고, 침착해질 뿐만 아니라 무엇보다 그녀의 자존심이 충족되리라는 것을 알고 있었다. 그녀는 라스콜리니코프에게 가볍게 인사를 하고, 그 곁에 앉아서 그의 심중을 알아보려는 듯이 힐끔 쳐다보았다.

카테리나는 의젓한 태도로 소냐의 이야기를 듣고 나서 역시 의젓한 태도로 루진 씨는 건강하더냐고 물었다. 그리고 모두 들으라는 듯이, 루진 씨만큼 존경할 만한 지위와 신분이 높은 사람이 이런 '변변찮은 모임'에 참석한다면 그야말로 미묘한 분위기가 조성될 것이라고 라스콜리니코프에게 속삭였다.

"그래서 로지온 로마노비치, 이런 형편인데, 당신이 마다하지 않고 와주셔서 감사하게 생각해요."

그리고 그녀는 다시 한 번 자랑스럽게 위엄을 갖추고 손님들을 둘러보고는, 테이블 건너편에 있는 귀머거리 노인에게 큰 소리로 "불고기 좀 더 드세요. 리스본 포도주는 드셨는지 모르겠군요?" 하고 물었다. 하지만 노인은 아무 대답도 하지 않았다. 옆사람이 웃으며 그의 옆구리를 찔렀지만, 무엇을 묻고 있는지 몰라서 한참 동안 입을 멍하게 벌린 채 주위를 둘러볼 뿐이었다. 그 자리에 모인 사람들은 그 모습을 보고 더욱 유쾌하게 떠들었다.

"정말 얼간이예요! 보세요! 저는 루진 씨만은 믿고 있어요." 카테리나는 라스콜리니코프에게 계속 이야기를 했다. 그리고는 매우 험악한 표정으로 리페벡셀 부인 쪽을 돌아보았는데, 상대는 그 기세에 눌려 움찔했다. "그 새로 온 시골 모녀와는 비교도 할 수 없어요. 저런 여자 따위는 우리 아버지 같으면 부엌 식모로도 쓰지 않았을 거예요. 돌아가신 내 남편은 선량해서 무한히 은혜를 베풀었겠지만!"

"그렇지요. 한잔하시는 것을 좋아하셨죠. 굉장히 좋아했지요. 자주 마셨지요!" 퇴직한 식량국 관리가 열두 잔째의 보드카를 비우면서 느닷없이 외쳤다.

"돌아가신 주인은 그런 결점이 있었지요. 그건 누구나 알고 있는 일이에요." 카테리나는 얼른 그 사내의 말꼬리를 잡고 말했다. "하지만 그분은 마음씨가 좋고, 고상했으며, 가족을 사랑하고 아꼈어요. 단지 한 가지 흠이라면 어떤 망나니들도 믿고, 어디 사는 누구인지도 모르는 인간들, 자기 구두 밑창보다 못한 패거리들과도 술을 마신 일이었지요. 그가 죽고 나서 수탉 모양의 과자가 나왔답니다."

"수탉이라고 말씀하셨습니까?"

카테리나는 대답을 하지 않았다. 그녀는 뭔가 생각에 잠겨 있다가 한숨을 쉬었다. "당신도 다른 사람과 같이 제가 그분에게 너무했다고 생각할 거예요." 그녀는 라스콜리니코프에게 이야기를 계속했다.

"그렇죠. 자주 머리카락을 쥐어뜯겼죠. 그런 일이 더러 있었죠!" 식량국 관리가 외치며 보드카를 들이컸다.

"머리카락을 뜯는 정도가 아니라, 빗자루로 내쫓아야 할 바보도 있어요." 카테리나가 식량국 관리에게 쏘아붙였다. "지금 돌아가신 주인 이야기를 하고 있는 게 아니에요!"

그녀의 붉은 뺨이 점점 더 붉어지고 가슴은 쿵쾅거렸다. 1분만 더 지나면 그녀는 또다시 소동을 일으킬 상황이었다. 그것은 여러 사람을 즐겁게 해주었다.

"말해 보세요. 도대체 당신은 지금 무슨 말을……." 식량국 관리가 말했다.

라스콜리니코프는 혐오감을 느끼면서 이야기를 듣고 있었다. 그는 그저 예의상 카테리나가 접시 위에 계속 가져다 얹어주는 요리에 손을 대고 있었으나, 눈은 오직 소냐의 얼굴을 향해 있었다.

소냐는 점점 불안하고 걱정스러운 얼굴이 되었다. 무엇보다도 시골에서 상경한 두 여인이 카테리나의 초대에 그토록 냉담했던 게 자기 때문이라는 사실을 알고 있었기 때문이다. 리페벡셀 부인의 입을 통해, 그 부인이 오히려 이 초대에 분개해서 "어떻게 내 딸을 '그런 계집'과 한 자리에 앉힐 수 있습니까?"라고 대들더라는 얘기를 들었던 것이다. 소냐에 대한 모욕은, 카테리나에게는 자기 자신이나 아이들, 아버지에 대한 모욕보다도 큰 의미를 갖는 것이었다.

마침 그때 일부러 이런 때를 노린 것처럼 누군가가 테이블 저쪽 끝에서 소냐에게 하트형으로 만든 흑빵에다 화살을 꽂은 것을 접시에 담아 보냈다. 이를 본 카테리나는 미칠 듯 화가 나서, 이런 것을 보낸 놈은 틀림없이 '주정뱅이'일 거라고 테이블 맞은편에다 대고 소리쳤다.

한편 불길한 예감과 함께 카테리나가 거만을 떠는 것을 분개하고 있던 리페벡셀 부인은 불쾌한 기분을 털어버리고 자기의 평판을 높이려고, 별안간 밑도 끝도 없이 '약방의 카를'이라는 이야기를 꺼냈다. 카테리나는 처음엔 싱긋 웃었으나, 곧 이어 리페벡셀 부인 같은 사람은 러시아어로 재담을 할 자격도 없다고 주의를 주었다. 그러자 상대는 더욱 화가 나서 "나의 파터 아우스 베를린(베를린의 아버지)은 매우 위대한 분이었어요. 언제나 여기저기 호주머니를 뒤지고 있었죠." 하고 받아넘겼다. 잘 웃는 버릇이 있는 카테리나는 참을 수가 없었는지 까무러칠 듯이 웃어젖혔다. 그 때문에 리페벡셀 부인도 화를 낼 뻔했으나 간신히 참았다.

"저봐요. 수리부엉이와 똑같죠!" 카테리나는 신바람이 나서 라스콜리니코프에게 속삭였다. "로지온 로마노비치, 페테르부르크에 있는 저런 외국인은 대개 어딘가에서 흘러 들어온 독일인이지만, 모두 하나같이 우리보다 바보들이에요! 어머나, 앉아서 눈을 부라리고 있네요. 화를 내는 거예요! 화를요! 콜록, 콜록!"

신이 난 카테리나는 이런저런 이야기를 하더니 느닷없이 연금이 나오면 그것으로 무슨 일이 있어도 반드시 고향에다 양가의 딸들을 위한 기숙학교를 개설할 작정이라고 말했다. 이것은 아직 카테리나가 라스콜리니코프에게 얘기한 일이 없었기 때문에 그녀는 금세 매력이 넘치는 세부적인 계획을 설명하느라 열중했다. 그때 어떻게 된 경로인지는 알 수 없었으나 그녀의 손에 '상장'이 쥐어져 있었다. 그것은 언젠가 고인인 마르멜라도프가 술집에서 라스콜리니코프에게, 아내인 카테리나가 여학교 졸업식 때에 '현지사와 여러 사람 앞에서' 숄을 들고 춤을 춘 이야기를 한 적이 있는데 바로 그때 받은 상장이었다. 이것은 분명히 카테리나에게 기숙학교를 열 자격이 있음을 증명하는 것이었다. 그러나 가장 중요한 것은 그것이, '겉멋을 부리는 칠칠치 못한 그들'이 추도식에 나왔을 경우에, 그 두 사람을 철저하게 공박해 자기가 매우 훌륭한 가문에서 태어난 대령의 딸로서, 요즈음 갑자기 늘어난 이 근처의 사기꾼들과는 확실히 다른 인간이라는 것을 그 두 사람에게 증명해 줄 작정으로 준비해 두고 있었던 것이다. 상장은 곧 술 취한 손님들의 손에서 손으로 건네졌지만, 카테리나는 그것을 말리려고 하지 않았다.

그런데 그 순간 누군가 테이블 끝에서 웃음을 터뜨린 자가 있었다. 카테리나는 곧 테이블 끝에서 일어난 그런 웃음 따위는 신경을 쓰지 않으려고 일부러 소리를 높여 말했다. "점잖고 인내심이 강하며, 헌신적이고 고귀하고 교양이 있는 집안의 딸이죠." 이렇게 말하면서 소녀의 뺨을 가볍게 두들기기도 하고, 허리를 펴서 두 번이나 뜨거운 키스를 하기도 했다. 그러고는 "나는 신경이 약한 여자라서 정신이 혼란하므로 이제는 그만 끝내야겠어요. 그리고 음식도 이제는 먹을 만큼 먹었으니 차를 돌리는 것이 좋겠어요."라고 말을 이었다.

그때 마침 이야기에 끼어들지도 못하고 자기 얘기도 들어주지 않아서 화가 나 있던 리페벡셀 부인이 최후의 모험을 시도했다. 섭섭한 기분을 억누르던 그녀가 카테리나를 향해 '만들려 하고 있는 기숙학교에서는 아가씨들의 속옷이 청결하게 특별히 주의를 해야 한다, 첫째 속옷을 감독하기 위해 훌륭한 사감이 필요하고, 둘째는 모든 젊은 아가씨들이 밤에 몰래 소설을 읽지 않도록 해야 한다.'는 매우 실제적이고 깊은 뜻을 가진 주의를 주었다.

신경이 혼란해지고 피로에 지쳐 추도식에 진저리가 나 있던 카테리나는 즉석에서 리페벡셀 부인에게, 아가씨들 속옷 걱정은 복장

담당자가 할 일이지 귀족 기숙학교의 교장이 할 일이 아니다, 또 몰래 소설을 읽는다는 것은 정말 상스러운 짓이니, 제발 쓸데없는 소리 하지 말아줬으면 좋겠다고 딱 잘라 반박했다.

그러자 리페벡셀 부인은 화가 나서, "오래전부터 방세도 제대로 내지 않고 있잖느냐?" 며 쏘아붙였다.

그러자 카테리나는 리페벡셀 부인이 한갓 주정뱅이 핀란드 여자에 지나지 않으며, 전에 어딘가에서 식모살이를 했거나 그보다 더 비참한 생활을 했음이 틀림없다고 잘라 말했다. 그리고 부인의 아버지 같은 건 틀림없이 우유 배달이나 하고 있던 페테르부르크의 핀란드인이나 그런 종류의 사람일 거다, 가장 확실한 것은 아버지가 없었다, 아버지를 어떻게 부르면 좋을지 모르고 있다는 게 그 중 거다, 이바노브나라고 부르는지 루드비고브나라고 부르는지 아직도 모르고 있다며 경멸하는 투로 말했다.

리페벡셀 부인은 화가 머리끝까지 치밀어올라 카테리나에게, "당장 이 집을 나가줘요." 라고 있는 힘을 다해 소리치고는, 방 안을 뛰어다니며 테이블 위의 은수저를 긁어모으기 시작했다. 사람들의 웅성거리는 소리와 물건이 부딪치는 소리가 떠들썩하게 일어나고, 아이들이 울기 시작했다.

소냐는 카테리나를 말리러 뛰어갔다. 바로 그때 리페벡셀 부인이 노란 감찰이 어떻니 하고 떠들어대자 카테리나는 소냐를 밀치고 모자를 벗기려고 리페벡셀 부인에게 덤벼들었다. 순간, 문이 열리면서 루진이 불쑥 모습을 드러냈다. 그는 우뚝 선 채 엄격하고 주의 깊은 눈초리로 방 안을 한번 둘러보았다. 카테리나는 그에게로 달려갔다.

3

"루진 씨, 당신만이라도 제 편을 들어주세요! 저 바보 같은 여자에게 일러주세요. 지금 불행한 처지에 있는 훌륭한 가문의 부인에게 그렇게 마구 대들어서는 안 된다고 말예요."

루진은 상대를 밀어젖혔다. "실례지만 부인, 저는 당신 아버지와는 전혀 안면이 없습니다. 저는 제 볼일이 있어서요. 당신의 의붓딸인 소냐 이바노브나와…… 확실히 그런 이름이었지요? 지금 곧 이야기하고 싶습니다. 죄송합니다. 들어가도 괜찮겠지요?" 이렇게 말하고, 카테리나의 곁을 지나쳐 소냐가 있는 저쪽 구석으로 걸어갔다.

카테리나는 벼락이라도 맞은 것처럼 그 자리에 우뚝 섰다. 그녀는 루진이 왜 자기 아버지를 모른다고 했는지 알 수가 없었던 것이다. 일단 아버지와 지인이라는 것을 안 후부터 그녀는 그것을 신성한 것으로 믿어버리고 있었기 때문이다. 뿐만 아니라 그녀는 루진의 사무적이고, 냉정하고, 위압적인 태도에도 충격을 받았다. 사람들도 그의 출현과 동시에 조금씩 조용해져갔다. 소냐 곁에 서 있던 라스콜리니코프는 비켜서서 그를 지나가게 해주었다. 루진은 그를 미처 보지 못한 것 같았다. 1분쯤 지났을 무렵, 문지방에 레베쟈트니코프의 모습이 나타났다. 그는 방 안으로 들어오지는 않고, 특별한 호기심이라기보다는 이상하다는 표정으로 상황을 지켜보고 있었다.

"방해를 해서 죄송하지만, 매우 중대한 일이라서요." 루진은 특히 누구에게라고 할 것도 없이 보통의 말투로 말했다. "저는 여러분이 계셔서 기쁩니다. 리페벡셀 부인, 당신은 집주인이니까 제가 마르멜라도바 소냐 양과 얘기하는 것을 주의해서 들어주십시오. 그런데 소냐 양!" 그는 깜짝 놀라 겁을 집어먹고 있는 소냐를 정면으로 바라보며 얘기했다. "조금 전 친구인 레베쟈트니코프의 방에 아가씨가 다녀간 뒤, 제 테이블에서 100루블짜리 지폐가 한 장 없어졌어요. 혹시 아가씨가 그 지폐의 소재를 알고 있다면 가르쳐 주세요."

방 안이 조용해졌다. 소냐는 죽은 사람같이 새파랗게 질린 채 아무 대답도 하지 못하고 있었다.

"대답해 주세요."

"전 모르겠어요. 전 아무것도 몰라요."

"모른다고?" 루진은 거듭 물으며 다시 몇 초 동안 묵묵히 있었다. "생각해 보세요, 마드무아젤!" 그는 엄하고, 훈계라도 하는 듯한 어조로 말했다. "잘 생각해야 돼요. 알고 있으리라 믿어요. 내가 그런 확신이 없었다면 이렇게 갑자기 당신에게 죄를 뒤집어씌울 모험을 할 리가 있겠어요? 나는 오늘 아침, 필요한 일이 있어 총액 삼천 루블의 오부 이자가 붙은 채권을 몇 장 현금으로 바꿔왔습니다.

책상 위에는 지폐로 오백 루블 정도 남아 있었고, 그 속에 백 루블짜리 지폐가 석 장 있었어요. 내가 레베쟈트니코프 군을 통해 당신을 부른 것은, 오로지 당신의 어머니인 카테리나의 의지할 곳 없는 딱한 처지에 대해서 의논하고 이분을 위해 뭔가 모금이나 자선 복권 같은 걸 만들면 유익할 것이라고 생각하고 그런 일을 상의하려고 했던 겁니다. 그리고 나는 책상 위에서 십 루블짜리 지폐를 집어서, 당신 어머니를 위해 당신에게 주었어요. 그런데 당신이 가고 난 뒤 놀랍게도 다른 것과 섞여 있던 백 루블짜리 지폐 한 장이 없어졌더군요. 당신의 어머니를 위해 당신을 부른 것은 나예요. 당신에게 십 루블을 희사한 것도 나입니다. 그런데 당신은 그 자리에서 그런 짓을 저지른 것입니다!"

"전 당신의 돈을 훔치지 않았어요." 소냐는 공포를 느끼며 말했다. "전 십 루블을 받았어요. 자, 이걸 다시 받아주세요."

"그럼 나머지 백 루블은 모른다는 겁니까?"

소냐는 주위를 둘러보았다. 모두가 비웃음이 섞인 증오스런 얼굴로 그녀를 바라보았다.

"아, 어쩜 좋아!" 소냐의 입에서 그런 말이 흘러나왔다.

"리페벡셀 부인, 경찰에 알려야 하니까 관리인을 불러 주십시오." 루진은 조용하면서 점잖게 말했다.

"하느님 맙소사! 내 그럴 줄 알았다니까!" 리페벡셀 부인이 손뼉을 탁 쳤다.

사방에서 갑자기 떠들썩한 소리가 일어났다.

"뭣이라고!" 카테리나가 제정신이 들었는지 갑자기 소리를 치고는 마치 결박에서 풀려난 것처럼 루진 쪽으로 달려갔다. "뭐라고? 당신은 이 아이가 도둑질을 했단 말인가요? 이 소냐가? 정말 비열한 사람들이야!" 그러고는 소냐를 향해 말했다. "소냐, 너는 왜 이런 사람한테서 십 루블 따위를 얻어 왔니? 빨리 그 십 루블을 돌려줘. 자!"

그러더니 카테리나는 소냐로부터 지폐를 빼앗아 그것을 양손으로 둥글게 말아가지고 손을 흔들어 루진의 얼굴을 향해 던졌다. 둥글게 말린 지폐는 상대의 눈에 맞아서 마룻바닥에 떨어졌다. 리페벡셀 부인은 달려가서 돈을 주웠다.

그러자 루진이 미친 듯이 화를 내며 소리쳤다. "이 미친 여자를 잡아주세요!"

문간에는 레베쟈트니코프와 함께 몇 사람이 나타났고, 시골에서 올라온 두 여인의 얼굴도 거기에 섞여 있었다.

"뭐라고? 미친 여자라고? 이 바보!" 카테리나는 새된 소리를 질렀다. "너야말로 엉터리 변호사잖아! 이 비겁한 인간아! 소냐는 이런 녀석의 돈을 훔칠 아이가 아니야!" 그러고는 여주인이 눈에 띄자 덤벼들었다. "이 쭈그렁 할망구야! 너도 소냐가 '훔쳤다'고 맞장구를 쳤지? 이 천한 프러시아의 스커트를 두른 암탉아! 이 아이는 라스콜리니코프 씨 곁에 얌전히 앉아 있었어. 이 아이를 조사해 보자! 이 아이가 착한 아이인 줄 알고 꾸며낸 거야! 하지만 나는 보통 여자가 아니지! 내 너를 그냥 두지 않을 테다!" 이렇게 말한 카테리나는 미친 사람처럼 루진을 붙들고 소냐에게로 끌고 갔다.

"전 각오하고 있어요. 책임은 집니다. 하지만 진정하세요, 부인! 당신이 보통 여자가 아니라는 것은 잘 알았으니까. 그러나 이건 어떻게 해야 하나?" 루진이 중얼거렸다. "이건 경찰이 입회한 가운데 해야 합니다. 지금도 증인은 충분히 있지만…… 리페벡셀 부인이 도와주신다면……. 어떻게 하면 좋지?"

"누구라도 좋으니까 원하는 사람이 있으면 시키면 될 게 아냐! 조사하고 싶은 사람에게 조사를 시키면 돼!" 카테리나가 소리쳤다. "소냐, 호주머니를 뒤집어서 보여라! 자! 봐라, 이 악당아, 보라고! 아무것도 없잖아. 여기엔 손수건이 들어 있었어. 호주머니는 비었잖아? 자, 보라고! 다른 쪽 호주머니도 봐라! 알았냐고!"

카테리나는 뒤집는다기보다 양쪽 호주머니를 하나씩 하나씩 털어 보였다. 그런데 두 번째 오른쪽 호주머니에서 갑자기 종잇조각이 튀어나오더니 공중에 포물선을 그으며 루진의 발 앞에 떨어졌다. 루진은 몸을 굽혀 그 종잇조각을 두 손가락으로 바닥에서 집어 올려 여러 사람에게 보이도록 높이 올려 펴보였다.

"도둑년! 이 집에서 썩 나가! 경찰! 경찰!" 리페벡셀 부인이 소리쳤다. "이 년을 시베리아로 내쫓아야 해! 나가!"

사방에서 노한 소리가 튀어나왔다. 라스콜리니코프는 가끔 루진 쪽으로 눈길을 옮겼지만, 나중에는 소냐에게서 눈을 떼지 않은 채 아무 말 없이 앉아 있었다. 소냐는 넋이 빠진 것처럼 그 자리에 서 있었다. 그러고는 별안간 얼굴을 붉히더니 절규하며 얼굴을 감싸고 말았다.

"제가 아니에요! 전 훔치지 않았어요!" 그녀는 가슴이 찢어질 듯 울음을 터뜨리며 카테리나에게 매달렸다.

"소냐! 소냐! 난 믿지 않는다! 이게 참말이라고 해도 난 믿지 않을 거야!" 카테리나는 딸을 어린애처럼 달래며 수없이 키스를 퍼붓고는 양손을 잡고 갑자기 들이마시듯 그 손에 키스를 했다. "네가 돈을 훔치다니? 바보 같은 놈들이야." 그녀는 여러 사람을 향해 외쳤다. "당신들은 아직 몰라요. 이 아이가 어떤 아이인지. 이 아이가 남의 것을 훔치다니, 이 아이가! 이 아이는 만일 여러분이 필요하다고 하면 단벌옷이라도 벗어서 줄 아이예요. 이 아이는 노란 감찰을 받았지만, 그건 우리 아이들이 굶어 죽게 되어서, 우리를 위해 자기 몸을 판 거예요! 로지온 로마노비치! 당신까지도 편을 들어주지 않는 거예요? 하느님! 지켜주소서!"

불쌍한 폐병 환자이자 의지할 곳 없는 카테리나의 한탄은 여러 사람들에게 강렬한 감명을 주었다.

"부인! 이 사건은 당신에게는 관계가 없는 일입니다. 더구나 당신은 호주머니를 뒤집어 털어 보였으니까요. 만일 가난에 쪼들려 마르멜라도바 양이 이런 일을 했다면 저도 얼마든지 동정을 할 것입니다. 그러나 마드무아젤, 당신은 왜 자백하려 하지 않았어요?" 루진은 사람들을 향해 말했다. "여러분! 저는 개인적으로 모욕을 받기는 했지만, 용서해 주려고 생각하고 있습니다. 마드무아젤, 지금의 이 치욕은 당신의 장래에 좋은 교훈이 될 것입니다."

루진은 곁눈질로 라스콜리니코프를 힐끔 보았다. 두 사람의 시선이 딱 마주쳤다. 라스콜리니코프의 시선은 당장이라도 상대를 태워 죽일 것 같았다.

그때 갑자기 문 쪽에서 큰 소리가 들렸다.

"정말 비열한 짓이다!"

루진이 돌아보았다.

"너무나 비열한 짓이다!" 레베쟈트니코프가 가만히 상대의 눈을 노려보면서 다시 한 번 말했다.

루진은 몸을 부르르 떨었다.

레베쟈트니코프는 방 안으로 한 발짝 발을 들여놓았다. "당신은 용케 나를 증인으로 삼으려고 했군요?"

"그건 무슨 뜻인가, 안드레이 세묘노비치? 자넨 지금 무슨 소릴 하고 있나?" 루진이 중얼거리듯 말했다.

"그건 당신이…… 남을 중상하는 자라는 뜻입니다. 이게 내가 한 말의 뜻입니다." 레베쟈트니코프는 심한 근시안으로 상대를 날카롭게 노려보면서 화를 냈다. 그는 타오르는 화를 참지 못하고 터뜨렸다.

다시 침묵이 주위를 감쌌다. 루진은 거의 당황한 것 같았다.

"만일 그게, 자네가 나에게……." 그는 더듬거리며 말했다. "자네는 어떻게 된 거야? 제정신인가?"

"난 정신이 멀쩡하지만…… 당신이야말로 사기꾼이야! 정말 비열한 짓을 하고 있소."

"내가 도대체 무슨 짓을 했다는 건가? 그런 수수께끼 같은 소리는 그만두지 않겠나? 혹시 취한 것 아닌가?"

"당신같이 치사한 인간은 술을 마실지 모르지만, 난 그런 짓을 하진 않습니다! 난 아직 보드카를 마신 적이 없어요. 제 신념에 어긋나기 때문이죠! 여러분, 이 일이 어떻게 된 것인지 아십니까? 이 사내는 자신의 손으로 마르멜라도바 양에게 100루블을 주었습니다. 난 보았어요. 제가 목격자입니다. 맹세해도 좋습니다!" 레베쟈트니코프는 한 사람 한 사람의 얼굴을 보면서 말했다.

"자네 정신이 돌았나? 이 바보야?"

"난 봤어! 난 봤다고!" 레베쟈트니코프는 외쳤다. "난 당신이 이 사람의 호주머니에 지폐를 몰래 쑤셔 넣는 것을 봤단 말이야! 그런데 난 바보처럼 당신이 자비심에서 집어넣었다고 생각했어! 당신은 문간에서 이 사람과 헤어질 때, 이 사람은 그때 돌아서 있는 상황에서, 당신이 한쪽 손으로 이 사람과 악수하며 다른 한 손으로는 이 사람의 호주머니에 지폐를 슬쩍 넣었어. 난 봤어. 그걸 봤단 말이야!"

루진은 새파랗게 질린 얼굴로 염치 좋게 떠들었다. "무슨 뚱딴지 같은 소릴! 창가에 서 있었으면서 어떻게 그게 지폐라는 것을 알았단 말이지! 자넨 잠꼬대를 하고 있는 거야!"

"오, 아니야! 착각이 아니야! 난 떨어져 있었지만 모든 걸 똑똑히 보았어."

사방에서 웅성거리는 소리가 들렸다. 놀란 듯한 소리가 가장 많았지만 위협적인 소리도 들렸다. 모두 루진에게로 다가갔다. 카테리나는 레베쟈트니코프 곁으로 달려갔다.

"안드레이 세묘노비치! 난 당신을 오해하고 있었어요. 이 아이를 구해 주세요! 당신만이 이 아이 편이에요! 이 아이는 애비 없는 자식이니까 하느님이 당신을 보내신 거예요! 안드레이 세묘노비치, 고맙습니다!" 이렇게 말하며 카테리나는 거의 정신없이 몸을 던지듯 그의 앞에 무릎을 꿇었다.

"거짓말이야!" 루진은 미친 듯이 외쳤다. "자넨 늘 허튼소리만 지껄이잖아. 그게 무슨 소린가? 그럼 내가 일부러 돈을 호주머니에 넣었다는 거야?"

"무슨 소리? 그야말로 나 자신도 궁금한 일이지만, 내가 말한 것은 분명한 사실입니다! 당신은 비열한 범죄자요! 나는 당신을 훌륭한 사람이라 생각하고 당신과 악수한 그때, 머리에 언뜻 이런 의문이 떠올랐어요. 도대체 무엇 때문에 이 사람은 그녀의 호주머니에 슬쩍 돈을 넣었을까? 이건 단순히 내 신념이 당신과 정반대여서, 즉 아무런 근본적인 개선이 되지 않은 개인적인 자선을 내가 부정하고 있다는 것을 알았기 때문에 내가 모르게 하려고 그렇게 한 것일까? 이렇게 생각하고 결국 그런 큰돈을 주는 것을 나에게 보이는 것이 멋쩍어서 한 것이라고 생각했죠. 그리고 다른 한편으로 그녀가 집에 돌아가 호주머니에 백 루블이라는 큰돈이 들어 있는 것을 보고 깜짝 놀라게 해주려고 했는지도 모른다고 말이오. 한편으론 이런 생각도 떠올랐어요. 감사 인사를 받는 것을 피하려고 하는 것이라고! 마르멜라도바 양이 돈이 들어 있음을 깨닫기도 전에 잃어버리면 어떻게 하나 하는 생각도 덤으로 떠올랐고요."

레베쟈트니코프는 장광설을 마치고 결론을 내렸을 때는 몹시 지쳐 얼굴에서는 땀까지 흐르고 있었다. 그의 말은 큰 효과를 나타냈다. 그 안에는 열의와 확신이 담겨 있었기 때문에 모두들 그의 얘기를 믿어버렸다.

루진은 자신의 형세가 불리하다고 느끼면서 다시 반박했다. "그런 건 증거가 될 수 없어!"

그러나 이 변명도 루진을 유리하게 만들지는 못했다. 도리어 여기저기서 불만의 소리가 터져나왔다.

"왜 이야기를 엉뚱한 방향으로 끌고 가지?" 레베쟈트니코프가 외쳤다. "정말이지 엉터리 수작을 하고 있군. 경찰을 불러요. 선서할 테니까! 하지만 알 수 없는 것이 있소. 뭣 때문에 이 사람이 이런 비열한 짓을 꾸몄는지 도저히 알 수가 없습니다! 정말 불쌍한 사람이야!"

마침내 라스콜리니코프가 단호하게 말하며 한 걸음 앞으로 나서며 말했다. "뭣 때문에 이 사람이 이런 짓을 했는지 나는 설명할 수 있습니다. 필요하다면 선서도 하지요!"

그는 의젓하고 침착했다. 언뜻 보아도 그는 정확히 사건의 진상을 알고 있는 사람 같았고, 드디어 사건이 결말에 이르렀다는 것이 누구의 눈에도 명백히 드러났다.

"지금 난 모든 걸 알았습니다." 라스콜리니코프는 레베쟈트니코프를 마주 보며 말을 계속 이었다. "이 사건을 처음 보면서 나는 뭔가 추악한 음모가 있지 않나 의심하고 있었습니다. 내가 의심을 한 것은 나만이 알고 있는 특별한 사정이 있기 때문입니다. 그것을 지금 여러분에게 설명해 드리겠습니다. 문제의 열쇠는 모두 이 사정에 숨어 있습니다. 레베쟈트니코프 씨, 당신의 귀중한 증언으로 모든 궁금증이 분명히 밝혀졌습니다. 이 신사는 최근 제 누이동생에게 청혼을 했습니다. 그런데 그저께 첫 대면에서 나와 다툰 후 제 집에서 쫓겨났습니다. 그리고 둘이 싸움을 한 그날, 즉 그저께 제가 죽은 마르멜라도프 씨의 친구로서 미망인인 카테리나에게 장례비용으로 얼마간의 돈을 준 것을 이 친구가 목격한 것 같습니다. 그런데 이 사람은 곧바로 제 어머니에게 편지를 써서, 제가 카테리나가 아니라 마르멜라도바 양에게 가진 돈을 모두 줬다고 고해바쳤습니다. 그래서 어젯밤, 저는 어머니랑 누이동생과 이 사람이 있는 앞에서 사실을 밝히고, 돈은 장례비용으로 카테리나에게 준 것이라는 것을 증명해 보였습니다. 여기서 한 가지, 이 점에 특별히 주목해 주시기 바랍니다. 만일 지금 마르멜라도바 양이 도둑질을 한 것처럼 증명이 되면, 첫째 그는 제 누이동생과 어머니에게, 자기의 의심이 틀리지 않았다는 것이 입증됩니다. 또한 제가 제 누이동생과 마르멜라도바 양을 동등하게 취급한 것에 대해 이 사내가 분개한 것이 당연한 일이 되어, 이 사내가 저를 공격하면 그것은 제 누이동생, 즉 자기 약혼녀의 명예를 지키는 것이 되지 않겠습니까? 이 사내는 이런 짓을 함으로써 저와 가족 사이를 떼어놓을 수가 있고, 다시 한 번

두 사람의 환심을 사서 인연을 맺을 수 있다고 생각한 것이 틀림없습니다. 게다가 그렇게 하여 저에게 복수를 하려고 한 것입니다. 왜냐하면 이 사내는 마르멜라도바 양의 명예와 행복은 저에게 굉장히 소중하다는 걸 알고 있기 때문입니다. 이것이 이 사내가 노린 전모입니다!"

라스콜리니코프의 변론은 사람들의 외침 때문에 가끔 중단되기도 했지만, 대체로 그들은 매우 주의 깊게 이야기를 듣고 있었다. 그의 이야기는 날카로우면서도 침착했으며, 정확하고 명쾌하고 힘찼다.

"그렇습니다. 그렇고 말고요. 그건 틀림없는 사실입니다!" 레베쟈트니코프는 춤을 출 듯이 좋아하며 맞장구를 쳤다.

루진의 얼굴은 새파랗게 질려 있었다. 그는 이제 어떻게 이 자리를 빠져나갈까 궁리하고 있었다. 만일 모든 것을 버리고 이곳을 떠날 수만 있다면 기꺼이 그렇게 했을지도 모르지만, 지금은 그것도 불가능했다. 그렇게 하면 자신에게 퍼부어진 비난이 정당하다는 것을 인정하고, 또 자기가 소냐를 중상했다고 자백해 버리는 결과를 의미했기 때문이다. 거기에다 또 술냄새를 풍기고 있는 패들이 매우 흥분한 상태였다.

소냐에게 누명을 뒤집어씌우려던 음모가 실패로 돌아간 것을 안 루진은 별안간 뻔뻔스러운 태도로 나왔다. "여러분! 실례합니다. 밀지 말고 나가게 해주십시오." 루진은 그렇게 말하며 군중을 헤치고 나아가려 했다. "제발 그런 협박 같은 것은 하지 마십시오. 그런 짓을 한다고 해서 제게 무슨 일이 일어나겠습니까? 반대로 여러분은 폭력으로 형사 사건을 덮었다는 책임을 져야 합니다. 도둑년의 죄증은 명백하니까 저는 끝까지 추궁하겠습니다. 법정에는 최소한 주정뱅이는 없으니까요. 이런 딱지 붙은 무신론자에다 선동가에다가 자유사상가의 말을 믿지 않을 겁니다."

"지금 당장 내 방에서 당신 냄새가 나지 않도록 해주시오. 빨리 이사가 주시오. 이것으로 우리 둘 사이도 마지막이야! 나 참, 그것도 모르고 열심히 이런 놈을 계몽하려고 한 것을 생각하니……."

"안드레이 세묘노비치, 나는 아까 자네가 나를 붙잡을 때도 떠나겠다고 하지 않았나. 자넨 정말 어리석군. 자네의 근시안적인 생각을 고치게나. 미안합니다, 여러분!"

그는 사람들을 헤치고 나갔다. 식량국 관리들은 욕지거리를 퍼붓고 싶었는지 테이블 위의 컵을 루진을 향해 냅다 던졌다. 그러나 컵은 정면으로 리페벡셀 부인에게 맞았다. 그녀는 비명을 질렀고, 식량국 관리는 컵을 던지는 바람에 균형을 잃고 테이블 밑에 쾅 하고 넘어졌다. 그 틈에 루진은 자기 방으로 돌아갔고, 약 30분 후에는 그의 모습을 건물에서는 찾아볼 수가 없었다.

천성이 겁이 많은 소냐는 누구에게나 신중하고 얌전하고 공손하게만 대한다면 불행은 피할 수 있으리라고 생각하고 있었다. 그러나 이번에 그녀가 느낀 절망은 참을 수 없을 만큼 괴로웠다. 마침내더는 견딜 수가 없어진 그녀는 방에서 뛰쳐나가 곧장 자기 숙소로 갔다. 한편 남의 싸움에 화를 당한 것을 참을 수가 없던 리페벡셀 부인은 모든 것이 카테리나 탓이라고 여겨 소리를 고래고래 지르면서 미치광이처럼 카테리나에게 덤벼들었다.

"방을 비워! 지금 당장 나가!"

"뭐야? 그렇게 남을 중상모략하고, 부끄러운 줄도 모르고 덤벼들다니! 무슨 짓이야? 남편 장례식날 실컷 처먹고는 애비 없는 자식들을 거느린 날 쫓아내겠다고? 도대체 어디로 가란 말이야!"

이렇게 말을 끝낸 카테리나는 녹색 모직으로 짠 숄을 머리에 뒤집어쓰고, 지금 당장이라도 정의를 찾아내겠다는 막연한 생각에 거리로 뛰쳐나갔다.

'이제 물러날 때다!' 라스콜리니코프는 생각했다. '자, 마르멜라도바 양, 이번에는 당신의 의견을 한번 들어볼까?'

그러고는 소냐의 집을 향해 천천히 걸어갔다.

4

라스콜리니코프는 공포와 고뇌를 안고 있으면서도 소냐의 용감한 변호인 노릇을 자처했다. 그러나 오전 중 큰 괴로움을 당한 뒤여서, 미칠 것 같은 기분을 전환시킬 기회가 주어진 것을 기뻐하고 있었다. 그는 그녀에게, 누가 리자베타를 죽였는가를 가르쳐주지 않으면 안 되었다. 그러려면 끔찍한 고통을 맛보아야 한다는 것을 알고 있었기 때문에 애써 그 생각을 떨쳐버리려 했다. 그는 카테리나의 집을 나오면서 '이번에는 뭐라고 할까, 마르멜라도바 양이?'라는 생각을 할 때까지만 해도 그는 아직 루진에 대한 승리감에 도취되어 의기양양했고, 도전적인 흥분 상태에 있었다.

그런데 이상한 일이 일어났다. 카페르나우모프의 집까지 왔을 때, 라스콜리니코프는 갑자기 무력감과 공포를 느꼈다. 그러나 그는 이제 고통으로 괴로워해도 소용이 없다고 생각했다. 재빨리 문을 열고 문지방 위에 서서 보니 그곳에 소냐가 있었다. 그녀는 작은 테이블에다 팔꿈치를 받치고 양손으로 얼굴을 감싸고 앉아 있었는데, 라스콜리니코프를 보고는 기다리고 있었다는 듯이 급히 나왔다.

"만일 당신이 오시지 않았으면 저는 어떻게 됐을까요?"

라스콜리니코프는 테이블 쪽으로 걸어가서, 소냐가 지금 막 일어선 의자에 앉았다. 그리고 그녀는 어제와 똑같이 거의 두 발짝 정도 떨어진 곳에 서 있었다.

"저, 소냐!" 그는 입을 연 순간, 자신의 목소리가 떨리는 것을 깨달았다. "모든 일은 '사회적 위치와 그에 따르는 관습'에 의한 겁니다. 당신도 그것을 깨달았죠?"

"어제 했던 이야기는 하지 마세요!" 그녀는 상대를 가로막으며 말했다. "제발 이제 그런 이야기는 하지 마세요. 그러잖아도 괴로운 일이 많으니까요."

그녀는 이런 말이 상대방의 기분을 상하게 할까 봐 염려스러워서 갑자기 웃었다.

"저는 바보처럼 그 길로 도망쳐 왔어요. 지금 거긴 어떻게 됐을까요?"

리페벡셸 부인이 방을 내놓으라고 윽박지른 일과 카테리나가 어디론가 뛰쳐나갔다는 것을 그녀에게 알렸다.

"오, 큰일났군요!" 소냐가 외쳤다.

"여전하군. 당신 머리에는 오직 그 사람들 생각밖에 없군!"

소냐는 괴로운 듯이 망설이다가 의자에 앉았다. 라스콜리니코프는 묵묵히 고개를 떨어뜨린 채 생각에 잠겨 있었다.

그는 소냐를 보지도 않고 이런 말을 했다. "루진이 아까 그런 생각을 못했으니 망정이지 만일 거기까지 그가 계산을 했다면 당신은 감옥에 들어갔을지도 몰라요. 나와 레베쟈트니코프가 그곳에 없었더라면 말이오. 내가 어제 한 말을 기억하고 있소?"

그녀는 대답하지 않았다.

"왜 또 침묵을 지키는 거요?" 잠시 후 다시 물었다. "뭔가 이야기를 해야 하지 않겠소? 나는 말이오, 레베쟈트니코프가 말하는 한 가지 '문제'를 당신이 어떻게 해결할 것인지 알고 싶어요. 아니, 난 정말 진지하게 말하는 거요. 가령 당신이 루진의 계략을 미리 알고, 그 계략 때문에 카테리나나 아이들은 물론이고 당신까지도 덤으로 파멸당할 것이라는 사실을 알고 있었다면 어떻게 해야 될까요? 폴렌카도 마찬가집니다. 그 아이도 같은 길을 걸을 테니까. 그래서 이런 문제가 당신의 결정에 맡겨져서, 이 세상에 루진과 카테리나 중에서 어느 쪽이 살아 있어야 하는가, 즉 루진이 살아서 더러운 짓을 계속하고, 카테리나는 죽어야 한다면 당신은 어떻게 해결할 거요? 어느 쪽이 죽어야 한다고 생각하죠?"

소냐는 불안하게 상대의 얼굴을 바라보았다. 그녀는 이 감정적이고 불안한 이야기 속에서 특별한 무엇이 느껴졌기 때문이다. "전부터 저는 당신이 뭔가 그런 걸 물을 것 같은 예감이 들었어요." 그녀는 그의 속셈이 뭔지 알기 위해 상대를 보면서 말했다. "왜 당신은 그처럼 말이 안 되는 이야기를 묻는 거예요?"

"그럼 루진이 살아남아서 그런 더러운 짓을 계속하는 쪽이 낫다는 거로군!"

"하느님의 뜻은 알 수 없잖아요. 당신은 왜 물어서는 안 될 말을 물으세요? 제가 결정하는 대로 일이 되어지는 것도 아니잖아요!"

"하느님의 뜻을 내세우니 할 말이 없군."

"그보다는 솔직히 말해 주세요. 당신이 뭘 필요로 하는지!" 소냐는 괴로운 듯 외쳤다. "당신은 무슨 다른 일이 있는 것 같아요. 당신은 저를 괴롭히려고 이곳에 오셨지요?" 소냐는 참다못해 울음을 터트렸다.

라스콜리니코프는 쓰라린 비애를 느끼며 그녀를 바라보았다. 그리고 약 5분이 지났다.

"그래요. 당신이 말한 대로요, 소냐!" 그는 마침내 조용히 입을 열었다. 그는 사람이 완전히 변해 있었다. 고의적으로 사람을 무시하는 듯한 태도도, 허세로밖에 볼 수 없는 도전적인 태도도 사라지고 없었다. "난 어제 용서를 빌러 오는 게 아니라고 했지만, 지금은 용서를 빕니다, 소냐!"

그는 웃으려고 했지만, 그 파리한 미소에는 어쩐지 맥이 풀린 듯한 느낌이 있었다. 그는 고개를 숙이고 얼굴을 양손으로 감쌌다. 그러자 갑자기 소냐에 대해 찌르는 듯한 증오심이 라스콜리니코프의 마음속에 번뜩였다. 그는 자신도 이 느낌에 깜짝 놀라 그녀를 바라보았다. 이때 자기를 근심스럽게 보고 있는 그녀의 괴로운 시선과 마주쳤다. 그러자 그의 증오는 환영과 같이 사라져버렸다. 그것은 소냐와는 무관한 것이었다. 그는 소냐에 대한 어떤 감정을 다른 감정과 착각하고 있었던 것이다. 그건 그 순간이 찾아온 것을 의미하는 것이었다.

또다시 그는 양손으로 얼굴을 감싼 채 고개를 숙였다. 순간, 그는 새파랗게 질려 의자에서 일어서더니 소냐를 힐끔 바라보고는 그녀의 침대로 자리를 옮겼다.

"무슨 일이에요?" 소냐는 겁에 질려 물었다.

그는 한마디도 할 수가 없었다. 이런 식으로 그것을 '고백'하리라고는 전혀 예상조차 하지 못했다. 그녀는 심장이 무섭게 고동치는 바람에 당장이라도 멎을 것만 같았다. 두 사람은 더 참을 수가 없었다. 그는 죽은 사람처럼 파리한 얼굴을 그녀에게 돌렸다. 뭔가 이야기를 하려는 듯한 그의 입술은 힘없이 일그러졌다. 그녀의 가슴에 공포가 지나갔다.

"무슨 일이에요?" 소냐는 몸을 빼고 다시 한 번 물었다.

"아무것도 아니오, 소냐. 무서워할 것 없어요. 잘 생각해 보면 정말 하찮은 일이오." 라스콜리니코프는 신열이 나서 의식이 없어진 것 같은 얼굴로 중얼거렸다. "왜 난 당신을 괴롭히려고 이곳에 왔을까요, 소냐?"

"아, 당신은 몹시 괴로워하고 있군요!" 그녀는 그의 얼굴을 들여다보면서 걱정스럽게 말했다.

"모두 시시한 이야기요. 당신은 내가 어제 말하려고 한 것을 기억하고 있소?"

소냐는 불안하게 다음 얘기를 기다리고 있었다.

"난 돌아갈 때 이렇게 말했지. 어쩌면 이것이 영원한 이별이 될지도 모르지만, 혹시 내일 온다면 당신에게…… 누가 리자베타를 죽였는지 가르쳐주겠다고!"

갑자기 그녀의 온몸이 부들부들 떨리기 시작했다.

"그럼 당신은 정말…… 어떻게 그걸 아세요?"

"어디 맞춰 봐요."

"당신은 어째서 저를 이렇게…… 이렇게 놀라게 하는 거예요?"

"말하자면 난 '그 사람'과 친한 사이지요, 내가 알고 있는 이상!" 라스콜리니코프는 이렇게 말을 했지만, 그 사이에도 계속 그녀의 얼굴에서 눈을 떼지 않았다. "그 사람은 리자베타를 죽일 생각은 없었소. 노파만 죽일 작정이었소. 혼자 있을 때…… 집에 갔어요. 그런데 리자베타가 들어왔소. 그래서 그 사람은 리자베타까지 죽여버린 거요."

다시 무서운 1분이 지났다.

"아직도 짐작을 못하겠소?" 그는 갑자기 종루에서 뛰어내리는 기분으로 물었다.

"모, 모르겠어요." 소냐가 들릴까 말까 한 소리로 속삭였다.

"잘 생각해 봐요."

이렇게 말한 순간, 예전의 그 익숙한 감정이 그를 섬뜩하게 했다. 그녀의 얼굴을 보는 순간, 갑자기 그 얼굴에서 리자베타의 얼굴을 본 것 같은 기분이 들었던 것이다. 작은 손을 앞으로 내밀면서 당장 울음을 터뜨릴 듯한, 그때의 그녀 표정과 꼭 닮아 있었다. 지금 소냐도 그 같은 표정을 해보였다. 상대를 쏘아보던 눈은 이제 움직이지 않았다. 얼마 후 갑자기 그녀의 공포가 그에게로 전달되었다.

"이제 알겠소?" 라스콜리니코프는 마침내 속삭였다.

"오, 세상에!" 무서운 비명이 가슴에서 터져 나왔다.

소냐는 베개에 얼굴을 파묻고 힘없이 침대에 쓰러졌다. 그러나 다음 순간 재빨리 몸을 일으켜 그에게로 다가가더니 양손을 잡았다. 그녀는 최후의 희망을 찾아내 그것을 잡으려 한 것이다. 그러나 희망은 어디에도 없었다. 의심할 여지가 없었다. 모든 것이 '그대로'였던 것이다. 그런데 그가 그렇게 말했을 때, 그녀는 갑자기 자신은 전부터 '이 일'을 예감하고 있었던 것 같은 기분이 들었다.

"이제 그만, 소냐! 그만! 나를 괴롭히지 말아줘!" 그는 괴로운 듯 부탁을 했다.

그녀는 실성한 사람처럼 벌떡 일어나더니, 양손을 비벼대면서 방 한가운데까지 걸어갔다가 금세 되돌아와서는 다시 어깨가 거의 닿을 정도로 가깝게 앉았다. 그러자 별안간 그녀는 바늘에 찔리기라도 한 듯이 부르르 떨더니, 외마디 절규와 함께 자신도 무슨 이유 때문인지 알지 못한 채 그의 앞에 몸을 던지듯 무릎을 꿇었다.

"당신은 무엇 때문에 그런 짓을 하셨어요?" 그녀는 절망에 가득 찬 얼굴로 그렇게 묻고는 벌떡 일어나서 그의 목을 세차게 껴안았다.

라스콜리니코프는 몸을 약간 뒤로 젖히고 슬픈 미소를 띠면서 상대를 바라보았다.

"정말로 이상하군, 소냐! 나는 당신에게 '그 일'을 고백했는데, 당신은 나를 끌어안고 키스를 해주다니. 당신은 지금 제정신이 아니야."

"그래요. 온 세상을 다 뒤져도 지금 당신만큼 불행한 사람은 없을 거예요!"

오랫동안 맛본 적이 없는 낯선 감정이 파도처럼 밀려와 그의 마음을 부드럽게 해주었다. "그럼 당신은 나를 버리지 않는 거지, 소냐?"

"네, 네! 절대로!" 소냐가 외쳤다. "전 당신을 따라갈 거예요. 어디까지나 따라갈 거예요. 오, 하느님!"

"그래서 지금 왔잖아."

"지금에야 오다니! 이제 어떡하면 좋지. 함께, 함께!" 그녀는 넋을 잃은 사람처럼 되풀이하면서 다시 그를 끌어안았다. "당신과 함께 시베리아에라도 갈 거예요!"

라스콜리니코프는 문득 몸을 떨었다. 그리고 처음과 같은, 증오와 거만함이 어린 미소가 그의 입술에 나타났다. "소냐, 난 아직 시베리아에 갈 생각은 없소."

소냐는 얼른 상대의 얼굴을 쳐다보았다.

불행한 사내에 대한 열렬하고 괴로울 정도의 동정이 지나간 자리에 다시 살인자라는 충격적인 생각이 자리를 잡았다.

"대체 어떻게 된 거예요? 저는 지금 멍해져서 어디에 있는지조차 알 수 없어요."

"뭐, 물건을 훔치기 위해서였지! 그만둬, 소냐!" 그는 화가 난 듯한 목소리로 대답했다.

"당신은 굶주리고 있었군요! 당신은 어머니를 도우려고 한 거죠? 그렇죠?"

"나는 굶주리지 않았어. 확실히 어머니를 도우려는 생각은 있었지만…… 그게 전부는 아니야."

소냐는 두 손을 마주 잡았다. "그럼 모두 사실이었군요! 아, 그런데 누가 그걸 믿겠어요. 호주머니를 털어서 남을 도와주는 당신이 강도 살인을 했다니……, 어떻게 그런 일이 있을 수 있어요?"

"아냐, 소냐!" 그는 당황해서 가로막았다. "그 돈은 그런 돈이 아니야. 안심해요! 그 돈은 어머니가 보내준 거야. 라주미힌도 보았기 때문에 알고 있어. 그 친구가 내 대신 받았으니까. 그 돈은 내 거야! 정말 내 돈이야!"

소냐는 그 말을 듣고 반신반의하며 뭔가 열심히 생각을 정리하려고 했다.

"그런데 '그 돈' 말인데……, 난 그 속에 돈이 있었는지 어쨌는지 몰라." 그는 조용히 생각에 잠겨 덧붙였다. "난 그때 노파의 목에서 지갑을, 가죽으로 만든 지갑을…… 가득 채워져 있는 지갑이었는데…… 그 지갑을 끌렀지만 속은 보지 않았어. 그럴 틈이 없었던 거야. 물건은 무슨 장식 단추와 금줄이었어. 그 물건과 지갑은 모두 그 다음 날 아침 보즈네센스키 거리 부근의 뒤뜰에 있는 돌 밑에 감추어버렸어. 전부 그곳에 있을 거야."

소냐는 열심히 이야기를 듣고 있었다.

"그럼 왜…… 물건을 훔치려고 하셨어요?" 그녀는 지푸라기라도 잡고 싶은 심정으로 물었다.

"모르겠어. 그땐 훔칠 것인지 말 것인지를 완전히 결심하지 않은 상태였어. 제기랄! 내가 지금 무슨 바보 같은 소릴 하고 있지?"

소냐의 머리에 '이 사람은 미친 게 아닐까?' 하는 의구심이 언뜻 들었지만, 이내 여기에는 분명히 다른 원인이 있다고 생각했다.

"이봐요, 소냐! 가령 내가 굶주림 때문에 살인을 했다고 한다면, 난 지금…… '행복'할 거야! 그걸 믿어줘!"

소냐는 뭔가 더 말하려고 하다가 잠자코 있었다.

"내가 어제 같이 가자고 한 것은 나에겐 이제 당신밖에 없기 때문이었어."

"어디로 가자는 거예요?"

"물건을 훔치러 가자는 것도 아니고, 살인을 하러 가자는 것도 아니니까 안심해요."

그녀는 그의 손을 꼭 잡았다.

"어쩌자고 나는 고백을 해버렸을까?" 그는 절망적으로 절규했다. "당신은 내 설명을 기다리고 있는 거지? 소냐, 그걸 기다리고 있는 거지? 나는 다 알아. 하지만 내가 당신에게 무엇을 말해야 하지? 당신은 아무래도 이런 걸 이해하지 못해. 그저 괴로워하고 있을 뿐이잖아!"

"당신도 못 견딜 만큼 괴로워하고 있는 건 사실이잖아요?" 소냐가 외쳤다.

또다시 아까와 같은 감정이 파도처럼 밀려와서 일순 마음이 부드러워졌다.

"소냐, 나는 마음이 약해. 당신은 그걸 기억해 줘요. 내가 온 것도 마음이 약하기 때문이야. 이런 것은 아무래도 좋아! 엉뚱한 소리만 하고 있군그래……."

그는 하던 말을 중단하고 생각에 잠겼다.

"젠장, 우리 두 사람은 아무래도 어울리는 상대가 아니야. 도대체 나는 왜 왔지?"

"아니에요, 아니에요! 그건 잘하셨어요!" 소냐는 외쳤다. "제가 안 것은 잘 된 거예요. 정말 다행이에요!"

그는 고통스러운 표정으로 상대를 바라보았다.

"어쩌면 당신이 옳을지도 몰라!" 그는 결심이 선 듯 말했다. "나는 나폴레옹이 되고 싶어서 살인을 한 거야. 어때, 이젠 알겠소?"

"아니요. 그냥 말해 주세요. 네, 말해 주세요! 이해할게요." 그녀는 그에게 간청했다.

"이해한단 말이지? 그래, 그럼 말해 주지!" 그는 조용히 생각하다가 드디어 입을 열었다. "사실은 이렇소. 언젠가 나는 자신에게 이런 문제를 제시한 적이 있어요. 예를 들어, 나폴레옹이 내 입장에 놓여 출세의 길을 열려고 한다고 치자. 툴롱도, 이집트 원정도, 몽블랑을 넘는 일도 없고, 그 멋지고 기념비적인 것들 대신 오직 어느 십사등관의 미망인인 우스꽝스러운 노파뿐이며, 더구나 그 노파의 트렁크에서 돈을 훔쳐내기 위해서는 그 사람을 죽이지 않으면 안 된다면, 그리고 그 외에 다른 방법이 없다면, 나폴레옹은 그것을 실행했을까? 나는 고백하지만, 그 '문제'로 꽤 오랫동안 번민했어. 그래서 끝내는 나폴레옹 같으면 주저하지 않았을 뿐만 아니라, 그것이 위대하다는 생각조차 했을 것이라고. 그래서 나도…… 더 이상 생각 않기로 하고…… 그 권위자를 흉내 내어…… 죽여 버렸어……."

소냐는 조금도 우스꽝스럽다고 생각하지 않았다.

"좀 더 분명히 말해 주세요." 그녀는 머뭇거리며 겨우 들릴 듯 말 듯한 소리로 애원했다.

그는 그녀 쪽으로 돌아앉아 슬픈 듯이 그녀의 얼굴을 바라보며 손을 잡았다. "그렇소! 당신 말이 맞아요, 소냐. 지금 말한 것은 모두가 하찮은 일이고, 한갓 헛소리라고 해도 좋아! 사실 당신도 알고 있듯이 내 어머니는 거의 무일푼이오. 누이동생은 다행히 교육을 받았기 때문에 여기저기 가정교사를 하고 다녔어. 그래서 두 사람은 모든 희망을 나에게 걸었지. 그러나 나는 휴학을 할 수밖에 없었어. 만일 그대로 계속했다면 십 년이나 십이 년쯤 후에 어느 지방의 교사나 관리가 되어 천 루블 정도의 연봉은 받는 생활을 할지도 모르지. 하지만 그때까진 어머니와 누이동생에게 무슨 일이 생길지도 모르잖아! 두 사람을 희생시키며 처자를 얻고, 나중에 다시 한 푼도 없이 처자를 남겨두고 가기 위해선가? 그래서 난 결심한 거야. 새로운 길로 나아가려고 말이야. 그게…… 그런 거야. 내가 노파를 죽인 것이 나쁘다는 것은 말할 필요도 없지. 그러나 이제 그만!"

그는 기운이 없는 목소리로 말을 마치고 고개를 푹 떨구었다.

"오, 그렇지 않아요. 그렇지 않아요!"

"당신은 그렇지 않다고 생각하는군."

"그게 사실일 리가 없어요. 오, 하느님!"

"나는 그저 이 한 마리를 죽였을 뿐이오, 소냐! 유해무익한 더러운 이를!"

"사람을 이라니요?"

"사람이 이가 아니라는 것쯤은 나도 알고 있어." 그는 이상한 눈으로 그녀를 바라보며 대답했다. "그런데 나는 허튼소리를 늘어놓고 있군, 소냐. 지금 말한 것은 모두 틀려. 당신의 말이 옳아. 나는 벌써 오랫동안 누구하고도 말을 하지 않았어. 소냐, 난 지금 머리가 아파."

그는 열에 시달려 안절부절못했는데, 그의 얼굴에는 어색한 미소가 맴돌았다. 그녀도 현기증이 났다. 절망적으로 그녀는 양손을 비벼댔다.

"아니, 소냐, 그렇지 않소!" 그는 갑자기 머리를 쳐들고 말했는데,

그 모습은 갑작스런 사고의 변화로 심한 충격을 받아 다시 기운을 되찾은 것처럼 보였다. "난 자부심이 강하고, 샘이 많고, 심술궂고, 비열하고, 집념이 강하고, 그리고…… 발광하기 쉬운 성질을 가진 사내라고 생각해 주는 편이 좋아. 난 그때 거미같이 내 집에 틀어박혀 있었어. 당신은 개집 같은 내 방에 온 적이 있으니까 알고 있을 테지? 소냐, 천장이 낮고 좁은 방은 사람의 기분이며 머리까지 압박하는 거요! 난 그 방을 미워했는지도 몰라! 나스타샤가 먹을 것을 가져오면 먹고, 가져오지 않으면 그대로 하루를 지냈어. 공부를 하지 않으면 안 되는데도 책을 팔아치웠지. 책상 위의 수첩과 노트 위에는 먼지가 잔뜩 쌓여 있을 정도였어. 그리고 늘 꿈만 꾸고 있었어. 이상한 여러 가지 꿈들을! 사실은 이런 거야. 난 어째서 이렇게 바보일까? 그 후 난 깨달았어, 소냐. 모든 사람이 다 영리해지기를 기다린다는 건 시간이 너무 오래 걸리겠다고 말이야. 그 후 다시 깨달았어. 그렇게는 되지 않을 것이다, 인간은 변하지 않으며, 인간을 개조한다는 건 누구도 할 수 없다, 그런 일에 노력을 기울일 값어치가 없다고 말이야! 법칙이란 말이오. 소냐, 두뇌와 정신이 강인한 자는 인간을 지배하는 주권자요!"

라스콜리니코프는 어떤 어두운 환희에 취해 있었다. 소냐는 이런 움울한 교리가 그의 믿음이자 법률이었음을 깨달았다.

"난 그때 생각했어, 소냐. 권력이란 몸을 굽혀 그것을 줍는 자에게만 주어진다는 것을! 그때 머리에 어떤 생각이 떠올랐지. 나 이전에는 그 누구도 생각한 적이 없었던 것을! 그래서 나는…… 나는

'큰맘 먹고 감행하려'고 했고, 그리고 죽여 버린 거야."

"오, 그만하세요. 그만하세요!" 소냐는 양손을 소리나게 부딪치며 외쳤다. "당신은 하느님에게서 버림받은 거예요. 하느님이 당신을 악마에게 넘겨준 거예요!"

"하긴 소냐, 어두운 곳에 누워 있는 동안 악마에게 걸려든 것이 아닌가 하는 생각이 늘 머리에 어른거렸지. 그게 악마의 짓이었군, 응?"

"가만히 계세요! 비꼬지는 마세요! 당신은 아무것도 몰라요. 오, 큰일이야! 이이는 아무것도, 아무것도 몰라!"

"잠깐, 소냐! 나는 농담하고 있는 게 아냐. 악마에게 유혹되었다는 것은 나도 알고 있어. 가만히 있어 줘." 그는 침울한 어조로 되풀이했다. "난 모든 걸 알아. 그런 것은 모두 이미 어둠 속에 누워 생각한 끝에 나 자신에게 속삭인 거야. 인간이 한갓 더러운 이일 수가 있는지 묻는다면 '나에게' 인간은 이미 이가 아니라는 것이 된다, 다만 그런 생각을 털끝만큼도 하지 않는 인간, 의문 따위를 품지 않고 곧바로 돌진하는 인간만이 이라는 것을 몰랐다고 말이야! 나폴레옹 같으면 그런 짓을 했을까 안 했을까 하고 나는 며칠이나 고민했는데, 나 자신도 나폴레옹이 아니라는 것을 확실히 의식하고 있었어. 난 이렇게 쓸데없는 자문자답의 괴로움을 끝까지 참았던 거야. 나를 위해서, 나 자신만을 위해서 죽이고 싶었어! 나중에 내가 누구의 은인이 되든, 평생 거미같이 모든 사람을 거미줄에 얽어매고 피를 빨아먹건, 내겐 둘 다 마찬가지야. 내가 살인을 했을 때 필요했던 것은 돈이 아니야. 같은 길을 걷는다 해도 이제는 살인은 하지 않을 거야. 난 그때 남들처럼 이인지 인간인지 알고 싶었던 거야. 나는 뛰어넘을 수 있을까, 그럴 수 있을까? 용감히 몸을 굽혀 주워 올릴 수 있을까, 아니면 없을까? 나는 벌벌 떠는 벌레인가, 그러잖으면 '권리'를 가지고 있는 인간인가를 말이야!"

"권리? 사람을 죽일 권리를요?"

"소냐, 난 지금 당신에게 한 가지만 증명해 보이고 싶어. 나는 결국 그때 악마에게 끌려갔는데, 나중에는 악마가 '너는 그곳에 갈 권리가 없다. 왜냐하면 너도 다른 사람과 똑같은 이이기 때문이다.'라고 하는 거야! 난 악마에게 우롱당한 거야. 알겠어? 내가 그때 노파에게 간 것은 그저 '시험해 보러' 간 거야. 그렇게 생각해 줘!"

"그리고 죽였군요! 죽였어요!"

"어떻게 죽였다고 생각해? 과연 살인이란 그렇게 하는 걸까? 내가 그때 간 것처럼 그렇게 사람을 죽이러 가는 걸까? 그 노파를 죽인 것은 악마이지 내가 아니야. 이제 그만!" 그는 끔찍한 비탄에 사로잡혀 외쳤다.

"정말 괴로우신 모양이군요!" 비통한 소리가 소냐의 입에서 터져 나왔다.

"자, 앞으로 어떻게 하면 좋은지 가르쳐줘요!" 그는 갑자기 머리를 쳐들고, 절망으로 일그러진 얼굴로 상대를 보며 물었다.

"어떻게 하면 좋으냐고요?" 그녀가 자리에서 벌떡 일어서자, 눈물이 가득 괴어 있던 눈이 빛나기 시작했다. "일어나세요! 지금 곧

바로 밖으로 나가 네거리에 서서 절을 하고, 당신이 피로 더럽힌 땅에 입을 맞추세요. 그리고 온 세상을 향해 머리를 숙이고, 모두에게 들리도록 '나는 살인을 했습니다!'라고 외치세요. 그렇게 하면 하느님이 당신에게 생명을 내려주실 거예요. 가시겠지요? 가실 거죠?"

그는 그녀의 갑작스러운 발언에 어안이 벙벙했다.

"당신이 말하는 의미는 날더러 징역을 가란 말이 아니오, 소냐? 자수하지 않으면 안 된다는 건가?" 그는 어두운 얼굴로 물었다.

"괴로움을 감수하고 속죄하란 말이에요. 그렇게 해야 돼요."

"아니, 난 그 패들에겐 가지 않을 거야, 소냐!"

"그럼 어떻게 살아갈 작정이세요? 무엇을 의지하고 살아갈 거예요?" 소냐가 외쳤다. "당신은 어머니와 누이동생을 버렸어요. 아, 나쁜 사람이에요!"

"내가 무슨 죄를 저질렀다는 거야? 내가 뭣 때문에 가? 그치들에게 무일 고백하라는 기야? 이건 모두 단순한 환상이잖아. 그놈들은 몇 백만 명의 사람을 죽이고서도 그것을 선행이라고 생각하고 있지 않은가 말이야." 그는 비웃음을 띠고 말했다. "그런 말을 하면 오히려 그놈들은 나를 비웃고, 얼간이 바보라고 말할 거야."

"당신, 굉장히 힘들지요?" 그녀는 그에게 필사적으로 손을 내밀어 기도를 하도록 권하며 되풀이해서 말했다.

"아직도 나를 비난하고 있군." 그는 뭔가를 생각한 듯 어두운 얼굴로 말했다. "나는 아직 인간이지 이가 아닌 모양이야. 너무 당황한 나머지 스스로 책망하고 있는 거야. 나는 아직 싸울 힘이 있어."

그의 입가에는 오만한 웃음이 어렸다.

"엄청난 고통을 짊어지고 가지 않으면 안 돼요. 그것도 죽을 때까지!"

"할 얘기가 있어. 이제 그만 울어, 용건을 말해야 하니까. 그놈들이 나를 의심해서 체포하려 하고 있다는 걸 알리러 여기 온 거야."

"어머나!" 소냐는 겁을 먹은 듯이 외쳤다.

"왜 그렇게 소리를 지르지? 내가 징역을 가기를 바라고 있으면서, 이번에는 겁이 나나? 하지만 두고 봐! 난 그놈들에게 손을 내밀지 않을 거야. 그놈들은 증거라곤 없으니까. 지금 그놈들이 쥐고 있는 증거로는 나를 감옥에 처넣을 수 없단 말이야. 자, 이제 그만⋯⋯. 나는 그저 당신이 알아줬으면 하는 것뿐이야. 누이동생과 어머니에게는 어떻게든 의심을 사지 않고 놀라지 않게 할 테니까. 내가 하고 싶은 말은 이거야. 하지만 조심해 줘요. 내가 감옥에 가면 면회하러 오겠소?"

"오, 가고 말고요. 가고 말고요!"

두 사람의 모습은 흡사 폭풍우가 지나간 바닷가에 외로이 남겨진 것 같았다.

"소냐! 내가 감옥에 가더라도 찾아오지 않는 게 좋겠어." 그는 말했다.

소냐는 대답도 하지 않은 채 그저 울고만 있었다. 그러다가 무슨 생각이 떠올랐는지 물었다. "혹시 목에 십자가를 걸고 있어요?"

그는 그 물음의 뜻을 얼른 알 수가 없었다.

"걸고 있지 않지요? 그럼 이걸 가지고 계세요. 저에게는 또 하나 있어요. 동으로 만든 거예요. 리자베타의 거예요. 전 리자베타와 십자가를 바꾸었어요. 그 사람은 저에게 자기 십자가를 주고, 저는 그 사람에게 수호신상을 주었어요. 전 앞으로 리자베타의 것을 달고 다니고, 당신은 이걸 간직하세요." 그녀는 부탁하듯이 말했다.

"이리 주시오!" 라스콜리니코프가 말했다. 그는 소냐를 슬프게 하고 싶지 않았다. 그러나 십자가를 받으려고 내민 손을 이내 거둬들이고 말했다. "지금은 그만두지, 소냐. 나중에 받겠어."

"그래요. 그러는 게 좋겠어요. 고통을 받으러 갈 때 걸고 가세요. 저에게로 오시면 제가 당신에게 걸어드릴게요. 함께 기도하고 가요."

마침 그때 누군가가 문을 세 번 노크했다.

"소냐 세묘노브나, 들어가도 좋습니까?" 어디선가 들은 적이 있는 정중한 목소리가 들렸다.

소냐가 깜짝 놀라 문 곁으로 달려가 보니 레베쟈트니코프가 방 안을 들여다보고 있었다.

5

레베쟈트니코프의 얼굴에는 근심이 어려 있었다.

"접니다, 소냐 세묘노브나. 죄송합니다. 당신도 여기 있을 줄 알 있습니다." 그는 라스콜리니코프를 향해 말했다. "사실은 집에서 카테리나가 미친 증세를 보이고 있습니다."

소냐는 외마디 소리를 질렀다.

"조금 전에 돌아왔는데…… 어떤 집에서 쫓겨나면서 얻어맞은 것 같아요. 집에서 뛰쳐나가 한 고관 댁 저택으로 찾아갔는데, 마침 고관 양반은 어떤 높은 사람 집으로 식사 초대를 받아서 외출하고 없었던 모양입니다. 결국 카테리나는 고관을 초대해 한창 식사를 하고 있는 그 집에까지 쫓아갔습니다. 그리고 막무가내로 떼를 써서 장관을 불러냈습니다. 그 다음엔 어떻게 됐는지 상상이 되지요? 결국 쫓겨난 것은 말할 것도 없습니다. 카테리나의 얘기로는, 고관에게 욕지거리를 퍼부어대고 뭔가를 집어던지기도 했다고 합니다. 그 정도의 일은 상상할 수가 있지요. 어떻게 현장에서 붙잡히지 않았는지 이상할 정도입니다! 지금 그분은 여러 사람에게 뭔가를 열심히 설명하고 있는데, 도대체 무슨 소린지 알 수가 없습니다. 뭐, 이제 모든 사람에게 버림받았으니까, 아이들과 함께 손풍금을 가지고 거리로 나가, 아이들에게 노래나 춤을 추게 하고, 자기도 그렇게 해서 돈을 얻어야겠다고……."

숨을 죽이고 듣고 있던 소냐는 갑자기 케이프와 모자를 움켜쥐자마자 그것을 몸에 걸치면서 밖으로 뛰쳐나갔다. 라스콜리니코프도 그 뒤를 따라 바깥으로 나갔고, 레베쟈트니코프도 뒤따라 밖으로 나갔다.

"아무리 봐도 정신이 돌았습니다!" 그는 라스콜리니코프와 함께 거리로 나가면서 말했다. "제가 알기로는 결핵 환자에겐 뇌에 종양이 생기는 경우도 있다던데……"

"그분에게 종양 이야기를 했습니까?"

"아니, 종양 이야기는 하지 않았습니다. 다만 제가 하고 싶은 말은 이런 겁니다. 인간이란 울 일이 없다고 논리적으로 설득하면 울음을 그치는 법입니다. 이건 명백한 사실입니다."

"그렇다면 사는 것이 너무 편안하지 않을까요?" 라스콜리니코프가 말했다.

"오, 잠깐! 파리에서는 벌써 논리적으로 설득함으로써 미치광이를 치료할 수 있다는 것이 밝혀져 실험이 활발하게 이루어지고 있습니다. 최근에 죽은 그곳의 한 교수이자 학자가 그렇게 해서 미치광이를 치료했다는 겁니다. 그 사람은 미치광이의 신체 조직에는 특별한 문제가 없다고 했습니다. 광기라는 것은 말하자면 논리적인 오류, 판단의 착오, 사물에 대한 비정상적인 사고에 지나지 않는다는 것이죠."

라스콜리니코프는 아무 말도 듣고 있지 않았다. 자신의 집에 이르자, 그는 레베쟈트니코프에게 고개를 끄덕이고 문 안으로 들어가 버렸다. 레베쟈트니코프는 정신이 번쩍 들어 주위를 한번 둘러보고 그대로 앞으로 달려갔다.

라스콜리니코프는 자기 방으로 들어가서 누렇게 바래고 닳아빠진 벽지며 먼지, 그리고 침대로 쓰고 있는 소파를 둘러보았다. 그는 지금까지 단 한 번도 이토록 무섭게 고독을 느낀 적이 없었다.

그렇다! 그는 어쩌면 소냐를 미워하고 있는지 모른다는 느낌이 들었다. 그녀를 울리려고 갔을까? 어째서 그녀의 목숨을 좀먹으려고 하는 걸까? 오, 정말 비열하다!

그는 느닷없이 큰 소리로 중얼거렸다. "난 외톨이가 되자. 그리고 그녀에게 감옥에 면회를 오지 못하게 하자!"

그는 얼마 동안 자기 방에 틀어박혀 있었는지 알지 못했다. 그런데 별안간 문이 열리면서 두냐가 들어왔다. 그는 그저 멍하니 누이동생을 바라보았다.

"화내지 마세요, 잠깐 들렀어요. 오빠, 전 모든 것을 알고 있어요. '모든 것'을! 라주미힌이 모두 말해 주셨어요. 오빠는 바보예요. 혐의를 받고 미행을 당하고 괴로워하고 있다고요. 그렇게 큰 슬픔이 있다면 저도 사람들 앞에서 자취를 감추었을 것 같아요. 어머니에겐 '이 이야기'는 일체 하지 않을게요. 오늘 제가 온 것은, 만에 하나라도 도움이 되는 일이 있다면…… 제 목숨이 필요하다든지 하면, 꼭 저를 불러 달라는 말을 하고 싶었기 때문이에요. 그럼 안녕!" 그녀는 몸을 돌려 문 쪽으로 걸어가기 시작했다.

"두냐!" 라스콜리니코프는 누이동생을 불러 세우며 말했다. "라주미힌은 아주 좋은 사람이야."

두냐는 얼굴을 붉혔다.

"그래서요?" 그녀는 잠시 뜸을 들였다가 물었다.

"그 친구는 일도 잘하고, 부지런하고, 성실하고, 진정으로 사랑할 수 있는 사람이다. 그럼 잘 가라, 두냐."

"오빠, 그건 무슨 소리예요? 그러면 정말 영원히 헤어지는 것 같잖아요."

누이동생은 잠시 서서 걱정스럽게 오빠를 보고 있다가 불안한 기분으로 방을 나갔다.

그는 결코 누이동생에게 냉정했던 건 아니다. 순간적이었지만 누이동생을 끌어안고 '이별을 고하고' 모두 '고백하려고'까지 생각한 적도 있었다. 하지만 지금은 손을 내미는 것조차 결심이 서지 않았던 것이다.

창에서 시원한 바람이 불어왔다. 바깥의 햇빛은 그다지 강하지 않았다. 라스콜리니코프는 모자를 들고 바깥으로 나갔다. 그러나 이 끝없는 불안과 정신적 공포가 아무 증상도 나타내지 않고 끝날 리가 없었다.

그는 정처 없이 걸어 다녔다. 태양은 지고 있었다. 최근 그의 가슴에는 어떤 독특한 기분이 깃들기 시작했다. 그 기분은 뾰족한 바늘로 찌르는 듯한 것도, 지글지글 타는 듯한 것도 아니었다. 그러나 그 안에는 뭔가 지속적이고 영원한 것이 배어 있었다. 그 때문에 싸늘하게 마비되는 듯한 애수가 오랜 세월 끝없이 계속될 것만 같았고, '사방 1야드의 공간'에 영원히 서 있지 않으면 안 될 것 같은 예감이 들었다. 그러한 기분은 특히 저녁때에 더욱 심하게 그를 괴롭혔다.

"일몰 같은 것에 좌우되어 바보 같은 짓을 할지도 모른다!"

그때 레베쟈트니코프가 그를 쫓아오고 있었다.

"카테리나가 마침내 자기 계획을 실행에 옮겨 아이들을 데리고 나가버렸어요! 그분은 완전히 광란 상태입니다. 단언하지만 이제 완전히 미쳤어요. 그 모양으론 경찰서에 끌려갑니다. 그러면 얼마나 쇼크를 줄지 상상하시겠죠? 그들은 지금 보즈네센스키 다리 곁의 운하 기슭, 그러니까 마르멜라도바 양의 하숙집 부근에 있습니다."

소냐가 살고 있는 집에서 두 번째 집 앞의, 운하 옆길에 사람들이 모여 있었다. 특히 사내아이와 계집아이들이 많이 모여 있었다. 카테리나의 째지는 듯한 쉰 목소리가 다리 근처에서 들려왔다. 확실히 그건 지나가는 사람들의 흥미를 끌 만한 진풍경이었다. 카테리나는 진짜 미친 사람 같았다. 지쳐 버린 폐병 환자 티가 나는 그 얼굴은 몹시 괴로워 보였다. 그녀의 흥분 상태는 시간이 갈수록 더해 가는 것 같았다. 그 모습을 보고 웃는 자도 있었고, 불쌍하다는 듯이 머리를 흔드는 자도 있었다. 겁에 질린 아이들을 데리고 있는 미친 여자를 구경한다는 것은 누구에게나 흥미로운 일임에 분명했다.

"방해하지 마, 소냐. 방해하지 말라고!" 그녀는 숨을 헐떡거리고 기침을 하면서 외쳤다. "넌 지금 내가 무엇을 노리고 있는지 모르는구나. 내가 말했잖아! 그 주정뱅이 독일 여자에겐 돌아가지 않는다고. 나는 모든 페테르부르크 사람들에게 보여줄 거야. 충실하고 정직하게 근무하다 죽은, 집안이 좋은 아버지를 가진 아이들이 구걸을 하고 다니는 것을! 그리고 그 쓸모없는 장군에게도 보여줄 거야. 어머나! 로지온 로마노비니치 씨, 당신이었군요!" 그녀는 라스콜리니코프를 보고 곁으로 다가가면서 외쳤다. "손풍금을 치고 동냥을 하는 중이에요. 사람들은 우리가 지금은 거지로 몰락했지만 본래는 어엿한 가문 출신이란 것을 알아줄 거예요."

이렇게 말한 그녀는 울고 있는 아이들을 가리켜 보였다.

"기숙학교라고요, 하, 하, 하! 먼 꿈이지요." 그렇게 외치면서 카테리나가 웃었으나, 곧 몹시 심한 기침을 했다. "아무에게도 고개를 숙일 필요가 없어요. 우리가 이 애를 너무 고생시켰으니까! 폴렌카, 얼마나 모았는지 보이려무나! 뭐라고? 고작 이 코페이카야? 그저 혀를 빼물고 숨을 헐떡이며 우리 뒤를 쫓아다니기만 하다니! 이 얼간이는 왜 웃는 거야?" 그녀는 군중 속의 한 사람을 가리켰다. "이건 콜랴가 멍텅구리이기 때문이야! 너희들이 집안이 좋은 아이들이고, 교육을 잘 받았고, 흔히 볼 수 있는 떠돌이 손풍금장이와는 다르다는 걸 모르잖니? 아, 그렇지! 우린 무얼 노래하면 좋을까? 미리 상의를 해서 충분히 연습을 한 다음에 네프스키 거리로 가려고 해요. 네프스키 거리는 여기보다 상류 사회 사람들이 훨씬 많으니까, 바로 우리를 알아볼 거예요. 폴렌카, 프랑스어로 〈단돈 다섯 닢〉을 부르자! 내가 가르쳐줬지? 〈말보루는 전쟁터에 나갔네〉도 괜찮아! 이건 정말 아이들 노래이고, 어느 귀족 집에서도 아이들을 재울 때 부르고 있으니까."

말보루는 전쟁터에 나갔네.
언제나 돌아오려나…….

그녀는 노래를 불렀다. "자, 콜랴! 손을 허리에 대고 빨리······, 그리고 리다, 너도 저쪽으로 돌아라. 그러면 나와 폴렌카가 노래를 하면서 손뼉으로 박자를 맞출 테니까!"

　　동전이 다섯 닢, 동전이 다섯 닢,
　　이걸로 입에 풀칠을 해야 하네······.

콜록, 콜록, 콜록!
그녀가 기침을 하는 사이에 숨을 몰아쉬며 주의를 주었다.
"지금 너희가 꼭 알아야 할 건 몸가짐을 품위 있게 하는 일이다. 자, 콜랴, 빨리 시작해라. 정말 속을 썩이는구나."

　　동전 다섯 닢,
　　동전 다섯 닢!

"또 경찰관이 왔군! 왜 그래요?"
그와 때를 같이해서 문관 제복 위에 털코트를 입고 목에는 훈장을 단 50세쯤 되어 보이는 당당한 신사가 다가와서는, 카테리나에게 3루블짜리 녹색 지폐를 쥐어주었다. 카테리나는 그것을 받자 정중하게 예절을 갖추고 절을 했다.
"감사합니다." 그녀는 점잔을 빼며 말했다. "각하, 당신은 죽은 제 주인을 잘 알고 계실 테지요? 이 애비 없는 아이들을 지켜주십시오." 그녀는 관리에게 큰 소리로 말했다. "왜 저 경관은 나를 쫓아 다닌담? 우리는 메샨 거리에서 여기까지 쫓겨왔는데. 당신은 나한테 무슨 볼일이 있는 거요?"

"길거리에서 이런 짓을 하는 것은 금지되어 있어요. 꼴사나운 짓은 그만두시오."

"너야말로 꼴사나운 짓은 다한다. 내가 아코디언을 들고 다니든 말든 모슨 상관이야?"

"풍금장이라면 허가증을 가져야지, 당신은 마음대로 사람을 모으고 있지 않소. 집은 어디요?"

"허가증이라고?" 카테리나는 고함을 질렀다. "저는 오늘 주인의 장례식을 치렀어요. 그런데 허가증 받을 틈이 어디 있겠어요?"

"부인, 부인, 진정하십시오." 관리가 말했다. "제가 모셔다 드리죠. 몸도 좋지 않은 것 같은데……."

"아니에요, 나리! 당신은 아무것도 몰라요!" 카테리나가 외쳤다. "저희들은 네프스키 거리로 가려고 해요. 소냐, 소냐! 이 아이가 어딜 갔지? 아니, 울고 있구나! 너희들은 전부 왜 그러니? 콜랴, 리다, 얘들아, 어딜 가니?" 그녀는 갑자기 놀라서 소리를 질렀다. "오! 콜랴, 리다, 저 아이들이 어디로 가려는 걸까?"

정신이 이상해진 어머니의 심상치 않은 언동을 보고 극도로 겁을 집어먹은 콜랴와 리다가 마침내 경관이 자기들을 잡아 어딘가로 데리고 간다고 생각하고는 갑자기 약속이나 한 것처럼 서로 손에 손을 잡고 도망친 것이다.

"폴렌카! 두 아이를 붙들어 와!"

카테리나는 전속력으로 아이들을 쫓아가다 발이 걸려 길바닥에 나동그라졌다.

"피가 흘러요. 오, 이를 어쩌나!" 소냐는 그녀에게 몸을 굽히면서 외쳤다.

모두들 달려가서 주위를 에워쌌다. 라스콜리니코프와 레베쟈트니코프가 제일 먼저 달려갔다. 관리도 급히 달려갔고, 경관도 달려갔지만, 일이 귀찮게 되었다는 생각에서 손을 내저으며 "젠장!" 하고 중얼거렸다.

"자, 비켜요, 비켜!" 그는 주위에 몰려드는 사람들을 쫓으려고 했다.

'다 죽게 되었군!" 누군가가 외쳤다.

"머리가 돌았어!" 또 한 사람이 말했다.

잠시 후 보도를 빨갛게 물들인 피가 카테리나가 돌에 걸려 다친 상처 때문이 아니라 가슴에서 나온 각혈 때문이라는 것이 밝혀졌다.

이때 관리가 중얼거리듯 말했다. "이건 폐병입니다. 이렇게 피가 쏟아지고 목이 막히는 겁니다. 그런데 어떻게 한다지? 이대로 두면 곧 죽을 텐데……."

"저기로, 저기 제 집으로!" 소냐가 애원했다. "전 저기서 살고 있어요! 제 방으로 빨리, 빨리! 그리고 의사를 불러주세요. 아, 어떻게 하지?"

관리가 애써준 보람이 있어 모든 일이 순조롭게 진행되었다. 경

428

관까지도 카테리나를 옮기는 일을 도와주었다. 카테리나의 각혈은 계속되었지만, 잠시 후 의식을 되찾았다. 방 안으로 소냐 외에 라스콜리니코프, 레베쟈트니코프, 관리, 경관 등이 한꺼번에 들어왔다. 그 많은 사람들 틈에 스비드리가일로프도 모습을 드러냈다.

의사나 성직자를 불러와야 한다는 사람도 있었다. 관리는 라스콜리니코프에게 의사는 이제 필요 없다고 속삭이면서도 불러오도록 했다. 카페르나우모프가 달려 나갔다.

그럭저럭하는 사이에 카테리나는 호흡이 편해지면서 각혈도 잠시 멈췄다.

"아이들은 어디에 있지?" 그녀는 가냘픈 소리로 물었다.

아직도 피가 그녀의 마른 입술에 말라붙어 있었다. 그녀는 하나하나 점검하듯 주위를 둘러보았다.

"넌 이렇게 살고 있구나, 소냐!" 그녀는 괴로운 듯 소냐를 바라보았다. "우리가 너를 망쳐놓았어. 이 아이들을 맡아다오. 이제 끝났어! 조용히 숨을 거두게 해다오."

사람들은 그녀의 머리에 베개를 놓아주었다.

"뭐? 신부? 필요 없어요. 그런 돈이 어디 있느냐? 난 죄를 짓지는 않았어! 그런 짓을 하지 않아도 하느님은 용서해 줄 거야. 내가 얼마나 고생했는지는 잘 알고 계시니까!"

그녀는 점차 의식불명 상태로 떨어졌다. 가끔 그녀는 부르르 몸을 떨고는 주위를 둘러본 뒤 잠시 사람들을 알아보았다. 그러나 곧 의식이 없어졌다.

"각하! 난 그놈에게 말했어요." 카테리나는 한마디 할 때마다 숨을 헐떡였다. "저 아말리아가…… 오, 얘들아! 빨리, 빨리, 빨리. 글리세, 글리세(미끄러지듯, 미끄러지듯), 파 드바스크(무용에서 바스크식으로 발을 옮기는 것)! 발로 장단을 맞추고…… 얌전한 어린아이가 되어야 해."

　더없이 아름다운 눈동자를 가지고,
　아가씨야, 그 밖에 더 무엇을 바라느냐?

"오, 난 정말 좋아했어! 폴렌카, 이건 너희 아버지가…… 약혼 시절에 자주 불렀던 노래란다."
그녀는 흥분한 듯 일어나려고 애썼으나 그러지 못했다. 한 마디 한 마디를 숨을 헐떡거리며 외치던 그녀는 두려움에 떨면서 목이 쉰 애끓는 소리로 노래를 불렀다.
"각하!" 그녀는 갑자기 눈물을 펑펑 쏟으면서 가슴이 찢어지는 듯한 울음소리를 냈다. "애비 없는 자식을 지켜 주세요! 소냐, 소냐!" 그녀는 소냐가 앞에 있는 것이 이상하다는 듯 부드럽고 상냥하게 말했다. "소냐, 귀여운 소냐, 너도 여기에 있었니?"
여러 사람이 그녀를 일으켜 주었다.
"이제 됐어! 이제 이별이야! 안녕, 불쌍하고 가엾은 것! 모두 너를 부려먹었어. 이제 지칠 대로 지쳤다." 그녀는 절망과 증오에 찬 소리로 외치고는 베개에 머리를 떨어뜨렸다.

카테리나는 다시 의식을 잃었는데, 이 최후의 혼수상태는 그렇게 오래 가지 않았다. 청황색의 메마른 얼굴은 힘없이 처지고, 입술이 벌어졌다. 그러고는 깊은 숨을 한번 쉬더니 그대로 숨을 거두고 말았다.

소냐는 숨을 거둔 어머니의 몸 위에 엎드려 양손으로 꼭 껴안더니, 고인의 야윈 가슴에 머리를 파묻고 기절해 버렸다.

그리고 어떻게 된 영문인지 카테리나 곁에 예의 '상장'이 나왔다. 그것은 곧 그녀의 베갯머리에 놓여졌다. 라스콜리니코프도 그것을 보았다.

"돌아가셨군요!" 레베쟈트니코프가 말했다.

"로지온 로마노비치, 당신에게 한 말씀 드리겠습니다." 스비드리가일로프가 다가왔다. "장례식을 비롯한 나머지 뒤치다꺼리는 전부 제가 맡겠습니다. 요전에 말한 대로 전 돈을 가지고 있으니까요. 저는 이 두 병아리와 폴렌카를 시설을 잘 갖춘 고아원에 넣고, 어른이 될 때까지 한 사람 앞에 천오백 루블씩 부쳐 주겠소. 마르멜라도바 양을 안심시켜 주려고 합니다. 그리고 마르멜라도바 양을 시궁창과 같은 소굴에서 건져낼 생각입니다. 그러니 당신 누이동생에게 그 사람의 만 루블을 제가 이 일에 썼다고 전해 주십시오."

"당신은 무슨 목적으로 그렇게 대대적인 자선을 베풀려고 합니까?" 라스콜리니코프가 물었다.

"방금 말하지 않았습니까! 그 돈은 남는 돈이라고! 저 여인은 돈놀이를 하는 노파와는 달라서 '이'가 아니었으니까요. 어때요, 찬성하시죠? 그리고 만일 제가 구해 주지 않으면 폴렌카도 같은 길을 걷게…… 되지 않겠습니까?"

그는 라스콜리니코프에게서 눈을 떼지 않고, 유쾌한 듯하면서도 교활해 보이는 얼굴을 하고 말했다. 라스콜리니코프는 이 사내가 자신이 소냐에게 한 말과 똑같은 말을 하는 것을 듣고는 파랗게 질려 등골이 오싹해졌다.

"어, 어떻게…… 알고 있소?"

"나는 벽 하나를 사이에 둔 레슬리흐 부인의 방에 살고 있으니까요. 이쪽은 카페르나우모프이고 저쪽은 옛 친구인 레슬리흐 부인, 모두 이웃 사이죠."

"당신이?"

"네, 제가!" 스비드리가일로프는 배를 움켜잡고 웃으면서 말을 계속했다. "오! 로지온 로마노비치, 나는 이상할 정도로 당신에게 흥미가 생깁니다. 우리 둘은 친밀한 사이가 될 것이라고 제가 말한 적이 있지요?"

제 **6**부

1

라스콜리니코프에게 이상한 증세가 찾아왔다. 마치 갑자기 사방에 안개가 깔리고, 탈출구가 없는 끝없는 고독 속에 갇혀 버린 것 같았다. 이런 증상은 최후의 파국까지 계속되었다.

특히 그의 마음을 뒤숭숭하게 한 것은 스비드리가일로프의 출현이었다. 그의 생각은 온통 스비드리가일로프에게 집중되었다. 마지막으로 만났을 때 스비드리가일로프는 그에게 카테리나의 아이들은 자기가 잘 처리했다고 했다. 즉 자기와 연줄이 닿는 몇 사람의 도움으로 세 명의 고아를 모두 시설이 좋은 곳에다 넣었다는 것이다. 그때 자기가 준 돈이 큰 도움이 되었다는 말도 덧붙였다. 왜냐하면 돈을 가지고 있는 고아가 한 푼 없는 고아보다 훨씬 조건이 좋기 때문이라는 게 그의 전언이었다. 그리고 뭔가 소냐 이야기도 꺼내고, 수일 안으로 그를 찾아가겠다는 약속도 했다.

스비드리가일로프가 말했다. "상의할 일이 있어요. 꼭 얘기해야 할 중대한 일이 있습니다." 그는 덧붙여 말했다. "어떻게 된 일입니까, 로지온 로마노비치? 기운이 없어 뵈는군요! 한 가지 이야기할

게 있습니다. 단, 지금은 안타깝게도 일이 너무 많아서요. 내 일과 남의 일…… 오, 로지온 로마노비치, 사람에겐 공기가 필요합니다, 공기가!"

스비드리가일로프는 그때 마침 계단을 올라온 사제와 사제보를 올려 보내려고 옆으로 비켜섰다. 그의 요청으로 위령 기도가 하루에 두 번씩 철저하게 행해졌다. 그는 볼일을 보러 갔고, 라스콜리니코프는 잠시 우두커니 서서 생각에 잠겨 있다가 사제 뒤를 따라 소냐의 방으로 들어갔다.

라스콜리니코프는 입구에 섰다. 기도식이 시작되려고 했다. 어렸을 때부터 그는 언제나 죽음을 의식했고, 그 때문에 뭔가 괴롭고 신비한 공포에 휩싸이곤 했다. 거기에다 지금은 뭔가 다른, 너무나 무섭고 불안한 것이 있었다. 그는 아이들을 보았다. 아이들은 나란히 관 곁에 무릎을 꿇었고 폴렌카는 울고 있었다.

신부는 "하느님이시여, 평화를 주옵소서!" 하고 기도문을 외웠다.

라스콜리니코프는 기도식이 끝날 때까지 서 있었다. 기도식이 끝난 다음에는 소냐 곁으로 갔다. 소냐는 라스콜리니코프의 양손을 붙잡고 그의 어깨에 머리를 기대었다. 이 친밀한 동작은 그를 어리둥절하게 했다. 자기에 대한 혐오나 반감은 보이지 않았다. 손도 떨고 있지 않은가! 소냐는 아무 말도 하지 않았다. 그는 그녀의 손을 꽉 쥐어주고 바깥으로 나왔다.

라스콜리니코프는 견딜 수 없이 괴로웠다. 그런데 이상한 것은 최근 늘 혼자 있는데도 혼자 있는 것 같지가 않았다. 그는 교외로 나

가기도 하고, 거리로 나가기도 하고, 어느 때는 숲 속으로 들어가기
도 했지만, 쓸쓸한 장소일수록 누군가 곁에 있는 것 같은 느낌이 들
었다. 무섭다고는 할 수 없지만 뭔가 몹시 예민해진 그는 급히 시내
로 되돌아와 사람들 틈에 끼어들거나, 식당이나 술집에 들어가기도
하고, 트루쿠치(헌옷 장수)나 센나야 광장에 가보기도 했다. 어느 술
집에서는 초저녁부터 사람들이 노래를 부르고 있었는데, 그는 노래
에 귀를 기울이며 꼬박 1시간 동안이나 그곳에 머물면서 몹시 유쾌
했던 기억도 있었다. 그러나 노래가 끝날 무렵이 되자 다시 불안해
지고 갑자기 양심의 가책이라도 받은 듯 고통에 몸을 떨었다. 그리
고 모든 것이 둘둘 말린 실뭉당이처럼 얽혀 버리는 것이었다. 몇 시
간인가 잠을 자고 나자 열병은 사라졌지만 눈을 뜬 것은 꽤 늦은 오
후 두 시였다.

그는 카테리나의 장례식이 오늘이라는 것을 깨닫고는 참석하지
않는 게 좋겠다고 생각했다. 나스타샤가 식사를 가져다주었다. 그
는 왕성한 식욕으로 거의 굶주린 사람처럼 먹고 마셨다. 그때 문이
열리면서 라주미힌이 들어왔다.

"여어! 먹는 걸 보니 병이 아닌 모양이군!" 라주미힌은 묘하게 흥
분하고 있었는데, 뭔가 심상치 않은 속셈이 있는 것 같았다. 그는 단
호하게 말했다. "이봐, 이제부터 자네들이 어떻게 되든 나는 일절
몰라. 난 도저히 이해할 수 없다는 것을 이젠 분명히 알았기 때문이
야. 그러니 물어보려고 왔다고는 생각하지 말게. 그건 아무래도 좋
아! 가령 지금 자네가 자기 비밀을 남김 없이 털어놓았다 해도, 나

는 귀도 기울이지 않고 침을 뱉고 나갈 테니까. 내가 여기에 온 것은 단지 자네가 미치광이라는 게 사실인지 아닌지 이 눈으로 똑똑히 확인하고 싶었기 때문이야. 솔직히 말하면 나 자신도 그 견해를 지지하는 쪽으로 상당히 기울어져 있다네. 왜냐하면 첫째 자네의 바보 같은, 경우에 따라서는 구역질나는 행동 때문이고, 둘째는 자네의 어머니와 누이동생에 대한 최근의 태도 때문일세."

"어머니와 누이를 언제 만났지?"

"지금 막 만났어. 자네는 어딜 돌아다녔나? 부탁이니 가르쳐 주게. 나는 벌써 세 번이나 자네를 찾아왔었네. 어머니가 어제부터 병이 나셨어. 자네에게 오시겠다고 해서 누이동생이 애써 말렸지만, '만일 그 아이가 병이 났다면, 내가 아니고 누가 간호해 주겠나?'라고 하셨어. 그래서 모두가 이곳에 왔었어. 십 분쯤 앉아 있었을까? 그런데 어머니는 일어서며 이렇게 말씀하시지 않겠나. '그 아이가 걸어 다닌다면 몸은 괜찮다는 증거야.' 그러고는 집으로 돌아가 그대로 침대에 드러누우셨어. 지금 열이 굉장하네. 그리고 '그 아이는 제 여자를 만날 틈은 있는 모양이지.' 하고 말씀하셨어. 어머니가 말씀하시는 그 '제 여자'라는 것은 마르멜라도바 양을 말하는 거야. 결국 내가 마르멜라도바 양에게 가서 보니 관이 놓여 있고, 아이들이 울고 있지 않겠나. 나는 그곳을 나와 그대로 자네 누이동생에게 전했지. 그런 것은 모두 근거가 없는 이야기다, '제 여자' 같은 것은 있지도 않다고 말일세. 그렇다면 가장 확실한 자네의 병명은 발광이라는 것이 되지 않겠나? 하지만 자네는 아무리 보아도 미치

438

광이가 아니야! 내가 여기 온 것은 욕이라도 퍼붓고 화풀이를 하고 싶었기 때문이야." 라주미힌은 자리에서 일어섰다. "난 이제부터 뭘 하면 좋은지 알고 있네."

"뭘 하려고 하나?"

"내가 앞으로 뭘 하든 자네가 알 필요가 있나?"

"조심하게. 홧김에 술을 마시려는 거지?"

"어떻게…… 어떻게 그걸 알았지?"

"쳇! 그 정도를 누가 모르나!"

"자네는 언제나 정확한 판단을 내리는 친구야. 지금까지 한 번도 미치광이 짓을 한 적이 없었지."

"라주미힌, 누이동생과 자네 이야기를 했네."

"내 이야기를? 어떻게?"

"자네는 성실하고 부지런하고 정말 좋은 사람이라고 했지. 자네가 그 아이를 좋아하고 있다는 얘긴 하지 않았네. 이미 그 아이도 알고 있으니까!"

"알고 있다고?"

"물론 알고 있지! 내가 어딜 가더라도, 나에게 무슨 일이 일어나더라도 자네가 그 두 사람을 돌봐주었으면 좋겠네. 이런 말을 하는 것은 자네가 그 아이를 얼마나 사랑하고 있는지 알고 있고, 자네의 고운 마음씨도 믿고 있기 때문이야."

"로쟈, 젠장! 자넨 도대체 어딜 가려고 하나? 하지만 자네는 아주 훌륭한 친구야!"

"아까 말하려다가 자네가 가로채는 바람에 하지 못한 얘기가 있네. 자네는 비밀이나 숨기는 일은 알려고 하지 않는다고 했는데, 그건 좋은 생각이야. 때가 될 때까지 그대로 놔두게, 걱정하지 말고. 때가 되면 모든 것을 알 수 있을 테니까 말이야."

라주미힌은 흥분한 상태로 우뚝 선 채 생각에 잠겨 있었다. '이 친구는 정치적 음모를 꾸미는 패거리들과 어울렸다! 틀림없이 그렇다! 그리고 지금 결정적인 행동을 하려고 한다.'

"자네는 '공기가 좀 더 필요하다, 공기가!'라고 말하는 사내와 만나려고 하는군. 그러면 그 편지도…… 그것도 출처는 마찬가지겠군." 그는 혼잣말하듯이 중얼거렸다.

"편지라니?"

"자네 누이동생이 오늘 편지를 한 통 받았는데, 몹시 걱정스러운 얼굴을 하고 있었어. 내가 자네 이야기를 꺼냈더니 가만히 있어 달라고 하더군. 그리고 어쩌면 우리는 일찍 헤어질지도 모른다면서 나에게 작별 인사를 하고는, 자기 방으로 들어가 버리더라고."

"그 아이가 편지를 받았다고?" 라스콜리니코프가 되물었다.

"그렇다네. 자네는 몰랐나? 흠!"

두 사람은 한동안 말이 없었다.

"그럼 난 가겠네, 로지온! 술은 그만두겠네."

라주미힌은 당황하고 있었다. 바깥으로 나가 문을 닫았다가 다시연 그는 딴 곳을 보면서 이런 말을 했다. "아, 참! 그 살인 사건…… 범인을 찾았다네. 자백을 하고 증거를 모두 내놨네. 그게 그 칠장이 중 한 사람인데, 자네도 기억하고 있겠지? 내가 여기서 변호한 적이 있지 않나. 그 패들, 즉 건물 관리인과 그 목격자가 계단을 올라갔을 때, 계단 있는 데서 씨름을 하면서 웃고 했던 것은 전부 그 녀석이 사람들 눈을 속이기 위해서 일부러 꾸민 짓이라네. 풋내기치고는 너무나 교활하지 않은가. 그땐 나도 속았어!"

"자네는 그 사건에 왜 그렇게 흥미를 느끼나?" 라스콜리니코프는 흥분해 물었다.

"놀라운 질문이군. 왜 내가 흥미를 느끼고 있느냐고? 이상한 걸 묻는군그래! 포르피리로부터 들었어."

"그래 그 녀석이…… 무슨 소리를 하던가?"

"요령 있게 설명해 주더군. 그의 독특한 심리적 방법으로 말이야."

"그 녀석이 자네에게 설명했나?"

"그래, 그가 했어. 그럼 난 가네."

그는 나갔다.

라스콜리니코프는 라주미힌이 나가자마자 방 안을 왔다 갔다 하더니 다시 소파에 앉았다. 그는 온몸에 새로운 기운이 돋는 것 같았다.

다시 싸우는 거다. 빠져나갈 구멍이 생겼다! 지금까지는 너무나 답답하고 갑갑했지. 포르피리의 사무실에서 니콜라이가 뛰어든 것을 본 이후로 난 어둠 속에서 빠져나갈 구멍을 찾지 못하고 허우적거렸어. 니콜라이를 본 그날 소냐의 방에서도 사건이 있었고. 결국 한순간에 전혀 상상도 하지 못했던 방향으로 일을 몰아갔어! 그것도 한꺼번에! 그리고 소냐에게 자백했지. 그 일을 혼자 가슴에 안고 살아갈 수 없다는 생각에 자백해버린 거야. 그런데 스비드리가일로프는 어떻게 한다? 사실 포르피리는 별문제야. 그 녀석은 자진해서 라주미힌에게 설명했나 보군. 심리적인 설명을 들려줬단 말이지! 자신의 특기인 심리적 방법을! 그 포르피리가…… 서로가 노려보고 논쟁을 벌이고 갈 데까지 다 가버렸는데도……. 하지만 그런 사건이 있었다고 하더라도 새삼스럽게 니콜라이 따위에게 그의 신념이 뿌리째 흔들릴 리가 없지 않은가. 그는 무슨 목적으로 라주미힌의 관심을 니콜라이 쪽으로 돌리게 한 걸까? 그건 그렇고, 우선 스비드리가일로프를 해치워야지!

그렇게 생각을 정리한 뒤 문을 연 순간 바로 포르피리와 마주쳤다. 그는 라스콜리니코프의 방으로 들어오려고 하던 참이었다.

"이런, 손님이 오리라고는 생각지도 않았겠죠, 로지온 로마노비치?" 포르피리는 웃으며 말을 걸었다. "벌써부터 한 번 오려고 했는데, 마침 지나는 길에 오 분 정도만 만나 뵐까 하는 생각이 들었습니다. 괜찮다면 담배를 한 대 피울 동안만……."

"오, 앉으십시오, 포르피리 페트로비치!" 라스콜리니코프의 표정은 어디까지나 반갑고 친절해 보였다.

'자, 입을 열지! 어서 말해 보라고!' 라스콜리니코프는 당장이라도 이렇게 말하고 싶은 심정이었다.

2

"확실히 이 담배란 것은……." 담배를 한 대 피우고 한숨 돌린 포르피리가 마침내 입을 열었다. "독이지요. 독인데 끊을 수가 없어요! 담배를 대신할 만한 것이 없으니 큰일입니다."

'이 녀석은 도대체 무슨 목적으로 이렇게 지껄이는 걸까?'

라스콜리니코프는 문득 요전에 그에게 심문받던 기억이 떠올랐다. 그러자 그때의 감정이 파도처럼 생생하게 밀려왔다.

"저는 그저께 밤에도 들렀습니다. 모르시죠?" 포르피리가 방 안을 둘러보면서 말했다. "문이 열려 있어서 안을 들여다보고 잠시 기다리다가 하녀한테 아무 말을 하지 않고 그대로 나가 버렸습니다. 자물쇠도 채우지 않습니까?"

라스콜리니코프의 얼굴은 점점 어두워졌다. 포르피리는 상대의 마음을 알아챈 듯했다.

"해명을 하러 왔습니다. 저는 당신에게 해명을 해야 하고, 또 할 의무도 있습니다." 그는 미소를 띠면서 말했는데, 그의 얼굴이 매우 심각하고 걱정스런 표정으로 변했다.

그의 얼굴에 우수가 가득 어리는 것을 보면서 라스콜리니코프는 놀라지 않을 수 없었다.

"그때는…… 당신에게 대단히 죄송한 짓을 했다고 생각합니다. 저는 그런 생각이 자꾸 듭니다. 기억하고 계십니까? 그때 헤어질 때의 일 말입니다. 당신도 신경이 날카로워져서 무릎이 덜덜 떨렸지요."

'이 녀석, 지금 무슨 소릴 하는 거야? 나를 뭘로 보는 거지?' 라스콜리니코프는 눈을 크게 뜨고 포르피리의 얼굴을 바라보았다.

"저는 이렇게 판단했습니다. 이렇게 되면 우리는 속을 털어놓는 게 좋겠다고!" 포르피리는 약간 머리를 돌리고 눈을 감은 채 말했다. "그렇지요. 그런 의심과 소동들이 언제까지나 계속될 순 없지 않습니까? 그때 니콜라이가 해결해 주었으니까 다행이지, 그렇지 않았다면 우리 둘 사이가 어떻게 되었을지 정말 모르죠. 그때 그 직공 녀석이 칸막이 저쪽에 숨어 있었으니까요. 당신은 상상도 할 수 없었겠죠? 뭐, 이런 것은 알고 계시겠지만 말입니다. 저도 그 녀석이 그 후 댁에 온 것을 알고 있으니까요. 그러나 그때 당신이 예상했던 일은 전혀 없었습니다. 당시는 아직 아무도 소환하지도 않았고, 아무런 조처도 취하지 않았으니까요. 왜 손을 쓰지 않았느냐고요? 뭐라고 하면 좋을까……, 그때는 나 자신도 그런 일 때문에 놀란 상태였으니까요. 아파트 관리인들을 소환하는 것도 간신히 했습니다. 그런 와중인데 내 머리엔 어떤 생각이 번개같이 번뜩였습니다. 그때는 이미 저도 완전히 그럴 것이 틀림없다고 믿어 버렸으니까요, 로지온 로마노비치. 됐다, 하고 저는 생각했습니다. 한쪽은 놓치더라도 그 대신 다른 한쪽의 꼬리를 잡겠다, 내가 노린 것만은 절대로 놓치지 않겠다고 말입니다. 당신은 화를 잘 내는 사람이더군요. 물론 사람이 자신의 비밀을 바로 털어놓는 일은 좀처럼 없지요. 그래서 나는 사소한 증거라도 좋다, 단 한 가지의 증거라도 좋다, 손으로 잡을 수 있는 것이면 좋다, 단순히 심리적인 것이 아닌 물적 증거가 필요하다고 생각했죠. 왜냐하면 만일 어떤 인간이 죄를 범했다면, 여하간 중대한 단서를 그 사람으로부터 잡을 수 있을 것이라고 믿었기 때문이죠."

"그런데 당신은…… 도대체 왜 이런 이야기를 하고 있는 거죠?"

"왜 이런 이야기를 하느냐고요? 저는 당신을 존경하고 있습니다. 당신은 더없이 고결한 사람, 너그러운 마음씨를 가진 사람이란 것을 깨달았거든요. 그리고 무엇보다도 당신을 속이고 싶지 않습니다. 당신을 안 이후 전 당신에게 호감을 갖게 되었습니다. 하지만 당신은 저를 처음 보았을 때부터 싫어했죠. 어떻게 생각하든 저에게도 피와 눈물이 있다는 것을 증명하고 싶습니다." 포르피리는 위엄을 갖추고 이야기를 멈췄다.

라스콜리니코프는 포르피리가 자기를 무죄로 보고 있다는 사실에 깜짝 놀랐다.

"그 사건이 어떻게 일어났는지 순서대로 말할 필요가 있겠지요." 포르피리는 다시금 입을 열었다. "이야기를 하는 것은 별 의미가 없는 짓이라고 생각합니다. 그리고 저는 할 수도 없을 것 같습니다. 어떻게 정확하고 세밀하게 설명할 수 있겠습니까? 맨 처음 소문이 났습니다. 그게 어떤 소문이며, 누구로부터, 언제 일어났는지…… 제 개인의 경우는 우연히, 전체적으로 뭉뚱그려져서 정리가 된 겁니다. 말하는 김에 모든 것을 다 털어놓지요. 처음에 당신에게 혐의를 둔 것도 접니다. 그 무렵, 우연히 경찰서에서 사건을 자세하게 들을 수 있었습니다. 그것도 지나는 길에 들은 게 아니고, 권위가 있는 특별한 사람한테서 들었어요. 그때 저는 당신의 논문, 작은 잡지에 실린 당신의 논문을 생각했어요. 기억하고 계시지요? 당신이 대담하고 오만하고 진지하고…… 감수성이 예민하다는 것을 이미 전부터 알고 있었습니다. 당신의 논문은 어디까지나 단순한 이론에 불과했지만, 그 속엔 진지함이 번뜩이고 있었으며, 젊은 사람의 오만한 열정과 무모한 대담성이 있었습니다. 또 그것은 음울하기도 했죠. 저는 그 논문을 읽고 생각했습니다. '이 친구는 이것으로 그치지 않을 거야!' 하고 말입니다. 그런데 제가 지금 무엇 때문에 이런 것을 설명하고 있다고 생각하십니까? 지난번 적의에 찬 제 행동을 책망하지 말아 달라고 부탁하고 싶어서 이러는 겁니다. 제가 그때 당신의 가택을 수색하지 않았다고 생각하십니까? 했습니다. 당신이 자고 있을 때에 말입니다. 방에 있는 것은, 처음의 증거가 없어지기 전에 머리카락 하나 남김없이 조사했습니다. 그러나 헛수고였어요! 그런데 기억하고 있습니까? 그때 라주미힌이 당신에게 지껄인 말을? 그것은 우리가 당신을 흥분시키기 위해서 꾸민 겁니다. 우리는 일부러 소문을 퍼뜨린 후 그 친구가 당신 앞에서 지껄이게 했던 것입니다. 라주미힌은 분개하면 그걸 참을 수 없는 인간이니까요. 그런데 맨 처음 자묘토프의 눈에 띈 것은 당신의 분노와 당신이 노출시키는 그 대담무쌍함이었습니다. 음식점에서 갑자기 '내가 죽였다'고 말을 했을 정도니까요. 우리는 기다렸습니다. 그리고 하느님이 도와주셨는지 당신이 찾아오지 않았습니까! 저는 별안간 가슴이 철렁했습니다. 왜냐하면 당신은 와야 할 이유 같은 것이 없었으니까요! 라주미힌도 그때…… 아, 그렇지! 그 돌, 돌, 기억하고 있지요? 그 밑에 물건을 감췄다는 그 돌 말입니다. 로지온 로마노비치, 그렇게 해서 마지막 기둥까지 도달한 순간에 이마를 쾅 부딪쳐서 제정신으로 돌아온 겁니다. 그러던 중 그 초인종에 관한 이야기를 들었을 때는 온몸이 저려오는 것처럼 덜덜 떨렸습니다. '이거야말로 바로 단서다. 바로 이것이다!' 하고 저는 생각했습니다. 그 순간 당신의 얼굴을 '이 눈으로' 볼 수가 있다면 제 주머니를 다 털어서라도, 1천 루블은 썼을 겁니다. 당신이 그 장사꾼한테서 정면으로 '살인자'란 말을 듣고, 그 장사꾼과 100걸음가량 어깨를 나란히 하고 걸으면서도 그 사내에게 아무것도 물을 기력조차 없었던 그때의 당신 얼굴을 말입니다. 등골이 오싹해진 기분은 어땠습니까? 또 병환 중에 열에 들떠서 잡아당긴 그 초인종은! 그때의 니콜라이를 기억하고 있습니까? 정말 그건 청천벽력이었습니다! 저는 그걸 어떻게 받아들여야 했을까요? 그 번개의 화살을 조금도 믿지 않았습니다. 그건 당신이 보신 대로입니다. 그걸 믿다니, 어림도 없는 일이죠! 그 후에 당신이 돌아가고, 그 사내가 어느 점에서 이치에 맞는 답변을 하기 시작했을 때는 저도 놀랐습니다. 그 다음에는 그 사내가 말하는 것을 진실로 받아들이지 않았습니다."

"라주미힌이 조금 전에 그러더군요. 당신은 니콜라이를…… 유죄로 단정했다고요." 라스콜리니코프는 숨이 차올라 말을 하기가 힘들었다.

"라주미힌 말입니까?" 계속 묵묵히 있던 라스콜리니코프로부터 질문이 나온 것이 기쁘다는 듯이 포르피리는 외쳤다. "허, 허, 허! 라주미힌은 젖혀놨어야 했습니다. 둘이서만 말하는 게 좋다는 거지요. 다른 사람은 끼지 말아야 했습니다. 그런데 니콜라이가 어떤 유형인지 알고 싶지 않습니까? 첫째로 그 사람은 아직 성년에 달하지 않은 아이입니다. 그리고 겁쟁이라고까지 할 수는 없어도 일종의 예술가입니다. 정말 그렇습니다. 제가 이렇게 해석한다고 해서 웃지 마십시오. 순진하고 감수성이 예민하고 정이 많은 몽상가입니다. 그리고 노래도 잘 부르고, 춤도 잘 추고, 옛날 얘기도 잘합니다. 다른 사람들 이야기로는, 주변 사람들이 모여들 정도로 말솜씨도 좋다고 합니다. 학교도 다녔고, 조그마한 일에도 잘 웃는가 하면, 정신을 잃을 정도로 술을 마시기도 합니다. 그런데 그게 장난으로 마시는 것이 아니고 가끔 강권에 못 이겨 마시고서는 취해 버리니 아직은 어린애입니다. 그때 물건을 훔쳤으면서도 자기는 그것을 모릅니다. '땅에 떨어진 것을 주운 게 왜 도둑질입니까?' 하는 거지요. 알고 계시는지 모르지만, 그 친구는 분리파 교도입니다. 일에 열중하는 친구로, 매일 밤 하느님께 기도를 드리고 고서를 읽고 '진리의' 책을 탐독했다더군요. 아마도 페테르부르크가 그에게 강렬한 영향을 미친 모양입니다. 특히 여자와 술이 말이죠. 감수성이 예민하니까, 노인이고 뭐고 다 잊어버린 겁니다. 제가 들은 바로는 페테르부르크의 어느 화가가 그를 좋아하게 된 나머지 그를 자주 찾아가게 됐다고 합니다. 그때 예의 사건이 일어난 겁니다! 그래서 금세 겁이 덜컥 난 게지요. 목을 맬까, 달아날까 하는 소동이 벌어졌습니다. 사람들은 법률에 대해 어처구니없을 만큼 무서워하고 있어요. 그건 그렇고, 그 녀석 감옥에 들어가 보니까 어쩐지 이번에는 정직한 노인 생각이 난 모양입니다. 성서가 곁에 보이게 되었지요. 하지만 아시겠습니까? 로지온 로마노비치, 이건 니콜라이의 짓이 아닙니다! 이건 환상적인 암흑의 사건입니다. 인심이 혼탁해지고, '피는 모든 것을 깨끗이 한다.'는 문구가 많이 인용되고, 쾌락이야말로 인생의 모든 것이라는 설교가 횡행하는 현대의 사건입니다. 그런데 살인을 했죠. 그것도 두 사람씩이나! 이론에 의거해 말입니다. 사람을 죽이긴 했지만 돈도 훔치지 못하고 겨우 가지고 나온 것을 돌 밑에 감춰버렸지요. 문 뒤에 숨어서, 문이 부서질 정도로 흔들거리고 초인종이 울리고 있는 동안에 맛본 고통이 모자랐는지 그 다음에 또 초인종 소리를 기억해내려고 거의 열에 들떠서 그 빈집에 갔다지요."

이 마지막 말은 앞의 말들이 몹시 부정적이었기 때문에 기습을 당한 것 같은 느낌이 들었다. 라스콜리니코프는 무엇에 찔린 것처럼 온몸이 부들부들 떨렸다.

"그럼…… 죽인 것은…… 누굽니까?"

"죽인 것이 누구라니, 그게 무슨 말입니까?" 포르피리는 자기의 귀를 믿을 수 없다는 듯이 이렇게 되물었다. "당신입니다, 로지온 로마노비치! 당신이 죽였어요!" 그는 자신에 찬 소리로 거의 속삭이듯 덧붙였다.

라스콜리니코프는 소파에서 벌떡 일어서서, 몇 초 동안 그대로 서 있다가 한마디도 하지 않고 다시 앉았다. 갑자기 가벼운 경련이 그의 얼굴을 스쳤다.

"또 그때처럼 입술이 떨리고 있군요." 포르피리 페트로비치가 마치 동정하듯 중얼거렸다. "제가 여길 온 것은 모든 것을 털어놓고 사건의 진상을 공개적으로 하기 위해서입니다."

"제가 죽인 게 아닙니다." 라스콜리니코프는 속삭이듯 말했는데, 마치 나쁜 짓을 하다 들킨 겁먹은 어린애 같았다.

"아니, 그건 당신이 한 짓입니다!"

"당신은 낡은 수법을 쓰는군요, 포르피리! 걸핏하면 쓰는 그 수법 말예요. 싫증도 나지 않습니까?"

"오, 그런 말 하지 마세요. 지금에 와서 제가 수법을 가릴 게 뭐 있겠습니까? 알다시피 전 당신을 토끼를 몰 듯 쫓아와서 잡으려고 한 것이 아니잖습니까?"

"제가 범인이라는 심증이 가면 왜 바로 저를 감옥에 집어넣지 않았습니까?"

"쳇, 확신이 섰다고 그게 무슨 소용이 있습니까? 이런 것은 모두 공상에 지나지 않으니까요. 아까도 분명히 말씀드렸지만, 전 당신과 서로 대화를 나누는 것이 제 의무라고 생각했습니다. 저는 당신이 믿든 말든 상관없지만, 당신에게 호의를 가지고 있으니까요. 그래서 기탄없이 털어놓고, 솔직하게 자수하기를 권하러 온 겁니다."

라스콜리니코프는 잠시 생각에 잠겼다. "포르피리 페트로비치,

당신은 지금까지 심리학에 근거한 것이라고 했다가 어느새 수학의 영역으로 들어왔군요. 만일 당신이 틀렸다면 어떻게 하시겠습니까?"

"아니, 로지온 로마노비치! 틀리지 않았습니다. 조그만 증거를 쥐고 있으니까요. 그 증거를 저는 그때 발견했습니다. 하느님이 주신 거죠."

"무슨 증거를?"

"증거는 말하지 않겠습니다. 그리고 이 이상 더 시간을 끌 권리는 저에게 없으니까 수감할 겁니다. 그러니까 잘 판단해 주십시오. 저는 '지금은' 어느 쪽이든 좋습니다. 오로지 당신은 위해서 말하는 겁니다. 틀림없이 그렇게 하는 것이 좋습니다."

"이건 우스꽝스런 짓이 아니라 철면피라 해도 좋겠군. 설령 내가 범인이라 해도 어째서 내가 당신에게 자수해야 합니까?"

"아, 로지온 로마노비치! 제가 말하는 것을 액면 그대로 받아들이면 곤란합니다. 당신이 언제 자수하는 것이 좋을까, 이 문제를 잘 생각해 볼 일입니다. 다른 사내가 이미 죄를 뒤집어써서 사건 전체가 얽혀 있는 때겠죠? 하느님께 맹세하지만, 그렇게 되면 저는 당신의 자수가 갑자기 이루어진 것처럼 꾸미고, 그렇게 정리해 보이겠습니다. 이러한 심리적 방법은 모두 없었던 것으로 하고, 당신에 대한 혐의도 전혀 없었던 것으로 하겠습니다."

라스콜리니코프는 슬픈 듯이 입을 다물고 고개를 숙였다. "뭐 그럴 필요는 없습니다!" 이제 포르피리에게는 아무것도 숨길 것이 없다는 듯 그는 이런 말을 하고 말았다.

"바로 그겁니다, 제가 염려한 것은!"

라스콜리니코프는 슬픈 듯이 상대의 마음에 스며드는 듯한 눈초리로 바라보았다.

"절대 목숨을 소홀히 해서는 안 됩니다." 포르피리가 당부했다. "당신은 장래가 있는 사람입니다. 감형이 필요 없다니? 당신은 정말 성미가 급하시군요!"

"장래가 있다니, 무슨 장래를 말합니까?"

"생활입니다. 구하라, 그러면 얻을 것이다!"

"쳇, 그런 것은 아무래도 좋소!"

"당신은 세상일을 이론적으로는 알지만, 현실적으로 이해하는 것은 실패했기 때문에 부끄러워졌지요? 비열한 결과가 나온 것이 분명합니다. 그러나 당신은 구제될 수 없는 그런 비겁한 사람이 아닙니다. 저는 당신을, 신앙이나 하느님을 찾아내기만 하면, 가령 창자를 도려내도 꿈쩍도 않고 참아내면서 미소를 띠며 박해자를 바라볼 그런 사람들 중의 한 사람이라고 믿고 있습니다. 그리고 당신은 오래전부터 공기를 바꿀 필요가 있었습니다. 고통도 좋습니다. 괴로워하십시오. 저는 당신이란 사람은 아직 많이 살아야 할 사람이라고 믿고 있습니다. 마음을 크게 먹고 무서워하지 마십시오. 정의가 요구하는 것을 실행하십시오. 인생은 저절로 열립니다. 머지않아 인생에 애착을 느낄 겁니다. 지금 당신이 필요한 건 공기뿐입니다."

라스콜리니코프는 몸을 부르르 떨며 소리쳤다. "도대체 당신이야말로 뭡니까? 당신이 예언자라도 됩니까?"

"제가 뭐냐고요? 전 인생이 다 끝장난 인간이고, 그 이외에는 아무것도 아닙니다. 물론 감정도 있고, 동정도 하고, 이것저것 알고 있는 인간이긴 하지만, 이젠 인생이 끝장났습니다. 그런데 당신은 다릅니다. 하느님은 당신에게 생활을 준비해 주셨습니다. 당신이 다른 부류의 인간들 속으로 옮겨졌다고 해서 그게 무슨 상관이 있습니까? 당신 같은 성격의 사람이 안락한 생활을 바라지는 않겠지요? 어쩌면 당신의 모습이 오랫동안 사람들 앞에서 사라질지 모르지만, 그게 어떻다는 겁니까? 문제는 시간이 아니고 당신 자신입니다. 태양이 되십시오. 그러면 모두 당신을 우러러볼 겁니다."

"당신은 언제 저를 체포할 작정입니까?"

"오, 하루 반이나 이틀은 돌아다니게 해드리죠. 잘 생각하고, 하느님께 기도라도 드리세요. 그러는 것이 득입니다. 틀림없이 득입니다."

"혹시 제가 도망을 치면?" 라스콜리니코프는 묘한 웃음을 띠면서 물었다.

"당신은 도망치지 않습니다. 도피 생활이란 정말 괴로운 것입니다. 그런데 당신에겐 무엇보다도 안정된 환경이, 당신에게 어울리는 공기가 필요합니다."

라스콜리니코프는 일어서서 모자를 집었다. 포르피리도 일어섰다.

"산책하러 나갑니까? 오늘 밤은 기분이 좋을 겁니다. 소나기가 오지 않아야 할 텐데……." 포르피리는 모자를 손에 들었다.

"포르피리, 제발 자만하지 마십시오." 라스콜리니코프가 집요하게 말했다. "제가 오늘 당신에게 자백했다고 생각지는 마십시오. 당신이 너무 이상한 사람이어서, 호기심에서 이야기를 들어준 것뿐이니까요."

"그건 알고 있습니다. 아니, 떨고 있지 않습니까? 안심하십시오. 당신 마음대로니까요. 조금 산책을 하고 오십시오. 안녕! 좋은 생각이 떠오르고, 훌륭한 계획을 세우도록 기도드립니다!"

포르피리는 몸을 굽힌 다음 이내 바깥으로 나갔다. 라스콜리니코프는 창가로 가서 포르피리가 꽤 멀리 가버렸다는 것을 확인하고 나서야 자기도 급히 바깥으로 나갔다.

3

라스콜리니코프는 스비드리가일로프의 숙소를 향해 빠르게 걸었다. 그에게서는 뭔가 자신을 지배하는 듯한 힘이 느껴졌다. 일단 이것을 의식하자 그는 가만히 있을 수가 없었다.

가는 도중에 그는 한 가지 의문 때문에 고통스러웠다. 그것은 스비드리가일로프가 지금까지 포르피리에게 찾아간 적이 있을까 하는 의문이었다. 그리고 절대로 가지 않았다는 판단이 내려졌다.

스비드리가일로프가 포르피리에게 출입하지 못하도록 애를 써서 일을 꾸밀 필요가 있을까? 연구하고 조사하는 일을 스비드리가

일로프와 같은 사람 때문에 할 필요가 있을까?

이런 생각에도 불구하고 그는 스비드리가일로프에게 급히 발걸음을 옮기고 있었다. 물에 빠진 자는 지푸라기라도 잡는다지 않는가! 두 사람이 만나려고 하는 것도 혹시 운명의 인도가 아닐까? 그러나 어쩌면 이것은 단순히 피로와 고달픔 탓인지도 모르고, 절망 때문인지도 모른다.

그러나 그렇더라도 둘 사이에 무슨 공통점이 있을까? 기분 나쁜 공통점은 있지만 성질은 전혀 다른 것이었다. 스비드리가일로프의 경우는 너무나 불쾌하고, 지독히 음탕하고, 아무리 보아도 교활하고, 거짓말쟁이고, 어쩌면 지독히 심술궂은 사내인지도 모르지 않는가!

라스콜리니코프는 생각했다. '스비드리가일로프 녀석은 지금까지 계속 나를 뒤따르면서 내 기분을 살펴 인연을 맺으려고 했고, 지금도 그것을 시도하고 있다. 그 녀석은 내 비밀을 눈치챘다. 한데 녀석은 두냐에게 야심을 품고 있다. 지금도 그 야심을 품고 있느냐고 물으면 '품고 있다'고 대답할 것이 틀림없다.'

이런 생각 때문에 그는 때로 꿈속에서도 괴로웠다. 하지만 이 생각이 이토록 의식적으로 확실해진 것은 스비드리가일로프에게 가려고 하는 지금이 처음이었다. 이렇게 생각만 해도 그는 이미 말할 수 없을 정도의 음울한 분노를 느꼈다.

'먼저 그렇게 되면 모든 것이 변하고, 그 자신의 입장조차도 변화가 생길 것이다. 두냐에겐 즉시 비밀을 털어놓지 않으면 안 된다.

두냐에게 뭔가 추악한 짓을 하지 못하도록 하기 위해 어쩌면 나는 적에게 몸을 파는 일도 해야 할지 모른다. 그런데 그 편지는? 오늘 아침 두냐가 무슨 편지를 받았다고 하는데……. 페테르부르크에서 두냐에게 편지를 보낼 사람이 누굴까? 라주미힌이 지켜 주고 있긴 하지만, 그조차 아무것도 알지 못한다. 어쩌면 라주미힌에게 모든 걸 털어놔야 할지도 모른다!'

그렇게 생각하자 라스콜리니코프는 가슴이 울렁거렸다.

그는 길 한복판에서 발을 멈추고 주위를 둘러보기 시작했다. 방금 지나온 센나야에서 3, 40걸음쯤 떨어진 오부호프스키 거리에 자신이 서 있었다. 레스토랑은 창에 어리는 그림자로 보아 만원인 것 같았다. 홀에는 노랫소리가 흘러나오고, 클라리넷과 바이올린 소리에다 터키 북소리도 울리고 있었다. 게다가 여자의 째지는 듯한 소리도 들렸다. 라스콜리니코프는 어째서 그 거리로 꼬부라져 들어왔는지 의아해하면서 막 되돌아가려고 생각했다. 그 순간, 레스토랑의 맨 끝 창가에 스비드리가일로프가 파이프를 물고 티테이블 앞에 앉아 있는 모습이 눈에 띄었다. 라스콜리니코프는 소름이 끼칠 정도로 놀랐다.

스비드리가일로프가 큰 소리로 웃으며 창가에서 불렀다. "자, 자! 좋으시다면 올라오시죠. 접니다!"

라스콜리니코프는 레스토랑으로 올라갔다.

스비드리가일로프는 큰 홀 옆에 딸린, 창이 하나밖에 없는 좁은 구석방에 있었다. 이 작은 방에는 조그만 아코디언을 가진 소년과

18세쯤 되어 보이는 건강하고 볼이 붉은 소녀가 있었다. 소녀는 다른 방의 합창 소리에는 아랑곳하지 않고 아코디언의 반주에 맞춰 대중가요를 쉰 목소리로 불렀다.

"이봐, 이제 그만!" 스비드리가일로프는 라스콜리니코프가 들어오자 노래를 중지시켰다.

노래를 중지한 소녀는 공손히 그 자리에 대기하고 있었다.

"이봐, 필립! 컵을 하나 가져오게!"

"난 술을 마시지 않습니다." 라스콜리니코프가 말했다.

"그건 좋으실 대로. 당신 때문에 부탁한 게 아닙니다. 마시거라, 카탸! 오늘은 더 이상 부르지 않을 테니 돌아가." 그는 그녀에게 술을 가득 부어주고 노란 1루블짜리 지폐를 꺼내주었다. 두 사람은 길거리에서 불려온 것이었다.

스비드리가일로프는 페테르부르크에 와서 2주일도 채 못 되는 사이에 자기 주위의 것을 모두 족장제적인 분위기로 만들어버렸다. 레스토랑의 보이인 필립도 벌써 '단골손님'으로 그에게 굽실거리고 있었고, 홀로 통하는 문도 닫아버리고, 이 방을 자기 집처럼 쓰고 있는 것을 보면, 이 방에서 며칠째 지내고 있는지도 모른다. 레스토랑은 불결하고 조잡했다.

"당신을 찾으러 가는 길이었지요." 라스콜리니코프가 말했다. "어째서 아까 센나야에서 오부호프스키 거리로 꼬부라졌는지 모르겠습니다. 이상한 일입니다."

"당신은 어째서 솔직하게, 이건 기적이라고 하지 않습니까?"

"하지만 단순한 우연인지도 모르죠."

"묘한 버릇이 있군요." 스비드리가일로프는 웃어댔다. "속으로는 기적이라는 것을 믿고 있으면서, 절대로 실토하지 않거든요! 그것이 바로 제가 호기심을 느끼는 점입니다."

"그 밖에 다른 이유는 없습니까?"

"그것만으로 충분하지 않습니까?"

스비드리가일로프는 분명히 흥분 상태였지만, 술은 반 컵밖에 마시지 않았다.

"당신이 내 집에 찾아온 것은 아무래도, 당신이 말하듯 내가 자신의 의견을 가질 수 있는 인간이라는 것을 알기 전이었다고 생각되는데요." 라스콜리니코프는 지적했다.

"아니, 그건 별문제입니다. 사람은 누구나 나름대로 사정이 있으니까요. 기적이라는 것에 관련해 말씀드리기 전에, 당신은 요 며칠 잠을 잔 것 같군요. 제가 당신에게 이 레스토랑을 가르쳐 줬으니까요. 당신이 곧장 이곳에 온 것은 기적이 일어났다고 할 수 없지요. 제가 길을 모두 설명하고, 이 가게의 위치와 몇 시에 이곳에 오면 나를 만날 수 있을 거라는 말까지 했으니까요. 기억하고 계십니까?"

"잊어버렸습니다."

"그럴 겁니다. 저는 두 번이나 당신에게 가르쳐 줬어요. 이 장소가 기계적으로 당신 기억에 새겨져서, 당신은 그것을 의식하지 못했지만 틀림없이 주소대로 이쪽으로 온 겁니다. 그리고 또 한 가지, 제가 확인한 바로는 페테르부르크에는 걸으면서 혼잣말을 하고 있는 사람이 없더군요. 여기는 반미치광이의 거립니다. 만일 우리나라에 학문이라는 게 있다면, 의학자나 법률학자나 철학자는 각각 전공에 따라 페테르부르크에 관해서 다시없는 귀중한 연구를 할 수 있을 겁니다. 그러나 지금 문제가 되고 있는 것은 그런 것이 아니라, 제가 이미 몇 번이나 당신을 관찰했다는 사실입니다. 당신은 집을 나올 때는 고개를 똑바로 쳐들고 있죠. 그런데 스무 걸음가량만 걸으면 고개가 숙여지고 손은 뒷짐을 지죠. 더구나 때로는 한 손을 쳐들고 연설이라도 하는 시늉을 합니다. 또 마지막에는 길 한복판에 오랫동안 서 있습니다. 이건 정말 좋지 않은 습관입니다. 제가 아니라 다른 사람이 보고 있을지도 모르니까요. 정말 좋지 않은 습관입니다."

"그럼 당신은 내가 미행당하고 있다는 것을 알고 있군요?"

"아니, 그런 건 전혀 모릅니다."

"내 일은 상관하지 마시오."

"좋습니다. 당신 일엔 참견하지 않겠습니다."

"그보다도 물어볼 일이 있습니다. 당신은 늘 이곳에 와 있으면서, 나보고 두 번이나 이곳에 오라고 이 장소를 가르쳐줬다면, 어째서 내가 거리에서 창을 올려다보았을 때 숨으려고 했나요?"

"허, 허! 그럼, 제가 언젠가 댁의 문지방 위에 서 있었을 때 어째서 눈을 감고 소파에 드러누운 채 자는 척했습니까?"

"나는…… 그만한 이유가 있어서……."

"당신은 모르시겠지만, 저도 저 나름대로 분명한 이유가 있었습

459

니다."

라스콜리니코프는 테이블에 오른쪽 팔꿈치를 괴고 손으로 턱을 받치고는 스비드리가일로프를 똑바로 보았다.

"나는 앞으로 당신과 관계를 가져야 합니까?" 라스콜리니코프는 초조함을 느끼며 대뜸 이렇게 물었다. "나는 지금 당장이라도, 당신이 생각하고 있는 만큼 목숨을 중히 여기고 있지 않는다는 것을 보여드릴 수 있습니다. 알겠습니까? 나는 혹시 당신이 아직도 나의 누이동생에게 흑심을 품고 있다든지, 그 흑심을 위해서 최근에 안 사실을 이용하려고 생각하고 있다든지 하면, 내가 감옥에 들어가기 전에 당신을 먼저 죽여버리겠다는 말을 해주려고 여기에 온 겁니다. 둘째로 나에게 분명히 말하고 싶은 것이 있으면 빨리 말해주시오."

"도대체 무엇 때문에 그렇게 서두르는 겁니까?"

"사람은 누구나 자기가 갈 길이 있으니까요."

"지금 당신은 흉금을 털어놓고 이야기하자고 하면서, 벌써 첫 번째 질문의 대답을 거절하고 있군요." 스비드리가일로프는 웃으면서 꼬집었다. "당신은 끊임없이 제가 뭔가 목적을 가지고 있다고 보기 때문에 저를 의심하는 겁니다. 그러나 저는 애를 써서 당신의 의심을 풀어주어 생각을 돌리게 할 마음은 없습니다."

"그럼 그때는 어째서 그렇게 내가 필요했습니까? 당신은 그렇게 내 뒤를 밟지 않았습니까?"

"오, 그저 단순히 흥미 있는 관찰의 대상으로서였죠." 스비드리가일로프는 교활한 미소를 띠면서 말했다.

"도대체 당신은 어떤 사람이며, 무엇 때문에 페테르부르크에 왔습니까?"

"제가 누구냐고요? 귀족입니다. 이 년 정도 기병대에 근무하고 나서 지금처럼 이 페테르부르크에서 빈들빈들 놀고 있다가, 마르파 페트로브나와 결혼해 시골 생활을 했지요. 이게 제 경력입니다!"

"당신은 노름꾼이었지요?"

"천만에, 난 사기꾼입니다. 하지만 당신 말에 이의를 달진 않겠습니다. 그리고 저는 이유를 다는 데는 서투릅니다. 고백하지만 제가 급히 페테르부르크로 온 것은 여자 문제가 가장 중요한 원인이죠."

"당신 아내의 장례식을 치른 지 얼마 되지도 않았는데?"

"네, 그래요!" 스비드리가일로프는 이쪽을 압도할 만큼 노골적인 웃음을 띠었다. "그게 어쨌다는 겁니까? 당신은 저를 아주 나쁜 놈으로 생각하는 것 같군요."

"내가 당신의 방탕을 나쁘게 본다는 뜻입니까?"

"방탕이라고요? 그건 엉뚱한 비약이군요! 한 가지 묻겠는데, 무엇 때문에 제 자신을 억제해야 합니까?"

"당신은 방탕에만 희망을 걸고 있지 않습니까?"

"그러면 또 어떻습니까? 오, 그래요. 방탕! 당신은 방탕이란 말이 몹시 마음에 걸리는 모양입니다만, 적어도 저는 솔직한 질문이 좋습니다. 이 방탕이라는 것은 적어도 뭔가 불변한 것, 자연에 뿌리박고 있으며 환상 같은 것에 지배되지 않습니다. 즉, 항상 활활 피어오르는 숯불같이 핏속에 있어서 영원히 마음을 태웁니다. 또 오랫동안 나이를 먹어도 그다지 빨리 꺼지지 않는 요소가 있다 그 말입니다."

"뭐 그게 그렇게 기뻐할 내용입니까? 그것은 위험한 병입니다."

"어허, 또 엉뚱한 곳으로 이야기를 끌고 가는군요! 저도 그게 병이라는 것에는 동의합니다. 그러나 첫째로, 이것은 사람에 따라 각각 다르고, 둘째로는 무슨 일이든지 한도를 지켜야 하며……, 설령 비열한 타산일망정 그런 타산도 있어야지요. 이것이 없으면 차라리 권총 자살이라도 하지 않으면 안 될 테니까요."

"당신은 권총 자살을 할 수 있습니까?"

"오!" 스비드리가일로프는 혐오스런 얼굴로 반박했다. "제발 그 이야기는 하지 마십시오. 고백하지만 전 용서받을 수 없는 약점을 가지고 있습니다. 그러나 어쩔 도리가 없습니다. 죽음이란 것이 무섭습니다. 제가 좀 신비주의자였던 것은 당신도 아시죠?"

"아, 당신 부인의 유령 말이군요! 그래, 지금도 나타나나요?"

"페테르부르크에선 아직 나타나지 않았습니다!" 그는 급하게 외쳤다. "아니, 그것보다는 이쪽 이야기를 합시다. 흠, 제기랄! 이젠 시간이 얼마 남지 않았군. 당신과 천천히 말할 시간이 없군요. 할 이야기가 있었는데……."

"뭡니까, 볼일이란?"

"아, 그야 여자 일이죠. 정말 뜻밖의 기회로…… 아니, 말하려고 한 것은 그런 것이 아닙니다."

"이런 더러운 환경이 당신에겐 아무런 영향도 끼치지 못합니까? 자제할 힘도 없어져 버렸나요?"

"오, 당신은 힘에 대해 말씀하시는군요. 허, 허, 허! 당신에게 놀랐습니다. 아, 시간이 없어서 아쉽군요. 당신은 정말 흥미를 돋우는 사람인데!"

"당신이란 사람은 대단한 허풍선이로군요!" 라스콜리니코프는 언짢은 빛을 띠면서 말했다.

"그것이 사람을 모욕하는 게 아니라면 허풍선이라도 좋지 않습니까? 저는 7년이나 마르파 페트로브나와 시골 생활을 한 적이 있어서 그런지 이렇게 머리가 좋고 흥미진진한 사람을 만나면, 그저 이야기하는 것이 즐거워 견딜 수가 없습니다. 그리고 무엇보다도 기분을 들뜨게 만드는 일이 하나 있습니다. 그것은…… 말씀드리지 않겠습니다. 아니, 도대체 어딜 가시렵니까?" 스비드리가일로프는 깜짝 놀라서 물었다.

라스콜리니코프가 일어서려고 한 것이다. 그는 기분이 가라앉고 가슴이 답답하고 이곳에 온 것이 언짢았다. 또한 스비드리가일로프라는 사내는 세상에서 가장 형편없고 시시한 악당이라는 생각이 들었다.

"조금만 더 앉아 계십시오. 조금만 더!" 스비드리가일로프가 애원하듯 부탁했다. "차라도 시키지요. 자, 앉으십시오. 이제 쓸데없는 소리는 하지 않을 테니. 제 자랑 같은 것은 이젠 더 이상 하지 않겠습니다. 한 가지 이야기할 것이 있어요. 말씀드리죠. 제가 어느 여성에게 '구원을 받은' 이야기라도 할까요?"

"말해 보시오. 크게 기대를 걸지는 않겠습니다만."

"두냐 양은 저와 같이 추악하고 형편없는 인간에게도 존경하는 마음을 일으키게 해주는 분입니다."

4

스비드리가일로프가 말했다. "혹시 아실지 모르지만, 저는 예전에 페테르부르크에서 막대한 빚을 졌지만 갚을 능력이 안 되어 채무자 감옥에 들어간 적이 있습니다. 그때 마르파 페트로브나가 빼내주었습니다. 저는 꽤 비열한 면이 있기는 하지만 정직한 성격이었기 때문에 그녀에게 '당신을 위해서 지조를 지킬 수는 없다.'고 솔직히 말했습니다. 그녀는 오랫동안 울부짖은 끝에 우리 두 사람 사이에 이런 언약이 이루어졌지요. 첫째는 제가 마르파 페트로브나를 절대로 버리지 않고 그녀의 남편이 되어줄 것, 둘째는 그녀의 허가 없이는 집을 비우는 일이 없을 것, 셋째는 절대로 일정한 연인을 만들지 않을 것, 넷째는 가끔 하녀에게 손을 대는 것은 용서하지만, 단 그녀의 허락을 받을 것, 다섯째는 우리와 같은 신분의 여성을 좋아하지 말 것, 여섯째는 이런 일이 있어선 안 되지만, 만일 저에게 강렬하고 진지한 연애감정이 생길 경우엔 반드시 마르파에게 털어놓을 것 등이었습니다. 부부 싸움 때 저는 대개 침묵을 지켰습니다. 그리고 이 신사적 태도는 대개 목적을 이룰 수 있었습니다. 그것이 그녀의 마음에 작용했고, 그녀는 흡족해했습니다. 그러나 그녀는 당신 누이동생에게는 참을 수 없어 했습니다. 하지만 도대체 왜 그녀가 그런 절세미인을 우리 집의 가정교사로 들여놓는 모험을 했는지 모릅니다. 저는 당신의 누이동생을 쳐다보지도 않으리라고 결심했습니다. 그런데 그녀 쪽에서 먼저 접근해 왔습니다. 그러자 제가 누이동생에게 아무 말도 하지 않는다고, 또 제가 그녀에게 무관심하다고 화를 내는 거였어요. 정말 아내는 무슨 속셈으로 그랬는지 저는 아직도 모르겠습니다. 그래서 마르파 페트로브나가 당신 누이동생에게 저의 비밀까지 털어놓으며 얘기한 건 말할 것도 없습니다. 아내는 나쁜 버릇이 있었는데, 그야말로 상대가 누구든 가정의 비밀을 모두 털어놓고 제 욕을 했습니다. 그런 사람이니 그토록 매력적인 새 친구에게 말을 안 할 리가 있겠어요? 아마 당신도 그런 이야기를 모두 들으셨지요?"

"들었습니다. 루진이 당신 때문에 아이가 죽은 일도 있다고 당신 욕을 했습니다. 그건 사실인가요?"

"제발, 그런 더러운 이야기는 하지 마십시오." 스비드리가일로프는 언짢은 빛을 띠고 무뚝뚝하게 부인했다.

"그는 댁의 하인이 마을에서 어떻게 되었는데, 그것도 당신이 원인이었다고 했습니다."

"제발, 그만 하십시오!"

"죽은 다음에도 당신의 파이프에 담배를 담아 주려고 왔다는 그 하인 아닙니까? 언젠가 당신이 말해 주었지요?" 라스콜리니코프는 점점 화가 나서 말했다.

"네, 그 사내입니다! 보아하니 당신도 그런 이야기에 매우 흥미를 느끼는 것 같군요. 그리고 전 당신의 누이동생이 제게 어떤 인상을 받았는지에 대해서는 알 수 없지만, 여하간 그렇게 된 것은 저에겐 유리했지요. 라스콜리니코바 양은 저에게 혐오감을 가지고 있었고, 저는 저대로 늘 음침하고 싫은 얼굴을 하고 있었는데, 드디어 그녀는 저를 측은하게 보기 시작했지요. 처녀의 마음에 '동정심'이라는 게 생기면 그것은 더없이 위험한 것입니다. 저는 곧 작은 새가 스스로 그물에 날아들 거라고 생각하고 준비를 하면서 기다렸습니다. 당신의 누이동생은 이 세기나 삼 세기에 어느 소왕국의 왕녀라든지, 아니면 어느 지방의 영주나 소아시아의 총독 딸로 태어나지 않았는지 그것이 늘 아쉬웠습니다. 전 라주미힌이라는 분의 소문을 두세 번 들었습니다. 사람들 말에 따르면, 그분은 사려 분별이 있는 신중한 청년인 모양이더군요. 그 사람에게 누이동생을 지키게 하는 것도 좋겠지요. 제기랄! 한데 왜 그녀는 그렇게 미인입니까? 제가 나쁜 것이 아닙니다. 요는 억제할 수 없는 정욕 때문에 일어난 것입니다. 그녀는 한 번도 들어본 적도, 본 적도 없을 정도로 무섭도록 순결한 사람입니다. 마침 그때, 저희 집에 파라샤라고 하는 검은 눈의 아가씨가 하녀로 들어왔지요. 어느 날, 이 아가씨가 울음을 터뜨리는 바람에 그만 추문이 일고 만 것입니다. 바로 그다음 날, 식사 후에 혼자서 정원을 산책하고 있는 저에게로 두냐 양이 찾아와서 불쌍한 파라샤를 괴롭히지 말라고 눈물을 글썽이며 '부탁한 것' 입

466

니다. 이것이 우리 둘 사이에 교환된 최초의 대화가 아니었나 생각됩니다. 두냐 양은 제 눈의 표정을 지독히 싫어했습니다. 하지만 로지온 로마노비치, 한 번 누이동생의 눈동자가 얼마나 아름답게 빛나는지 보십시오. 마지막에는 그녀의 옷자락 소리만 들어도 견딜수 없었습니다. 로지온 로마노비치! 당신은 믿지 않겠지만, 제가 그때 얼마나 그녀에게 반했던지 그녀가 아내를 찔러 죽이든지 독살이라도 한 다음 저와 결혼해 달라고 했다면 곧 해치웠을 겁니다. 그런데 그 무렵, 마르파가 비열하기 짝이 없는 허풍선이인 루진을 찾아내어 혼담을 이루었다는 걸 알았을 때 저는 미칠 것 같았습니다. 이건 본질적으로 제가 당신의 누이동생에게 제안한 것과 같았기 때문입니다. 그렇죠?"

스비드리가일로프가 주먹으로 탁자를 내리쳤다.

"얘기를 듣고 보니 알 것 같군. 당신이 페테르부르크에 온 것은 내 누이동생 때문이죠?"

"아, 이제 그만 해요." 스비드리가일로프는 제정신이 든 듯이 말했다.

"당신은 아직도 두냐에 대해 미련을 갖고 있군요. 그리고 그것을 실행하려 하고 있다는 게 분명합니다."

"뭐라고요?"

"지금도 드러내고 있잖습니까? 왜 당신은 그렇게 두려워하고 있습니까? 왜 지금 갑자기 그렇게 놀랐죠?"

"제가 두려워하고 놀랐다고요? 당신을 두려워한다고요? 오히려 당신이야말로 저를 두려워할 텐데요? 저도 아닙니다. 또 쓸데없는 소리 할 뻔했군. 이제 술 따윈 보기도 싫다! 이봐, 물 가져와!" 스비드리가일로프는 술병을 쥐더니 난폭하게 그것을 창밖으로 던져버렸다. 필립이 물을 가져왔다. "그런 것은 모두 시시한 겁니다." 스비드리가일로프는 수건을 적셔 머리에 대고 말했다. "제가 한마디만 공격하면 당신의 의심은 모두 사라져 버릴 겁니다. 제가 결혼하려는 것을 당신은 알고 있습니까?"

"당신은 전에도 그런 말을 했어요."

"그랬던가요? 잊어버렸군. 사실 그때는 확실한 얘기를 할 수 없었지요. 왜냐하면 혼담이 오고가는 상대도 없었으니까요. 그러한 생각만 가지고 있었을 뿐이죠. 그러나 지금은 상대도 정해졌고 혼담도 이루어져 연기할 이유가 없다면 꼭 당신을 끌고 그곳에 안내하고 싶습니다. 오, 제기랄! 이제 십 분 정도밖에 남지 않았군. 약혼녀를 보여드리죠. 당신은 레슬리흐를 알고 계시죠? 제가 지금 묵고 있는 집의 레슬리흐 말입니다. 그런데 그 여자는 여간내기가 아니어서 자기 잇속은 다 차리고 있지요. 그 여자가 내게 일을 엮어주었어요. 좀 유쾌하게 지내보라고요. 제가 싫증이 나서 아가씨를 버리고 어딘가로 도망가면, 그녀는 아가씨를 다른 사람에게 또 넘길 작정을 하고 있는 것 같아요. 우리 계급이나 조금 더 위의 사람에게. 그녀 말에 의하면 그 아가씨에겐 퇴직 관리로 몹시 몸이 약한 아버지가 있어서, 안락의자에 앉아만 있고, 벌써 삼 년째나 다리를 쓰지 못한다고 합니다. 그리고 어머니도 있어요. 굉장히 똑똑한 부인입니다. 아들은 어딘가 시골에서 근무하고 있는데, 가계를 돌보지 않고, 시집을 간 딸은 친정에 절대 오지 않으며, 작은 조카를 둘이나 맡아 기르고 있으면서 자기 막내딸은 중학교를 중도에서 퇴학시켰습니다. 그 애가 한 달이 있으면 열여섯 살이 됩니다. 그러면 바로 시집을 보낼 수 있어서 저에게 중매한 겁니다. 그래서 우리도 그곳으로 가보았는데 정말 우스꽝스러웠지요. 저는 이렇게 제 소개를 했습니다. 지주이고, 홀아비이고, 이름 있는 집안이고, 이러저러한 친척이 있고, 재산도 있다고요. 제가 50세이고 여자가 열여섯 살도 되지 않았다는 건 문제가 안 되겠지요? 그때의 제 모습은 돈을 주고라도 볼 만한 것이었을 겁니다. 딸이 나와서 허리를 굽혀 인사를 했는데, 그게 말입니다, 아직 소매가 짧은 옷을 입고 있었는데, 미처 피지 못한 채 시든 봉오리 같은 얼굴이 붉어지며 저녁놀같이 새빨개졌으니까요. 당신은 여자 얼굴에 대해서 어떤 의견을 가지셨는지 모르지만, 제 생각으로는 그 열여섯이라는 나이, 앳된 작은 눈, 두려운 듯한 모습에 수줍은 눈물, 제 생각으론 이것은 미를 초월하고 있어요. 서로 맞대면을 한 후 제가 집안 사정 때문에 서둘러야 한다니까, 그다음 날, 그러니까 그저께 둘은 축복을 받았습니다. 그곳에서 저는 곧 소녀를 무릎에 앉히고는 놓아주고 싶질 않았습니다. 그러자 그 소녀는 얼굴이 아침놀처럼 새빨개졌고, 저는 계속 키스를 퍼부었습니다. 한마디로 말해서 극락이었습니다! 그러니까 지금의 약혼자라는 신분은 어쩌면 남편 이상으로 좋은 건지도 모릅니다. 전 그녀와 두세 번 이야기를 나누어보았지만 바보가 아니더군요. 때때로 저를 훔쳐보기도 했는데 그 얼굴은 라파엘의 마돈나 비슷해요. 시스티나의 마돈나는 환상적인 얼굴, 비애에 찬 광신자의 얼굴을 하고 있지요. 어쨌든 그런 얼굴입니다. 두 사람이 축복을 받은 바로 다음 날, 여러 가지 선물을 천오백 루블쯤 들여 사다 주었지요. 그랬더니 그녀의 얼굴이 다시금 빨개졌습니다. 그리고 모두 자리를 비워 잠시 둘만 있게 되자 제 목에 달라붙어서 저를 작은 양손으로 끌어안기도 하고 키스하기도 하면서, 저는 당신의 공손하고 정숙하고 선량한 아내가 되겠어요. 그리고 당신을 행복하게 해주겠어요. 저의 일생을 모두 당신에게 바치고 모든 것을 전부 희생할 작정이니까 그 대신 당신으로부터는 '단지 한 가지 존경만' 받고 싶어요. 그 외엔 '아무것도, 아무것도 필요치 않아요. 어떤 선물도 필요 없어요!' 이렇게 맹세하는 겁니다."

"요컨대 나이와 정신적 발달의 큰 차이에서 당신은 욕정을 일으켰군요! 정말 당신은 그런 결혼을 할 작정입니까?"

"허, 허! 어째서 당신은 그렇게 덕행만 내세우는지 모르겠습니다."

"당신은 카테리나의 아이들을 돌봐 주기로 했어요. 그것도 그만한 이유가 있었군요."

"저는 애들을 무척 좋아합니다!" 스비드리가일로프는 큰 소리로 웃었다. "이 점에 대해서 전 아주 재미있는 일화를 이야기해 드릴 수 있습니다. 전 가끔 무도회라는 곳에 갔습니다. 누군가가 캉캉을 추고 있었는데, 그것은 다른 데서는 볼 수 없는, 또 우리 시대에는 구경도 할 수 없는 춤이었습니다. 좋으시다면 언제 같이 갑시다."

"그만둬요. 점잖지 못한 호색한 같으니!"

"허, 실러군요. 당신은 우리의 실러라고요! 실은 말이죠, 일부러 이런 이야기를 꺼낸 것은 당신의 그러한 외침이 듣고 싶어서입니다. 아, 즐겁군요!"

"그건 그렇겠지요. 이럴 때는 나 자신이 우스꽝스럽게 보일 테지요?" 라스콜리니코프는 증오스럽게 중얼거렸다.

스비드리가일로프는 큰 소리로 웃고 나서 다시 한 번 필립을 불러서 계산을 끝내고 일어섰다.

"어어, 취해 버렸군. 수다는 이제 질색이야! 그러나 즐겁군."

"그야 물론 당신은 즐겁겠지요." 라스콜리니코프도 일어서면서 말했다. "아주 이골이 난 오입쟁이는 뭔가 그런 종류의 무서운 야심을 품고 시종 머릿속으로 생각하며 이런 음탕한 이야기를 들려주는 법이니까, 즐겁지 않을 리가 없겠지요."

두 사람은 레스토랑을 나왔다. 스비드리가일로프는 술이 취한 것은 순간이고, 점점 취기가 사라지는 표정이었다. 그는 뭔가 몹시 중대한 일로 신경이 쓰이는 모양인지 이맛살을 찌푸렸다.

두 사람은 인도로 나왔다.

"당신은 오른쪽으로, 전 왼쪽으로! 아니면 그 반대이던가? 그럼 안녕! 당신 다시 만납시다."

이렇게 말하고 그는 오른쪽으로 센나야 광장을 향해 걷기 시작했다.

5

라스콜리니코프는 스비드리가일로프의 뒤를 따라 걸어갔다.

"왜 이러십니까?" 스비드리가일로프가 뒤를 돌아보며 외쳤다. "제가 아까 말하지 않았습니까?"

"전 이제 당신에게서 떨어지지 않을 거요."

"뭐라고요?"

둘 다 발걸음을 멈추고, 상대방의 속셈을 살피듯 1분쯤 서로의 얼굴을 힐금힐금 보았다.

"아까 조금 취해서 들려준 여러 가지 이야기로……" 라스콜리니코프는 잘라 말했다. "난 '단정적'으로 이런 결론을 내렸습니다. 당신은 내 누이동생에 대한 비열하기 짝이 없는 야심을 아직도 버리지 않고 있을 뿐만 아니라, 오히려 그때보다도 더 열중하고 있어요. 오늘 아침 누이동생이 편지 한 장을 받은 것을 난 알고 있습니다. 그리고 당신은 계속 초조해하고 있었어요. 가령 당신이 지나는 길에 약혼할 소녀를 찾아냈다는 이야기가 사실이라 해도 그런 것은 아무 의미가 없습니다."

스비드리가일로프의 얼굴 표정이 싹 변했다. 그러나 위협을 해도 라스콜리니코프가 꿈쩍도 하지 않자, 갑자기 몹시 유쾌하고 친밀한 얼굴이 되었다.

"정말 대단한 사람이군! 저는 일부러 당신 사건은 말하지 않으려고 했어요. 물론 호기심은 있었지만. 환상적인 사건이니까요. 이 다음까지 연기하려고 생각했지만 당신은 죽은 사람도 화를 내게 하는 스타일입니다. 좋습니다. 갑시다! 다만 미리 말해 두지만, 전 지금 잠깐 집에 들러 돈을 가지고 와야 합니다. 그리고 숙소의 문단속도 하고, 마차를 타고 섬으로 가서 하룻밤 놀 참입니다. 도대체 어디까지 제 뒤를 따라올 겁니까?"

"나도 우선은 그 집으로 갑니다. 물론 당신의 집이 아니라 마르멜라도바 양의 숙소로 가서 장례식에 참석 못한 것을 사과할 생각입니다."

"좋으실 대로! 그러나 마르멜라도바 양은 집에 없습니다. 그 사람은 아이들을 전부 데리고 어느 고아원의 감독을 맡고 있는 늙은 귀부인 집에 갔습니다."

"상관없어요. 난 들러 보겠소."

"마음대로 하시죠. 당신이 저를 의심하고 있는 이유는 제가 여러 가지로 신경을 쓰는 바람에 지금까지 당신에게 이런저런 걸 묻지 않아서 그렇죠. 아시겠습니까? 당신은 이건 아무래도 보통과는 다르다는 기분이 들었겠죠? 내기를 해도 좋아요."

"열쇠 구멍으로 엿들었다는 말이로군!"

"오, 그 이야기요?" 스비드리가일로프는 웃기 시작했다. "그렇지요. 그런 일이 있었는데, 당신이 아무 소리도 하지 않는다면 저로서는 놀랄 일이죠. 허, 허! 전 당신이 그때…… 그곳에서…… 마르멜라도바 양에게 빈정거리며 이야기한 것을 약간은 듣긴 했지만, 그게 도대체 어쨌다는 겁니까? 전 아주 시대에 뒤떨어진 사람으로,

473

아무것도 모릅니다. 제발 한마디 설명해 주시지 않겠습니까? 최신 이론으로 계몽해 주십시오."

"아무것도 듣지 못하고서 터무니없는 소리만 하고 있군!"

"전 들었다 안 들었다 말하고 있는 게 아닙니다. 제가 물어보고 싶은 것은, 당신은 그렇게 늘 한숨만 쉬고 있는데, 어찌된 일이냐는 겁니다. 이것은 실러가 당신의 마음속에서 소란을 일으키는 겁니다. 열쇠 구멍으로 엿듣는 짓은 나쁘고, 노파 따위는 닥치는 대로 죽여도 좋다는 확신이 서 있다면 빨리 아메리카로라도 도망가십시오! 돈이 없다면, 여비는 제가 드리죠."

"난 그런 것은 전혀 생각하지 않고 있어요."

"압니다. 지금 당신이 어떤 문제로 고민하고 있느냐는 것은 저도 알고 있습니다. 도덕상의 문제지요? 그렇다면 이번에는 권총 자살입니까? 어때요, 그것도 싫습니까?"

"당신은 지금 나를 쫓아버리고 싶어서 일부러 화를 돋우려 하고 있어요."

"당신은 참 별난 사람이군요. 자, 다 왔습니다. 그럼 이번에는 제 방으로 갑시다. 제 방에도 들러 보고 싶다고 하셨죠? 어때요, 보셨습니까? 더 이상 시간 낭비를 할 필요가 없습니다. 책상 자물쇠는 걸었겠다, 문단속도 했겠다, 자, 이제 계단입니다. 어떻습니까? 마차를 부를까요? 전 마차로 옐라긴 섬으로 가려고 하는데, 같이 가시겠습니까?"

스비드리가일로프는 재빨리 마차에 올라탔다. 라스콜리니코프는 자기가 그에게 품고 있는 의심이 적어도 이때만은 잘못된 게 아닌가 하는 생각이 들었다. 그는 한마디도 하지 않고 돌아서서 센나야 광장 쪽으로 걸어갔다. 만약 이때, 한 번이라도 도중에 뒤를 돌아보았더라면, 말이 백 걸음도 채 달리지 않아서 스비드리가일로프가 마차의 삯을 치르고 인도에 내려선 것을 보았을 것이다. 그런데 그는 아무것도 깨닫지 못하고 모퉁이를 돌아가 버렸다. 깊은 혐오감이 그를 스비드리가일로프로부터 떼어 놓은 것이다. '비록 잠시라도 내가 그런 치사한 악당한테서, 그런 호색한으로부터 뭘 기대했을까?' 그는 느닷없이 외쳤다. 스비드리가일로프를 둘러싸는 분위기는 독특한 것을 느끼게 하는 그 무엇이 있었다. 스비드리가일로프가 누이동생을 그대로 단념하지는 않을 것이라는 라스콜리니코프의 신념에는 여전히 변함이 없었다.

혼자가 되자 그는 늘 하던 버릇대로, 스무 걸음도 가지 않아서 이내 깊은 사색에 잠겨들었다. 그런데 다리에 두냐가 서 있었다. 라스콜리니코프는 다리 옆에서 그녀를 만났지만, 얼굴조차 잘 보지 못하고 곁을 지나쳤다. 두냐는 지금까지 거리를 걷고 있는 오빠와 한 번도 만난 적이 없었기 때문에 깜짝 놀랐다. 그녀는 멈춰 섰으나 오빠를 불러야 좋을지 가만 있어야 좋을지 알 수 없었다. 그때 그녀는 언뜻 센나야 광장 쪽에서 스비드리가일로프가 빠른 걸음으로 다가오는 것을 보았다.

"빨리 갑시다." 스비드리가일로프는 그녀에게 속삭였다. "전 로지온 로마노비치가 우리 두 사람이 만난 것을 모르게 하고 싶습니다. 사실은 레스토랑에서 오빠에게 들켜 지금까지 그곳에서 함께 있다가 오빠를 억지로 떼어놓고 오는 길입니다."

"전 당신에게 분명히 말씀드리지만, 더 이상은 절대로 당신을 따라가지 않겠어요. 모든 것을 여기서 말해 주세요."

"첫째, 이런 이야기는 절대로 길에서는 할 수 없습니다. 둘째, 당신은 마르멜라도바 양한테서 이야기를 들어야 합니다. 셋째, 당신에게 보여 드리고 싶은 증거가 될 만한 물건이 두세 가지 있습니다. 그리고 넷째, 만일 제 방에 들어가는 것을 거절하신다면 바로 여기서 돌아가겠습니다. 다만 당신이 잊지 않도록 부탁하지만, 저는 당신이 가장 사랑하는 오빠의 극히 흥미로운 비밀을 완전히 손에 쥐고 있습니다."

두냐는 주저하면서 찌르는 듯한 눈초리로 스비드리가일로프를 바라보았다.

"당신은 뭘 두려워하고 있습니까?" 그는 침착하게 말했다. "도회지는 시골과 다릅니다. 시골에선 당신이 더 골탕을 먹였지만, 여기서는……."

"마르멜라도바 양에게는 그 비밀을 말했나요?"

"아니, 전 그 사람에겐 한마디도 얘기하지 않았습니다. 뿐만 아니라 지금 집에 있는지 없는지조차 모릅니다. 시기가 올 때까지 이 이야기는 아무에게도 하고 싶지 않습니다. 당신에게 알리는 것마저 조금 후회가 될 정도니까요. 왜 어린애같이 두려워합니까?"

"전 당신이…… 파렴치한 사람이란 것을 알고 있지만, 당신을 조금도 두려워하고 있진 않아요. 안내해 주세요." 그녀는 겉으로는 침착한 듯이 말했으나 얼굴은 창백했다.

스비드리가일로프는 소냐의 방 앞에서 걸음을 멈췄다.

"자, 여기가 제 숙소입니다. 제 방은 이 두 개입니다. 중요한 증거물을 보여드리죠. 제 침실에서 바로 이 문을 통해 비어 있는 두 방으로 들어가게 되어 있는데, 이 두 방은 세를 놓으려고 내놓은 겁니다. 이게 그 방입니다. 이곳은 다른 어느 곳보다 좀 더 주의해 볼 필요가 있습니다."

스비드리가일로프는 가구가 딸린 꽤 넓은 방 두 개를 빌려 쓰고 있었다. 그는 침실 쪽으로 자물쇠가 걸려 있는 문을 열고, 역시 세를 내놓은 텅 빈 방을 두냐에게 보여 주었다. 두냐는 무엇 때문에 그런 것을 보라고 하는지 눈치 채지 못하고 문지방 위에 서려고 했다. 그러자 그가 급히 설명을 시작했다.

"자, 이쪽 두 번째 방을 보세요. 그리고 문을 보세요. 여기에는 자물쇠가 걸려 있습니다. 문 앞에 의자가 놓여 있지요. 두 방 중에 단하나뿐인 의자입니다. 문 저쪽에 마르멜라도바 양의 테이블이 놓여 있고, 그녀는 그 곁에 앉아서 로지온 로마노비치와 이야기를 하고 있었습니다. 그래서 저는 이 의자에 앉아 이틀 밤을 계속 두 시간쯤 엿들었습니다."

그는 응접실로 쓰고 있는 첫 번째 방으로 두냐를 데리고 가서 의자에 앉도록 권했다. 두냐는 상대방의 눈에서 이전에 그녀를 몹시 놀라게 했던 불꽃같은 빛이 이글거리는 것을 눈치 채고 깜짝 놀랐다.

"이것이 당신 편집니다." 그녀는 편지를 테이블 위에 놓고 말을 꺼냈다. "편지에 쓰여 있는 일이 진정 있을 수가 있는 일일까요? 당신은 오빠가 뭔가 범죄를 저질렀다는 암시를 비쳤는데, 그 암시란 게 너무나 확실한 만큼 지금 그것을 변명할 생각은 추호도 마세요. 한마디로 추악하고 우스꽝스런 혐의예요."

순간 그녀의 얼굴이 빨갛게 달아올랐다.

"당신이 정말 나를 믿고 있지 않다면 위험을 무릅쓰고 혼자서 저를 따라오지는 않았을 겁니다."

"설마 당신은 그걸 근거로 삼고 있는 건 아니겠지요?"

"……오빠는 이틀 반이나 계속 마르멜라도바 양에게 왔습니다. 그리고 그곳에서 그녀에게 전부 고백했습니다. 오빠는 살인잡니다. 그 사람은, 자기가 물건을 전당 잡히고 있던, 관리의 미망인으로 돈놀이를 하고 있던 노파를 죽인 데다, 언니가 죽은 곳에 우연히 들어온 리자베타라고 하는 헌옷 장수인 동생까지도 죽여 버렸습니다. 오빠는 자기 입으로 그 전말을 한 마디 한 마디 마르멜라도바 양에게 들려줬고, 그래서 이 비밀을 알고 있는 것은 그녀 한 사람뿐입니다. 그러나 안심하십시오. 그녀는 오빠를 고발하는 짓은 하지 않을 테니까요."

"그럴 리가 없어요!" 두냐는 죽은 사람같이 핏기 잃은 입술로 중얼거렸다.

"그는 강도짓을 했습니다. 그는 돈과 물건을 훔쳐 왔습니다. 그가 고백한 바에 따르면, 돈과 물건을 쓰지 않고 어딘가 돌 밑에 파묻어놓은 것 같습니다."

"오빠가 강도질과 도둑질을 하다니! 그런 건 상상조차 할 수 없어요. 당신도 오빠를 아시잖아요? 오빠가 도둑질을 할 사람으로 보였나요?"

두냐는 스비드리가일로프에게 애원하듯이 말했다. 그녀는 이제 두려움 같은 건 잊고 있었다.

"이게 만일 딴 데서 들은 이야기라면 당신처럼 저도 진실로 믿지 않았을 겁니다. 그러나 저도 제 자신의 귀를 믿을 수밖에 없었습니다. 그가 자기 입으로 얘기한 것이니까요."

"도대체 무슨…… 이유였나요?"

"말하자면 깁니다. 일종의 이론이 밑에 깔려 있습니다. 가령 목적만 훌륭하다면 한 번쯤의 악행은 용서받을 수 있다는 것과 같은 이론이지요. 그러나 가장 큰 원인은 허영심입니다. 대개의 천재적인 인간은 한두 가지의 나쁜 일에는 끄떡도 하지 않고 생각지도 않은 채 그것을 밟고 넘어갔다는 점에 열중했어요. 어쩌면 그는 자기도 천재적인 인간이라고 멋대로 상상하고 있었는지도 모르지요. 그는 몹시 괴로워했죠. 자신은 이론을 만들 능력은 있었지만, 아무 생각 없이 밟고 넘어설 수는 없었다, 따라서 곧 천재적인 인간이 아니라고 생각했던 모양입니다. 실제로 자부심이 강한 청년에게는 이런 게 굴욕적인 것이니까요. 더구나 현대에 있어서……."

"그럼 양심의 가책은요? 오빠에겐 도덕적 감정 같은 것은 일체 없다고 보는 건가요?"

"오, 지금은 혼탁한 세상입니다. 하기야 지금까지 한 번도 특별히 질서 정연한 시대란 없었지만요. 러시아 사람이란 대체로 막연한 국민입니다. 국토와 똑같이 막연하며 환상적인 것과 무질서한 것에 끌리는 경향이 굉장히 강합니다. 그런데 이렇다 할 천재적인 데도 없으면서 막연하다는 것은 곤란합니다. 기억하고 계시죠? 우리들이 매일 밤 저녁 식사가 끝난 다음에 뜰의 테라스에 앉아서 이러한 주제로 이야기를 나누었다는 것을! 게다가 당신은 저에게 막연한 데가 있다고 공격했지요. 혹시 우리들이 그런 이야기를 하고 있었던 그때 당신 오빠도 이곳에 드러누워서 뭔가를 궁리하고 있었는지 모릅니다. 그런데 안색이 아주 좋지 않군요."

"저도 오빠의 그 이론을 알고 있어요. 잡지에 실린, 무슨 짓을 해도 용서받을 수 있는 인간에 관해 쓴 오빠의 논문을 읽었어요. 라주미힌이 가져다주어서……."

"라주미힌 씨가 말입니까? 그거 아주 재미있군요."

"저…… 소냐를 만나고 싶군요. 그녀를 만나려면 어떻게 해야 하지요?"

"마르멜라도바 양은 밤늦게야 돌아옵니다. 그 사람은 일찍 돌아오지 않으면 아주 늦게 돌아올 겁니다."

"오, 당신은 거짓말을 하고 있군요!" 그러고는 실신해서 쓰러졌다.

"이봐요? 정신 차려요!" 스비드리가일로프는 두냐에게 물을 끼얹었다.

두냐는 부르르 떨고 난 후 제정신이 들었다.

"이거 효과가 지나쳤군!" 그는 얼굴을 찡그리고 중얼거렸다. "안심하세요. 당신 오빠에겐 친구가 있습니다. 우리가 구해 줍니다. 돈은 있으니까 차표는 삼 일 안으로 구할 수 있습니다. 그리고 그가 살인을 했다고 해도 아직은 얼마든지 선행을 쌓을 수도 있으니까, 그런 것은 모두 상쇄가 될 겁니다."

"나쁜 사람! 저를 비웃고 있군요. 저를 놔 주세요……. 한데 이 문에는 왜 자물쇠가 잠겨 있지요?"

"우리들이 여기서 하는 이야기가 이웃 방으로 새나가면 안 된다고 생각했기 때문이죠. 전 절대로 희롱하고 있는 게 아닙니다. 당신은 그런 모습을 해가지고 어디로 가시려는 겁니까? 그러잖으면 당신 오빠를 적의 손에 넘기려는 겁니까? 전 지금 막 당신 오빠와 만나서 함께 이야기를 하고 오는 길입니다. 아직 구해 낼 여지는 있습니다."

"무슨 수로 오빠를 구한다는 거예요?"

"그건 모두 당신 하기에 달렸습니다."

두냐는 깜짝 놀라 그에게서 몸을 떼었다.

"당신의 단 한마디 말로 당신 오빠를 구할 수 있습니다. 저는 돈과 친구가 있습니다. 그리고 곧바로 오빠를 떠나보내겠습니다. 당장 여권을 두 장 구하겠습니다. 한 장은 당신 오빠의 것이고, 또 한 장은 제 것입니다. 저는 당신 것과 당신 어머니 것도……. 당신을 사랑하고 있습니다. 당신의 옷자락이라도 좋으니 키스를 하게 해 주십시오. 키스를요! 당신이 원한다면 전 무엇이라도 하겠습니다."

481

그는 갑자기 머리를 얻어맞은 것처럼 멍해 보였다.

"열어 주세요! 열어 주세요!" 두냐가 갑자기 문 밖을 향해 소리를 치며 양손으로 문을 흔들었다.

그제야 스비드리가일로프는 제정신이 들어 일어섰다. 독살스런 조소가 아직도 떨리는 입술에 서서히 나타났다.

"그쪽에는 아무도 없습니다." 그는 천천히 사이를 두고 말했다. "아파트 여주인은 외출했으니 그렇게 떠들어도 소용없습니다."

두냐는 죽은 사람처럼 새파랗게 질려 방구석으로 뛰어가 작은 테이블로 급히 방패를 삼았다.

"마르멜라도바 양은 외출했고, 카페르나우모프 집까지는 꽤 멀고, 그 사이에 닫힌 방이 다섯 개나 됩니다. 저는 완력이라면 적어도 당신의 두 배는 되는 데다가 무서울 것이 없습니다. 왜냐하면 당신은 나중에 고소할 수도 없을 테니까요. 당신은 오빠를 적의 손에 넘기고 싶지는 않겠지요? 게다가 아무도 당신이 하는 말을 진실로 받아들이지 않을 테니 말입니다. 사람들은 어째서 젊은 처녀가 남자가 혼자 있는 곳에 갔느냐고 반문하지 않겠습니까?"

"못된 인간!"

"뭐라고 해도 좋아요. 저는 단지, 설령…… 설령 당신이 자진해서 오빠를 구할 생각이 났다고 해도, 제가 당신에게 제의했으니까, 당신의 양심에는 꺼림칙할 일이 하나도 없다는 것을 말하고 싶었을 뿐입니다. 저는 당신의 노예가 되겠습니다."

별안간 두냐는 주머니에서 권총을 꺼내 공이치기를 올리고 권총을 쥔 손을 테이블 위에 얹었다. 스비드리가일로프는 그 자리에서 펄떡 뛰듯이 일어났다.

"아하! 그렇게 나오시는군. 어, 내 권총이 아닌가! 그럼 내가 시골에서 가르쳐준 사격 연습도 헛수고는 아니었군."

"당신 권총이 아니야. 당신이 죽인 마르파 페트로브나의 것이야, 이 악당아!" 두냐는 미친 사람처럼 날뛰었다.

"그렇다면 당신 오빠는 어떻게 할 작정이오? 호기심에서 묻는 거요."

"당신은 아내를 독살했어. 난 알고 있어. 당신이야말로 살인자가 아닌가?"

"설령 그게 사실이라 해도…… 그건 당신이 원인이잖소."

"거짓말이야!"

"오, 로마노브나! 당신은 설교에 몰두해서 조금은 마음이 미묘해졌던 것을 잊으신 것 같군. 당신의 눈 속에서 나는 그것을 보았어요. 기억하고 있지요? 매일 밤 달빛 아래서 꾀꼬리가 울고 있었지요."

"거짓말쟁이!"

"거짓말이라고? 여자에게 이런 말을 하는 게 아닌데. 쏠 거라는 건 나도 알아, 귀여운 야수! 자, 쏴보라고!"

스비드리가일로프는 지금까지 이토록 아름다웠던 두냐를 본 적이 없었다. 그녀가 권총을 들어 올리려고 한 순간 그 눈에서 빛나는 불꽃에 자신의 몸이 타는 듯했다. 심장이 아플 만큼 죄어 왔다. 사내가 한 걸음 내딛는 순간 총소리가 울렸다. 총알은 그의 머리털을 스치고 벽에 맞았다. 그는 발을 멈추고 소리를 죽여 웃기 시작했다.

"벌에 쏘인 것 같군! 뭐야, 이건? 핀가?" 스비드리가일로프는 손수건을 꺼내 오른쪽 관자놀이에서 가늘게 흘러내리는 피를 닦았다. 아마 탄알이 두피를 스친 모양이었다. 두냐는 권총을 버리고 공포라기보다는 일종의 이상한 의혹에 싸여 상대를 바라보았다.

"빗나갔군! 다시 한 번 쏴요. 기다릴 테니."

두냐는 몸을 부르르 떨고는 재빨리 공이치기를 올린 후 다시 권총을 들었다.

"정말 다시 쏠 거야. 죽여 버릴 거야!"

두냐는 방아쇠를 당겼다. 그러나 불발이었다.

그는 그녀에게서 두 발짝 떨어진 앞에 서서 기다리고 있었다. 그리고 거친 결의와 정열에 불타는 절박한 눈초리로 그녀를 바라보았다. 그러자 갑자기 그녀는 권총을 내던져 버렸다.

"던져 버렸군!" 스비드리가일로프는 이상하다는 듯이 그렇게 말하고는 깊이 숨을 쉬었다. 그는 가슴에서 뭔가가 한꺼번에 떨어져 나간 것 같은 기분이 들었다. 그것은 단순히 죽음의 공포라는 무거운 짐 때문만은 아니었는지도 모른다. 그것은 제아무리 열심히 정의를 내리려 해도 분명하게 감을 잡을 수 없는, 슬프고 음침한 감정으로부터의 해방감이었다.

스비드리가일로프는 두냐에게 다가가서 조용히 그녀의 허리에 팔을 감았다. 그녀는 온몸을 부들부들 떨면서 애원하는 듯한 눈초리로 상대를 바라보았다.

"제발 내보내 줘!" 두냐는 빌 듯이 말했다.

스비드리가일로프는 몸을 부르르 떨었다. 이 경어를 뺀 말엔 뭔가 아까와는 다른 뉘앙스가 풍겼던 것이다.

"정말 날 사랑하지 않나?" 그가 조용히 물었다.

두냐는 고개를 흔들어 사랑하고 있지 않다는 뜻을 나타냈다.

"그리고…… 앞으로도 사랑할 수 없다는 건가?" 그는 절망한 듯이 말했다.

"없어요!" 그녀가 속삭였다.

"자, 열쇠요!"

그는 가만히 창밖을 바라보았다.

그녀는 테이블 곁으로 다가가서 열쇠를 손에 쥐었다.

"빨리! 빨리!" 스비드리가일로프는 여전히 뒤돌아보지도 않은 채 되풀이해서 말했다.

두냐는 의미를 알았기 때문에 열쇠를 쥐자마자 문으로 쫓아가 급히 자물쇠를 열고 방을 뛰쳐나왔다. 그리고 1분 후엔 운하로 나와 보즈네센스키 다리를 향해 미친 듯이 달려갔다.

스비드리가일로프는 그 뒤 3분쯤 창가에 서 있다가 마침내 천천히 돌아서서 주위를 둘러보았다. 그리고 손바닥으로 슬며시 이마를 만졌다. 그 얼굴에는 기묘한 미소를 띠고 있었는데, 비참하고 슬프고 가냘픈 절망이 담긴 미소였다. 그는 권총을 주워 들고 살펴보았다. 그것은 구식의 작은 포켓용 권총이었다. 안에는 아직 탄알 2

발과 뇌관이 하나 남아 있었다. 한 번 더 쏠 수가 있었다. 그는 잠시 뭔가를 생각하더니, 권총을 호주머니에 집어넣고 모자를 들고 바깥 으로 나왔다.

6

그날 밤, 스비드리가일로프는 밤새도록 이곳저곳의 음식점과 유 흥가를 차례로 돌아다녔다. 어느 곳에선가는 카탸도 만났다.

스비드리가일로프는 카탸에게도, 아코디언을 타는 사람에게도, 가수들에게도, 급사들에게도, 두 명의 서기에게도 술을 샀다. 그리 고 잠시 후 유원지를 나왔다. 열 시경이었다. 그때 사방에서 무서운 먹구름이 밀려와서 천둥이 울리더니 비가 폭포수같이 쏟아지기 시 작했다. 그는 전신이 흠뻑 젖은 채 집으로 돌아왔다. 그리고 사무용 책상 서랍을 열어 돈을 있는 대로 꺼낸 다음, 두세 개의 서류를 찢어 버렸다. 돈을 호주머니에 쑤셔 넣고 옷을 갈아입으려던 그는 창밖 에서 울리는 천둥과 빗소리에 잠시 귀를 기울이다가 옷 갈아입는 것을 단념했다. 그는 모자를 집어 들고 방에 자물쇠도 걸지 않은 채 복도로 나와서는 곧바로 소냐의 방으로 갔다. 그녀는 마침 방에 있 었다.

그녀는 혼자가 아니었다. 카페르나우모프의 아들이 네 명이나 그 녀를 둘러싸고 있었다. 그녀는 아이들에게 차를 먹여 주고 있었다.

스비드리가일로프는 테이블에 앉으며 소냐에게 곁에 앉으라고 했다. 그녀는 조심스레 이야기를 들을 준비를 했다.

"소냐, 저는 미국으로 떠날지도 모릅니다. 그래서 일처리를 좀 하러 왔습니다. 당신의 어린 동생들에 대한 장래 문제는 방침이 섰어요. 아이들에게 할당된 돈은 각각 영수증을 받고 되도록 확실한 곳에 맡겼습니다. 그러니 이 영수증은 만일의 경우를 위해서 보관해 두십시오. 자, 이걸 받아요! 이것으로 한쪽은 끝났군. 그리고 여기에 오 부 이자가 붙은 공채증서가 석 장 있는데, 모두 합쳐 삼천 루블이 됩니다. 이건 당신 몫으로 받아주시오. 그리고 이것은 둘만이 아는 비밀로 하고, 어떤 이야기를 듣더라도 누구에게도 말하지 않도록 해요. 이 채권이 필요할 때가 반드시 있을 겁니다. 왜냐하면 지금처럼 생활을 계속한다는 것은 추악합니다. 그리고 당신에겐 이제 그럴 필요가 전혀 없습니다."

"저는 아이들은 물론이고, 죽은 어머니 문제로도 당신에게 너무나 많은 신세를 지고 있는데요……." 소냐가 말했다.

"오, 그런 건 잊어버리는 게 좋습니다. 그만 잊으세요. 그리고 이 돈은 당신에게 필요할 때가 있을 겁니다. 로지온 로마노비치는 자기 이마에 총알을 쏘든가, 블라지미르카 가도(시베리아로 유형 가는 죄수가 지나가는 길)를 가든가 두 가지 길밖에 없습니다."

소냐는 묘한 눈초리로 그를 보고는 부들부들 떨기 시작했다.

"안심하세요. 이건 어디까지나 본인한테서 들은 것이고, 전 마구 지껄이는 사람이 아니니까. 당신이 그때 그에게 자수하라고 권한 것은 매우 잘한 일입니다. 소냐 세묘노브나, 도대체 왜 그렇게 깊이 생각하지도 않고 항상 짐을 짊어집니까? 그 독일 여자에게 빚을 남기고 간 것은 카테리나이지, 당신이 아니잖습니까? 그런 독일 여자에겐 모르는 체하고 있으면 돼요. 내가 이렇게 당신을 찾아온 것은 말하지 마십시오. 그리고 돈은 절대로 보여서는 안 됩니다. 그럼 이만 실례하겠소. 돈은 쓸 때가 올 때까지 라주미힌 씨에게라도 맡겨 두십시오. 아주 좋은 청년입니다."

소냐도 뭔가 말을 하고 싶었으나 어떻게 말을 꺼내야 할지 몰랐다. "왜 당신은 이렇게 비가 오는데 가시려고 하세요?"

"미국에 가려고 하는 사람이 비를 두려워해서야 되겠습니까? 허, 허! 그럼 안녕, 소냐 세묘노브나!"

그는 뭔가 막연하고 묵직한 의혹에 싸여 있는 소냐를 남겨둔 채 밖으로 나왔다.

나중에 안 일이지만, 그날 밤 열한 시가 넘어 스비드리가일로프는 또 한 곳을 미치광이처럼 방문했다. 온몸이 비에 흠뻑 젖은 그는 열한 시 이십분경 바실리예프스키 섬 3가의 말리 거리에 있는 약혼녀의 양친이 사는 비좁은 집으로 들어갔다. 몸이 아주 쇠약해진 남편을 안락의자에 앉혀서 스비드리가일로프에게로 밀고 온, 인정 많고 사려 깊은 약혼녀의 어머니는 버릇대로 은근히 돌려서 물었다. 평소 같으면 이런 화술은 사람들의 존경을 불러일으킨다. 그러나 이때의 스비드리가일로프는 유별나게 초조한 모습이었다. 약혼녀의 어머니가 딸애는 이미 잠이 들었다고 얘기했는데도, 그는 단호하게 신부의 얼굴을 보고 싶다고 했다. 결국 약혼녀가 나왔다. 그는 아주 중대한 사정이 있어서 잠시 페테르부르크를 떠나지 않으면 안 되기 때문에 여러 가지 채권과, 은화 1만 5천 루블 정도를 가지고 왔는데, 선물로 받아주기 바란다고 말했다. 갑작스런 선물과 여행, 비 내리는 심야에 꼭 오지 않으면 안 되었던 필연성과의 사이에 어떤 논리적인 관계가 있는지는 확실치 않았지만, 그런 일은 그런 대로 무사히 진행되었다. 그는 일어나서 웃으며 약혼녀에게 키스를 하고는 볼을 가볍게 두드리며 곧 돌아올 것이라는 말을 몇 번이고 되풀이했다. 그는 약혼녀를 이상한 흥분 상태로 몰아넣은 채 그곳을 빠져나왔다.

한밤중인 열두 시경 스비드리가일로프는 투치코프 다리를 건너 페테르부르크 구를 향해 걷고 있었다. 그는 부들부들 떨고 있었다. 잠시 동안 일종의 호기심과 의혹까지 느끼면서 강의 검은 수면을 바라보다가 그 자리에 서 있는 것이 몹시 추워서 곧 방향을 돌려 볼쇼이 거리 쪽으로 걷기 시작했다. 그는 얼마 전에 이 근처를 지나치면서 목조이긴 했지만 큰 여관이 있는 것을 보았다. 허름한 옷을 입은 사환은 심야에 찾아든 손님을 힐끔 보고 몸을 떨고는 복도 끝에 있는 계단 입구 옆의 공기가 탁하고 비좁은 방으로 안내했다.

"송아지고기와 차를 가져다주게."

허름한 옷차림의 사환은 이내 사라졌다.

'여긴 굉장히 좋은 장소임에 틀림없군.' 스비드리가일로프는 생각했다.

그는 양초에 불을 켜고 좀 더 자세히 방 안을 점검했다. 몹시 더러운 침대와 조잡하게 칠을 한 테이블과 의자가 방 전체를 점령하고 있었다. 그는 양초를 놓고 침대에 걸터앉아 생각에 잠겼다.

급사가 차와 송아지고기를 가지고 와서 '따로 필요한 건 없습니까?' 하고 물어보았다.

"됐어요."

스비드리가일로프는 몸을 따뜻하게 데우려고 음식이 놓여 있는 데로 가서 차 한잔을 마셨다. 하지만 식욕이 없었기 때문에 요리 접시에는 손도 대지 않았다. 어쩐지 열이 나는 것 같았다. 그는 코트를 벗고 나서 담요를 휘감아 덮고 침대에 드러누웠다. 그러자 마치 열에 들떠 있는 기분이 들었다. 갖가지 생각이 차례로 떠올랐다가는 사라졌다. 그는 하다못해 무엇이라도 좋으니 뭔가 한 가지 일에 몰입하고 싶었다. '창문 밑은 틀림없이 뜰이겠지. 나무가 흔들린다. 난 캄캄한 폭풍우 치는 밤에 나무가 흔들리는 것이 싫어. 정말 싫어!' 그는 아까 페트로프스키 공원 곁을 지나면서, 그런 생각이 들어 참을 수 없었던 것을 떠올렸다. 그리고 투치코프 다리와 네바 강을 상기하자, 또다시 수면을 내려다보며 서 있을 때처럼 으스스 추워졌다. '난 태어나서 지금까지 물을 좋아한 적이 없다. 아까 페트로프스키 공원 쪽으로 방향을 바꾸는 건데 그랬어! 아마 그쪽은 어둡고 추운 느낌이 들었던 것 같아. 허, 허! 이건 마치 유쾌한 기분이라도 필요했던 것 같잖은가! 그건 그렇고, 어째서 나는 촛불을 끄지 않지?' 그는 양초를 입으로 불어서 껐다.

그러자 이번에는 아까 두냐에 대한 계획을 실행하기 한 시간 전에 라스콜리니코프에게 그녀를 라주미힌에게 맡기는 게 좋다고 권한 일이 생각났다. '어쩌면 라스콜리니코프의 추측대로 그때 나는 무엇보다도 스스로 격분해서 그런 말을 했는지 모른다. 하지만 대단한 악당이야, 그 라스콜리니코프란 녀석은!'

그는 여전히 잠이 오지 않았다. 두냐의 모습이 눈에 나타나는가 하면 갑자기 전율이 일곤 했다. '제기랄! 그녀라면 나 같은 놈을 새사람으로 만들어놓았을 텐데…….' 그는 이를 악물었다. 그러자 또다시 두냐의 환영이 눈앞에 나타났다. 그러나 이번에는 난생처음으로 사람을 쏘았기 때문에 권총을 늘어뜨리고 죽은 사람처럼 창백해져 있을 때의 모습이었다. 실은 그때, 그녀를 붙잡을 수 있는 기회가 그에게는 두 번이나 있었다. '제기랄, 또 이런 생각이 떠올랐군! 이런 생각은 버려야 한다. 버려야 해…….'

그는 이미 무아지경에 있었다. 병적인 오한도 진정되어 갔다. 그런 와중에 갑자기 뭔가가 담요 밑의 손과 발을 스치고 지나간 것 같았다. 그는 몸을 움찔했다. '제기랄, 쥔가 보군!' 그는 담요를 걷어젖히고 촛불을 켰다. 담요를 털어 보니, 정말로 시트 위로 쥐가 튀어나왔다. 그는 덤벼들었으나, 쥐는 침대에서 도망치려고도 하지 않고 베개 밑으로 기어 들어갔다. 그가 베개를 내동댕이치는 순간, 뭔가가 가슴 안으로 기어들었다. 그러고는 몸 위로 기어서 순식간에 루바슈카 속으로 들어와 등 쪽으로 돌았다. 그는 신경질적으로 몸을 떨고는 눈을 떴다. 방 안은 캄캄했고, 그는 아까와 다름없이 담요로 몸을 감싸고 침대에 드러누워 있었다. '아, 지겨워!' 그는 정말이지 귀찮다는 생각이 들었다.

어쨌거나 그러던 중, 이번에는 꽃들이 눈에 보이기 시작하더니 어떤 절경이 눈앞에 떠올랐다. 밝고 따뜻하고, 거의 더위까지 느끼게 하는 오순절의 축일이었다. 집 주위의 화단에는 향기로운 꽃들이 만발한 호화롭고 눈부신 영국풍의 목조 가옥이 있었다. 좌우에 장미 화단이 있고 담쟁이덩굴이 엉켜 있는 현관, 호화로운 융단이 깔리고 진기한 꽃이 피어 있는 화분들이 여기저기 놓인 밝고 시원한 계단이 보였다. 그는 그곳을 떠나고 싶지 않았으나 계단을 올라가서 천장이 높고 넓은 홀에 들어가 보니, 그곳 역시 곳곳의 창가와 테라스로 나가는 열려진 문 근처 어디 할 것 없이 꽃이 가득했다.

창가에서는 작은 새가 지저귀고, 홀의 중앙에는 흰 비단을 씌운 테이블이 보였다. 그리고 테이블 위에는 관이 놓여 있었다. 그 관은 주름 잡힌 하얀 천으로 가장자리를 장식한 흰 공단천에 싸여 있었는데, 그 주위를 덮은 화환과 어우러져 눈이 부셨다. 관 속에는 흰 비단 레이스의 옷을 입고 마치 대리석으로 새긴 것 같은 두 손을 가슴 위에 모아 쥔 소녀가 누워 있었다. 소녀의 풀어 헤친 밝은 블론드 머리는 장미로 만든 관이 둘러져 있고 흠뻑 젖은 상태였다. 이미 굳어 있는 옆얼굴도 역시 대리석으로 조각한 것 같았는데, 핏기 없는 입술에 어린 미소는 어린애 같지 않은 비애와 서글픔을 머금은 듯했다. 스비드리가일로프는 소녀를 알고 있었다. 그녀는 이제 겨우 14세에 이미 마음에 큰 상처를 받아 고통당하다가 끝내 스스로 목숨을 끊었던 것이다.

그는 언뜻 제정신이 들었다. 침대에서 일어나 창가로 걸어갔다. 얼굴과 루바슈카만 입은 가슴에 서리 같은 것이 달라붙었다. 그는 몸을 구부려 창틀에 팔꿈치를 괴고 5분 동안이나 눈을 떼지 않고 어둠 속을 유심히 바라보았다. 밤의 어둠 속에 대포소리가 울렸다. 잠시 후 또 한번 대포소리가 울렸다.

'아, 대포소리다! 강물이 불었구나. 아침이 될 때쯤이면 저쪽 낮은 곳의 거리에 물이 밀려들어 지하실이나 토굴을 물바다로 만들겠군. 그리고 토굴 속의 쥐들도 물에 둥둥 뜰 테고. 비바람 속에서 사람들은 흠뻑 젖은 채로 떠들썩하니 북적거리며 세간들을 위층으로 날라 올리겠지…… 그런데 지금은 몇 시나 되었을까?'

스비드리가일로프는 오랫동안 좁고 긴 복도를 왔다 갔다 했으나, 누구 하나 만나지 못했다. 막 큰 소리로 사람을 부르려고 했을 때, 어두운 구석에 있는 낡은 선반과 문 사이에서 뭔가 이상한 것이 살아 꿈틀거리는 것이 보였다. 촛불을 든 채 몸을 구부려 자세히 살펴보니 겨우 나섯 살가량의 계집아이였다. 아이는 걸레처럼 낡고 축축한 옷을 입고 부들부들 떨면서 울고 있었다. 아이의 얼굴은 창백하고 매우 피곤해 보였고, 몸은 차갑게 굳은 상태였다. '어떻게 이런 곳엘 들어왔을까? 아마 여기 숨어서 하룻밤을 꼬박 새운 모양이군.' 그가 이것저것 묻자 소녀는 갑자기 기운을 낸 듯 잘 돌아가지 않는 혀로 그에게 알 수 없는 말을 하기 시작했다. 그 이야기 속에는 엄마가 어떻다느니, 엄마가 때린다느니, 뭔가 접시 따위를 깼다느니 하는 말이 섞여 있었다. 계집아이는 잠시도 쉬지 않고 말을 계속했다. 그 말을 종합해 보면 무척 사랑에 굶주린 아이는 이 여관의 요리사인 어머니가 늘 술에 취해서 심하게 두들겨 팼기 때문에 크게 겁을 먹은 것 같았다. 맨발 위에 신었던 구멍 난 작은 구두는 하룻밤 동안 물속에 넣어 불리기라도 한 듯 흠뻑 젖어 있었다. 그는 옷을 벗기고, 침대에 누이고는 머리까지 담요를 덮어 주었다. 어린 애는 곧 잠이 들었다. 그 일을 끝내자 그는 또다시 찌푸린 얼굴을 하고 생각에 잠겼다.

또 쓸데없는 참견을 했군! 그는 불쾌한 기분을 느끼면서 그렇게 단정했다. 왜 바보짓만 하는 거지? 그는 이제 나가서 무슨 수를 써서라도 그 누더기옷의 사환을 찾아내어 한시바삐 그곳을 빠져나가려고 마음먹었다. 그는 신경질적으로 양초를 들었다. '제기랄, 저 놈의 계집애!' 그러고는 슬며시 담요를 들춰 보니, 계집아이는 기분 좋게 푹 잠이 들어 있었다. 담요를 덮어 몸이 따뜻해져서인지 창백하던 볼은 불그스름해졌다. 그러나 이상하게도 그 불그스름한 것이 보통 아이들의 붉은 볼보다 선명하고 짙은 느낌이 들었다. '이건 마치 술을 마셔서 달아오른 것 같군. 술을 한잔 먹인 것 같지 않은가 말이야.' 입술도 타는 듯 붉은빛을 띠었는데, 어떻게 된 일인지 알 수 없었다. 언뜻 그는 아이의 길고 검은 눈썹이 아래위로 움직이는 걸 보았다. 그리고 눈두덩이 위로 조금 올라가더니 그 밑에서 약삭빠르고 날카롭게 어쩐지 어린애답지 않은 윙크를 하는 것 같은 느낌을 받았다. 그리고 보니 계집아이는 자고 있는 것이 아니라 자는 체하고 있다는 생각이 들었다. 과연 그대로였다. 뭔가 파렴

치하고 도발적인 것, 전혀 어린애답지 않은 것이 얼굴에 나타나 있었다. 그것은 음란한 창부의 얼굴이었다. '뭐야, 다섯 살밖에 안 된 계집아이가?'

그는 여전히 침대 속에 누워 아까처럼 담요를 둘둘 감은 채 자고 있었다.

촛불은 꺼졌고 창밖은 벌써 완전히 훤해져 있었다.

하룻밤 내내 악몽을 꾸었구나! 그는 울적한 기분으로 몸을 일으켰다. 바깥은 짙은 안개 때문에 아무것도 보이지 않았다. 시간은 벌써 다섯 시가 가까웠다. 너무 오래 자버렸다. 자리에서 일어난 그는 아직 젖어 있는 재킷과 코트를 입은 후 호주머니 속의 권총을 꺼내 뇌관을 고쳤다. 그리고 호주머니에서 수첩을 꺼내 제일 눈에 띄기 쉬운 속표지에 큰 글씨로 2, 3행 적어 넣었다. 그런 다음 테이블에 팔꿈치를 괴고서 생각에 잠겼다. 권총과 수첩은 바로 곁의 팔꿈치 쪽에 놔둔 채였다. 파리가 테이블 위에 놓인 송아지고기에 달라붙어 있었다. 그로부터 1분 후, 그는 거리에 나와 있었다.

큰 거리에서는 통행인을 한 사람도 만나지 못했다. 야한 색의 노란색 목조집들이 덧문을 내리고 있었는데, 음울하고 지저분하게 보였다. 왼쪽으로는 높은 망루가 보였다. '야! 그렇다. 저기가 좋다. 페트로프스키 공원에 갈 필요가 있을까? 적어도 관헌의 중인 눈앞이니까……' 그는 이 새로운 발견에 기분이 좋아진 듯 싱글거리고는 셰진스키 거리 쪽으로 꺾어들었다. 바로 그곳에 망루가 있는 큰 건물이 서 있었다. 그리고 회색의 군인 코트로 몸을 감싼, 아킬레우스 풍의 투구를 쓴 작은 몸집의 사내가 건물의 닫힌 문에 기대듯 서 있는 게 보였다. 그 사내는 졸음이 오는 듯한 옆눈으로 가까이 다가오는 스비드리가일로프를 쌀쌀맞게 보았다. 사내의 얼굴에는 슬픈 빛이 보였는데, 그건 유대인들의 얼굴들에서 한결같이 찾아볼 수 있는, 힘든 고통을 견딘 까다로운 슬픔의 빛이었다. 스비드리가일로프와 아킬레우스 풍의 사내는 잠시 침묵한 채 뚫어지게 쳐다보았다. 사내는 술에 취하지도 않은 남자가 세 발짝 앞에 우뚝 서서 자기를 빤히 보고만 있을 뿐 아무 말도 하지 않는 게 아무래도 심상치가 않다고 생각했다.

"여기에 무슨 볼일이 있어서 왔소?" 사내가 꼼짝도 하지 않은 채 물었다.

"아니오. 아무 일도 아니오. 안녕히 계시오!" 스비드리가일로프가 대답했다.

"여긴 그렇게 서 있을 곳이 못 되오."

"난 외국으로 가려고 하오."

"외국으로?"

"아메리카로!"

"아메리카로?"

스비드리가일로프가 권총을 꺼내어 공이치기를 올렸다. 사내의 눈썹이 곤두섰다.

"아니, 뭐야? 여기는 그런 장난을 하는 곳이 아냐!"

"어째서 여기가 그런 장소가 아니란 말이오?"

"여긴 그런 장소가 아니라니까!"

"아니, 그런 것은 아무래도 좋아! 내겐 아주 좋은 장소야. 누군가 물으면 이렇게 대답해 주게. 아메리카에 갔다고!"

스비드리가일로프는 권총을 오른쪽 관자놀이에 댔다.

"아니, 여기선 안 돼. 여긴 그런 짓을 하는 장소가 아냐!" 아킬레우스 풍의 사내는 눈을 점점 둥그렇게 뜨고 몸을 떨었다.

스비드리가일로프는 방아쇠를 당겼다.

7

같은 날, 여섯 시가 지나서 라스콜리니코프는 어머니와 누이동생이 살고 있는 바칼레예프의 방으로 찾아갔다. 라주미힌이 구해 준 방이었다. 라스콜리니코프는 들어갈까 말까 망설이듯이 걸었다. 하지만 그는 어떤 일이 있어도 돌아가지는 않을 것이라고 결심했다. 여기저기 해져 누더기처럼 된 옷은 흠뻑 젖어 있었다.

그가 문을 노크했다. 문을 열어 준 사람은 어머니였다. 두냐도 없고 하녀도 마침 없었다. 라스콜리니코바 부인은 너무 기쁜 나머지 깜짝 놀라 처음에는 입도 열지 못했다. 잠시 후 정신을 차린 그녀는 아들의 손을 잡고 방 안으로 끌어들였다.

"아, 네가 왔구나!" 그녀는 너무 기뻐 말을 더듬거렸다. "나에게 화를 내지 말아다오, 로쟈, 눈물을 흘리며 맞이한다고 해서! 이것은 울고 있는 게 아니라 웃고 있는 거야."

"그래요, 어머니……."

"넌 내가 옛날 여자처럼 꼬치꼬치 캐어물으려고 한다고 생각하겠지만 걱정 마라. 난 알고 있다. 모든 것을 알고 있어. 나는 이번에야 깨달았어. 나 같은 것은 네가 생각하고 있는 것을 다 알 수도 없으며, 너에게 무얼 확실히 물어본다는 것도 무리라는 걸! 난 말이다, 로쟈! 잡지에 실린 너의 논문을 세 번이나 읽었단다. 라주미힌이 가져다 줬어. 그것을 보고 내가 정말 바보였다고 생각했어. 너는 그런 일을 하고 있었구나. 이제 겨우 수수께끼가 풀렸어! 어쩌면 너는 지금도 머릿속에 새로운 사상이 떠올라 한창 생각하고 있는지 모르겠구나."

"그것을 보여 주세요, 어머니."

라스콜리니코프는 잡지를 받아 들고, 자신의 논문을 훑어보았다. 그것은 그의 입장이나 심경과는 모순된 일이지만, 자신의 글이 인쇄된 것을 처음 대하는 필자가 맛보는 자극적이고 달콤한 기분을 느꼈다. 더구나 스물셋이라는 나이는 그런 기분을 더욱 자극시켰다. 그러나 그것은 잠시 동안의 일이었다. 몇 행인가 읽어 보다가 그는 얼굴을 찡그렸다. 무섭고 슬픈 기분에 가슴이 죄어오는 것 같았다. 수개월 동안의 마음속 투쟁이 한꺼번에 밀려든 것이다. 그는 가슴에 혐오와 분노가 끓어올라 논문을 바닥에 내동댕이쳤다.

"하지만 로쟈, 나는 네가 가까운 시일 내에 우리나라의 학자들 가운데 일류 중의 한 사람은 될 거라고 생각했단다. 그런데도 모두 너를 미치광이나 뭘로 생각하는구나. 돌아가신 아버지도 두 번쯤 잡지사에 원고를 보낸 적이 있었단다. 하지만 실어 주지 않았지. 너는 마음만 먹으면 두뇌와 재능으로 모든 것을 한꺼번에 손에 넣을 수 있을 텐데 말이다."

"두냐는 외출했군요, 어머니!"

"요즈음 그 아이는 계속 나를 혼자 있게 한다. 하지만 라주미힌이 찾아와서 내 상대를 해 주고, 늘 네 이야기를 해 준단다. 두냐에겐 뭔가 자기만의 비밀이 생긴 모양이더라. 난 이것으로 만족해. 이렇게 네가 쓴 것을 읽기도 하고, 네 이야기를 여러 사람으로부터 듣고 있을 때 네가 이렇게 찾아와 주었으니 이보다 더 좋은 일은 없잖겠니?"

그러고는 갑자기 울기 시작했다.

"또 바보 같은 짓을 하는구나. 나에게 신경 쓰지 마라." 그녀는 벌떡 자리에서 일어서면서 외쳤다. "커피가 있는데 내놓지도 않았구나. 지금 곧 가져올게, 지금 곧!"

"어머니, 그런 건 그만두세요. 저는 곧 돌아가야 해요. 제발 제 말을 들어주세요."

라스콜리니코바 부인은 조심조심 그의 곁으로 왔다.

"어머니, 무슨 일이 일어나더라도, 저에 관해 무슨 소문이 떠돌더라도, 저에 대해 세상 사람들이 무슨 말을 하더라도 어머니는 지금같이 저를 사랑해 주시겠지요?"

"로쟈, 로쟈, 무슨 일이냐? 그리고 도대체 왜 그런 것을 묻니? 누가 너에 관해서 이러쿵저러쿵하겠니?"

"제가 찾아온 것은 어머니를 언제나 사랑한다는 걸 믿게 해 드리고 싶었기 때문입니다. 저는 어머니에게 이런 걸 직접 말씀드리러 온 겁니다. 설령 어머니가 불행해지더라도 이것만은 알아주셨으면 하고요. 어머니의 아들은 자기 자신보다도 어머니를 더 사랑하고 있다고요. 저는 앞으로도 계속 어머니를 사랑할 겁니다."

라스콜리니코바 부인은 잠자코 아들을 가슴에 끌어안고 울었다.

"로쟈, 어떻게 된 영문인지 난 모르겠구나." 그녀는 이윽고 이렇게 말했다. "난 요즈음 내내 네가 우리에게 싫증이 난 것이라고만 생각하고 있었는데, 너에게 이제부터 아주 슬픈 일이 일어나려 하는구나. 그 때문에 너는 괴로워하고 있구나. 난 오래전부터 그런 예감이 들었다. 로쟈, 이런 말을 해서 미안하구나. 어젯밤에는 네 누이동생도 자면서 밤새 가위에 눌려 헛소리를 했단다. 어디 여행이라도 떠나니?"

"네!"

"나도 그럴 거라고 생각했다! 하지만 혹시 그럴 필요가 있다면 나도 함께 갈 수 있단다. 두냐도 말이다. 그 아이는 너를 사랑하고 있으니까. 그리고 마르멜라도바 양도 혹시 필요하다면 우리들과 함께 가도 좋지 않니? 라주미힌도 우리를 도와줄 거다."

"그럼 안녕히 계십시오, 어머니!"

"뭐라고? 오늘 떠나는 거냐?"

"벌써 시간이 됐어요. 아무래도 가지 않으면 안됩니다."

"그럼 너에게 성호를 긋게 해다오. 축복해 줄 테니!"

확실히 그는 기뻤다. 어머니와 단둘이 있는 것이 몹시 기뻤던 것이다. 그 끔찍한 시간을 지나 처음으로 그의 마음이 부드러워진 기분이었다. 그는 어머니 앞에 쓰러져 발에 입을 맞춘 다음 서로 끌어안고 울었다. 그녀는 벌써 오래전부터 아들의 신상에 뭔가 무서운 일이 일어나고 있음을 알고 있었다.

"로쟈, 내 아들아! 지금 너는 어렸을 때와 똑같구나. 넌 이렇게 나한테 와서 끌어안고 키스를 해줬었지. 내가 아까부터 울고 있었던 건, 어머니의 본능으로 네가 불행해지리라는 걸 예감하고 있었기 때문이야. 그래서 오늘 너에게 문을 열어주며 너의 얼굴을 보았을 때, 나는 한눈에 드디어 마지막 순간이 왔다는 걸 알았단다."

"그렇지 않습니다."

"그럼 또 와주겠지?"

"네…… 오겠습니다."

"로쟈, 화를 내지 말아다오. 단 한 가지만 말하겠다. 어디 먼 데로 가는 거니? 그곳엔 뭐가 있니? 무슨 근무처라든가 출세의 길이라도 있는 거냐?"

"그건 하느님 뜻에 달렸습니다."

라스콜리니코프가 문 쪽으로 걷기 시작하자, 그녀는 아들에게 매달려서 절망적인 눈길을 보냈다. 어머니의 얼굴은 공포로 일그러졌다.

그는 마침내 어머니를 뿌리치고 밖으로 나왔다. 그리고는 하숙집을 향해 걸었다. 그는 급히 서둘렀다. 일몰까지는 완전히 해결을 짓고 싶었던 것이다. 그때까지는 누구와도 만나고 싶지 않았다. 자기 방으로 올라갈 때, 그는 나스타샤가 사모바르에서 손을 떼고 가만히 자기를 지켜보는 걸 느꼈다. '누군가가 날 찾아와 있는 게 아닐까?' 언뜻 포르피리의 얼굴이 떠오르며 혐오감이 치밀었다. 그러나 자기 방에 도착해 문을 열자, 그곳에는 두냐가 있었다. 깊은 사색에 잠겨 있는 것을 보니, 오래전부터 그를 기다리고 있었던 것 같았다.

"네 곁으로 가도 괜찮겠니? 아니면 나갈까?" 그는 자신 없이 물었다.

"저 하루 종일 소냐 방에 있었어요."

"기운이 없구나, 두냐. 아주 피곤하다. 잠시라도 쉬고 싶은데."

그는 의아한 듯이 힐끗 누이동생을 바라보았다.

"오빠 어젯밤 내내 어디에 계셨어요?"

"잘 기억이 나지 않아. 난 최후의 결심을 하려고 몇 번이나 네바 강 근처를 왔다 갔다 했어. 하지만 결심이 서지 않아." 그는 두냐를 의심에 찬 눈으로 보면서 중얼거렸다.

"다행이에요! 우리는 그것을 얼마나 걱정하고 있었는지 몰라요. 저도 소냐도!"

라스콜리니코프는 쓸쓸한 미소를 지었다.

"어머니와 함께 끌어안고 울고 왔다. 난 믿음이 없지만, 어머니에게 나를 위해 기도해 달라고 부탁하고 왔다. 어떻게 되는지는 아무도 모른다. 두냐, 나는 아무것도 모르겠구나."

"그럼, 어머니에게 이야기하셨나요?" 두냐는 소름이 끼친 듯이 소리를 질렀다.

"아니, 얘기하지 않았어. 난 비열한 인간이야, 두냐."

"비열한 사람이 고통을 받으러 갈 각오를 할 수 있을까요? 오빠는 고통을 받으러 가려는 거죠?"

"그래, 지금 곧! 이런 수치를 벗어나려고 투신하려고 생각했었다, 두냐. 하지만 강물을 내려다보았을 때, 만일 지금까지 자신을 강한 인간이라고 생각했다면 새삼스럽게 수치를 겁낼 필요는 없지 않겠느냐는 생각이 들더구나." 그리고 그는 덧붙였다. "이게 오만이라는 걸까?"

"그래요, 오빠!"

생기를 잃은 그의 눈에 반짝 하고 불빛과 같은 것이 번뜩였다. 자신이 오만함을 잃지 않고 있음을 알고 유쾌해진 것이다.

"하지만 다만 물이 무서워진 것에 지나지 않는다고 넌 생각할 테지?"

"아, 그만두세요!" 두냐는 괴로운 듯 외쳤다.

2, 3분쯤 침묵이 이어졌다. 두냐는 테이블 한쪽에 서서 괴로운 듯 오빠를 바라보았다.

그러자 갑자기 그가 일어섰다. "너무 늦었다. 가야지. 난 지금 자수하러 간다. 하지만 뭣 때문에 자수하러 가는지 모르겠단 말이야."

굵은 눈물 줄기가 두냐의 볼을 따라 흘러내렸다.

"너 울고 있구나. 나에게 악수해 주겠니?"

"오빠가 고통을 받으러 간다면, 벌써 죄의 절반은 씻은 거예요!" 그녀는 오빠를 끌어안고 키스를 하며 외쳤다.

"죄? 죄라니 무슨 죄?" 그는 갑자기 흥분해서 외쳤다. "내가 그 더럽고 해로운 이를, 아무짝에도 필요 없는 돈놀이하는 노파를 죽인 게 죄란 말이냐? 왜 모두 내게 '죄다, 죄다!' 하고 야단들이지? 난 그저 비열한 근성과 무능을 한탄해 자수를 결심한 것뿐이야. 포르피리 녀석이 권한 것처럼 그러는 것이 유리하다고 생각했기 때문이야!"

"오빠, 오빠는 남의 피를 흘리게 하지 않았나요?" 두냐는 절망적인 목소리로 외쳤다.

"세상에는 지금도 폭포같이 흐르고, 지금까지도 늘 흘러왔던 피야. 눈을 좀 더 크게 뜨고 잘 보아라. 난 인류에게 행복을 가져다주려고 생각했다. 그리고 수백수천 가지 좋은 일을 할 수 있었을지도 모르는데, 이런 어리석은 결과가 나타나다니! 난 어리석은 행위로 독립하고, 첫걸음을 내딛고, 자금을 얻으려 한 거야. 그런데 결국 올가미에 걸리고 말았어!"

"하지만 그건 아니에요!"

"그래, 형식이 잘못됐다는 거로군! 폭탄이나 정규군의 포위 공격으로 대량 살인을 하는 쪽이 어째서 훌륭한 형식이냐?"

그의 창백하고 피로에 지친 얼굴에 혈색이 돌았다. 그러나 말을 끝냈을 때, 두냐의 눈동자에 깊은 괴로움이 깃들어 있는 것을 보고 정신이 번쩍 들었다.

"두냐! 만일 내가 죄를 범했다면 용서해 다오. 잘 있어라, 안녕! 토론은 그만두자! 이제 가야겠어. 넌 왜 그렇게 우니? 울지 마. 오늘 완전히 이별하는 것도 아니니까! 아, 그렇지! 잠깐만! 내가 잊었군."

그는 책상으로 다가가서 먼지투성이의 책 한 권을 펼치고는 책갈피에서 작은 초상화를 꺼냈다. 그것은 열병으로 죽은 그의 옛날 약혼자로, 수도원에 들어가고 싶어 하던 그 별난 아가씨의 초상화였다. 그는 잠시 동안 표정이 풍부한 병자 같은 얼굴을 들여다보고 있다가, 그 초상화에 키스를 하고는 두냐에게 건네주었다.

"이 아가씨와는 '그 얘기'도 꽤 했단다. 이 아가씨하고만은……." 그는 감개무량한 듯 말했다. "난 이 아가씨의 머리에 이렇게 지저분한 결과로 끝나버린 사상을 상당히 불어넣었다. 하지만 안심해라. 그녀도 너처럼 내 생각에 찬성하지 않았으니까. 난 기쁘다, 그녀가 이미 죽고 없는 것이! 이십 년의 징역을 마치고 여러 가지 고통을 당하고 백치같이 된 후, 늙어서 약해진 다음에 자각하는 것이 지금보다 훌륭한 자각이 될 수 있을까? 그런 상황에서 내가 무엇 때문에 산단 말인가? 내가 비열한 인간이란 것쯤은 이미 오늘 새벽 네바 강변에 섰을 때부터 알았어."

마침내 두 사람은 바깥으로 나왔다. 두냐는 괴로웠지만 오빠를 사랑하는 마음에는 변함이 없었다.

'난 심술궂은 놈이다. 그건 나도 알아.' 그는 두냐에게 밉살스럽다는 듯이 손을 흔든 것을 부끄러워하며 생각했다. '난 그럴 가치도 없는데 어째서 모두들 이렇게 나를 사랑해 줄까? 하지만 앞으로 십오 년이나 이십 년이 지나는 동안 내 영혼이 완전히 순수해져서 뭔가 한마디 할 때마다 자신을 강도라고 부르며, 남 앞에서 슬피 울게 될지 모르겠군. 그렇게 만들려고 그 녀석들은 나를 유형지에 보내려는 거야. 그것이 그 녀석들에겐 필요한 거야. 그 녀석들은 모두 거리를 왕래하고 있지만, 어느 녀석을 붙잡아 보아도 본질적으로 비열하고 도둑이 아닌 놈은 없을 것이다. 그보다도 더 지독한……. 그 녀석들은 멍청이들이다. 그런데 내가 유형을 면했다고 해보자. 그 녀석들은 모두가 하나같이 공분으로 미친 듯 떠들어댈 게 아닌가! 아, 난 그 녀석들이 모두 미워서 견딜 수 없어!' 그는 깊은 생각에 잠겼다. '어떤 과정을 거쳐야 내가 아무 이유 없이 그들 앞에 굴복할 수가 있단 말인가? 하지만 그런 일이 일어나지 않는다고 할 수 있을까? 물론 그렇게 되지 않으면 안 된다. 이십 년이나 끊임없이 박해를 주고, 얻어내지 못할 게 무엇인가? 낙수도 돌에 구멍을 뚫는다지 않는가!'

그는 이미 어젯밤부터 벌써 백 번도 더 이렇게 자문했지만, 그래도 걸음을 멈추지는 않았다.

8

라스콜리니코프가 소냐의 방으로 들어간 것은 벌써 어두워지기 시작할 무렵이었다. 소냐는 하루 종일 몹시 흥분한 상태에서 그가 오기를 기다리고 있었다. 두냐가 아침부터 그녀를 방문한 것은, 소냐는 '그것을 알고 있다.'고 한 스비드리가일로프의 말 때문이었다. 두냐는 그녀를 만난 덕분에 적어도 오빠가 외롭지는 않을 것이라는 위안을 얻었다. 소냐는 자신을 바라보는 두냐의 눈에 일종의 존경심까지 보였기 때문에 너무 당황해서 그만 울 뻔했다. 라스콜리니코프의 방에서 두 사람이 처음으로 만났을 때, 두냐가 세심한 배려와 경의에 찬 태도로 인사를 했다. 그 이후, 두냐의 아름다운 모습은 소냐의 생애를 통해 가장 아름답고, 자기 같은 존재는 손이 미치지 않는 하나의 환상으로서 영원히 그녀의 마음에 남게 되었다.

소냐는 어제 스비드리가일로프가 라스콜리니코프에겐 두 갈래 길밖에 없다고 하던 말이 생각나서 견딜 수가 없었다. 게다가 그녀는 라스콜리니코프가 허영심이 많고, 오만하고, 자존심이 강할 뿐 아니라 신앙을 가지고 있지 않다는 것을 알고 있었다. '단지 겁쟁이로 죽는 것이 두려워 자살을 단념할까?' 그녀는 절망한 나머지 그런 생각을 했다. 마침내 그녀가 그 불행한 사람은 이미 죽어 버렸을 것이라고 믿어 버린 순간, 그가 방으로 들어온 것이다.

소냐의 가슴에서 환희의 탄성이 터져 나왔다. 그러나 라스콜리니코프의 얼굴을 찬찬히 바라보던 그녀의 얼굴이 금세 창백해졌다.

"이봐, 알겠지?" 라스콜리니코프는 미소를 띠며 말했다. "난 당신의 십자가를 가지러 왔어, 소냐. 나에게 십자가를 하고 가라고 한 것은 당신이잖아. 그런데 드디어 실행하려고 하는 지금에 와서 왜 갑자기 겁을 내는 거야?"

깜짝 놀란 소냐는 그의 얼굴을 가만히 바라보았다. 그의 말에 이상한 느낌이 든 것이다. 차가운 전율이 그녀의 몸을 훑고 지나갔지만 그녀는 그의 태도와 말이 모두 일부러 꾸민 것임을 깨달았다.

"알겠지만 소냐! 그러는 것이 아무래도 유리하다고 판단했어. 제기랄, 난 포르피리에게 가지 않을 거야! 그 녀석은 질색이야. 차라리 늙은 친구인 중위에게 가겠어. 그러면 그 녀석은 깜짝 놀랄 테고 일종의 특별한 효과도 날 테니까. 하지만 좀 더 냉정해져야지. 난 최근에 너무 성미가 급해졌어. 십자가는 어디에 있어?"

어쩐지 기분이 들떠서 한 군데에 1분도 앉아 있을 수가 없었다. 생각은 계속해서 비약하고, 이야기는 뒤죽박죽이었다.

소냐는 서랍에서 삼나무와 동으로 된 십자가를 각각 하나씩 꺼내어 성호를 그은 후 그에게도 성호를 그었다. 그런 다음 삼나무 십자가를 그의 가슴에 걸었다.

"이것은 말하자면 십자가를 짊어진다는 상징이군, 하, 하! 그렇다면 난 지금까지 고통이 부족했다는 건가? 삼나무는 일반인에게 쓰여지고 있는 거지? 동으로 된 것은 리자베타의 것이군. 그건 당신이 쓰겠지. 보여 주지 않겠어? 그럼 그 사람은 이걸 걸고 있었다는 건가? 난 이런 종류의 것을, 은제의 것과 성상이 달려 있는 것 두 가지는 알고 있어. 난 그때 그 두 개를 노파의 가슴에 던져 버리고 왔거든. 지금 그게 있었으면 좋았을 텐데……. 정말로 그걸 내가 걸어야 하는 건데……. 사실은 소냐, 당신에게 미리 알아두게 하려고 온 거야. 그것 때문에 찾아온 거야. 나를 보내려고 한 것은 당신이잖아. 이제 난 감옥에서 살게 되었으니, 당신의 소망도 이루어진 셈이지? 그런데도 왜 당신은 울고 있지?"

그의 가슴에는 새로운 감정이 싹트고 있었다. 그녀를 보고 있는 동안 그의 가슴이 죄어드는 것 같았다. '이 여자는, 이 여자는 도대체 왜 이러지? 왜 이 여자는 나 같은 것 때문에 울고 있지? 왜 어머니와 두냐같이 나를 걱정해 주는 걸까?'

"성호를 긋고, 한 번이라도 좋으니까 기도를 드려 주세요."

"아, 좋지! 당신이 원한다면 몇 번이라도 해 주지."

그는 뭔가 다른 말을 하고 싶었다.

라스콜리니코프는 몇 번이고 성호를 그었다. 소냐는 숄을 집어 머리에 썼다. 그것은 녹색 숄이었는데, 마르멜라도프가 '가족 공용'이라고 했던 그것 같았다. 그는 아무것도 묻지 않았다. 사실 그는 추악할 정도로 안정을 잃고 있었다.

"당신은 뭘 하려는 거야? 어디에 가려는 거야? 집에 있어. 집에 있어줘!" 그는 괴로운 듯 외치고 문 쪽으로 걸어갔다. 소냐는 방 안에 혼자 남았다.

이것으로 다 된 걸까? 그는 계단을 내려오면서 또다시 생각했다. 정말 여기서 생각을 고쳐먹고 다시 한 번 삶을 시작할 수는 없을까? 가지 않고 이대로 있을 수는 없을까?

거리로 나왔을 때, 라스콜리니코프는 소냐와 작별 인사를 하고 오지 않은 것과, 또 자기가 소리를 질렀기 때문에 그녀가 꼼짝도 않고 방 안에 녹색 숄을 두른 채 남아 있던 것을 생각하고 발을 멈추었다.

도대체 무슨 목적으로 그녀에게 갔을까? 이제 '간다'는 것을 말하려고 했나? 그런 짓을 해서 무얼 한단 말인가? 지금도 개를 쫓아 버리듯 떼어 버리지 않았는가. 난 정말 그녀로부터 십자가를 받을 자격이 있었을까? 난 비열한 사내다! 비열한 사내야!

　그는 운하를 따라 걷고 있었다. 이제 길은 끝나고 있었다. 그러나 다리까지 오자 이번에는 방향을 바꾸어 센나야 광장 쪽으로 걸었다.

　그는 좌우를 살폈지만 이제 어떤 것에도 주의가 집중되지 않았다. 모든 것이 그의 주의로부터 벗어나는 것이었다. '앞으로 일주일 후나 한 달 후에 죄수 호송 마차로 이 다리를 건너갈 때는 어떤 기분으로 이 운하를 바라볼까? 이것을 기억해 두어야 하나? 저쪽에 아이를 데리고 구걸을 하는 여자가 재미있게도 나를 자기보다 행복한 인간이라고 생각하고 있다. 돈을 한번 주어 볼까? 아직 오코페이카짜리 동전이 남아 있군. 어디서 생긴 걸까?'

　"자, 자……. 받아 둬요, 아주머니!"

　"고맙습니다!" 여자 거지의 슬픈 목소리가 들렸다.

　라스콜리니코프는 센나야 광장으로 들어갔다. 혼자만 있을 수 있다면 그는 모든 것을 내던지고 싶었으나, 자기로서는 이제 단 1분이라도 혼자서는 있을 수 없다는 것을 알고 있었다. 군중 속에서 한 술주정꾼이 추태를 부리고 있었다. 그는 사람들을 헤치고 들어가 잠시 술주정꾼을 구경하다가 갑자기 짧고 째지는 듯한 소리로 웃었다. 그러다가 광장 중앙까지 왔을 때, 그의 가슴에 갑자기 어떤 충동이 한꺼번에 일어나면서 그의 전 존재를 사로잡아 버렸다.

갑자기 그는 소녀의 말을 떠올렸다. '네거리에 나가 여러 사람에게 머리를 숙이고 땅에 키스하세요.' 그 순간 온몸이 부들부들 떨렸다.

그는 광장 한가운데 무릎을 꿇고 머리가 땅에 닿을 정도로 절을 한 후, 그 더러운 땅바닥에 기쁨과 행복을 느끼면서 키스했다.

"저것 봐, 지독히 취했군!" 곁에 있던 한 젊은이가 말했다.

사람들 사이에 웃음소리가 터졌다.

"이 친구는 예루살렘으로 가는 길입니다, 여러분! 그래서 아이들과 태어난 고향에 이별을 고하고, 세상 사람들에게도 머리를 숙이고, 성 페테르부르크와 그 땅바닥에 키스하고 있는 거요." 얼근히 취한 직공 한 사람이 외쳤다.

"귀족 같군!" 누군가가 정색을 하고 말했다.

"지금 세상에 귀족인지 아닌지 어떻게 구별하나!"

이런 야유 소리에 라스콜리니코프는 기분을 잡쳤기 때문에 '전 살인을 했습니다.'라는 말은 하지 않았다. 그리고 광장 왼쪽으로 방향을 돌려 다시 한 번 땅바닥에 닿을 정도로 머리를 숙였을 때, 그는 자신에게서 50보가량 떨어진 곳에서 소녀의 모습을 보았다. 그녀는 그의 눈에 띄지 않으려고 광장에 있는 목조 바라크 뒤에 몸을 숨겼다. 그리고 보니 그가 슬픈 행진을 하고 있는 동안 그녀는 줄곧 뒤따라왔던 것이다. 그때는 이미 운명을 결정하는 장소에 와 있었다.

라스콜리니코프는 매우 기운차게 구내로 들어갔다. 4층까지 올라가지 않으면 안 되었다. 그는 올라갈 때까지 아직 시간이 있다고 생각했다.

여전히 나선 계단은 먼지투성이였고, 달걀껍질 투성이였다. 방마다 문이 열려 있는 것과 주방에서 탄산가스와 악취가 풍기는 것도 예전과 마찬가지였다. 라스콜리니코프가 그때 이후 여기에 온 것은 처음이었다.

다리가 말을 잘 듣지 않았지만 그는 계속 올라갔다. 숨을 돌리고 옷차림새를 고친 후, '인간다운 모습으로' 들어가려고 했다. '그러나 뭣 때문에……. 왜 이런 짓을 하지?' 그러다 그는 자신의 행동의 의미를 생각해 보았다. 그 순간 일리야 페트로비치 부서장의 모습이 번쩍 머리를 스치고 지나갔다. '정말 그 사내에게 가는 것이 옳을까? 다른 사람에게 가면 안 될까? 지금 당장 되돌아서서 서장 관사로 가면 어떨까? 아니다, 아니야! 번개 부서장에게 가야 한다, 번개 부서장에게로! 마시려면 몽땅 한꺼번에 마셔 버리는 것이 좋다.'

그는 한기를 느끼면서 거의 정신없이 사무실 문을 열었다. 이번에는 사람이 몇 명밖에 없고, 어딘가의 수위와 평민 같아 보이는 사내가 한 사람 있을 뿐이었다. 라스콜리니코프는 다음 방으로 들어갔다.

어쩌면 아직 얘기하지 않는 게 좋을지도 모른다는 생각이 그의 머리에 번뜩였다. 그곳에는 사복을 입은 서기 한 사람과 기억에 남아 있는 서기가 사무용 책상에서 뭔가를 쓰고 있었다. 자묘토프는 없었다. 서장도 물론 없었다.

"아무도 안 계십니까?" 라스콜리니코프는 사복을 입은 사내에게 물었다.

"누구를 만나러 왔소?"

"아! 소리도, 얼굴도 접하지 않았지만 러시아 사람 냄새가 난다, 라는 말이 옛이야기에 있지요. 자, 어서 오십시오!" 갑자기 귀에 익은 큰 소리가 들렸다.

라스콜리니코프는 부르르 몸을 떨었다. 자기 앞에 번개 부서장이 서 있었던 것이다.

"우릴 찾아오셨나요? 무슨 일입니까?" 부서장이 외쳤다. 보아하니 그는 약간 흥분한 상태에서 기분이 굉장히 좋아 보였다. "볼일이 있으시다면 좀 이른 것 같은데요. 에…… 에, 이름이 뭐라고 하셨더라? 실례지만……."

"라스콜리니코프입니다."

"그래요, 라스콜리니코프! 설마 내가 당신을 잊어버렸다고 생각지는 않겠지요? 나중에 다른 사람의 설명을 듣고 알았지만, 젊은 문학자이자 학자라고 하더군요. 저도 제 집사람도 둘 다 문학을 존중하고 있는데, 특히 집사람은 아주 열을 올리고 있지요! 인격, 인격만 훌륭하면 나머지는 재능과 지식과 이성으로 획득할 수 있는 거지요! 그건 그렇고, 찾지도 않는데 무슨 볼일이라도 있습니까? 가족들이 오셨다고 들었는데요?"

"네, 어머니와 누이동생이……."

"영광스럽게도 누이동생을 만나 뵈었지요. 교양이 있고 아주 아름다운 분이시더군요. 솔직히 말해서 그때 당신을 상대로 그렇게 한 것을 후회했을 정도입니다! 그때 당신이 졸도해서 저는 약간 묘한 생각을 가졌었지만, 그것은 나중에 잘 설명이 되었지요! 편협과 광신입니다! 혹시 가족이 오셔서 집을 옮기려는 것은 아닙니까?"

"아니, 전 그저…… 자묘토프를 만나볼까 하고……"

"아, 그렇습니까? 그 사람과 친구가 되셨습니까? 그렇다는 소릴 들었습니다. 그런데 자묘토프는 여기 없어요. 우린 그를 잃었습니다. 어제부터 나오지 않습니다. 전근되었습니다. 예의라곤 눈곱만큼도 없는 사람이었지요. 단, 장래성은 있었지만! 당신은 학문을 하는 사람이니까, 한두 가지 일을 실패한다고 해서 맥이 빠져서는 안 되지요. 당신은 리빙스턴의 여행기를 읽은 적이 있습니까?"

"못 읽었습니다."

"전 읽었습니다. 그건 그렇고, 요즈음 니힐리스트가 꽤 늘어났지요. 그것도 무리가 아닙니다. 저와는 솔직히 털어놓고 말합시다. 당신은 내가 '우정'이라고 할 줄 알았지요? 잘못 보신 겁니다. 우정이 아니고 시민으로서의, 인간으로서의 감정, 인도적 감정, 하느님에 대한 사랑의 감정입니다."

라스콜리니코프는 의아스럽다는 듯 눈썹을 추켜올렸다.

"내가 말하는 것은 그 머리를 짧게 깎은 아가씨들 얘깁니다." 말하기를 좋아하는 부서장이 얘기를 계속했다. "난 그 패들에게 산파라는 별명을 붙였는데, 이 별명은 꼭 들어맞습니다. 하하! 의과 대학에 들어가서 해부학 같은 것을 공부하고 있지만, 내가 지금 병을 앓는다고 해도 그런 아가씨들을 불러 제 병을 고쳐 달라고 할 기분이 나겠습니까?" 부서장은 자신의 재치에 아주 만족해서 큰소리로 웃었다.

"이건 문명개화에 대한 갈망의 무절제한 표현이라고 보아도 좋지만, 문명개화가 행해진 이상, 그것으로 이제 충분하지 않습니까? 닐 파블리치, 이봐, 닐 파블리치! 그 신사의 이름이 뭐라고 했지? 아까 보고한 페테르부르크 가에서 권총 자살을 했다는 신사의 이름 말이야?"

"스비드리가일로프입니다."

그 말을 들은 라스콜리니코프는 몸을 부르르 떨었다.

"스비드리가일로프? 스비드리가일로프가 권총 자살을 했습니까?"

"스비드리가일로프를 알고 있습니까?"

"네⋯⋯. 그 친구는 최근에 상경했습니다. 누이동생이 그 사내 집에 가정교사로 들어가 있었지요."

"아니, 그러면 당신한테 우리가 그 사내의 정보를 제공받을 수 있겠군요."

"난 어제 그를 만났는데⋯⋯ 술을 마시고 있었어요. 그땐 아무것도 감지할 수 없었는데요."

"또 안색이 창백해졌어요."

"방해를 해서 죄송합니다. 난 그저 자묘토프를 좀 만나려고⋯⋯."

"알고 있습니다. 알아요. 덕분에 즐거웠습니다."

"나도⋯⋯ 대단히 기쁩니다. 그럼 안녕히." 라스콜리니코프는 미소를 지어 보였다.

그는 밖으로 나왔으나 비틀거렸다. 그리고 현기증이 났다. 발로 서 있는 것인지 아닌지 모를 지경이었다. 그는 잠시 서서 쓴웃음을 짓더니 다시 경찰서 위층으로 올라갔다.

부서장은 자리에 앉아서 무슨 서류를 열심히 뒤적이고 있었다. 그 앞에는 조금 전에 계단에서 라스콜리니코프와 부딪친 그 사내가 서 있었다.

"아, 또 오셨군요! 뭐 잊으신 거라도? 기분이 안 좋으신 모양인데, 여기 의자에 앉으시죠. 물을 가져오게!"

라스콜리니코프는 의자에 털썩 주저앉았는데, 몹시 놀란 부서장의 얼굴에서 눈을 떼지 않았다. 두 사람 다 1분가량 서로의 눈을 응시한 채 기다리고 있었다. 그 사이 물을 가지고 왔다.

"저 내가……" 라스콜리니코프는 말했다.

"자, 물을 좀 드시죠."

라스콜리니코프는 한 손으로 물잔을 밀어내고 잠깐 사이를 두었다가 조용하면서도 분명한 소리로 말했다.

"그건…… 그때 관리 미망인 노파와 동생 리자베타를 도끼로 죽이고 물건을 훔친 것은 납니다!"

부서장은 멍하니 입을 딱 벌렸다. 여기저기서 사람들이 모여들었다.

라스콜리니코프는 자백을 되풀이했다.

에필로그

1

시베리아. 광활하고 황량한 강기슭에, 러시아의 행정적 중심지의 하나인 도시가 위치해 있다. 도시에는 요새가 있고, 요새 속에는 감옥이 있다. 이 감옥에 제2급 유형수인 로지온 라스콜리니코프가 감금된 지도 벌써 9개월이나 된다. 범행한 날부터 거의 1년 반의 세월이 흐른 것이다.

그 사건의 재판은 큰 애로가 없이 끝났다. 범인은 범죄 사실을 정확하고 명료하게 진술했던 것이다. 복잡하게 상황을 뒤섞는다든지, 상황을 자기에게 유리하게 되도록 적당히 끌어 붙인다든지, 사실을 왜곡하지 않고 아주 자세한 점까지 빠짐없이 범행을 진술했다. 최후로 보즈네센스키 거리에 있는, 어느 집 뒷문 곁에 돌이 있다는 것을 가르쳐 주었다. 그 돌 밑에서 과연 물건과 지갑이 나왔다. 한마디로 사건은 명백해진 것이다.

예심판사와 재판관들은 그가 지갑과 물건을 돌 밑에 감춘 채 전혀 쓰지 않은 것에 놀랐다. 그보다도 그가 훔친 물건을 상세히 기억하지 못할뿐더러 그 수량까지 잘못 기억하고 있는 것에 더욱 놀랐다. 그가 한 번도 지갑을 열지 않았고, 그 속에 돈이 얼마나 들어 있는지조차 몰랐다는 사실 자체는 있을 수 없는 일이었던 것이다. 피고가 다른 점에 대해서는 전부 자발적으로, 그리고 정직하게 자백했는데, 도대체 왜 이 한 가지만 허위 진술을 했는지, 이 의문을 해명하는 데 관계자는 오랫동안 고심했다. 마침내 사람들(특히 어떤 심리학자)은, 실제로 피고는 지갑 속을 보지도 않았고, 따라서 그 속에 무엇이 들어 있었는지 모른 채 돌 밑에 감췄을 것이라는 결론을 내렸다.

그리고 동시에 그것을 장래의 목적이나 타산적 생각을 하지 않은, 병적인 편집광의 발작이라는 결론이 내려졌다. 더구나 라스콜리니코프는 오래전부터 우울증을 앓고 있었다는 정확한 진술이 의사인 조시모프와 그의 옛 학우와, 하숙집 여주인, 하녀 등에 의해 이루어졌다. 이런 것이 재판에 적용되어 라스콜리니코프는 흔히 있는 살인강도나 도둑과는 전혀 다른 것이 있다는 결론에 이르렀다. 그러나 라스콜리니코프는 이 견해를 주장하려는 사람들에 대해 유감스럽게도 전혀 자기변호를 하려고 하지 않았다.

그를 살인으로 유도한 것은 무엇인가, 무엇이 그에게 약탈 따위를 하게 했는가 하는 최후 심문에 대해서도 그는 모든 원인은 자기의 추악한 정신 상태와 가난, 고립무원의 처지, 그리고 피해자로부터 얻을 수 있다고 생각했던, 적어도 3천 루블은 될 것이라고 생각했던 그 돈을 이용해 자기의 입신출세를 위한 밑천을 삼으려고 했다고 아주 명쾌하고도 정확하게 대답했다. 즉 살인을 한 것은 경솔

하고 소심한 성격에다 가난과 불행에 화가 나 있었기 때문이라고 했다. 그러자 무엇이 자수하게 했느냐는 질문에 대해서는, 마음으로부터의 뉘우침이라고 솔직히 대답했다.

그럼에도 불구하고 판결은, 범행 자체만으로 예상했던 것보다 훨씬 관대했다. 그리고 이 사건의 특수한 사정도 남김 없이 참작했다. 범죄 결행 전의, 범인의 병적이고 비참한 정신 상태에 대해서는 전혀 의심할 여지가 없었다. 그가 빼앗은 물건에 손을 대지 않았던 한 가지 이유는 뉘우침의 감정이 싹튼 탓이고, 또 하나는 범죄 결행 당시에 범인의 정신이 건강한 상태가 아니었던 것을 증명하는 것이라고 추론되었다. 최후로 절망해 버린 광신자(니콜라이)가 허위 자백을 하여 사건이 이상한 분규를 한창 일으키고 있을 때에, 더구나 진범인에겐 명백한 죄증은 고사하고 거의 혐의도 받지 않았음에도 불구하고 자수했다는(포르피리는 완전히 약속을 지켜준 것이다) 사실이 피고의 운명의 짐을 경감시키는 데 결정적으로 작용했다.

그 밖에 전혀 생각하지도 않았던 다른 사실도 명확히 밝혀져서 그것이 피고를 아주 유리한 입장에 서게 했다. 대학생인 라주미힌이 어디선가 정보를 캐내어 증거를 제출했다. 그에 따르면, 범인인 라스콜리니코프는 대학 재학 중에 자기의 모자라는 학비를 쪼개어 한 가난하고 폐병을 앓고 있는 학우를 돕고 반 년이나 부양했다고 중언했다. 그리고 그 친구가 죽은 다음에는 죽은 친구의 노쇠한 부친을 돌봐 주고, 나중에는 그 노인을 입원시켰으며, 노인이 죽었을 때는 장례식까지 치렀다는 것이었다. 이러한 중언은 라스콜리니코프의 형량을 결정하는 데 상당히 좋은 영향을 주었다. 그리고 그의 전 하숙 여주인으로, 라스콜리니코프의 죽은 약혼녀의 어머니인 미망인 역시 자기들이 피야치 우그로프의 한 건물에 살고 있었을 때, 밤중에 불이 나자 불길이 일어나고 있는 방에서 어린이 두 명을 구해냈다는 증언을 해주었다. 이 증언은 면밀히 조사한 결과, 사실로 인정되었다. 즉 범인이 자수한 것과 죄의 형량에 도움이 되는 몇 가지 사실이 확인되어, 범인은 제2급의 불과 8년이라는 징역 선고를 받는 것으로 판결이 났다.

아직 재판이 진행되고 있을 무렵, 라스콜리니코프의 어머니가 병이 났다. 두냐와 라주미힌은 재판 진행 중에 환자를 페테르부르크로 데리고 나오는 것이 좋겠다고 생각했다. 라주미힌은 집을 철도 연변에 있는, 페테르부르크로부터 가까운 거리의 어느 마을을 골랐다. 이것은 재판 진행에 잠시도 눈을 떼지 않는 동시에 되도록 빈번히 두냐와 만나기 위해서였다. 라스콜리니코바 부인의 병은 뭔가 기묘한 신경성으로 가벼운 정신착란증을 수반하고 있었다.

이때 라스콜리니코바 부인은 두 번 정도, 지금 로쟈가 어디에 있는지 대답하지 않을 수 없게끔 이야기를 끌고 간 적이 있었다. 그리고 그 대답이 그녀에게 불만스럽고 수상쩍은 것이 되자, 갑자기 몹시 슬프고 우울한 얼굴로 입을 다물었고, 그런 상태는 굉장히 오랫동안 계속되었다. 두냐도 끝내는 거짓말을 한다든지 꾸며낸 이야기를 한다든지 하는 것은 어렵다고 보고, 결국 어느 부분에 관해서는 침묵을 지키는 것이 좋다는 결론에 도달했다.

범인이 자수하고 5개월이 지났을 무렵, 선고가 내려졌다. 라주미힌은 빈번히 감옥을 찾아 면회를 했다. 라주미힌의 젊고 정열적인 머리에는 앞으로 3, 4년 사이에 토지는 넉넉하지만 일손이나 자본이 부족한 시베리아의 로쟈가 있는 마을에 정착해 함께 새 생활을 시작하려는 계획을 세우고 있었다. 헤어질 때는 모두 울었다.

라스콜리니코프는 그 최후의 수일간을 깊은 사색에 잠겼다가 어머니 일로 깊은 근심에 빠지기도 했다. 두냐는 오빠가 어머니 일로 너무나 번민하고 있는 것이 불안하기까지 했다. 그는 어머니의 건강 상태를 알자 매우 어두운 얼굴이 되었다. 소냐와 그는 별로 말을 나누지 않았다. 소냐는 스비드리가일로프가 남겨주고 간 돈으로 라스콜리니코프가 끼여 있는 죄수 부대를 따라갈 결심을 하고 있었다.

이 일에 대해서는 그녀와 라스콜리니코프 사이에 아직 한마디도 이야기를 나누지 않았다. 그러나 두 사람 모두 그렇게 되리라는 것을 알고 있었다. 드디어 최후의 작별 시간이 왔을 때, 누이동생과 라주미힌이 그의 출옥 후의 일에 대해서 책임지겠다고 열변을 토했지만, 그는 묘한 웃음을 지을 뿐 말이 없었다. 그리고 어머니의 병적인 상태가 얼마 안 가 불행한 결말을 고할 것이라고 예언했다. 그와 소냐는 마침내 떠나갔다.

그 후 두 달이 지났을 무렵, 두냐와 라주미힌은 결혼했다. 결혼식은 조용하고 쓸쓸했다. 초대 손님 가운데는 포르피리와 조시모프도 있었다.

라스콜리니코바 부인은 딸이 라주미힌과 결혼하는 것을 기쁜 마음으로 축복해 주었다. 그러나 딸이 결혼한 후, 그녀는 한층 깊은 슬픔에 빠졌다. 라주미힌은 그녀를 잠시라도 기쁘게 해주려고, 로쟈가 작년에 두 어린이를 사지에서 구해 주면서 자기는 화상을 입고 병까지 얻었다는 이야기를 해주었다. 이 두 가지 정보는 그러지 않아도 머리가 이상한 상태에 있던 라스콜리니코바 부인을 더욱 놀라게 만들었다.

어느 날은 아침부터 그녀가 로쟈는 곧 돌아올 것이라고 말했다. 그리고 방 안을 완전히 정돈하고 재회 준비를 했다. 아들이 쓸 방의 장식을 붙이기도 하고, 가구를 닦고 손질하거나 새로운 커튼을 달기도 했다. 두냐는 걱정이 되었으나 아무 말도 하지 않고 오빠를 맞이하기 위해 방의 모습을 바꾸는 일을 도와주기까지 했다. 어머니는 이처럼 끊임없는 환상과 기쁨에 찬 꿈과 눈물 속에 불안한 하루를 지내고, 결국 그날 밤 갑자기 발병해 이튿날 아침나절에는 열에 들떠 헛소리를 하기 시작했다. 이렇게 열병을 앓고 나더니 2주일 후에는 숨을 거두고 말았다.

페테르부르크와 통신할 수 있는 길은 라스콜리니코프가 시베리아에 살게 되었을 때부터 나 있었지만, 라스콜리니코프는 어머니의 죽음에 대해 오랫동안 알지 못했다. 그 소식은 소냐를 통해 이어졌다. 소냐는 라주미힌에게 페테르부르크로 매달 틀림없이 편지를 보냈고, 또 틀림없이 페테르부르크로부터 회답을 받고 있었다. 소냐의 편지는 두냐와 라주미힌에겐 처음에는 어쩐지 멋쩍고 부족한 느낌을 주었다. 하지만 그보다 더 잘 쓸 수 없다는 것을 나중에야 깨달았다. 왜냐하면 그녀의 편지에는 불쌍한 오빠에 대해 더없이 충실한 내용이 있었기 때문이다. 소냐의 편지에는 라스콜리니코프의 감옥 생활이 매우 간단명료하게 담겨 있었다. 편지에서 그녀는 자신의 희망을 나타내지도 않았고, 장래에 관한 추측이나 어떤 감정 표현도 하지 않았다.

처음 얼마 동안 두냐 내외는 그 소식에서 그다지 큰 기쁨을 발견해내지는 못했다. 소냐가 계속 알려온 바로는, 라스콜리니코프는 늘 말수가 적고 침울하며, 편지를 전해 줘도 별 흥미를 나타내지 않는다고 했다. 가끔 어머니의 일을 물었기 때문에 그녀는 그가 벌써 모든 사실을 예감하고 있는 것이 아닌가 싶어 어머니가 돌아가셨다는 사실을 전했다. 그런데도 그는 그리 심한 충격을 받은 것 같지는 않았다.

그 밖에 그녀가 전한 바에 따르면, 그는 자신 속에 침잠해서 모두를 피하고 틀어박혀 있는 것 같으면서도 자기의 새로운 생활에 대해서는 아주 솔직하게, 그리고 고분고분한 태도를 취하고 있었다. 또 그의 건강 상태는 만족할 만하다고 했다. 그는 노역에 종사하고 있었지만 그것을 별로 싫어하지도 않았고, 그렇다고 자기 스스로 자진해 하고 싶어 하는 것도 아닌 것 같았다. 먹는 것에 대해서는 거의 무관심했다. 그리고 자신의 일에 대해서는 그녀에게 일체 걱정하지 말라고 부탁했으며, 여러 가지 지나치게 신경을 쓰면 오히려 화가 난다고 말했다고 했다. 또 거처하는 감옥의 방에서 그는 나무침대 위에 담요를 깔고 자고 있었는데, 바라는 게 아무것도 없었다. 더구나 그가 그렇게 형편없는 생활을 하는 것은, 특별히 의도한 바가 있어서가 아니라 자기 운명에 대한 흥미의 상실과 표면적인 무관심에서 온 것 같았다.

소냐가 솔직하게 적어 보낸 편지에 의하면, 그는 처음에는 그녀의 방문에 관심을 표시하지도 않았을뿐더러 그녀에게 화를 내거나 말을 제대로 하지 않거나, 난폭한 태도까지 보였다고 했다. 하지만 그녀가 아파서 수일 동안 찾아가지 못했을 때는 굉장히 쓸쓸해 보였다고 한다. 그와의 면회는 일요일에 감옥 문 곁이나 위병소에서 몇 분 동안 이루어졌다. 평일에는 노역에 나가야 했으므로 그녀가 작업장이라든가 벽돌 공장, 강기슭의 오두막집으로 가서 만났다.

그러는 사이에 마을 사람들로부터 도움을 받아 소냐는 삯바느질을 하고 있었다. 이 마을에는 부인용 물건을 취급하는 가게가 거의 없었기 때문에 그녀는 이제 어느 가정에도 없어서는 안 될 존재가 되었다고 했다. 더구나 장관의 신임을 얻은 그녀 덕분에 라스콜리니코프는 노역을 경감받기도 했다. 최후에 온 소식에는 그가 여러 사람들로부터 고립되어 살고 있었기 때문에 감옥 안의 유형수들로부터 따돌림을 받고 있으며, 안색도 굉장히 나빠졌다는 것이었다. 그리고 소냐가 보낸 마지막 편지에는 그가 심한 중병에 걸려 죄수 병동에 들어가 있다고 씌어 있었다.

2

그는 오래전부터 건강 상태가 좋지 않았다. 그러나 그를 쇠약하게 만든 것은 유형 생활의 두려움이나 노역, 식사나 깎인 머리, 누더기 죄수복이 아니었다. 그리고 바퀴벌레가 들어간 건더기가 없는 수프도 그에게는 아무 문제가 아니었다. 학창시절에는 그런 것조차도 먹지 못한 적도 있었기 때문이다. 죄수복은 따뜻하고 불편하지 않고, 발에 찬 쇠고랑도 전혀 부담스럽지 않았다. 그렇다면 깎아 버린 머리나 빛깔이 반은 변해 버린 윗도리가 기분이 나빴을까? 그리고 누구 때문에? 소냐 때문에? 소냐는 그에게 신경을 몹시 쓰고 있었으므로, 그녀에게 부끄럽다는 생각은 없었다.

그런데 무엇 때문인지 그는 소냐에게 갑자기 난폭하게 대했다. 그가 부끄러웠던 것은 깎아 버린 머리도 아니고 발에 걸린 쇠고랑도 아니었다. 단지 자긍심에 상처를 입었기 때문이다. 병이 난 것도 상처받은 자긍심 때문이었다. 아, 그가 만약 자신을 죄인이라고 인정할 수만 있었다면 얼마나 행복했을까! 그랬다면 그는 수치스런 기분이나 굴욕도 모두 참을 수 있었을 것이다. 그러나 그는 엄중히 자기비판을 해 보아도, 잔혹한 양심에 비추어보아도 특별히 무서운 죄를 발견할 수 없었고, 발견된 것은 단지 누구에게나 있을 수 있는 '실패' 뿐이었다. 그가 부끄러워한 것은 '무의미한' 선고 앞에 굴복하지 않으면 안 된다는 사실이었다.

게다가 대상도 목적도 없는 불안감과, 희망도 없이 끊임없는 희생을 치러야 한다는 것, 이것이 그에게 펼쳐진 인생이었다. 8년이 지나도 겨우 32세인데, 새로운 생활을 할 수 있다고 해서 무슨 의미가 있을까? 무엇을 목적으로, 그리고 무엇을 향해 매진해야 할까? 그런데 예전에는 사상을 위해서, 희망을 실현하기 위해서 백번 천번이라도 희생할 각오가 있었다. 설령 그것이 환상에 지나지 않는다 할지라도 말이다. 단순히 생존하는 것으로는 뭔가 부족했던 것이다. 그가 바라는 것은 좀 더 큰 것이었다. 어쩌면 이 왕성한 욕구 때문에 그는 그 무렵 자기를 타인보다도 많은 것을 용서받을 수 있는 인간이라고 생각했는지도 모른다.

그래서 그가 잠을 이루지 못할 정도의 타는 듯한 회한을 맛보는 운명이라 해도 그는 그것을 오히려 기뻐했다. 아무튼 그는 자신의 범죄 사실을 후회하고 있지는 않았다.

그는 감옥에 들어가서 '자유로운 입장에서' 자기의 과거 행동을 재검토하고 숙고해 보아도 그 행동이 어리석고 추악하다는 생각이 들지 않았다.

그는 스스로에게 질문을 했다.

내 행동의 어떤 점이 그 녀석들에게 추악하게 보이는 걸까? 그것이 나쁜 짓이었기 때문에 그런 걸까? 나쁜 짓이란 도대체 무얼 말하는 걸까? 지금 나의 양심은 편안하다. 물론 형법적 범죄를 저질렀으며, 법률의 조항을 짓밟고 피도 흘렸다. 그러나 법률의 조항에 따라 내 목을 자르면 그것으로 충분하지 않은가! 그렇다면 권력을 계승하지 않은 많은 인류의 은인도 처음 발걸음을 내디뎠을 때 처형되었어야 했던 게 아닌가. 그러나 그 패들은 최후까지 걸음을 견뎌냈다. 그러니까 '그들은 옳은' 것이다. 그런데 나는 그것을 견뎌내지 못했다. 그러니까 나에게는 그 첫걸음을 내디딜 권리가 없다.

그는 또 당시 자살하지 않은 것에 대해 괴로워했다. 정말 살고 싶은 욕망을 다스리는 것이 그처럼 어려운 일이었을까? 죽음을 두려워하고 있던 스비드리가일로프까지도 그것을 정복하지 않았나.

그는 고통 속에서 자신에게 그렇게 묻기는 했지만, 이미 강물을 내려다보고 섰을 때부터 자기와 자기의 신념에 커다란 거짓이 존재한다는 사실을 깨닫지 못했고, 그것이 자기 인생에서 와야 할 전환, 즉 장래의 새로운 인생관을 예고하는 것인지도 모른다는 것도 깨닫지 못했다.

그는 이때 본능의 둔한 무게를 인정하려고 했다. 왜냐하면 본능을 무시할 수도 없었으며, 그것을 밟고 넘어설 수도 없었기 때문이다. 그는 동료 죄수들을 보고, 그들이 삶을 사랑하고 소중하게 여긴다는 사실에 놀라지 않을 수가 없었다. 즉 이들 옥중에 있는 자들은 자유의 몸이었을 때보다도 한층 더 생활을 사랑하는 것같이 보였다. 특히 탈옥수들은 어떠한 무서운 고통이나 고문도 꿋꿋하게 참았다. 아무것도 아닌 단 한 줄기의 햇빛, 밀림, 어딘가 사람이 들어가 본 적이 없는 오지에 있는 샘 등이 그들에게 어째서 그토록 의미를 부여하는지 의아할 정도로.

옥중에서 자기를 둘러싸고 있는 환경 속에서, 그 무엇도 눈여겨보지 않았고 관심도 갖지 않았다. 말하자면 그는 눈을 감고 살고 있었다. 똑바로 보는 것이 싫었고, 그것을 견뎌 내지도 못했다. 그러나 끝내는 그도 여러 가지 일에 놀랐고, 예전에는 생각지도 못했던 것을 자연히 알게 되었다. 그가 가장 놀란 것은, 자기와 이 패들 사이에 가로놓인 넘을 수 없는 무서운 심연이었다. 마치 그들과는 민족이 다른 것 같은 느낌이 들었다. 그와 그들은 서로 상대를 불신과 적의에 찬 눈으로 보고 있었다.

감옥에는 국사범인 폴란드인 유형수도 있었는데, 이 패들은 다른 수인들을 무지한 인간이나 노예로 보고 경멸했다. 그러나 라스콜리니코프는 그들 무지한 패들이 모든 점에서 폴란드인보다는 훨씬 현명하다는 것을 확실히 알 수 있었다. 그리고 또 러시아인 중에 그들을 극단적으로 경멸하고 있는 자도 있었다. 그자들은 전 장교 한 사람과 두 신학생이었다. 그러나 라스콜리니코프는 그들의 잘못도 확실히 깨달았다.

시간이 지날수록 그는 사람들에게 따돌림을 받았고, 모두 그를 피하려 했다. 그런 상황이 지속되자 이제는 모두들 그를 미워하기 시작했다.

"자네는 귀족 나리잖아!" 모두들 그에게 말했다. "자네는 도끼 같은 것을 가지고 다닌 것이 잘못이야. 그런 것은 나리들이 하는 짓이 아니야."

사순절의 둘째 주에, 같은 감방 사람들과 함께 정진할 차례가 돌아왔다. 그는 여러 사람들과 함께 교회로 기도를 하러 갔다. 그런데 그는 자기도 분명하게 인식을 못하는 문제로 입씨름이 시작되고,

모두들 화가 나서 일제히 그에게 덤벼들었다.

"네놈은 불신자잖아! 네놈은 하느님을 믿지 않잖아! 너를 때려 죽여야겠어."

그는 여태까지 한 번도 그들과 하느님이며 신앙 따위의 이야기를 한 적이 없었는데, 그들은 그를 불신자라며 죽이겠다고 말했다. 그는 입을 다물고 대답을 하지 않았다. 이때 한 죄수가 완전히 미치광이처럼 그에게 덤벼들었다. 하지만 그는 얼굴 근육은커녕 눈썹 하나도 까딱하지 않았다. 마침 그때 호송병이 그와 그 살의를 품은 자 사이에 뛰어들었다. 그러지 않았으면 피를 보았을 것이다.

그에게는 또 한 가지 풀 수 없는 의문이 있었다. 그것은 유형수들이 어째서 소냐를 그렇게 좋아하는 것일까 하는 의문이었다. 그녀가 그들의 비위를 맞추는 것도 아니었고, 그들도 그녀를 어쩌다 작업장에서 만날 뿐이었다. 그런데 모두 그녀를 알고 있었다. 그들은 그녀가 그의 뒤를 쫓아온 것이라는 것도, 그녀가 어디에서 어떻게 살고 있는가에 대해서도 알고 있었다. 게다가 그녀는 그들에게 특별히 도움을 주는 일도 없었다. 다만 크리스마스 때 한 번 감옥 안에 있는 모든 사람에게 피로슈키와 둥근 빵을 선물한 적이 있었다. 이후 그들과 소냐 사이에는 전보다는 친밀한 관계가 맺어졌다. 그녀는 그들이 가족들에게 보내는 편지를 대필해 우편으로 보내주었다. 또 이곳을 찾아오는 죄수의 가족들도 죄수들에게 줄 물건이나 돈을 소냐에게 맡기고 갔다. 그들의 아내와 연인들은 자주 그녀에게 찾아왔다.

그토록 거친 죄수들이 이 작고 말라빠진 여자에게 이렇게 말했다. "소냐 세묘노브나, 당신은 우리 모두의 어머니요, 착하고 동정심 많은 어머니란 말이오!"

그러면 그녀도 웃는 얼굴로 대답해 주었다. 그들은 그녀의 걸음걸이도 좋아해서, 그녀가 걸어가는 뒷모습을 칭찬하고, 그녀의 작은 체구까지 칭찬했다. 게다가 그녀에게 병 치료를 하러 가는 사람까지 있었다.

라스콜리니코프는 사순절이 끝날 무렵부터 부활절 주기 동안 병원에 입원해 있었다. 어느 정도 병이 회복되어 가고 있을 무렵, 그는 다시 열이 나 들떠 있을 때에 꾼 꿈을 생각했다. 그 꿈은 이런 것이었다. 전 세계가, 아시아의 오지에서 유럽으로 만연해 온 어떤 무서운, 지금까지 들은 적도 본 적도 없는 전염병으로, 지극히 선택된 몇 사람을 제외하고는 인류 전부가 멸망하게 되는 상황이었다. 이때 어떤 새로운 선모충이 나타났는데, 그것은 인체에 기생하는 미생물이었다.

그런데 그 생물은 지능과 의지를 갖춘 영적 존재였다. 문제는 이것에 감염된 인간은 즉시 흥분해 발광한다는 것이었다. 그러나 인류는 아직까지 그것에 감염된 사람들만큼 진리에 확고하게 뿌리를 박은 신념으로 행동한 자는 없었다. 또한 이때만큼 자기들의 선전이나 학문적 결론, 자기들의 도덕적 신념과 신앙이 확고부동하다고 생각한 적도 없었다. 마을과 마을, 거리와 거리, 민족과 민족이 모두 전염병에 감염되어 미쳐 가고 있었다. 모든 사람이 불안에 떨고, 서로를 불신하고, 모두가 진리는 자기만이 알고 있다고 주장하고, 다른 사람 때문에 괴로움을 느끼고, 제 가슴을 치면서 한탄하고 슬퍼했다. 그리고 사람을 어떻게 판단해야 할지 몰랐으며, 무엇이 선이며, 무엇이 악인지에 대한 의견의 일치를 보지도 못했다. 또 무엇이 선인지 악인지도 알 수 없었다.

인간들은 아무 의미 없는 이유로 증오하며 죽였다. 서로 상대를 공격하기 위해 전군을 집결시켰으나, 군대는 행군 도중에 동지끼리 학살을 벌여 대오가 무너졌다. 거리마다 온종일 경종을 울려서 시민들을 모이게 하려고 했으나 누가, 무엇 때문에 불러 모으는지 모른 채 불안에 떨 뿐이었다. 모두들 일상생활에도 손을 놓고 말았다. 왜냐하면 모든 사람이 각각 다른 의견과 개선안을 꺼내 의견 일치가 이루어지지 않았기 때문이다. 사람들은 여기저기 모여 몇 개의 집단을 만들고, 함께 의논해 뭔가를 결정하고 헤어지지 말자고 맹세했으나 이내 서로 상대를 책망하고 맞붙어 치고받았다. 화재가 일어나고 기근이 시작되면서 세상이 멸망해 갔다. 전염병이 창궐해서 멀리 퍼져 나갔다. 전 세계에서 살아남은 자는 겨우 몇 사람을 헤아릴 정도였다. 그야말로 새로운 인류를 낳고, 새 생활을 시작하며, 대지를 복구해 정화할 사명을 띤 선택된 사람들이었지만, 한 사람도 그 사람들을 본 자도 없을뿐더러 누구 하나 그들의 말을 들은 자도 없었다.

라스콜리니코프는 이 무의미한 악몽이 이처럼 괴로운 반향을 남기고, 사라지지 않고 남아 있는 것이 괴로웠다. 어느새 부활절 주일이 끝나고 다음 주가 되었다. 따뜻하고 밝은 봄날이 계속되었다. 죄수 병동의 창이 열렸다. 소냐는 그의 와병 중 단 두 번밖에 병원에 문병하러 올 수 없었다.

어느 날, 거의 완쾌되고 있던 라스콜리니코프가 아무 생각 없이 창가로 다가갔을 때, 언뜻 멀리 병원 문 근처에 소냐의 모습이 보였다. 그녀는 그 자리에 서서 뭔가를 기다리고 있었다. 순간, 그는 뭔가에 심장을 찔린 것 같은 기분이 들었다. 그 다음 날, 소냐는 모습을 나타내지 않았고, 사흘째도 역시 오지 않았다. 그는 불안해하며 그녀를 기다리고 있는 자신을 발견했다. 드디어 그는 퇴원했다. 감옥으로 돌아온 그는 죄수들의 입을 통해, 소냐가 병이 들어 집에 드러누운 채 아무 데도 나가지 못한다는 소식을 들었다.

그날은 하늘이 맑았다. 새벽 여섯 시경에 그는 강기슭의 작업장으로 나갔다. 그곳에는 오두막집 속에 설화석고를 굽는 아궁이가 있어서, 사람들은 석고를 가루로 빻는 일을 하고 있었다. 그곳에 보내진 사람은 전부 세 명의 노역 죄수였다. 죄수 중의 한 사람은 간수가 데리고 요새로 갔고, 또 한 사람의 죄수는 장작을 패어 아궁이 속에다 쌓기 시작했다. 라스콜리니코프는 오두막을 나와 바로 기슭 근처까지 가서, 오두막 곁에 쌓여 있는 통나무에 걸터앉아 황량하고 넓은 강을 바라보았다. 그곳에는 자유가 있었고, 이곳 인간과는 닮지 않은 다른 인간이 살고 있었다. 또 그곳에는 시간도 정지하고, 마치 아브라함과 그 양떼 시대가 아직 지나가지 않은 것같이 보였다. 라스콜리니코프는 꼼짝하지 않은 채 그곳을 뚫어지게 바라보았다.

이때 갑자기 그의 곁에 소녀가 모습을 나타냈다. 그녀는 거의 발소리도 내지 않고 다가와서 나란히 앉았다. 시간이 아직은 너무 일러 새벽의 냉기가 풀리지 않았다. 그녀는 낡은 코트 위에 녹색 숄로 머리를 감싸고 있었다. 얼굴은 아직 병색이 가시지 않아 파리했다. 그녀는 상냥하게 미소를 지어 보이며 조심스럽게 손을 내밀었다.

그는 퉁명스러운 표정을 지으며 손을 잡았다. 그리고 굳게 입을 다문 채 한마디도 하지 않았다. 그런데 두 사람의 손이 떨어지지 않았다. 그는 재빨리 그녀의 얼굴을 보고는 말 없이 눈을 감았다.

잠시 후 그는 눈물을 흘리며 그녀의 무릎을 끌어안았다. 그 모습에 깜짝 놀란 그녀는 얼굴이 죽은 사람처럼 창백해졌다. 그리고 그 자리에서 벌떡 일어나 부들부들 떨면서 그를 바라보았다. 그러나 그녀는 일순간에 모든 것을 깨달았다. 그녀의 눈은 한없는 행복감으로 빛나고 있었다. 그녀는 모든 것을 알 수 있었다. 그가 자기를 사랑하고 있다는 것을. 한없이 사랑하고 있다는 것을! 그리고 마침내 이 순간이 온 것을.

두 사람은 말을 하려 했으나 할 수가 없었다. 두 사람의 눈에는 눈물이 괴었다. 두 사람 모두 안색이 나쁘고 창백했다. 그러나 그 얼굴에 새로 소생한 미래의 서광이, 새 생활에의 완전한 갱생의 서광이 빛나고 있었다. 두 사람을 부활시킨 것은 사랑이었고, 그것은 두 사람의 마음을 적셔주는 마르지 않는 생명의 샘이었다.

두 사람은 참고 기다리자고 결심했다. 앞으로 7년의 세월이 남아 있었다. 비록 참을 수 없는 고통이 엄습한다 해도 그에 상응하는 행복도 기다리고 있을 터였다. 그제야 그는 자신이 소생했다는 것을 깨달았다. 완전한 존재로 다시 태어났음을 느낀 것이다.

그날 밤, 감방의 자물쇠가 잠기고 나서 라스콜리니코프는 나무 침대 위에 드러누워 그녀를 떠올렸다. 여태껏 적처럼 대했던 죄수들도 이제는 자기를 다르게 보는 것 같았다. 그가 먼저 그들에게 말을 걸었다. 그러자 모두들 친절하게 대답해 주었다.

그제야 그는 자신이 얼마나 그녀의 마음을 아프게 했는지를 깨달았다. 그녀의 창백하고 야윈 얼굴이 떠올랐지만, 그렇게 고통스럽지는 않았다. 왜냐하면 지금부터는 무한한 애정으로 그녀의 고통을 남김없이 보상해 주리라고 마음먹었기 때문이다.

그러나 이 '모든' 과거의 고통이 무엇이란 말인가? 비로소 감격을 맛본 그의 눈에는 모든 것이 기괴하고 비현실적인 일처럼 느껴졌다. 그는 계속해서 생각을 집중시킬 수가 없었다. 더욱이 지금은 뭔가를 의식적으로 해결하려고 해도 아무것도 해결할 수가 없었다. 변증법을 대신해 생활이 찾아온 것이다.

그의 베갯머리에는 복음서가 놓여 있었다. 그는 그것을 자기도 모르게 집어 들었다. 그 책은 소냐의 것으로, 그에게 나사로의 부활을 읽어준 그 책이었다. 유형 생활을 처음 시작했을 무렵에는 틀림없이 그녀가 자기를 종교로 괴롭히고, 복음서 이야기를 꺼내고, 그에게 성경을 떠맡길 것이라고 생각했다. 그러나 놀랍게도 그녀는 한 번도 그에게 복음서를 읽도록 권한 적이 없었다. 그리고 병을 앓기 전에 자기가 먼저 그것을 가져다 달라고 부탁했고, 그녀는 말 없이 그것을 가져다주었다. 하지만 그는 그것을 펼쳐볼 생각은 못했다.

지금도 물론 그것을 펼치지는 않았으나 머릿속에 어떤 생각이 번뜩였다. 그것은 '지금 그녀의 신념이 내 신념이 아닌가? 적어도 그녀의 감정, 그녀의 소망 정도는…….' 하는 생각이었다.

그날은 그녀가 하루 종일 흥분하는 바람에 밤중에는 병이 재발했다. 하지만 그녀는 행복했다. 너무나 행복해 자기 자신도 놀랄 정도였다. 7년, 7년이 아닌가! 이렇게 행복한 기분을 느낀 이 무렵의 어느 순간, 두 사람은 7년을 7일로 착각할 정도였다. 그는 새 생활이란 것이 결코 거저 손에 들어오는 것이 아니며, 그것을 사들이기 위해서는 비싼 대가를 지불해야 하며, 그만큼 큰일을 해내지 않으면 안 된다는 것을 잊고 있었다.

하지만 이미 시작하려는 것은 새로운 이야기, 한 사람의 인간이 갱생해가는 이야기, 하나의 세계에서 다른 세계로 점차 옮겨 가는 도중에 전혀 알지 못했던 새로운 현실을 알아 가는 이야기이다. 그것은 그것만으로도 훌륭한 한 편의 새로운 이야기가 될 것이다. 다만 우리의 이 이야기는 여기까지다.

한 사람의 인간은 우주 전체다

『죄와 벌』의 탄생에 대해

1865년부터 쓰기 시작해 다음해 7차례에 걸쳐 《러시아 통보》지에 연재하며 완성한 『죄와 벌』은 도스토예프스키의 전 작품 중 최고의 백미다. 그가 발표한 수많은 작품 중 끓어오르는 듯 소용돌이치는 철학적 사상을 가장 예술적으로 구현한 장편이다. 『죄와 벌』은 『카라마조프가의 형제들』보다 여러 가지 면에서 문학적으로 더 뛰어나다는 평가를 받고 있다.

도스토예프스키는 이 작품의 구상을 시베리아의 유형지에서 시작했으며, 극도의 경제적 고통 속에서 펜을 잡았다. 이러한 절체절명의 상황에서 강렬한 생명력이 발휘되어 세계 문학 사상 찬연하게 빛나는 걸작 『죄와 벌』이 탄생했다. 소설을 집필하기 전에 그는 편집자에게 다음과 같은 글을 보냈다.

이 책은 범죄자의 심리적 보고서입니다. 이 소설은 현대, 그것도 금년에 일어난 한 사건을 다루고 있습니다. 주인공은 대학에서 제적당한 청년이며, 극히 가난한 생활을 하고 있지요. 그는 분별력이 조금 부족한 이를테면 지금 유행하고 있는 '기괴하고 미완성적인 사상'에 물들어 한순간에 자신의 구차스런 처지에서 벗어나려고 결심하게 됩니다. 그리하여 9등관의 아내로 전당포를 하는 한 노파를 살해하려고 합니다.

이 같은 범죄 행위를 하는 것은 두렵고 어려운 일이지만 그는 우연에 의해 자신의 계획을 순조롭게 결행하고 맙니다. 그 후 최후의 파국이 닥쳐오기까지 1개월 가까운 세월이 지납니다. 그에게는 아무런 혐의도 잡히지 않고, 사실 잡힐 리도 없습니다. 이 책에는 그런 그의 범죄자의 심리적 과정이 빠짐없이 전개됩니다. 살인자 앞에 해결 불가능한 문제가 가로막는데, 이것은 꿈에도 생각지 못했던 뜻밖의 고통입니다. 신의 진리, 지상의 규칙이 승리를 거두어 그는 마침내 자수를 하지 않을 수 없게 됩니다. 설령 감옥에서 신세를 망가뜨리는 한이 있더라도, 인간의 동류에 들기 위해 그렇게 하지 않을 수 없었던 것입니다. 그는 범죄를 저지른 직후부터 느끼기 시작한 고독감, 인류와의 단절감에 괴로워합니다. 결국 그는 자신이 범한 죄를 속죄하기 위해 스스로 괴로움을 받으려고 합니다.

『죄와 벌』의 중심 테마는 이 편지에서 작가 자신이 요약한 글에 모두 나타나 있다. 멀고 먼 유형지에서 갖은 굴욕과 고독감을 맛본 작가가 미성숙한 사상에 사로잡혀 살인을 범한 청년의 이야기를 소설 속에 담았다.

1859년 작가는 형에게 보낸 편지에서 『죄와 벌』은 '우수와 자기

분열의 괴로운 시기'에 감옥의 침상에서 뒹굴며 몰두했던 작품이라고 고백했다. 도스토예프스키의 시베리아에서의 생활은 청춘 시절 자기 사상의 붕괴를 경험해가는 고뇌에 찬 시기였다. 그러나 이 구상은 작가의 뇌리에만 남아 있었을 뿐 원고지에 옮겨지지는 못했다. 이후 페테르부르크로 돌아온 후 그의 생각은 완전히 변했다.

『죄와 벌』의 집필에 착수한 1865년에는 농노 해방 후의 러시아 사회를 엄습한 경제 공황이 그 정점에 달해 극심한 금융 위기로 길거리에는 사회에서 소외당한 사람들이 우글대고 있었다.

초인사상의 오류

라스콜리니코프의 살인의 동기는 공상과 현실이 괴상하게 교차하는 다락방에서 배양되었던 상념이었다고 할 수 있다. 어머니와 여동생을 둔 라스콜리니코프는 청년 가장으로서 가족을 부양해야 할 책임을 갖고 있었다. 그러나 그는 실제로 파산상태로 곳곳에 빚을 지고 있었으며, 어머니의 연금조차도 자신이 쓰고 있었다. 현실은 자신의 기대치와 정반대였으며, 그 때문에 그는 심한 좌절감에 사로잡히게 된다. 그는 현실을 정면으로 돌파하려 하기보다는 죄의식을 느끼며 현실의 인식을 피하려 한다. 가족에 대한 책임, 죄의식 회피와 자기합리화의 결과로 내세운 것이 바로 초인(超人)사상이다.

라스콜리니코프는 '인간은 보통 사람과 비범한 사람, 즉 초인으로 나뉜다.' 고 주장한다. 나폴레옹 같은 초인은 인류를 위해 사회의 도덕률을 넘어설 권리가 있다고 결론짓고, 자신을 나폴레옹과 같은 초인의 범주에 넣는다. 따라서 그는 사회악이며 이(蝨)에 불과한 고리대금업자 노파를 죽여도 양심에 가책을 받을 필요가 없다는 생각을 실천에 옮긴다.

노파를 살해한 그는 뜻밖에도 엄청난 죄의식과 열병에 사로잡힌 채 이 작품의 무대가 되는 페테르부르크를 떠돈다. 자신이 나폴레옹과 같은 초인이라는 생각은 처음부터 오류였던 것이다. 살인 직후 예심판사 포르피리가 그를 살인범으로 점찍고 포위망을 좁혀오자, 라스콜리니코프는 자기희생과 고뇌를 견디며 살아가는 '거룩한 창녀' 소냐를 찾아가 모든 것을 고백하고 센나야 광장에 참회의 키스를 한다.

결국 이 작품은 초인사상의 오류, 그로 인한 주인공의 의식의 분열, 그리고 신앙을 통한 의식의 합일이 주요 내용이다. 주인공이 겪는 의식의 분열과 고통, 의식보다는 무의식이 텍스트의 더 많은 부분을 차지한다. 꿈, 환상, 무의식, 열병 상태가 주인공의 의식 세계를 지배한다. '갑자기'라는 단어가 텍스트 속에서 564번이나 등장한다.

한 인간의 내면에서 소용돌이치는 선과 악

도스토예프스키는 라스콜리니코프라는 하나의 인간을 통해 우주를 그려낸다. 인간은 절대선도, 절대악도 아니다. 인간의 내면에

선 선과 악이 소용돌이치며 격렬한 투쟁을 벌인다. 이러한 형이상
학적 문제를 도스토예프스키는 라스콜리니코프의 분신을 내세워
『죄와 벌』에서 구현한다.

　분신의 테마는 사실 도스토예프스키의 선배인 고골리의 『코』에
서 재미있게 나타나고 있다. 『코』의 주인공인 관료 코발료프는 어
느 날 아침 자신의 코가 없어진 것을 발견한다. 코발료프의 코는 페
테르부르크 시내를 활보하고 있는 동안 코발료프는 자신의 코를 찾
아 나선다. 고골리는 코라는 상징성을 한 인간에게서 떼어냄으로
써 독자들에게 많은 시사점을 던진다. 코가 권력이라고 가정한다
면, 코에 의지해 살아온 인간은 코가 없어질 때 어떤 반응을 보일 것
인가.

　도스토예프스키는 선배인 고골리의 물음을 자신의 방식으로 수
용했다. 라스콜리니코프의 의식의 분열은 작품 속의 분신으로 나
타난다. 이 작품에서 라스콜리니코프의 주위를 맴돌고 있는 스비
드리가일로프, 마르멜라도프, 라주미힌 등은 그의 분신이라고 할
수 있다. 금성, 지구 등이 태양의 위성이자 분신으로서 항상 태양의
주위를 도는 관계에 빗댈 수 있다. 정욕에 사로잡힌 스비드리가일
로프는 라스콜리니코프의 악하고 부정적인 면을 형상화한 인물이
다. 마르멜라도프는 라스콜리니코프의 선하면서도 무능력한 면모
를, 라주미힌은 긍정적인 면모를 상징하고 있다. 따라서 이들은 설
명할 필요도 없이 서로를 속속들이 잘 알고 있는 것이다.

　『죄와 벌』이 21세기를 살고 있는 우리에게 시사하는 바는 무엇일

까? 이 작품은 1860년대 러시아의 수도 페테르부르크에서 일어난 기괴한 사건에 그치는 것이 아니라 지금의 독자가 읽어도 무섭도록 현대적이어서 우리의 삶과 너무나 가까이 맞닿아 있다는 것을 알 수 있다.

『죄와 벌』의 주인공이자 엘리트 대학생 라스콜리니코프는 현대의 수많은 지구촌의 청년들처럼 사회·경제적 상황의 압박을 견디지 못해 자신의 능력을 펴지 못한 채 사상적 오류에 빠져 살인을 저지르고 만다.

『죄와 벌』은 독자에게 사회와 경제가 혼란할 때 지식인은 무엇을 해야 하며, 사회와 경제의 혼란이 한 인간의 영혼을 어떻게 파멸시키고, 숭고한 우주를 망가트리는가의 문제를 생각해 보도록 한다. 그 문제는 지금도 계속되고 있고, 앞으로도 계속될 것이다.

도스토예프스키는 『죄와 벌』에서 인간이 갖고 있는 여러 가지 모순들을 신앙을 통해 극복하라는 메시지를 던지고 있다.

장상용

도스토예프스키의 생애

표도르 미하일로비치 도스토예프스키는 1821년 아버지 미하일 안드레예비치와 어머니 마리야 표도르브나 사이에서 7남매 중 차남으로 태어났다.

아버지는 군의관 출신의 의사로, 귀족이었지만 생활은 궁핍했다. 또 성격이 엄격하고 까다로웠으며, 어머니 마리야는 모스크바 상인의 딸로 신앙심이 두터웠다. 도스토예프스키는 어린 시절, 어머니가 그를 데리고 교회나 수도원에 다니던 기억을 오래도록 잊지 못했다.

열여섯 살 되던 해, 어머니가 폐병으로 세상을 떠났다. 교육열이 높았던 아버지는 아들을 육군중앙공병학교에 입학시켰다.

2년 후인 열여덟 살 때 아버지는 영지에서 은거하던 중 농노들의 원한을 사게 되어 참살되었다. 이 사건은 만년의 대작 『카라마조프가의 형제들』의 주요 모티브가 되었다.

그는 공병학교를 졸업한 후 공병국 제도과에 근무했으나 창작에 전념하기 위해 퇴직 후 『가난한 사람들』을 집필했다. 신진 작가 그리고로비치의 주선으로 페테르부르크 문집을 발행한 후 극찬을 받았으나 잇따라 발표한 『분신』 『프로하르친 씨』 『주부』 등의 작품은 벨린스키 등에게 실망을 안겨 주었다.

1847년 봄 혁명가 페트라셰프스키가 가입한 서클에 발을 들여놓아 정치적·사회적 개혁운동에 참여해 체포되었다.

4년 간의 형기가 만료되자 중국과의 국경에 가까운 조그마한 시골 마을 세미팔라틴스크라는 도시에 병졸로 근무하던 중 세관 관리인 이사예프 일가를 알게 되었는데, 남편에게 순종하며 자신의 불운을 꿋꿋하게 견디고 있는 마리야에게 깊은 연민과 애정을 느껴 이사예프가 죽자 마리야와 결혼했다.

유형이 끝난 지 10년 만에 페테르부르크의 문단에 복귀하자마자 인기를 회복했으나 마리야와의 결혼 생활로 몸과 마음이 완전히 지쳐 있었다. 이 시기에 20세 연하인 아포리나리야를 사랑하게 되었다.

미모에다 날카로운 판단력을 갖춘 아포리나리야의 이미지는 도스토예프스키의 만년의 걸작에 나타난 갖가지 여성상에 강렬한 생명력을 불어넣었다.

1864년 4월 아내 마리야와 형 미하일의 죽음으로 도스토예프스키는 절망의 나날 속에서 『지하 생활의 수기』를 집필하고, 《시대》 1, 2호를 발행했다. 이것은 문학에 있어서의 코페르니쿠스적 일대 전환점을 그은 철학적 영감에 찬 소설이었다.

그러나 《시대》는 호평을 받지 못해 폐간되면서 거액의 빚을 지게 되었다. 『죄와 벌』은 이 같은 참담한 상황에서 《러시아 통보》에 연재되었는데, 발표와 동시에 굉장한 관심을 불러일으켰다. 이후 『노름꾼』을 저술하면서 속기사 안나 그리고리예브나와의 사이에 사랑이 싹터 이듬해 두 사람은 결혼했다. 그러자 전처의 아들 파벨과 형의 유족들의 맹렬한 반대로 쫓겨나듯이 외국으로 떠나 4년간 독일, 스위스, 이탈리아, 체코슬로바키아 등 각지를 전전하면서 『백치』 『영원한 남편』을 쓴 후 『악령』을 집필했고, 『위대한 죄인의 생애』의 구상에 몰두했다.

이후 마지막 10년 간, 도스토예프스키는 공인으로서 각계로부터 존경을 받아, 영광에 찬 만년을 보냈다. 그는 극우파의 잡지 《시민》의 편집자로 초청받았으며, 부인 안나가 독자적으로 그의 작품집을 출판하면서 생활은 서서히 안정을 되찾고, 얼마간의 재산도 모아졌다. 그때 쓰여진 소설이 『미성년』과 『카라마조프가의 형제들』이며, 그 시기에 그는 《시민》지에 『작가의 일기』를 연재하기 시작했다.

특히 1880년 6월에 행해진 푸슈킨 동상 제막식 강연은 특이한 감동을 주어 청중을 흥분의 도가니로 몰아넣었다.

반년 후인 1881년 1월 28일 폐동맥 출혈로 타계해 알렉산드르 네프스키 수도원의 묘지에 안장되었다.

표도르 도스토예프스키 연보

1821년 군의관인 미하일 안드레예비치와 어머니 마리야 표도르브나 사
       이에서 2남으로 태어나 표도르라고 이름을 짓다.

1828년 아버지와 형제들과 함께 세습 귀족으로 등록되다.

1831년 여름, 아버지가 툴라 지방의 다로보예 영지를 사들임. 8월, 농부
       마레이 사건 발행(『작가 일기』 1876년 2월호에 이 사건을 소재로 한
       단편 「농부 마레이」 발표).

1832년 4월, 어머니 마리야 표도로브나, 세 아들을 데리고 다로보예 영
       지로 감. 6월, 도스토예프스키 부부가 다로보예 옆에 있는 주민
       1백여 명의 체레모쉬나 마을을 사들임.

1834년 형과 함께 모스크바의 체르마크 기숙학교에 입학하다.

1837년 2월, 어머니 사망하다. 페테르부르크의 코스트마로프 기숙학교
       에 입학하다. 그리고로비치와 알게 되다.

1838년 1월, 공병학교에 입학, 호프만, 발자크, 위고, 괴테를 읽음.

1839년 6월, 아버지가 영지인 다로보예 농노들의 원한을 사서 참살되다.

1840년 실러, 호머, 위고, 셰익스피어, 라신 및 프랑스 고전극 등을 즐겨
보다. 11월에 하사관이 되고, 12월에 견습 사관이 되다.

1841년 희곡 『마리 스튜어트』 『보리스 고두노프』를 썼으나 원고는 현존
하지 않는다.

1842년 8월, 육군 소위로 임관하다.

1843년 8월, 공병학교를 졸업하고 페테르부르크의 공병국 제도실에 근
무하다. 연말부터 이듬해 봄에 걸쳐 발자크의 『외제니 그랑데』
를 번역했으며, 조르주 상드 작품의 번역도 시도했다.

1844년 10월, 중위로 승진해 퇴역 허가를 받다. 가을, 『가난한 사람들』
집필 착수하다.

1845년 여름에 『분신』 집필함. 투르게네프, 그의 절도 없는 생활을 비난함.

1846년 1월 『가난한 사람들』을 네크라소프가 편집하는 《조국 수기》에
발표해 일약 인기작가가 되다.

1847년 연초, 벨린스키와 절교하다. 1월에 『아홉 통의 편지로 된 소설』
을 《동시대인》에, 10월과 11월에 『여주인』을 《조국 수기》에 발
표했다.

1848년 1월, 『가난한 사람들』의 평을 《동시대인》에 발표, 2월, 『무기력』
을 《조국 수기》에, 『폴준코브』를 네크라소프의 파나예프가 편집
하는 《그림이 든 문집》에 발표하다. 9월에 『크리스마스트리와

결혼식』, 12월에 『백야』와 『질투심 강한 남편』을 《조국 수기》에 발표하다.

1849년 1월부터 『네토츠카 네즈바노바』를 《조국 수기》에 연재하다. 이 때부터 페트라셰프스키 모임에 자주 출석하다. 4월에 회합 석상에서 출판의 자유, 농노 해방, 재판제도의 개혁을 비난했다. 한편 당국이 금하고 있던 벨린스키의 『고골리를 비난하는 편지』를 낭독했다. 4월 페트라셰프스키 회원들과 함께 체포되어 감옥에 투옥되다. 옥중에서 『어린 영웅』을 쓰다. 9월 말부터 10월 16일까지 법정에 출두하고 12월 22일에 세묘노프스키 연병장에서 총살형에 처해지기 직전에 특사를 받다. 4년간의 시베리아 유형과 4년간의 공병 근무를 언도받아 유형지로 떠나다.

1850년 1월, 유형지에 도착해 옴스크 감옥에 들어가다.

1854년 3월, 형기 만료와 동시에 시베리아 국경 수비대 제7대대에 편입되어 세미팔라틴스크로 옮겨가다. 봄, 이사예프 부부와 알게 되었으며, 11월 주검사 브란겔과 알게 되다.

1855년 연초, 『죽음의 집의 기록』을 마침. 5월 이사예프 일가가 구즈네츠크로 전임하다. 8월에 이사예프 죽다. 이 시기에 그의 부인 마리야 드미트리예브나에게 열렬한 구애를 하다.

1856년 2월 브란겔과 공병학교 시절의 학우 토토레벤의 형을 통해 적색 운동을 개시하다.

1857년 2월 초순, 구즈네츠크에서 마리야 이사예프와 결혼식을 올리고 세미팔라틴스크로 부인과 떠나다. 4월, 복권 허가가 내려지다. 8

월, 『어린 영웅』이 《조국 수기》에 발표되다.

1859년   3월, 하사관으로 제대함. 7월, 세미팔라틴스크를 떠나 트베리에 도착하다.

1860년   9월, 『죽음의 집의 기록』을 주간지 《러시아 세계》에 발표하기 시작하다.

1861년   1월, 《시대》에 『학대받은 사람들』을 게재하기 시작하다. 4월부터 『죽음의 집의 기록』을 같은 잡지에 발표하다.

1862년   1월, 『죽음의 집의 기록』 제2부를 《시대》에 발표하기 시작하다. 《시대》에 『악몽 같은 이야기』를 발표하다.

1863년   2월과 3월에 『겨울에 적는 여름의 인상』을 《시대》에 발표하다. 이 글이 폴란드 문제를 폴란드인에게 유리하게 썼다는 이유로 《시대》 폐간. 8월, 두 번째 외국 여행에 나서다. 여행 도중에 바덴바덴에서 도박으로 재미를 보고 파리로 가서 애인 수슬로바와 만나 이탈리아로 가다. 로마에서 『노름꾼』의 구상에 열중하다. 10월 귀국해 폐병이 악화된 아내를 간호하다.

1864년   1월 형 미하일이 경영하는 잡지 《시대》의 발행 허가가 나오다. 3월 발간과 동시에 『지하 생활의 수기』 제1부 발표하다. 3월 부인 마리야 사망하다.

1865년   3, 4월에 안나 코르빈과 교제를 시작해 4월에 구혼했으나 거절당하다. 7월, 모든 저작권을 스첼로프스키에게 3천 루블에 팔다. 같은 달, 세 번째 외국 여행에서 수슬로바와 다시 만나고 도박에 빠져 무일푼의 처지가 되다. 투르게네프에게 돈을 빌리고 9월에 구상중인 『죄와 벌』의 선불을 부탁해 겨우 위기를 면하고 코펜하겐을 거쳐 10월 중순에 배를 타고 수도로 돌아오다.

1866년 1월, 『죄와 벌』을 《러시아 통보》에 발표하기 시작해 연말에 완결하다. 10월, 스텔로프스키와의 계약에 쫓겨 여자 속기사 안나 그리고리예브나 스니트키나를 고용해 구술을 받아쓰게 하여 『노름꾼』을 완성하다. 11월 안나에게 구혼하다. 연말에 『노름꾼』이 실린 전집 제3권이 나오다.

1867년 2월, 안나 스니트키나와 결혼. 4월 신부와 외국으로 여행을 떠나 4년에 걸친 외국 체류가 시작되다. 4월, 드레스덴에서 미술관을 방문, 그 이후의 그의 작품에 미술관에서 받은 인상이 반영됨. 6월, 바덴바덴에서 투르게네프와 사상 차이로 충돌을 일으키다. 이후 도박에 빠져 경제적으로 곤란을 겪다. 니아젤의 박물관에 들러 한스 홀바인의 그림에 강렬한 인상을 받다. 9월, 『백치』를 집필, 12월에 최초의 초고는 버리고 새로운 구상을 착수하다.

1868년 1월에 『백치』를 《러시아 통보》에 발표하기 시작해 연말에 완결하다.

1869년 7월, 그때까지 체류했던 피렌체를 떠나 프라하로 가다. 8월, 다시 드레스덴으로 옮기다.

1870년 1, 2월에 『영원한 남편』을 《새벽》에 게재하다. 그해 『악령』의 집필에 몰두하다.

1871년 연초부터 『악령』을 《러시아 통보》에 발표하다.

1872년 5월, 별장지인 스타라야 루사로 가서 일을 하게 되다. 9월 페테르부르크로 돌아오다. 11, 12월 발표를 중단했던 『악령』 제3편을 《러시아 통보》에 게재해 완결하다.

1875년 1월, 『미성년』을 발표하기 시작하다.

1876년 1월부터 『작가의 일기』를 계속 쓰다.

1877년 1년 내내 잇달아서 『작가의 일기』를 간행하다.

1878년 『카라마조프가의 형제들』의 구상에 매달리다. 6월, 철학자 솔로비요프와 옵치나 수도원을 방문하다(이때의 체험이 『카라마조프가의 형제들』에 그려짐). 이때 솔로비요프에게 최후의 장편 구상에 대해 이야기하다.

1879년 1월, 『카라마조프가의 형제들』을 《러시아 통보》에 발표하기 시작하다. 초여름에는 스타라야 루사에, 7월 하순부터 9월 초까지는 에무스에 체류하면서 『카라마조프가의 형제들』을 써나가다.

1880년 1월부터 『카라마조프가의 형제들』을 계속해서 《러시아 통보》에 발표해 연말에 완결하다.

1881년 1월, 『작가의 일기』 속간에 힘쓰다. 1월 28일 밤, 페테르부르크에서 몇 번의 각혈 끝에 숨을 거두다. 1월 31일, 알렉산드르 네프스키 수도원 묘지에 안장되다. 많은 사람들이 긴 행렬을 이루어 그의 죽음을 애도함.